Reader's Digest
Auswahlbücher

Reader's Digest Auswahlbücher

Verlag DAS BESTE
Stuttgart · Zürich · Wien

Die Kurzfassungen in diesem Buch erscheinen
mit Genehmigung der Autoren und Verleger

287
PRINTED IN GERMANY
ISBN 3 87070 281 8

Inhalt

RED FOX

Eine Kurzfassung des Buches
von ANTHONY HYDE
Nach der Übersetzung von Hans Erik Hausner
Illustrationen von John Heseltine

Das Telegramm, das den Journalisten Robert Thorne erreicht, klingt wie ein Hilferuf. Es kommt von May Brightman, der Frau, die er vor zwanzig Jahren heiraten wollte. Damals hatte sie seinen Heiratsantrag zurückgewiesen, ohne jemals ihre Gründe darzulegen.

Ein Anruf bei May zeigt Robert Thorne, daß seine Vermutung richtig war: May Brightman braucht Hilfe; ihr Vater, ein reicher kanadischer Pelzhändler, ist verschwunden. Thorne soll versuchen, ihn ausfindig zu machen.

Bei dieser Suche geht es um mehr als um die Person von May Brightmans Vater – das wird Thorne schnell klar. Was zunächst wie die Aufklärung eines Verbrechens aussieht, wird eine immer rätselhaftere Reise in die Vergangenheit – die Vergangenheit vieler Menschen, aber auch eines großen Landes: der Sowjetunion. Die Spur des roten Fuchses, *der Robert Thorne dorthin folgt, ist eine Blutspur.*

Erstes Kapitel

Ich mußte lernen, daß alle wahren Geheimnisse für immer begraben werden und daß dann nur noch die Geister die Wahrheit sprechen. Darum paßte es gut: Es begann alles auf einem Friedhof, inmitten von Erinnerungen, Geheimnissen und Lügen.

In diesem Jahr war der 28. Oktober ein kalter und regnerischer Tag. Als Pater Delaney und ich die kleine Holzkirche verließen, wurde unser Atem zu Nebel. Die drei hohen Eichen, die den Friedhof überragten, waren kahl wie alte Knochen, und zwischen den Grabsteinen war das sommerliche Gras verwelkt. Ich kam jahraus, jahrein hierher, aber stets nur an diesem Tag. Bei jedem Schritt wiederholten sich die immer gleichen Erinnerungen: das flatternde Klatschen der Hosenbeine des alten Priesters; der Geruch der feuchten Blätter unter unseren Füßen; ein rostiges Eisenkreuz, das hinter den Büschen hervorlugte. Die Jahre vergingen, und nichts änderte sich hier. Als wir schließlich vor dem Grab meines Vaters stehenblieben, überkamen mich die alten Gefühle – der Schreck, die Trauer, das allumfassende Nichtglaubenkönnen.

Meine Mutter war im vergangenen Winter gestorben; zum erstenmal hatte ich die alljährliche „Wallfahrt" allein gemacht. Jahr für Jahr war sie gekommen: aus Liebe, aus Anhänglichkeit und Loyalität . . ., und vor allem aus dem Wunsch heraus, die Zweifel zu widerlegen, die ich in so vielen Augen gesehen hatte: „Ein Jagdunfall . . ." Schließlich wußte ich, was die Wahrheit war, auch wenn meine Mutter es nicht glauben wollte. Mein Vater hatte sich umgebracht. Das einzige Geheimnis für mich war, warum er es getan hatte.

Ich warf einen Blick auf den Grabstein. Mir fiel auf, daß die tief in den Granit eingemeißelten Buchstaben allmählich dunkler wurden und daß sich die Schrift in so etwas wie Hieroglyphen verwandelte. Meine Mutter war dahingegangen; jetzt war ich der einzige, der noch herkam, um die verblassenden Zeichen zu entziffern.

MITCHELL SVEN THORNE
17. Februar 1902 – 28. Oktober 1956
London, Paris, Kapstadt, Caracas, Rom

Pater Delaney fragte: „Diese Städtenamen ... Ich versuche mich zu erinnern, warum sie hier angegeben sind."

„Er hat im Außenministerium gearbeitet, Pater. Das waren die Städte, wo er seinen Dienst versehen hat."

„Ach ja ..., und du wurdest in Südafrika geboren, nicht wahr?"

Ich nickte. Ich hatte nur ein Jahr dort gelebt.

„Und du warst vierzehn, als dein Vater starb, nicht wahr?"

„Ja. Schon fast fünfzehn."

Er preßte die Lippen zusammen und schüttelte den Kopf. „Du warst so jung. Ich erinnere mich noch, wie du beim Begräbnis ausgesehen hast; und dann diese ersten Jahre, als du immer mit deiner Mutter gekommen bist. Du warst immer so steif und schweigsam. Manchmal dachte ich, du mußt furchtbar zornig sein, und dann fragte ich mich, ob du vielleicht Angst hattest – wie einer, der ein Geheimnis weiß, aber sich nicht traut, es mit anderen zu teilen."

Verdutzt starrte ich ihn an. Wußte er es? Hatte er erraten, daß ich ganz sicher wußte, was andere nur vermuteten? Schnell wandte ich mich ab und sah ins Tal hinunter. Die Andeutungen des alten Priesters riefen mir jenen Tag wieder in Erinnerung: Sonntag, 28. Oktober 1956. Eine Jagdhütte, keine zehn Kilometer von der Stelle entfernt, wo ich jetzt stand. Mein Zimmer, kalt und karg möbliert, die Matratze abgezogen; ausgestreckt lag ich auf dem Bett und starrte zur Decke. Aus dem Transistorradio neben mir drangen verzerrte Stimmen. Ich hörte die Sportsendung. Es war das Wochenende, an dem wir die Jagdhütte bis zum nächsten Jahr winterfest machten. Mutter hat im anderen Zimmer herumrumort, hat saubergemacht, aber jetzt geht sie hinaus, und die Fliegengittertür schnappt zu. Gleich darauf schwinge ich meine Beine über die Bettkante, setze mich auf und sehe durchs Fenster, wie mein Vater von der Hütte wegläuft, und als er im Wald verschwindet, bemerke ich, daß er seine Schrotflinte bei sich trägt. In diesem Augenblick kristallisiert sich plötzlich die Spannung, die ich schon die ganze Woche in ihm und in meiner Mutter gespürt habe: Unter keinen Umständen darf man mit einem Gewehr in den Wald gehen, ohne vorher allen anderen zu sagen, was man vorhat – das war seine goldene Regel.

„Robert?" Sanft faßte mich Pater Delaney am Arm und holte mich in die Gegenwart zurück. „Wenn es dir nichts ausmacht, möchte ich dich etwas Persönliches fragen."

„Selbstverständlich, Pater."

Er zögerte und sah mir dann ins Gesicht. „Als dein Vater starb, wußtest du, daß es da alle möglichen Gerüchte gab?"

„Ja, ich wußte es."

Er schüttelte den Kopf. „Diese Gerüchte waren falsch, Robert. Ich kannte deinen Vater nicht sehr gut, aber doch gut genug. Glaube mir – sie waren falsch."

Den Bruchteil einer Sekunde lang sahen wir einander in die Augen. Dann aber, aus Dankbarkeit gegenüber dem alten Mann, gelang mir die Lüge: „Ja, Pater. Ich weiß . . . Ich glaube Ihnen."

FÜNF Minuten lang, während Pater Delaney bereits zur Kirche zurückging, starrte ich ins Tal hinab.

Voranschreitend wie dichter Nebel näherte sich die Regenwand. Dann spürte ich die ersten Tropfen, kalt und stechend, auf meinem Gesicht. Sekunden später, während der Regen stärker wurde, breitete sich ein schimmernder, samtener Glanz auf dem Grabstein aus. Ich fragte mich, ob ich sein Geheimnis bewahrt, fragte mich, ob der Geistliche seinen eigenen Worten geglaubt hatte. Und meine Gedanken kehrten wieder zu jenem Tag zurück. Wieder sah ich, vor Schreck wie gelähmt, meinen Vater im Wald verschwinden. Wieder begann mein Herz wie wild zu klopfen. Immer noch wußte ich mir keinen anderen Rat, als zu laufen – aber nie schnell genug. Am Waldrand stürzte ich schließlich zu Boden. Weil ich wußte, daß mein Vater in der Nähe sein mußte, versuchte ich zu schreien, aber ich war zu erschöpft und brachte keinen Ton heraus. Und dann, mit dem gewaltigen Knall des Schusses, explodierte in meinem Innersten die Frage: Warum? Warum hast du das getan? Während ich mich jetzt, mehr als zwanzig Jahre später, in der Gegenwart wieder damit abquälte, wußte ich, daß es immer noch die einzige Frage war, die zu stellen sich lohnte.

Ich hatte mir schon immer gesagt: Laß es sein, vergiß es, was willst du machen? Aber natürlich konnte ich es niemals vergessen – zumindest nicht ganz. Und daß meine Mutter in diesem Jahr nicht bei mir war, machte es noch schwerer. Als ich vom Friedhof weg durch die herbstlaubfarbenen Hügel der Appalachenabhänge von Pennsylvania fuhr, fühlte ich Mutter neben mir und hörte ihre Stimme, leise murmelnd, wie sie an ihn zurückdachte.

Meine Mutter, eine Französin, war meinem Vater begegnet, als man ihn 1938 nach Paris gesandt hatte. Der ehrgeizige junge Diplomat, der einem französischen Fabrikanten mit irgendwelchen Genehmigungen geholfen hatte, wurde dafür zum Abendessen eingeladen und machte sich dann mit seiner Tochter davon. Sie und mein Vater hatten sich ineinander verliebt, als Europa auf den Zweiten Weltkrieg zutaumelte. Ein knappes Jahr später, Ende Mai 1940, die

Deutschen marschierten schon auf Paris zu, heirateten sie schnell. Aus Angst, sein Status als Diplomat könnte nicht ausreichen, um die Sicherheit meiner Mutter zu gewährleisten, verließ er mit ihr in den ersten Juniwochen, als die britische Botschaft geräumt wurde, eilig die Stadt.

AM FRÜHEN Nachmittag war ich wieder daheim.

„Daheim" ist für mich Charlottesville, eine kleine Stadt in Virginia, ungefähr hundertfünfzig Kilometer südlich von Washington. Wie immer, wenn ich ankam, konnte ich nicht recht glauben, daß ich mich ausgerechnet hier niedergelassen hatte. Die kleine Universitätsstadt hat nur fünfunddreißigtausend Einwohner, wogegen ich in einer Reihe von Metropolen aufwuchs, in New York studierte und den größten Teil meiner journalistischen Laufbahn in großen Städten wie Berlin, Warschau und Moskau verbracht hatte. Aber als ich der wilden Jagd nach Erfolg müde war, entschied ich mich aus zwei Gründen für Charlottesville: wegen der ausgezeichneten Bibliotheken der Universität und wegen der Nähe zu Washington, wo ich die meisten Leute mit guten Beziehungen kenne. Jetzt, drei Jahre später, fühlte ich mich hier schon richtig heimisch, in meinem weißen Holzhaus im viktorianischen Stil.

Ich ließ meinen Volvo vor der Garage stehen, betrat durch die Vordertür das Haus und ging direkt in die Küche. Es war kalt, deshalb zündete ich den alten Holzofen an, machte mir einen Kaffee und trug ihn ins Wohnzimmer. Normalerweise war der Besuch am Grabe meines Vaters ein eintägiger Ausflug, aber diesmal hatte ich ihn als letzten Teil an eine zweiwöchige Reise nach New York und Boston angehängt, und deshalb machte der Raum jetzt einen verlassenen, tristen Eindruck auf mich. Um wieder von meinem Haus Besitz zu ergreifen, ging ich herum, rückte Kissen gerade, schob Vorhänge zurück und ließ mich aufs Sofa fallen. Quer über den Couchtisch verstreut lag meine Post. Vielleicht war ich einfach nur müde, vielleicht war es auch die besondere Atmosphäre dieses Tages, jedenfalls fand ich daran nichts Ungewöhnliches und begann etwas zerstreut, die Briefe durchzusehen. Ich trank meinen Kaffee aus und trug das ganze Zeug in mein Arbeitszimmer.

Wie die Arbeitszimmer der meisten Menschen, so sagt auch meines sehr viel über mich selbst aus: An der Innenwand stehen Bücherregale vom Boden bis zur Decke (zweitausend Bände, die meisten über die Sowjetunion); auf der Gartenseite, unter den Fenstern, befindet sich ein Tisch – mein wichtigster Arbeitsplatz. Dort liegt das Rüstzeug zur

Ausübung meines Gewerbes in der üblichen Unordnung verstreut: Papiere mit Notizen und Entwürfen, Separatabdrucke aus Zeitungen, zwei Tonbandgeräte Marke Uher, eine uralte Schreibmaschine, ein Talisman, von dem ich mich nicht trennen kann, und mein neuestes Spielzeug, ein Personalcomputer von IBM, eine Art Superschreibmaschine. Dieses Zimmer, eine Mischung aus Studierstube und Mönchszelle, ist auch insofern typisch, als ich eher ein Einzelgänger bin: den Wechselfällen des diplomatischen Dienstes ausgeliefert, lernte ich schnell, auf eigenen Beinen zu stehen. Noch etwas anderes hängt mit meinem Vater zusammen. Er starb 1956, ein Jahr vor dem Sputnik, und in der großen Panik, die daraufhin einsetzte, begann meine High-School in Washington Russischkurse abzuhalten. Das war damals genau das, was ich brauchte – etwas, in das ich mich verlieren konnte –, und bald war ich von der Sprache, vom Land, vom Volk völlig gefesselt. Es ist eine Faszination, der ich mich nie wieder entziehen konnte, und seit ich erwachsen bin, habe ich mir auf diese oder jene Weise meinen Lebensunterhalt zum großen Teil als „Rußlandexperte" verdient: als Zeitungskorrespondent in Osteuropa, unter anderem lange Zeit in Moskau, und jetzt als freier Journalist. An diesem Mittag wußte ich aber, daß ich zu müde war, um noch etwas Brauchbares zu Papier zu bringen. Ich ging ins Wohnzimmer zurück und las mich dort in den Schlaf.

Vom Klingeln des Telefons wachte ich wieder auf; es war drei Uhr nachmittags vorbei. Schlaftrunken torkelte ich ins Arbeitszimmer, um den Hörer abzunehmen; eine weibliche Stimme meldete sich: „Wir haben ein Telegramm für Sie, Mr. Thorne. Der Text lautet: ‚Lieber Robert. Habe ganze Woche versucht, Dich zu erreichen. Bitte dringend um Rückruf: 416922-0250. Alles Liebe. May.'"

May. May Brightman . . ., noch nach all den Jahren traf mich ihr Name wie ein Schlag in die Magengrube. Ich räusperte mich. „Könnten Sie mir sagen, von wo das Telegramm kommt?"

„Ja, Sir. Das Telegramm kommt aus Toronto, Kanada."

May war Kanadierin, aber wo sie im Augenblick lebte, wußte ich nicht.

„Könnten Sie mir noch einmal die Telefonnummer geben?"

Die Dame vom Telegrammbüro tat es, und ich legte auf.

May Brightman. Es war lange her, daß ich von ihr gehört hatte. Aber natürlich war die Verbindung nie ganz abgerissen. Es war so viel Zeit vergangen. Fast zwanzig Jahre. Sie hatte mich geliebt, hatte es nie geleugnet. Aber als ich sie fragte, ob sie mich heiraten wolle (ich war sehr jung und romantisch genug, um ihr den Antrag auf einer Bank im

Central Park von New York zu machen), hatte sie ja gesagt – nur widerrief sie eine Woche später und ohne Angabe von Gründen ihren Entschluß. Was in dieser Woche geschehen war, weiß ich immer noch nicht. Mir schoß durch den Kopf, wie unheimlich es war, daß mich ihr Telegramm gerade heute erreichte, denn das war wieder eine Verbindung zu meinem Vater. Ich hatte mein Leben im Schatten seines Todes gelebt, und May war mein größter Versuch gewesen, aus diesem Schatten herauszutreten.

Was konnte sie von mir wollen?

Ich goß mir einen Whisky ein und dachte nach. Fünf Jahre war es her, daß wir uns das letztemal gesehen hatten. Ich war zu der Zeit ziemlich knapp bei Kasse gewesen; irgendwie hatte sie davon erfahren und mir angeboten, in ihrem Haus bei Sancerre im Loiretal mein erstes Buch fertigzuschreiben. Das war typisch für unsere Kontakte all die Jahre hindurch. Man konnte nicht sagen, daß wir jetzt „einfach Freunde“ waren, denn die ursprüngliche Beziehung war zu kompliziert und intensiv gewesen und das Ende zu geheimnisvoll, um eine so neutrale Formulierung zuzulassen. Und doch blieb sie in Verbindung mit mir – fast so, als wollte sie mich beschützen. Vielleicht fühlte sie sich ein bißchen schuldig. Ich fragte mich sogar, ob sie vielleicht nur erfahren wollte, wie es mir ging.

Nur daß es im Telegramm „dringend“ geheißen hatte ... Nicht gerade ein Wort, das man mit ihr assoziieren würde. Da ihr Vater ein wohlhabender Mann war, hatte sie nie gearbeitet, und sie hatte immer schon das ruhige, kühle Selbstvertrauen der Reichen besessen und kaum je die Ruhe verloren. Es gab absolut nichts „Dringendes“ in ihrem Leben. Das einzige Mal, daß ich sie wirklich nervös erlebt hatte, das war an dem Abend gewesen, als sie mir mitteilte, daß sie unsere Verlobung lösen wollte – aber nach zwanzig Jahren konnte das wohl nicht der Anlaß für ihr „dringendes“ Telegramm sein. Aber was ... Ich stellte das Glas hin, nahm den Hörer ab und wählte die Nummer.

Sie meldete sich schon nach dem ersten Läuten. Und sie war offenbar sehr aufgeregt. „Robert ... Robert, Gott sei Dank, du bist es! Ich habe dich angerufen ..., vorige Woche ..., jeden Tag. Und ich habe dir schon vergangenen Mittwoch telegrafiert ...“

„Ich war in New York. Was ist los?“

Sie holte Atem. „Es handelt sich um meinen Vater. Er ist verschwunden.“

Ich hatte ihren Vater nie kennengelernt, aber ich wußte, daß er ihr viel bedeutete. Manchmal war mir sogar, als hätte ihre Entscheidung damals etwas mit ihm zu tun gehabt. Schließlich hatte sie ihre

Meinung erst geändert, nachdem sie nach Toronto geflogen war – um ihm die gute Nachricht zu überbringen, wie ich damals dachte.

„Wann ist das passiert?"

„Vor zehn Tagen. Samstag vor einer Woche."

„Hast du die Polizei benachrichtigt?"

„Ja. Sie ..., sie fürchteten, er wäre gekidnappt worden, aber es haben sich keine Entführer gemeldet, und jetzt meinen sie, er wäre einfach so losgezogen und würde schon wiederkommen. Aber er würde nie fortgehen, ohne mir etwas zu sagen."

In ihrer Stimme klang heller Zorn mit. Die Intensität ihrer Gefühle setzte mich in Erstaunen. Aber dann faßte sie sich und fügte hinzu: „Es tut mir leid, daß ich dich damit belästige ..."

„Aber ich bitte dich, was redest du! Ich versuche nur zu überlegen, wie ich dir helfen kann."

Sie zögerte. „Ich fürchte ..., ich fürchte, er hat sich das Leben genommen. Ich kenne alle Gründe, die du nennen wirst, um mir das auszureden ..., aber ich fürchte trotzdem ..."

Selbstmord. Heute, ausgerechnet heute war das keine Möglichkeit, die ich von vornherein ausschließen konnte. „Hast du einen bestimmten Grund, das anzunehmen?"

„Ja. Die Polizei glaubt mir nicht. Darum habe ich ja dich angerufen. Ich brauche jemanden, der gewisse Dinge für mich herausfinden kann. Du bist Journalist, Robert. Du weißt, wie man Bürokraten Würmer aus der Nase zieht. Aber ich möchte lieber nicht darüber sprechen, solange du nicht hier bist."

„Du willst also, daß ich nach Toronto komme?"

„Ja. Ich weiß, du hast viel zu tun ..."

In der Tat, ich hatte es eilig, wieder an die Arbeit zu gehen. Sie fügte hinzu: „Und natürlich zahle ich dir deine ... deine ... Unkosten."

„Red doch keinen Unsinn!" Ich war ganz sicher, daß ich ihr nicht helfen konnte, doch zumindest konnte ich ihr die Hand halten, bis ihr Vater wiederauftauchte. „Du kannst mir also jetzt nicht mehr darüber sagen?"

Ich hörte sie seufzen. „Du weißt, daß ich ein Adoptivkind bin."

„Ja. Ich erinnere mich."

„Es hat etwas damit zu tun. Das ist es, was du für mich herausfinden sollst."

„Na schön. Dann komme ich morgen zu dir."

Selbst durch das Telefon vernahm ich ihren Seufzer der Erleichterung. „Danke, Robert." Sie sagte mir, wo sie wohnte, wir verabschiedeten uns und legten auf ..., und in diesem Augenblick wußte ich, daß etwas nicht stimmte. Es war ein komisches Gefühl. Sekundenlang dachte ich, es wäre einfach das Telefongespräch gewesen – eine sonderbare Bitte unter seltsamen Umständen: Ängste in bezug auf den Selbstmord eines Vaters gerade an diesem Tag!

Doch Gefühle dieser Art konnten kaum die Ursache des heftigen Unbehagens sein, das mich jetzt überkam. Welche Maßstäbe man auch anlegte, Mays Ersuchen war ungewöhnlich. Aber das war es nicht, was mich beunruhigte, sondern ich hatte plötzlich eine weit ungewöhnlichere Empfindung – als ob ich beobachtet würde, als ob jemand mit mir im Haus wäre –, und dann wußte ich, was es war. Am Telefon hatte May gesagt, sie habe mir zwei Telegramme geschickt: das eine, das ich heute bekommen hatte, aber auch noch ein anderes, vergangenen Mittwoch, als ich in New York gewesen war. Es war nicht unter meiner Post gewesen, dessen war ich mir sicher, und jetzt sah ich noch einmal nach, um mich zu vergewissern. Es war nicht da. Schritt für Schritt ließ ich noch einmal vor meinem geistigen Auge vorbeiziehen, wie ich heute nachmittag mein Haus betreten hatte. Zunächst war ich, ohne mich aufzuhalten, direkt in die Küche gegangen. Von dort hatte ich den Kaffee ins Wohnzimmer getragen, ein bißchen Ordnung gemacht und mich aufs Sofa fallen lassen. Und erst in diesem Augenblick hatte ich meine Post gesehen: der große Haufen lag über den Couchtisch verstreut statt in der Diele unter dem Briefschlitz, wo er hingehörte.

Zweites Kapitel

Wie die meisten Amerikaner kenne ich Kanada kaum, und weil ich schon seit Jahren nicht mehr in Toronto gewesen war, kam mir die Stadt um vieles größer, reicher und lauter vor, als ich sie in Erinnerung hatte. May wohnte in der Innenstadt, in einer Gegend, die der Taxifahrer Kensington Market nannte. Ich ließ mich schon vorher absetzen, um ein bißchen zu Fuß zu gehen. Es handelte sich bei diesem belebten Stadtteil offenbar um ein altes, etwas heruntergekommenes Einwandererviertel, und ich vermutete, daß selbst die Immigranten nach Möglichkeit von hier wegzogen und einer ganz anderen Art von Leuten Platz machten: jungen Aufsteigern, die sich in den schicken Vororten langweilten und lieber Altbauten renovierten, Biokost aßen und Tee tranken. In der Straße, wo May wohnte, waren die Anzeichen dafür nicht zu übersehen: exotische Pflanzen in den Fenstern, Handwerker, die hinter alten Fassaden ganze Wohnungen umbauten, junge Frauen, die mit Flechtwerk überzogene Kinderwagen die Gehsteige entlangschoben, und überall kleine Läden und Boutiquen. In fünf Jahren würde dieser ehemalige Slum wieder eine gute Adresse sein.

Ich ging zu Mays Haus und läutete an der Tür.

Niemand öffnete.

Ich wartete einen Augenblick; dann stellte ich meine Reisetasche ab und ging um die Hausecke herum. In der Garageneinfahrt war ein orangefarbener VW Käfer geparkt – der einzige Wagen, den May fuhr; zwischen dem Garagenschuppen und der Gartenseite des Hauses befand sich ein Bretterzaun. Über den Zaun spähend, konnte ich in den Garten sehen. Er war sehr lang und schmal. Mittendurch ging ein Weg aus Steinplatten, und zu beiden Seiten, den Raum vollständig ausfüllend, wuchsen Rosensträucher, ein Gewirr grauer, dorniger Stämme, da und dort von Trauben blutroter Blüten betupft. Es war jetzt nach vier, aber ein bißchen Sonnenlicht fiel noch auf die umliegenden Häuser und Schuppen. In diesen Lichtschein blickend, konnte ich May sehen, wie sie, mir den Rücken zukehrend, mitten auf dem Weg kauerte und Rosensträucher beschnitt. Ihr langes, rotblondes Haar fiel über einen blauen Wollponcho, der seinerseits das Oberteil eines bis zu den Knöcheln reichenden, burgunderroten Kleides bedeckte. Ich beobachtete sie schweigend. Schon immer hatte May etwas Geheimnisvolles besessen, und ich fühlte, wie es jetzt wieder auf mich einwirkte. In diesem sonderbaren herbstlichen Licht erinnerte mich die Szene an alte, verblichene Fotografien von Gärten, in denen junge Mädchen mit großen Schuten in die Sonne blinzeln. Genau das ist einer von Mays geheimnisvollen Reizen, dachte ich: Sie gehört nicht ganz in diese Zeit. Und jetzt erhob sie sich. Ihr Kleid hochhaltend, ging sie den Weg hinunter auf einen vom Wetter mitgenommenen Schuppen zu, wo sie die kleinen abgeschnittenen Äste der Rosensträucher auf einen Komposthaufen schüttete. Als sie sich umdrehte, sah sie mich und lächelte. „Robert . . . Robert!"

„Ich bin gerade angekommen. Soll ich zur vorderen Tür zurückgehen, oder kann ich hier irgendwo rein?"

Auf mich zueilend, zeigte sie mir, wo zwei Bretter, die mit Scharnieren versehen waren, eine Tür bildeten, und ich trat durch das Gartentor. Mit einem Seufzen, das schon fast einem Stöhnen glich, warf May sich mir an die Brust, und ich hielt sie fest. „Gott sei Dank, daß du gekommen bist", flüsterte sie. Zitternd begann sie zu weinen.

Ich drückte sie noch fester an mich. „Mach dir keine Sorgen", murmelte ich, „es wird alles wieder gut werden."

Sie holte tief Atem, löste sich von mir und bemühte sich zu lächeln. „Ich glaube, ich habe dich nur herkommen lassen, um mich so gehenlassen zu können."

„Das ist die Reise schon wert."

Sie nahm mich dann bei der Hand und führte mich in eine große, gemütliche Küche. Am Tisch sitzend, sah ich ihr zu, wie sie Kaffee machte – die Mühle von Braun, die Filtermaschine von Melitta –, und hatte wieder das Gefühl ihres Fehl-am-Platze-Seins, das ich schon im Garten empfunden hatte. Dort hatte sie gut hineingepaßt, weil der Garten selbst aus einer anderen Zeit zu sein schien; hier, wo alles modern war, schien sie ein Fremdkörper zu sein. Aber jeder kleine, routinierte Handgriff in der Küche half ihr, sich wieder unter Kontrolle zu bekommen, und schließlich fing sie an zu reden: belangloses Geplauder über die für den Winter nötigen Arbeiten im Garten, Fragen über meinen Flug, über Charlottesville, über mein neues Buch. So gut es ging, teilte ich ihr das Neueste aus meinem Leben mit und gewann den Eindruck, daß sich das ihre nicht sehr verändert hatte. Sie hatte begonnen, Flöte zu spielen, und studierte Kompositionslehre am Konservatorium in Toronto; sie hatte ihr Haus und ihren Freundeskreis, sie liebte ihren Garten. May wurde ruhiger, während sie weitersprach, wenngleich sie die schreckliche Angst, die sie empfand, nicht verbergen konnte. Mehr Angst als gerechtfertigt? Wahrscheinlich nicht – schließlich war ihr Vater verschwunden.

Jedenfalls fragte ich, als wir, die zweite Tasse Kaffee vor uns, etwas gelöster dasaßen: „Glaubst du, du kannst mir jetzt erzählen, was geschehen ist?"

„Es gibt nicht viel zu erzählen. Eigentlich war es die Polizei, die sein Verschwinden entdeckt hat. Samstag, gegen drei Uhr morgens, fuhr ein Streifenwagen am Haus meines Vaters vorbei, und die Polizisten bemerkten, daß die Tür offenstand. Einer der Beamten ging hinein, aber niemand antwortete auf sein Rufen. Die Polizeibeamten gaben einen Bericht über Funk an ihre Zentrale und verschlossen die Tür. Am Morgen schickten sie wieder einen Wagen vorbei, aber da war immer noch niemand da. Ein Nachbar gab ihnen meine Adresse."

„Das war am Samstag . . ., dem achtzehnten?"

Sie nickte. „Die Polizei begann ihre Nachforschungen . . . Anfangs nahmen sie die Sache ernst, denn sie wußten ja, daß er wohlhabend war . . . Er lag nirgendwo im Krankenhaus, nicht im Leichenschauhaus, er . . ." Sie sprach nicht zu Ende. Eine Zeitlang hatte sie sich in der Gewalt gehabt, aber ganz plötzlich schienen ihre Nerven wieder aufs äußerste gespannt zu sein.

„Gab es keine Anzeichen dafür, daß er verreist war?"

„Ich habe schon unter seinen Kleidern nachgesehen, aber ich weiß über seine Garderobe zuwenig Bescheid; ich würde fehlende Kleidung nicht bemerken."

„Fährt er einen Wagen?"

Sie nickte. „Er stand in der Garage." Sekundenlang schloß sie die Augen. „Ich habe mir alle Möglichkeiten durch den Kopf gehen lassen, Robert. Es gibt einfach kein Lebenszeichen von ihm."

Ich lehnte mich zurück, denn ich wollte einen gewissen räumlichen Abstand zwischen uns schaffen. „Na gut, aber ich sehe noch immer keinen Grund für einen Selbstmord."

Sie senkte den Blick. „Ich habe dir doch schon gesagt, daß ich einen Grund habe, das anzunehmen."

„Ja. Es hat etwas damit zu tun, daß du adoptiert wurdest."

Sie griff nach einer Zigarette. Während sie sie anzündete, beobachtete ich ihr Gesicht. Es war ein breites, mädchenhaft sommersprossiges, ein wenig stupsnäsiges Gesicht. Als sie nun die Zigarette an die Lippen führte, bemerkte ich wieder, wie dünn ihre Handgelenke waren, zart, sehr lang, wie die einer Prinzessin oder einer sanften Maid auf den Bildern der Romantiker. Ihre knochigen und kräftigen Finger schienen jedoch eher zu einem rechten Bauernmädchen zu passen.

„Also schön. Ich wurde schon 1940, als Säugling, adoptiert. Ich war erst ein paar Monate alt. Ich erinnere mich nur an Harry ..., an meinen Vater, nicht an seine Frau, meine Adoptivmutter ..., denn ein Jahr später trennten sie sich. Ich blieb bei ihm. Er ist alles an Familie, was ich je hatte." Sie sah mich an. „Ich erfuhr erst mit vierzehn, daß ich ein Adoptivkind bin."

„War vierzehn nicht ein wenig spät, um es dir zu sagen?"

„Bis dahin hatte es keinen Unterschied gemacht. Es machte damals keinen und auch später keinen. Es hatte sich nichts geändert." Nach kurzem Zögern fuhr sie fort: „Aber ich möchte, daß du das Wesentliche erfährst. Als ich vierzehn war, hat er mir alles gesagt, was ich über meine Adoption weiß – ich war ein Baby, es war im Jahr 1940, und es geschah in Halifax. Das Thema war nie mehr zur Sprache gekommen ... bis vor ein paar Wochen."

„Was war da?"

„Eigentlich nichts. Er fing nur wieder an, darüber zu reden. Er begann, mich zu fragen, ob ich nicht wissen wolle, wo ich herkomme ... Dann fing er an, mich zu drängen: ‚Willst du wirklich nicht wissen, wer dein leiblicher Vater war ...'"

„Und?"

„Es interessierte mich nicht.“ Sie sah zu mir auf. „Aber etwas an der Sache hat ihm zu schaffen gemacht.“

„Überrascht dich das? Er ist ein älterer Mann. Wahrscheinlich wird er nicht mehr lange leben. Vielleicht wollte er dir nur eine letzte Gelegenheit geben. Aber was von alldem bringt dich auf den Gedanken, er könnte sich das Leben genommen haben?“

Meine Worte ließen sie zusammenzucken. „Ich bin nicht sicher. Was wäre, wenn sich meine wirklichen Eltern gemeldet hätten. Oder . . .“

„Oder was? Wenn du noch ein Kind wärst, gut, das hätte problematisch sein können. Aber jetzt? Ihr würdet alle zusammen essen gehen, euch die Hände schütteln, und das wär's auch schon gewesen.“

„Nicht unbedingt. Nehmen wir an, bei der Adoption wäre nicht alles mit rechten Dingen zugegangen, es wäre etwas Ungesetzliches . . .“

„Du hältst das für möglich?“

„Nein. Aber . . . man hört von Leuten, die Babys kaufen. Vielleicht . . ., vielleicht hat jemand etwas herausgefunden . . .“

Ich wartete, aber sie sprach nicht weiter. „Hast du das alles auch der Polizei erzählt?“

Sie nickte. „Die sind ganz sicher, daß er nicht erpreßt wurde – sie haben seine Konten überprüft. Sie hätten alle Möglichkeiten in Betracht gezogen, sagen sie, aber ich glaube es nicht.“

„Und jetzt möchtest du, daß ich . . .“

Sie sah mir direkt in die Augen. „Ja.“

„Soviel du weißt, war das das einzig Ungewöhnliche im Benehmen deines Vaters?“

„Ja. Es war das einzige, was mir einfällt.“

„Also gut. Ich gehe der Sache nach. Aber selbst wenn ich etwas herausfinde, wird es wahrscheinlich nichts mit dem Verschwinden deines Vaters zu tun haben.“

Sie lächelte. „Ich danke dir, Robert. Ich wußte, du würdest es tun.“

Ich drückte ihre Hand und spürte, wie sie nach dieser Nervenbelastung in eine Art Verlegenheit geriet; gleichzeitig war mir etwas eingefallen: „Ich habe meine Reisetasche vorne an der Tür stehenlassen.“

Sie lachte. „Mach dir keine Sorgen. Meine Nachbarn sind anständige Leute. Hol sie dir, und dann zeige ich dir dein Zimmer.“

Sie führte mich in den zweiten Stock hinauf, und nachdem ich geduscht hatte, streckte ich mich im Gästezimmer auf dem Bett aus und begann nachzudenken . . ., mehr über May als über ihren Vater. Was ihn betraf, machte ich mir keine großen Sorgen: Ich hätte wetten können, daß Harry Brightman, dem närrischen Einfall eines alten Mannes folgend, hinter einem Weibsbild herjagte, dessen Existenz zuzugeben, vor allem seiner Tochter gegenüber zuzugeben, ihm peinlich gewesen war. Die Polizei war wohl zu dem gleichen Schluß gekommen, und ich konnte tatsächlich nur einen Punkt ausmachen, der dem widersprach, und das war Mays Angst. Es war nicht ihre Gewohnheit, ohne Grund Alarm zu schlagen. Im Gegenteil: Unabhängigkeit von fremder Hilfe war immer einer ihrer markantesten Wesenszüge gewesen. Wenn sie mich jetzt um Beistand gebeten hatte, so war das nur ein Beweis für die innige Zuneigung, die sie für ihren Vater empfand. Bei diesem Gedanken schlief ich ein.

Ich konnte nicht lange dagelegen haben, aber als ich erwachte, war es draußen schon dunkel. Eilig raffte ich mich auf und ging nach unten zu May. „Ich bin hungrig wie ein Wolf. Wollen wir nicht etwas essen gehen? Auf dem Weg hierher habe ich ein jüdisches Restaurant gesehen. Wenn es dort einen guten Borschtsch gibt . . ."

Das Restaurant war wirklich gleich in der Nähe. Es handelte sich um eines jener altmodischen jüdischen Restaurants, mit einer Theke, an der alte Männer Tee mit Zitrone schlürfen, den *Jewish Forward* lesen und in den Zähnen herumstochern. Wir setzten uns an einen der einfachen Tische. Es gab tatsächlich Borschtsch, und es dauerte nicht lange, bis eine der stämmigen Kellnerinnen die Suppe brachte. Während ich eine Kartoffel hineintauchte, sagte May: „Das hier ist wie russisches Essen, nicht wahr?"

„Für manche jüdische Speisen trifft das zu, aber das hier ist eher polnisch. Das habe ich schon immer komisch gefunden: Die Russen und die Polen sind die größten Antisemiten, die es gibt, aber sie werden alle mit guter jiddischer Kost großgezogen. Ein bißchen sogar auch die Deutschen."

„Ich erinnere mich, daß auch Harry so etwas gesagt hat. Er ist ja Deutscher, weißt du. Brightman . . . Hellmann. Heinrich Hellmann. Er wurde in Berlin geboren. Seine Eltern starben während des Ersten Weltkriegs, und ein Onkel in Winnipeg adoptierte ihn – der Onkel änderte dann seinen Namen. Als er starb, hinterließ er sein Pelzgeschäft meinem Vater. Ich glaube, es würde dir Spaß machen, dich mit ihm zu unterhalten. Er sagt immer, richtig Geld verdient habe er mit Rußland, nicht mit Kanada. Er behauptet, Stalin habe ihn zum Millionär gemacht."

Ich verschluckte einen Bissen Kohl. „Das verstehe ich nicht."

„Außer der Kürschnerei hatte er ja auch ein Export-Import-Geschäft. In den dreißiger Jahren brachte er eine Menge Pelze aus der Sowjetunion hierher."

In Leningrad war ich einmal zu einer Pelzauktion gegangen. Es war eine ganz große Sache mit vielen Käufern aus aller Welt. „War er einmal dort?" fragte ich. „In Rußland?"

„O ja, mehrmals. Du müßtest wirklich mal mit ihm sprechen. Ich weiß, daß er einem der prominentesten Bolschewisten begegnet ist ... Es war nicht Lenin, sondern ... ein gewisser Sinowjew?"

„Ja." Das konnte stimmen. Sinowjew, ein guter Freund Lenins und der Erste Vorsitzende der Komintern, war ein vergleichsweise kosmopolitischer und vielgereister Mann gewesen – Eigenschaften, die sein Interesse an einem ausländischen Geschäftsmann geweckt haben könnten, der kühn genug war, das nachrevolutionäre Rußland zu besuchen. Diese Attribute waren es natürlich auch gewesen, die ihn zum ersten bekannten Bolschewisten gemacht hatten, den Stalin hatte hinrichten lassen. Das war 1936 gewesen; also hatte Brightman die Sowjetunion vermutlich vor diesem Zeitpunkt besucht. „Ich würde mich sehr gern mit ihm unterhalten", fuhr ich fort. „Augenzeugen aus dieser Zeit gibt es nicht mehr viele. Aber das Geschäft war wohl sein Leben", sagte ich.

„Ich weiß nicht recht. Vor fünfzehn Jahren hat er es verkauft, und seitdem ist er genauso glücklich. Er reist viel – das haben wir gemeinsam –, er liebt Kunst und sammelt Kunstgegenstände. Und ich bin auch noch da. Er ist mir sehr zugetan, das ist er immer gewesen."

Während sie bisher über ihren Vater ganz nüchtern gesprochen und sich unter Kontrolle gehalten hatte, schien sie jetzt die Beherrschung zu verlieren und rang um Fassung. So gut ich konnte, steuerte ich das Gespräch in eine andere Richtung. Inzwischen waren wir beim Kaffee angelangt.

Als wir unsere Mahlzeit beendet hatten, war es erst zehn. Ich schlug vor, noch ein wenig spazierenzugehen. May erklärte mir die Stadt: Sie war schachbrettartig angelegt. Wir gingen eine breite, öde, windige Straße hinauf – und bogen dann nach Osten in die Bloor Street ab. Das war offenbar eine Hauptverkehrsstraße; selbst bei dieser Kälte waren viele Menschen unterwegs. Als wir an eine Ecke kamen, deutete May auf eine Seitenstraße. „Da hinten wohnt Harry übrigens."

„Können wir uns sein Haus anschauen?"

„Gut. Es ist nicht weit."

Ganz plötzlich, nur wenige Häuserblocks von der Stadtmitte entfernt, befanden wir uns in einem soliden alten Wohnviertel. Das war keine Armeleutegegend; mächtige spätviktorianische Villen erhoben sich auf üppigen Rasenflächen, umgeben von riesigen Ulmen und Ahornbäumen. May blieb plötzlich unter einer Laterne stehen und deutete auf die andere Straßenseite. „Das ist das Haus. Das da hinter dem Gitter."

Das Gebäude hinter dem schmiedeeisernen Zaun wurde teilweise von einer Hecke verdeckt und wirkte düster und protzig. „Es ist zu groß für ihn", bemerkte May. „Das sagt er schon seit langem, aber er kann sich nicht aufraffen auszuziehen."

„Holst du seine Post ab?"

„Nein ..." Sie lächelte nervös. „Ich habe zu große Angst hineinzugehen."

„Dann hol ich sie. Hast du einen Schlüssel?"

Sie wollte nicht, daß ich ging, das war nicht zu übersehen. Aber nach einem Augenblick des Zögerns nahm sie einen Schlüssel aus ihrer Handtasche. Ich überquerte die Straße. Knarrend öffnete sich das Tor, und ich ging über einen mit Steinplatten belegten Weg zur Tür hinauf, die mit einem Klopfer versehen war, der zu einem Pelzhändler paßte – ein Schneeschuh, der einen Fuchs auf die Schnauze schlug. Ich drehte den Schlüssel herum und drückte die Tür nach innen, wobei ich einen ansehnlichen Haufen Post vor mir herschob.

Einen Lichtschalter konnte ich nicht finden, aber nach einer kleinen Weile gewöhnten sich meine Augen an das Halbdunkel, ich hob die Post auf und trat in die große Diele. Rechter Hand führte eine Treppe nach oben, links stand eine Tür halb offen. Ich tastete mich zur Treppe vor. Auf dem unteren Geländerpfosten stand eine Lampe, die ich einschaltete, und mit der Hand am Geländer stieg ich hinauf. Der Treppenabsatz im Obergeschoß war stockfinster, aber ich tastete mich weiter und stieß gleich darauf gegen einen Türrahmen. Die Tür stand offen. Ich trat in das Zimmer, fand den Lichtschalter und drehte die Deckenbeleuchtung an. Ich war in Brightmans Bibliothek geraten. Es handelte sich um ein sehr großes Zimmer mit dunkler Eichentäfelung. Trotz seiner Größe vermittelte der Raum ein Gefühl drangvoller Enge, weil er mit Bücherregalen, Kabinettschränken und Vitrinen vollgestellt war. Die Vitrinen enthielten ausgestopfte Tiere, jedes in natürlicher Haltung (so nagte zum Beispiel ein auf den Hinterbeinen stehender Biber an einem Ast, den er in den Pfoten hielt; ein Luchs tappte verstohlen über einen Baumstamm), was das irisierende Glitzern ihrer Augen noch schauerlicher erscheinen ließ. Allerdings war eine solche Sammlung im Hinblick auf Brightmans Geschäfte irgendwie verständlich.

Eine ganze Wand des Zimmers war mit gerahmten Drucken und Stichen bedeckt; in fünf Reihen zogen sie sich bis zur Decke hinauf; sie luden den Besucher nicht so sehr ein, sie zu bewundern, als vielmehr, sie zu zählen. Alles war von modernen Künstlern, und viele wiesen jene schwerblütige, dramatische Qualität auf, die für die Propagandakunst der dreißiger Jahre charakteristisch ist. Ein Blatt, das mir auffiel, war von dem russischen Künstler Wladimir Faworski: Kosaken, Arbeiter, Soldaten, Lenin und Trotzki, ihre Gestalten perspektivisch verkleinert, um in eine Landkarte von Rußland während des Bürgerkriegs Anfang der zwanziger Jahre zu passen. Meinen Rundgang beendete ich vor Brightmans Schreibtisch. Darauf stand eine Fotografie – klein, neun mal dreizehn Zentimeter, in einem einfachen Holzrahmen. Brightman war ein großgewachsener, stämmiger Mann, seine mächtige Brust fiel zu einem gemäßigten Bauch ab. Sein Gesicht war breit und freundlich, und der Haaransatz ging bereits zurück, wodurch seine Stirn sehr hoch wirkte. Es erschien mir ein wenig eigenartig, ein Bild von sich selbst auf dem Schreibtisch zu haben, aber als ich es aufhob, begriff ich seinen wahren Wert, denn auf der Rückseite, mit ungelenker Hand gekritzelt, fand ich die Worte: *Harry Brightman, aufgenommen von May Brightman mit ihrer eigenen Kamera, Georgian Bay, am 1. August 1949.*

Ich stellte die Fotografie zurück. Harry Brightman, wie May ihn gesehen hatte ... Was für ein Mensch hatte in diesem Raum gelebt und gearbeitet? Und warum hatte er ihn verlassen? Zum erstenmal ging mir durch den Kopf, daß die Antwort auf diese Frage interessanter sein könnte, als ich zunächst gedacht hatte. Aber im Augenblick konnte ich sie nicht beantworten. Ich warf einen letzten Blick über die Schulter, betätigte den Lichtschalter ... und erstarrte.

Ich stand ganz still. Der Flur vor mir war stockfinster. Aber ich wußte, daß ich nicht allein war.

Schritte, sanft wie ein zarter Hauch, kamen den Gang herunter. Auf mich zu. An mir vorbei. Und einen Augenblick lang sah ich ein Gesicht – ein Gesicht und einen Schimmer von rotem Haar –, und mit einem wilden Blick starrte mir jemand in die Augen, der ein Gesicht so schmal wie ein Wiesel hatte und totenblaß war.

Dann war er verschwunden.

Mein Herz klopfte – klopfte so laut, daß ich nichts anderes hören konnte. Ich horchte angespannt. Der Teppich auf der Treppe war sehr dick, dennoch vernahm ich rasche, tappende Schritte ..., aber dann hörte ich nichts mehr.

Vorsichtig schlich ich mich durch den dunklen Gang zum Treppenabsatz. Das Licht auf dem Geländerpfosten unten schimmerte herauf. Ich blieb stehen und horchte. Nichts. Er mußte fort sein. Und wenn nicht? Wenn er in der Diele, im Gang, der nach hinten führte, wartete? In dem Moment, da ich die Treppe verließ, würde ich deutlich sichtbar sein.

Langsam stieg ich hinab. Auf halber Höhe entdeckte ich an der Wand die Steckdose, von der das Kabel zu der Lampe auf dem Geländerpfosten führte. Mich am Geländer festhaltend, beugte ich mich vor und zog den Stecker heraus.

Vor meinen Augen zuckten rote Blitze. Ich wartete, bis sie verblaßt waren, und stieg dann die letzten Stufen in die Diele hinunter. Nichts rührte sich. Ich setzte meinen Weg zur Rückseite des Hauses fort. Hier gab es ein wenig Licht, grau und trübe wie Nebel; da hinten lag wohl die Küche. Ich wartete und lauschte. Ein anspringender Kühlschrank erschreckte mich fast zu Tode, aber es war niemand da, und als ich die Hintertür überprüfte, schien sie fest verschlossen zu sein. Rasch ging ich wieder nach vorne. Entweder war er hier entwischt oder durch den Keller. Ich öffnete die Tür und trat in den Garten hinaus.

Ich erzählte May nichts von meinem kleinen Abenteuer.

Sie hatte schon jetzt Angst genug, und ich sah keinen Anlaß, sie noch mehr zu erschrecken.

Je länger ich darüber nachdachte, um so mehr schien mir, daß das Geschehen im Haus in Wirklichkeit mich und nicht May betraf. Vielleicht hatte ich nur einen Einbrecher überrascht – schließlich war Brightman ein reicher Mann und wohnte in einer vornehmen Gegend. Aber wenn Brightmans Verschwinden mehr war als nur rücksichtslos, wenn es dafür echte Gründe gab, dann konnte es sein, daß seine Sorge um Mays Adoption damit im Zusammenhang stand.

Am nächsten Morgen begann ich wirklich damit, die ganze Geschichte ernst zu nehmen. Ich arbeitete schnell. Ich war kein schlechter Reporter gewesen, und das Sammeln von Informationen gehörte zu meinem täglichen Brot. Ich begab mich in die Stadtbibliothek von Toronto und fand heraus, daß in Kanada die Adoption in die Zuständigkeit der Provinzen fällt, also der Gesetzgebung der einzelnen Bundesstaaten unterliegt. Für Mays Adoption waren also die Gesetze von Neuschottland maßgebend gewesen, der Provinz, in der Halifax liegt. Die meisten Provinzen haben öffentliche oder halböffentliche Körperschaften eingerichtet, die die ganze Prozedur abwickeln; sie werden gewöhnlich „Kinderhilfsgesellschaften“ genannt. Der Grundpfeiler des ganzen Systems ist Geheimhaltung, absolute, sakrosankte Geheimhaltung. Weder Mutter noch Kind sollen jemals voneinander erfahren. Und darauf gründet sich die Macht dieser Kinderhilfsgesellschaften: Sie üben vollständige Kontrolle aus. Die Adoptiveltern sollen nicht von der Vorstellung geplagt werden, die leibliche Mutter könnte sich eines Tages melden.

Wenn May über Vermittlung einer solchen Kinderhilfsgesellschaft adoptiert worden war, gab es nur eine Möglichkeit, die Identität der leiblichen Mutter zu eruieren: die Kontaktnahme mit jemandem aus der für Mays Adoption zuständigen Behörde. Es kam allerdings auch immer noch vor, daß Adoptionen privat zustande kamen, die in der Regel durch Anwälte und Ärzte vermittelt wurden. In solchen Fällen wäre also der Rechtsanwalt die Schlüsselfigur.

Es war gegen drei, als ich zu May zurückkehrte und ihr in knappen Worten berichtete, was ich erfahren hatte.

„Es wird also ein hartes Stück Arbeit sein, falls ich über Vermittlung einer solchen Gesellschaft adoptiert wurde“, sagte sie.

„Es wäre natürlich einfacher, wenn ich wüßte, ob du privat adoptiert worden bist oder nicht.“

„Ich habe dir alles gesagt, was ich weiß. Ich wurde 1940 in Halifax adoptiert.“

„Aber dein Vater wird doch sicher einen Anwalt haben.“

„Selbstverständlich. Er heißt Stewart Cadogan und war vermutlich auch schon 1940 sein Anwalt. Alt genug ist er.“

„Er dürfte es auf jeden Fall wissen. Ruf ihn bitte an, und stell das fest. Wenn er sagt, daß du privat adoptiert wurdest, mach einen Termin aus, und wir gehen zu ihm.“

May warf einen verlegenen Blick auf mich. „Wenn es dir nichts ausmacht, mir wäre es lieber, wenn du allein hingehen würdest. Ich mag ihn nicht. Wir haben uns nie gut verstanden.“

Wieder spürte ich, wie ihre Angst aufflackerte. „May . . ., bist du sicher, daß das alles ist, was du weißt?“

Sie hob beide Arme und fuhr sich mit den Fingern durch die Haare, aber dann lächelte sie und antwortete mir mit ruhiger Stimme: „Du mußt das verstehen. Ich habe mein ganzes Leben mit dieser Adoptionsgeschichte gelebt, und ich möchte lieber nichts daran geändert wissen. Selbst falls du herausfinden solltest, daß meine Adoption etwas mit Harrys Verschwinden zu tun hat, wäre es mir lieber, wenn du die Polizei davon in Kenntnis setzen würdest und es ihr überläßt, ihn zu finden. Aber ich möchte nicht mehr wissen, als absolut nötig ist.“

Ich nickte, obwohl ich nicht gerade glücklich über ihre Einstellung war. „Ich werde es versuchen. Aber du weißt, dieser Anwalt könnte sich möglicherweise weigern, mich allein zu empfangen. Deine Adoption ist eine Vertrauenssache – Schweigepflicht . . ."

„Keine Sorge. Das mach ich schon."

Ich wartete in der Küche, während May ans Telefon in der Diele ging. Zehn Minuten später war sie wieder da. „Eine gute Nachricht: Meine Adoption wurde privat vermittelt."

„Aber er will nicht darüber sprechen?"

„Nun ja, er wollte nicht recht, aber ich habe ihn überredet. Ich muß dir ein paar Zeilen mitgeben, die ihn formell autorisieren."

Stewart Cadogan, Rechtsanwalt und Notar, hatte sich bereit erklärt, mich noch am gleichen Tag zu empfangen, aber erst um halb sieben; so setzte ich mich bei Einbruch der Dämmerung in Mays Volkswagen.

Gut eingeführte, erfolgreiche Anwaltskanzleien können sehr eindrucksvoll sein, und Cadogans Kanzlei gehörte zu dieser Kategorie. Von einem würdevoll in Schwarz gekleideten Portier wurde ich in einen Vorraum geleitet, wo mich eine altjüngferliche Sekretärin ziemlich schlecht gelaunt in Empfang nahm – wahrscheinlich hatte sie meines späten Termins wegen länger dableiben müssen.

Nachdem sie mich angemeldet hatte, betrat ich Cadogans Heiligtum. Es war groß und düster. Um mich zu begrüßen, erhob sich Cadogan von einem Lehnsessel hinter einem alten Schreibtisch. Er war sehr groß, etwas gebückt und hatte einen mächtigen, kahlen Schädel. Mays Brief entgegennehmend, deutete er auf einen Ledersessel. Ich setzte mich und sah zu, wie er stirnrunzelnd und argwöhnisch zu lesen begann.

Als er fertig war, hob er den Kopf und sah mich an: „Sie werden dafür Verständnis haben, Mr. Thorne, daß ich Ihre Situation in gewisser Weise etwas heikel finde?"

„Das war mir klar."

Ein Lächeln spielte um seine Lippen. „Dann ist Ihnen sicherlich ebenfalls klar, daß dies auch auf meine Situation zutrifft."

Ich blieb stumm. Einen Augenblick später stand er auf. „Es ist ja schon nach sechs. Darf ich Ihnen einen Drink anbieten, Mr. Thorne?"

„Danke, Sir, das wäre überaus freundlich von Ihnen."

Er ging um seinen Schreibtisch herum zu einem lackierten Kabinettschrank und nahm Flaschen und Gläser aus dem Schrank. „Sie sind ein junger Mann und werden Whisky bevorzugen. Ich bin alt und muß mit Sherry auskommen." Das war als Scherz gemeint, darum lächelte ich. Er schenkte ein, reichte mir mein Glas und ließ sich wieder hinter seinem Schreibtisch nieder. „Wie ich es sehe", begann er, „versuchen Sie Miß Brightmans Vater zu finden."

„Das stimmt nicht ganz, Sir. May glaubt, ihre Adoption könnte mit dem Verschwinden ihres Vaters zu tun haben, und hat mich gebeten, diese Möglichkeit zu prüfen."

Er sah mir direkt in die Augen, doch mit der Hand tastete er nach einer Akte, die auf dem Schreibtisch lag. „Adoption. Eine überaus private Angelegenheit."

„Sehr richtig."

„Eine vertrauliche Angelegenheit. Eine Familienangelegenheit. Es ist Ihnen wahrscheinlich bekannt, daß ich mich erbötig gemacht habe, Miß Brightman über alles in Kenntnis zu setzen, was ich von der Sache weiß, sie mich aber gebeten hat, nur Sie, Mr. Thorne, ins Vertrauen zu ziehen."

„Das ist mir bekannt."

„Ohne Anstoß erregen zu wollen, Mr. Thorne, darf ich darauf hinweisen, daß ich nicht verpflichtet bin, Ihnen überhaupt etwas zu sagen. Miß Brightman ist ebenso mein Mandant wie ihr Vater, aber diese Dokumente kommen aus Mr. Brightmans Akte, nicht aus der von Miß Brightman. Genaugenommen kann nur er Ihnen die Erlaubnis geben, sie zu lesen."

„Da haben Sie sicher recht – genaugenommen."

Er streifte mich mit einem Blick. „Als Anwalt finde ich es durchaus in Ordnung, die Dinge genau zu nehmen."

„Darf ich fragen", konterte ich, „ob Sie der Meinung sind, daß es einen Zusammenhang gibt zwischen Brightmans Verschwinden und der Adoption seiner Tochter?"

Er runzelte die Stirn. „Ich sage nicht ja, Mr. Thorne, aber ich sage auch nicht nein. Ich kann Ihnen auch deshalb Einsicht gewähren, weil ich weiß, daß Mr. Brightman von mir erwarten würde, daß ich den Wünschen seiner Tochter entspreche ..., und weil die Dokumente, wie Sie sehen werden, nur wenige Geheimnisse enthalten." Noch bevor ich auf diese Äußerung eingehen konnte, schob er mir die Akte über den Schreibtisch. „Es gibt eine Lücke in dem Adoptionsgesetz, das damals in Kraft war, die Mays Fall besonderes Interesse verleiht. Sie werden mich verstehen, wenn Sie dies lesen."

Ich schlug die Akte auf. Ein Rechtsgutachten auf einem dünnen Durchschlagpapier, adressiert „an G. C.", faßte das Adoptionsgesetz von Neuschottland zusammen und konzentrierte sich im besonderen auf die „Einwilligungen", die gegeben werden mußten, bevor die Adoption vom Vormundschaftsgericht genehmigt wurde. Es hieß in dem Gutachten: „Wenn eine Person, deren Zustimmung üblicherweise erforderlich ist, nicht gefunden werden kann, muß das Gericht durch ein Inserat nach dieser Person suchen; meldet sich die Person auch dann nicht, wird die Einwilligung als gegeben betrachtet." Das Gutachten schloß: „NEIN: Die persönliche Anwesenheit des Kindes vor Gericht wird wahrscheinlich nicht erforderlich sein; und JA: Unser Mandant wird verheiratet sein müssen. Hierbei handelt es sich nicht um eine ausdrückliche Bestimmung des Gesetzes, es wird aber in der Praxis fast immer verlangt."

Ich sah zu Cadogan auf: „Ich nehme an, daß mit dieser Zusammenfassung einem Ersuchen Mr. Brightmans entsprochen wurde?"

„Ja. Davon steht zwar nichts in der Akte, aber vermutlich kam er hierher in die Kanzlei und sprach persönlich mit meinem Vater."

Ich richtete meinen Blick auf die erste Zeile des Gutachtens: „‚G. C.' ist Ihr Vater?"

„Ja."

Ich wandte mich wieder der Akte zu. Die nächsten Blätter enthielten Korrespondenz zwischen Brightman und Cadogans Kanzlei, und dann folgten vergilbte Zeitungsausschnitte aus *The Royal Gazette*, dem Amtsblatt der Provinzregierung. Unter anderen Anzeigen sah ich die Überschrift: ADOPTIONSGESETZ – IN SACHEN FLORENCE ESTHER RAINES. Der Text lautete:

> An Florence Esther Raines, gegenwärtig unbekannten Aufenthaltes, Mutter von Elizabeth Ann Raines
> BEKANNTMACHUNG: Entsprechend den gesetzlichen Bestimmungen und wie im folgenden angeführt, wird Ihnen zur Kenntnis gebracht, daß ein Antrag betreffend die Annahme an Kindes Statt der Minderjährigen Elizabeth Ann Raines eingebracht wurde und am Freitag, den 28. Juni 1940 um zehn Uhr vormittags im Sitzungssaal des Amtsgerichtes in der Spring Garden Road, Halifax, Neuschottland, gehört und entschieden werden wird.

Ich überschlug eine Seite und kam zu dem eigentlichen Adoptionsantrag, der die vollständige und amtlich beglaubigte Geschichte von May Brightmans „Annahme an Kindes Statt" enthielt:

Demzufolge wünschten „die Antragsteller, Harold Charles Brightman mit Wohnsitz in Toronto, im Pelzhandel tätiger Kaufmann, und seine Ehefrau Ellen Sarah Brightman, ein Kind weiblichen Geschlechts namens Elizabeth Ann Raines, uneheliche Tochter der Florence Esther Raines aus Halifax in der Provinz Neuschottland, an Kindes Statt anzunehmen. Besagtes Kind steht im Alter von zehn Monaten; es wurde am 12. Juni 1939 geboren. Besagtes Kind wurde wenige Wochen nach seiner Geburt der Pflege von Dr. Charles Grainger, Arzt, überlassen ..."

Ich drehte die Seite um. Das letzte Blatt der Akte war der offizielle, vom Gericht bestätigte Annahmevertrag. Ich war von alledem nicht sonderlich beeindruckt und fragte Cadogan bloß: „Das heißt also, daß May Brightmans Adoption immer schon allgemein bekannt war?"

„Natürlich. Um ihre Adoption hat es nie Geheimnisse gegeben, und wie Sie gesehen haben, ist alles völlig legal abgewickelt worden."

„Getreu den Buchstaben, aber wohl nicht ganz im Sinne des Gesetzes", wandte ich ein.

„Wie meinen Sie das, Mr. Thorne?"

„Ich denke an Brightmans Eheschließung." Ich blätterte zurück. „In diesem Rechtsgutachten wird mehr als nur angedeutet, daß er, als das Verfahren eingeleitet wurde, nicht verheiratet war. Der Gutachter hat darauf hingewiesen, daß er das würde sein müssen. Demnach wird diese Ehe wohl nur pro forma geschlossen worden sein."

Cadogan bedachte mich mit einem frostigen Lächeln.

„Mag sein", gab er zu, „aber ich nehme an, Mr. Brightman war nicht der erste Mann, der sich ein Kind wünschte, ohne sich deswegen mit einer Frau belasten zu wollen. Er war schon damals wohlhabend und richtete sich die Dinge einfach so ein, wie sie ihm paßten."

Brightman, ein reicher Mann, wünscht sich ein Kind. Aber nicht irgendeines, nein, dieses Kind! Also macht er die lange Reise nach Neuschottland, weil ... Doch dann entglitt mir der Gedanke.

Cadogan half mir weiter: „Mein Vater hat sich damals um die Adoptionsangelegenheit gekümmert. Daher kann ich Ihnen auch nicht mehr sagen als das, was in den Akten steht. Brightmans Scheidung habe ich dann später selbst durchgeführt. Das war 1951 oder 1952, glaube ich. Damals lebte Brightman schon seit Jahren von seiner Frau getrennt."

„Könnte seine Frau etwas damit zu tun haben?"

„Nein."

„Und trotzdem schließen Sie einen Zusammenhang zwischen Brightmans Verschwinden und der Adoption nicht gänzlich aus?"

Zum erstenmal schien Cadogan sich unbehaglich zu fühlen. Er senkte seinen Blick. „Wir aßen in regelmäßigen Abständen gemeinsam zu Mittag", begann er. „Als ich Brightman das letztemal sah, spürte ich, daß ihn etwas beunruhigte. Er erwähnte eine Frau. Mir war klar, daß er von einer Liaison sprach, von einer Beziehung in seiner Vergangenheit. Aber er ging nur ganz flüchtig darauf ein."

„Hat er einen Namen genannt?"

„Anna. ‚Wenn ich zurückblicke', sagte er, ‚gibt es nichts, was größere Trauer in mir hervorruft als sie.' Wir hatten über die Vergangenheit gesprochen, über den Krieg. Er hatte ein bißchen mehr getrunken als sonst. Er sprach, als ob ich wüßte, wovon er redete."

„Aber Sie wußten es nicht?"

„Nein. Danach zu fragen hätte uns beide in Verlegenheit gebracht."

„Ich verstehe ..., aber bei dieser Angelegenheit hier gibt es keine ‚Anna'. Das Baby hieß Elizabeth Ann ..."

Wie um eine nebensächliche Frage abzutun, hob er seine Hand vom Schreibtisch. „Was spielt ein Name für eine Rolle? Es könnte sich um einen Spitznamen, einen Kosenamen ..."

Und jetzt, jetzt endlich hatte ich's! Mir klang Mays Stimme in den Ohren: „Er fing an, mich zu drängen: ‚Willst du wirklich nicht wissen, wer dein leiblicher Vater war ...'" Aber bei solchen „Geständnissen" über die Hintergründe von Adoptionen konzentrierte sich doch das Interesse üblicherweise auf die Identität der Mutter ... Diese Überlegungen müssen sich auf meinem Gesicht gezeigt haben, denn nun fragte Cadogan: „Ich nehme an, Sie haben die zwingende Schlußfolgerung gezogen, Mr. Thorne?"

„Ja, Sir."

Und das hatte ich auch. Als Harry Brightman May adoptierte, hatte er vermutlich nur seine eigene unehelich geborene Tochter adoptiert. „Sind Sie damals, während Ihres Gesprächs, zu diesem Schluß gekommen?" fragte ich.

„Nein, ich hatte es schon seit seiner Scheidung vermutet – da mußte er mir das Notwendigste wenigstens andeutungsweise erzählen." Der alte Herr sah absichtlich auffällig auf die Uhr. „Wenn Sie mich jetzt entschuldigen wollen ... Ich denke, ich habe Ihnen alles gesagt, was ich weiß."

„Ja, Sir. Und dafür danke ich Ihnen."

Ich erhob mich. Cadogan hielt mir nicht seine Hand entgegen. Darum nickte ich nur, drehte mich um und verließ den Raum. Draußen wartete der Pförtner. Ich folgte ihm die Treppe hinunter durch die schwere Eichentür auf die Straße hinaus.

Ein feiner Sprühregen fiel. Ich stand auf dem dunklen Gehsteig, ließ die Nässe kalt und stechend auf meinem Gesicht prickeln und holte tief Atem. Würde ich es May sagen? Ich hatte wirklich keine Ahnung, was ich tun sollte. Und ganz plötzlich – es muß der Regen gewesen sein – war ich wieder auf dem Friedhof, wo mein Vater begraben lag, und mich überkam ein unheimliches Gefühl: ein dunkles, quälendes Gefühl, daß kein Zufall mich hierhergebracht hatte, daß Brightmans Schicksal ganz eng mit dem meinen verbunden war. Sollte ich, was ich entdeckt hatte, für mich behalten? May hatte mir klare Anweisungen gegeben: Wenn es nicht unbedingt nötig war, wollte sie nichts wissen. Also hatte ich vielleicht gar nicht das Recht, es ihr zu sagen, denn noch stand nicht mit Sicherheit fest, ob es zwischen der Adoption und Brightmans Verschwinden einen Zusammenhang gab. Warum aber sollte er geflohen sein?

Während ich langsam in Richtung Auto ging, begann eine leise Stimme mir den Rat zuzuflüstern: Laß die Finger davon, laß die Finger davon! Aber wahrscheinlich wußte ich schon zu diesem Zeitpunkt, daß ich mich nicht daran halten würde. Ich hatte etwas herausgefunden, was keiner hätte wissen sollen – und das, was ich jetzt wußte, konnte noch nicht alles sein.

Drittes Kapitel

Am nächsten Morgen flog ich nach Halifax in Neuschottland. In dichtem Nebel gingen wir im Blindflug in Kanadas berühmtem östlichem Hafen nieder. Vorsichtig bewegte sich das Flugzeug auf den Boden zu. Plötzlich war uns die Erde erschreckend nah, und mit computergesteuerter Eleganz glitten wir über eine regenglatte Rollbahn.

Ich fuhr mit dem Taxi ins Zentrum. Es war eine kleine viktorianische Garnisonsstadt mit verwitterten Häusern, engen Straßen und jenem Geruch nach Salz und Dieselöl, wie er Seehäfen auf der ganzen Welt eigen ist.

Von meinem Hotelzimmer konnte ich die Kaianlagen überblicken. Während ich ein Frühstück zu mir nahm, sah ich aus dem Fenster. Der anhaltende melancholische Klang eines Nebelhorns brachte das Glas zum Klirren. Der Nebel war schlimm, aber nicht so schlimm, daß man deswegen den Hafen gesperrt hätte. Ein Kriegsschiff kam in Sicht, grau, düster und bedrohlich wie ein Hai. Der Anblick erinnerte mich an den Zweck meiner Reise. May Brightman war im Juni 1940 adoptiert worden; im selben Monat war Frankreich gefallen. Noch fehlten achtzehn Monate bis zum Kriegseintritt der Vereinigten Staaten, aber hier in diesem Hafen hatte sich der erste der atlantischen Konvois darauf vorbereitet, den Fehdehandschuh der U-Boote aufzunehmen. Ob Harry Brightman sie sich wohl angesehen hatte? Vielleicht – obwohl er vermutlich andere Dinge im Kopf gehabt hatte.

Florence Raines, zum Beispiel, die Frau, die er geschwängert hatte. Oder vielleicht Charles Grainger, den Arzt, der sich des Kindes angenommen hatte. Oder möglicherweise auch das Kind selbst, das kleine Mädchen, dem er später den Namen May gab. Vierzig Jahre danach begann ich mir über sein Problem den Kopf zu zerbrechen.

Ich begann damit, daß ich versuchte, Florence Raines zu finden. Das führte mich zunächst zum Stadtarchiv. Innerhalb einer Stunde hatte ich drei Fakten gesichert: Erstens, Florence Esther Raines war in Springhill, einer kleinen Bergwerksstadt im nordwestlichen Teil der Provinz Neuschottland, geboren. Zweitens, sie hatte am 22. März 1943 einen gewissen James Luton Murdoch in Halifax geheiratet. Und drittens, sie war am 12. Juni 1971 gestorben – ebenfalls in Halifax.

Dieses letzte Faktum versetzte mich in Weltuntergangsstimmung. Florence Raines hätte mir die ganze Geschichte der Adoption erzählen können. Doch dann sagte ich mir, daß Florence Raines' Tod nicht das Ende der Welt war. Ich ging ins Hotel zurück und suchte im Telefonbuch nach James Murdoch, ihrem Mann. Als ich anrief, erfuhr ich von einer, der Stimme nach zu schließen, jungen Frau, daß er nicht daheim war.

„Können Sie mir sagen, wann er wiederkommt?"

„Nicht vor Ende des Monats. Er ist in Montreal, bei seiner Schwester."

„Ich muß dringend Verbindung mit ihm aufnehmen. Können Sie mir die Adresse seiner Schwester geben?"

Sie gab sie mir, aber ich wollte allenfalls als letzten Ausweg darauf zurückgreifen. Es gab jemand, von dem ich mir mehr erwartete: den Arzt. Seine Nummer stand im Telefonbuch: Grainger, Charles, Arzt für Allgemeinmedizin. Ich wählte die Nummer; eine Frau nahm den Hörer ab: „Bedaure, aber der Herr Doktor ist nicht zu Hause."

„Wissen Sie, wann er kommt?"

„Das ist schwer zu sagen, Sir. Heute ist Freitag, das ist sein Tag in der Klinik."

Er praktizierte also noch. Sie gab mir die Adresse der Klinik. Ich ging sofort hinunter und stieg in ein Taxi. Jetzt regnete es stärker. In Nebel gehüllt, zog die Stadt an mir vorüber. Selbst wenn man das Wasser nicht sah, man wußte, es war nicht weit. Man erkannte es an den abfallenden Seitenstraßen, die zum Hafen hinunterführten. Allmählich wurden die Straßen ungepflegter. Ärmliche Häuser, billige Läden und schmuddelige Kneipen mit engen Türen.

Der Taxifahrer fand die Adresse, ein mittelgroßes Holzhaus in einer ziemlich üblen Straße, mit einer häßlich beschrifteten Tafel. Die Tür stand offen – um sie hinter mir zu schließen, mußte ich sie anheben, so locker saßen die Scharniere. Ich befand mich in einem schäbigen Vorraum. Der Geruch von Desinfektionsmitteln schlug mir entgegen. Ein bebrilltes Mädchen mit ungekämmtem langem Haar saß hinter einem Schreibtisch und telefonierte: „Ich weiß . . ., ich weiß . . ., genau . . ., man kann die Leute nicht so behandeln . . ., genau. Augenblick mal." Mürrisch sah sie zu mir auf. „Ja?"

„Ich hätte gern Dr. Grainger gesprochen."

„Waren Sie schon einmal bei uns?"

„Ich bin nicht gekommen, weil ich krank bin. Ich möchte nur mit ihm sprechen. Könnten Sie ihm sagen, daß es sich um Harry Brightman handelt?"

Mißtrauisch starrte sie mich an: „Na gut . . . Aber warten müssen Sie trotzdem. Gehen Sie den Gang runter und dann rechts."

Ich folgte ihren Anweisungen und gelangte in einen großen Raum, an dessen Wänden Stühle aufgereiht waren. Hier saßen ganz unterschiedliche Menschen, die aber alle arm aussahen: Straßenjungen, eine alte Frau mit einer Einkaufstasche, eine schwarze schwangere Frau . . . Ich setzte mich auf einen Stuhl neben der schwangeren Negerin und fragte: „Kennen Sie Dr. Grainger?"

Sie musterte mich argwöhnisch. „Na klar kenn ich den."

„Ich war noch nie hier. Würden Sie ihn empfehlen?"

Sie taute ein wenig auf und legte die Hand auf ihren Bauch. „Na ja, Dr. Charlie hat mich auf die Welt gebracht, er hat meine Mutter auf die Welt gebracht, also warum soll er es nicht auch für dieses kleine Ding machen?"

Ich lächelte. „Er ist wohl schon lange hier?"

Sie nickte. „So lange ich denken kann. Meine Mutter ist 1933 geboren, so lange ist er jedenfalls schon da."

Dr. Charlie – Arzt für die Armen, Mediziner mit sozialem Engagement. Ein ungewöhnlicher Freund für jemanden von so großbürgerlichem Zuschnitt wie Brightman? Eine interessante Frage, und ich sann darüber nach, bis das Mädchen aus dem Vorraum im Türrahmen erschien. „Könnten Sie bitte mitkommen?"

Ich folgte ihr den Gang halb zurück durch eine Tür ins Schwesternzimmer. Das Mädchen riß eine weitere Tür auf. „Das ist sein Arbeitszimmer. Warten Sie hier. Er wird gleich dasein."

Bei diesem Zimmer handelte es sich um eine Art Anbau, eine winterfeste, rundherum verglaste Veranda. Durch eine Glastür blickte man auf einen verwilderten Garten.

Eigenartigerweise erinnerte mich der Raum sofort an Brightmans

Studierzimmer: Obwohl er sehr hell war, wirkte er genauso beengend. Auch dieses hier war eine Zufluchtsstätte und genauso vollgepfropft mit Büchern. In Griffnähe zum Schreibtisch standen einige medizinische Nachschlagewerke, und auf einem durchhängenden Bord türmten sich die Fachzeitschriften. Vor allem aber fielen mir Tausende von Taschenbüchern ins Auge, und außerdem entdeckte ich eine Reihe von Büchern mit einheitlich roten Einbänden. Ich zog eines heraus und sah, daß es allesamt Ausgaben des *Sozialistischen Buchklubs* aus den dreißiger Jahren waren. Es sah ganz so aus, als ob Dr. Charlies menschenbeglückende Tätigkeit früher einmal eine Schlagseite gehabt hätte: Zumindest auf der Ebene der Theorie war er anscheinend der Linken nahegestanden. In diesem Augenblick – noch lag das Buch mit dem roten Einband in meiner Hand – betrat er das Zimmer.

Die Vorstellung, dieser alte Herr könnte ein Rebell gleich welcher Art sein, war absurd. „Dr. Charlie" war sehr klein und hatte ein gütiges, faltenreiches Gesicht und einen Schopf feinen weißen Haares. Er betrachtete mich. „Eines steht fest", meinte er. „Sie sind nicht Harry Brightman."

„Tut mir leid, Herr Doktor. Die junge Dame hat mich wohl falsch verstanden. Mein Name ist Robert Thorne, aber ich möchte mit Ihnen über Brightman sprechen."

„Charlie Grainger." Er streckte mir seine Hand entgegen – eine kleine, feste, warme Hand. Dann lachte er. „Um Ihnen die Wahrheit zu sagen, ich bin erleichtert. Wenn Sie Brightman gewesen wären, hätte ich sozusagen einen Geist aus der Vergangenheit vor mir gesehen." Er machte eine Handbewegung. „Nehmen Sie Platz."

Er nahm seinerseits hinter seinem Schreibtisch Platz, faltete die Hände vor sich und musterte mich mit heiterer, interessierter Besorgnis. Ich erwartete schon fast die Frage: Wo tut's denn weh?

„Ich nehme an", sagte ich, „Sie haben Brightman in letzter Zeit nicht gesehen."

„Ich habe seinen Namen seit dreißig Jahren nicht gehört, Mr. Thorne."

„Nun, er scheint vom Erdboden verschwunden zu sein. Darüber wollte ich mit Ihnen sprechen. Ich bin ein Freund seiner Tochter. Sie hat mich gebeten, ihr bei der Suche nach ihm zu helfen."

Er zuckte die Achseln. „Wirklich bedauerlich. Ich hoffe, es ist ihm nichts zugestoßen. Mir ist er nicht unter die Augen gekommen. Sie nehmen doch nicht an, daß er hierherkommen würde, oder? Ich bin nur einmal im Leben ganz kurz mit ihm in Berührung gekommen, und das ist lange her."

„Das ist mir klar. Aber ein Teil des Geheimnisses um Brightmans Verschwinden ist das Motiv. In den Wochen vor seinem Verschwinden beunruhigte ihn offensichtlich die Adoption seiner Tochter. Es sieht so aus, als wollte er mit ihr darüber reden."

Einen Augenblick lang schien Grainger Unbehagen zu verspüren, aber dann faßte er sich und lächelte. „Und hat er ihr darüber berichtet?"

„Nein. Aber ich möchte Sie nicht in Verlegenheit bringen. Nehmen wir einmal an, ich hätte den Adoptionsantrag gelesen, hätte mit Harry Brightmans Anwalt gesprochen und dann den logischen Schluß gezogen."

„Und der wäre?"

„Das Kind, das Brightman adoptierte, war seine eigene uneheliche Tochter."

Einen Augenblick lang herrschte Stille. Dann zuckte Grainger die Achseln. „Setzen wir also unser Gespräch fort, so als ob Ihre Schlußfolgerung richtig wäre. Was macht das schon für einen Unterschied?"

„Ich bin mir nicht sicher, welchen Unterschied es macht . . ., ob es überhaupt einen macht", gab ich zu. „Seine Tochter kennt die wahre Geschichte nicht, aber ich bin sicher, daß sie sie nicht aufregen würde. Ich glaube eher, daß es sie freuen würde . . ."

„Warum es ihr dann nicht sagen? Brightman war kein zimperlicher oder gar prüder Typ, den diese Art von Geständnis verlegen machen könnte; vor so was nimmt der nicht Reißaus. Außerdem ist seine Tochter doch jetzt eine erwachsene Frau." Er lehnte sich zurück. „Ich bin der Meinung, Mr. Thorne, daß Sie auf der falschen Fährte sind."

„Wahrscheinlich haben Sie recht. Aber so einfach geht die Rechnung nicht auf. Brightman hat seiner Tochter nie die Wahrheit gesagt, obwohl die wahre Geschichte – auf den ersten Blick – sie einander nur noch nähergebracht hätte. Mehr noch – obwohl ich zugebe, daß ich jetzt nur Vermutungen anstelle –, er gab ihr irgendwie zu verstehen, es wäre besser für sie, die wahre Geschichte nicht zu kennen. Verstehen Sie? Das heißt doch nichts anderes, als daß die ‚wahre' Geschichte nicht wahr oder zumindest unvollständig ist. Da fehlt noch einiges."

Er zuckte die Achseln. „Wenn es da noch etwas gibt, Mr. Thorne . . ., ich glaube nicht, daß ich es weiß."

Sein Blick begegnete meinem und hielt ihn fest. Ich war ziemlich sicher, daß er die Wahrheit sagte. Schließlich fragte ich ihn noch: „Wie haben Sie ihn überhaupt kennengelernt?"

„Ach, Ende der zwanziger oder Anfang der dreißiger Jahre. Er hat

Pelze importiert und exportiert, und wenn Montreal im Winter seinen Hafen schloß, ließ er seine Transporte über Halifax gehen. Dabei wurde er einmal krank und konsultierte mich auf die übliche Weise. Kennen Sie ihn überhaupt persönlich?"

Ich schüttelte den Kopf. „Wir sind einander nie begegnet."

„Er war ein faszinierender Mensch. Er war schon als junger Mann in Rußland gewesen und behauptete sogar, einige der prominenten sowjetischen Politiker zu kennen. Damals war ich sozialistisch angehaucht, und darum interessierte mich das. Er spielte auch Schach – eines meiner Hobbys. Wenn er nach Halifax kam, spielten wir immer ein paar Partien. Meistens gewann ich."

„Und die Adoption? Wie kam es dazu?"

Ein Augenblick des Zögerns. „Es kann wohl nicht schaden, wenn ich darüber spreche. Er erschien eines Tages in meiner Praxis und teilte mir mit, daß er ein Mädchen geschwängert hatte – ein Zimmermädchen im Hotel oder so ähnlich. Er wollte sie nicht heiraten, aber es sollte sich jemand um das Kind kümmern. Die Frage war, ob ich dem Mädchen während der Schwangerschaft beistehen und dann alles Nötige für die Adoption arrangieren würde. Ich sagte zu."

„War das nicht ein wenig ungewöhnlich?"

„Natürlich. Allerdings hatte ich zuvor lange mit der Frau darüber gesprochen, dann erst sagte ich zu."

„Sie haben die Frau, diese Florence Raines, also gut gekannt?"

„‚Gut gekannt' ist zuviel gesagt. Ein hübsches blondes Ding war sie, soweit ich mich erinnern kann. Gesund. Nachdem sich alle einig geworden waren, betreute ich sie auf die übliche Weise und übernahm dann nach der Geburt das Kind." Er beugte sich vor. „Sie verstehen doch: Rechtlich ist das völlig in Ordnung ... Die einzige Schwierigkeit, an die ich mich erinnern kann, bestand darin, daß diese Frau einfach verschwand, ohne einige wichtige Dokumente unterschrieben zu haben – was ein paar zusätzliche rechtliche Schritte erforderlich machte."

„Und Sie sind sicher, daß das die einzige Schwierigkeit war?"

Grainger lehnte sich in seinem Sessel zurück. „Ich will nichts beschönigen, Mr. Thorne. Brightman war ein reicher Mann, und ich bin sicher, daß er ihr die Mühe lohnte. Geld war auf jeden Fall im Spiel."

Natürlich hatte er recht. Schließlich konnte Florence Raines heute schon allein deswegen keine Schwierigkeiten mehr machen, weil sie tot war. Aber ich spürte jetzt noch deutlicher als bisher, daß hier irgend etwas nicht stimmte. Warum hatte Brightman May nie von der

Adoption erzählt, wenn sie wirklich so unkompliziert war, wie „Dr. Charlie“ sie schilderte? Außerdem hatte jemand in seinem Haus herumgeschnüffelt – und in meinem –, und zwar zur gleichen Zeit, als May versucht hatte, mich zu erreichen. Enttäuschung muß sich auf meinem Gesicht abgezeichnet haben, denn der alte Arzt sagte mit einem Lächeln: „Es tut mir leid, Mr. Thorne. Ich würde Ihnen gerne dienlich sein, aber ich weiß wirklich nicht, wie. Es kann natürlich sein, daß ich etwas vergeßlich bin. Also, wenn Sie mir noch weitere Fragen stellen wollen ...“

Es war ein durchaus verständlicher Wink. „Sie haben viel Geduld mit mir gehabt, Herr Doktor. Ich darf Ihre Zeit wirklich nicht länger in Anspruch nehmen.“

Er nickte, und als ich mich anschickte aufzustehen, setzte er hinzu: „Wie wollen Sie jetzt weitermachen?“

Ich zuckte mit den Achseln. „Florence Raines hat geheiratet. Sie selbst ist tot. Aber wie es scheint, ist ihr Mann noch am Leben. Vielleicht weiß er noch etwas.“

Dr. Grainger zog die Brauen hoch. „Die meisten Frauen haben ein paar Geheimnisse vor ihren Männern – warum hätte Florence Raines jemandem erzählen sollen, was sie getan hatte? Außerdem könnte es sein, daß Sie damit unbeteiligten Menschen grundlos großen Schmerz zufügen.“

Ich nickte; das war ein starkes Argument. „Andererseits“, gab ich zurück, „ist auch May Brightman von schrecklichem Leid betroffen. Sie hat Angst, ihr Vater könnte sich das Leben genommen haben. Florence Raines kann niemand mehr weh tun.“

„Nun ja. Aber warum denken Sie nicht ein Stück weiter, Mr. Thorne? Ich sagte Ihnen, daß ich Brightman nicht gut kannte, aber ich kannte ihn offensichtlich besser, als Sie ihn kennen. Wenn Harry Brightman seiner Tochter nichts über die Adoption erzählte, hatte er wahrscheinlich gute Gründe. Und wenn Harry Brightman sich entschlossen hat, eine Zeitlang zu verschwinden, wird er wohl wissen, was er tut. Ich würde mir nicht anmaßen, Ihnen zu empfehlen, sich um Ihre eigenen Angelegenheiten zu kümmern, Mr. Thorne, aber ich finde, Sie sollten Mr. Brightman die Möglichkeit geben, sich um seine Angelegenheiten zu kümmern.“

Eine hübsche Rede voll guter Ratschläge. Ich streckte ihm meine Hand entgegen. „Vielen Dank, Herr Doktor. Ich werde daran denken.“

Er kam um den Schreibtisch herum, und ich folgte ihm durch das Schwesternzimmer hinaus. Wir verabschiedeten uns auf dem Gang.

In meinem Hotelzimmer dachte ich über das nach, was Grainger gesagt hatte, bevor ich gegangen war. Es war etwas sehr Vernünftiges gewesen, aber bei mir hatte es das Gegenteil dessen bewirkt, was er beabsichtigt hatte. Mehr als zuvor war ich davon überzeugt, daß an der Sache etwas sehr, sehr faul war. *Wenn Harry Brightman sich entschlossen hat, eine Zeitlang zu verschwinden, wird er wohl wissen, was er tut. Ich würde mir nicht anmaßen, Ihnen zu empfehlen, sich um Ihre eigenen Angelegenheiten zu kümmern, Mr. Thorne, aber ich finde, Sie sollten Mr. Brightman die Möglichkeit geben, sich um seine Angelegenheiten zu kümmern.* Aber welcher Art waren Brightmans Angelegenheiten?

Es war jetzt halb drei Uhr nachmittags. Ich war frustriert und wußte nicht recht, was ich mit mir anfangen sollte, deshalb ging ich ins Restaurant hinunter und trank einen Kaffee. Aber dann kam mir eine Idee. Wenn schon sonst nichts bei meiner Reise herauskam, wollte ich wenigstens May berichten können, wo ihre Mutter begraben lag. Ich begab mich in das Hauptgebäude der Städtischen Bibliothek, wo ich mir *The Halifax Chronicle* vom Juni 1971 auf Mikrofilm geben ließ und durch die Todesanzeige herausfand, daß Florence Murdoch auf dem Friedhof der West Baptist Church, Old Guysburough Road, beerdigt worden war.

Ich kehrte ins Hotel zurück; der Portier zeigte mir die Old Guysburough Road auf einem Stadtplan; die Straße führte in eine gottverlassene Gegend außerhalb von Halifax. Ich mußte also einen Wagen mieten. Der Portier arrangierte auch das, und gegen vier Uhr fuhr ich los; es war schon fast dunkel. Durch den Feierabendverkehr lavierend, durchquerte ich die Stadt, dem glitzernden Pfad der Autoscheinwerfer folgend, kam an uniformen Vorstädten vorbei, an armseligen Farmen. Beiderseits der Old Guysburough Road erstreckten sich Felder, an deren Rändern hier und da einfache Häuser standen; jedes hatte ein Ofenrohr als Schornstein für die Heizung. Eine Reihe von Telegrafenstangen schien in die Ferne zu taumeln. Endlich, nach einer kleinen Anhöhe, sah ich die an einen flachen Berghang gebaute Kirche. Über der Einfahrt verkündete eine Tafel, die an einer Art klapprigem Galgen aufgehängt war, stolz: West Baptist United Church.

Ich fuhr auf den Hof vor dem Portal und parkte auf einem von tiefen Reifenspuren durchfurchten Grasplatz. Der Regen prasselte herab, aber ich hatte mir einen Schirm vom Hotelportier geliehen. Noch während ich ausstieg, spannte ich ihn rasch auf und knallte dann die Tür hinter mir zu. Meine Schuhe patschten im Morast. Ein Weg führte zum Seiteneingang der dunklen Kirche und gabelte sich dann.

Ich nahm den Weg, der scharf nach rechts in ein offenes Feld schwenkte. Dann kam ein Zaun mit einem Tor; dahinter erstreckte sich der Friedhof. Er war unregelmäßig angelegt, die Gräber aufs Geratewohl ausgehoben. Ein wenig vorgebeugt – der Regen war mir in den Kragen und den Rücken hinuntergetropft –, ging ich auf die Suche. Florence Murdoch lag im hinteren Teil, und obwohl man ihren Stein nicht als protzig bezeichnen konnte, war er doch etwas Besseres als die meisten anderen Holz- oder Steinkreuze – ein Stück grauen Granits mit einer abgeflachten Kante und einer einfachen Inschrift:

FLORENCE ESTHER MURDOCH
GEBORENE RAINES
1919–1971
RUHE IN FRIEDEN

In Regen und Düsternis starrte ich hinab, so wie ich es erst vor wenigen Tagen am Grab meines Vaters getan hatte. War ich deshalb hierhergekommen? Es war kaum der Ort und die Zeit für eine Analyse seelischer Vorgänge, und doch fragte ich mich . . . Und dann sah ich genauer hin.

Denn das Grab meines Vaters war Jahr für Jahr stumm geblieben, war auf keine meiner Fragen eingegangen, während Florence Murdochs Grab sie alle überzeugend beantwortete.

Es war natürlich nur ein glücklicher Zufall, daß ich hier stand, aber früher oder später hätte ich es auf jeden Fall erfahren. Denn ich hatte auf einer Schmalseite des Grabsteins eine ovale, etwa fünfzehn Zentimeter lange, silbrig glänzende Ausbuchtung entdeckt. Es sah aus wie ein großes Medaillon und hatte einen aufklappbaren Deckel. Darunter befand sich ein glattes Oval aus Plastik und darauf angebracht, dank eines neuen Wunders leichenbestatterischer Kunst, ein Farbbild der Verstorbenen.

Ich starrte es an und fluchte leise.

Ein hübsches blondes Ding war sie, soweit ich mich erinnern kann . . .

Na ja, das nun gerade nicht.

Wohl möglich, daß Harry Brightman Mays Vater gewesen war – aber Florence Raines, diese pechschwarze Negerin, hatte niemals ein so blütenweißes Kind zur Welt gebracht.

Ich richtete mich auf und trat vom Grab zurück.

Einen Augenblick lang war ich zu verdattert, um etwas zu fühlen. Ich spürte nicht einmal den Regen. Aber als die Erstarrung sich zu lösen begann, befiel mich Angst – aber nicht meine Angst war es, sondern die eines anderen. Ich sah auf den Grabstein hinunter: Die

Menschen verbergen so viele Dinge, von Schätzen bis zur Schande, aber ihr Motiv ist immer das gleiche – Angst vor Verlust, Angst vor Entdeckung, Angst vor Verrat, aber auf jeden Fall Angst. Und was ich heute entdeckt hatte, war der Beweis, daß jemand einmal schreckliche Angst gehabt hatte.

Genau in diesem Augenblick drehte ich mich um. Am Seiteneingang der Kirche war ein Licht eingeschaltet worden. Die Tür öffnete sich, und eine Gestalt trat heraus. In der Helligkeit, die aus der offenen Tür drang, konnte ich sehen, daß es ein Schwarzer war. Natürlich: Dies war eine Baptistenkirche der Neger, sie gehörte zu einer Art schwarzen Enklave im kanadischen Nordosten, und hier war die schwarze Florence Raines zur letzten Ruhe gebettet worden. Vornübergebeugt, einen Plastikregenmantel bis zum Hals zugeknöpft, schloß der Mann die Tür hinter sich und drehte sich um. Er sah mich. Ich schwenkte meinen Schirm und ging auf ihn zu. Er beobachtete jeden meiner Schritte.

„Guten Abend“, grüßte ich, als ich nahe genug heran war.

Er nickte. „Kann ich etwas für Sie tun? Haben Sie ein bestimmtes Grab gesucht? Es ist schon recht dunkel ...“ Er war ein rundlicher kleiner Mann, und seine breiten pausbäckigen Züge hatten einen gleichermaßen salbungsvollen wie einladenden Ausdruck, der schon allein genügt hätte, um ihn als Geistlichen auszuweisen; auch wenn ich den weißen Kragen unter seinem Mantel nicht gesehen hätte.

„Danke, Herr Pastor. Ich dachte, die Kirche wäre verschlossen. Ich sah kein Licht.“

„Sie sind mir durchaus willkommen. Ich habe mich nur gefragt ..., wegen der späten Stunde, verstehen Sie.“

„Ich interessiere mich für eine Frau, die hier begraben liegt. Sie war wohl eines Ihrer Pfarrkinder. Ihr Name war Florence Murdoch.“

„Ja. Sie gehörte zu unserer Gemeinde. Sie war ihrer Kirche und ihrer Familie treu ergeben. Ich nehme an, Sie waren ein Freund?“

„Nein. Ich bin ihr nie begegnet.“

„Dann verstehe ich nicht ...“

„Es handelt sich um eine sehr vertrauliche Angelegenheit, Herr Pastor. Ich würde es Ihnen gern erklären, aber ..., nein, besser nicht.“

Er runzelte die Stirn. „Sagen Sie mal“, entgegnete er, „ist es für diese vertrauliche Angelegenheit von Bedeutung, daß Florence Murdoch schwarz war?“

Ich zögerte. „Und warum soll das von Bedeutung sein, Pastor?“

„Ich habe keine Ahnung – aber für diesen anderen Mann schien es von Bedeutung zu sein.“

„Für welchen anderen Mann?"

„Vor etwa einer Woche kam er zu mir. Und er fragte, ob Florence Murdoch eine Schwarze war. Er war ein ... ein unangenehmer Mensch."

Das unaufhörliche Tropfen, Plätschern und Trommeln des Regens füllte die Stille aus, die nun folgte. Ein anderer Mann, der nach Florence Raines gefragt hatte! Brightman? „War das ein älterer Herr ..., noch kräftig, breitschultrig, aber ..."

„Nein. Er war klein und hatte rote Haare."

Ich schüttelte den Kopf. „Dann kenne ich ihn nicht." Doch ... Ich wußte, von wem er sprach: Es war der rothaarige Geist, der in jener Nacht durch Brightmans Haus gespenstert war.

„Herr Pastor ..."

Er lächelte und hob seine Hand. „Die Kirche ist zwar um diese Zeit geschlossen, aber wenn Sie ..., nein? Dann sage ich guten Abend." Sein Plastikregenmantel raschelte, als er sich umdrehte und den Weg hinunterging. Ich stand da, pitschnaß trotz meines Schirms, und sah ihm nach. Als er um die Ecke verschwand, stapfte ich fluchend zum Wagen zurück. *Ich will nichts beschönigen, Mr. Thorne ... Geld war auf jeden Fall im Spiel.* Wie geschickt der alte Dr. Charlie gelogen hatte! Und ich war ihm ganz schön auf den Leim gegangen. Das Alter ist eben die beste Maske von allen. Ich begriff, daß Dr. Charlie nicht immer alt gewesen war. Der „wirkliche" Mensch hinter dieser Maske war viel facettenreicher: nicht nur ein gütiger alter Onkel Doktor oder ein Stammtischphilosoph, sondern ein Mann, der – unter anderem – eine leidenschaftliche Beziehung zu all den Büchern in seinem Zimmer unterhalten hatte. Zeit und Umstände hatten ihm Gelegenheit gegeben, in eine Rolle hineinzuwachsen, die er mir perfekt vorgespielt hatte.

Es war jetzt völlig dunkel. Wieder auf der Landstraße, trat ich aufs Gas, angetrieben von einem Gefühl der Dringlichkeit, das mir durch jenen Geruch von Gefahr, den ich einfach nicht mehr loswerden konnte, völlig gerechtfertigt erschien. Wer war dieser andere Mann, der in Florence Raines' Vergangenheit herumschnüffelte?

Das beste, dachte ich, wäre, zu Grainger zu fahren. Den Stadtplan hatte ich mitgenommen. An seinem Wohnhaus angekommen, mußte ich allerdings feststellen, daß er nicht zu Hause war. Wo konnte er sein? Ich knobelte es mir aus. Trotz seiner Geschicklichkeit mußte er erkannt haben, daß ich seine Lügen früher oder später durchschauen würde – ich hatte ihm ja gesagt, daß ich mit Florence Murdochs Mann zu reden beabsichtigte; hatte ich ihn erst einmal gesehen, würde sich die Wahrheit nicht mehr verschleiern lassen. Aber was konnte er tun? Fliehen oder sich verstecken? Er war ein alter Mann, trug eine gewisse Verantwortung seinen Patienten gegenüber und hatte kaum Vorbereitungen getroffen. Ich konnte mich auf die Suche nach ihm machen oder auch einfach warten – früher oder später mußte er wiederkommen. Ohne mir viel davon zu erhoffen, fuhr ich zur Klinik zurück; das war der einzige Ort, wo ich meine Nachforschungen unverzüglich fortsetzen konnte. Fast zufällig fand ich die richtige Straße. In der Dunkelheit und unter fünf Zentimetern Wasser sah sie nicht besser aus als am Nachmittag. Das Gebäude war dunkel. Ich parkte den Wagen und platschte zur Tür. Dort hing ein Schild: HEUTE ABEND GESCHLOSSEN. Ich klopfte trotzdem. Ich rüttelte am Türknauf . . ., nichts. Das gefiel mir nicht. Einrichtungen wie diese waren normalerweise Tag und Nacht geöffnet, und die Tatsache, daß ein Schild da hing, ließ vermuten, daß eine so frühe Sperre ungewöhnlich war.

Ich ging zur linken Hausecke und spähte einen Seitenweg hinauf. Ein paar Meter weiter, unter einem kleinen Vordach, befand sich ein Nebeneingang. Ich lief dorthin. Eine Betontreppe führte nach unten in den Keller. Tastend stieg ich hinab und trat von der letzten Stufe in knöchelhohes Wasser. Die Tür war verschlossen. Ich watete zur Treppe zurück. Plötzlich hörte ich, wie jemand den Seitenweg heraufkam. Ich blieb stehen.

War das Grainger? Knirschend und rasch kamen die Schritte näher. Grainger war zwar ein flotter alter Knabe, aber seine Schritte konnten das nicht sein. Ich drückte mich gegen die Wand. Die Schritte setzten aus . . ., näherten sich von neuem. Dann stockten sie an der Treppe. Ich hielt den Atem an. Eine Sekunde später hörte ich ein leises Knipsen, und eine Taschenlampe flammte auf. Ein dünner Lichtstrahl zuckte herab, fand die Tür . . . und erlosch. Während jetzt ein gelber Fleck vor meinen Augen pulsierte, entfernten sich die Schritte wieder.

Geduckt stieg ich die Treppe hinauf. Aus der Hocke beobachtete ich den Weg; niemand zu sehen. Ich richtete mich auf, wandte mich zur Rückseite des Hauses und trat ein paar Schritte vor. Schatten fielen übereinander, in meinen Ohren dröhnte das metallische, trommelnde Tropfen auf dem Schutzblech des Daches, das glucksende Rieseln aus der Dachrinne. Ich blieb stehen. Ich hatte den rückwärtigen Teil des Hauses erreicht, wo sich Graingers Arbeitszimmer befinden mußte, der Raum, in dem ich mit ihm gesprochen hatte. Ich wartete und horchte, dann tat ich noch einen Schritt vorwärts. Jetzt konnte ich den mit Buschwerk und Unkraut überwucherten Hof sehen. Dahinter befand sich eine hohe Holzwand, die Hinterwand eines Schuppens oder der Garage eines Nachbarn; daran standen oder lehnten ein Spaten, ein Schubkarren und ein Fahrrad – deutlich sichtbar in einem langgezogenen, verzerrten Rechteck aus gelbem Licht, das aus dem rückwärtigen Teil des Hauses drang.

Nach zwei schnellen Schritten konnte ich die Glastür von Graingers Arbeitszimmer sehen. Sie stand offen, und ein Mann in einem braunen Regenmantel beugte sich über den Schreibtisch, an dem Grainger gesessen hatte. Jetzt drehte sich der Mann um und sah mich. Er zögerte; ich bewegte mich nicht. Er trat ganz ruhig durch die Glastür, wobei er sich zur Seite wandte, so daß das Licht auf sein Gesicht fiel. Ich erkannte ihn sofort: Es war der Mann, den ich in Brightmans Haus gesehen hatte, derselbe Mann, der von dem Baptistenpastor hatte wissen wollen, ob Florence Raines eine Schwarze gewesen war. Sein Gesicht war mager, er hatte vorstehende Zähne, und das in Bürstenfrisur geschnittene Haar schimmerte rötlich. In Brightmans Haus hatte ich ihn nur ein oder zwei Sekunden lang gesehen, aber ich zweifelte keinen Augenblick – es war derselbe Mann.

Erkannte er mich?

Ich war nicht sicher. Während er herauskam, musterte er mich unverhohlen. Ich erstarrte, als mein Blick auf einen Revolver in seiner Hand fiel.

Er mußte auf mich zukommen, denn ich stand zwischen ihm und dem Seitenweg. Bedächtig, mit der Schulter die Hinterwand des Hauses streifend, schob er sich an mir vorbei. Und ich blieb stehen. Er befand sich an der Ecke des Hauses; um zur Straße hinunterzugelangen, mußte er mir den Rücken zukehren oder rückwärts hinuntergehen. Er entschied sich für ersteres. Ich glaubte, er wollte losrennen, aber als er sich umdrehte, rutschte er aus. Einen Fuß auf dem verschlammten Hof, den anderen auf dem Asphalt, lag er plötzlich im Spagat da.

Er fluchte leise.

Jetzt stürzte ich mich mit einem Hechtsprung auf ihn, der ihn so leicht umwarf, daß mein Schwung mich über ihn hinwegtrug. Auf dem Rücken in der Nässe liegend, krallte ich meine Finger in seine rechte Hand, die Hand mit dem Revolver, riß sie verzweifelt hoch, bevor ich merkte, daß die Waffe ihm bereits entglitten war. Ihn immer noch festhaltend, rappelte ich mich auf. Er trat mit den Füßen – und schwenkte die andere Hand herum, in der jetzt ein Messer blitzte. Seinen rechten Arm packend, schleuderte ich ihn von mir fort. Er taumelte, stürzte, und plötzlich riß sein Regenmantel mit einem zerrenden Geräusch auseinander und verblieb in meiner Hand. Dies

warf mich nach hinten, der Regenmantel flatterte im Dunkel davon. Ich fiel auf ein Knie, und als ich aufsah, hatte der Rotschopf immer noch das Messer in der Hand.

Langsam rappelte ich mich hoch und trat einen Schritt zurück. Zwecklos. Er würde mich im Hof erwischen . . .

Aber er tat einen Schritt zur Seite – nach rechts –, was ich mit einer identischen Bewegung beantwortete. Dann noch einen. Noch zwei – wir umkreisten einander. Sein Blick irrte umher, und als er jetzt wieder einen Schritt machte, merkte ich, daß er sich auf seinen Regenmantel zubewegte, der über eine Pfütze gebreitet lag. Von mir aus sollte er ihn sich nehmen – solange er das Messer hatte, konnte ich ihn sowieso nicht daran hindern. Meine einzige Sorge war, ihn mir vom Hals zu halten. Ich trat einen Schritt zurück – und mein Fuß rieb sich knirschend an dem Revolver. Auf das Geräusch hin blieb er wie angewurzelt stehen. Einen Augenblick lang starrten wir einander an, dann bückte ich mich, hob die Waffe auf und richtete sie auf ihn.

Er warf einen letzten Blick auf seinen Regenmantel – ich dachte schon, er würde sich darauf stürzen –, sprang ins Dunkel zurück und verschwand.

Ich ließ den Revolver sinken. Jetzt, wo alles vorüber war, traf mich der Schock. Mein Herz begann zu klopfen, ich wartete ein paar Sekunden, und als ich wieder bei Atem war, hob ich den Regenmantel auf, sah die Straße hinunter und wartete weiter. Aber nach ein paar Minuten, die mich noch mehr durchnäßten, glaubte ich mich nicht mehr gefährdet. Ich ließ den Revolver in meine Tasche gleiten und ging zur Straße hinunter.

Ich stieg in meinen Wagen, fuhr langsam zur Ecke vor, bog nach rechts ab und fuhr etwa zehn Straßen weiter, bekam aber niemanden zu sehen. Als ich schließlich anhielt und mir eine Zigarette anzündete, zitterten meine Hände immer noch.

Im Auto sitzend, warf ich einen Blick auf den Mantel – allem Anschein nach der Preis, um den wir gekämpft hatten.

Er war an der Schulter aufgerissen, ansonsten aber unbeschädigt. Ein teures Exemplar. Er hatte eine Innentasche, und die enthielt einen Kugelschreiber und einen leeren Umschlag für einen Flugschein der Air Canada. In der linken Außentasche fand ich 12 Dollar und 87 Cent in kanadischen Banknoten und Münzen, ein braunes Lederetui mit drei Schlüsseln, einer davon mit einem Schildchen der Autoverleihfirma Hertz. Als ich die rechte Außentasche untersuchte, stieß ich auf etwas sehr viel Interessanteres. An einen braunen Umschlag, den der Rothaarige offenbar von Graingers Schreibtisch genommen hatte, war ein Zettel geheftet, auf dem stand: „Jenny, Du erinnerst Dich an meinen Besucher von heute nachmittag, mit dem ich in meinem Arbeitszimmer sprach. Ich nehme an, daß er wiederkommt. Sag ihm, Du weißt nicht, wo ich bin, und versuche ihn abzuwimmeln, aber wenn er ernste Schwierigkeiten macht, gib ihm diesen Umschlag. Ich werde einige Wochen fortbleiben; bitte sag alle Termine ab. Dr. Charlie."

Ich hatte also recht gehabt. Grainger hatte begriffen, daß ich die Wahrheit entdecken würde, und versuchte mir nun auszuweichen. Als ich den Umschlag aufriß, fand ich darin sechs handgeschriebene Blätter, die an mich gerichtet waren. Nachdem ich mich umgesehen und vergewissert hatte, daß die Straße leer war, schaltete ich die Innenbeleuchtung an und begann zu lesen:

> Mr. Thorne!
> Wenn Sie dies in Händen halten, kann ich annehmen, daß Sie es bereits entdeckt haben: Was ich Ihnen heute nachmittag erzählt habe, war nicht die Wahrheit. Ich habe Ihnen diese Lügen nur erzählt, um ein feierliches Versprechen, das ich Harry Brightman vor vielen Jahren gegeben habe, nicht zu brechen. Ich halte es aber nicht für sinnvoll, mich noch länger daran gebunden zu fühlen, nachdem Sie wissen, daß meine Geschichte falsch war, und Ihre weiteren Bemühungen, herauszufinden, was ich Ihnen ohne Schwierigkeit mitteilen kann, würden nur viele unbeteiligte Personen in Bedrängnis bringen.
>
> Nachdem dies nun ausgesprochen ist, muß ich Sie enttäuschen: Was ich Ihnen jetzt erzählen werde, ist nicht die Wahrheit, sondern nur die Wahrheit, wie ich sie kenne; und ich bin sicher, daß man mir eine Menge Lügen aufgetischt hat.
>
> Natürlich war auch wieder Harry Brightman die Quelle dieser Lügen, und er hat sie mir 1939 hier in diesem Zimmer erzählt, wo wir heute nachmittag miteinander geredet haben. Damals war ich mit Brightman schon viele Jahre eng befreundet, und wir standen uns um vieles näher, als ich es Ihnen zu verstehen gab. Ich hatte ihn gern, war geradezu von ihm fasziniert, und ich glaube, daß auch er mich gut leiden mochte. Brightman verdiente sein Vermögen mit der Sowjetunion, und ich widmete mich der schwierigen Kunst, gleichzeitig ein praktizierender Arzt und praktizierender Sozialist zu sein. Wenn ich jetzt zurückdenke, vermute ich, daß mein jugendlicher Idealismus ihn amüsierte, aber ich glaube, daß er diesen Idealismus auch respektiert hat. Als ich meine Klinik eröffnete, spendete er, ohne daß ich ihn darum gebeten hätte, einen hohen Betrag.
>
> Im Herbst 1939 waren wir jedenfalls eng befreundet, und ich würde sagen, daß die Geschichte, die er mir damals erzählte, auch wenn sie gelogen war, zu der Art von Geschichten gehörte, die man nur einem Freund erzählen kann. Es begann alles (sagte er), kurz bevor wir uns

kennengelernt hatten, zur Zeit seiner ersten Reise in die Sowjetunion; das muß wohl Mitte oder Ende der zwanziger Jahre gewesen sein. Wie Sie vielleicht wissen, fuhr er ursprünglich auf Einladung der staatlichen Agentur für den Pelzhandel hin, um Pelze zu kaufen. Die Sache war für die Sowjets von großer Wichtigkeit: Pelze waren eine ihrer wenigen Exportwaren in den Westen und boten ihnen eine der wenigen Möglichkeiten, in den Besitz harter Währungen zu gelangen. Folglich wurden Brightman und seine Kollegen festlich bewirtet. Im Verlauf dieses Hofierens lernte Brightman auch einen Mann namens Grigori Sinowjew kennen, ein „alter Bolschewik", ein enger Vertrauter Lenins und der Erste Vorsitzende des Exekutivkomitees der Komintern. Brightman hatte mir oft von seinen Begegnungen mit diesem Politiker erzählt, aber jetzt vertraute er mir an, daß er eine Affäre mit einer Frau aus Sinowjews Stab namens Anna Kostina gehabt hatte. So wie er von ihr sprach, wurde mir klar, daß er sie liebte. Dieses Verhältnis, behauptete er, habe bei seiner ersten Reise begonnen und bei den folgenden fortbestanden. Er habe seine letzte Reise 1933 oder 1934 unternommen. Kurz bevor er Leningrad verließ, habe Anna Kostina ihm mitgeteilt, sie sei von ihm schwanger und wolle sein Kind zur Welt bringen.

Brightman erzählte mir das alles erst 1939. Wenn seine Geschichte stimmte, dann hatte Anna Kostina das Kind vor fünf oder sechs Jahren geboren. In dieser Zeit aber hatte die Große Säuberung begonnen – und Sinowjew war gestürzt worden. Er wurde zum Tod verurteilt, und einige seiner Freunde und Mitarbeiter stürzten mit ihm – einschließlich Anna Kostina. Anscheinend war sie nicht hingerichtet worden, wurde aber zu einer langen Lagerstrafe verurteilt.

Brightman behauptete nun, man habe ihn wissen lassen, daß es möglich sein könnte, das Kind aus der UdSSR herauszubekommen, und er bat mich, ihm die nötigen Papiere zu beschaffen. Ich hatte nämlich selbst zwei Kinder, das eine sechs Jahre alt, das andere neu geboren. Wenn ich mir nun einen Paß ausstellen ließ und dabei Brightmans Fotografie statt meiner eigenen vorlegte und meine zwei Kinder eintragen ließ, konnte Brightman in die Sowjetunion reisen und mit dem Kind zurückkommen. Ich erklärte mich dazu bereit.

Kurze Zeit später, im Besitz „meines" Reisepasses, fuhr Brightman nach Europa, und einige Monate danach – Anfang 1940 – hatte ich das einzigartige Erlebnis, „mich selbst" im Hafen abzuholen. Aber dort erwartete mich eine Überraschung: Brightman hätte ein sechs- oder siebenjähriges Kind mitbringen sollen, aber er hielt einen Säugling im Arm. Es war alles sehr geschickt ausgedacht. Er hatte keinerlei Schwierigkeiten, die Kleine ins Land zu bringen, sie spielte eben die Rolle meiner jüngeren und nicht die meiner älteren Tochter. Er sagte, es habe sich als unmöglich erwiesen, sein eigenes Kind herauszuholen, und so habe er statt dessen das Kind eines russischen Freundes mitgebracht, der sich politisch in Gefahr befand, und daß er, Brightman, das Kind deshalb so schnell wie möglich adoptieren wolle. Wieder bat er mich um meine Hilfe. Diesmal zögerte ich. Ich war nun schon überzeugt, daß er mich belogen hatte, aber jetzt steckte ich so tief drin, daß ich schwer nein sagen konnte.

Ich sah mich nach einer Möglichkeit um, seinen Wunsch zu erfüllen, und wir hatten Glück: Florence Raines, eine junge Schwarze, die schon seit vielen Jahren meine Patientin war, kam eines Tages wieder zu mir. Ich mußte ihr sagen, daß sie schwanger war. Für sie stellte sich damit ein ganz besonderes Problem, weil sie in der Schulbehörde angestellt war und automatisch aus „moralischen" Gründen entlassen worden wäre. Verzweifelt kam sie einige Tage später zu mir und bat mich um eine Abtreibung. Ich erklärte mich dazu bereit – bis eine genauere Untersuchung mich davon überzeugte, daß eine Abtreibung – aus medizinischen Gründen – gefährlich gewesen wäre. Trotzdem half ich ihr, so gut ich konnte; ich schrieb ihrem Vorgesetzten einen Brief, aus dem hervorging, daß ich ihr dringend geraten hätte, einen mehrwöchigen Urlaub anzutreten. Florence Raines zog zu ihrer Mutter, und dort brachte sie ihr Kind zur Welt. Einige Wochen später, Brightman war mittlerweile aus Europa zurückgekehrt, rief Florence mich an. Ihr Kind war sehr krank. Ich tat, was ich konnte, aber einen Tag später war das Kind tot. Ich sah sofort meine Chance und ergriff sie, ohne Brightman lange zu fragen.

Wenn jemand stirbt, stellt der Arzt üblicherweise einen Totenschein aus; dieser wird der Behörde vorgelegt, die daraufhin den Auftrag zur Beisetzung erteilt. Ich machte Florence Raines darauf aufmerksam, daß eine normale Beisetzung ihres Kindes sehr wahrscheinlich zur Enthüllung ihres Fehltritts führen würde. Wenn sie sich selbst um das Begräbnis „kümmern" wollte, würde ich das Ausstellen eines Totenscheins „vergessen". Florence Raines war sofort einverstanden, und so kam ich sozusagen zu einer Identität für Brightmans Kind. Brightman war zuerst mißtrauisch und bestand darauf, Florence Raines über die Angelegenheit im dunkeln zu lassen. Das machte eine „öffentliche" Adoption erforderlich, aber sogar die war uns eine Hilfe – sie benahm der Identität von Brightmans neuer Tochter jegliche Spur eines Geheimnisses. Die Hautfarbe der Mutter schien das einzige Problem zu sein, war aber in Wirklichkeit keines. Rassenzugehörigkeit war in Neuschottland kein Bestandteil der Geburtsdaten; solange also niemand Florence zu Gesicht bekam, etwa ein Beamter des Gerichts, der eine Vorladung zuzustellen hatte, konnte nichts passieren. Nun kam auch noch Brightmans Geld ins Spiel. Sowohl Florence Raines als auch ihre Mutter verschwanden. (Für immer, hatte ich gedacht, und bis ich es gestern von Ihnen erfuhr, hatte ich keine Ahnung, daß sie nach Halifax zurückgekehrt waren.) Und so ging dann nach einiger Zeit die Adoption über die Bühne.

Nach Durchführung der Adoption verlor ich allmählich den Kontakt zu Brightman, und seit 1945 habe ich ihn überhaupt nicht mehr gesehen.

Ich habe keine Ahnung, warum er verschwunden ist.

Noch erwähnen möchte ich, daß ich keine weiteren Fragen über diese Angelegenheit zu beantworten gedenke.

Ich habe jedoch über die ganze Sache lange nachgedacht und biete Ihnen zum Abschluß meine Theorie über die Frage an, wer das Kind war. Ich glaube, daß ein Teil dessen, was Brightman mir erzählte, der Wahrheit entsprach. Fest steht, daß er oft nach Rußland fuhr; ich bin sicher, daß er ein Verhältnis mit Anna Kostina hatte, und ich zweifle nicht daran, daß er viele führende Kommunisten kannte. Ich vermute daher, daß Brightmans Adoptivtochter das Kind eines dieser Männer war (ist) – eines Mannes, der befürchtete, in absehbarer Zeit Stalins Terror zum Opfer zu fallen. Wenn diese Theorie stimmt, werden Sie mir beipflichten, wenn ich sage, daß weder Brightman noch ich Grund haben, uns zu schämen.

Charles Grainger

Ich ließ Graingers Brief sinken, und so etwas wie Ehrfurcht überkam mich – das revolutionäre Rußland ..., Sinowjew, Vorsitzender der Komintern ..., ein Kind, im letzten Augenblick dem Rachen des roten Terrors entrissen ... Auch wenn es nicht wahr war, man konnte sich kaum etwas Melodramatischeres vorstellen. Frage: Wer war May Brightman? Antwort: ein faszinierendes politisches Rätsel ...

Während ich zum Hotel zurückfuhr, ging mir viel im Kopf herum. Das Rätsel um meine Post beschäftigte mich immer noch. Warum war ich in die Sache verwickelt? Warum hatte sich May überhaupt an mich gewandt? Vielleicht hatte sie nicht gewußt, *was* ich herausfinden, wohl aber, *daß* ich etwas entdecken würde. Außerdem gab es noch eine andere Parallele – und zwar eine sehr wichtige: Rußland. Anfangs war Brightmans Verbindung mit diesem Land zwar als ein interessanter, letztlich aber doch nebensächlicher Punkt erschienen. Jetzt aber rückte diese Tatsache in den Mittelpunkt. Und auch in meinem Leben war Rußland ein zentrales Thema. Ich brauchte Graingers kleine Vorträge über Sinowjew oder die Säuberungsprozesse nicht – die Beschäftigung damit war mein tägliches Brot gewesen. War es nicht mehr als sonderbar, daß jemand wie ich in diesen Strudel sowjetischer Geschichte gestolpert war? Als der Rothaarige hingefallen war, hatte er einen Fluch ausgestoßen – den ich sofort erkannt hatte, aber nur, weil ich fließend Russisch spreche. Ein richtiger Sowjetrusse also ...

Was machte er hier? Was kümmerte ihn Florence Raines, und was interessierten ihn Harry Brightmans Aktivitäten im Jahre 1940?

Im Hotel las ich Graingers Brief noch zweimal durch, Zeile für Zeile, konnte aber keine Antwort finden. Ich wollte nicht mehr darüber nachdenken.

Das Telefon klingelte. Es war May, offensichtlich halb von Sinnen. Man hatte ihren Vater in Detroit gefunden – tot.

Viertes Kapitel

Er sprach bedächtig, mit der geduldigen Herablassung eines Fachmannes, der einem Laien etwas erklärt. „Mr. Thorne", sagte er, „haben Sie schon einmal einen Menschen gesehen, der sich mit einer Schrotflinte umgebracht hat?"

Ich sehe eine Jagdhütte vor mir. Mein Zimmer, kalt und karg möbliert, die Matratze abgezogen; ausgestreckt liege ich auf dem Bett und starre zur Decke. Aus dem Transistorradio neben mir dringen verzerrte Stimmen. Ich schwinge meine Beine über die Bettkante, setze mich auf und sehe durchs Fenster, wie mein Vater von der Hütte wegläuft, und als er im Wald verschwindet, bemerke ich, daß er seine Schrotflinte bei sich trägt ...

„Ja", antwortete ich.

Katadotis, ein Kriminalkommissar der Detroiter Polizei, zog die Augenbrauen hoch. Um peinlichen Fragen auszuweichen, fügte ich rasch hinzu: „Es war ein Jagdunfall, Herr Kommissar. Nicht sehr schön anzusehen. Ich weiß also, wovon Sie reden, und ich weiß Ihre Rücksichtnahme auf Miß Brightman zu schätzen. Ich möchte Ihnen nur klarmachen, daß ich Mr. Brightman nie begegnet bin und daß es zu weit gehen würde, mich als einen Freund der Familie zu bezeichnen. Wenn wir uns darüber einig sind, werde ich seine Leiche gerne identifizieren."

Er zögerte, während sich in seinen Gedanken Bequemlichkeit und Pflichtgefühl einen harten Kampf lieferten, und ich warf einen Blick auf meine Uhr. Zwanzig nach zwei. Ich war schon früh von Halifax nach Toronto geflogen und dann zusammen mit May nach Windsor gefahren, der kleinen kanadischen Stadt gegenüber von Detroit am Detroit River. Seit zwei Stunden wurden wir jetzt im Polizeipräsidium von einem Büro ins andere geschubst, mußten warten, Fragen beantworten, Formulare ausfüllen, wieder warten. Am Anfang hatte May noch gut durchgehalten, aber dann war sie zusammengeklappt. Eine Polizistin hatte sie zu einem Arzt gebracht.

Mürrisch musterte ich Katadotis' Gesicht. Endlich faßte er achselzuckend einen Entschluß. „Ich denke, es ändert nicht viel an der

Sachlage, Mr. Thorne. Er hat eine Ladung Schrot direkt ins Gesicht bekommen, und da ist nicht viel geblieben, was man noch identifizieren könnte. Ich glaube, wir brauchen Miß Brightman im Moment nicht weiter zu behelligen. Ich brauche lediglich jemanden, der so tut als ob und mir das Formular unterschreibt."

„Na schön, das kann ich machen."

„Es besteht ja nicht der geringste Zweifel, wissen Sie . . . Er ist es, und es ist Selbstmord."

Ja. Er hatte in jeder Beziehung recht. Inzwischen war sogar ich bereit, meine eigenen Bedenken fallenzulassen. Die Schrotflinte, die Harry Brightman getötet hatte, war in einem Sportartikelgeschäft in Grosse-Pointe mit seiner VISA-Kreditkarte gekauft worden. An der Unterschrift auf dem Formular konnte kein Zweifel sein, ebensowenig an seinem Abschiedsbriefchen. Es war mit eigener Hand geschrieben und an May gerichtet: „Du weißt, wie sehr ich Dich liebe, aber ich kann nicht weiter. Dieser Weg ist für mich wirklich leichter zu gehen. Dein Dich liebender Vater, Harry." Er hatte den Zettel auf dem Armaturenbrett des Wagens zurückgelassen; dann mußte er das Gewehr gegen die Tür der Fahrerseite gestemmt, den Körper auf dem Beifahrersitz halb zurückgelehnt und abgedrückt haben. Der Tod mußte augenblicklich eingetreten sein.

Ich holte tief Atem und fragte: „Ist mit einer amtlichen Leichenbeschau zu rechnen?"

„Routinemäßig, Mr. Thorne."

„Und Miß Brightman? Muß sie dabeisein?"

„Man wird sie dabeihaben wollen; aber vielleicht wird man sich auch mit einer eidesstattlichen Erklärung zufriedengeben." Er räusperte sich. „Da wären natürlich noch ein oder zwei andere Formalitäten. Zunächst die sterblichen Überreste von Mr. Brightman. Bis zur Leichenschau behalten wir sie, aber dann geben wir sie frei. Sie müßten also selbst sehen, daß Sie sie über die Grenze bekommen. Am besten reden Sie mal mit dem kanadischen Zoll."

Ich schloß die Augen. Ich konnte mir die bürokratischen Schwierigkeiten gut vorstellen, mit denen man sich würde auseinandersetzen müssen, um eine Leiche von einem Land in ein anderes zu überführen. Aber ich nickte. „Ich werde mich darum kümmern, Herr Kommissar."

Katadotis hantierte mit Papieren auf seinem Schreibtisch herum, zog schließlich ein Formular heraus und beäugte es, wobei er es ein wenig von sich weghielt: Er brauchte eine Brille, war aber zu eitel, eine zu tragen. „Das wäre dann alles", sagte er, „abgesehen vom Auto.

Wie ich hier lese, ist die Untersuchung des Wagens abgeschlossen. Sie könnten ihn gleich mitnehmen."

„Herr Kommissar, ich bezweifle stark, daß Miß Brightman ausgerechnet in diesem Wagen nach Toronto zurückkehren möchte."

„Da mögen Sie wohl recht haben. Ich dachte nur, Sie würden sich einen Weg ersparen."

Brightman hatte sich auf dem Beifahrersitz seines Jaguar Mark VII Saloon das Leben genommen – ein älteres Jaguar-Modell, das, wenn ich mich recht entsann, etwa so groß und auffällig war wie heutzutage ein Jumbo-Jet auf einem Segelflugplatz. Die Polizei hatte einen Wagen, einen Buick, in der Garage von Brightmans Haus gefunden, aber den Jaguar hatte May nie erwähnt. Wie hatte sie ihn vergessen können? Sie erklärte, ihr Vater habe ihn nie gefahren und ihn kilometerweit von daheim in eine Garage eingestellt – sie habe ihn einfach vergessen. Natürlich verfluchte ich das Ding jetzt innerlich. „Könnte nicht einer Ihrer Leute ihn zurückfahren?"

„Die Verantwortung wäre uns zu groß, Mr. Thorne. Wir haben unsere Vorschriften." Seine Züge erhellten sich. „Aber wenn Sie sich doch entschließen würden, ihn selbst zurückzufahren, könnte ich wahrscheinlich eine Polizeibeamtin dazu abkommandieren, Miß Brightman zu begleiten."

Ich seufzte. „Vielleicht sollte ich die Sache mit ihr besprechen."

Er zog das Telefon zu sich heran und tätigte drei Anrufe; erst beim dritten erfuhr er, daß May genau vor seiner Tür saß. Wir erhoben uns. Sein Büro war nur ein Kabuff, durch eine Wand getrennt von einem anderen innerhalb eines größeren Raumes. Ich durchquerte das Zimmer. In einer Ecke stand eine Holzbank für Besucher, und dort saß May und wartete. Ihr Gesicht war entsetzlich eingefallen. Ich nahm ihre Hand und flüsterte: „Wie geht's dir jetzt?"

Es gelang ihr zu lächeln. „Besser. Der Arzt hat mir etwas gegeben. Es tut mir leid. Plötzlich . . ."

„Ist schon recht. Bleib ruhig. Wir sind schon fast fertig, aber es gibt da noch ein oder zwei Dinge . . ., ich werde deinen Vater identifizieren müssen."

Sie sah mich an. „Das kannst du nicht", wisperte sie, „du bist ihm nie begegnet."

„Mach dir keine Sorgen. Ich habe mit dem Kommissar schon alles besprochen." Ich zögerte. „Aber wir müssen entscheiden, was mit dem Wagen geschehen soll."

Jetzt schloß sie die Augen. „Ach, es ist alles so schrecklich. Hätte ich der Polizei doch bloß gesagt . . ." Ich hielt ihre Hand. Hätte sie an den

Wagen gedacht, hätte die Polizei ihren Vater möglicherweise rechtzeitig gefunden.

May räusperte sich. „Was ist mit dem Wagen?"

„Wenn wir ihn mitnehmen, geben sie ihn jetzt frei. Ich könnte ihn zu dir zurückfahren, und man würde dir eine Polizistin als Begleiterin ins Flugzeug mitgeben."

Sie nickte. „Gut ... Du nimmst den Wagen, aber ich fahre nach Windsor hinüber und steige dort in den Zug. So ist es mir am liebsten. Dann hätte ich Zeit, mich zusammenzureißen." Sie berührte meine Hand. „Aber bist du auch sicher, daß es dir nichts ausmacht, Robert? Du hast schon so viel getan. Ich ... fühle mich in deiner Schuld ..."

Mir war klar, daß es letztlich mir überlassen bleiben würde, den Wagen zurückzufahren, und da wollte ich es lieber jetzt gleich machen. Ich rappelte mich hoch und ging zu Katadotis hinüber. „Ich nehme den Wagen", teilte ich ihm mit, „aber Miß Brightman möchte allein zurückfahren. Können Sie ihr einen Wagen besorgen, der sie über die Grenze bringt?"

„Kein Problem."

Katadotis telefonierte in seinem Büro. Ich half May in den Mantel, und als Katadotis herauskam, gingen wir gemeinsam zum Portal des Polizeipräsidiums. Der November war gekommen; winterlicher Frost lag in der Luft, der Sonnenschein war brüchig wie Glas. May nahm meinen Arm, wir gingen die Stufen hinunter. Ich sagte: „Wahrscheinlich komme ich noch heute abend, aber erst spät."

Sie nickte und lächelte dann ein wenig verlegen. „Ich weiß gar nicht, was ich sagen soll, Robert. Wenn du nicht dagewesen wärst, ich weiß nicht, wie ich das alles durchgestanden hätte."

„Nicht der Rede wert. Wir sehen uns heute abend."

Sie gab mir noch einen hastigen Kuß und stieg in den Wagen, der für sie herangebraust war. Mit feierlicher Miene sahen der Kommissar und ich dem Polizeiauto nach, aber sobald es verschwunden war, fühlte ich, wie seine Stimmung umschlug. Wir zwei Männer waren jetzt allein und konnten zur Sache kommen.

Wir gingen zu Fuß durch einen trostlosen Stadtteil von Detroit zum Leichenschauhaus, das sich gegenüber dem Wasserwerk befand. Katadotis trug mich in eine Besucherliste ein, und wir fuhren mit einem Lift in einen langen, matt erleuchteten, weißgekachelten Raum. Leuchtstoffröhren verbreiteten ein fahles blaues Licht, und jedes Geräusch schien in der frostigen Luft ein Echo zu finden. Vier Metalltische befanden sich in dem Raum; um den von uns am weitesten entfernten herum standen drei Männer. Ich konnte leises

Gemurmel hören: „Niere ... 156 Gramm. Milz ... 333 ...“ Ich merkte, daß ich mich bemühte, nicht tief zu atmen. Katadotis winkte mich in eine Ecke, wo eine Pritsche auf Rädern stand.

Ich starrte hinab. Der Kommissar begann, den Reißverschluß von dem Plastiksack zu öffnen, in dem sich die Leiche befand.

Der Mann war kleiner, als ich erwartet hatte ...

Harry Brightman, aufgenommen von May Brightman mit ihrer eigenen Kamera, Georgian Bay, am 1. August 1949.

Ich versuchte, die Fotografie in mein Gedächtnis zurückzurufen, aber innerhalb von dreißig Jahren dürfte auch ein Brightman sich verändert haben. Das Haar stimmte noch mehr oder minder; es war immer noch dicht und von undefinierbar bräunlichgrauer Farbe. Der Rest des Gesichts ..., davon war kaum noch etwas vorhanden. Einen gespenstischen Augenblick lang stand ich wieder im Wald und blickte auf meinen Vater hinab.

„Er muß das Gewehr vom Gesicht weggehalten haben“, sagte ich mit ruhiger Stimme.

Über diese professionelle Bemerkung erstaunt, warf mir Katadotis einen Blick zu. „Die machen das so, wenn sie sich ganz und gar ausradieren wollen.“ Katadotis holte seinen Klemmblock heraus. Ihn ein wenig von sich forthaltend, las er laut: „Identifizieren Sie, Robert Thorne, nach bestem Wissen und Gewissen die sterblichen Überreste, die Sie vor sich sehen, als die des Harold Charles Brightman?“

„Das tue ich.“ Meine Stimme klang lächerlich pathetisch, aber Katadotis nickte zufrieden und füllte sein Formular aus. „Wenn Sie bitte hier unterschreiben wollen, Mr. Thorne ...“ Ich unterschrieb. „Fein. Das wär's.“

Augen geradeaus, verließen wir den Raum. Schweigend fuhren wir mit dem Lift hinauf. Nachdem der Aufzug mit einem Ruck stehengeblieben war, marschierte ich eiligst, ohne mich aufzuhalten, an die frische Luft.

Während Katadotis sich mit seinem Mantel zu schaffen machte, meinte er: „Wenn Sie jetzt bitte einen Augenblick hier warten, ich hole einen Wagen. Dann fahren wir zusammen zur Kraftfahrzeug-Verwahrstelle hinaus.“

Das also war das Ende von Harry Brightman. Es gab nichts, was irgend jemand ihm noch antun – oder was ich noch für ihn tun konnte. Und vielleicht war das gut so. Ich sah auf die Uhr. Es war schon fast drei. Vor vier würde ich nicht wegkommen, und meiner Schätzung nach waren es gute drei Stunden Fahrt bis Toronto. Also sagen wir halb acht, bis ich bei May war. Ich würde die Nacht in ihrem Haus verbringen; und wenn sie wieder auf dem Damm war, würde ich morgen nach Hause fahren. Vergiß die ganze Geschichte, mach dich wieder an die Arbeit . . . Nein, unmöglich! Es war nämlich so, daß ich mich gar nicht wieder an die Arbeit machen wollte. Ich wollte herausfinden, was Harry Brightman zugestoßen war.

Katadotis hielt vor mir an. Ich stieg ein. Mich zurücklehnend, sah ich, wie diese heruntergekommene Stadt an mir vorbeizog: billige Möbelgeschäfte, Spirituosenläden, leere Lagerschuppen. Die St. Jean Street, die wir jetzt entlangfuhren, war von Disteln und Unkraut überwuchert. Hüpfend und schleudernd überwand der Wagen den aufgebrochenen Asphalt. Zu unserer Linken tauchte der Drahtzaun der Verwahrstelle auf. Große Aufschrifttafeln flogen vorbei: BETRETEN VERBOTEN! ZUFAHRT NUR FÜR ABSCHLEPPWAGEN! PKWS AUF DER STRASSE BLEIBEN! Ich begann zu verstehen, warum sie den Wagen noch heute freigeben wollten: In diesem Viertel übernahm niemand länger als nötig die Verantwortung für einen bombastischen Jaguar-Oldtimer.

Katadotis fuhr durch das Tor und blieb neben einer Art Schuppen stehen. Ich wartete im Polizeiauto, während er hineinging. Ein Gestank nach Auspuffgasen und verbranntem Gummi verpestete die Luft; in einiger Entfernung ächzte eine Winde. Begleitet von einem Mechaniker, kam Katadotis aus dem Schuppen heraus.

„Das ist Jerry, Mr. Thorne."

Ich nickte, und Jerry sagte: „Kein schlechter Wagen, den Sie da haben, Mr. Thorne, aber ich bin froh, wenn Sie ihn jetzt mitnehmen."

Brightmans Jaguar stand ganz hinten. Zur Linken türmte sich ein riesiger Stoß von alten Felgen; dahinter standen, in Form eines Bogens angeordnet, ein Dutzend schwarzer Motorräder.

Ich betrachtete den Wagen. Als Junge war ich ganz verrückt auf Autos gewesen, und so erkannte ich dieses Modell sofort. Ein Mark VII, Baujahr etwa 1955. Er war weiß lackiert, ein wahrhaft enormes Ding, die Formen abgerundet, die Linien fließend – die Benzinkarosse eines reichen Mannes aus der Zeit, als der Atlantik noch von Luxusdampfern befahren wurde.

„Da fehlen Radkappen."

Jerry grinste. „Klar. Und einer von den Jungs hat den Jaguar von der Kühlerhaube gesägt."

Er fischte die Schlüssel aus seiner Tasche, öffnete die Tür und rutschte hinter das Steuer. Der Motor sprang sofort an und summte mit wahrhaft britischer Diskretion. Jerry stieg aus und klopfte anerkennend auf das Dach. „Läuft, wie ein Klassewagen eben läuft.

Sie sollten mal einen Blick unter die Haube werfen. Er hat ihn wirklich in Schuß gehalten."

Und doch hatte May das Vorhandensein des Wagens einfach vergessen ... Ich mußte immerzu daran denken. Aber sie hatte eben keinen Sinn für Autos. Seit ich sie kannte, hatte sie immer nur VW Käfer gefahren. Diesen Luxusschlitten hatte sie einfach nicht zur Kenntnis genommen.

Katadotis kam auf mich zu und streckte mir einen großen Packpapierumschlag entgegen. „Der Inhalt des Handschuhfachs, Mr. Thorne. Sie müssen den Erhalt bestätigen und natürlich auch den Erhalt des Wagens." Er reichte mir noch ein Formular. Ich las es durch und unterschrieb. Ziemlich eingeschüchtert von der Aussicht, dieses Monstrum steuern zu müssen, sah ich mich vorsichtig im Innern um. Die Auslegware auf der Seite des Fahrers war fleckig, und ein großer Fleck befand sich – man konnte erkennen, daß jemand versucht hatte, ihn wegzuwischen – am Himmel über dem Fahrerfenster.

Katadotis beugte sich herunter. „Ist alles okay, Mr. Thorne?"

„Ja. Vielen Dank, Herr Kommissar."

„Na ja, tut mir leid, daß wir uns unter diesen Umständen begegnen mußten, aber Sie waren mir eine große Hilfe. Und Miß Brightman gegenüber haben Sie sich als wahrer Freund erwiesen."

Wir schüttelten uns die Hände. Jerry brüllte irgendwelche Anweisungen. Ich kuppelte weich ein ..., und als nun die Antriebswelle die Kraft des Motors auf die Räder zu übertragen begann, war mir, als schöbe mich eine große Lokomotive behutsam voran. Ich hielt den Atem an, umklammerte das Lenkrad ganz fest und bog hinter einem Reifenberg nach rechts ab. Immer noch im ersten Gang, erreichte ich das Tor, ging dann kühn in den zweiten und segelte die St. Jean Street hinauf. Wie bizarr das alles war! Ich stieg ein bißchen aufs Gas und ging in den dritten. Der Jaguar glitt dahin wie in einem Traum: keine Anstrengung, kein Kraftaufwand. Ich beschloß, die Fahrt zu genießen. Morgen würde ich daheim in Charlottesville sein. In einem Monat würde ich alles vergessen haben. Alle diese unbeantwortet gebliebenen Fragen frustrierten mich, aber als Journalist lernt man, daß man auf neunzig Prozent seiner Fragen keine Antwort bekommt.

Seit heute morgen im Flugzeug hatte ich nichts mehr gegessen und war recht hungrig. Zu meiner Linken erkannte ich jetzt von ferne die Türme des Renaissance-Centers, jenes eindrucksvollen Hotel- und Bürokomplexes, von dem man sich erhofft, er werde das Zentrum von Detroit „revitalisieren". Ich wußte, daß ich dort etwas zu essen finden würde, und ließ den schweren Wagen nach knapp zehn

Minuten gemächlich über eine Rampe auf den Parkplatz hinunterrollen.

Allen guten Vorsätzen zum Trotz riß ich zunächst den Umschlag auf, den Katadotis mir gegeben hatte. Ich suchte nach einer letzten Chance, nach einem Hinweis, den die Polizei vielleicht übersehen hatte. Doch der Inhalt war alles andere als eine Offenbarung; eine Karte der kanadischen Provinz Ontario, einige alte Straßenkarten der amerikanischen Neuengland-Staaten und ein Mitgliedsausweis des kanadischen Automobilklubs.

Plötzlich klopfte jemand an die Wagentür. Ich kurbelte das Fenster herunter.

„Verzeihung, Sir ..." Es war ein junger Schwarzer – der Parkplatzwächter, der mich eingelassen hatte. „Ich habe einen dringenden Anruf für Sie an meinem Apparat."

„Ich verstehe nicht. Ein Telefonanruf?"

„Ja, Sir. Der Mann sagte, der Mann in dem großen weißen Wagen, der gerade reinkam."

„Wer will mich denn sprechen?"

Der schwarze Junge wurde ungeduldig. „Sie heißen doch Brightman, oder? Er hat nur gesagt, ich soll Sie holen."

„Ich komme sofort."

„Mr. Brightman?"

„Ja, hier spricht Brightman."

„Aber ich weiß, daß Sie es sind, Mr. Thorne. Ich wollte Sie nur neugierig machen." Es war eine Männerstimme, und der Anrufer sprach mit russischem Akzent.

„Wer sind Sie?"

„Unwichtig, Mr. Thorne. Wir sind uns nie begegnet ..., aber ich denke, das sollten wir jetzt nachholen."

„Ich bin da nicht so sicher. Vielleicht sind wir einander doch schon begegnet."

Eine Pause und dann: „Interessant, daß Sie das sagen, Mr. Thorne, aber ich versichere Ihnen, daß wir uns noch nie gesehen haben."

Und ich glaubte ihm – es war nicht der Russe aus Halifax. Aber wer immer er war, er mußte mir gefolgt sein. Ich sah mich um. Das Wärterhäuschen war nur etwa ein Meter zwanzig mal zwei Meter vierzig groß, Rauchglasfenster an allen vier Seiten. Ich wußte, der Mann mußte in der Nähe sein, aber ich konnte nicht viel sehen: Das Häuschen stand erhöht an der Rampe, und so konnte ich nur die Wagendächer auf dem Parkplatz ausmachen.

„Ich kann Ihnen alles erzählen, Mr. Thorne. Wie es gemacht wurde. Was mit Brightman geschehen ist.“

„Ich höre.“

„Nein, nein. Ich ziehe eine persönliche Begegnung vor.“

„Es könnte“, sagte ich, „außer Brightman auch noch andere Dinge geben, über die zu reden wäre. Sie sind Russe. Vielleicht sollten wir darüber reden.“

„Wenn Sie wollen . . . Wir können über alles reden . . . Wir können über *bilini* oder *beglez* reden, alles, was Sie wollen. Es ist jetzt vier Uhr. Kommen Sie in eineinhalb Stunden, um halb sechs, in die Grayson Street 362. Es ist nur eine alte Reparaturwerkstätte, aber von dort können wir woanders hingehen.“

„Okay. Ich werde dasein.“

„Sehr gut. Und natürlich keine Polizei. Das ist nichts für die. Ich werde Ihnen von Brightman erzählen, aber auch noch etwas anderes. Etwas Persönliches, Mr. Thorne. Etwas, von dem besonders Sie nicht möchten, daß es allgemein bekannt wird.“

Stille. Sein Atem rauschte im Hörer . . ., und dann war die Verbindung unterbrochen. Den Hörer umklammernd, stand ich da.

Etwas Persönliches, Mr. Thorne. Etwas, von dem besonders Sie nicht möchten, daß es allgemein bekannt wird . . .

Ich legte auf. Meine Handflächen waren feucht. Hatte ich nicht von Anfang an das Gefühl gehabt, daß die ganze Sache auf mich zurückfallen würde? Dabei hatte doch all dies nichts mit mir persönlich zu tun. May – gewiß, durch sie war ich mit der ganzen Sache in Verbindung geraten. Rußland? Rußland verband uns alle, mich, Brightman, den Mann am Telefon. Mir war so, als ob . . .

Ich zog ein paar Dollarnoten für den Parkplatzwächter aus der Tasche und verließ das Häuschen. Der Wind, der plötzlich vom Detroit River heraufkam, preßte den Regenmantel fest an meinen Körper. Ich versuchte, in Ruhe nachzudenken. Sollte ich Katadotis anrufen? Mein geheimnisvoller Anrufer würde bestimmt sehr vorsichtig sein und sofort Leine ziehen, wenn ein Polizist sich in der Nähe blicken ließ. Wenn ich unsere Verabredung einhielt, was würde dann geschehen? Gestern ein Russe, heute ein zweiter – und der erste hatte einen Revolver gehabt. Nach acht Jahren in der UdSSR konnte ich einen KGB-Mann vom anderen Ende einer Telefonleitung riechen. Aber dieser Geruch war anders.

Ich hatte nicht die leiseste Ahnung, was das alles bedeutete. Aber ich wußte, daß ich hinfahren würde. Aber nicht in Brightmans Wagen, den man bereits kannte.

Vor dem Gebäude stieg ich schnell in ein Taxi. Mein Fahrer machte kehrt, fuhr ins Zentrum zurück und setzte mich vor dem Hertz-Büro ab. Nach dem üblichen Papierkrieg setzte man mich in einen Pontiac, und der Angestellte zeigte mir auf einer Karte die Grayson Street.

Ich fuhr in nördlicher Richtung, wobei ich mich ganz bewußt auf meine Fahrweise konzentrierte; so vergaß ich am leichtesten, wie nervös ich war. Fünf Uhr. Dämmerung hing über der Stadt, und die Masse der Berufstätigen strömte nach Hause. Ich ließ mich vom Verkehr die Stadtautobahn hinuntertreiben.

Bei der Ausfahrt zu den Plymouth-Werken machte ich mich auf die Suche nach der Grayson Street. Auf der einen Seite Autobahnzufahrten, auf der anderen Eisenbahngleise, schien es nahezu unmöglich zu sein, die Straße zu erreichen. Ich schaffte es erst beim dritten Versuch, indem ich über ein stillgelegtes Rangiergleis rumpelte.

Allmählich wurde es dunkel. Ich verlangsamte das Tempo und versuchte, Hausnummern zu erkennen, als ich plötzlich die Reparaturwerkstatt vor mir sah. Sie schien verlassen zu sein. Zunächst fuhr ich vorbei und bog in eine Seitengasse ein.

Ich parkte und sah auf die Uhr: zehn Minuten zu früh. In den Häusern, die die Gasse säumten, brannten Lichter. Irgendwo schlug eine Tür zu, und eine Frauenstimme rief einen Namen. Ich stieg aus, sperrte den Wagen ab und ging zur Ecke zurück. An der Grayson Street blieb ich einen Augenblick stehen und sah mich um. Links, eine Parallelstraße weiter, standen einige Gestalten rund um ein Auto. Jemand lachte. Kinder, dachte ich, spielende Kinder. Die Hände tief in den Taschen seiner Windjacke vergraben, kam mir ein Mann auf dem gegenüberliegenden Gehsteig entgegen; auf meiner Seite, ein Stück weiter – jenseits der Werkstatt –, bewegten sich zwei Männer von mir fort. Als die zwei Männer an einer Straßenlampe vorübergingen, sah ich, daß sie grüne Plastiksäcke über die Schultern geworfen hatten. Unterwegs in die Münzwäscherei, dachte ich; die wollen mit der Wäsche fertig sein, bevor die meisten nach dem Abendessen kommen.

Ich ging die Straße entlang. Jeder Schritt verursachte ein deutlich hörbares Geräusch. Der Mann in der Windjacke marschierte auf der anderen Straßenseite an mir vorbei. Die beiden Männer mit den Wäschesäcken verschwanden im Dunkel. Nun hatte ich die Werkstatt erreicht und ging auf zwei altmodische Zapfsäulen zu. Der dunkle Bau, der dunkle Asphalt verschwammen mit der Düsternis. Die Straße lag jetzt völlig verlassen. Als ich näher an die Pumpen herantrat, sah ich, daß man die Schläuche abgeschnitten hatte; das Glas über den Anzeigeuhren war zerbrochen. Ich hatte das Gefühl, aller

Welt eine Blöße zu bieten ... Aber er mußte mich ja sehen können.

Ein paar Minuten verstrichen. Allmählich begann ich kribbelig zu werden, zog meine Handschuhe über die Finger und steckte die Hände in die Taschen. Ich ging zum Zahlraum der Tankstelle hinüber; vielleicht saß er drinnen und hatte mich noch nicht gesehen. Ich blieb vor dem Fenster stehen und beschattete meine Augen, um durchzuschauen. Drinnen sah es aus wie auf einem Schlachtfeld. Seit Wochen war niemand mehr hiergewesen. Ich versuchte die Tür zu öffnen, und siehe da, sie gab leicht nach. Nach anfänglichem Zögern trat ich ein. In dem Zahlraum war es dunkler und kälter als draußen. Ich stand auf der Schwelle und verspürte den Drang, laut zu rufen: Hallo, hallo! Ist da jemand?, unterdrückte ihn und überlegte es mir wieder.

Wollte ich mir Mut machen? In der Stille kam ich mir jetzt mehr als nur ein bißchen töricht vor. Links machte ich den grauen Fleck eines Türrahmens aus; dort ging es wohl in die eigentliche Werkstatt. Nun war ich schon so weit gekommen, nun mußte ich auch konsequent den nächsten Schritt tun. Vorsichtig drang ich in die Finsternis vor. Mit dem Fuß stieß ich an eine Kanne. Sonst kein Ton. Niemand da. Das Leuchtzifferblatt meiner Uhr zeigte zwanzig Minuten vor sechs. Ließ er mich aufsitzen?

Ich fing an, mich zu bewegen, nur um mich warm zu halten. Allmählich gewöhnten sich meine Augen an die Dunkelheit. Diese Werkstatt mußte schon seit Jahren brachliegen. In einer Ecke hatten Stadtstreicher irgendwann einmal ein Feuer angezündet; ich ging weiter an der Rückwand entlang – und hörte plötzlich ein leises Geräusch, ein Rascheln ... Es wiederholte sich. Ich ging weiter, bis ich zu einem anderen Durchgang kam. Etwas verstellte mir die Sicht. Ich ging näher hin. Es war nur ein großer Müllcontainer. Ich horchte wieder, hörte aber nichts – wahrscheinlich war es nur eine Ratte. Ich beschloß, rund um das Haus zur Straße zurückzukehren, und begann, mich zwischen Hinterwand und Mülltonne durchzuzwängen – und nun kam das Geräusch wieder: aus dem Inneren des Containers. Ich zögerte, aber dann kramte ich aus meiner Manteltasche ein Streichholzbriefchen hervor, das ich einmal in einem Restaurant eingesteckt hatte, stellte mich auf die Zehenspitzen, zündete ein Streichholz an und schaute in den Container. Das Streichholz verlosch. Ich war nicht sicher, was ich gesehen hatte. Ich brach noch ein Streichholz ab, setzte damit alle übrigen in Brand und zog mich an dem Container hoch. Grunzend stützte ich meine Brust auf die obere Kante und streckte meinen rechten Arm aus. Eins nach dem anderen entzündeten sich die Hölzchen zischend, und der Pappdeckel krümmte sich weg. Ich sah hinunter. Der Boden des Containers war schon vor Jahren weggerostet; Unkraut stach durch das löchrige Metall, und im Schlamm glitzerte eine schwarze Lache. Neben Teilen von Auspuffstutzen und -töpfen lag eine große Plastikplane, stark verdreht und gefaltet und wie ein Eiswürfel mit Knittern und Sprüngen durchsetzt. Aber die Knitter waren feucht und rot. Und erstarrt in der Mitte des Packens befand sich der nackte Körper eines dicken, behaarten Mannes, ohne Kopf, ohne Hände, ohne Füße.

Ich prallte zurück, meine Knie schlugen gegen die Tonne. Lieber Gott! Dann tappte ich blindlings drauflos, quetschte mich abermals durch die Lücke zwischen Mauer und Müllcontainer. Unkraut wickelte sich um meine Beine. Ich schürfte meine Wange an der Mauer auf. Die Lücke war eng, aber ich zwängte mich durch, taumelte, fiel auf ein Knie, langte nach unten, berührte die kalte Erde und gewann wieder Halt. Und dann fielen mir die Männer mit den Wäschesäcken ein, und ich begriff, was die Säcke enthalten hatten. Ich mußte mich übergeben ...

Darauf holte ich tief Atem und wischte mir den Mund ab. Stand auf. Mein Knie schmerzte, und auf meiner Wange verspürte ich ein brennendes Stechen. Ich fluchte leise. Mit dir ist alles in Ordnung. Reg dich nicht auf. Ich spähte zu der Werkstatt hinaus. Über der Grayson Street zog die Nacht herauf. Die Fenster der Häuser glühten wie Katzenaugen, und ich hörte das Summen einer Straßenlampe. Aber ich konnte niemanden sehen, und darum zwang ich mich weiterzugehen. Über die Asphaltrampe der Tankstelle. Über den Gehsteig. Um die Ecke ... Ich schaffte es bis zum Wagen und stieg ein. Dann verschloß ich alle Türen. Fünf Minuten, dachte ich, vielleicht sogar weniger – nur diese Zeitspanne hatte gefehlt, und ich hätte einen Mord mit angesehen, wäre vielleicht sogar selbst ermordet worden. Mir klopfte das Herz bis zum Hals, und eine leichte Schwäche überkam mich. Wer war der Tote? Wer hatte ihn umgebracht? Warum? Wer außer mir hatte gewußt, daß er hierherkommen wollte? War ich in Gefahr?

Mit einer jähen Drehung des Schlüssels ließ ich den Motor an. Wie ein übervorsichtiger Betrunkener zwang ich mich dazu, alles ganz langsam zu tun. Ich drehte die Räder vom Gehsteig weg. Richtete mich auf. Trat leicht aufs Gas. Und vielleicht fiel es mir deshalb auf. An der nächsten Ecke hielt ich an.

Ich drehte mich um. Hinter mir, den Gehsteig säumend, standen die etwa sechs Autos, die vor mir geparkt gewesen waren. Alles rostige, eingebeulte Schrottkisten – alle, bis auf einen, einen Pontiac, neuestes

Modell, blank und blitzend wie der, den ich fuhr. Ich dachte kurz nach, legte den Rückwärtsgang ein und rollte ein Stück zurück, blieb stehen, öffnete rasch die Tür und lief zu dem anderen Wagen. Ich spähte durch das Seitenfenster auf der Fahrerseite. Den Aufkleber von Hertz brauchte ich gar nicht erst zu sehen, um zu wissen, daß es ein Mietwagen war. Ich versuchte, die Türen zu öffnen, aber sie waren verschlossen. Trotzdem war alles klar. Er hatte, genau wie ich, hier geparkt und sich dann vorsichtig der Reparaturwerkstatt genähert – aber nicht vorsichtig genug.

Als ich wieder in meinem Mietwagen saß, gab ich Gas und gondelte erst mal eine Weile ziellos umher. Allmählich gewann ich meine innere Ruhe zurück, und mir wurde bewußt, daß ich Hunger hatte. Ich machte vor einem Einkaufszentrum halt. Dort fand ich ein Lokal im Westernstil: Schwingtüren wie in einem Saloon, von der Decke hingen Wagenräder herab, in deren Naben Lampen montiert waren. Ich bestellte Whisky – und erhielt einen billigen, widerwärtigen Fusel – und ein Steaksandwich. Mittlerweile konnte ich wieder einigermaßen in geordneten Bahnen denken. Punkt eins: kein Grund zur Panik. Der Mann, der mich angerufen hatte – vorausgesetzt, es war wirklich sein Rumpf, der in der Mülltonne lag –, hatte gewußt, daß ich in all das verwickelt war, aber wer immer ihn getötet hatte, wußte es wahrscheinlich nicht. Oder es war ihnen egal. Andernfalls wären sie in der Reparaturwerkstatt geblieben und hätten auch mich ins Jenseits befördert. Punkt zwei: Ich wollte nicht zur Polizei gehen, zumindest nicht gleich. *Etwas Persönliches, etwas, von dem besonders Sie nicht möchten, daß es allgemein bekannt wird ...* So weit war ich aus eigener Kraft gegangen; vielleicht ging es noch ein Stück weiter. Das war der Grund, warum ich, nachdem ich gegessen hatte, in diesem Einkaufszentrum herumging, bis ich einen Eisenwarenladen fand, der noch geöffnet hatte, und einen schweren Vorschlaghammer kaufte.

Es war jetzt nach sieben. Auf der Stadtautobahn herrschte nur noch schwacher Verkehr. Als ich wieder in die Grayson Street kam, hatte sich nichts verändert. Ich bog in die Seitenstraße ein und parkte drei Wagen vor dem Pontiac. Der Pontiac stand vor einem Haus, in dem Lichter brannten, aber das Gebäude daneben war dunkel. Ich holte mit dem Vorschlaghammer aus und schwang ihn so kräftig, wie ich nur konnte. Das Fenster splitterte. Mit der Hand entfernte ich noch ein paar Stück Glas mehr, langte dann hinein und öffnete das Handschuhfach. Dort lag, was ich suchte: das Formular der Leihwagenfirma. Ich zog es heraus und marschierte flott zu meinem Wagen zurück. Zwei Minuten später war ich wieder auf der Stadtautobahn.

Ich fuhr direkt ins Stadtzentrum. Dort parkte ich und las das Formular im matten Schein der Armaturenbrettbeleuchtung. Michael Travin hatte er geheißen. Sein Führerschein war im amerikanischen Bundesstaat Maine ausgestellt; der Wohnsitz befand sich ebenfalls dort, in einem Ort namens Lewiston. Travin hatte den Wagen bei der Hertz-Filiale im Renaissance-Center gemietet, und seine Anschrift in Detroit lautete: Zimmer 909 im Detroiter Hotel – das Hotel, das zum Renaissance-Center gehörte.

Jetzt mußte ich schnell handeln. Ich fuhr geradewegs zum Renaissance-Center, parkte auf dem Platz, wo ich auch Brightmans Jaguar gelassen hatte, und betrat das Hotel. Vor der Rezeption ging ich noch eine kleine Weile auf und ab, um mich zu orientieren. Die große Halle war ein hell erleuchtetes, fünf Stockwerke hohes Atrium, in dem Springbrunnen sich in künstliche Seen ergossen. Gottlob herrschte in der Hotelhalle reger Betrieb, und ich sah trotz allem, was ich gerade erlebt hatte, immer noch einigermaßen anständig aus.

Lächeln. „Abend. Zimmer 909. Meinen Schlüssel bitte." Lächeln.

„Einen Augen–, ja, Mr. Travin, bitte sehr."

„Danke."

Mit energischen Schritten entfernte ich mich von der Rezeption und ging zu den Aufzügen hinüber, deren Lage ich mir vorher eingeprägt hatte. Als ich die Kabine oben verließ, ging ich einen leeren, geschwungenen Gang entlang bis zu Zimmer Nummer 909. Ich zögerte einen Augenblick, dann steckte ich den Schlüssel ins Schloß und trat ein.

Ich betätigte einen Lichtschalter. Rechts war das Badezimmer; ich steckte den Kopf hinein. Gepflegt. Sauber. Die Handtücher waren nicht frisch, aber ordentlich aufgehängt. Ich begab mich in das eigentliche Zimmer – ein in nichts von der Norm abweichendes erstklassiges amerikanisches Hotelzimmer.

Und von Michael Travin keine Spur.

Keine Koffer, keine Kleider im Schrank oder in der Kommode, und das Zimmer war so sauber, daß man hätte meinen können, das Zimmermädchen wäre eben mit seiner Arbeit fertig geworden. Der Papierkorb war leer, und obwohl die Aschenbecher sauber waren, hatte niemand frische Zündholzbriefchen daneben gelegt. Was war geschehen?

Ein sonderbares Gefühl überkam mich – ein angstvolles Prickeln im Nacken, wie ich es seit den Jahren meines Aufenthalts in der UdSSR nicht mehr empfunden hatte. Und dann wußte ich, was es war, und sah mich genauer um – nach den Spuren einer Suche, einer Suche, die wahrscheinlich sorgfältig vorgenommen worden war. Auf Händen und Füßen tastete ich den Rand des Spannteppichs ab, und ja, er war lose. War der Teppichleger nachlässig gewesen, oder hatte jemand das Ding aufgehoben? Dann tastete ich mit einem Fingernagel die Säume der Tapeten ab. Auch hier lose Stellen. Natürliche Abnützung – oder hatte jemand eine Rasierklinge verwendet? Ich untersuchte den Fernsehapparat – und fand drei Schrauben, die möglicherweise erst vor kurzem gelockert worden waren. Sie mußten nach etwas Schmalem gesucht haben, nach einem Stück Papier vielleicht. Aber was immer sie gesucht hatten, eines wußte ich: Es gab nur eine Quelle dieses eigenartigen, unverwechselbaren Geruchs, den ich in diesem Raum schnupperte: KGB.

Was mich nicht besonders aufregte. Ich war daran mehr gewöhnt als an Leichen. Jetzt hieß es rasch nachdenken – schließlich mußten diese Burschen sehr schnell gearbeitet haben: vier Uhr. Travin ruft mich auf dem Parkplatz an. Da hatten wir unser Treffen für halb sechs ausgemacht. Also mußten sie ihn irgendwann zwischen vier und fünf aufgegabelt haben und ihm gefolgt sein. Das war wohl hier geschehen, weil sie vermutlich dieses Zimmer observiert hatten. Jedenfalls waren sie ihm in die Grayson Street nachgefahren. Wenn man es so recht bedachte, hatten sie sich die Mühe eigentlich nur wegen seiner Identität gemacht. Sie hatten ihm den Kopf, die Hände und die Füße abgeschnitten; jetzt noch die Identität der Leiche festzustellen wäre ein kriminalistisches Wunder gewesen. Aber sie hatten auch sehr schlampig gearbeitet. Sie hatten das Auto vergessen. Sie hatten sich nicht um den Wagen gekümmert; statt dessen waren sie hierhergekommen und hatten das Zimmer durchsucht. Und das konnte bedeuten, daß sie vielleicht schon wußten, daß der Name Travin falsch war.

Ich umwickelte den Telefonhörer mit einem Taschentuch, hob ab und wählte die Nummer der Auskunft.

Nach dreimaligem Läuten meldete sich die Auskunft. Ich nahm mir das Hertz-Formular vor, buchstabierte Travins Namen und gab seine Adresse an. Nach einer kleinen Weile sagte die Dame: „Wir haben keinen Travin mit dieser Adresse, Sir."

Ich legte auf. Dann hatte ich eine andere Idee. Ich rief die Rezeption an. „Hier Travin, Zimmer 909, ich möchte abreisen. Ich habe es ziemlich eilig. Könnten Sie mir die Rechnung heraufschicken?"

„Augenblick, Sir . . ., jawohl. Geht das auf Ihre VISA-Karte?"

„Bitte, ja. Sie haben die Karte doch unten?"

„Ja, Mr. Travin. Ich schicke Ihnen die Rechnung hinauf."

Zehn Minuten später, sorgsam darauf bedacht, mein Gesicht zu verbergen, hielt ich eine Dollarnote vor die Zimmertür und nahm dafür Travins Rechnung in Empfang. Aber sie war nicht sonderlich informativ: gleiche Adresse, gleiche VISA-Nummer wie auf dem Hertz-Formular. Er hatte sechs Tage hier logiert, aber leider keine Ferngespräche geführt. Der Name Travin, sein Führerschein, die Kreditkarte, die Hotelrechnung – es führte alles in eine Sackgasse.

Ich holte tief Atem, ging zum Fenster hinüber und sah in die Nacht hinaus. *Ich kann Ihnen alles erzählen, Mr. Thorne. Wie es gemacht wurde. Was mit Brightman geschehen ist.* Hatte man Travin getötet, weil er zuviel wußte? Und war das auch der Grund, warum sie sich meinetwegen keine Sorgen gemacht hatten? Weil ich, solange ich nicht mit ihm gesprochen hatte, von nichts etwas wissen konnte? Ich hatte das Gefühl, einen Wendepunkt erreicht zu haben.

Es klopfte an der Tür.

Ich erstarrte. Es klopfte wieder. Ich holte tief Luft. „Ja, bitte?"

„Mr. Travin?" Eine weibliche Stimme. „Kleiderdienst. Wir wurden von der Rezeption benachrichtigt, daß Sie abreisen. Sie werden doch Ihren Anzug nicht vergessen wollen?"

„Augenblick." Diesmal war ich noch vorsichtiger als zuvor bei der Hotelrechnung und richtete es so ein, daß die Frau mich unmöglich sehen konnte. Ich nahm einen ganz gewöhnlichen grauen Anzug in Empfang. Dann sah ich den kleinen braunen Umschlag, der am Kleiderhaken hing, mit dem Aufdruck: DAS HABEN WIR IN IHREN TASCHEN GEFUNDEN ... Ich riß ihn auf und schüttete den Inhalt auf das Kissen. Ein Zündholzbriefchen, siebenundsiebzig Cent und den Abholschein eines Fotoladens ..., mit dem Namen und der Anschrift des Ladens: JACKS FOTOSHOP, GORHAM, NEW HAMPSHIRE.

In diesem Augenblick traf ich meine Entscheidung.

Travins Anzug zusammengerollt unter dem Arm, betrat ich den Aufzug und schwebte in die Halle hinunter, gab meinen Leihwagen zurück und fuhr Brightmans weißen Riesenschlitten über die Grenze nach Kanada, um in Toronto mein Gepäck abzuholen und um Brightmans Luxusgefährt abzuliefern.

FÜNFTES KAPITEL

GORHAM, auf halbem Weg zwischen Montreal und Boston gelegen, erwies sich als typische Fabrikstadt – Papier- und papierverarbeitende Industrien –, aus deren Schornsteinen ein bleifarbener, schwefeliger

Dunst über die Berge Neuenglands zog. Die Fahrt hierher war ein einziger großer Umweg gewesen, und ich war völlig erschöpft, obwohl ich viele Pausen eingelegt hatte. In Jacks Fotoshop blätterte ich sechsundsechzig Dollar hin und erhielt dafür zwei graue, sehr große Umschläge. Ich hatte keine Ahnung, was ich vom Inhalt erwarten sollte, die letzten fünfzig Kilometer hatte ich mich auf etwas völlig Banales vorbereitet – Travins Freundin als Nackedei . . . Travin beim Angeln . . . – Aber schon als die Frau im Laden mir die Umschläge übergab, wußte ich, daß ich meine Zeit nicht völlig verschwendet hatte. Die zwei Umschläge waren zusammengeheftet, und quer über den ersten stand geschrieben: M. Travin, Freie Landpostzustellung 2, Gorham, Telefon 2366454. Das, dachte ich, war schon eher seine richtige Adresse als die auf dem Führerschein. Aber erst als ich im Auto einen der Umschläge geöffnet hatte, sah ich, was für einen glücklichen Griff ich getan hatte. Vierundzwanzig Vergrößerungen im Postkartenformat ergossen sich auf meinen Schoß. Die Bilder waren alle verschieden, aber alle zeigten sie ein und dieselbe Person: May Brightman.

In einiger Verwirrung begann ich die Bilder zu sortieren. Sie waren heimlich aufgenommen worden; May hatte ganz offensichtlich keine Ahnung davon, daß man sie fotografierte. Drei Bilder waren geknipst worden, als sie gerade ihr Haus verließ, ein weiteres zeigte sie unter vielen anderen Menschen auf einem Markt, und drei Bilder waren aufgenommen, während sie im Park auf einer Bank gesessen hatte. Ihr Gesichtsausdruck war ruhig und gelassen. Zwar konnte man an den Fältchen um die Augen ihr Alter erkennen, aber immer noch war etwas Mädchenhaftes an ihr – Sommersprossen hoch auf den Wangen, die Art, wie sie ihr langes Haar über einen grobgestrickten Pullover breitete.

Die nächsten Fotos standen sehr im Kontrast zu den vorigen. Auf zwei Bildern trug sie ein weißes Kostüm, und sie hatte die Haare zu einem Knoten aufgesteckt. So erinnerte sie sehr an eine damenhafte Europäerin. Aber die nächsten vier Aufnahmen überzeugten mich wieder davon, daß ihre besonderen Eigenschaften in überhaupt kein Schema paßten. Denn auch Travin war die Garageneinfahrt neben Mays Haus hinaufgegangen und hatte sie bei der Gartenarbeit fotografiert. Jeder dieser Schnappschüsse hatte genau das eingefangen, was mir auch an jenem Tag aufgefallen war: daß sie etwas Anachronistisches und Widersprüchliches an sich hatte, das sie dieser Welt und dieser Zeit entrückte. Auf Travins Foto trug sie einen großen Strohhut, der ihr Gesicht teilweise beschattete, und ein langes, hochgeschlossenes Spitzenkleid; um Hals und Schultern geschlungen war ein langer, mit Quasten gesäumter Schal. So wirkte sie wie eine hochgeborene Dame aus der Zeit der Belle Époque.

Während ich die Bilder noch einmal durchsah, wurde mir klar, daß Travins Interesse vor allem ihrem Gesicht gegolten hatte – als wollte er dieses Gesicht mit einem anderen vergleichen. Auch Travin hatte sich anscheinend die Frage gestellt: Wer war May Brightman?

Als ich den zweiten Umschlag öffnete, hoffte ich natürlich, die Antwort auf diese Frage zu finden, und vielleicht war sie auch da, wenn ich nur imstande gewesen wäre, sie zu sehen.

In diesem Umschlag befanden sich nur drei Abzüge in noch stärkerer Vergrößerung, alle identisch bis auf kleine Unterschiede beim Entwickeln. Ich sah sofort, daß es sich um Fotografien einer Fotografie handelte. Das Bild zeigte vierzehn Männer, die im Hof eines Hauses ganz zwanglos posierten. Im Hintergrund stand ein großer Schuppen, ganz rechts ein langer Tisch mit Flaschen und Tellern. Rund um den Tisch hatte man Segeltuchklappstühle arrangiert, auf denen zwei der Männer saßen. Zwei andere waren mit einem weißen Stift eingekreist worden, und quer über den unteren Teil der Fotografie stand geschrieben: „Halifax 1940“. Ich hielt das Bild schräg und betrachtete angestrengt die kleinere der zwei eingekreisten Gestalten: Brightman. Es war unmöglich gewesen, den blutigen Rest im Leichenschauhaus mit dem Gesicht auf dem Foto in Verbindung zu bringen, das May „mit ihrer eigenen Kamera“ aufgenommen hatte. Hier aber gab es keine Zweifel bezüglich der Ähnlichkeit. Er stand hinten, ein großer, breitschultriger Mann mit einem mächtigen Brustkasten. Eine hohe Stirn, dichtes Haar, straff zurückgekämmt. Harry Brightman, wie er zu der Zeit ausgesehen hatte, als er seine Tochter adoptierte.

Wie gebannt ließ ich meine Blicke über die Fotografien gleiten, studierte alle anderen Gestalten, besonders aber den zweiten Eingekreisten. Er stand im Vordergrund, ein stämmiger, kräftiger Mann mit einem breiten, fleischigen Gesicht und dicken Lippen, die er verdrießlich herabgezogen hatte. Ich hoffte, ein so prägnantes, entschlossenes Gesicht könnte mich an jemanden erinnern. Vergeblich. Auch die anderen Gesichter halfen mir nicht weiter. Und doch . . .

Rußland.

Brightman.

Halifax 1940.

„Dr. Charlie“ . . .

Ich hatte das Gefühl, einigen echten Antworten näher gekommen zu sein. Die Männer, die Travins Zimmer durchsucht hatten, waren hinter diesen Bildern her gewesen; dessen war ich mir ziemlich sicher. Außerdem stellten die Fotografien unmißverständlich eine Verbindung zwischen Brightmans Verschwinden und Mays Adoption her; die Kombination der Fotografien aus beiden Umschlägen erlaubte keinen anderen Schluß. Mays Adoption ließ die Vergangenheit ihres Vaters in einem besonderen Licht erscheinen, in einem Licht, das bis in die Gegenwart ausstrahlte. Wer war May Brightman? Diese Frage, die Frage, die Travin gestellt hatte, schien jetzt nur noch ein Aspekt einer anderen zu sein, nämlich: Wer war Harry?

Als ich an diesem Nachmittag Gorham verließ, besaß ich zumindest einige echte Anhaltspunkte, mit denen ich spielen konnte, und fing an, sie zusammenzufügen. May und Harry umgab ein Geheimnis, und Rußland war der Schlüssel zu seiner Lösung.

Ich vermutete, daß ich mehr wußte, als ich begriff. Ich brauchte nur noch einen Hinweis – ich hatte die Fotografie, aber ich brauchte die Bildunterschrift dazu.

ICH begann, des Rätsels Lösung in Washington zu suchen. Zuvor war ich von Gorham nach Hause zurückgekehrt, hatte mir meinen eigenen Wagen aus der Garage geholt und war damit in die Bundeshauptstadt gefahren.

Es war keine sonderlich anstrengende Suche, und sie machte mir sogar Spaß; es war eine Rückkehr zur Arbeit, eine Rückkehr zur Normalität. In Washington wohnte ich im Haus meiner Eltern im Stadtteil Georgetown. Mein Vater hatte hier ein Haus gekauft, als sein Vater gestorben war. Es blieb unser Heim, während das Außenministerium meine Eltern in der ganzen Welt herumschickte. Ich hatte es immer geliebt, nach dem Tod meiner Mutter war es zu einem Problem geworden, aber ich brachte es nicht übers Herz, es zu verkaufen. Aber ich wollte auch nicht darin leben, und so benütze ich es als Quartier, wenn ich in Washington zu tun habe.

May gegenüber hatte ich mich nicht festgelegt. Zwar war sie ohne irgendwelche Pannen nach Toronto zurückgekehrt, hatte aber – durchaus verständlich – ihren Seelenfrieden noch nicht wiedergefunden und sich vor allem darum bemüht, mir das Versprechen abzunehmen, die Finger von der Sache zu lassen. Ich hatte ihr versprochen, daß ich sie in ein paar Tagen wieder anrufen würde.

Eine Woche, das war die äußerste Grenze, die ich mir selbst setzte. Ich wußte, was das für eine Arbeit war, die ich zu erledigen hatte, und die Erfahrung sagte mir, daß ich sie entweder sehr rasch oder gar nicht zu Ende führen würde. Wer waren die Herren auf der Fotografie? Was hatten sie 1940 in Halifax zu suchen gehabt? Vor allem aber: Wer war der andere Mann, den Travin auf dem Foto eingekreist hatte? Wenn es überhaupt möglich war, dann konnte es nicht allzu schwierig sein, diese Fragen zu beantworten.

Ich hatte drei Anhaltspunkte: Brightman – Halifax – 1940. Der erste half mir momentan überhaupt nicht weiter. Meine zweite Spur, „Halifax", war schon mehr wert: Flottenstützpunkt während des Krieges – und „1940" erwies sich überhaupt als sehr ergiebig. Alle die Geschichten, die meine Mutter mir erzählt hatte, entrollten sich wieder unter dem gleißenden Licht des Mikrofiche-Lesegeräts: Da stand alles schwarz auf weiß zu lesen, und es gab auch massenhaft Bilder dazu: Molotow, Chamberlain, Churchill, Roosevelt, Lindbergh ... Der Mann, den ich suchte, war natürlich ein wesentlich kleinerer Fisch. Aber sicher war er eine historische Figur, eine hinreichend bekannte Person. Wenn die Fotografie nicht direkte Zusammenhänge erkennen ließ, warum hätte dann Travins Zimmer durchwühlt werden müssen, um sie zu finden? Meine Suche fortsetzend, durchforschte ich die Archive der großen Zeitungen und die Kongreßbibliothek; ich ließ Kopien der Fotografie anfertigen und zeigte sie herum – umsonst. Erst, als ich meine Suche ausweitete, hatte ich Glück. Ich fuhr nach New York ins Bettmann-Archiv, das eine der größten Sammlungen historischer Fotografien beherbergt. Meinen ersten Erfolg brachte mir das Stichwort „Bürgerkrieg, Spanischer": das Bild eines stämmigen Mannes, auf den Schultern getragen von einigen grinsenden Mitgliedern der Internationalen Brigaden. Ich war mir allerdings nicht sicher, ob dies der Mann auf Travins Foto war. Jetzt aber wußte ich, wo ich weitersuchen mußte, und hatte bald drei andere Aufnahmen gefunden, die beste davon aus dem Jahr 1933. Das Foto zeigte Kopf und Oberkörper eines Mannes Mitte Vierzig. Er hatte dunkles, dichtes Haar und dunkle Augenbrauen, und seine mächtigen Schultern spannten den Stoff der Anzugjacke. Selbst auf diesem Schnappschuß offenbarte sich die Kraft der Persönlichkeit dieses Mannes. Unter „Personenbeschreibung" hieß es auf der Rückseite:

> Georgi Dimitroff (1882–1949), in Kowatschewiza bei Radomir, Bulgarien, geborener kommunistischer Politiker; wurde von den Nationalsozialisten beschuldigt, an der Brandstiftung im Deutschen Reichstag am 27. Februar 1933 beteiligt gewesen zu sein. Dimitroff verteidigte sich brillant und wurde schließlich freigelassen. Sein Prozeß in Leipzig war

eine Sensation und machte Dimitroff international zum Helden antifaschistischer und linksgerichteter Gruppen. Dimitroff wurde dann Generalsekretär der Komintern und später Ministerpräsident von Bulgarien.

Ich legte die Fotografien nebeneinander, verglich sie wieder und wieder, aber es gab überhaupt keinen Zweifel: Der zweite Mann, den Travin eingekreist hatte, war Georgi Dimitroff.

Als ich mich in meinen Stuhl zurücklehnte, schmetterte keine Fanfare und läuteten keine Glocken. Es herrschte jene Stille, die jedes wahre Geheimnis umgibt. Denn genau das war es. Mitte der dreißiger Jahre war Georgi Dimitroff einer der bedeutendsten kommunistischen Politiker gewesen. Und Brightman hatte ihn gekannt. Mehr noch: Im Frühjahr 1940 waren sie zusammengetroffen – kurz nachdem Brightman mit May aus Europa zurückgekehrt war und „Dr. Charlie" den krummen Weg der Adoption für ihn eingeschlagen hatte.

Was hatten die zwei Männer gemacht? Wer waren die anderen? Welche Verbindung bestand zwischen Dimitroffs Anwesenheit in Halifax im Jahre 1940 und Brightmans Verschwinden jetzt? Das sind natürlich Fragen, die sich nicht beantworten lassen, indem man Bücherregale durchforscht. Als ich an diesem Nachmittag nach Washington zurückflog, wußte ich, daß ich jemandem Würmer aus der Nase ziehen mußte, und dachte in erster Linie an Professor Leonard Forbes. Was die Kommunistische Internationale – die Komintern – angeht, jene Organisation, die den Russen dazu diente, die kommunistischen Parteien außerhalb der Sowjetunion zu kontrollieren, gibt es keinen, der mehr darüber weiß.

Um halb sieben war er noch in seinem Arbeitszimmer in der Universität, nahm aber meine Einladung zum Abendessen gern an. „Ich habe dabei einen Hintergedanken, also bist du mein Gast. In einer halben Stunde bei ‚Chez Odette' – würde dir das passen?"

„Sehr gut."

Im Restaurant sprachen wir zuerst lange über gemeinsame Freunde, das Tun und Treiben an der Uni, Politik. Endlich, als der Kaffee serviert wurde, zündete er sich eine Zigarre an, faltete die Hände über seinem Bäuchlein und brummte: „Also, um was geht's?"

„Schau dir das mal an", sagte ich und reichte ihm den besten Abzug von Travins „Halifax-1940"-Fotos.

Einen Augenblick lang betrachtete er das Bild aufmerksam. Dann schob er ärgerlich die Brille auf die Stirn und hielt das Bild nahe an sein Gesicht. „Das Bild wurde niemals im Jahre 1940 in Halifax aufgenommen."

„Weil Georgi Dimitroff zu dieser Zeit nicht in Halifax war?"

„Du hast ihn also erkannt?"

Ich lächelte. „Nicht innerhalb von dreißig Sekunden wie du, aber dann doch ... Könntest du beschwören, daß er nicht in Halifax war?"

„Nein. Das wohl nicht. Aber es ist unwahrscheinlich."

„Wo war er denn?"

„In Moskau, würde ich sagen, wo sonst? Er ist nicht inkognito in der Welt herumgegondelt. Er war damals einer der bekanntesten kommunistischen Politiker. Außerdem war damals die große Säuberung über die Komintern gekommen, und ich vermute stark, daß er einen großen Teil seiner Zeit in der Gorkistraße damit verbrachte, daß er mit den Überlebenden Händchen hielt."

Wenn Leonard auf vertrautem Terrain dahinprescht, ist es manchmal nicht leicht, mit ihm Schritt zu halten. „Gorkistraße ... Du meinst das Hotel Lux, wo die ausländischen Kommunisten untergebracht waren?"

Er nickte. „Ulbricht, Thorez, Togliatti. Man erzählt sich, Tito sei buchstäblich in Earl Browder hineingelaufen, als der gerade unter der Dusche stand ..." Er hielt inne und legte die Stirn in Falten. „Laß mich das noch mal sehen." Er starrte auf die Fotografie. „Teufel noch mal, das ist ja Browder." Ich beugte mich über den Tisch und erkannte ihn jetzt auch: Earl Russell Browder, Generalsekretär der Kommunistischen Partei der Vereinigten Staaten. „Weißt du", murmelte Leonard, während er das Bild anstarrte, „ich könnte es nicht beschwören, aber der Bursche da, der mit den verschränkten Armen ... Ich glaube, er war der Chef der kanadischen Kommunistischen Partei ... Tim Buck." Er blickte zu mir auf. „Wo hast du das her?"

Ich hob abwehrend meine Hand. „Eins nach dem anderen. Kommen wir noch mal auf Browder zurück. Es könnte sich hier also um ein Treffen zwischen dem Generalsekretär der Komintern und einer Schar hochrangiger nordamerikanischer Kommunisten in Halifax handeln?"

„Wenn das Bild echt ist."

„Keine Sorge, es ist echt." Ich hob die Fotografie auf und betrachtete sie noch einmal ..., und jetzt erkannte ich den Hinterhof, auf dem sie standen. Es war der Hof hinter „Dr. Charlies" Klinik in Halifax.

„Leonard, das meiste davon verstehe ich nicht, aber auf die ganze Sache gekommen bin ich durch den Mann da hinten, der andere Eingekreiste. Er ist jetzt tot, aber er war ein kanadischer Geschäftsmann, der in der Pelzbranche tätig war und in den zwanziger Jahren mehrere

Reisen nach Rußland unternommen hatte. Er freundete sich offenbar mit dem Ersten Kominternvorsitzenden Sinowjew an und hatte sogar ein Verhältnis mit einer Frau aus seinem Stab. Sie hieß Anna Kostina – hast du diesen Namen vielleicht schon einmal gehört?"

Er schüttelte den Kopf. „Nein. Ich glaube nicht."

„Worauf ich hinauswill, ist: Hätte der Mann, er hieß Brightman, durch Leute wie Sinowjew und diese Frau in eine enge persönliche Beziehung zu Dimitroff gelangen können?"

„Das wäre durchaus möglich. Sinowjew war der Erste Vorsitzende des Exekutivkomitees der Komintern, und Dimitroff war schon in den zwanziger Jahren Chef der Balkansektion der Komintern. Wenn also dieser Kanadier Sinowjew so gut kannte, daß er mit einer Frau aus seinem Stab ein Verhältnis anfing, könnte er ohne weiteres Dimitroff begegnet sein."

„Aber Dimitroff war doch zu dieser Zeit keine sehr bedeutende Persönlichkeit?"

„Stimmt. Revolutionäre wie ihn gab es damals an jeder Ecke. Seine große Chance kam erst 1933, als die Nazis versuchten, ihm den Reichstagsbrand anzuhängen . . . Der Prozeß machte ihn zu einem Star der Wochenschauen. Er stellte Göring und Goebbels als Idioten hin. Im nächsten Jahr – oder war es ein Jahr später? – wurde er zum Generalsekretär der Kommunistischen Internationale bestellt. Wenn du so willst, verdankt er Hitler seine Karriere."

„Welche Position nahm er 1940 ein?"

„Ich kann dir nur sagen, daß er die große Säuberung im Sommer 1937 jedenfalls überlebt hat."

„Warum?"

Leonard zuckte die Achseln. „Na, hör mal. Das weißt du doch selbst. Es ist fast unmöglich festzustellen, warum eine bestimmte Person starb oder durchkam."

„Aber – um noch einmal auf 1940 zu sprechen zu kommen – es kann doch sein, daß er Angst hatte, er könnte liquidiert werden?"

„Oh, ganz sicher. Und die Jahre 1939 und 1940 wären eine besonders schlechte Zeit für ihn gewesen. Dimitroff war doch der Erfinder der Volksfront: Die Kommunisten sollten sich mit den Sozialisten zusammentun, um gegen die Ausbreitung des Faschismus zu kämpfen. Damit machten sich die kommunistischen Parteien auf der ganzen Welt sehr beliebt."

„Jedenfalls so lange, bis Molotow und Ribbentrop den deutsch-russischen Nichtangriffspakt unterschrieben."

„Genauso ist es. Am 23. August 1939 umarmten sich Stalin und

Hitler im Interesse aller friedliebenden Länder – und marschierten in der Woche darauf gemeinsam in Polen ein. Über Nacht machte die Politik der Komintern eine Wendung um hundertachtzig Grad. Auf einmal waren jetzt die Nazis die Guten. Folglich muß Dimitroff tief in die Klemme geraten sein. Wenn ich es mir jetzt so überlege, ist es ein wahres Wunder, daß er überlebte."

„Aber er hat überlebt. Und blieb sogar Generalsekretär der Komintern. Und in dieser Eigenschaft – wenn du die Echtheit dieser Fotografie akzeptierst – machte er im Frühling oder Sommer heimlich eine Reise nach Amerika. Wozu?"

Leonard schüttelte professorenhaft den Kopf. „Nur vom Anschauen eines Fotos kannst du von mir keine Antwort darauf erwarten."

„Rate doch mal."

Leonard beugte sich vor, nippte an seinem Brandy und lehnte die Fotografie an seine Kaffeetasse. Er genoß es einfach zu sehr, seinen Verstand zu gebrauchen. „Jetzt, wo du mir die Pistole an die Schläfe hältst, würde ich sagen, du tätest gut daran, dich bei deinen Nachforschungen nicht so sehr auf die Leute als vielmehr auf den Ort und die Zeit zu konzentrieren. 1940 war ein sehr ereignisreiches Jahr, nach dem Einmarsch in Polen, dem Blitzkrieg mit Frankreich et cetera. Na, du weißt schon. Kanadier waren auch schon im Krieg, aber das wichtigste war wohl ihre Rüstungsindustrie. In den dreißiger und vierziger Jahren hatten die kommunistischen Parteien bei den Gewerkschaften noch etwas zu melden, und das heißt, daß ihre Haltung schwerwiegende Konsequenzen für die Rüstungsindustrie haben konnte. Streiks, Arbeit nach Vorschrift, Weigerung, Überstunden zu machen, ja sogar Sabotage ..., das hätte wichtig werden können. In der Sowjetunion gab es immerhin vernünftige Leute, die sehr wohl verstanden, daß alle letztlich gegen Hitler würden kämpfen müssen. Daher lag es in Wahrheit im Interesse der Russen, die hiesigen kommunistischen Gewerkschaften zu instruieren, hinter die Rüstung Dampf zu machen, statt Obstruktionspolitik zu betreiben, und vielleicht wurde Dimitroff hergeschickt, um ihnen das zu sagen." Er nahm einen Schluck von seinem Brandy. „Da würde eventuell auch dieser Brightman hineinpassen. War er ein Roter?"

„Das glaube ich nicht."

„Na ja, es sieht so aus, als sei er ein Kapitalist gewesen, der mit den Russen genug Geschäfte gemacht hat, um einen guten Kontakt mit ihnen herzustellen. Damit wäre er bestens geeignet gewesen ... Nehmen wir doch einmal an, die kanadische Regierung war über den

Einfluß kommunistischer Gewerkschaften in Sorge und sah sich nach einem Mann aus der Moskauer Zentrale um, der den Leuten eine Standpauke halten sollte. Dimitroff, der bei den Kommunisten im Westen großes Ansehen genoß, wäre der ideale Kandidat gewesen, ihnen eine solche Strafpredigt zu halten, und dieser Brightman hätte sich bestens dazu geeignet, das Ganze ohne jedes Aufsehen zu arrangieren."

Dies schien mir eine überaus vernünftige Theorie zu sein – nur half sie mir nicht weiter. Wenn zwischen Dimitroff und dem Kind eine Verbindung bestand, wenn er Mays leiblicher Vater war, wozu hatte er dann Brightman gebraucht? Wenn er ohnehin aus beruflichen Gründen selbst nach Halifax reisen konnte, wozu dann das komplizierte Szenario mit „Dr. Charlie", dem Reisepaß und so weiter?

„Du bist nicht bereit, Dimitroff für seine Reise nach Amerika persönliche Beweggründe zuzubilligen? Könnte es sein, daß er sich absetzen wollte?"

Leonard verzog das Gesicht. „Wir wissen nur, daß er sich nicht abgesetzt hat."

Ich überlegte. Zwar war Dimitroff der Säuberung nicht zum Opfer gefallen, aber im Jahre 1940 mußte er sich Sorgen gemacht haben. „Und seine Familie?" bohrte ich weiter. „Weißt du, ob sie in Gefahr war?"

„Wenn er es war, war seine Familie es auch, das versteht sich von selbst. Aber ich glaube nicht, daß sie extrem gefährdet war."

„Aber er hatte eine Familie? Eine Frau . . ., Kinder?"

„Er war zweimal verheiratet. Seine erste Frau starb schon früh – ich glaube, noch vor dem Reichstagsbrand. Ich bin nicht sicher, ob sie Kinder hatten oder nicht, aber nach dem Krieg adoptierte er zwei mit der zweiten Frau. Sie hießen Fanya und . . . Boyko. Die Bulgaren machten immer viel Wesens daraus – der liebe Onkel Georgi, na, und so weiter."

Irgendwie gelang es mir, mich nicht zu verraten. Aber das mußte des Rätsels Lösung sein: Dimitroff, in tödlicher Gefahr, war unfähig oder nicht bereit gewesen, sein eigenes Leben zu retten, hatte aber eines oder beide Kinder in Sicherheit bringen wollen. Natürlich blieben immer noch eine Menge Fragen offen. Leonard sah müde aus, und er hatte mir so viele Antworten gegeben, daß ich mir undankbar vorgekommen wäre, hätte ich ihm noch mehr Fragen gestellt.

Ich brachte ihn nach Hause und steuerte dann gemütlich meinen Wagen nach Georgetown, wo ich kurz vor Mitternacht langsam die Q-Straße hinunterfuhr. In diesen Häusern, die eine kleine Stadt für sich bilden, leben Washingtons Mächtige; hier wohnen sie in stillen, engen Gassen, die schon immer elegant und vornehm waren, hinter schwarzen schmiedeeisernen Gittern und sauber gestutzten Hecken in geschmackvoll restaurierten Häusern mit Sprossenfenstern und blankpolierten Messingklopfern an den dunkel lackierten Haustüren. Wie die meisten dieser Häuser besitzt auch mein Elternhaus keine Garage, ja nicht einmal eine seitliche Einfahrt, und der Straßenrand war so vollgeparkt, daß ich den Wagen um die Ecke abstellen mußte.

Auf der Straße war es ganz still; der Wind raschelte leicht in den Bäumen: alte Eichen, deren Schatten so dicht war, daß er sogar im Sommer Kühlung bot. Während ich so dahinschlenderte, wurden im Dunkel Erinnerungen wach: Kein Wunder, meine ganze Kindheit hatte ich so verbracht, war immer wieder zu diesem Haus zurückgekehrt – eine Rückkehr, die mir durch die Gewißheit schmerzlich bewußt wurde, daß ich es bald wieder würde verlassen müssen. Nie konnte ich diese Straße hinuntergehen, ohne daß mich immer wieder die gleichen vertrauten Gefühle überkamen: ängstliche Erwartung, dann frohes Wiedererkennen.

Ich war bei der Tür angelangt: Drei Stufen und man ist drin. Ich knipste das Licht an, hängte meinen Mantel auf und ging geradewegs nach oben. Aber statt mich in mein Zimmer zu begeben, stieg ich die enge Wendeltreppe hinauf, die zum Dachboden führt. Ich weiß selbst nicht, warum ich das tat. Immer noch in Erinnerungen befangen, muß ich wohl an meinen Vater gedacht haben, denn das Dachgeschoß war stets sein Refugium gewesen, wo Mutter diejenigen seiner Besitztümer aufbewahrt hatte, von denen sie sich nicht trennen konnte. Ich öffnete die Tür. Seit Jahren war hier nichts verändert worden. Da ich also genau wußte, was ich zu erwarten hatte, sah ich einen Augenblick lang tatsächlich die ordentlich aufgereihten Bände der Fachzeitschrift *Foreign Relations* im Bücherschrank, die eingerahmte Weltkarte des Außenministeriums und darunter den Schreibtisch mit den eingerahmten Fotografien.

Erst beim zweiten Hinsehen bemerkte ich, wie es hier wirklich aussah.

Es wäre falsch gewesen, den Raum als Schlachtfeld zu bezeichnen – das hätte ein Maß an Gewalt impliziert, das einfach nicht angewendet worden war. Aber irgend jemand hatte ihn auseinandergenommen. Der Rücken jedes einzelnen Buches war mit einem Rasiermesser aufgeschlitzt worden – aber so sauber, daß ein Stück Klebeband genügte, um sie zu reparieren. Die alte Landkarte war völlig auseinandergerissen, der Rahmen aber stand an den Schreibtisch gelehnt. Und obwohl man jede einzelne Fotografie aus dem Rahmen genommen hatte, waren alle Bilder und alle kleinen Kartonquadrate in sauber getrennten Stößen aufgeschichtet worden.

Ich war fast zu müde, um schockiert zu sein, aber dann befiel mich würgende Angst. Ich lief ans Fenster. Als ich vorsichtig auf die Straße hinunterblickte, sah ich auf der anderen Seite einen geparkten Wagen, aus dem gerade zwei Männer stiegen und lautlos die Türen hinter sich schlossen.

Erst später wurde mir klar, was für ein Glück ich gehabt hatte. Da ich so weit vom Haus entfernt geparkt hatte, waren sie durch meinen Wagen nicht gewarnt worden. Erst als ich das Licht angeschaltet hatte, waren sie aufmerksam geworden. Ich lief die Treppe hinunter in den ersten Stock, raste zur Hintertreppe, über die ich in die Küche gelangte, und tastete mich durch das Dunkel zur Hintertür. Als ich sie erreicht hatte, hörte ich Geräusche an der Vorderfront. Ich trat in die Nacht hinaus. Der Garten war klein – zwei Meter verwahrloster Rasen, ein brusthoher Zaun. Ich schwang mich hinüber und landete auf dem Herbstlöwenzahn meines Nachbarn, krabbelte weiter und zwängte mich durch die Sträucher, bis ich, eng an die Wand des Hauses gedrückt, zu einem Türchen kam und auf den Gehsteig hinaustrat, wo es mir glücklicherweise gleich gelang, ein Taxi heranzuwinken. Ich ließ mich auf den Rücksitz fallen und wies den Fahrer an, mich ins „Hay-Adams" zu fahren. Es ist ein teures Hotel, aber in dieser Nacht schien es mir weit sicherer als mein Zuhause.

Sechstes Kapitel

Es dauerte drei Tage, bis ich wieder in Gorham, in New Hampshire, war. Wieder mußte ich mehrere Umwege in Kauf nehmen, bevor ich dann dort anlangte. Der wichtigste betraf natürlich May.

Jetzt waren wir beide unmittelbar in Gefahr. Die Durchsuchung meines Elternhauses änderte alles. Ich war für jemanden zur Zielscheibe geworden, obwohl ich nicht begriff, warum. Aber das bedeutete, daß sich auch May in Gefahr befand, weil sie ja den einzigen Grund darstellte, warum ich überhaupt in die Sache verwickelt war. Nachdem ich alles durchdacht hatte, rief ich sie noch in derselben Nacht aus dem Hay-Adams an – aber in Toronto meldete sich niemand. Ich probierte es von da an alle halbe Stunde bis drei Uhr früh; sie war immer noch nicht nach Hause gekommen. Von Schuldgefühlen geplagt, nickte ich ein und wachte erst um sieben wieder auf, probierte es gleich wieder, aber am anderen Ende der Leitung nahm niemand den Hörer ab. Dann fiel mir etwas ein: Ich kannte ja noch jemanden in Toronto – Stewart Cadogan, Brightmans Anwalt. Also wählte ich seine Nummer. Fünf Minuten vor halb acht war noch niemand in seiner Kanzlei, aber sechs Minuten später, bei Gott, kam der alte Herr selbst ans Telefon. Er brauchte ein paar Sekunden, um sich an mich zu erinnern. Dann brummte er: „Ich bin überrascht, daß Sie Ihren Arbeitstag schon so früh beginnen, Mr. Thorne. Aber auch erfreut. Ich ..."

Ich war nicht in der Stimmung für seine Bärbeißigkeit und fiel ihm ins Wort. „Es ist dringend, Mr. Cadogan. Ich mache mir große Sorgen um Miß Brightman. Ich möchte, daß Sie jemanden zu ihr schicken und ..."

„Wie Sie reden, möchte man fast meinen, sie befände sich in Gefahr."

„Sie ist in Gefahr."

Er schwieg einige Augenblicke. „Wie kommen Sie darauf?"

„Weil ich sie seit gestern abend vergeblich zu erreichen versuche."

„Daraus wäre doch aber kaum zu schließen ..."

„Hören Sie, ich habe keine Lust, mit Ihnen zu diskutieren. Schicken Sie jemanden hinüber und vergewissern Sie sich, daß sie wohlauf ist."

Der Zorn in meiner Stimme ließ ihn endlich aufmerken. „Ich bitte um Verzeihung, Mr. Thorne. Ich hatte nicht begriffen, daß Sie so besorgt sind. Miß Brightman ist gestern nachmittag nach Frankreich abgereist."

„Sind Sie sicher?"

„Gestern nachmittag kam sie hier vorbei und teilte mir mit, sie sei unterwegs zum Flughafen. Sie hatte ihr Gepäck bei sich."

Ich dachte kurz nach und verdaute diese Neuigkeit. Sie besaß ein Haus in Frankreich, also war es möglich.

„Waren Sie nicht überrascht, daß sie gerade jetzt abreiste?"

„Sie sagte, sie sei erschöpft und daß sie den Wunsch habe wegzufahren. Sie hinterließ mir diverse Instruktionen, betreffend ihren Besitz, ihr Testament, die sterblichen Überreste ihres Vaters ... und, ja, auch etwas, das Sie angeht, Mr. Thorne."

„Was meinen Sie damit?"

„Miß Brightman gab mir Ihre Telefonnummer in Virginia, und ich habe gestern noch versucht, Sie zu erreichen. Sie bat mich, Ihnen in ihrem Namen zu danken, und wies mich an, Ihnen einen Scheck über zehntausend Dollar zu übergeben. Ihre Bemühungen, meinte sie, hätten Ihnen beträchtliche Ausgaben verursacht."

Ich war wie vor den Kopf gestoßen. „Ich werde das Geld nicht annehmen, Mr. Cadogan. Geld hat mit der Sache nichts zu tun; außerdem ist ein so hoher Betrag einfach lächerlich."

„Sie hat mich gebeten, darauf zu bestehen, Mr. Thorne."

„In Ordnung. Sie hat darauf bestanden, aber ich nehme es trotzdem nicht."

„Wie Sie wünschen. Außerdem bat mich Miß Brightman, Ihnen zu sagen, sie würde Ihnen später schreiben und alles erklären; jetzt aber sollte ich Sie dazu bewegen, bedingungslos zu versprechen, alle Nachforschungen, die Sie über ihre Vergangenheit angestellt haben, zu beenden. Sie würden nur Schaden anrichten und ihr weh tun. Das waren ihre Worte. Ich bitte Sie nun um dieses Versprechen."

„Ich bin mir nicht sicher, ob ich es geben kann."

„Bitte überlegen Sie gut, Mr. Thorne, denn ..." Er hielt inne, und als er fortfuhr, überraschte er mich: „Es tut mir leid, aber ich mache mir Sorgen um Miß Brightman – trotz allem, was ich sagte. Vielleicht wäre es für uns alle besser, zu tun, was sie verlangt. Es gibt sehr viel, was ich dazu sagen könnte, aber nicht sagen darf. Darum also nur dies: Ich kenne die Brightmans seit vielen Jahren, und ich weiß, daß Miß Brightman immer der Schutzengel ihres Vaters war – wie er der ihre. Jetzt bleiben ihr nur noch Erinnerungen. Sollten Sie an diesen Erinnerungen Veränderungen vornehmen oder sichtbar werden lassen, daß sie auf falschen Voraussetzungen beruhen, würden Sie ihr ein größeres Leid antun, als Sie ermessen können."

„Ich glaube, dessen bin ich mir bewußt, Mr. Cadogan."

„Wie Sie meinen. Handeln Sie, wie Sie es für richtig halten, und wenn Sie mich brauchen – aus welchem Grund auch immer –, können Sie mich stets unter dieser Nummer erreichen. Zögern Sie bitte nicht, mich anzurufen."

„Danke, Sir, ich werde daran denken."

Damit war das Gespräch beendet. Während ich noch neben dem Telefonapparat stand, wurde mir klar, daß May Cadogan von unserer aufgelösten Verlobung erzählt hatte. Aber mir schien, daß es unter den obwaltenden Umständen nur einen Grund gab, warum sie ihm das anvertraut hatte: um ihn zu veranlassen, mit noch mehr Nachdruck auf meine Loyalität zu pochen. Ich beschloß, in der Bar des Hotels weiter darüber nachzudenken, und ging hinunter. Tatsache war, daß ich May nicht in Gefahr bringen wollte, aber je mehr ich über die Geschehnisse nachdachte, desto mulmiger wurde mir zumute. Letzten Endes kam mir ihre Flucht nach Frankreich keineswegs natürlich vor, und sosehr ich mich auch bemühte – ihre Vergeßlichkeit in bezug auf den Jaguar ihres Vaters erschien mir immer noch in einem sonderbaren Licht. Und dann das Geld: Die Sache sah nach Bestechung aus.

Es waren wohl Fragen wie diese, die mich letztlich dazu brachten, ihren Wunsch zu ignorieren und weiterzumachen. Aber ich hatte auch noch andere Gründe: Als Zuschauer hatte ich angefangen, jetzt aber hatte ich die Initiative ergriffen. Weil ich das Seitenfenster von Travins Wagen zertrümmert hatte, wußte ich – ich allein? – von Dimitroff. Mehr noch: Ich hatte die Möglichkeit, Travins Schritte zurückzuverfolgen. War ich es mir nicht selbst schuldig herauszufinden, wo sie hinführten? Und da war schließlich noch ein Punkt, den ich nicht länger ignorieren durfte: Ich war eine Zielperson, daran gab es nichts zu deuteln, und war es von Anfang an gewesen – deshalb hatten sie Mays Telegramm an jenem ersten Tag bei mir zu Hause in Charlottesville mitgenommen.

Weiterzumachen wurde also zur beschlossenen Sache, während ich in der Bar des Hay-Adams-Hotels an meinem Whiskey nippte.

DEN Umweg nach Gorham hatte ich mir sorgfältig ausgedacht. Ich flog nach New York, stieg in den Zug nach Boston und wieder in ein Flugzeug – nach Portland. Am nächsten Morgen schließlich mietete ich mir einen alten Ford und nahm Kurs auf New Hampshire. Als ich am Nachmittag Gorham erreichte, war ich ziemlich sicher, allein zu sein. Trotzdem blieb ich vorsichtig. Gorham ist eine kleine Stadt, und es gibt dort nicht sehr viele Hotels. Ich ließ sie alle links liegen und fuhr in das etwa vierzig Kilometer weiter westlich gelegene Lancaster.

Am nächsten Morgen setzte ich meinen Plan gleich in die Tat um. Das war recht einfach: In Gorham ging ich zunächst aufs Postamt. Dort erinnerte sich keiner an Travins Namen, aber ein freundlicher Beamter zeichnete mit Bleistift die Route 2 der Freien Landpostzustellung, die Travin im Fotogeschäft als Adresse angegeben hatte, in meine Karte ein. Diesen Anweisungen folgend, fuhr ich die ersten fünf Kilometer auf der Autobahn und bog dann nach links in eine Landstraße ab; sie stieg bald steil an und schlängelte sich dann durch einen dichten Fichtenbestand. Kurz darauf stieß ich auf den ersten Briefkasten. Es war ein eckiger Kasten am Ende einer Auffahrt zu einem jener überall anzutreffenden Häuser im „Gutshofstil“. Ich verlangsamte die Fahrt, um den Namen zu lesen, und schaltete dabei den Kassettenrecorder ein, den ich in Boston gekauft hatte, und so wurde „W. F. Grafton“ der erste auf meiner Liste. Hinter der nächsten

Straßenbiegung reihten sich in rascher Folge drei weitere ähnliche Liegenschaften aneinander. Dann kamen auf einer Strecke von zwei Kilometern nur Tannen und Fichten – und dann ein großes Haus im Neuenglandstil. Jedesmal verlangsamte ich ein wenig und murmelte den Namen des Besitzers ins Mikrofon.

Die Kilometer zogen vorbei: ein paar vorstädtische Villen, eng an der Straße zusammengedrängt, dann drei Kilometer Wildnis, ein Stück ländliches Elendsviertel, ein schönes altes Bauernhaus mit Blick auf ein Tal und dann wieder einfache Holzhäuser und Fernsehantennen. Aber nach einer Weile hörten allmählich selbst diese wenigen Zeichen einer Zivilisation auf, und der Wald wurde dichter. Forststraßen führten ins Nichts. Ein großes Schild mit den Umrissen eines Indianers wies einen Weg, der zu einem Ferienlager für Kinder führte. Dann wieder nichts, bis mein Wagen mit hohlem Gepolter über die Baumstämme einer Brücke rumpelte und ich an dem Briefkasten eines Jagdcamps vorbeifuhr. Es war Mittag, als ich wieder die Hauptstraße erreichte und Kurs zurück auf Lancaster nahm. In meinem Hotelzimmer suchte ich mir die Namen vom Tonband im Telefonbuch heraus – in der Hoffnung, daß sich darunter die Nummer befand, die Travin beim Fotohändler zurückgelassen hatte. Nach fünfundzwanzig Minuten hatte ich sie. Michael Travin hatte sich an einem Ort aufgehalten, der sich „Gerrys Jagdcamp“ nannte.

Obwohl ich nun ungefähr wußte, wo es war, brauchte ich fast eine Stunde, um wieder dorthin zurückzufahren, denn es befand sich in der „Wildnis“ am Ende einer Anliegerstraße, die dort einen Engpaß in den Bergen durchquerte, über einen Bach führte und dann zu einem höheren Berg anstieg. Der Briefkasten befand sich am unteren Ende dieser Steigung. Ich hielt an, stieg aus und sah mich um, aber meine Erinnerung hatte mich leider nicht getäuscht: Außer Gehölzen war hier wirklich nichts zu sehen: keinerlei Baulichkeiten außer dem Tor neben dem Briefkasten. Es war neu und mit einem Vorhängeschloß gesichert. Die ungepflasterte Straße zum Lager selbst, die zwischen den Bäumen dahinter verschwand, mochte noch kilometerlang sein.

Ich fuhr nach Lancaster zurück.

Mittlerweile war es drei Uhr nachmittags geworden. Ich rief das Camp einige Male an, ohne daß sich jemand gemeldet hätte. Dann beschloß ich, das Grundbuch in dem schönen alten Rathaus von Lancaster einzusehen. Der letzte Käufer, ein Mann namens Evans, hatte es vor zehn Monaten erworben. Ich kehrte in mein Hotel zurück und versuchte die Campnummer noch einmal.

Niemand meldete sich.

Das wunderte mich ein wenig. Es war bereits November, kaum die Zeit, wo man ein Jagdcamp zusperren würde. Zugegeben, die Herren konnten alle im Wald sein, oder vielleicht war das Camp pleite gegangen. Doch während ich immer wieder die gleiche Nummer wählte, ohne daß sich jemand gemeldet hätte, ermahnte ich mich, auch weiterhin Vorsicht walten zu lassen.

Am nächsten Morgen fuhr ich gegen neun nach Gorham und stattete einem Sportartikelgeschäft an der Hauptstraße einen Besuch ab. Bei dem freundlichen Frankokanadier, der mich bediente, kaufte ich ein Flanellhemd, einen dicken Wollpullover, Wanderstiefel, einen Plastikumhang, ein Zelt, einen Gaskocher, zwei Feldflaschen, ein Beil, ein Fahrtenmesser, eine Taschenlampe, einen Kompaß, einen Feldstecher und einen Nylonrucksack, um das alles unterzubringen. In einem Lebensmittelgeschäft erstand ich Schinken, Käse, Brot und einen Liter Valpolicella. Wieder im Wagen, füllte ich den Wein in die Feldflaschen und fuhr los.

Der Tag war nicht besser als alle vorhergegangenen, kalt und düster. Als ich mich dem Camp näherte, verlangsamte ich das Tempo. Wieder rumpelten die Stämme der Brücke unter meinen Rädern; etwa hundert Meter weiter schwenkte die Straße leicht nach links. Dann lief sie wieder geradeaus an dem – immer noch geschlossenen – Tor des Camps vorbei und begann abermals steil anzusteigen. Ich warf einen Blick auf den Kilometerzähler. Nach 1,9 Kilometern zweigte links eine Forststraße ab. Das war weiter, als mir lieb gewesen wäre, aber es gab wirklich keinen anderen Platz, um den Wagen zu parken, und der Boden war zwar uneben, aber fest. Nach zehn Metern verbreiterte sich die Straße ein wenig und verlief etwas nach rechts, war aber so überwuchert, daß man unmöglich passieren konnte. Für mich war das ideal: In dieser Einbuchtung war der Ford von der Straße aus nicht zu sehen.

Mit Verrenkungen zog ich mich im Wagen um. Das Flanellhemd – häßlich grün-schwarz kariert – streifte ich über mein normales Hemd, dann kam der Pullover. Die Wanderstiefel würden hoffentlich nicht drücken. Ich packte meinen Rucksack und hängte ihn mir um. Über all das kam der Umhang. Ich zog die Kapuze hoch und trat ins naßkalte Elend.

Nadelwälder, besonders wenn sie vor kurzem aufgeforstet wurden, werden zum ärgsten Dickicht, das es auf der Welt gibt. Die Bäume, vornehmlich Fichten, standen so eng beisammen, daß man sich kaum bewegen konnte, und ihre dicken, schweren Äste behinderten die Sicht derart, daß man nicht ausmachen konnte, wo man hinging.

Dürre Zweige stachen wie Dornen. Alles war feucht; schon nach drei Metern war meine Hose klatschnaß. Der Regen rieselte wie ätzender, harziger Dunst herab. Nach einiger Zeit geriet ich auf einen Wildwechsel und genoß zehn Minuten lang ein ruhiges, leichtes Vorwärtskommen. Dann wurden Fichten und Kiefern von Ahorn und Eichen abgelöst, und ich konnte sogar den grauen Himmel über mir sehen.

Ich gönnte mir eine Atempause und versuchte, meine Position zu bestimmen. Ich war seit fünfundvierzig Minuten unterwegs, hatte aber vermutlich noch keine zwei Kilometer zurückgelegt. Zu Beginn war ich ganz schön hoch oben gewesen, aber es hatte mich doch sehr stark talwärts verschlagen, und das bedeutete nach meinen Berechnungen, daß ich die Campstraße früher oder später kreuzen würde. Genau das wollte ich jedoch nicht. Ich hatte vor, das Lager von ferne auszukundschaften, um sicherzugehen, daß ich die Bewohner – wenn es welche gab – zu Gesicht bekam, lange bevor sie mich entdeckten. Ich schaute mich um. Jenseits des Tales war nichts zu sehen – nur ein langer grauer Waldstreifen. Als ich jedoch zurückblickte, den Berg hinauf, den ich seitwärts heruntergekommen war, entdeckte ich genau das, was ich brauchte: nahe dem Gipfel zutage tretendes Gestein.

Nach genau zwei Stunden erreichte ich die Kuppe, ein schmales Felsgesims. Vor mir lag ein breites Tal. Ich schätzte seine Länge auf drei Kilometer. Durch die Bäume sah ich in der Talsohle einen breiten Bach glitzern. Und auf der anderen Seite, ein Stück den Berg hinauf, war Gerrys Jagdcamp deutlich zu sehen.

Am äußersten Rand der Kuppe formten zwei Felsblöcke eine Art Lehnsessel; darauf setzte ich mich und betrachtete das Camp durch meinen Feldstecher. Es bestand aus drei Gebäuden. Das größte war offenbar frisch in Weiß gestrichen und hatte auf einer Seite ein hohes Turmzimmer; eine überdachte Veranda umschloß das Erdgeschoß. Parallel zum Haupthaus stand ein kleinerer Bau, vielleicht eine Garage. Rechts davon befand sich ein langer Schuppen mit einem Blechdach.

Und es gab Anzeichen, daß das Camp bewohnt war: Aus dem Schornstein quoll Rauch, und als ich gerade den Feldstecher heben wollte, war ich sicher, das Zuklappen einer Tür gehört zu haben. Außerdem standen drei Fahrzeuge auf einem mit Kies bestreuten Platz vor dem Schuppen mit dem Blechdach: ein brauner Kleinlaster, ein gelber Volkswagen Scirocco und ein alter Datsun. Aha, dachte ich, es ist also jemand daheim! Und warum ist niemand ans Telefon gegangen?

Ich hockte auf meinem Horst und versuchte, mich mit Wein warm zu halten. Eine halbe Stunde verging. Ich beobachtete einen Falken, der über dem Tal kreiste, und sah einem Hirsch zu, der aus dem Bach trank. Wieder vergingen zehn Minuten ... Und dann kam plötzlich eine Gestalt von der Veranda herunter. Hastig griff ich nach dem Fernglas und drehte den Rändelring zur Feineinstellung: Ein Mann ging flott zu den Autos hinüber. Ich sah ihn nur sekundenlang ganz deutlich, als er den Kleinlaster bestieg. Bluejeans, Windjacke mit offenem Reißverschluß, ein Schimmer von rötlichem Haar ... Ein kurzer Blick, mehr war es nicht, aber ich erkannte ihn wieder. Was empfand ich in diesem Augenblick? Überraschung? Freudige Erregung? Angst? Ich setzte das Fernglas ab und atmete tief durch.

Ein kleiner, rothaariger Mann mit dem Gesicht eines Wiesels.

Der Mann in Halifax, hinter Graingers Klinik.

Der Mann, der in der Finsternis aus Brightmans Bibliothek gekommen war und dann wie ein Geist verschwunden war.

Drei Tage lang beobachtete ich so das Camp.

Dabei verwendete ich die Kuppe als meinen Stützpunkt, wo ich es mir sogar halbwegs bequem gemacht hatte. Eine zweite Zeltbahn, zwischen zwei Zedern gespannt, schützte mich vor Regen. Und wenn ich in den Schlafsack kroch und zwei Butangasheizer so aufstellte, daß eine Felswand ihre Hitze reflektierte, war mir ausreichend warm.

Ich verließ mein Hotel gegen fünf Uhr früh und stapfte durch das Dickicht, wenn der Morgen über dem Horizont heraufdämmerte. Um sieben Uhr traf ich auf der Kuppe ein, wickelte mich in den Schlafsack und beobachtete, wie der Nebel über dem Bach aufstieg. Gegen acht konnte ich für gewöhnlich die ersten Beobachtungen machen: Einer der Bewohner kam mit grünen Plastikschüsseln für die Hunde auf die Veranda. Manchmal vergingen Stunden, bevor ich wieder jemanden sah – so wurde die Langeweile zu einem Problem. Meine erste Kaffeepause – ein großes Ereignis – legte ich um zehn ein; zu Mittag verdrückte ich meine Sandwiches, und um zwei gab es noch einmal Kaffee. Um Viertel nach fünf ging ich – nach Einbruch der Dunkelheit wollte ich aus dem Dickicht heraus sein.

Fünf Männer wohnten im Camp, und der Rothaarige war offensichtlich ihr Anführer. Ich beobachtete zweimal, wie er die anderen herumkommandierte – und sie gehorchten ihm, ohne zu zögern. Ebenso klar war mir, daß er kein Jagdcamp betrieb. Der einzige Besucher, den sie – am dritten Tag – hatten, trug einen Straßenanzug und blieb nur eine Stunde.

An diesem dritten Tag war ich wirklich frustriert. Mit dem Fernglas konnte ich zwar alles sehen. Das Pech war nur, daß das, was ich sehen wollte, etwas war, was man normalerweise überhaupt nicht sehen kann: Pläne, Beziehungen, Motive. Ich spielte mit dem Gedanken, in das Haus einzubrechen und es zu durchsuchen, aber von allen anderen Risiken abgesehen – und ich bezweifelte auch, daß ich den Mut haben würde –, gab es da auch noch das Problem der Hunde. Es handelte sich nur um zwei Schäferhunde, aber sie wurden jeden Abend offenbar zu dem Zweck aus dem Haus gewiesen, es zu bewachen.

In dieser dritten Nacht in meinem Hotelzimmer beschloß ich, etwas anderes zu probieren, nämlich ihnen hinterherzufahren, wenn sie das Camp verließen. Ich hatte von Anfang an solche Exkursionen beobachtet. Die meisten verfolgten einen offenkundigen Zweck – die Männer brachten ihren Müll weg, kauften Lebensmittel ein –, aber andere Ausflüge waren weniger eindeutig und fanden häufig genug statt, um meine Neugierde zu erregen.

Am vierten Tag machte ich morgens eine Stelle an der Landstraße aus, von der aus ich das Camptor im Auge behalten konnte, aber sie war nicht sehr günstig. So wie die Straße sich schlängelte, mußte ich gut aufpassen, um nicht gesehen zu werden. Sobald jemand die Zufahrt zum Camp herunterkam, setzte ich mich in Bewegung, damit es so aussah, als ob ich zufällig gerade vorbeiführe, und beobachtete dann im Rückspiegel, welche Richtung der Wagen einschlug.

An den folgenden zwei Tagen folgte ich ihnen siebenmal, aber alle diese Ausfahrten waren völlig alltäglicher Natur.

Am sechsten Tag aber fuhren sie mit dem Kleinlaster den Müll auf einen Abladeplatz, und ich beschloß, in diesem Abfall ein wenig zu stöbern. Niemand konnte mich sehen: Die Müllhalde, die man über eine kurze unbefestigte Straße erreichte, war nur ein freier Platz im Gestrüpp. An der Stelle, wo der Kleinlaster gehalten hatte, lagen jetzt drei gelbe Müllsäcke. Ich begann darin zu wühlen und entdeckte dabei, daß Müll Müll ist: Orangenschalen, Milchkartons, Konservendosen. Der letzte Sack jedoch enthielt Zeitungen, und da fand ich auch zwei alte Exemplare einer russischen Zeitung, *Nascha Strana* – „Unser Land". Ich kannte diese Publikation dem Namen nach, sie erschien in Buenos Aires und wurde von der großen Schar der dort lebenden russischen Emigranten gelesen. Die beiden Nummern waren ein paar Monate alt, das Papier war vergilbt, und obwohl ich sie im Wagen von A bis Z durchlas, konnte ich in ihnen nichts finden, was besonders interessant gewesen wäre. Dennoch bewiesen sie etwas: Travins Verbindung mit dem Camp war kein Zufall gewesen.

Eine Stunde später machte ich noch eine Entdeckung – auch sie wichtig, selbst wenn ich im Augenblick nicht erkennen konnte, was sie bedeutete.

Ich hatte wieder Wartestellung auf der Straße bezogen, als eine rundliche Dame in einem alten Toyota neben dem Tor stehenblieb und die Post ablieferte – einen Umschlag, den sie in den Briefkasten schob. Es war ein alter Briefkasten, dessen Schloß schon lange nicht mehr funktionierte. Ich schnappte mir den dicken Umschlag und fuhr schnurstracks in mein Hotel zurück. Als ich den Umschlag öffnete, fand ich einen Packen Quittungen; zwanzig Hundertdollarnoten und einen Brief von einem Anwalt in Springfield, Massachusetts, adressiert an „Mr. Howard Petersen, Gerrys Jagdcamp". Der Brief merkte an, daß „Ihre übliche Überweisung beiliegt", und schloß mit dem Satz „Nach diesen Transaktionen beläuft sich Ihr von uns treuhänderisch verwaltetes Vermögen auf $ 22736,79." Die Unterschrift stammte von einem gewissen „Robert Evans", dessen Name auch auf dem Briefkopf erschien.

Robert Evans – der im Grundbuch als Eigentümer des Lagers eingetragen war. Interessant. Die Quittungen betrafen alles mögliche, angefangen von einer geleisteten Grundsteuervorauszahlung bis zu der Rechnungsaufstellung einer American-Express-Kreditkarte. Diese Rechnung umfaßte eine Menge Reisekosten: Boston–Montreal; Montreal–Toronto; Toronto–New York; Boston–London; Amsterdam–Frankfurt; Brüssel–New York ... Im vergangenen Monat war „Mr. Petersen" viel unterwegs gewesen und hatte gewisse Maßnahmen getroffen, um seine Spuren zu verwischen: Er verbarg sich hinter seinem Anwalt, oder er zahlte bar – und jetzt fiel es mir ein, daß ich noch keinen der Burschen dabei beobachtet hatte, wie er eine Bank besuchte.

Bei der Höhe der Beträge, um die es hier ging, nahm ich an, daß „Mr. Petersen" schon auf einen Brief wartete, und so steckte ich den Umschlag wieder in den Briefkasten.

Etwas war hier im Busch, und dieses Camp diente als eine Art Zentrale, aber mir war immer noch schleierhaft, wie Travin da hineinpaßte. Vermutlich hatte er im Camp gelebt. Wußten die Leute hier, was mit ihm geschehen war? Oder war Travin ein Abtrünniger gewesen, dessen sie sich entledigt hatten? Wenn ich diese Möglichkeit in Erwägung zog, war ich gezwungen, meine bisherige Theorie über Bord zu werfen – daß nämlich die Leute, die Travin erledigt und sein Hotelzimmer durchsucht hatten, „Offizielle" vom KGB waren. Und das waren sie doch – daran zweifelte ich keinen Augenblick; was nichts anderes hieß, als daß ich es mit zwei Gruppen von Russen zu tun hatte: mit dem KGB – die Männer, die Travin ermordet hatten – und den Leuten, die ich jetzt beobachtete. Was für Leute konnten das sein? Ich hatte einige Hinweise. Es waren offensichtlich Russen, und sie hatten möglicherweise Verbindungen zu Emigranten. Was diese Fakten zusammenzuhalten schien – wenn auch mit einem sehr dünnen Faden –, waren einige Bemerkungen Travins am Telefon in Detroit. „Wir können über *bilini* reden", hatte Travin gesagt, „und über *beglez* . . ." Womit er meiner Meinung nach sagen wollte: Wir können über Gott und die Welt reden – aber vielleicht hatte er damit schon mehr ausgeplaudert, als er sagen wollte. Die *bilini,* das sind die großen mittelalterlichen epischen Gesänge der russischen Literatur. Ihr berühmter Held – Ilya von Murom – war lange Zeit ein Symbol russischer Macht, russischer Einheit und der Größe des russischen Volkes. *Beglez* war der Name einer verrückten religiösen Sekte des 19. Jahrhunderts (das Wort bedeutet „Flüchtling"), deren Mitglieder sich geweigert hatten, etwas mit Behörden zu tun zu haben, und die sich wie Robin Hood in die Wälder zurückgezogen hatten.

War es möglich, daß Travin andeuten wollte, daß es sich bei diesen Leuten um eine verrückte Emigrantensekte handelte? Wo aber war die Verbindung zu Brightman, zu Dimitroff, zu May? Und wieso nahm der KGB die Sache so ernst, daß seine Leute nicht davor zurückschreckten, Mitglieder dieser Sekte auf dem Territorium der Vereinigten Staaten zu ermorden?

Als ich am nächsten Tag wieder gegenüber dem Camptor auf der Lauer lag und als die Dämmerung in die Nacht überzugehen begann, wischten plötzlich Scheinwerfer über das Tor. Der Rothaarige tauchte auf, sein Schatten lag über der Anliegerstraße, als er das Tor öffnete. Er hatte noch einen anderen bei sich im Wagen; das machte mich neugierig, weil sie meines Wissens noch nie zu zweit ausgefahren waren. Ich fuhr auf die Landstraße hinaus. Vierzig Sekunden vergingen. Ich sah immer noch keine Lichter in meinem Rückspiegel, und so machte ich schleunigst kehrt und sauste zurück. Als ich durch die Kurve kam, leuchteten ihre Schlußlichter vor mir. Sie fuhren den Scirocco, und sie fuhren schnell von Gorham weg. Das war nicht ihr üblicher Weg – normalerweise fuhren sie in Richtung Stadt –, aber ich war ihnen auch noch nie so spät am Abend nachgefahren. Wir erreichten die Autobahn. Sie bogen nach Norden ab. Als sich die Straße in die Berge zu winden begann, fummelte ich mit der Karte herum. Nördlich von hier lag Colebrook, eine kleine Ortschaft; dann kam die Grenze zu Vermont, dann Kanada.

Die Straße stieg an. Ich hielt mich am Lenkrad fest und konzentrierte mich auf das Fahren; der Scirocco sprintete wendig dahin, während mein Ford schwerfällig durch die Kurven ächzte und die Steigungen nur murrend nahm. Aber mir war es angenehmer, daß ich zurückfiel; auf einer so gebirgigen und kurvenreichen Straße war eine Entdeckung sehr unwahrscheinlich. Wir durchfuhren Colebrook, und dann kam die zwölf oder fünfzehn Kilometer entfernte Grenze schneller, als ich erwartet hatte. Es ist nur ein kleiner Grenzposten mit einer kleinen Hütte und einem einzigen Zöllner. Ich parkte am Straßenrand und ließ ihnen etwas Vorsprung, bevor ich weiterfuhr. Sobald ich abgefertigt war, heftete ich mich wieder an ihre Fersen. Die Straße war hier nur mit Schotter aufgeschüttet und führte am Ufer eines Sees entlang, und wie immer man auch fuhr, sehr schnell kam man nicht voran. Ihre Schlußlichter bekam ich in einem Städtchen namens Coaticook wieder zu sehen. Weiter im Westen an der gleichen schmalen Straße gab es jetzt mehr Häuser und Farmen. Ich blieb zurück, und als der Scirocco in eine noch schmalere Seitenstraße abbog, schaltete ich meine Scheinwerfer aus. Die Nacht war schwarz wie Tinte. Ich steuerte blind, versuchte, mich auf dem Mittelstreifen zu halten, und erriet die Kurven nach den Bewegungen ihrer Schlußlichter. Nach einem Kilometer bogen sie schließlich nach rechts ab, ich verlangsamte sofort und wartete, bis sie verschwunden waren. An der Stelle vorbeifahrend, wo sie abgebogen waren, konnte ich einen Weg ausmachen, der zwischen Bäumen durchführte; gleich dahinter flimmerte ein Licht.

Ich hielt am Straßenrand und kurbelte das Fenster herunter. Eine sanfte, raschelnde Nacht hüllte mich ein. Dann stieg ich aus und schlich mich lautlos zur Abzweigung zurück. Da hing ein Briefkasten, und darauf stand, mit ungelenker Hand geschrieben, der Name: N. Berri.

Ich ging ein paar Schritte den Weg hinauf. Ein seltsam stechender Geruch hing in der Luft. Vermutlich lag hier eine Farm, aber es roch nicht nach Dung. Es war ein anderer, stärkerer Geruch. Ich zögerte. Ich wollte weitergehen, aber ich wußte, daß ich das nicht konnte. Die zwei Männer im Scirocco und dazu dieser N. Berri – das waren drei gegen einen, und wenn sie mich dabei erwischten, wie ich hier herumschlich, wie sollte ich ihnen meine Anwesenheit erklären? Ich ging zum Ford zurück. Eine Stunde verging.

Dann, gegen halb neun, zerriß ein entsetzliches Heulen die Nacht und ging in das kläglichste Winseln über, das ich in meinem Leben je gehört hatte.

Es kam so überraschend, daß mir das Blut in den Adern stockte. Dann bellte ein Hund, jedenfalls hörte es sich so an, obwohl es ein anderes, schnelleres, schärferes Jaulen war. Und dann mischte sich eine andere kläffende Stimme ein, und schließlich noch eine und noch eine, und in den folgenden fünfundzwanzig Minuten hörte es nicht mehr auf: das hilflose, verzweifelte Bellen zu Tode erschrockener Tiere. Dann fegten Scheinwerfer über die Straße.

Der Scirocco bog ab und fuhr zur Hauptstraße zurück.

Beinahe wäre ich ihnen gefolgt, aber ich hätte es vor meinem Gewissen nie verantworten können, vor diesem kläglichen Heulen geflohen zu sein. Also ließ ich den Ford an und fuhr die Straße hinauf.

Dort stand ein kleines Haus, dessen Dach steil über einer schmalen Vorderveranda aufstieg. Vor der Veranda stand ein Schubkarren voll welker Blätter, und Schaufel und Rechen lehnten dagegen.

Ich hielt an, ließ aber den Motor laufen; dann drückte ich ein paarmal kräftig auf die Hupe. Das Jaulen und Kläffen wurde noch lauter, aber niemand kam zur Tür.

Mit großem Widerstreben stieg ich aus dem Wagen und wartete einen Augenblick. Vermischt mit dem kräftigen Jaulen wisperten nächtliche Geräusche, und kalte Luft strich über meine Wangen. Der moschusartige Geruch, den ich schon zuvor wahrgenommen hatte, war jetzt sehr stark. Entschlossen stieg ich die Veranda hinauf und klopfte an eine Doppeltür aus Metall. Dabei bemerkte ich, daß sie nur angelehnt war. Vorsichtig stieß ich sie auf. Ich blieb auf der Schwelle stehen und sah vor mir einen kleinen Raum, der vollgestopft war mit alten, abgenutzten Möbeln. Mir gegenüber, auf der anderen Seite des Zimmers, befand sich ein Bogengang, der in die dahinter gelegene Küche führte, und unter diesem Bogen, mit einem Strick an einen hochlehnigen Stuhl gefesselt, saß ein Mann – aber wie ein Sack über seinen Schädel gestülpt waren der Kopf und die Schultern eines Fuchses: eines weißen Fuchses, der noch im Tod die Zähne fletschte. Die andere Hälfte seines Körpers lag neben dem Stuhl, das Beil, mit dem man dem Tier den Kopf abgeschlagen hatte, steckte im Boden. Überall war Blut.

Ich holte tief Atem, doch der Gestank benahm ihn mir wieder. Ich bin alles andere als zimperlich, aber nur Gott allein weiß, wie es kam, daß ich bei diesem Anblick nicht in Ohnmacht fiel. Vielleicht weil die Grausamkeit dieser Szene mein Entsetzen zu Zorn werden ließ. Jedenfalls durchquerte ich den Raum, glitt dabei über geronnenes Blut und ging auf den Mann zu. Mit einem Ruck riß ich ihm den Fuchskopf herunter. Er war ein alter Mann, und nun merkte er wohl zum erstenmal, daß ich da war, denn er begann sich zu winden, wobei er beinahe mit dem Sessel umkippte. Er zitterte vor Angst. Als ich hinter ihn langte, um die Stricke zu lösen, begann er zu wimmern: „Sie wollten sie alle umbringen, einen nach dem anderen . . ."

Ich zerrte an den Stricken. „Alles in Ordnung", sagte ich schließlich, nachdem ich ihn befreit hatte. „Die werden jetzt keinen mehr umbringen, Mr. Berri. Es ist gut. Ich bin ein Freund. Verstehen Sie das? Ich bin ein Freund." Ich packte ihn an der Schulter und schob ihn ein wenig von mir fort. „Ich war ein Freund von Harry", fügte ich hinzu, „von Harry Brightman."

Endlich flackerte etwas in seinen Augen auf.

„Der arme Harry", flüsterte er. „Es kommt immer anders, als man denkt."

Siebtes Kapitel

Wie Berri später sagte, war es nicht so schlimm gewesen, wie es aussah – aber schon das war schlimm genug.

Sie hatten ihn geohrfeigt und zusammengeschlagen, und die Sache mit dem Fuchskopf hatte ihm einen Schock versetzt, aber er war mehr verängstigt als verletzt. Ich legte ihn auf sein Bett, deckte ihn zu, brachte ihm etwas zu trinken. Ziemlich rasch erholte er sich wieder; dann wurde er ein wenig verlegen. Er war ein stolzer alter Mann, der kaum Gefallen daran finden konnte, daß ein Fremder ihn in einem solchen Zustand sah. Aber wie auch immer: Nachdem ich mich vergewissert hatte, daß er keinen Arzt brauchte, ließ ich ihn allein und ging in die Küche zurück. Von dort starrte ich durch den Bogengang noch einmal auf das Grauen im Wohnzimmer.

Es sah aus wie in einem Schlachthof. Blut glitzerte auf dem glänzenden Brokat des schweren alten Lehnsessels; auch die Wände und der Teppich waren damit vollgespritzt. Ich wußte, daß ich diesen grauenhaften Anblick Berri nicht zumuten konnte – also holte ich mir Schaufel und Schubkarren von der Veranda. Mit der Schaufel beförderte ich alles in die Mitte des Teppichs, hob diesen auf wie einen Sack und warf ihn in den Schubkarren. Widerlich – und Widerlichkeiten wie diese kann man nur begraben. Ich packte die Griffe und schob den Schubkarren um das Haus herum, wo sich ein langer Streifen eines Gemüsegartens befand. Mit dem kläglichen Jaulen der Füchse als Grabgesang hob ich eine Grube aus und kippte alles hinein. Endlich konnte ich wieder atmen.

Ich entfernte mich ein wenig vom Garten und ließ mich von der Nachtluft kühlen. Es gab keinen Mond, aber irgendwo mußte er wohl geschienen haben, denn der Himmel hatte einen sanften, zinnfarbenen Schimmer. Vor mir zog sich eine Reihe alter Apfelbäume, die ihre Schatten in der sanften Ausstrahlung des Himmels krümmten. Dahinter standen Drahtzwinger. Von dort kamen jener starke moschusartige Geruch, den ich wahrgenommen hatte, und das Jaulen, das mir immer noch die Haare zu Berge stehen ließ. Füchse: vielleicht zwei Dutzend davon. Ich beobachtete die Tiere, die wie graue Schatten hin und her liefen. Schwer hing der Geruch des Blutes ihrer Rasse in der Luft, und sie bewegten sich in einer Panik, der nur völlige Erschöpfung ein Ende setzen kann. Aber plötzlich – ich nehme an, ein Lufthauch brachte ihnen meine Witterung – verstummten sie. Die Nacht hüllte mich ein. Ein Dutzend goldener Augen im Dunkel leuchteten. Dann begann einer zu jaulen, ein zweiter schloß sich an, und bald heulten sie wieder alle wie zuvor.

Ich ging ins Haus zurück und sah mich in der Küche um. So alt und schäbig, wie sie war, erinnerte sie mich ein wenig an Graingers Klinik. Das Linoleum lag locker und wellig auf dem Boden, die Geschirr- und Speiseschränke trugen unzählige Schichten abgesplitterten weißen Anstrichs, und in einer Ecke stand ein alter Herd mit großen, schweren Töpfen. Ich öffnete den Speiseschrank, fand eine Menge Tee, füllte den Teekessel mit Wasser und setzte ihn auf, Tassen und Untertassen stellte ich auf einen Tisch am anderen Ende des Raumes. Bis das Wasser siedete, setzte ich mich und versuchte mir ein Bild von dem Mann zu machen, der hier wohnte. Er lebte allein, nahm ich an – ein Junggeselle; in dieser Küche hatte wohl keine Frau etwas zu suchen. Das Haus und seine Einrichtung vermittelten den Eindruck des Selbstgemachten. Die Füchse ließen mich an einen nach Unabhängigkeit strebenden Arbeiter denken, der Abendkurse besucht und unter fixen Ideen leidet, Lieblingsprojekte entwickelt, aber doch so weit praktisch denkt, daß er in einer verschrobenen, eigenbrötlerischen Wirklichkeit Platz für diese Unternehmungen findet. Als er, einen Augenblick später, ins Zimmer trat, begriff ich, daß Berri eine Persönlichkeit eigener Prägung war: ein drahtiger alter Knabe mit grauen Haaren, einer stachligen Bürstenfrisur und hohlen Wangen. Er hatte sich umgezogen und trug jetzt einen derben grauen Pullover und eine alte Wollhose, aber seine Füße waren nackt, was ihn nur noch lebensvoller erscheinen ließ.

Als ob er verlegen wäre, zauderte er kurz, erst dann gelang ihm ein leichtes, zuckendes Lächeln. „Ich muß Ihnen wohl danken."

„Das ist schon in Ordnung, Mr. Berri."

„Nick", sagte er. „Nick Berri."

„Robert Thorne."

Er nickte. „Da hatte ich wohl Glück, daß Sie vorbeikamen."

Ich schenkte den Tee ein und bemühte mich, ein heiteres Gesicht zu machen. „Ich dachte, das könnten Sie jetzt gebrauchen."

Wieder nickte er und rückte einen Stuhl zurecht. Während er seinen Tee schlürfte, fragte ich ihn: „Geht es Ihnen wirklich wieder gut, Mr. Berri? Wenn Sie wollen, bringe ich Sie zu einem Arzt."

Er stellte seine Tasse nieder. „Nein danke. Mir geht es gut. Ich möchte Ihnen noch einmal für alles danken, was Sie getan haben."

Seine Stimme klang abweisend, fast feindselig. Ich bemühte mich, nicht aufdringlich zu erscheinen. „Da haben Sie ja eine ziemliche Quälerei durchgemacht. Jetzt brauchen Sie vor allem Ruhe. Wenn Sie möchten, verziehe ich mich schleunigst wieder."

„Sie sind mir willkommen, aber wegen mir brauchen Sie nicht zu bleiben. Bitte mißverstehen Sie mich nicht. Diese Männer haben gekriegt, was sie wollten. Die werden nicht wiederkommen."

Ich fragte: „Wissen Sie, wer die Männer waren?"

Er schüttelte den Kopf. „Hab sie in meinem ganzen Leben noch nie gesehen."

„Was wollten sie?"

„Ich habe keine Ahnung."

„Aber Sie sagten doch eben ..."

„Hören Sie, Mr. Thorne, was da heute abend passiert ist ..., es wäre schwierig zu erklären, und ich glaube auch nicht, daß es viel Sinn hätte. Aber es war nicht so schlimm, wie es aussah."

Immer noch bellten die Füchse draußen im Hof, und Berris Blick wandte sich dem Fenster zu. Es war offenkundig, daß er über das, was ihm zugestoßen war, nicht reden wollte. So lässig, wie ich nur konnte, sagte ich: „Ich bin ein Freund von Harry, Mr. Berri, ich glaube, ich erwähnte es bereits." Er nickte. „Wissen Sie, daß er tot ist?"

„Die haben ..., die haben es mir gesagt."

„Die Polizei spricht von Selbstmord, und vielleicht war es das auch. Aber diese Männer haben ihn dazu getrieben. Sie haben Glück, daß Sie noch leben, Mr. Berri."

Er kniff die Augen zusammen. „Woher wissen Sie das alles?"

„Ich bin seit Tagen hinter diesen Männern her. Ich stehe auf Ihrer Seite, ich bin ein Freund."

„Harry hatte eine Menge Freunde. Aber es gibt Dinge, die auch seine besten Freunde nicht wußten."

„Hören Sie, Mr. Berri. Was immer Sie auch sagen, es gibt nichts, was Harry noch Schaden zufügen könnte. Aber es gibt andere Leute, die in Gefahr sind. Sie sind in Gefahr . . .“

„Das kümmert mich verdammt wenig!“ Seine Stimme klang plötzlich sehr energisch. „Und warum sollte es mich auch kümmern? Diese Saukerle haben es nicht besser verdient!“ Und nun lächelte er; es war eine flüchtige, wehmütige Grimasse. „Ich habe diesen Mistkerlen einfach gesagt, was sie wissen wollten, Mr. Thorne. Darum lebe ich noch.“ Sekundenlang richtete er seinen Blick auf das Fenster. „Armer Harry“, murmelte er. „Hin und wieder gab er ein Lebenszeichen. Vor einem Monat etwa rief er mich an. Er erkundigte sich nach den Füchsen – das war der Vorwand. Er kaufte sie für mich, wissen Sie, als ich aufhörte zu arbeiten – sechs Paar Zuchttiere, alle mit eingetragenem Stammbaum. ‚Füchse sind wirklich schlau‘, sagte er immer. Er liebte die Kreuzungen, so wie ich sie habe, aber am meisten liebte er die natürlichen Rotfüchse. Der schönste Pelz. Warm. Haltbar. Er sagte immer, wir würden das Geschäft zusammen ganz groß aufziehen. Harry schmiedete immer gern Pläne. Das letzte Mal, als er anrief, fiel mir das auf: keine Pläne. Es war fast so, als ob er sich verabschieden wollte.“ Berri zuckte die Achseln. „Vielleicht war es auch wirklich ein Lebewohl.“

Ich beugte mich ein wenig vor und erkundigte mich: „Diese Männer, Mr. Berri, können Sie mir etwas über sie sagen?“

„Es waren Russen. Sie sprachen russisch miteinander.“

„Sie verstehen also Russisch?“

„Na klar. Mein richtiger Name ist Berschin. Ich wurde in Montreal geboren, aber mein Vater stammte aus Kiew. Zu Hause haben wir immer russisch gesprochen. Dadurch habe ich ja Harry kennengelernt, weil ich Russisch konnte.“

„Wann war das, Mr. Berri?“

„1928? 1929? Ich bin da nicht ganz sicher. Ich bin zweimal mit ihm hingefahren. Er wollte jemanden bei sich haben, der die Sprache beherrschte, aber auch etwas von Pelzen verstand. Später hatte er genug Sprachkenntnisse erworben, um allein zurechtzukommen.“ Er räusperte sich. „Die Russen hatten damals eine Menge im Sinn mit Pelzen und Pelzhandel. Man bereitete uns wirklich einen großen Empfang. Die besten Hotels. Einen eigenen Wagen mit Chauffeur.“

„Damals lernten Sie auch Sinowjew kennen?“

„Das wissen Sie also auch?“

Einer plötzlichen Regung folgend, fragte ich: „Haben Sie nicht auch eine gewisse Anna Kostina kennengelernt?“

„Die Kommunisten haben auch sie erschießen lassen." Er zuckte die Achseln. „Armer Harry. Hat nicht viel Glück gehabt mit seinen Damen. Eine interessante Frau war sie – eine richtige Rote. Man sagt ja, die Frauen seien oft härter als die Männer gewesen."

„Was war mit Dimitroff, Mr. Berri? War das nicht auch einer, den Anna mit Brightman bekannt machte?"

Er runzelte die Stirn. „Ist eine lange Zeit her, daß ich diesen Namen gehört habe."

„Aber Sie kennen ihn, nicht wahr?"

Er wich meinem Blick aus. „Damals kannte ich ihn nicht. Damals nicht ... Sie scheinen wirklich eine Menge zu wissen ... Erst später ..."

„Ich weiß bei weitem nicht alles, Mr. Berri, aber wenn Sie sagen: später, dann wäre das wahrscheinlich im Frühjahr 1940 gewesen. In diesem Jahr machte Dimitroff im Auftrag der Komintern eine geheime Reise nach Kanada, und ich glaube, daß Sie ihm damals begegnet sind."

„Und wenn ich ihm begegnet wäre?"

„Dimitroff hatte damals Angst. Stalin hatte bereits eine lange Liste von Opfern zusammengestellt, und Dimitroff fürchtete, er würde als nächster drankommen. Darum suchte er zu retten, was noch zu retten war. Selbst wenn er sich weigerte zurückzukehren, früher oder später würden sie ihn erwischen – aber er dachte, er könne einem kleinen Mädchen das Leben retten. Da kam Harry Brightman gerade recht. Mit Brightmans Hilfe schmuggelte er das Kind aus Rußland hinaus, und dann adoptierte Harry das Kind als sein eigenes. Es wurde sehr geschickt gemacht – aber nicht geschickt genug. Denn vierzig Jahre später kam ihm jemand auf die Schliche."

Auf Berris Stirn zeichnete sich eine Furche ab, die ungeheuchelte Verwunderung verriet. „Sie haben das nicht richtig erfaßt. Sie verstehen noch immer nicht."

„Dann sagen Sie es mir doch, Mr. Berri."

Einen Augenblick lang haftete sein Blick an meinen Augen, dann sah er wieder zum Fenster hinüber. Immer noch jaulten, heulten und kläfften die Füchse. Er horchte, und ich konnte auf seinem Gesicht ablesen, wie er den Schmerz der Tiere nachfühlte. Vielleicht dränge ich ihn zu ungeduldig, dachte ich. „Wenn Sie wollen ...", begann ich, aber er schüttelte den Kopf. Langsam stemmte er sich vom Tisch hoch.

„Nein, nein", fiel er mir ins Wort, „es ist schon gut. Wenn Sie ein paar Minuten warten wollen – ich muß die Tiere versorgen."

Eine Seitentür führte aus der Küche hinaus, und daneben, auf einer alten Zeitung, standen kotige Gummistiefel. Berri zog sie an, wir traten ins Freie und gingen durch den Obstgarten, wo sich der scharfe, saure Duft gefallener Äpfel mit dem Moschusgeruch der Füchse vermischte, zu den Käfigen.

Ich folgte Berri in geringer Entfernung. Sowie er an einem Käfig vorbeikam, sprang der Fuchs drinnen gegen das Gitter und bellte aufgeregt. Am letzten Käfig war der Draht aufgerissen. „Sie war die Mutter von den meisten hier", murmelte er. „Zum Teil ist das der Grund, weshalb sie so verängstigt sind."

Ich sah mir die Füchse genauer an und konnte verstehen, daß er sie liebte. Sie waren wunderschön. Aus dunklen, schmalen Gesichtern leuchteten wilde, golden schimmernde Augen. Sie bewegten sich mit anmutiger Eleganz.

Als die Tiere am anderen Ende der Reihe wieder zu bellen begannen, ging Berri zurück, blieb vor einem Käfig stehen, zog seine Hand in den Ärmel seines Pullovers zurück und steckte das lose Ende in das Drahtgeflecht. Der kleine Fuchs im Käfig war schwarz wie die Nacht. Er kam herbeigelaufen, zerrte an der Wolle und begann daran zu saugen. Die Tiere jaulten jetzt weniger, schienen auch ruhiger zu sein. Nach einer kleinen Weile zog Berri den Ärmel wieder heraus, ging zum nächsten Käfig und wiederholte das Spiel. Der Fuchs leckte und kaute und grunzte behaglich. Und jetzt, das Gesicht an das Drahtgeflecht gepreßt – als spreche er zu jemandem am anderen Ende des Käfigs –, fing Berri zu reden an.

„Um das Ganze zu verstehen", begann er, „müssen Sie etwas über die Sowjetunion um 1940 wissen. In dieser Zeit hatten die Kommunisten alle möglichen Probleme, aber das größte war, daß sie pleite waren. Ihr Geld war völlig wertlos. Für alle Rubel dieser Welt bekamen sie keinen einzigen Dollar. Sie konnten keiner Bank in die Nähe kommen, weil nämlich Lenin, als er das Geschäft übernahm, sich geweigert hatte, die alten Schuldverschreibungen aus der Zarenzeit zu übernehmen. Banken auf der ganzen Welt waren im Besitz solcher Papiere, und jedesmal, wenn die Kommunisten irgendwo ein Konto eröffnen oder etwas verkaufen wollten, mußten sie damit rechnen, daß ein Gerichtsvollzieher den Kuckuck draufklebte. Die Kommunisten versuchten die Kronjuwelen zu verkaufen – die waren aber praktisch wertlos – und holten sich 1923 alles Gold und Silber aus den Kirchen. Gold natürlich . . ., das hatten sie. Was die als erstes nach der Großen Revolution in Angriff nahmen, das war, daß sie die Minen wieder aufmachten. Aber selbst das brachte ihnen nicht viel ein. Die Amerikaner setzten zusammen mit den Engländern und den Franzosen ein Gesetz in Kraft, wonach es illegal war, russisches Gold in ihre Länder einzuführen. Die Kommunisten mußten mit allen möglichen Tricks arbeiten, um sich auch nur die primitivsten Dinge zu beschaffen. Können Sie mir folgen?"

Ich konnte. Und ich wußte, daß alles, was er sagte, wahr war.

Berri fuhr fort: „Es war den Kommunisten fast unmöglich, auch nur die allernotwendigsten Dinge zu beschaffen – Lokomotiven, Werkzeugmaschinen, ja sogar Nahrungsmittel. Und jetzt überlegen Sie mal: Wie stand es um die anderen Dinge, die den Kommunisten so am Herzen lagen? Wissenschaftliche oder militärische Ausrüstungen zum Beispiel."

„Was wollen Sie damit sagen? Daß Brightman in den Pelzen, die er kaufte, Geld aus Rußland hinausschmuggelte?"

„Überlegen Sie doch mal! Die Pelze waren das Gold. Diese Reisen waren doch kein Geheimnis. Es wurde alles ganz offen abgewickelt. Es gab kein Gesetz, das den Verkauf russischer Pelze verboten hätte. Jahr für Jahr kam Harry mit diesen Pelzen zurück und verkaufte sie. Aber die Russen schickten ihm nie eine Rechnung. Das war das Geheimnis: Sie schenkten ihm die Pelze! Zwar machten sie Harry zu einem reichen Mann, aber er mußte das Geld so verwenden, wie sie es ihm auftrugen." Berri lachte aus vollem Halse.

Über uns drückte der Mond endlich seine silberne Scheibe durch die Wolken, und neben mir schob ein Fuchs seine Schnauze durch das Drahtgeflecht.

Füchse sind wirklich schlau, sagte er immer ... Am meisten liebte er die natürlichen Rotfüchse.

Harry Brightman: ein Rotfuchs mit goldenen Augen.

„Da soll mich doch der Teufel holen", murmelte ich.

JETZT wußte ich alles. So wie Travin. Aber ich konnte es noch eine ganze Zeitlang gar nicht glauben.

Als Berri durch das Drahtgeflecht langte, um den Fuchs zu streicheln, lachte er wieder über meine Ungläubigkeit. „Ich wollte diese Geschichte immer schon mal jemandem erzählen, nur um den Ausdruck auf seinem Gesicht zu sehen."

„Aber warum hat er es getan? War er Kommunist? Oder hat ihn nur das Geld interessiert?"

„Nein, nein. Harry war ein richtiger Roter. Er glaubte an den Kommunismus. Ich weiß das, weil ich gesehen habe, wie weh es ihm tat, als er nicht mehr glaubte."

„Sie waren auch Kommunist, nicht wahr?“

„Ich war so rot wie ein Feuerwehrwagen.“

Ich lehnte mich an den Käfig; das Drahtgeflecht gab unter meinem Gewicht ein wenig nach. „Damit ich Sie richtig verstehe: Sie sagen, er importierte diese russischen Pelze und verkaufte sie dann weiter. Und das heißt, er verwandelte diese Pelze in harte Devisen – kanadische Dollar, amerikanische Dollar – und brachte das Geld dann den Sowjets?“

Berri schüttelte den Kopf. „Er behielt das Geld, baute das Geschäft auf. Sie wollten, daß er ein reicher, geachteter Mann wurde.“

„Aber wenn er das Geld nicht den Sowjets gab, was hat er dann damit gemacht?“

„Anfangs verfolgten sie politische Ziele: Er verteilte Gelder an Volksfrontbewegungen, Gewerkschaften und ähnliche Institutionen. Später aber beauftragten ihn die Kommunisten, Sachen zu kaufen, vor allem wissenschaftliche Apparate verschiedenster Art. Dann kam der Krieg, und ...“ Berri zuckte die Achseln.

„Und was geschah dann?“

„Das können Sie sich doch denken. Harry kaufte, was die Kommunisten brauchten, und was sie nun brauchten, war ..., nennen wir es mal Information. Und wie alles andere kosten auch Spione Geld.“

Ich war zu verdutzt, um etwas zu entgegnen. Berri legte seine Hand auf meinen Arm. „Wir können ins Haus zurückgehen.“

Die Reihe war an ihm, Tee zu machen, und er tat es mit sichtlichem Vergnügen, während er immer noch meine Verwirrung genoß. Er hatte recht gehabt: Mir war tatsächlich nichts klargewesen. Und während der alte Mann mir einschenkte und sich bequem auf seinem Stuhl zurechtsetzte, wollte ich mich vergewissern, daß ich jetzt alles verstand.

„Fangen wir doch noch einmal am Anfang an“, sagte ich. „Wann genau sind Sie zum erstenmal nach Rußland gefahren?“

Er schüttelte den Kopf. „Genau? Meiner Schätzung nach 1929.“

„Gut. Und wie viele Reisen hat Harry insgesamt gemacht?“

„Drei, glaube ich. Vielleicht vier. Hin und wieder übersprang er ein Jahr. Aber auch wenn er nicht fuhr, die Pelze kamen trotzdem. Und er kaufte alles. Wiesel, Füchse, Kolinski – das ist ein russischer Nerz. Murmeltier. Seehund. Das große Geschäft war natürlich Zobel.“

„Und wieviel waren all diese Pelze wert?“

„Das habe ich nie erfahren. Aber eine ganze Menge. Es waren immer große Schiffsladungen, und er betrieb das Geschäft, bis der

Krieg anfing. Über eine Million ..., aber wenn ich eine noch höhere Zahl sagen würde, wäre es nur geraten."

„Na gut, aber wieviel es auch war, Sie sagen, daß er das Geld, das er verdiente, immer wieder ins Geschäft steckte?"

„Stimmt. Aber keine Sorge, die Kommunisten hatten genau Buch geführt – sie wußten auf die Kopeke genau, was Harry ihnen schuldete. Nach einer Weile richtete Harry vom Überschuß ein besonderes Konto ein und wechselte alles in Gold um."

„Und er verwendete es hauptsächlich für Spenden an kommunistische Volksfrontgruppen?"

Berri verzog das Gesicht. „So fing es an. Aber später wollten sie Patente, Spezialgußstücke, Instrumente, gewisse Maschinenteile ..."

„Und Harry besorgte das alles?"

„Nicht direkt. Er arbeitete über viele Leute, er gründete ganze Firmen."

„Nur daß – wie Sie sagen –, daß sich das alles mit Kriegsanfang änderte. Er endete schließlich als ... Spion."

Berri machte ein saures Gesicht. „Das haben Sie gesagt."

„Und das machte ihm nichts aus? Sie sagten, er habe ‚geglaubt'. Sind Sie sicher? Sind Sie sicher, daß er nicht erpreßt wurde?"

Aber noch bevor ich den Satz beendet hatte, schüttelte Berri den Kopf. „Nein, mein Freund. Machen Sie sich nichts vor. Er glaubte an den Kommunismus. Der Beweis kam, als er nicht mehr glaubte."

„Und wann war das?"

Berri lehnte sich in seinen Sessel zurück und verschränkte die Arme über der Brust. „Wenn ich es mir so recht überlege, ist das sehr interessant. Sie haben Dimitroff erwähnt und daß er hierherkam, und damals fing es an. Dimitroff hat ihm die Wahrheit gesagt – über Stalin, über die Säuberungen, alles. Das Schlimmste war der Molotow-Ribbentrop-Pakt. Manchmal hört man Leute sagen, es wäre die Schuld der Franzosen oder Engländer gewesen, daß sie mit den Kommunisten nicht verhandeln wollten und daß sie sich deshalb mit Hitler verständigen mußten, aber Dimitroff wußte, daß das alles Beschiß war. Die Engländer konnten ihm nicht halb Polen, Estland, Lettland und Litauen geben – aber die Nazis konnten es, und darauf kam es ihm an. Darum überließ Stalin die deutschen und polnischen Kommunisten der Gestapo."

Ich wartete kurz. Auf seinen Wangen waren zwei rote Flecke erschienen. All das hatte sich vor vierzig Jahren ereignet, aber für Berri war es wie gestern gewesen. Schließlich fragte ich: „Wie hat Brightman darauf reagiert?"

„Er richtete sich nach Dimitroff. Sie können sich heute nicht mehr vorstellen, was für ein großer Mann Dimitroff in jenen Tagen war. Für alle Kommunisten der ganzen Welt war er ein vorbildlicher Revolutionär und ein Mann, dem man vertrauen konnte. Er erzählte Harry, daß die Kommunisten im Innern schwere Kämpfe ausfochten. Gescheite Leute wußten, daß es idiotisch von Stalin war, Hitler zu trauen; sie sahen alle, was auf sie zukam. Also blieb Harry bei der Sache. Er biß die Zähne zusammen – wie wir das alle taten – und wartete. Das wurde immer schwieriger. 1953: die ostdeutschen Arbeiter. 1956: Ungarn. 1968: Prag ... Ich hatte schon nach Budapest die Nase voll, aber Harry hielt länger durch, bis zum Einmarsch in die Tschechoslowakei. Dann schickte er sie zum Teufel."

„Augenblick. Wollen Sie sagen, daß Harry bis zum Sommer 1968 immer noch für sie arbeitete?"

„Soweit mir das bekannt ist ... ja, doch, denn soweit wußte ich Bescheid."

Ich beugte mich vor. „Sie sagen, er habe sie schließlich zum Teufel geschickt, aber ich frage mich, ob er das überhaupt konnte. Er steckte zu tief drin. Und diese Leute kann niemand zum Teufel schicken."

Er nickte. „Sie sind gar nicht dumm, Mr. Thorne, und Sie haben recht. Aber er tat es trotzdem. Ich weiß nicht, wie. Er hatte etwas gegen sie in der Hand. Aus irgendeinem Grund ließen sie ihn zufrieden."

„Bis vor ein paar Monaten. Vielleicht funktionierte es eine Zeitlang, Mr. Berri, aber am Ende dann nicht mehr."

Er blies die Backen auf. „Seien Sie nicht so sicher. Die Männer heute abend waren keine Kommunisten. Es waren zwar Russen, einer von ihnen – er sah aus wie ein kleines Wiesel – hieß Subotin. Der andere nannte ihn so."

Subotin ..., endlich ein Name für mein Gespenst. „Wußten die das, was Sie mir jetzt erzählt haben?"

„Kann sein. Das meiste wohl."

„Was wollten sie also?"

Er verzog das Gesicht. „Das Geld natürlich."

„Was für Geld?"

„Das habe ich Ihnen doch schon gesagt – das Geld von den Kommunisten. Es war ja noch nicht alles ausgegeben, verstehen Sie, als Harry sich von ihnen trennte. ‚Ich will verdammt sein', sagte er mir, ‚wenn ich es den Kommunisten zurückgebe.' Aber er wollte es auch nicht selbst ausgeben – es würde ihm nur Unglück bringen. Darum versteckte er es."

„Und wieviel war das?"

Ein schnelles Achselzucken. „Er hat mir gegenüber von achthunderttausend gesprochen. Aber nicht in bar, verstehen Sie. Den Anteil der Kommunisten bewahrte er immer in Gold auf – in Goldzertifikaten, um genau zu sein. Das erleichterte ihm das Reisen, und man konnte sie immer einwechseln, ohne Fragen beantworten zu müssen."

Ich dachte ein wenig zurück. Goldzertifikate werden von großen Schweizer Banken und einigen anderen Geldinstituten ausgegeben. Jedes Zertifikat entspricht einer gewissen Menge Gold, und zum Aufbewahren sind Zertifikate wesentlich praktischer als Barren oder Münzen; hübsche Papierchen, die sehr viel wert sein können. Und das war es auch, was sie gesucht hatten: in Travins Hotelzimmer in Detroit; in Graingers Klinik; in Brightmans Haus, wo ich Subotin zum erstenmal gesehen hatte. Und – war das möglich? – selbst an jenem ersten Tag in meinem Haus in Charlottesville. Bis heute hatte ich angenommen, daß, wer immer bei mir eingebrochen hatte, Mays Telegramm gesucht hatte – um sicherzugehen, daß ich ihr nicht zu Hilfe kommen würde –, aber vielleicht dachten sie auch, sie hätte mir die Zertifikate geschickt, um sie für sie aufzubewahren.

Ich richtete meinen Blick auf Berri. „Wo hat er sie versteckt?"

„Ich weiß es nicht. Das habe ich auch diesen Burschen geantwortet."

„Mr. Berri", stellte ich mit ruhiger Stimme fest, „Sie haben mir selbst gesagt, die Männer hätten bekommen, was sie haben wollten. Sie haben einen Ihrer Füchse getötet und gedroht, auch alle anderen zu töten – warum? Weil sie Sie zum Reden bringen wollten oder dazu, ihnen etwas zu geben ..."

„Sie wollten einen Namen ..." Er räusperte sich, aber seine Stimme brach immer wieder. „Sie wußten, daß ich manchmal Nachrichten an Leute weitergab, die Harry halfen. Sie wußten, daß Harry diesen Leuten vertraut haben mußte, und darum glaubten sie, er hätte vielleicht ihnen das Gold, die Zertifikate, zum Aufheben gegeben. Ich gab ihnen einen Namen ... von einem, der schon tot ist, aber das wußten sie auch schon, und darum töteten sie den Fuchs und sagten ..." Ich hörte ihn stöhnen, um Atem ringen. „Sie sagten", keuchte er, „sie würden alle meine Füchse umbringen so wie den ersten und dann auch mich."

„Um wen handelte es sich?" flüsterte ich.

„Um einen gewissen Hamilton. Er arbeitete früher im Außenministerium, mehr weiß ich nicht."

„Wissen Sie, wo er jetzt wohnt?"

„Vor fünf Jahren gab mir Harry eine Nachricht für ihn. Er war damals schon im Ruhestand – Hamilton, meine ich. Er wohnte in Paris."

Ich stand auf. Jetzt konnte ich mir alles erklären. Brightman hatte sein letztes Geheimnis, das Versteck des Goldes, mit ins Grab genommen. Seit seinem Tod war Subotin, in der Hoffnung, es zu finden, von einem alten Kontaktmann Brightmans zum nächsten gegangen. Plötzlich wurde mir sehr mulmig zumute. Was wohl „Dr. Charlie" zugestoßen war?

Hamilton war ein Spion gewesen – warum soll man ein Blatt vor den Mund nehmen? –, und ich schuldete ihm nichts, aber pure Menschlichkeit gebot mir, ihn zu warnen. In Berris Schlafzimmer stand ein Telefon.

Es war Mitternacht, als ich abhob, und das hieß sechs Uhr früh in Paris, was nicht unbedingt ein Nachteil sein mußte. Ich brauchte vierzig Minuten, um durchzukommen. Die Verbindung war schlecht, und man würde nicht glauben, wie viele Hamiltons es im Pariser Telefonbuch gibt – ich weckte zwei Peter und einen Philippe, bevor ich Paul fand. Als ich ihn am Apparat hatte, brummte er etwas auf französisch in die Muschel; als ich ihn jedoch fragte, ob er für das Außenministerium gearbeitet habe, und dann den Namen Brightman fallenließ, war er plötzlich hellwach, aber trotzdem vorsichtig. „Könnte sein, daß ich einen Herrn dieses Namens gekannt habe. Ich bin nicht sicher."

„Wenn Sie mir so weit zugehört haben, Mr. Hamilton, dann haben Sie ihn gekannt."

„Na schön, ich kannte ihn. Wer sind Sie?"

„Brightman ist tot, Mr. Hamilton. Er hat sich das Leben genommen. Er stand unter starkem Druck."

„Ich habe nichts damit zu tun. Das ist alles schon so lange her, und ..."

„Mag sein, Mr. Hamilton. Aber Sie werden etwas damit zu tun haben, weil die Leute, die Druck auf Brightman ausübten, diesen Druck bald auf Sie ausüben werden. Sie glauben, daß Brightman Ihnen etwas zur Aufbewahrung überlassen hat, etwas Wertvolles. Hat er das?"

„Nein. Keineswegs. Ich habe ihn seit vielen Jahren nicht mehr gesehen und auch nichts von ihm gehört."

„Das spielt jetzt keine Rolle. Die Leute, die Ihnen einen Besuch abstatten werden, können jeden Augenblick bei Ihnen auftauchen."

Ich dachte an Subotins Rechnungsaufstellung von seiner American-Express-Kreditkarte. Offenbar kam er viel herum und hatte möglicherweise Freunde in Frankreich, die er nur anzurufen brauchte. „Die werden sich mit einer solchen Antwort nicht zufriedengeben. Ich war ein Freund von Brightman. Ich weiß, daß es in seinem Sinn ist, wenn ich Ihnen diese Warnung zukommen lasse."

„Und wer sind diese Leute, von denen Sie da reden?"

„Da bin ich mir nicht ganz sicher. Ich glaube nicht, daß diese Leute in offiziellem Auftrag unterwegs sind. Andererseits bin ich sicher, daß sie aus demselben Land kommen ..., wenn Sie verstehen, was ich meine."

Eine lange Pause. Dann: „Sie warnen mich ... Sie sagen, ich sei wegen alldem in Gefahr?"

„Genau, Mr. Hamilton. In tödlicher Gefahr." Jetzt folgte wieder eine Pause. Ich glaubte zu hören, wie er sich räusperte. „Hören Sie, Mr. Hamilton", sagte ich. „Sie müssen Ihre Wohnung verlassen, und Sie müssen sie sofort verlassen. Gehen Sie irgendwohin, wo man Sie nicht ausfindig machen kann. Diese Leute könnten eine Art Filiale in Paris haben; sie könnten schon unterwegs sein. Haben Sie mich verstanden?"

„Ja."

„Also gut. Ich werde so bald wie möglich nach Paris kommen. Gleich nach meiner Ankunft hinterlasse ich im Reisebüro von American Express eine Nachricht für Sie, wo Sie mich erreichen können. Melden Sie sich dann umgehend."

Er hatte alles geschluckt, er vertraute mir. „In Ordnung, aber ich werde Ihren Namen brauchen."

„Thorne. Robert Thorne." Dann fiel mir etwas ein, und ich fügte hinzu: „Möglicherweise kannten Sie meinen Vater, Mr. Hamilton. Er war auch für das Außenministerium tätig."

„Ja. Ich glaube, daß ich den Namen kenne ..."

„Denken Sie nur an eines: Verlassen Sie sofort das Haus!"

Wir beendeten das Gespräch.

Ich kehrte in die Küche zurück. Berri saß am Tisch, vor sich eine Flasche Whisky. „Alles in Ordnung", sagte ich. „Ich habe ihn rechtzeitig erreicht."

Er bemühte sich, mit ruhiger Stimme zu sprechen. „Würden Sie sagen, daß er einen Fuchs wert war?"

Ich schüttelte den Kopf. „Wahrscheinlich nicht, Mr. Berri."

Ich setzte mich neben ihn und nahm mir ein wenig Whisky. „Da wären noch ein paar Dinge", murmelte ich. „Wenn man der Polizei glauben soll, dann hat Harry sich umgebracht. Und es sieht ja auch so aus. Wenn diese Leute hinter ihm hergewesen wären, hätte er sich lieber umgebracht, als ihnen das Gold zu geben, was meinen Sie?"

Berri zuckte die Achseln. „Kann sein. Oder vielleicht bedrohten sie seine Tochter – so wie sie drohten, alle meine Füchse zu töten. Er hätte alles für sie getan. Vielleicht haben diese Leute es nur so aussehen lassen, als ob er sich umgebracht hätte."

Genau das fragte ich mich auch. Wenn Brightman ihnen einfach das Gold hätte geben müssen, warum hätte er sich und vor allem May das antun sollen? Andererseits hatte Subotin kein Interesse an einem toten Brightman haben können – nicht bevor er ihnen gesagt hatte, wo sich das Gold befand. Aber so oder so, Harry Brightman war tot.

„Allerdings ist da noch etwas, was ich immer noch nicht verstehe", sagte ich. „Dieses Druckmittel, das Harry gegenüber den Kommunisten in der Hand hatte ..., bestand da ein Zusammenhang mit dem Kind? Ich bin sicher, daß das Kind zur gleichen Zeit aus Rußland kam, als Dimitroff seine Reise nach Halifax machte."

Berri schüttelte ungeduldig den Kopf. „Ich will Ihnen mal etwas sagen. Machen Sie sich doch nichts vor. Dimitroff mag einmal ein Held gewesen sein, aber am Ende war er nicht anders als die anderen. Schon um 1940 waren seine Hände blutig. Wenn er den Kommunisten ein Baby entführt hat, dann nur, um sich selbst zu helfen, nicht dem Kind."

War es denn wirklich möglich, daß ein Kind Dimitroff geschützt hatte und daß dieser Schutz auf Brightman übergegangen war? Was einen bestimmten Punkt betraf, schienen sich jedenfalls alle einig zu sein: Um 1940 hatte Dimitroff sich in ernster Gefahr befunden. Doch Tatsache war, daß er überlebt hatte. Ich lehnte mich auf meinem Stuhl zurück und nahm noch einen Schluck von dem Whisky des alten Mannes. „Eine letzte Frage, die das Gold betrifft", stieß ich nach. „Sie sagten, er bewahrte es in Goldzertifikaten auf. Wissen Sie, ob er sie vor 1971 gekauft hat?"

Er nickte. „Lange vorher. Aber was spielt denn das für eine Rolle?"

„Eine sehr große sogar." Ich goß etwas Whisky in sein Glas nach, ging ins Wohnzimmer und fand, was ich suchte: eine *Montreal Gazette* von der Vorwoche, die Seite mit den Börsennachrichten, wo auch die Kurse der Edelmetalle notiert waren.

Ich nahm meine Füllfeder heraus und rechnete es mir am Blattrand aus.

Es war ganz einfach. Vor dem 15. August 1971 hatte die Unze Gold fünfunddreißig Dollar gekostet. Das war der garantierte Goldpreis, der 1944 international vereinbart worden war und der bis 1971 galt. Brightman mußte also für achthunderttausend Dollar Zertifikate für etwa dreiundzwanzigtausend Unzen bekommen haben. Doch nach 1971, als der Goldpreis freigegeben wurde, stieg er in astronomische Höhen. Wie ich aus der Zeitung erfuhr, hatte der Preis vor drei Tagen in London etwa fünfhundert Dollar je Unze betragen. Brightmans Goldzertifikate waren jetzt also zwischen elf und zwölf Millionen Dollar wert.

Diese Zahl erklärte vieles. Hier lagen die Motive für Brightmans Verschwinden, seinen Selbstmord und Travins Hinrichtung. Aber dann dachte ich an May ... Hatte sie gewußt, was da vorging? Hatte sie Cadogan gerade deshalb aufgetragen, mich zu stoppen, weil sie wußte, was ich herausfinden würde? Und wenn es so war, warum hatte sie mich dann überhaupt erst auf die Fährte gesetzt?

Aber was hatte das alles mit mir zu tun? Das war die letzte, entscheidende Frage. Ich hatte Hamilton versprochen, nach Frankreich zu fliegen, und ich hatte das Gefühl, daß mir nichts anderes übrigblieb.

Gab es vielleicht eine innere, verborgene Logik, die mich antrieb? Paris – die Stadt meiner Mutter. Paris – wo meine Eltern sich kennengelernt hatten. Mit jedem Schritt zurück in Brightmans Vergangenheit drang ich tiefer in meine eigene ein.

Zwölf Millionen Dollar ..., ging es mir wieder durch den Sinn, während ich jetzt in Berris blutbespritztem Wohnzimmer kauerte.

Für die meisten Leute war das Grund genug, etwas zu unternehmen. Grund genug für Subotin, dachte ich, und also auch für mich. Was wollte er mit dem Gold?

Ich hatte keine Ahnung, aber ich wußte eines: Ich wollte nicht, daß er es bekam.

Die Füchse tilgten diese Überlegungen aus meinen Gedanken, indem sie von neuem ihre Klage ausstießen, ein melancholisches Jaulen, das mir Schauder über den Rücken jagte. Ihr Heulen glich dem Ruf eines Geistes, der nach seiner eigenen verlorenen Seele ruft – der Rotfuchs war tot, aber vielleicht durchwanderte sein Schatten, verwirrt durch die Ereignisse dieser Nacht, ruhelos den nahe gelegenen Forst.

Berri, der noch in der Küche gesessen hatte, erhob sich; ich hörte, wie er die Tür nach draußen öffnete. Aber dann war der Geruch, der die Füchse erregt hatte, wohl weitergezogen, denn sie wurden bald wieder still.

Achtes Kapitel

Am 9. November traf ich in Paris ein.

Mit ein wenig Glück kann der November dort einer der schönsten Monate sein, aber diesmal hatte ich dieses Glück nicht. Im Bus vom Flughafen Roissy ins Zentrum verschwamm die Stadt geradezu hinter dem regenüberströmten Fenster.

Am Flughafen hatte ich bei Hertz erst für den Spätnachmittag einen Mietwagen bestellt, stieg daher zunächst in die Metro und fuhr zum linken Seineufer, ins Quartier Latin, das Studentenviertel. Dies war immer der Stadtteil gewesen, in dem ich mich am wohlsten fühlte. Er hatte sich nicht viel verändert. Ein Hauch von *Hamburger* und *Souvlaki* vermischte sich mit den traditionellen Düften von Brot, Tabak und Rotwein. Den Kopf gesenkt, hielt ich mich nahe an den Hauswänden, und wie ein Nachtwandler fand ich automatisch den Weg durch das Straßengewirr rund um die Kirche Saint-Séverin zur Pension Mull. Auch das düstere Café im Erdgeschoß des Hauses hatte sich nicht sehr verändert. Ich hatte schon als Student zu den Stammgästen gehört, und es war eine alte Gewohnheit hierherzukommen – mit dem zusätzlichen Vorteil völliger Anonymität. Nach zwei Gläsern Rotwein ging ich in mein Zimmer hinauf. Noch während ich mich auf dem Bett ausstreckte, fühlte ich, wie der Wein die Folgen der Zeitverschiebung verstärkte, und nach fünf Minuten war ich eingeschlafen.

Um halb drei wachte ich auf, immer noch müde, aber die kalte Dusche am Ende des Ganges und ein flotter Marsch zur Oper genügten, um mich wieder munter werden zu lassen. Das Reisebüro von American Express liegt an einer Ecke des Opernplatzes. Ich wechselte einen Scheck und hinterließ die Telefonnummer des Café Mull für Hamilton. Um vier war das alles erledigt. Ich beschloß, zu Hertz zu gehen und meinen Wagen zu holen. Schon um fünf saß ich wieder im Café.

Im Verlauf der folgenden Stunde bemühte ich mich, nicht nervös zu sein, war es aber trotzdem. Ich glaubte nicht, daß Subotin vor mir dagewesen war, aber eine gewisse Wahrscheinlichkeit bestand eben doch. Doch um zwanzig nach sechs winkte mich der Barmann um die Theke herum zum Telefon.

„Thorne?" Hamilton sprach mit tiefer und verkrampfter Stimme. „Ich hoffe, ich habe Sie nicht warten lassen."

„Das ist schon in Ordnung. Wo sind Sie?"

„Im Café Raymond am Quai des Grands-Augustins."

„Sehr gut. Ich nehme an, Sie haben sich von Ihrer Wohnung ferngehalten?"

„Keine Sorge, Mr. Thorne. Ich war ganz folgsam. Zwanzig Minuten nach Ihrem Anruf habe ich das Haus verlassen und mich seitdem dort nicht mehr blicken lassen."

Er war mir unsympathisch; ich war ihm unsympathisch. Irgendwie war das sofort klar.

„Bleiben Sie, wo Sie sind", sagte ich. „Mehr als zehn Minuten werde ich nicht brauchen."

„Ich bin der alte Herr an der Bar, mit einem Glas Bier."

Bis zum Quai des Grands-Augustins brauchte ich knapp fünf Minuten zu Fuß. Das Café, das ich bald erreicht hatte, war ziemlich voll mit Gästen, die nach der Arbeit auf ein Glas hereinkamen. Ich erkannte Hamilton sofort, obwohl ich ihn kaum als biertrinkenden alten Herrn bezeichnet hätte. Er war ein großgewachsener, gutaussehender Mann mit stark glänzendem silbergrauem Haar. Es fiel mir schwer, sein Alter zu schätzen; er gehörte der Generation meiner Eltern an, war aber wohl etwas jünger. Und er besaß jene Ausstrahlung blühender Gesundheit, die auf vorzeitige Pensionierung schließen läßt. Er trug einen grobgestrickten grauen Pullover und eine graue Wollhose und wirkte ausgesprochen sportlich-elegant.

Er war mir immer noch unsympathisch.

Warum wohl? Nun, er war ein „Spion". Aber man konnte das gleiche von Berri sagen, und für ihn empfand ich Mitgefühl. Vielleicht darum, weil Berri bezahlt hatte – und nicht nur mit den bezogenen Prügeln, sondern bezahlt in einem weiteren Sinn, indem er die Verantwortung für seine Handlungen übernommen hatte. Nicht so dieser Mann. Ich beobachtete ihn, als er sich eine Zigarette anzündete. Sehr kühl; sehr selbstzufrieden. Aber dann warf er einen raschen Blick über die Schulter, und ich konnte die Angst in seinen blassen, wäßrigen Augen sehen.

Nur widerstrebend bewegte ich mich auf ihn zu. Plötzlich wurde er auf mich aufmerksam, aber ich fing an, schnell auf französisch auf ihn einzureden. Es war besser, keine Aufmerksamkeit auf uns zu lenken. Ich muß ihm zugute halten, daß er geschickt mitspielte; nach wenigen Augenblicken erhob er sich lässig von seinem Hocker, zahlte, und ich folgte ihm auf die Straße.

Er blieb stehen und trat seine Zigarette auf dem Gehsteig aus. „Sie sprechen ausgezeichnet Französisch, Mr. Thorne."

„Meine Mutter war Französin.“

„Ach ja. Das hatte ich vergessen. Aber jetzt bin ich ganz sicher: Ich kannte Ihren Vater tatsächlich.“ Er schenkte mir ein Lächeln. „Und ich kann mich noch gut erinnern, wie bezaubernd Ihre Mutter war.“

Das war interessant, aber es überraschte mich nicht sonderlich. Der diplomatische Dienst war, besonders 1950, eine sehr kleine Welt, in der fast jeder jeden kannte. Ich nickte nur und sah sein Lächeln vergehen, als ich das angesprochene Thema nicht weiter verfolgte. Er steckte beide Hände in die Taschen und stürzte sich dreist in den Verkehr, um zum Seineufer hinüberzugehen. Ich folgte ihm, so gut ich konnte, und holte ihn bei einer breiten Steintreppe ein, die zum Fluß hinunterführte. Wir befanden uns nun praktisch im Schatten des Pont Neuf. Entlang der Ufereinfassung waren Boote festgemacht; von den ersten Lichtern des Abends erhellt, umfloß die Seine die Île de la Cité. Die meisten Boote glichen Schleppkähnen. Alle sahen mehr oder weniger gleich aus: ein Ruderhaus am Heck mit einer langen, niedrigen Kabine, die bis zum Bug hinauflief. Auf diesen Kähnen lebten Menschen. Ich roch ein Holzkohlenfeuer, aus einem Radio drang Musik von Mozart.

Hamilton war vorausgegangen. Jetzt blieb er stehen und wartete auf mich. Der Regen hatte die grobe Wolle seines Pullovers mit Perlen bestickt. „Nun müssen Sie etwas Akrobatik aufbringen“, sagte er und sprang recht anmutig auf den ersten Kahn. Schwerfällig sprang ich hinter ihm her und stolperte über das Deck. Er blieb auf der anderen Seite stehen, wo dieser Kahn an den nächsten stieß. Gewandt hüpfte er hinüber. Dieses zweite Hausboot schien verlassen zu sein – das Deck war mit Hindernissen übersät. Schließlich gelangte auch ich auf das dritte Boot.

Ich richtete mich auf und bemühte mich, zu Atem zu kommen. Hamilton lächelte. „Willkommen auf *La Trompette*, Mr. Thorne.“

Ich sah mich um. Ich stand auf dem Deck eines alten hölzernen Lastkahns. Das frisch gefirnißte Deck und die polierten Messingbeschläge schimmerten sanft im Lichtschein der großen Wohnhäuser an der Place Dauphine und der Autos, die den Pont Neuf überquerten. Es war alles sehr eindrucksvoll, aber ich fragte mich, wie sicher es wohl sein mochte. „Sind Sie überzeugt, daß man Sie hier nicht aufspüren kann?“

Er nickte. „Ich habe das Schiff im Frühjahr gekauft, aber es wurde in Janville ausgerüstet. Man hat es erst vorige Woche heraufgebracht.“

Das klang sicher genug. Ich nickte und folgte ihm dann in das hohe, viereckige Ruderhaus. Hier warfen Petroleumlampen Schatten an die

Wände, die Geräusche der großen Stadt verebbten, und an ihre Stelle trat das sanfte Knirschen des Schiffsrumpfes.

Paul Hamilton stieg durch den Eingang zur Kajüte, machte mir ein Zeichen, und ich folgte ihm über eine kurze Leiter in die Hauptkabine hinunter. Sie war sehr groß, ein langer, niedriger, mit Mahagoni getäfelter Raum, luxuriös und behaglich. Gegen den Bug zu war die Kabine mit eingebauten Schlafkojen, einem Bücherschrank, Farbfernsehgerät und Stereoanlage als Salon eingerichtet. Näher an der Kajütentreppe lag die hochmoderne Kombüse.

„Nehmen Sie Platz. Ein Drink dürfte uns beiden guttun."

Ich durchquerte die Kombüse und setzte mich auf eine der Couchen. Auf der anderen Seite des Raumes betätigte Hamilton einen Messingriegel an einem sauber eingepaßten Spind, und aus dem Schott senkte sich eine Hausbar mit diversen Nischen für Flaschen und Zubehör herab. Mir den Rücken zukehrend, füllte er Johnnie Walker Red in Kristallgläser und murmelte dabei: „Übrigens, Mr. Thorne, ich hoffe, Sie halten sich an die Spielregeln. Keine Wanzen! Kein am Körper verstecktes Tonbandgerät!"

„Machen Sie sich keine Sorgen, Mr. Hamilton. Das Gespräch geht nur uns beide an."

„Gut. Es hätte ja auch wenig Zweck, miteinander zu reden, wenn wir nicht offen sprechen könnten." In jeder Hand ein Glas, drehte er sich um und reichte mir meines. „Brightman ist also tot?" Ich nickte. „Und irgendwelche Bösewichte sind hinter mir her, weil ich angeblich etwas in meinem Besitz habe, das Brightman mir anvertraut hat?"

Ich nippte an meinem Whisky. Seine Scherzhaftigkeit erhöhte noch die Abneigung, die ich gegen ihn empfand. „Wenn Sie nichts dagegen haben, möchte ich gern mit meinen Fragen beginnen."

Er schien sehr gelassen zu sein, aber als er den Kopf zurücklegte, um zu trinken, sah ich wieder die Angst in seinen Augen. „Na gut", sagte er schließlich, „bitte fragen Sie."

Aus den kleinen Lämpchen an den Schotten ergoß sich gelbliches Licht über die behaglichen, lederbezogenen Möbel in diese männliche Düsterkeit. „Ich werde mit dem Nächstliegenden anfangen", sagte ich. „Haben Sie Brightman innerhalb der letzten sechs Monate gesehen?"

„Ja."

„Was wollte er?"

„Hilfe, denke ich, aber er hat sich sehr vage ausgedrückt."

„Hat er Ihnen etwas zur Aufbewahrung überlassen?"

„Ich nehme an, Sie meinen so etwas in der Art von ‚Nach-meinem-Tode-zu-öffnen'?"

„Ja. Aber wahrscheinlich nicht genau das. Er besaß etwas, das gewisse Leute haben wollten – so sehr haben wollten, daß sie sogar über seine Leiche gegangen wären, um sich den Besitz daran zu verschaffen. Darum beschloß er, glaube ich, es weiterzugeben. Er konnte also sagen: ‚Ich habe es nicht mehr. Es hat keinen Zweck, mich weiter zu verfolgen.' Also wurde das Ding für ihn selbst zu einer Art Lebensversicherung. Da er der einzige Mensch war, der wußte, wo es sich befand, mußten jetzt die Leute, die sich für das Ding interessierten, um sein Wohlergehen besorgt sein."

Hamilton stand auf und schenkte sich nach. „Dieses ‚Ding' ..., könnten Sie mir vielleicht etwas genauer sagen, was es ist?"

„Wenn Sie es haben, wissen Sie es. Wenn nicht ..."

Er drehte sich um. „In Ordnung. Aber wie kommen Sie darauf, daß ich es habe? Ich kannte Brightman nicht so gut, wie Sie meinen. In all den Jahren bin ich, wenn ich mich nicht täusche, genau dreimal mit ihm zusammengetroffen." Er kam zur Couch zurück und setzte sich vor mich hin. „Das erste Mal, das war, glaube ich, zu Beginn der vierziger Jahre. Dann 1956. Dann dieses letzte Mal ... Ich kannte ihn doch kaum und hatte nie etwas Persönliches für ihn getan."

„Was haben Sie dann für ihn getan?"

Ich beobachtete Hamiltons Miene. Einen Augenblick lang schien er unentschlossen, aber dann zuckte er die Achseln. „In der High-School habe ich ein paar Kurse in Naturwissenschaften besucht", begann er. „Kein Grund, mich dessen zu rühmen, aber im diplomatischen Korps der Vereinigten Staaten waren, zumindest seinerzeit, naturwissenschaftliche Kenntnisse so selten wie etwa ein offenes Wort. Zu Kriegsbeginn hatte das zur Folge, daß mir einige wichtige Aufgaben übertragen wurden – praktisch nur, weil sonst niemand da war, dem man sie hätte übertragen können. Einige dieser Aufträge betrafen Fragen des Exports wissenschaftlicher Geräte – an die kriegführenden Mächte, solange die Vereinigten Staaten neutral waren, später an unsere Verbündeten."

„Einschließlich der Sowjetunion?"

Er zögerte. „Was mich anging, Mr. Thorne, so half ich einem Staat, der um sein Leben kämpfte – gegen denselben Feind, gegen den auch wir kämpften."

„Waren Sie Kommunist?"

„Das ist doch idiotisch! Ich habe versucht, das Richtige zu tun." Zu meiner Überraschung zitterte seine Stimme plötzlich ein wenig. „Ich war von Dummköpfen umgeben, von Dummköpfen, die die Gefahren nicht sehen konnten, die Hitler verkörperte, und die sich von ihren ideologischen Vorurteilen an einer vollen Zusammenarbeit mit Rußland hindern ließen."

„Man könnte also sagen", entgegnete ich, „daß Sie zur Außenpolitik der Vereinigten Staaten grundsätzlich in Opposition standen."

„Wenn Sie so wollen."

„Und Sie benützten Brightman, um sie ... zu umgehen."

Ein Lächeln spielte um seine Lippen. „Wie elegant Sie das formuliert haben. Aber Sie brauchen nicht so höflich zu sein. Ich war, daran ist nichts zu deuteln, ein Spion. Es ging hauptsächlich um wissenschaftliche Geräte, an denen den Sowjets besonders viel lag. Es nützte ihnen auch zu erfahren, was andere Länder bestellten. Ich nehme an, es gab ihnen eine Art Fingerzeig für ihren eigenen Bedarf."

„Und das alles ging über Harry Brightman?"

Er schüttelte den Kopf. „Das könnte ich nicht sagen. Es war nie ganz sicher, wer die Informationen erhielt, die ich lieferte."

„Aber warum sind Sie dann überhaupt mit Brightman zusammengetroffen?"

Er schürzte die Lippen. „Also das erste Mal, das war mitten im Krieg. Mir wurde aufgetragen, mich mit ihm in New York zu treffen. Es stellte sich heraus, daß er ein ganz bestimmtes elektronisches Gerät brauchte. Geld hatte er jede Menge. Und so arbeiteten wir einen Plan aus, um dieses Gerät zu beschaffen."

„Sie sagen, Sie seien ihm ein zweites Mal begegnet, im Jahre 1956."

„Ja. Ungarn. Sie werden sich erinnern. Das war auch etwas Besonderes. Damals – es hat mir nie jemand gesagt, aber ich nehme es an –, damals war ich Brightman unterstellt. Eine ganze Reihe von Leuten war ihm unterstellt, und einer davon bekam Gewissensbisse und drohte eine Dummheit zu machen. Er muß ein Idiot gewesen sein. Also, dieser Mann arbeitete im Außenministerium, und Brightman wollte von mir, daß ich ihn beruhige."

„Wer war dieser Mann?"

„Ich habe keine Ahnung. Ich sagte Brightman, ich wolle nichts damit zu tun haben. Ich würde mich doch nicht vor einem Menschen exponieren, der bereits kalte Füße hatte."

„War Brightman wütend?"

„Nein. Ich glaube, er verstand meine Einstellung."

Interessant. Brightman hatte ihn damals um eine Gefälligkeit gebeten, aber Hamilton war hart geblieben. „Waren das persönliche Begegnungen?"

„Ja."

„Aber es muß doch auch noch andere Formen der Verständigung zwischen Ihnen beiden gegeben haben. Nachrichten, Mitteilungen. Und – zumindest einmal – durch einen Boten."

„Von dem wissen Sie auch? Ein komischer kleiner Mann. Ein Frankokanadier. Er nannte mir seinen Namen, aber ich habe ihn vergessen. Brightman bat mich, ein Treffen mit KGB-Leuten von der sowjetischen Botschaft für ihn vorzubereiten. Ich fand das Risiko zu groß. Brightman nahm in der Moskauer Hierarchie einen höheren Rang ein als ich. Damit stand er sozusagen der Botschaft näher. Also sagte ich nein."

„Sie müssen zugeben, das klingt ein wenig seltsam. Brightman stand Ihnen nie nahe, persönlich nicht und auch nicht beruflich ..., und unter außerordentlichen Umständen – wie wir annehmen können – ging er Sie abermals um eine Gefälligkeit an. Wieso?"

Während ich darüber nachdachte, war Hamilton zur Bar gegangen. „Damit wären wir wieder in der Gegenwart", sagte er, „und bei Harry Brightman, nur daß Harry nicht mehr mitmischt." Hamilton streifte mich mit einem Blick und zuckte die Achseln. „Harry hat mich nie hintergangen, und ich möchte auch an ihm keinen Verrat üben. Aber es bringt ja nichts, sich jetzt noch Sorgen zu machen ..., wo er doch tot ist ..." Damit hatte Hamilton meine Aufmerksamkeit wieder auf den einen kritischen Punkt gelenkt: Für ihn bedeutete Brightmans Tod mehr als alles andere. „Warum soll ich es Ihnen nicht erzählen?" fuhr er fort. „Meine letzte Begegnung mit ihm, meine ich." Noch bevor er den Mund aufmachte, wußte ich, daß er mir eine Lüge auftischen würde. „Es war in der zweiten Septemberwoche. Mir war klar, daß er sich in Schwierigkeiten befand und mich um Hilfe angehen wollte. Ich versuchte herauszubekommen, um was es sich handelte, aber er wollte es mir nicht sagen, solange ich mich nicht bindend festgelegt hatte. Aber das konnte ich nicht. Wenn ich bis heute überlebt habe, so nur, weil ich immer sehr vorsichtig gewesen bin."

Ich schüttelte den Kopf. Jetzt wußte ich Bescheid. „Ich glaube Ihnen nicht, Mr. Hamilton."

Er wandte sich ab. „Glauben Sie, was Sie wollen."

Ich schüttelte noch einmal den Kopf; das wichtigste an einer Lüge ist ihre Motivation, und jetzt kannte ich seine. „Er kam zum ersten Mal zu Ihnen, und Sie wiesen ihn ab – aber er kam wieder, immer und immer wieder. Wie das? In Wahrheit kam er immer wieder zu Ihnen, weil Sie genau das taten, was von Ihnen verlangt wurde. Er hat Sie erpreßt, und darum mußten Sie tun, was er von Ihnen verlangte."

„Machen Sie sich doch nicht lächerlich. Wenn er mich erpreßt hätte, stellen Sie sich doch einmal vor, was ich gegen ihn in der Hand gehabt hätte!"

„Nichts. Ganz bestimmt nichts Schriftliches. Außerdem war es ihm piepegal. Er war ein alter Mann, der sich keine Illusionen mehr machte, seiner selbst und der Welt überdrüssig. Aber Sie? O nein ... Sie haben noch etwas zu verlieren. Sie möchten einen behaglichen Ruhestand auf Ihrem schönen Boot genießen. Also haben Sie immer getan, was er von Ihnen verlangte."

In seinen Augen konnte ich lesen, daß ich recht hatte. „Er hat das ‚Ding', das Sie angeblich nicht kennen, bei Ihnen gelassen, weil es zu gefährlich war, es seiner Tochter oder sonstjemandem anzuvertrauen, an dem ihm etwas lag. Wenn Sie es in achtundvierzig Stunden noch in Ihrem Besitz haben, sind Sie ein toter Mann. Glauben Sie mir."

Jetzt brach ihm die Angst wie Schweiß aus allen Poren. „Wenn Ihre Theorie richtig wäre", stammelte er, „warum wurde Brightman dann umgebracht, nachdem er mir sein Päckchen gegeben hatte? Sie sind es doch, der hier Lügen erzählt!"

Wieder schüttelte ich den Kopf. „Sie haben das Päckchen, also wissen Sie wahrscheinlich, was drin ist. Ein Schlüssel? Eine Kombination? Irgendein Dokument, das Ihnen Zugang zu einem Tresor verschafft? Was immer es ist, es führt zu einer großen Menge Geld – aber lassen Sie sich nicht verlocken. Es ist ein Teil des Geldes, das die Sowjets ursprünglich Brightman gaben, der damit die Geräte kaufte, die Sie ihm verschafften. Es blieb ein großer Betrag übrig. Und nun versuchen gewisse Leute, Russen, an dieses Geld heranzukommen, während Ihre früheren Auftraggeber bemüht sind, sie aufzuhalten; die möchten die ganze Geschichte unter den Teppich kehren. Deshalb: Was immer Sie tun, suchen Sie bei Ihren Freunden vom KGB keine Hilfe. Ich fürchte, daß das der Fehler war, den Brightman gemacht hat."

Das hatte ich mir zum großen Teil alles erst während des Sprechens ausgedacht, aber kaum hatte ich meinen kleinen Vortrag begonnen, wußte ich, daß ich mit dieser Hypothese richtig lag. Subotin auf der einen Seite, der KGB auf der anderen. Natürlich gab es zusätzliche Kombinationen, aber den Kern der Sache hatte ich erkannt. Brightman war vermutlich zu seinen alten Herren gegangen und hatte sie gebeten, ihm Subotin vom Hals zu schaffen; statt das zu tun, hatten sie ihn eliminiert und waren dann auf ähnliche Weise mit Travin verfahren.

Plötzlich war ich davon überzeugt – und diese Überzeugung mußte sich Hamilton mitgeteilt haben. Tiefster Schrecken malte sich auf seinen Zügen. Plötzlich durchquerte er die Kajüte und kramte in einem Schreibtisch herum. Einen Augenblick hatte ich Angst, ich dachte an eine Schußwaffe. Aber er hatte sich nur ein Fläschchen mit Tabletten geholt und stopfte sich ein paar in den Mund. Als er dann zu reden begann, konnte ich ihn kaum hören. „Na schön", sagte er, „ich gebe zu, daß ich Ihnen nicht die ganze Wahrheit gesagt habe. Aber hören Sie, Sie müssen mir helfen!"

„Geben Sie mir einfach das Päckchen oder den Umschlag, was es auch ist. Dann sind Sie es los, und ich werde dafür sorgen, daß die Herren erfahren, daß Sie es nicht mehr haben. Damit sind Sie aus dem Schneider."

Er schüttelte den Kopf. „So einfach geht das nicht. Ich brauche Zeit zum Nachdenken." Er sah mich an und machte eine Handbewegung, die das ganze Boot umfaßte. „Wie sicher bin ich hier?"

Ich zuckte die Achseln. „Früher oder später werden sie Sie aufstöbern."

„Vierundzwanzig Stunden ..., mehr brauche ich nicht. Kommen Sie morgen abend wieder, Thorne. Dann werden wir einen Weg finden."

Ich musterte ihn. Der winselnde Klang, in den seine Stimme übergegangen war, hätte meine Verachtung eigentlich noch verstärken müssen, aber ohne es zu wollen, empfand ich ein wenig Mitgefühl für ihn. „Ich hoffe, Sie verstehen, Hamilton: Nicht ich bin Ihr Problem."

Er nickte. „Natürlich ..., natürlich." Er versuchte sogar zu lächeln. „Ich verstehe, Sie wollen mir ja nur helfen. Dafür danke ich Ihnen. Aber tun Sie jetzt nichts. Lassen Sie mir nur noch etwas Zeit. Bis morgen ... Kommen Sie dann, Thorne. Zur gleichen Zeit. Wir werden einen Weg finden."

Ich schwieg. Er hatte Brightmans „Päckchen", was immer das sein mochte, in seinem Besitz, und er brauchte Zeit – keine Frage, daß er etwas Dummes anstellen würde.

Ich stand auf und zog meinen Regenmantel an. „Hamilton", fragte ich ihn, „haben Sie eine Ahnung, wer diese Leute sind?"

„Brightman erwähnte einmal etwas ... Er sagte, es sei eine Fraktion innerhalb des Geheimdienstes, des KGB, mit Verbindungen zu den Militärs ..., keine netten Leute."

„Sie glauben doch nicht im Ernst, Sie könnten sie davon überzeugen, daß Sie auf ihrer Seite stehen, oder?"

Wut verzerrte plötzlich sein Gesicht. „Ich stehe auf niemandes Seite! Es ist mir gleich, ob ..."

„Ach, fangen Sie doch nicht damit an. Von Anfang an haben Sie immer auf derselben Seite gestanden. Auf Ihrer eigenen."

Alles andere als eine glänzende Abfuhr, aber ich hatte im Augenblick nichts Besseres zu bieten. Und sie brachte ihn zum Schweigen, als ich an ihm vorbeiging, die Kombüse durchquerte und die Treppe zum Ruderhaus hinaufkletterte. Über die Hausboote trat ich den Rückweg an und stieg wieder zum Quai hinauf.

Ich fühlte mich unbehaglich, denn ich wußte, daß er etwas vorhatte, und was immer er tat, es konnte böse auf mich zurückfallen. Deshalb wollte ich ihn nicht aus den Augen lassen, und so überquerte ich die Straße zu einem Café und fand einen freien Tisch, von dem aus ich die Treppe sehen konnte, die zum Fluß hinunterführte.

Tatsächlich: Zwanzig Minuten später erschien Hamilton. Er ging in eine Telefonzelle, tätigte einen Anruf, kam wieder heraus und wartete am Straßenrand. Eine halbe Stunde verging. Dann rollte ein Wagen heran, ein großer amerikanischer Straßenkreuzer. Mit blinkenden Warnlichtern blieb er stehen. Ein junger Mann stieg aus. Sie unterhielten sich kurz, und der Junge fuhr weiter. Hamilton aber blieb, wo er war, rauchte eine Zigarette und fuhr sich mit den Fingern durch sein silbergraues Haar. Ein paar Minuten später kam der junge Mann zurück, diesmal zu Fuß. Zusammen gingen sie zum Fluß hinunter. Als sie nach einer Stunde noch nicht zurück waren, nahm ich an, daß sie die Nacht über zusammenbleiben würden. Aber ich ging kein Risiko ein. Ich machte schnell einen Rundgang durch die anliegenden Straßen und fand den Wagen des Jungen in einer Seitengasse. Dann holte ich meinen kleinen Wagen von der Pension und parkte in der Nähe.

Zwanzig nach zehn, Viertel nach elf. Langsam vergingen die Stunden, eine nach der anderen. Die Vordersitze eines Renault 5 geben keine bequeme Liegestatt, aber es mußte gehen.

GEGEN fünf Uhr früh schien die Stadt aufzuwachen. Die ersten Lieferungen trafen in den Geschäften und Cafés ein, und bald danach kam die arbeitende Bevölkerung zum Vorschein. Schichtarbeiter radelten durch den Regen, in dicke Mäntel gehüllte alte Frauen mit Tüchern auf dem Kopf schleppten sich in die großen Hotels, wo sie in der Küche arbeiteten oder die Zimmer saubermachten, und ein alter Mann in einer blauen Jacke bezog Stellung beim Zeitungskiosk an der Ecke. Erschöpft und unrasiert stieg ich aus dem Auto, streckte mich und ging zur Treppe hinüber, die zum Fluß hinunterführte. Ein grauer Dunst hing über der Seine. Auf einigen Hausbooten regte sich Leben, aber *La Trompette* schien noch in süßem Schlummer zu liegen. Ich überquerte die Straße und betrat ein Café, um zu frühstücken.

Um sieben Uhr fühlte ich mich – abgesehen vom Bart – wieder halbwegs wie ein Mensch und begann mich zu fragen, was ich jetzt anfangen sollte. Aber da tauchte überraschenderweise Hamiltons Freund auf. Er kam die Treppe herauf und überquerte flott die verkehrsreiche Uferstraße. Ich überlegte schon, ob ich ihm folgen sollte, doch die Frage erübrigte sich, denn er ging geradewegs auf das Café zu, in dem ich saß, und bestellte Frühstück. Es war nicht schwer, ihn zu beobachten, denn er saß nur sechs Tische von mir entfernt. Ich schätzte ihn auf knapp zwanzig. Großgewachsen, schlank. Ein mageres, apartes Gesicht mit einer etwas zu kindlichen Locke, die ihm immer wieder über die Augen fiel. Er trug eine braune Lederjacke, Jeans und ein Paar Stiefel, und er war sehr stark gebräunt.

Er aß langsam und sah sich dabei im Raum um. Einen Augenblick lang kreuzte sich sein Blick mit dem meinen, wanderte aber sogleich weiter – ganz normal.

Während der Junge aß, überlegte ich. Hamilton hatte etwas vor, dessen war ich sicher, und darum wollte ich meine Wache am Quai nicht beenden. Andererseits konnte auch der Junge wichtig sein. Hamilton hatte ihn angerufen, gleich nachdem ich gegangen war, und auch der Straßenkreuzer mußte ins Kalkül gezogen werden. Ich hatte eigentlich erwartet, daß er den Wagen für einen nächtlichen Ausflug benützen würde.

Kurz nach acht drückte der Junge einen Knopf auf seiner Armbanduhr, erhob sich und verließ das Café. Ich war unschlüssig. Zögernd folgte ich ihm. Der Junge eilte den Quai des Grands-Augustins hinauf und anschließend den Quai Saint-Michel, dann bog er nach rechts in die Rue Saint-Jacques ab. Er wollte zu seinem Wagen; ich nahm eine Abkürzung und war vor ihm da. Ich beschloß, noch ein wenig am Ball zu bleiben, und ließ den Renault an, so daß der Motor schon warm war, während der Straßenkreuzer noch in der feuchten Luft stotterte; dann aber sauste er davon und fuhr den Boulevard St-Germain in östlicher Richtung hinunter, überquerte die Seine auf dem Pont Sully und setzte seine Fahrt über den Boulevard Henri IV fort. Trotz des dichten Verkehrs war es leicht, diesen riesigen gelben Farbfleck nicht aus den Augen zu verlieren. Nach etwa zwanzig Minuten hielt ich in der Avenue Foch in Saint-Mandé, einem östlichen Vorort knapp außerhalb des eigentlichen Stadtgebiets von Paris.

Ich kannte diese Gegend nicht, aber ich kannte viele ähnliche: Straßen mit alten, soliden Steinhäusern hinter schwarzen Gittern aus

Schmiedeeisen. Der gelbe Straßenkreuzer paßte nicht recht hierher, aber ich beobachtete, wie der Junge in eines der Häuser ging, wo wahrscheinlich seine Eltern wohnten.

Nach zehn Minuten kam er wieder heraus, in der Hand zwei Reisetaschen. Nachdem er sie in den Kofferraum seines Wagens geworfen hatte, fuhr er auf der Ringautobahn bis Gentilly an der südlichen Stadtgrenze, bog auf das dortige riesige Universitätsgelände ein und fuhr auf einen Parkplatz.

Beinahe wäre ich ihm nicht gefolgt – ich nahm an, er würde in eine Vorlesung gehen oder jemanden in einem der Studentenwohnheime besuchen. Aber wozu die Reisetaschen?

Mit schnellen Schritten überquerte der Junge einen Rasenstreifen in Richtung Straße. Ich stieg aus und folgte ihm. Hier befand sich eine Metrostation, aber die ließ er links liegen. Statt dessen ging er durch einen Park und kam bei einer kleinen Seitenstraße wieder heraus. Erst als ich den Namen dieser Straße sah, verstand ich endlich: Es war die Straße, die mir von der Telefonauskunft in Kanada als Hamiltons Adresse genannt worden war. Ich konnte es kaum glauben. Meine Meinung von diesem Mann war schon schlecht genug, aber das war einfach das letzte. Trotz meiner Warnungen hatte er seinen Freund hierhergeschickt, und er hatte ihn offenbar nicht auf die Gefahr aufmerksam gemacht, denn jetzt betrat der Junge unbefangen ein Wohnhaus. Ein Schuldgefühl durchzuckte mich, doch dann sagte ich mir, daß Subotin sehr wahrscheinlich immer noch nicht in Paris war. Fünf Minuten, dachte ich, ich gebe ihm fünf Minuten ... Zwei Minuten und sechsundzwanzig Sekunden später kam der junge Mann wieder aus dem Haus. Völlig unbekümmert, wie es schien.

Der Regen setzte erneut ein. Die Hände in den Hosentaschen, die Schultern hochgezogen, lief der Junge mit großen, federnden Schritten zur Ecke vor und dann quer durch den Park. Falls er etwas aus Hamiltons Wohnung mitgenommen hatte, so war es etwas Kleines, das in seiner Tasche Platz fand.

Als ich am Gehsteig ankam, herrschte gerade dichter Verkehr, und ich mußte warten. Aber ich konnte ihn gut sehen. Er betrat eines der Gebäude der Universität. Als ich die andere Straßenseite erreicht hatte, war er schon fort, darum marschierte ich geradewegs zum Parkplatz.

Ich mußte zwölf Minuten warten, bis er wieder zum Vorschein kam und gemächlich auf seinen Wagen zuschlenderte. Er ließ den Motor an und fuhr an mir vorbei, den gleichen Weg zurück, den wir gekommen waren. Aber in St-Mandé hielt er nicht an, sondern steuerte auf die

Autobahn, die parallel zur Marne, einem Nebenfluß der Seine, verläuft. Es goß jetzt wieder in Strömen, und in dem kleinen Renault wurde ich von großen Brummern ständig mit Dreck bespritzt. Ziemlich erleichtert folgte ich ihm schließlich von der Autobahn hinunter auf eine schmalere Schnellstraße, die durch die kleineren Städte und Dörfer an der Marne führte. Wir schlängelten uns den Fluß entlang, bis der Straßenkreuzer von der Schnellstraße abfuhr und in eine kleine Seitenstraße einbog. Wir waren jetzt etwa vierzig Kilometer von Paris entfernt. Hier fiel das Land zum Fluß hin ab, dessen Verlauf an einer regenverhangenen Baumreihe zu erkennen war.

Ein paar Kilometer weiter tauchte ein ziemlich großes, scheunenartiges Gebäude zu unserer Rechten auf. Der Junge betätigte seinen Blinker, und ich nahm den Fuß vom Gas. Die Edelscheune war eines dieser an der Straße gelegenen Restaurants, wie man sie oft in Frankreich findet: gute, prompte Bedienung, anständiges und billiges Essen. Der junge Mann steuerte den Parkplatz an. Als ich am Eingang vorbeifuhr, verschwand er gerade im Restaurant.

Ich überlegte. Dem Anschein nach war er nicht mißtrauisch – aber er hatte mich im Café am Quai gesehen. Es war noch ein bißchen früh für das Mittagessen, was mich neugierig machte; jedoch bestand die Möglichkeit, daß er sich hier mit Hamilton traf. Ich beschloß, das Risiko einzugehen, und folgte ihm. Vor dem sehr großen Hauptspeisesaal befand sich eine nur matt beleuchtete Bar. Dort konnte ich unauffällig Platz nehmen und jedesmal, wenn jemand die große Schwingtür aufstieß, einen Blick auf den Jungen werfen.

Ich bestellte einen Wermut und zwei Sandwiches, die ich heißhungrig verzehrte. Während ich wartete, hatte ich eine Stunde lang Gelegenheit, mich mit französischer Gesellschaftskunde zu beschäftigen: Die Bar wurde hauptsächlich von Einheimischen frequentiert; es herrschte reger Betrieb, aber die Leute kamen und gingen, so daß der Raum nie überfüllt war. Einige dieser Gäste waren Bauern, bei anderen handelte es sich um Leute, die sich aufs Land zurückgezogen hatten – ohne reich zu sein, hatten sie genug für ein sorgenfreies Leben. Sie unterhielten sich über das Wetter, den Straßenzustand und den Fischfang, und wenn man ihnen zuhörte, schien Paris tausend Kilometer entfernt zu sein.

Ich war schon beim dritten Wermut, als der Junge endlich aus dem Speisesaal kam. Immer noch dachte ich daran, daß er mich in Paris gesehen hatte, und blieb deshalb, wo ich war, bis ich den großen Motor seines Wagens aufheulen hörte. Dann beobachtete ich von der

Tür aus, wie er quer über den Parkplatz fuhr. Aber jetzt bog er überraschenderweise nicht zur Schnellstraße ab, sondern lenkte den Wagen nach rechts, zum Fluß hinunter. Noch während ich zu meinem Renault hastete, begriff ich: Wir befanden uns etwa fünf Kilometer von der Marne entfernt, die in der Nähe von Paris in die Seine mündet. Der Junge wollte sich tatsächlich mit Hamilton treffen, aber Hamilton würde mit seinem Hausboot kommen! Dem Jungen zu folgen ist also ein wahrer Glückstreffer gewesen, dachte ich – bis ich den Schlüssel in der Zündung des Renault drehte.

Es rührte sich nichts.

Nach drei Versuchen stieg ich aus und klappte die Kühlerhaube auf. Der Motor war noch heiß nach der langen Fahrt, und Regentropfen zischten auf dem Motorblock. Aber ich konnte einfach nicht starten, solange zwei Zündkabel fehlten.

Wie betäubt saß ich im Wagen, und der Regen trommelte auf das Dach. Es gibt zwei Möglichkeiten, sagte ich mir: Subotin – aber ich war fast sicher, daß uns niemand gefolgt war. Allein schon dieses „fast" konnte einem allerdings angst machen. Die andere Möglichkeit war der Junge selbst, der vielleicht nicht so harmlos sein mochte, wie er aussah. Er war mir auf die Schliche gekommen, hatte mich dann hierhergelockt und mich dazu veranlaßt, meinen Wagen ohne Aufsicht abzustellen. Ich hatte ihn gerade lange genug aus den Augen gelassen, um ihm die nötige Zeit zu geben, mir diesen Streich zu spielen. Aber eigentlich war es gar nicht so schlimm, wenn meine Ahnung stimmte, daß Hamilton mit seinem Hausboot kommen würde. Zum Fluß konnte ich es zu Fuß in etwa einer Stunde schaffen.

Ich lief ins Restaurant zurück. Der Barmann zeigte Mitgefühl und machte sich erbötig, eine Werkstatt anzurufen, aber ich wußte, daß das alles Stunden dauern würde.

Eines der Küchenmädchen besaß ein Fahrrad. Sie hielt mich für verrückt – wegen des Regens –, wollte aber fürs Entleihen kein Geld nehmen. Ihr Damenrad war alt und quietschte. Ich stieg auf und wackelte davon.

Wenigstens ging die Straße, die zur Marne führte, bergab. Die Räder hüpften über Schlaglöcher, und meine Hose war bald so durchnäßt, daß sie an meinen Schenkeln klebte. Ich kam an einem Bauernhof und an ein paar Häusern vorbei, aber bei diesem Wetter war niemand auf der Straße, und ich sah kein einziges Auto. Etwa eine Viertelstunde lang strampelte ich weiter. Dann verengte sich die Straße, und ich durchfuhr eine Allee zwischen riesigen Eichen. Das Licht war hier sanft und matt und hatte einen silbernen Schein, so als ob sich alles in einem beschlagenen Spiegel reflektierte. Eine eigenartige Stille umgab mich. Die Blätter in den Straßengräben waren zu einer glitschigen Masse verfilzt. Ich kam um eine Biegung herum und sah den gelben Straßenkreuzer im Straßengraben liegen: nach rechts gekippt, die breite Schnauze gegen eine Eiche geprallt.

Als ich hart abbremste, schleuderte mein Rad, und ich hatte Mühe, es im Gleichgewicht zu halten.

Nichts rührte sich. Die Tür zum Fahrersitz war einen Spalt, die zum Beifahrersitz weit offen – wie ein Arm, der versuchte, den Wagen zu stützen, um ihn vor dem völligen Umkippen zu bewahren. Ich horchte. Aber ich hörte nur den Regen.

Hatte der Junge seinen Wagen in den Graben gefahren? War er unverletzt geblieben und Hilfe holen gegangen? Das war möglich; aber er war mir nicht begegnet, und das Restaurant war der Ort, wo er am ehesten Hilfe erwarten konnte. Nein, das gefiel mir ganz und gar nicht. Konnte Subotin hiersein?

Rasselnd und klappernd näherte ich mich mit meinem Rad dem Wagen. Es war niemand darin. Und Blutspuren – nach denen ich mich als nächstes umsah – gab es auch nicht. Ich ging nach vorn. Der Wagen war mit der rechten Seite gegen die Eiche geprallt und hatte dem Stamm eine weiße, glänzende Wunde zugefügt. Vom Autoschaden her war es mehr als bloß ein verbogener Kotflügel, aber doch nichts Spektakuläres; dann entdeckte ich die angesägte Stelle an der Spurstange.

Im Wald krächzte ein Rabe. Sein Ruf zog meinen Blick in seine Richtung. Der Wald war sehr dicht, denn zwischen den gewaltigen alten Eichen wucherte das Unterholz. Der Regen hatte die Blätter von ihren Zweigen gefetzt, und nun lagen sie in großen Stößen rund um die Stämme ..., aber nicht auf einem gewundenen Pfad, über den etwas geschleift worden war. Ich starrte auf den Pfad, so wie man auf eine Tür starrt, die man nicht zu öffnen wagt.

Mich überkam ein beklemmendes Schuldgefühl. Hier half nur Handeln. Ich ging um den Wagen herum und stieg über den Graben. Die nassen Blätter unter meinen Füßen fühlten sich schwammig an; jeder Schritt setzte einen beißenden Schimmelgeruch frei. Alle paar Meter blieb ich stehen und lauschte. Um mich herum piepsten Vögel, und hoch oben über den Bäumen dröhnte ein einmotoriges Flugzeug.

Weit zu gehen brauchte ich nicht; sie hatten den Jungen einfach nur an eine Stelle bringen wollen, die man von der Straße aus nicht einsehen konnte. Er saß in einer kleinen Mulde am Fuß einer Birke. Seine Beine waren ausgestreckt und seine Arme nach hinten rund um den Stamm gefesselt. Auch der Kopf war an den Baum gebunden: Sie hatten seinen Gürtel um seinen Hals und um den Baumstamm geschlungen und dann einen Zweig durch die Schlinge gesteckt und sie fest zusammengedreht. Sein Gesicht war blutig. Er rührte sich nicht. Mein Gott, für all dies trug ich ja teilweise die Verantwortung. Ich hätte ihn aufhalten können. Aber dann – dem Himmel sei Dank – öffnete er seine Augen und versuchte, sich loszustrampeln. Unendlich erleichtert rutschte ich über Schlamm und Blätter zu ihm hinunter.

Der Gürtel hatte eine rote Furche in seinen Hals geschnitten und war eng genug, um ihn am Sprechen zu hindern. Als ich ihn davon befreit hatte, stieß er einen heiseren Schrei aus. Dann löste ich den Strick, mit dem seine Hände gefesselt waren, und er fiel auf die Seite und tat nichts weiter als atmen, immer wieder Luft einziehen und ausstoßen ...

Auf den schlammigen Blättern kniend, wartete ich. Trotz des Blutes in seinem Gesicht glaubte ich, daß sie ihn mehr erschreckt als verletzt hatten. Um ihm Gelegenheit zu geben, sich zu sammeln, wandte ich den Blick ab und bemerkte erst jetzt, daß der Boden rund um den Jungen mit Geldscheinen bedeckt war, die über die verwelkten, schmutzigen Blätter ausgestreut lagen – französische und Schweizer Franken, schwedische Kronen, britische Pfund ...

Er kam wieder zu Atem. „Ich danke Ihnen“, sagte er mit sanfter, zitternder Stimme. „Ich dachte schon, es würde niemand kommen. Ich danke Ihnen sehr herzlich.“

„Wenn Sie wollen, gehe ich einen Arzt holen.“

Er schüttelte den Kopf. „Ich bin gleich wieder auf dem Damm ... Ich weiß gar nicht, was ich sagen soll ... Ich wurde von einigen Männern überfallen ..., einer hatte so rote Haare ...“ Er wirkte sehr verängstigt.

„Sie brauchen mir nichts zu erklären“, versuchte ich ihn zu beruhigen. „Ich kenne Paul Hamilton. Ich weiß, wer diese Männer waren. Sie müssen Ihnen von seiner Wohnung gefolgt sein. Ich bin Ihnen auch gefolgt, aber ich habe sie nicht gesehen.“

Er hob den Kopf. Noch bevor er etwas sagen konnte, fügte ich hinzu: „Es ist alles in Ordnung. Ich stehe auf Ihrer Seite. Eines hätte ich gern gewußt: Haben Sie oben auf dem Parkplatz vor dem Restaurant an meinem Wagen gefummelt?“

„Nein ..., das verstehe ich nicht. Wer sind Sie? Wer waren diese Männer?“

„Ich heiße Robert Thorne. Ich bin Amerikaner. Sie können sich bei Paul nach mir erkundigen. Aber Sie müssen mir sagen, was Sie aus seiner Wohnung mitgenommen haben.“

„Sie kennen Paul?"

„Ja. Ich bin ein Freund von ihm aus Amerika."

„Er sagte mir, er sei in Schwierigkeiten. Gewisse Leute beobachteten seine Wohnung – er konnte nicht hingehen, ich aber schon, weil sie ja nicht wußten, wer ich bin."

„Kann schon sein, daß er das dachte, aber er dachte eben nicht scharf genug nach. Es ist ja auch egal", beruhigte ich ihn. „Sie sind Ihnen gefolgt, denn sie wollten wissen, was Sie für Paul besorgten. Was haben Sie besorgt?"

Er sah mich an wie ein Kind, das einem Erwachsenen vertrauen möchte. „Schwören Sie mir, daß Sie ein Freund von Paul sind?"

„Ich schwöre es."

Seine Worte überschlugen sich, als er mir nun alles erzählte: „Paul hatte einen Spind in der Universitätsbibliothek. Ich sollte den Schlüssel aus der Wohnung holen und ihn aufmachen. Drinnen waren drei Umschläge. Einen sollte ich sofort zur Post geben – das habe ich auch gleich auf dem Postamt in der Universität getan – und ihm die anderen zwei bringen."

Mein Blick fiel auf die Banknoten zwischen den Blättern. „In einem davon war das Geld?"

Er nickte. „Ja."

„Und die anderen? Einen davon haben Sie aufgegeben, aber hatten Sie auch den zweiten bei sich?"

„Ja. Paul sagte, ich solle ihn nicht zur Post geben; er wollte ihn sich zuerst ansehen. Aber sie haben ihn mir weggenommen. Er war an jemanden in Kanada adressiert. Es war wohl nichts Wichtiges: Sie machten ihn auf und knüllten ihn zusammen."

„Dieser Brief nach Kanada – erinnern Sie sich an den Adressaten?"

„Ja. Er war an einen gewissen Cadogan in Toronto gerichtet."

„Aha. Bitte, versuchen Sie sich jetzt an den, den Sie zur Post gegeben haben, zu erinnern – an wen war der gerichtet?"

Er sah mich an und schluckte. „Das wollten die Männer auch wissen. Sie sagten, sie würden mich so lange würgen, bis ..." Sein Gesicht verzerrte sich vor Angst.

„Machen Sie sich keine Vorwürfe", sagte ich. „Denn genau das hätten sie auch getan – sie hätten Sie erwürgt."

„Ja ..., ich weiß. Ich habe ihnen auch nicht alles gesagt."

„Sehr gut. Es wird Paul bestimmt nicht schaden, wenn Sie es mir sagen."

Er sprach mit sanfter Stimme, fast war es ein Gemurmel. „Der Brief ging nach Rußland, und es war ein Umschlag der russischen Botschaft in Paris – in der Ecke war ein großer Stempel mit der Adresse. Ich war natürlich sehr überrascht und habe ihn mir genau angesehen. Name und Adresse des Empfängers waren auf französisch und auch auf russisch geschrieben. Sie waren schwer zu lesen, aber ich bin ziemlich sicher, daß der Brief an einen Juri Schastow in Powjenez ging. Das habe ich ihnen aber nicht gesagt, wissen Sie ... Nur daß er nach Rußland ging." Er sah mich an, als erwarte er Anerkennung.

„Vom Aussehen her, haben Sie eine Ahnung, was in dem Brief dringewesen sein könnte?"

Er schüttelte den Kopf. „Eigentlich nicht. Der, den sie mir weggenommen haben, der nach Kanada, war ein gewöhnlicher Umschlag. Der andere war größer und gefüttert. Aber nicht schwer. Sogar nach Rußland betrug das Porto nur ein paar Francs." Er langte nach hinten, stemmte sich gegen den Baum und versuchte aufzustehen. Es gelang ihm, aber sein Gesicht wurde blaß, als das Blut aus seinem Kopf strömte. Er beugte sich vor und stützte die Hände auf die Knie.

„Immer mit der Ruhe", sagte ich. Da er jetzt den Kopf gesenkt hielt, tropfte Blut aus seiner Nase und hinterließ rote Flecken auf den welken Blättern.

Ich schwieg eine kleine Weile und versuchte, die Worte des Jungen zu begreifen. In einem Punkt hatte ich richtig gelegen: Brightman hatte etwas gegen Hamilton in der Hand gehabt. Hamiltons Lohn dafür, daß er Brightmans Umschlag sicher verwahrt hatte, bestand vermutlich in der Rückstellung des belastenden Materials. Der Brief an Cadogan, vermutlich von Brightman persönlich geschrieben, mußte sich darauf beziehen. Brightman mußte Hamilton auch Anweisungen gegeben haben, was er mit dem anderen Umschlag, dem für Rußland bestimmten, machen sollte, und Hamilton hatte sie befolgt. Aber wenn der zweite Umschlag den Schlüssel zu alldem enthielt – wenn es der vergrabene Schatz war, den Subotin suchte –, warum, zum Teufel, sollte Brightman Hamilton angewiesen haben, ihn in die Sowjetunion zu schicken?

Ich musterte den jungen Mann. „Ich weiß nicht einmal Ihren Namen."

„Alain", antwortete er.

„Alain, es ist wichtig, daß das alles auch wahr ist, was Sie mir da erzählt haben."

Er nickte und sah mich offen an.

„Also gut. Was haben diese Männer Sie noch gefragt?"

Er holte tief Atem. „Sie wollten wissen, wo Paul ist."

„Er kommt doch hierher, nicht wahr? Mit dem Hausboot?" Jetzt erhob auch ich mich. Ganz automatisch hatte ich das Geld zusammengesucht und aufgehoben. Es waren mehrere tausend Dollar, Hamiltons Notgroschen.

Alain fuhr sich mit der Hand über die Nase und nickte erstaunt. „Die wußten das auch. Ich sagte ihnen, daß wir uns heute abend in Meaux, am Ende des Kanals, treffen würden. Zwischen Chalifert und Meaux ist es ein Kanal. In Wirklichkeit wollten wir uns am Ende dieser Straße treffen. Es gibt da einen Anlegeplatz."

Zwei Lügen – zwei Informationen, die er verschwiegen hatte –, der Junge hatte um vieles mehr Mumm, als Hamilton verdiente.

„Was denken Sie – haben die Männer Ihnen geglaubt?"

„Ich bin nicht sicher. Ich dachte, sie würden nach Meaux fahren und dort warten. Aber nach dem Motorgeräusch zu schließen ..., sind sie in Richtung Paris gefahren."

Was durchaus plausibel klang. Sie waren wahrscheinlich zurückgefahren und machten alle paar Kilometer einen Abstecher zum Fluß. „Wo, glauben Sie, ist Paul jetzt?"

„Er könnte schon eine schöne Strecke zurückgelegt haben. Er ist jedenfalls schon seit Stunden unterwegs."

„Und wann sind die Männer von hier weg?"

Er zuckte die Achseln. „Vor etwa zwanzig Minuten."

„Ein guter Vorsprung; andererseits könnten sie auch Hamiltons Geschwindigkeit unterschätzt haben und sind an ihm vorbei zu weit in Richtung Paris gefahren."

„Wir müssen Paul warnen."

Ich nickte. „Ja, aber das mache ich. Sie haben genug getan. Sie sollten jetzt schleunigst von hier verschwinden." Ich schob ihm das Geld hin. „Das ist eine sehr gefährliche Geschichte, und Sie sind jetzt nicht in der Verfassung, damit fertig zu werden. Gehen Sie zu Ihrem Wagen. Dort liegt ein Fahrrad. Fahren Sie damit zu dem Restaurant zurück, wo Sie zu Mittag gegessen haben, rufen Sie eine Werkstatt an, und lassen Sie den roten Renault reparieren, der dort auf dem Parkplatz steht. Da, das sind die Schlüssel. Fahren Sie mir den Wagen nach Paris zurück, bringen Sie ihn zu Hertz, und lassen Sie ihn dort. Dann steigen Sie in ein Flugzeug – hören Sie mir gut zu! –, steigen Sie in ein Flugzeug, und verlassen Sie Frankreich. Bleiben Sie mindestens zwei Wochen weg."

Er senkte den Blick, griff aber nicht nach den Schlüsseln. „Was ist denn los?" fragte er. „Was macht Paul eigentlich? Was wollen diese Männer von ihm?"

Ich zögerte und zuckte die Achseln. „Tut mir leid. Das sind Dinge, die Sie ihn selbst fragen müssen."

„Warum können Sie es mir nicht sagen?"

„Weil uns dazu jetzt keine Zeit bleibt."

Er streckte den Arm aus und nahm mir die Schlüssel aus der Hand. „Wenn ich tue, was Sie wollen", sagte er mürrisch, „wie wird Paul erfahren, wo ich bin?"

Ich zögerte. „Wollen Sie wirklich, daß er es erfährt?"

Trotz zeigte sich in seiner Miene. „Sie sind kein Freund von Paul, nicht wahr? Das war gelogen." Es befriedigte ihn, mich ertappt zu haben. „Ich werde tun, was Sie sagen, aber vergessen Sie nicht, Paul zu sagen, daß ich ihm in einer Woche an die Adresse meines Onkels schreiben werde."

Ich nickte. Dann drehte er sich um und kletterte aus der Mulde heraus.

Er war immer noch wackelig auf den Beinen und mußte oben stehenbleiben. Er schämte sich dieser Schwäche; deshalb klopfte er seine Jacke ab, so als ob das der Grund sei, weshalb er stehengeblieben war. Seine Schultern straffend, marschierte er zur Straße zurück.

Ich ließ ihn gehen und setzte meinen Weg zur Marne fort. In dieser Gegend war der Fluß wirklich ein etwa zehn Meter breiter Kanal. Ich sah sogar die Stelle, wo Alain mit Hamilton zusammentreffen sollte: Enorme Eisenringe, völlig verrostet, waren in die Stämme zweier starker Eichen getrieben worden. Aber es war niemand da, und so blieb mir nichts anderes übrig, als auf dem Treidelpfad den Kanal entlangzustapfen. Nach ein paar Kilometern gelangte ich schließlich auf ein verbautes Gebiet mit Straßen. Ein Mann beobachtete mich von einer Eisenbahnbrücke; aber es war nicht Subotin, und so setzte ich meinen Weg fort – jetzt schon ziemlich erschöpft und bis auf die Haut durchnäßt –, bis ich mich auf der anderen Seite von Coupvray befand. Da endlich sah ich es: Noch bevor ich die Buchstaben entziffern konnte, aus denen sich das Wort *La Trompette* zusammensetzte, verriet es mir der schimmernde Rumpf. Hier war der Bug an einem Poller am Ufer festgemacht.

Vorsichtig schlich ich mich näher, versteckte mich hinter einer dichten Hecke und beobachtete das Schiff. Fünf Minuten vergingen. Auf dem Kahn schien alles ruhig zu sein. Schon wollte ich hinter der Hecke hervorkommen – doch dann sah ich, wie sich das Seil, mit dem der Kahn am Ufer festgemacht war, spannte und eine Gestalt aus dem Ruderhaus kam und das Deck betrat.

Es war eine Frau; sie hatte ein dunkelblaues Regencape um die Schultern geworfen und trug ein Kopftuch.

Mir den Rücken zukehrend, blickte sie den Kanal hinunter, drehte aber dann den Kopf zur Seite, so daß ich ihr Profil sehen konnte. Es war einfach nicht zu glauben – sie sah aus wie May.

Neuntes Kapitel

Der Regen fiel in Strömen. Einen Augenblick lang schien May, einer unwirklichen, gespenstischen Projektion gleich, in der Luft zu schweben. Doch dann zerriß ein Windstoß die Regenwand, und ich war sicher. Durch die Blätter spähend, beobachtete ich sie, ohne gesehen zu werden, wie an jenem ersten Tag in Toronto. Was machte sie da auf Hamiltons Kahn? All meine alten Zweifel und Verdächtigungen kehrten zurück. Hatte sie mich belogen? Sie war nicht die Frau, die ich geliebt hatte, sondern eine Frau, der ich noch nie begegnet war. Und doch ... Gerade jetzt fühlte ich mich eindringlicher zu ihr hingezogen als zu irgendeinem anderen Zeitpunkt. Ich wußte nicht, wer sie war, aber – wer immer sie war – etwas in ihr rief nach mir, rief so laut, daß ich mein Versteck verließ und auf den Treidelpfad zurückging.

Sie drehte sich um und sah mich. „Robert!"

Als sie einen Schritt über das Deck machte, konnte ich sie deutlicher sehen, und wieder staunte ich: Meine letzte Erinnerung an sie war jener Tag in Detroit bei der Polizei gewesen, als sie so hager und müde ausgesehen hatte. Jetzt war sie völlig verändert. Ihr Gesicht leuchtete, strahlte vor Leben. Ihre Stimme war kräftig. „Wie kommst du denn hierher, Robert? Du mußt gehen. Ich habe dir doch gesagt ..."

„Ist Hamilton da?"

„Nein. Aber ich ... Hör zu ..."

„Gleich, aber geh bitte wieder hinein."

Eine Sekunde lang zögerte sie, aber sie hatte die Schärfe in meiner Stimme gehört; es war nicht auszuschließen, daß Subotin uns beobachtete. „Beeil dich!"

May gehorchte. Ich warf einen Blick den Pfad hinunter, aber es war niemand zu sehen. Dann lief ich zum Boot vor, schwang mich über die Reling und hastete über das Deck zum Ruderhaus. Das Gesicht mir angstvoll zugewandt, wartete May drinnen auf mich. „Robert, ich habe Stewart Cadogan ..."

„Ich habe die Nachricht erhalten."

„Ich wollte nur ... Du solltest wissen, wie dankbar ich dir war, und ich konnte es dir nicht selbst sagen. Ich hatte einfach nicht die Zeit dafür."

„Gut, gut. Es ist nicht wichtig. Jetzt bist du in großer Gefahr."

„Das glaube ich nicht. Ich muß nur vorsichtig sein."

„Subotin – kennst du diesen Namen?"

„Nein."

„Dann weißt du auch nicht, in welcher Gefahr du dich befindest. Wann bist du hierhergekommen?"

„Vor zwanzig Minuten."

„Wo war Hamilton?"

„Er war nicht da. Ich habe gerufen, aber es ist niemand erschienen."

„Hast du hineingeschaut?"

„Nein, das wollte ich nicht. Ich habe einfach hier gewartet, Robert ..."

„Still." Ich ging in die Kabine hinunter. May folgte mir. Den ganzen Raum entlang leuchteten trübe die Lampen. Auf dem Küchentisch standen Butter und ein Töpfchen Marmelade. Ich sah mich nach allen Seiten um – keine Anzeichen eines Kampfes. Aber wo war Hamilton?

Als ich das knallgelbe Ölzeug sauber im Schrank verwahrt fand, lief es mir kalt über den Rücken. Bei diesem Regen hätte er den Kahn niemals freiwillig ohne Ölkleidung verlassen.

„Was ist?" flüsterte May.

Ich drehte mich um. „Ich weiß es nicht ..."

Einen Moment lang sah ich Angst in ihren Augen aufflackern. Sie tat einen Schritt auf mich zu, als suche sie Schutz, und ergriff meinen Arm. „Robert", flüsterte sie, „ich wollte, du wärst nicht gekommen. Ich wollte, ich hätte nie ..."

„Ist schon gut." Ich drückte ihre Hand. „Aber du mußt mir alles sagen, und du mußt mir die Wahrheit sagen."

„Ich habe es versucht, das schwöre ich dir. Als ich dich damals anrief, dann deshalb, weil ich wußte, daß du der einzige Mensch warst, dem ich die Wahrheit anvertrauen konnte."

„Warum wolltest du dann, daß ich nichts weiter unternehme?"

„Weil ich Angst um dich hatte. Ich hatte Angst, daß ..."

Sie sprach nicht zu Ende – weil es eine Lüge war, die auszusprechen sie nicht über sich brachte? Hatte sie mich von Anfang an manipuliert? „Was machst du hier?" fragte ich sie. „Wie hast du von Hamilton erfahren?"

Sie drehte den Kopf zur Seite. „Ich sollte ihn hier treffen. Als ich aus Detroit zurückkam, erhielt ich einen Brief von meinem Vater. Er hatte ihn in Detroit zur Post gegeben. Wenn mich dieser Brief erreiche, schrieb er, würde das bedeuten, daß er tot sei, und er wollte, daß ich noch gewisse Dinge besorge."

„Was für Dinge?"

„Er trug mir auf, ein Postfach zu öffnen – er schickte mir den Schlüssel mit dem Brief. In dem Postfach würde ich einen Umschlag finden, adressiert an Paul Hamilton hier in Paris – den sollte ich ihm übergeben und dafür einen anderen erhalten, der an Stewart Cadogan adressiert sein würde. Den sollte ich vernichten, den und noch etwas, einen Zettel ... Da gab es nämlich noch einen zweiten Umschlag, verstehst du? Den sollte Hamilton eingeschrieben abschicken und mir dann den Empfangsschein von der Post geben, zum Beweis, daß er ihn abgeschickt hatte."

„Und nicht den Umschlag selbst?"

„Nein ..., es sei gefährlich. Wenn es keine andere Möglichkeit gebe, schrieb mein Vater, solle ich den Umschlag entgegennehmen und sofort mit der Post abschicken."

„Und als Gegenleistung ...?"

Unter dem Regenumhang zog sie einen großen, ziemlich dicken Umschlag hervor. Ich nahm ihn ihr aus der Hand und drückte ihn; es befand sich ein Bündel Papiere darin. Ich war jetzt ziemlich sicher, daß dieses Kuvert das Material enthielt, das Brightman gegen Hamilton in der Hand gehabt hatte und das durch den Brief an Cadogan hätte ausgelöst werden sollen – den Brief, den Subotin Alain weggenommen hatte. Dieses Versteckspiel war jetzt kaum mehr von großer Bedeutung ..., etwas anderes dafür um so mehr. „Wenn du nur die Bestätigung von der Post hattest", sagte ich, „woher solltest du wissen, daß sich der Aufgabeschein gerade auf diesen Umschlag bezog?"

Sie sah mich an. Ob sie lügen sollte oder nicht, sicher war es das, was sie jetzt zu entscheiden versuchte. „Er gab mir die Adresse, diejenige, die auf der Bestätigung von der Post erscheinen mußte."

„Und war das eine Adresse in der Sowjetunion?"

„Mein Gott, ja. Woher weißt du das?"

„Bitte, laß mich die Adresse sehen."

Sie nahm einen Zettel aus der Tasche ihres Rocks und hielt ihn mir hin. Mit Blockbuchstaben war darauf geschrieben: JURI SCHASTOW, POWJENEZ, KARELIEN, UDSSR.

„Weißt du, wer das ist?"

„Nein. Ich habe nie von ihm gehört. Im Brief meines Vaters standen nur der Name und diese Adresse."

Ich glaubte ihr jetzt. Und mir wurde noch etwas anderes klar: Subotin mußte über das alles Bescheid wissen. Denn demzufolge hatte Alain mir nicht die ganze Wahrheit gesagt, sondern nur, daß er den Brief abgeschickt hatte, nicht aber, daß ihm ein Aufgabeschein ausgehändigt worden war. Warum hätte er mir das verschweigen sollen, wenn nicht, um die Tatsache zu verheimlichen, daß Subotin ihm den Zettel abgenommen hatte? „Hast du mit Hamilton gesprochen?“

„Ja. In dem Brief erklärte mir mein Vater, wie ich ihn erreichen konnte. Ich flog nach Paris und sprach gestern mit ihm ...“

„Wann?“

„Zuerst am Morgen und dann spät gestern abend. Da sagte er mir, wie ich herkommen sollte.“

Ich dachte alles noch einmal durch; es haute hin. Alle meine Verdächtigungen, die May betrafen, hatten sich in nichts aufgelöst. Ich beobachtete sie jetzt, wie sie den Salon durchschritt, das Kopftuch abnahm und ihr Haar ausschüttelte. Wie außergewöhnlich sie aussah! Bauernmädchen, romantische Maid ... Aber in diesem Umhang und dem dicken Wollrock und mit den olivenfarbenen Gummistiefeln wirkte sie auch wie eine Aristokratin, eine Gutsbesitzerin, die gerade von einem längeren Spaziergang über ihre Besitzungen zurückgekehrt war. Und wie lebendig sie war! Ihr Vater war tot, eigentlich sollte sie trauern, aber sie strahlte. Kannte sie schon die Wahrheit, was Brightman anging? Fühlte sie sich erleichtert, nachdem sein langer Kampf ein Ende gefunden hatte?

Vielleicht hatte sie gespürt, daß mir diese Fragen durch den Kopf gingen, denn nun wollte sie wissen: „Du glaubst, daß Hamilton tot ist, nicht wahr?“

„Ich bin nicht sicher. Aber du solltest besser gehen. Es gibt keinen Grund, warum du noch länger bleiben solltest. Der erste Brief – der an Cadogan gerichtete – wird nie abgeschickt werden, und der zweite, der nach Rußland, ist schon unterwegs.“

Sie warf mir einen ängstlichen Blick zu. „Das kannst du nicht sicher wissen.“

„Doch. Ich kann dir nicht erklären, wieso, aber ich bin sicher.“

Sie nahm es zur Kenntnis und überlegte. Dann malten sich Entschlossenheit und Erleichterung auf ihrem Gesicht. „Also gut, gehen wir beide. Wenn er tot ist ..., wenn es keinen Grund gibt, weiter zu warten ...“ Sie kam auf mich zu und küßte mich auf die Wange. Meine Reaktion darauf – das Verlangen, das ich empfand – war ein Schock, ein so reines und unerwartetes Gefühl wie das Erstaunen, das

La Trompette

mich erfaßt hatte, als ich ihr das erste Mal begegnet war. Es war etwas geschehen, was reinen Tisch zwischen uns gemacht hatte. Es war, als ob ich sie nie zuvor gesehen hätte und mich deshalb ganz von neuem zu ihr hingezogen fühlen könnte. Ich küßte sie sanft. „Ich muß noch bleiben", sagte ich. „Er könnte etwas versteckt haben, etwas, was die Verbindung zwischen ihm und deinem Vater herstellt."

Sie tat einen Schritt zurück. „Ich möchte nicht, daß du noch etwas unternimmst! Du bringst dich in Gefahr. Du bringst mich in Gefahr."

„May", gab ich zurück, „du fürchtest nicht um mich, und du fürchtest auch nicht um dich. Du willst immer noch Harry schützen. Aber er ist tot – ihm kann gar nichts mehr weh tun. Und ich kenne alle seine Geheimnisse."

„Vielleicht glaubst du, sie zu kennen, Robert, aber du kennst sie nicht. Niemand kennt sie. Ich weiß nicht einmal genau, ob ich sie kenne."

„Du irrst. Ich weiß alles. Rußland. Das Gold und die Pelze. Wer er war, was er gemacht hat. Was Hamilton gemacht hat ..."

„Du lieber Himmel ..."

„Es gibt nur noch ein Geheimnis, das ich nicht kenne: Ich weiß nicht, wieviel du weißt und wann du es erfahren hast."

Sie wandte sich ab, und es verging eine geraume Weile. Ich hörte die Wellen gegen den Schiffsrumpf schlagen. „Kannst du dir das nicht denken? Nachdem du mich gebeten hattest, dich zu heiraten, bin ich zu ihm gefahren. Und damals hat er es mir gesagt. Deshalb konnte ich dich nicht heiraten."

Ich konnte mich nicht bewegen; ich konnte nichts empfinden. Ich habe immer schon ein Geheimnis gekannt, das den meisten Menschen zeitlebens verborgen bleibt: Nicht andere Leute erleiden tragische Schicksale – du selbst erleidest sie. Ich hätte weinen mögen, ich wollte weinen, aber ein Teil des Preises, den ich bezahlt hatte, war der Verlust aller meiner Tränen. May weinte für mich; es war ihre Tröstung, ihr letztes Nachwort zu dem, was uns beinahe beschieden gewesen war. Ich hielt sie fest an mich gepreßt und flüsterte: „Geglaubt habe ich diesen Unsinn sowieso nicht – den du mir damals erzählt hast."

„Aber ich konnte dir nicht die Wahrheit sagen. Er erklärte, er könne es nicht zulassen, daß ich dich heirate. Er hatte Angst, die Polizei sei ihm auf der Spur. ‚Unser beider Leben ist verpfuscht', hat er gesagt – aber er wolle nicht auch noch deines ruinieren. Später hätte ich es dir beinahe gesagt. Aber da war es schon zu spät. Und mit Harry hatte sich alles verändert; ich konnte ihn nicht alleine lassen."

Ja, ich wußte genau, was es bedeutete, denn soviel hatte ich schon selbst gesehen: Unser beider Leben war in einer seltsamen Parallele verlaufen; wir hatten beide im Schatten unserer Väter gelebt. Aber Harry war tot, und sie war frei. Obwohl sie in meinen Armen lag, hielt mich etwas zurück, ihr zu sagen: Machen wir einen neuen Anfang! Tun wir, als ob es nie passiert wäre.

Plötzlich drückte sie sich ängstlich an mich. Ein dumpfer Klang wie ein hastiges Klopfen hallte durch das ganze Boot.

Warnend hob ich die Hand. „Warte hier“, flüsterte ich.

Aber sie folgte mir die Treppe hinauf. Als ich das Ruderhaus betrat, mußte ich sie zurückhalten. „Zieh den Kopf ein – und wenn etwas passiert, dann runter vom Boot und weg!“

Nachdem ich einen Augenblick gelauscht hatte, ging ich auf das Deck hinaus. Das Rauschen und Prasseln des fallenden Regens übertönte alle anderen Geräusche. Aber es schien nichts Alarmierendes vorzuliegen. Am Ufer entlang marschierte ein alter Mann mit einer Angelrute über der Schulter. Doch dann hörte ich wieder einen dumpfen Schlag gegen den Schiffsrumpf; geduckt lief ich über das Deck; als ich die Reling auf der anderen Seite erreichte, beugte ich mich vor und warf rasch einen Blick nach unten.

May kam hinter mir her und fragte leise: „Was ist es denn?“

Ich drehte mich um. „Alles in Ordnung. Aber hör mal, du mußt jetzt gehen – hierzubleiben ist zu gefährlich.“

„Komm mit mir, Robert!“

Ich schüttelte den Kopf. „Ich kann nicht. Ich muß noch das Boot durchsuchen. Es ist jetzt auch nicht mehr bloß deine, es ist auch meine Geschichte.“

Sie überlegte kurz – und war mir in Gedanken vielleicht schon einen Schritt voraus. „Bitte, Robert – fahr nicht nach Rußland.“

„Keine Sorge. Mir passiert nichts. Du solltest jetzt gehen. Hast du einen Wagen?“

„Hamilton hat mir geraten, ihn auf einem Seitenweg abzustellen.“

„Gut. Aber fahr nicht nach Paris zurück – fahr ein bißchen herum, steig in ein paar Hotels ab. Dann – wenn du willst – flieg nach Kanada zurück.“

„Du wirst mich anrufen?“

„Natürlich.“

„Aber wenn ich nicht da bin, dann mach dir keine Sorgen.“ Sie versuchte zu lächeln. „Wer weiß? Jetzt ist alles vorüber. Vielleicht gehe ich auf Reisen.“

„Irgendwie finden wir uns immer wieder.“

Sie nickte, überquerte das Deck und sprang ans Ufer hinunter. Sie winkte noch einmal zurück und war Sekunden später hinter einer Wegbiegung verschwunden.

Ich machte drei Schritte über das Deck, beugte mich wieder über die Reling und starrte auf das schlammige Wasser. Es war noch da. Ein Bündel aus zerfetztem Tuch ..., ein glitzernder Klumpen, eingehüllt in eine Wolke fettigen Rots, der auftauchte und unterging und dabei immer wieder an das Boot stieß.

Paul Hamilton: in die Fahne seiner Wahl gewickelt.

Ich trat von der Reling zurück und knöpfte meine Jacke zu. Subotin hatte einen guten Vorsprung, und Rußland war weit, weit weg.

Ich hatte keine Zeit zu verlieren. Ich kletterte vom Boot hinunter und hastete den Treidelweg hinauf.

Zehntes Kapitel

Nach dem Abflug von Wien steuerte die Maschine in nördliche Richtung, überflog die Tschechoslowakei und nahm dann Kurs nach Osten, quer über Polen.

Bald wußte ich kaum noch, wo wir waren, aber je weiter wir nach Osten kamen, desto weißer wurde die Landschaft. Mit dem Schnee setzten meine Erinnerungen an Rußland ein: flüsternd wie das Lüftchen in einem Birkenwald. Rußland ... Wenn ich die Augen schloß, konnte ich die Sonne über dem Baikalsee untergehen und auf den glänzenden Kuppeldächern von Susdal aufblitzen sehen. Erinnerungen und Bilder vermischten sich.

Zielflughafen war Leningrad. So oft schon war ich hiergewesen, aber was suchte ich jetzt in dieser Stadt? Charlottesville, Halifax, Paris ... Leningrad mußte den Abschluß meines Weges bilden, oder bewegte ich mich im Kreis? Wer war Juri Schastow? Warum war Brightmans Briefumschlag in Powjenez gelandet, einem Pünktchen auf der Landkarte, sechshundertfünfzig Kilometer nordöstlich von Leningrad? Ich war im Begriff, einen Polizeistaat zu besuchen, um mich dort ebenso heimlich wie gesetzwidrig zu betätigen. Daß ich aus dem Westen kam, war schlimm genug; daß ich Amerikaner war und dazu Journalist, machte die Sache nicht besser. Das bedeutete automatisch Mißtrauen und möglicherweise Überwachung – genau das, was ich vermeiden mußte.

Pulkovo, Leningrads Flughafen, liegt im Süden der Stadt. Ich nahm mir ein Taxi und ließ mich ins Hotel Astoria fahren. Es war ein kalter, trister Tag; die ersten Schneehaufen säumten die Straßen, und auf den verwehten Feldern schimmerte die gefrorene Erde stahlgrau. Ich kurbelte das Fenster herunter und holte Atem. In der Luft hing der Geruch aller russischen Großstädte, eine Mischung aus Zementstaub und Dieselschwaden. Die Kanäle waren schon mit einer Eishaut bedeckt. Wir polterten über eine der sechshundert Brücken der Stadt und steuerten das Zentrum an. Im Astoria hatte ich mich immer wohl gefühlt. Die Betten hingen durch und knarrten, und es dauerte eine Stunde, bis das Bad eingelassen war, aber es war immer noch gemütlich. Ich packte aus, verließ das Hotel und spazierte über den Platz der Isaakskathedrale zum Intouristbüro. Nach einer langen Diskussion, in deren Verlauf ich einige prominente Namen laut fallenließ, bekam ich, was ich wollte: einen genehmigten Reiseplan und einen dunkelblauen Schiguli – die sowjetische Version des Fiat –, den ich mir beim Aeroflot-Terminal auf dem Newskiprospekt abholen mußte. Von dort kehrte ich ins Astoria zurück.

Es war gegen drei Uhr nachmittags; ich legte mich hin und wartete auf das Klingeln des Telefons.

Denn ich wußte, daß es klingeln würde.

Subotin hatte vermutlich seine eigene Methode, in die UdSSR einzureisen, ohne die Aufmerksamkeit einer Behörde auf sich zu lenken, aber mir war das nicht möglich. Nachdem ich hier als Journalist gelebt und gearbeitet hatte, war mein Name einfach in zu viele Listen eingetragen. Überdies hatte ich in Paris einige Beziehungsfäden genützt, um mein Visum innerhalb von vierundzwanzig Stunden zu bekommen. Jeder dieser Fäden hatte ein Glöckchen am Ende; ohne Frage würden sie jetzt hier zu läuten anfangen.

Der erste Anruf kam von einem Bekannten; er arbeitete im Übersetzungsbüro der TASS und wollte nur schnell guten Tag sagen. Dann rief jemand von der amerikanischen Nachrichtenagentur UPI an und sagte, die Aeroflot habe ihm einen Tip gegeben, daß ich da sei. Und um Viertel vor fünf schließlich wurde ich von Viktor Glubin, einem Mitglied der sowjetischen Journalistengewerkschaft, offiziell willkommen geheißen. Ich kannte ihn von früher. Er war ein typischer Vertreter dieser Art von bürokratischen Idioten, die den „Oberen" die Sicherheit geben, daß ihrem Willen entsprochen wird, während sie in Wirklichkeit darauf achten, daß möglichst gar nichts geschieht. Dieses eine Mal war ich froh, von ihm zu hören. Bevor ich Subotins Spur aufnahm, mußte ich die meine verwischen: Der KGB hatte meine Ankunft mit Sicherheit zur Kenntnis genommen, und ich hatte eine beruhigende kleine Geschichte vorbereitet; jetzt brauchte ich jemanden, der sie weitergab. Dafür war Viktor Glubin die ideale

Person. Ich nahm seine Einladung zum Abendessen mit Begeisterung an.

Gegen sieben Uhr traf Glubin ein. Er war ein rundlicher Mann mit faltigem Gesicht und Schmollmund und einer Stirn so fettig wie die Rückseite eines Suppenlöffels. Ich spendierte ihm einen Drink in der Bar des Astoria. Während wir uns gegenseitig Klatschgeschichten über Journalisten aus unserem Bekanntenkreis erzählten, war ich sehr sorgfältig darauf bedacht, ein perfekter Diplomat zu sein.

Alles verlief völlig normal. Er führte mich ins „Bika", ein aserbeidschanisches Restaurant, dessen im übrigen düstere Atmosphäre durch einige farbenfrohe Wandteppiche und eine Musikkapelle belebt wurde. Für Russen ist das Tanzen unverzichtbarer Bestandteil einer Abendunterhaltung. Die Sowjetrepublik Aserbeidschan mit ihrer Hauptstadt Baku liegt zwischen dem Iran und dem Kaspischen Meer; die Küche ist der türkischen ähnlich. Ich begann mit einer Art gefüllter Weinblätter und setzte meine Mahlzeit mit Schaschlik Kebab fort, wobei jedes dieser Gerichte – nicht gerade authentisch – von Wodka begleitet wurde, den Glubin unbarmherzig nachschenkte. Bald war meine Zunge „gelockert", und ich plauderte alle meine „Geheimnisse" aus, einschließlich der „wahren" Gründe, weshalb ich nach Leningrad gekommen war. Ich erzählte ihm, ich schriebe ein Buch – ein persönliches Buch, keine Politik, mit Anekdoten und Betrachtungen, denen die Erfahrungen meines langjährigen Rußlandaufenthalts zugrunde liegen sollten. Zweck meiner Reise sei es daher, alle jene Teile des Landes noch einmal zu besuchen, die ich von früher her kannte.

Viktor, der pflichtschuldigst zuhörte, nickte verständnisinnig. „Klingt sehr interessant, Robert. Da wird sicher viel Gefühl mitschwingen." Dann deutete er an, daß er meine Akte gelesen hatte, indem er die Bemerkung fallenließ, daß es eine lange Reise werden würde, denn ich hatte ja in so vielen Städten gelebt – Kiew, Charkow, Moskau. Wir tranken auf jeden einzelnen dieser Orte. Er lachte fröhlich; und irgendwie war an allem gar nichts Anstößiges oder Heuchlerisches. Wir waren in Rußland. Er wußte und ich wußte, daß wir deshalb gemeinsam zu Abend aßen, damit er einen Bericht für den KGB schreiben konnte.

Meine Geschichte schien ihn überzeugt zu haben. Nach einer Weile stellte ich mein Glas nieder und sah mich um. Die Kapelle hatte wieder angefangen zu spielen. Am Tisch gegenüber schob eine hübsche blonde Ungarin die Träger ihres Kleides über die ihres BHs und reichte ihre Hand einem Soldaten, der das blaue Schiffchen eines sowjetischen Fallschirmspringers trug. Alle setzten sich in Bewegung. Nach einer Weile stand sogar Viktor auf, allerdings nur, um auf die Toilette zu gehen. Ich nahm noch einen Schluck Wodka und dann eine Gabelvoll Baklawa. Meine Blicke, ich muß es gestehen, kehrten immer wieder zu der ungarischen Blondine zurück. Sie war eine richtige Sexbombe. Aber als ich sie genauer beobachtete, bemerkte ich die flinken, wachsamen Blicke, die sie bei jeder Drehung in die andere Ecke des Saales richtete. Ich folgte diesen Blicken – und sah ihn. Klein und stämmig, aber ein gutgeschnittener dunkelblauer Anzug ließ ihn schlanker erscheinen. Eigentlich, warf ich mir vor, hätte ich ihn schon früher entdecken müssen, denn er war der einzige Mensch im Restaurant, der einen Tisch für sich allein hatte.

KGB-Leute kommen in allen Größen und Gestalten vor. Viele sind Schläger, aber die meisten sind kleine Bürokraten der Unterdrükkung, die Apparatschiks, die jeder totalitäre Staat braucht. Nur sehr wenige von ihnen haben mit Spionage oder mit Ausländern zu tun; diese aber sind vergleichsweise weltmännische und gut erzogene Leute. So wie dieser Mann. Und das schien mir ein gutes Zeichen zu sein. Wenn sie etwas Unfreundliches im Sinn gehabt hätten, dann hätten sie einen anderen geschickt.

Als die Musik aufhörte, erhob er sich und kam auf mich zu.

„Mr. Thorne?“

Ich nickte einfach und sagte: „Ja bitte?“

„Mein Name ist Valentin Loginow, Mr. Thorne. Viktor erwähnte, daß er Sie heute abend mitbringen würde, und bat mich vorbeizukommen. Er fand, ein Gespräch könnte nützlich sein.“

Die Ungarin, die gerade zu ihrem Tisch zurückkehrte, blickte zur Seite; ein Kellner, der eilig an uns vorüberlief, wandte sein Gesicht ab.

„Darf ich?“ fragte er.

Ich nickte.

„Was meinen Sie, ist es eine gute Kapelle?“

„Nicht schlecht.“

„Aber für Rock and Roll taugt eine solche Kapelle nichts. Es sind zu viele Musiker. Denen sind zwar Tommy Dorsey und Benny Goodman lieber, aber das Publikum hier mag das nicht mehr.“

Wahrscheinlich hatte er recht damit. „Ich verstehe nicht viel von Musik . . ., von Swing.“

Er lächelte. „Das beweist nur, daß ich viel älter bin als Sie.“

Nein. Es bewies, daß er freundlich gesinnt und kein Provinzonkel war. Er war etwa fünfzig Jahre alt, hatte einen mächtigen Brustkasten und einen ziemlichen Bauch.

„Leider hat Viktor mir nichts davon gesagt, daß Sie sich uns anschließen würden, Mr. Loginow."

„Der Grund ist der, daß ich nicht sicher war, ob ich es schaffen würde. Aber glücklicherweise ..." Ein Kellner eilte nun herbei und stellte ein drittes Glas hin; und natürlich war es Loginow, der den Wodka einschenkte – eine unverblümte Demonstration, wer an diesem Tisch das Sagen hatte.

„Sie sind mir gegenüber im Vorteil, Mr. Loginow", spann ich die Unterhaltung fort, nachdem wir uns zugeprostet hatten. „Ich glaube, Sie wissen mehr über mich als ich über Sie."

Er holte ein Päckchen John Player's Special heraus und bot mir eine an. Da ich abwehrte, verzichtete er bemerkenswerterweise auch darauf zu rauchen. „Das könnte stimmen. Zunächst einmal möchte ich sagen, daß ich alles gelesen habe, was bisher von Ihnen erschienen ist. Sie haben Ihr Bestes getan, unser Land zu verstehen, und Sie sind fair. Sie beurteilen die Dinge deswegen nicht weniger kritisch, aber intelligente Kritik ist genauso hoch einzuschätzen wie ... guter Rat." Er hob sein Glas. „Lassen Sie uns darauf trinken – auf guten Rat." Während er sein Glas abstellte, fügte Loginow hinzu: „Vielleicht kann ich mich revanchieren, Mr. Thorne. Nicht gerade mit gutem Rat, aber mit Informationen."

„Mit Informationen? Ihre Organisation ist nicht gerade berühmt dafür, daß sie welche liefert."

Er senkte die Stimme. „Hören Sie, Mr. Thorne: Ich habe keine ‚Organisation' erwähnt, und dieses Gespräch hat in keiner Weise offiziellen Charakter. Fordern Sie mich auf zu gehen, und ich gehe. Es würde keinerlei Nachwirkungen haben. Ich möchte einfach nur dazu beitragen, Ihren Aufenthalt nutzbringender zu gestalten."

„Wie Sie wissen, Mr. Loginow, bin ich Journalist", bemerkte ich. „Information ist etwas, wovon ich nie genug bekommen kann."

„Gut ... Nun bin ich zufällig über das Thema Ihres jetzigen Vorhabens – Genosse Glubin hat es mir gegenüber erwähnt – besonders gut informiert."

„Ich verstehe", erwiderte ich, obwohl ich natürlich so gut wie gar nichts verstand, denn bis vor zwanzig Minuten hatte Viktor Glubin von meinem „Vorhaben" nichts gewußt.

Loginow nickte. „Ja, ja", sagte er. „Die Dissidenten. Im Westen sind sie natürlich ein faszinierendes Thema; aber wir werden sehr mißverstanden. Ich bin sicher, daß es für einen Mann mit Ihrem Wissen und Ihrem Einfühlungsvermögen der Mühe wert wäre, sich mit diesem Thema zu befassen."

Ich beugte mich vor. „Um das einmal festzuhalten, Mr. Loginow, mein jetziges Vorhaben – wie Sie es bezeichnen – hat nichts mit Dissidenten zu tun."

„Nein?" Er blickte skeptisch drein. „Möglicherweise liegt hier eine Begriffsverwirrung vor. Im Zuge meiner Ausführungen wird sich das vielleicht klären."

Er war ein KGB-Offizier, und wir befanden uns in Leningrad; wollte er weiterreden, so hatte ich nicht die Absicht, ihn daran zu hindern. Ich lehnte mich in meinem Stuhl zurück. „Ich darf doch annehmen, daß Sie kein Dissident sind, Mr. Loginow?"

Er lächelte. „Dürfen Sie. Aber ich kenne viele. Wissen Sie, was die Menschen im Westen nicht begreifen, ist die Tatsache, daß es nur sehr wenige Dissidenten gibt und daß sie fast alle aus den Reihen der Elite der sowjetischen Gesellschaft stammen. Es sind unsere Intellektuellen, unsere Wissenschaftler. Jedes Regime muß bis zu einem gewissen Punkt darauf achten, was seine Intelligenzija zu sagen hat, aber letzten Endes zählt sie nicht, denn ihre Macht stützt sich nicht auf das Volk."

„Sie meinen also, diese Leute hätten sich von den Massen getrennt."

„Machen Sie sich über Worte lustig, Mr. Thorne, aber nicht über die Überlegungen, die dahinterstecken. Die Dissidenten haben das Problem, daß sie denken wie die Leute im Westen. Im Westen erzählt man sich gern die alte Anekdote über unseren Dichter Maxim Gorki, den Freund Lenins. Er besuchte einmal eine wunderbare, moderne, gut funktionierende Fabrik – alles lief wie am Schnürchen –, aber als er fragte, was diese Fabrik eigentlich herstellte, erhielt er zur Antwort: ‚Wir machen Schilder mit der Aufschrift: Aufzug defekt.' Sehen Sie, das ist, was alle Welt vom Kommunismus hält. Aber ‚alle Welt' ist nicht Rußland. Das ist das Unglück. Und ‚Demokratie' ist nicht russisch. ‚Menschenrechte' sind nicht russisch. Diese Ideen kommen aus dem Westen, und von dort kamen auch Napoleon und Guderians Panzer. Das ist der Grund, warum die Dissidenten immer schon von vornherein chancenlos waren: Sie werden zu stark mit dem Westen, mit fremden Ideen identifiziert. Die gewöhnlichen Russen, auch wenn sie unglücklich sind über die Lage der Dinge, können dort nichts finden – und richten ihre Blicke woandershin: auf sich selbst, auf Rußland, auf unsere Vergangenheit. Das ist natürlich eine Art Rebellion ... Etwas Gutes an der Zeit vor der Revolution zu finden ist eine Kritik dessen, was danach kam, ob es einem nun gefällt oder nicht."

„Und was hat das alles mit mir zu tun?"

„Die Entwicklung, von der ich spreche, begann in den sechziger

Jahren unter Studenten. Die russische Vergangenheit faszinierte sie, und sie unternahmen kleine Ausflüge nach Wladimir und Susdal, um die alten Bauten und Denkmäler zu bewundern. Es war alles sehr harmlos. Man gründete die ‚Allrussische Gesellschaft zum Schutz historischer Denkmäler'. 1967 hatte sie bereits drei Millionen Mitglieder, und das war erst die Spitze des Eisbergs. Im Untergrund übernahmen allmählich ultranationale Gruppen die Führung ... Ich nehme an, Sie haben von ihnen gehört."

„Ja", sagte ich. „Es handelt sich um slawische Nationalisten. Sie fordern: Rußland den Russen, unter Ausschluß der Usbeken, der Tataren, der Juden und anderer Minderheiten – die insgesamt mehr als fünfzig Prozent der Bevölkerung der UdSSR ausmachen."

Im Geiste stellte ich Querverbindungen her: Ich hörte Travins Stimme am Telefon: *Wir können über bilini oder beglez reden* ..., und ich dachte auch an die Emigrantenzeitung, die ich auf der Müllhalde gefunden hatte.

Mit der gebotenen Vorsicht fragte ich: „Sie erwarten doch nicht von mir zu glauben, daß Sie solche Leute wirklich fürchten?"

Er schüttelte den Kopf. „Darum geht es doch nicht, Mr. Thorne. Von ‚unten' wird niemand dieses Regime stürzen. Aber denken Sie, unsere hervorragenden Parteiführer sehen die Probleme nicht, vor denen die Sowjetunion steht? Natürlich sehen sie sie. Lassen Sie mich Ihnen nur ein einziges Beispiel geben. Wir wissen alle, daß die Situation in der sowjetischen Landwirtschaft katastrophal ist. Aber warum ist das so? Unser Land ist immens groß und reich. Unsere Bauern haben genügend Traktoren – daran kann es also nicht mehr liegen. Der Grund ist, daß das System nichts taugt, Mr. Thorne."

„Also muß man das System ändern."

„Sehr gut, aber wie macht man das und hält die Partei gleichzeitig an der Macht? Wenn Sie das System auseinandernehmen und versuchen, es auf eine andere Art wieder zusammenzusetzen, brauchen Sie einen neuen Leim."

„Sie wollen sagen, daß es in der Partei Elemente gibt, die die Meinung vertreten, daß eine extrem rechtslastige Form des Nationalismus ..."

„... im Land jenen Geist wiederaufleben lassen könnte, der uns im Krieg gegen die Deutschen geleitet hat. Und wo gedeiht diese Art von Ideologie traditionsgemäß?"

„Bei den Militärs, meinen Sie?"

Er nickte. „Ich möchte nicht übertreiben. Es wird in diesem Zusammenhang weder heute noch morgen etwas passieren und auch nicht im nächsten Monat ..., aber in fünf Jahren? Wer weiß? Es gibt da allerdings einen Aspekt, der Ihnen ganz besonders interessant erscheinen könnte. Er betrifft den Westen, verstehen Sie? Eine Gruppe versucht im geheimen, sich außerhalb Rußlands zu etablieren. Man könnte sagen, daß sie ihre Ressourcen zusammenlegen."

Ich überlegte. Eine solche „Tendenz" würde einen Stützpunkt im Westen benötigen. Und um einen solchen Stützpunkt zu errichten, würden Geldmittel nötig sein – wie etwa Goldzertifikate im Wert von zwölf Millionen Dollar. Und wo hatten sie die Karte entdeckt, auf der zu ersehen war, wo sie nach einem solchen Schatz graben mußten? Ich wandte mich wieder Loginow zu. „Das Militär, sagten Sie, könnte eines der Zentren für diese Art von ‚Tendenz' sein ..."

Loginow nickte wieder und beugte sich vor. „Eines kann ich Ihnen sagen, Mr. Thorne. Die Männer, von denen ich spreche, sind sehr, sehr gefährlich. Zu Beginn unseres Gesprächs wiesen Sie mich darauf hin, daß Sie nicht an den Dissidenten interessiert seien. Wenn das so ist, haben Sie keine Zeit verschwendet. Wenn Sie aber doch an diesem Thema interessiert sind, lassen Sie sich warnen. Vor allem aber, Mr. Thorne, sollen Sie wissen: Wenn Sie jemals diesem Mann begegnen, dann haben Sie einen Killer vor sich." Er griff in seine Jackentasche, holte einen kleinen weißen Umschlag heraus und reichte ihn mir über den Tisch. Er enthielt eine schlecht belichtete Fotografie. Es war eine Art Paßfoto und zeigte einen jungen Mann in einer russischen Uniform. Dunkle Augen, die Zähne nach vorne geschoben; und obwohl das Bild schwarzweiß war, wußte ich, daß das kurzgeschnittene Haar rot sein mußte.

„Können Sie mir sagen, Mr. Loginow", wandte ich mich an mein Gegenüber, „ob dieser Mann jemals für Ihre Arbeitgeber tätig gewesen ist?"

„Reden wir offen, Mr. Thorne. Aleksandr Subotin hat für den GRU gearbeitet. Es ist sogar möglich, daß er das immer noch tut."

Der GRU: der sowjetische militärische Nachrichtendienst. Früher einmal hatte diese Organisation mit dem KGB konkurriert, aber jetzt war sie eine Art Unterabteilung. „Mehr kann ich Ihnen nicht sagen", fügte Loginow hinzu und erhob sich. „Von jetzt an sind Sie sich selbst überlassen."

Als er das Lokal verlassen hatte, begann die Kapelle wieder zu spielen: „You Light Up My Life", und alle tanzten Wange an Wange. Ich wartete bis zum Ende der Nummer, klatschte mit den anderen und verließ das Bika.

Als ich auf die Straße trat, schneite es große weiße Flocken, die so träge herabschwebten, daß man jeder einzelnen nachblicken konnte. Der Schnee blieb auf meinen Augenlidern haften und verwandelte die Kugeln der Straßenlaternen in Sterne, die in der Dunkelheit funkelten.

Ich ließ mir noch einmal durch den Kopf gehen, was Loginow mir erzählt hatte. Konnte ich ihm glauben?

Ja, ich konnte es. Aber je mehr ich darüber nachdachte, desto mehr wuchs in mir die Überzeugung, daß dies nicht die eigentliche Bedeutung der Unterhaltung mit Loginow war. Es war die Art und nicht so sehr der Inhalt dessen, was Loginow gesagt hatte, was mir entscheidend zu sein schien. Er war so behutsam vorgegangen. Er hatte mir „Informationen" und „Rat" angeboten. Aber er war ein KGB-Offizier. Und ein KGB-Offizier hatte doch eigentlich nicht den geringsten Grund, vorsichtig zu sein. Ich glaubte zu wissen, warum er dieses Spielchen gespielt hatte. May Brightman, Dr. Charlie, Georgi Dimitroff, Nick Berri, Paul Hamilton – alle kreisten um einen zentralen Punkt: Harry Brightman und Harry Brightmans Gold. Das war offensichtlich die „Ressource", der Subotin nachjagte. Aber Harry Brightman war ein KGB-Agent gewesen, und das warf eine interessante Frage auf: Wenn Brightman den Schatz vergraben hatte, woher wußte Subotin, wo er buddeln sollte? Es gab nur eine mögliche Antwort: Selbst wenn Subotin und seine „Tendenz" ihre Wurzeln tatsächlich unter den sowjetischen Militärs hatten, so mußten sie doch über gute Verbindungen zum KGB verfügen. Wie sonst hätten sie Brightman auf die Spur kommen können? Subotin mußte hochgestellte Verbündete im russischen Geheimdienst haben; waren sie sich einmal über meine Aktivitäten im klaren, konnten sie mir hart auf die Pelle rücken. Also mußte ich mich schnellstens in Bewegung setzen – nach Powjenez und wieder zurück, bevor es jemand merkte.

Von der Annahme ausgehend, daß ich beobachtet wurde, versuchte ich völlig normal zu erscheinen. Ich befand mich auf dem Rückweg zu meinem Hotel; und jetzt blieb ich auf einer Brücke stehen und blickte lässig hinunter auf die Mojka. Sie ist der kleinste der drei Flüsse, die durch Leningrad fließen; die anderen sind die große Newa und die Fontanka. Es fing schon an zu frieren; der Wind ließ weiße Schneeschlangen über eine Haut von leuchtendschwarzem Eis gleiten. Aber es war noch nicht zu kalt für einen Spaziergang, und so überquerte ich die Straße, ging zum südlichen Ufer hinunter und behielt meinen gemächlichen Schritt bei wie jemand, der tief in Gedanken versunken ist.

Ich vermied es geflissentlich, mich umzusehen. Nach einer Weile machte ich kehrt – dem Anschein nach wurde ich mir jetzt der Kälte bewußt, steckte meine Hände tief in die Taschen, schlug den Mantelkragen hoch und legte ein zügigeres Tempo vor. Bald hatte ich mein Hotel erreicht.

Dort kaufte ich mir die *Prawda* und ging dann auf mein Zimmer. Es war jetzt fünf vor halb zwölf.

Ich wusch mir das Gesicht und putzte mich ein wenig heraus – ein frisches Hemd, eine andere Krawatte und einen blauen Blazer. Dann legte ich meinen Regenmantel ausgebreitet auf das Bett. Er war nicht sehr warm, aber er besaß ein Reißverschlußfutter, das sich jetzt als sehr praktisch erwies. Ich packte zwei Hemden zwischen Mantel und Futter, einen Pullover, zwei Paar Socken, legte meine Stiefel drauf und stopfte das Ganze in einen Kissenbezug. Dann öffnete ich mein Fenster, das zum Hof hinausging. Sobald ich mich vergewissert hatte, daß mich zumindest niemand direkt aus dem Gebäude gegenüber beobachtete, warf ich mein Bündel hinaus. Es verschwand im Dunkel, und ich hörte es nicht einmal aufprallen.

Mitternacht. Ich trat auf den Flur hinaus und ging in die Hotelbar. Sie war alt und ziemlich düster; die billige Imitation eines britischen Clubs. Mit einem dänischen Ingenieur und zwei deutschen Patentanwälten saß ich an einem Tisch. Alle drei kannten Leningrad gut. Wir erzählten uns Geschichten, verglichen Erfahrungen. Gegen eins lud uns einer auf einen Schlummertrunk in sein Zimmer ein. Ich lehnte ab, sagte, ich sei zu müde, begleitete sie aber alle bis zu den Aufzügen. Dann begab ich mich ohne Umwege in die Halle hinüber und stand eine Minute später auf der Straße. Niemand hatte mein Verschwinden bemerkt; mit etwas Glück würde man mich bis zum nächsten Tag nicht vermissen. Es schneite immer noch; jetzt aber, vom Wind getrieben, fiel der Schnee in schrägen Bahnen. Und natürlich brauchte ich gute zehn Minuten, bis ich die Einfahrt zu dem verdammten Hof fand – irgendwie sah die Welt hier unten ganz anders aus als von meinem Fenster. Aber schließlich – ich zitterte schon vor Kälte – fand ich hinein und stieß bald auf mein Bündel. Ich zog mir die Stiefel an und schlüpfte in den Regenmantel. Allerdings mußte ich den Gürtel sehr eng schnallen, um zu verhindern, daß das Zeug, das ich hineingestopft hatte, bis zum Saum hinunterrutschte.

Nun begab ich mich geradewegs zu meinem Wagen, der etwa zwei Ecken weiter geparkt war. Der kalte Motor hustete, sprang an und begann einen zögernden, holprigen Leerlauf. Bis er warm genug war, sah ich die Straße hinunter. Am anderen Ende stand die angestrahlte

Isaakskathedrale; an der nächsten Ecke fuhr ein Taxi vorüber. Sonst rührte sich nichts; nur der Schnee durchschnitt die sanften Lichtstrahlen der Straßenlaternen. Wenn ich also beobachtet wurde, dann stellten meine Beschatter es sehr geschickt an; aber eigentlich bezweifelte ich es. Bis auf weiteres hatte ich mich in Luft aufgelöst – jetzt mußte ich den gleichen Trick auch auf den Wagen anwenden. Ich wußte, daß der Wagen das schwache Glied in der Kette war. Es war zu leicht, ihm nachzuspüren.

Ich schaltete die Scheinwerfer des Schiguli ein und rollte langsam die Straße hinunter.

Leningrad kenne ich wie meine Westentasche, und das war jetzt kein geringer Vorteil. Niemand, der mich fahren sah, wäre je auf die Idee gekommen, daß ich ein Ausländer war. Dem Kirowskiprospekt folgend, überquerte ich die Inseln, die die Newa auf ihrem Weg in den Finnischen Meerbusen herausgemeißelt hat, und bog dann zu dem alten Villenviertel Nowaja Derewnia ab. Ohne jeden Zwischenfall hielt ich dort vor der „Servicestation Nr. 3". Da es nur wenige Tankstellen in Leningrad gibt und die allerwenigsten die ganze Nacht offen haben, machte diese ein gutes Geschäft. Personenfahrzeuge, Lastwagen und ein paar Schneepflüge rangelten um Positionen. Ich reihte mich hinter einem Skoda ein und ging mit dessen Fahrer zum Schalter vor, als wir an die Reihe kamen.

„Keine gute Nacht", sagte er.

„Wenn es noch schlimmer wird, übernachte ich in Nowgorod", gab ich zurück. „Bei meinem Vetter."

Wir betraten das Ziegelhäuschen, wo eine alte Frau hinter einem Schalterfenster saß. Ich zahlte für zwanzig Liter und trabte dann flott zu meinem Wagen zurück. An russischen Tankstellen bezahlt man erst für das Benzin, worauf der Tankwart die Menge in ein telefonähnliches Gerät eintippt, das dann den Schlauch auflädt, wobei durch den plötzlichen Druck häufig die ganze Ladung in der Gegend herumspritzt. In diesem Fall allerdings beeilte ich mich nur der Form halber, denn Intourist hatte mich mit einem vollen Tank entlassen, und so war der größte Teil des Benzins von vornherein verloren.

Als ich fertig war, hängte ich den Schlauch wieder ein und fuhr an die Seite. Dort befand ich mich ganz am Rand der erhellten Zone, und die ein- und ausfahrenden Wagen verbargen mich vor jedem Blick von innerhalb des Kassenraums. Ich ging um den Wagen herum, klappte die Kühlerhaube auf und überprüfte den Ölstand; es gab nichts auszusetzen. Ich zupfte an den Verbindungsdrähten der Batterie: alles bestens. Aber dann holte ich, so als hätte ich etwas entdeckt, den

Werkzeugkasten heraus, entnahm ihm einen Schraubenzieher und eine Zange, fummelte ein paar Minuten herum und stellte den Leerlauf ein, bis er ganz genauso schnurrte wie zuvor. Die Kühlerhaube blieb offen, ich stieg wieder in den Wagen, setzte mich vorne hin, ließ aber die Tür auf und beide Füße draußen auf dem Boden.

Fünf Minuten vergingen.

Weitere Fahrzeuge, vor allem Laster, steuerten die Tankstelle an. Während sie sich vor den Zapfsäulen einreihten, beleuchteten ihre mächtigen Scheinwerfer meinen kleinen Wagen, trieben aber hinter ihm einen langen Keil tiefsten Schattens ins Dunkel. Als ich diesen finsteren Pfad betrat, muß ich nahezu unsichtbar gewesen sein. Ich arbeitete mich zur Werkstatt hinüber. Von der Hinterseite des Kassenhäuschens aus lief ein Drahtzaun um das ganze Gelände; es gab ein Tor, und das Vorhängeschloß war kaputt; ich stieß nur kräftig dagegen, um den Schnee zurückzuschieben, und ging durch.

Nun stand ich am Rande eines kleinen asphaltierten Parkplatzes, auf dem in Zweierreihen, unter einer Schneedecke begraben, die Wagen abgestellt waren, die repariert werden sollten. Schnell fand ich, was ich suchte: einen dunkelgrünen Schiguli in der hinteren Reihe. Sein Besitzer mußte versucht haben, eine Mauer zu durchbrechen. Der Kühler war vollkommen zu Schrott gefahren. Das vordere Nummernschild jedoch war intakt geblieben und hing an einer einzigen Schraube. Anstatt sie auszudrehen, benützte ich den Schraubenzieher einfach als Hebel – ein häßliches Kreischen, und das Schild fiel zu Boden. Ich ging nach hinten und machte mich mit dem Schraubenzieher an die Arbeit. Nach neunzig Sekunden ging ich mit beiden Schildern unter meiner Jacke zum Tor zurück. Niemand hatte mich gesehen; in zwanzig Minuten würde der Wind meine Spuren im Schnee verweht haben. Es mochte Tage dauern, bis jemandem auffiel, daß die Nummernschilder fehlten.

Schon war die Windschutzscheibe meines Wagens mit Schnee bedeckt. Ich rutschte hinein und schob die Nummernschilder unter den Sitz. Dann drehte ich den Zündschlüssel herum. Aber die Tür blieb offen, die Pantomime war noch nicht zu Ende. Ich ließ den Motor warmlaufen. Schließlich stieg ich aus, schlug die Kühlerhaube zu, und als ich wieder einstieg, schloß ich diesmal auch die Tür hinter mir. Aber mein Kommen und Gehen war so unauffällig erfolgt, daß es mit Sicherheit niemand bemerkt hatte.

Ich fuhr auf die Straße zurück.

Nach etwa zwei Kilometern bog ich in eine Seitenstraße ein und blieb stehen. Endlich konnte ich mir auch meine wärmeren Sachen anziehen. Zehn Minuten später, trotz der Kälte und meiner steifen Finger, war ein Schiguli verschwunden und ein anderer an seine Stelle getreten. Zumindest für eine Nacht besaß ich keine offizielle Identität.

Daß diese Freiheit nur sehr kurz währen würde, wußte ich; daher mußte ich nun rasch handeln. Ich durchquerte die Stadt in südlicher Richtung. Auf seltsame Weise hing der Erfolg meines Planes davon ab, daß ich ein paarmal von der Polizei gesehen wurde, und darum bevorzugte ich Hauptstraßen: zurück zum Newskiprospekt, am Alexanderplatz vorbei auf den Oboronyprospekt und weiter zur Fernstraße 22. An der Auffahrt befindet sich ein Polizeiposten; aus dem Innern flutete gelbes Licht auf die Straße. Pflichtgemäß verlangsamte ich die Fahrt. Die sowjetische Straßenpolizei fährt in gelben Wagen herum und unterhält Beobachtungsposten auf den Fernstraßen. Einige dieser Stationen sind ziemlich klein, andere, wie die, an der ich jetzt vorbeirollte, in hohen Türmen untergebracht. Drinnen würden sie meine Autonummer notieren und sie möglicherweise an den nächsten Außenposten weitergeben. Und gerade das wollte ich: Wenn morgen mein Wagen als vermißt gemeldet wurde, überprüfte man diese Notizen, und solange meine eigentliche Nummer nicht auftauchte, würde jeder annehmen, daß ich mich immer noch irgendwo in Leningrad aufhielt.

Ich verließ die Stadt und beschleunigte das Tempo, hinaus in die Schwärze der Nacht. Der Wind schüttelte den kleinen Wagen sehr, aber wenigstens war die Straße eben und einigermaßen gerade. Ich hielt die Tachonadel auf Tempo neunzig. Die Kilometer schwanden dahin.

Ich wußte, daß ich am südlichen Ufer des Ladogasees, des größten Sees Europas, entlangfuhr, und hin und wieder erfüllte grenzenloser Glanz die Leere jenseits des Wagens. Ich durchfuhr einige Städte. Hinter Olonez schwenkte die Straße nach Nordosten. Es war fünf Uhr früh. Jetzt befand ich mich in Karelien. Es ist ein einsames, wüstes Land mit Felsen, Bäumen, Seen, reißenden Flüssen und Wasserfällen, dessen Städte Sammellager für den Bergbau und die Holzgewinnung sind. Früher gehörte ein großer Teil davon zu Finnland.

Inzwischen war ich müde geworden; meine Schultern waren ganz steif, und meine Augen brannten. In Priascha schloß ich mich drei Holztransportern an. Sie fuhren leer und im Konvoi. Die mächtigen schwarzen Ketten, von denen normalerweise die aufgeladenen Stämme zusammengehalten werden, klirrten und ratterten auf den langen, flachen Ladepritschen. Ich folgte ihrer polternden Musik durch den Wind, durch die Nacht und den Schnee nach Petrosawodsk hinein, der Hauptstadt der Karelischen Autonomen Sozialistischen Sowjetrepublik (KASSR).

Als die trübe graue Dämmerung am Horizont aufzog, fuhr ich durch den westlichen Teil der Stadt. Dann befand ich mich wieder auf der Fernstraße, wo der Verkehr jetzt schon dichter war. Gegen halb zehn bog ich auf eine Landstraße ab, die geradewegs nach Norden lief. Zu meiner Rechten erstreckte sich die reine, weiße Trostlosigkeit des Onegasees; links lagen endlose Kiefern- und Fichtenwälder; schwer lastete der Schnee auf den dicken purpurfarbenen Ästen. Mit einem gelegentlichen Ausblick auf eine Eisenbahnlinie als einzige Abwechslung rasselte ich die Kilometer herunter. Schließlich erreichte ich Medweschjegorsk, mit etwa zwanzigtausend Einwohnern der letzte größere Ort auf der Strecke. Dann schwenkte die Straße durch Gestrüpp, Buschwerk und abgeholztes Forstland ins Landesinnere. Ich rumpelte über eine Brücke. Nach drei Kilometern wurde die Straße schmaler. Schließlich sah ich eine verstreute Schar dunkler Häuser an der felsigen Küste des weißen, grenzenlosen Sees. Ich wußte, daß ich mich in Powjenez befand, dem Wohnort des Mannes, der Harry Brightmans seltsames Vermögen geerbt hatte.

Ich nahm den Fuß vom Gas. Plötzlich war ich schrecklich müde. Ich hatte eine weite Strecke hinter mir und konnte nur hoffen, daß dies das Ende des Weges war.

Elftes Kapitel

Einige wenige mit Eis und gefrorenem Schlamm bedeckte Straßen, graue Holzhäuser, schwarzer Rauch, der aus Schornsteinen quoll, so sah Powjenez aus, wie Millionen andere russische Dörfer auch.

Wenn es überhaupt Autos in diesem Ort gab, würden die Bewohner sie vom Sehen kennen; ein fremder Wagen mußte sofort ihre Aufmerksamkeit erregen. Ich nahm daher die erste Gelegenheit wahr abzubiegen; es handelte sich um eine Sackgasse. An ihrem Ende stand die Brandruine einer Fabrik. Ich hielt an und stieg aus. Es war sehr still. Der Wind glättete den frisch gefallenen Schnee.

Ich kehrte zur Hauptstraße zurück. Es gab keine logische Erklärung dafür, aber solange ich im Wagen gesessen hatte, war ich in ein gewisses Gefühl der Sicherheit gehüllt gewesen. Das war jetzt weg; es hatte einer verdammten Nervosität Platz gemacht. Vor mir senkte sich die Straße steil talwärts. Rechts lagen der See und – ein Stück weiter weg – der Dorfkern.

Ich wußte, daß ich mich irgendwann einmal zeigen mußte. Da hatte ich gar keine andere Wahl. Wenn ich Schastow finden sollte, würde ich mit jemandem reden – mehr noch, ich würde mich als Russe ausgeben müssen. Ich wußte, daß ich das bis zu einem gewissen Grad schaffen würde – für den Hausgebrauch spreche ich fließend Russisch. Doch ich hatte keine Papiere – ein neugieriger Angehöriger der Miliz, und ich war verloren –, und meine Kleidung war völlig falsch gewählt. Man würde unweigerlich auf mich aufmerksam werden. Ich konnte nichts anderes tun, als Schastow so schnell wie möglich ausfindig zu machen und dann wieder zu verschwinden, bevor die Leute anfingen, peinliche Fragen zu stellen.

Die Straße flachte ab, und nach etwa einem Kilometer hatte ich die „Hauptstraße" des Ortes erreicht. Aneinandergelehnte schäbige Häuser, dann wieder eine Lücke. Nackte Holzstiegen zogen sich im Zickzack an den Seiten dieser Gebäude empor. Es gab keine Gehsteige, nur schmale, matschige Fußwege liefen wie Hühnerspuren kreuz und quer über die Straße.

In einiger Entfernung von mir stand ein Omnibus, den ich schon von weitem gesehen hatte; er spuckte und paffte immer noch, und sein Auspuff breitete einen rußigen Fächer über den Schnee. Der Bus stand vor einem dunklen, niedrigen Haus, vermutlich dem Dorfladen. Dort wußte man bestimmt, wo Schastow wohnte, obwohl schon allein das Fragen nach ihm ein Risiko darstellte. Aber irgendwo mußte ich anfangen.

Der Laden hatte einen überdachten, schneebedeckten Vorbau, der von dicken Stämmen gestützt war, die noch ihre Rinde hatten. In einen davon war ein Nagel getrieben worden, an dem eine Sturmlaterne hing.

Ich stieß die Tür auf. Sofort umhüllte mich eine Wolke von Tabakrauch und Petroleumschwaden. Ich befand mich in einem niedrigen Raum, der durch einen hölzernen Tresen geteilt war. Hinter diesem Tresen zeigten sich die Umrisse eines Fensters, vor dem so viele Töpfe und Pfannen an Haken befestigt von der Decke hingen, daß praktisch kein Licht hereinfiel. Der Holzfußboden war mit Sägespänen bestreut, um keine Kälte aufsteigen zu lassen.

Eine Frau in mittleren Jahren brummte plötzlich: „Der Strom ist abgestellt. Tut mir leid, aber der Laden ist deswegen jetzt geschlossen. Abends um sechs machen wir wieder auf, wenn sie den Strom wieder einschalten." In ihrer dunklen Ecke war sie kaum zu erkennen im Schatten des Ofenrohrs, das von einem riesigen schwarzen Ofen bis zu einem Loch in der Decke reichte. Die Frau war eine stattliche Person, groß und stämmig, wobei ganze Schichten von Pullovern und Schals ihren Leibesumfang noch vergrößerten. Während sie mich aufmerksam betrachtete, rieb sie sich die Arme warm, obwohl es in dem Laden wahrhaftig nicht kalt war.

„Vielleicht könnten Sie mir trotzdem helfen", sagte ich.

Die Frau beobachtete mich. „Sie kommen aus Moskau", stellte sie fest.

Ich ließ mich auf keine Diskussion ein. „Das stimmt."

Sie lächelte. „Wenn Sie nichts dagegen haben, möchte ich Sie mir gut ansehen. Von dort kommen nicht viele hierher zu uns."

Ich erwiderte ihr Lächeln. „Ja, ich komme aus Moskau, aber geboren bin ich in Pestowo ..., einem Ort, von dem Sie noch nie etwas gehört haben, so wie die Leute dort nichts von Powjenez wissen."

„Und was suchen Sie hier?"

„Ich suche einen Mann namens Juri Schastow, einen Freund von mir. Ich möchte wissen, wo er wohnt."

Sie preßte die Lippen zusammen. Das gefiel ihr nicht. Freunde wissen, wo ihre Freunde wohnen. Wenn einer danach fragt, ist er kein Freund. Ich versuchte, mich lässig zu geben. „Ich habe ihm eine Nachricht zu überbringen. Man hat mir ja gesagt, wie ich gehen soll – die Straße in der Nähe der ausgebrannten Fabrik. Ich war da, aber keiner kennt ihn dort."

Sie zögerte. „Dort hat er auch nie gewohnt. Das wissen doch alle ... Es kann ihm ja wohl nicht schaden ... Er kommt nur selten vorbei. Sie müssen bis zum Ende der Hauptstraße vorgehen, und dann wohnt er in der zweiten Straße, die zum Kanal hinunterführt. Sie werden das Haus gleich erkennen. Es hat ein ausgesprochen steiles Dach."

„Ich verstehe. Danke."

Sie lächelte. „War mir doch ein Vergnügen, einem Mann aus Pestowo zu helfen."

„Sie haben mir viel Mühe erspart – und in Pestowo werde ich allen sagen, daß sie Ihnen helfen müssen, wenn Sie einmal hinkommen."

Jetzt lachte sie. Der Gedanke, sie könnte dieses Dorf je verlassen, gab ja auch wirklich Anlaß zur Heiterkeit.

Ich verließ den düsteren Laden. Draußen stieß ich einen Seufzer der Erleichterung aus. Das war gut verlaufen. Ich hatte Zeit gewonnen. Aber sobald sie ihren Laden um sechs wieder aufsperrte, hielt sie ungewöhnlichen Klatsch für ihre Kunden bereit. Wer würde aus Moskau hierherkommen, um Juri Schastow zu besuchen? Natürlich gab es für dieses Problem eine einfache Lösung: Noch vor sechs mußte ich hier wieder raus sein.

Ich marschierte die Straße hinauf. Die Sonne bemühte sich, durch die Wolken zu brechen, und es war ein wenig wärmer geworden; der Schnee wurde zäh wie Teig. Den Anweisungen der Krämerin folgend, ging ich zunächst immer geradeaus. Nach einer Weile hörten die Häuser auf, und die Straße bog landeinwärts ab, vom See fort.

Nach ein oder zwei Kilometern erreichte ich einen kleinen Hügel; ich stieg hinauf und machte eine kurze Pause, um auszuruhen. Hinter mir lag die weite Fläche des Sees. Vor mir lichtete sich der Wald, und ich glaubte den Kanal sehen zu können. Erst als die Krämerin das Wort „Kanal" ausgesprochen hatte, war mir die besondere Bedeutung von Powjenez wieder eingefallen. Zwischen 1931 und 1933 waren über hunderttausend Menschen verhungert, erfroren oder auf andere Weise krepiert, als sie den Weißmeer-Ostsee-Kanal erbauten, der das Weiße Meer zwischen Murmansk und Archangelsk mit dem Onegasee verbindet. Dies war das südliche Ende.

Nach zehn Minuten kam ich an eine Kreuzung: die „erste Kanalstraße", wie ich annahm. Ein Lastwagen kam, vom Kanal kommend, auf die Hauptstraße eingebogen; so hatte ich Spuren, denen ich folgen konnte, und kam schneller voran. Gegen halb zwei erreichte ich die „zweite Kanalstraße" und nach weiteren zehn Minuten Schastows Haus, eine Blockhütte mit steilem Dach.

Ich betrat den Fußweg, der unter frisch gefallenem Schnee zwischen Birken sanft einen Hang anstieg. Seit Stunden war hier niemand gegangen – also auch Subotin nicht. Ich klopfte. Sofort, so als ob ich erwartet worden wäre, rief jemand mit sanfter Stimme: „Herein, herein."

Es gab weder ein Schloß noch eine Klinke, nur einen einfachen Riegel, den ich anhob. Als ich die Tür aufdrückte, löste ich eine kleine Schneelawine aus, die sich ins Innere des Hauses ergoß.

Ich trat in einen dunklen, verräucherten Raum. Die Holzwände waren schwarz von Ruß, die Bohlen des Fußbodens mit Stroh bestreut; in einem offenen Kamin glomm ein Feuer. Das wenige Licht kam von zwei Petroleumlampen; diese standen auf einem Hocker, der seinen Platz neben einem Ohrensessel von immensen Ausmaßen hatte. Seine geschwungenen Stuhlbeine liefen in Adlerklauen aus, die Messingkugeln umkrallten; eine Sitzfläche fast so groß wie ein Bett. Solch ein Sessel an solch einem Ort, das war ein unglaublicher Anblick. Sehr alt, sehr abgenützt, mit verschossenem Brokat überzogen, der aber immer noch seinen Glanz besaß, als wäre er viele Jahre lang liebevoll gepflegt worden. Von diesem Brokat reflektiert, erhielten die flackernden Flammen des Kaminfeuers einen verschwommenen, kupfernen Schimmer, und das Licht der Petroleumlampen durchdrang die Schatten mit seidiger Glut und verwandelte jeden Gegenstand, auf den es fiel.

Der Lehnsessel glich einem Schmuckkästchen, in dem ein Diamant liegt: Eingehüllt in Wolldecken und ein Leintuch so weiß wie Seidenpapier, kauerte darin ein kleiner alter Mann mit einem buschigen Schnurrbart und dunkel glänzenden Augen. Er hatte gelesen und starrte mich sekundenlang an. Vielleicht hatte er jemand anderen erwartet. „Wer sind Sie?"

„Sind Sie Juri Schastow?"

„Natürlich. Und ich frage Sie noch einmal: Wer sind Sie?"

Immer noch starrte er mich durchdringend an, und so sagte ich einfach die Wahrheit: „Mein Name ist Robert Thorne, Gospodin Schastow. Ich bin Amerikaner." Ohne weiter nachzudenken, hatte ich Schastow mit dem vorrevolutionären „Herr" angeredet. Im Kamin knackte ein Scheit. Ein Funke spritzte auf den Fußboden. „Ich habe eine sehr weite Reise gemacht, um mit Ihnen zu sprechen, Gospodin Schastow. Ich hoffe, daß Sie verstehen werden ... Es wird nicht leicht sein, Ihnen das zu erklären."

„Sie sagen, Sie kommen ... aus den Vereinigten Staaten von Amerika?"

Ich hätte wetten können, daß ich der einzige Amerikaner – vielleicht sogar der einzige Ausländer – war, den er je gesehen hatte. „Ja. Das stimmt."

Er schüttelte den Kopf. „Ihr Englisch ist sehr gut für einen Tschekisten, Ihr Russisch ist viel zu gut für einen Fremden, vor allem für einen Amerikaner. Das verstehe ich nicht. Warum sind Sie hierhergekommen?"

Jetzt war es an mir, dumm zu schauen – nicht nur wegen der Frage, die er mir gestellt hatte, sondern vor allem deswegen, weil er diese Bemerkung in recht gutem Englisch gemacht hatte.

„Ich bin kein Tschekist, Gospodin Schastow. Glauben Sie mir." Ein wenig anachronistisch schien er mich für einen Agenten der Tscheka zu halten, einer Vorläuferorganisation des KGB um 1920.

Er sah mir ohne jede Furcht ins Gesicht. Ich wollte ihn nicht in die Enge treiben, darum fügte ich hinzu: „Ihr Englisch ist ausgezeichnet. Darf ich fragen, wo Sie es gelernt haben?"

„In Perm", antwortete er. „In einer Schule."

„Stammen Sie aus Perm, vom Ural?"

„Das ist schon lange her. Geht alles aus meinen Unterlagen hervor. Sie haben doch das Recht, sie einzusehen."

„Nein, Gospodin Schastow. Ich versichere Ihnen – ich bin kein Russe."

Er zuckte die Achseln. „Wie auch immer: Ich lebe seit vielen Jahren in Powjenez. Auf Befehl der Regierung, verstehen Sie? Ich wurde hierher verbannt."

„Warum wurden Sie verbannt?"

Ein Lächeln spielte um seine Lippen. „Vielleicht sind Sie tatsächlich ein Fremder. Wer weiß denn schon, warum wer verbannt wird?"

Ich wußte nicht zu sagen, ob er zornig war oder belustigt. „Haben Sie am Kanal gearbeitet?"

Er lachte leise. „Nein, nein. Wenn ich am Kanal gearbeitet hätte, würden meine Gebeine jetzt irgendwo da draußen liegen. Ich bin erst später hierher verbannt worden. Sie nannten mich einen Kulaken, verstehen Sie? Obwohl ich nichts anderes tat, als in einem kleinen Dorf nicht weit von Perm Unterricht zu geben. Aber ich konnte lesen und schreiben, und so kamen die Bolschewiken zu dem Schluß, ich müsse eine Gefahr darstellen, und Stalin schickte mich und meine Frau hierher. Ich wurde beim Betrieb des Kanals beschäftigt, die Schleusen, die Wartung der Maschinen, schriftliche Berichte. So etwas."

Während er redete, war sein Blick nie von meinem Gesicht gewichen. Ich hatte das Gefühl, daß die Neugier jetzt seinen Argwohn zu überwinden begann. Er wühlte unter den Decken, holte eine schwarze, glattpolierte Pfeife hervor, stopfte sie und zündete sie an. Dann machte er eine kleine Geste mit der Hand, in der er die Pfeife hielt. Ich sollte mich setzen. An der Wand zu seiner Rechten stand ein Tisch. Ich zog einen der Stühle davon weg und schob ihn an den Lehnsessel heran. Mit einem Nicken gab Schastow zu verstehen, daß dieses Arrangement seine Zustimmung fand.

Ich seufzte. „Gospodin Schastow, lassen Sie mich Ihnen jetzt verraten, warum ich nach Powjenez gekommen bin, warum ich mit Ihnen sprechen möchte. Jemand hat Ihnen etwas sehr Wertvolles in einem großen Umschlag aus dem Westen geschickt."

Er musterte mich durch den Rauch, der aus seiner Pfeife aufstieg. „Ein Brief aus dem Westen? Das würde den Tschekisten gar nicht gefallen."

„Stimmt. Aber ich glaube nicht, daß die Tschekisten davon wissen, denn der Mann, der Ihnen diesen Brief geschickt hat, war sehr schlau. Der Brief kommt aus Paris in einem Umschlag der dortigen Sowjetbotschaft."

„Ich habe keinen solchen Brief erhalten. Und ich weiß nicht, wer mir einen solchen Brief schicken sollte."

„Der Name des Absenders ist Brightman. Harry Brightman."

Ich beobachtete ihn scharf. Brightmans Name machte keinen Eindruck auf ihn, jedenfalls soweit ich das feststellen konnte. Er schüttelte den Kopf. „Den kenne ich nicht. Sie sind der einzige Amerikaner, der mir je begegnet ist ... In einer Zeitung habe ich einmal ein Bild von Nixon gesehen."

„Nun ja, Brightman war kein Amerikaner. Er war Kanadier."

„Ich kenne ihn trotzdem nicht." Schastow setzte sich ein wenig aufrechter in seinen Sessel. „Was befindet sich in diesem Brief?"

„Ein großes Geheimnis – und ein wertvolles dazu, so wertvoll wie Gold."

Er lachte und deutete mit dem Pfeifenstiel auf sein kleines Zimmer. „Hier haben Sie den Beweis, daß ich keinen solchen Brief erhalten habe."

„Sie haben wirklich keine Ahnung, wovon ich rede?"

„Überhaupt nicht."

Ich machte eine Pause. Ich glaubte ihm. Im tiefsten Innern hatte ich sogar befürchtet, daß das passieren könnte. Erster Tag: Alain gibt den Brief in der Universität zur Post. Zwei Tage später in Paris: Mein Visum kommt. Nächster Tag: Ich bereite meinen Flug vor. Dann gestern. Insgesamt sechs Tage – nicht sehr lange, um einen Brief von Paris hierhergelangen zu lassen, von einem Umweg über die Zensurbehörde ganz zu schweigen – selbst wenn ich davon ausging, daß Brightmans Trick – das Kuvert mit dem Aufdruck der Sowjetbotschaft – den Ablauf beschleunigen würde. Ich sagte: „Sie müssen verstehen, daß das eine sehr ernste Sache ist. Wegen dieses Briefes sind schon einige Menschen umgebracht worden. Und ich weiß von einem Mann, der Sie töten würde, um ihn zu bekommen."

Wieder knisterten die Scheite im Feuer. Dann trat Stille ein, in der nur das Rauschen des Windes um das Haus zu hören war. Schastow sah mich ganz ruhig an und entgegnete: „Ich bemühe mich, Ihnen zu glauben. Aber eines verstehe ich nicht."

„Was?"

„Warum sollte mir jemand einen solchen Brief schicken? Warum gerade mir? Warum gerade Juri Fedorowitsch Schastow?"

Diesmal war ich es, der ihm direkt in die Augen sah. „Sie kennen die Antwort auf diese Frage, Gospodin Schastow. Es ist Ihr großes Geheimnis, ein Geheimnis, das Sie Ihr Leben lang gehütet haben."

Er lächelte. „Ich bin nur ein alter Mann. Zu alt, um noch Geheimnisse zu haben."

„Aber ich weiß, daß Sie mindestens drei Geheimnisse haben. Ihr

erstes Geheimnis ist genau das, was Sie mir nicht verraten wollen, weil Sie immer noch befürchten, ich wäre ein Tschekist. Dann ist da das Geheimnis, wie Sie es geschafft haben, ein so hohes Alter zu erreichen ..."

„Aber das ist doch kein Geheimnis, mein Freund. Juri Schastow, wie jeder Ihnen bestätigen wird, hat ein gutes und tugendhaftes Leben geführt."

„Und da ist schließlich noch ein Geheimnis – und es muß ein großes Geheimnis sein –, das Geheimnis des Lehnsessels, auf dem Sie sitzen."

Er kicherte. „Aber das ist gar nicht mein Geheimnis. Das habe ich meiner Frau zu verdanken. Es war der Sessel meines Vaters daheim in Perm. Nachdem er gestorben war, bekam ich das gute Stück. Als wir hierhergeschickt wurden, dachte ich, der Sessel wäre für immer verloren, aber irgendwie fand meine Frau einen Weg, ihn hierherzubekommen. Sie hat mir nie verraten, wie sie es geschafft hat. Ein langer Weg von Perm hierher! Können Sie sich das vorstellen? Wir waren Verbannte. In zwei Wintern nacheinander wäre er beinahe zu Feuerholz geworden, aber er hat überlebt."

Natürlich log er mich an. In den vergangenen fünf Minuten hatte er mir wahrscheinlich fünfhundert Lügen erzählt. Und ich konnte ihm nicht einmal einen Vorwurf daraus machen. Warum sollte er mir vertrauen? Einem Fremden, der aus heiterem Himmel mit einer seltsamen Geschichte bei ihm aufkreuzte? Ihm sein Mißtrauen zu nehmen würde nicht leicht sein. Und jetzt, nach der langen Fahrt, nach sechsunddreißig Stunden ohne Schlaf, hatte ich einfach nicht mehr die Kraft dazu.

Als ich das Gespräch fortsetzte, machte ich eine rein konventionelle Bemerkung, eigentlich nur, um den Faden nicht abreißen zu lassen. „Ihre Gattin", sagte ich, „muß eine bemerkenswerte Frau gewesen sein."

„O ja, das war sie. Sie starb schon in dem Jahr, bevor die Deutschen Rußland angriffen. Es war ein Glück für sie, soviel Entsetzliches nicht mehr erleben zu müssen. Erst jetzt bedaure ich, daß sie nicht hier ist – einfach nur, um mit ihr zu plaudern." Ein Lächeln glitt über seine Lippen, und er steckte seine rechte Hand unter die Decken und holte eine kleine eingerahmte Fotografie hervor, die er mir hinhielt. „Sie war sehr schön, sehen Sie selbst."

Der Rahmen der Fotografie war schwer, möglicherweise Silber, und das Porträt zeigte in der Tat eine ausgesprochen schöne Frau im Dreiviertelprofil. Sie trug ein schwarzes hochgeschlossenes Kleid, und ihr dunkles Haar war zu einer einzigen dicken Welle auf einer Seite ihres Gesichts gelegt. Sie war von strahlender, sehr russischer Schönheit – eine Frau mit feingeschnittenen Zügen und großen dunklen Augen. Aber es war nicht allein ihre Schönheit, die meine Hand zittern ließ. Es war vielmehr eine seltsame, wenn einmal gesehen, unverkennbare, ätherische Qualität, teils Scheu, teils aristokratische Reserve. Während ich dem alten Mann das Bild behutsam auf den Schoß zurücklegte, langte ich in meinen Mantel und holte meine Brieftasche hervor. Ich hatte zwei von Travins Bildern bei mir: das eine von Georgi Dimitroff mit seinen nordamerikanischen Genossen, das andere von May Brightman beim Verlassen ihres Hauses in Toronto. Dieses Foto legte ich nun ebenfalls auf Schastows Schoß.

„Wenn das Ihre Frau ist", sagte ich, „dann muß dies Ihre Tochter sein."

WENN ich gewußt hätte, was das für eine Botschaft war, die ich bei mir trug, ich hätte versucht, sie behutsamer zu überbringen. Über bloße Fassungslosigkeit hinaus bewegt, durch Verwirrung entwaffnet, waren wir beide, Schastow und ich, gleichermaßen erstaunt. Der Ausdruck auf seinem Gesicht veränderte sich immer wieder, und als er endlich etwas sagen wollte, gelang es ihm nicht. Es waren wohl die vierzig Jahre des Unaussprechlichen, die ihm in der Kehle steckten. So fing also ich zu reden an. Ich erzählte ihm alles; von Brightman, von May, alles, was geschehen war. Dabei nannte ich auch ihren Namen, May – praktisch dasselbe Wort auf englisch und auf russisch, und da brachte er zum erstenmal wieder einen Satz über die Lippen. May, so hätten er und seine Frau ihre Tochter getauft. Brightman hatte den Namen beibehalten. Tränen rollten Schastow über die Wangen; ich hatte das Gefühl, als weine er mehr um seine Frau, denn ihr größter Schmerz mußte es gewesen sein, daß sie starb, ohne zu wissen, daß ihre Tochter in Sicherheit war. Inmitten von Hoffnung Hoffnungslosigkeit. Es gab nun wohl nicht mehr viel zu sagen. Ich wartete. Doch dann fiel mir ein, daß dies ein russisches Haus war, und in russischen Häusern gibt es immer einen ganz bestimmten Trost für Kummer. In die hintere Wand des Zimmers war eine Tür eingelassen, die in die Küche führte. In einem kleinen Schrank fand ich Wodka und Gläser und kehrte damit in das Wohnzimmer zurück. Als ich Schastow den Wodka reichte, leerte er das Glas auf einen Zug und hielt es mir gleich wieder hin. „Mein Gott! Sie halten uns bestimmt für sehr schlechte Menschen."

„Nein, das tue ich nicht, Gospodin Schastow."

Nachdem er noch einen Schluck Wodka getrunken hatte, fuhr

Schastow sich mit einem Zipfel des ihn bedeckenden Leintuchs über die Augen. „Sie müssen das verstehen", begann er. „Wir haben in Perm geheiratet. Ein Jahr später bekamen wir ein Baby, einen Jungen. Aber er starb schon kurz nach seiner Geburt. Meine Frau verzehrte sich vor Gram und schwor sich, kein Kind mehr zu bekommen. Und sie hielt sich daran – sie hat immer gut aufgepaßt. Dann glaubte sie, es sei ausgestanden, sie könne keine Kinder mehr haben – und kurz darauf wurde sie schwanger. Ich war froh. Sogar hier, als wir schon hier lebten, wollte ich noch ein Kind haben. Aber sie war ganz aus dem Gleichgewicht. Für meine Frau war es das Ende. Sie war zu alt. Dem Kind ging es gut, aber meine Frau wußte, daß sie sterben würde, und wenn sie starb, wie sollte das Kind leben? Es gab hier keine Milch ..., auch heute noch gibt es kaum welche ... Verstehen Sie?"

Ich konnte es verstehen. In dieser Hütte, in diesem Licht, so nahe am Kanal, dem Friedhof namenloser Gebeine – sie mußte in grenzenlose Verzweiflung geraten sein.

„Sie bat mich, ihr zu erlauben, dem Kind das Leben zu retten. Sie kenne Menschen, beteuerte sie, die die Kleine aufnehmen und sich um sie kümmern würden. Sie schrieb einen Brief, den sie mich nicht lesen ließ. Sie verriet mir nicht, wer diese Leute waren. Sie wurde schwächer und schwächer ... So ließ ich also die Männer kommen, und sie nahmen das Kind mit. Kurz darauf starb sie, und dann kam der Krieg, und ich war überzeugt, daß, was immer mit mir geschehen würde, wir zumindest unsere Tochter in Sicherheit gebracht hatten."

„Wer waren die Männer?"

Er sah mich offen an, und ich zweifelte nicht daran, daß ich jetzt die Wahrheit erfahren würde.

„Ich weiß es nicht."

„Warum wollten gerade diese Männer das Kind haben?"

„Ich weiß es nicht ... Ich hatte damals das Gefühl, als würden sie es zu jemand anderem bringen."

„Wie sahen diese Männer aus?"

„Gewöhnliche Leute, aber aus der Stadt. Aus Leningrad, nehme ich an. Es waren zwei. Einer von ihnen besorgte das Reden. Er hatte sehr lockiges Haar wie Trotzki. Der andere war ein großer Mann mit einer mächtigen Brust, und er sprach kein Wort."

Harry Brightman, aufgenommen von May Brightman mit ihrer eigenen Kamera ...

Ich sah die Szene vor mir. Ich sah das dunkle Innere dieser elenden Hütte. Das Kind weinte. Eine Frauenstimme, schwach und verzweifelt. Und Brightman steht daneben, wartet in aller Ruhe, mit

„Dr. Charlies“ Paß in der Tasche. Aber warum? Warum gerade Juri Schastows Töchterchen?

„Der zweite Mann . . ., das war Brightman.“

„Und jetzt hat er mir diesen Brief geschickt?“

Ich nickte. „Und nun wissen Sie auch, warum.“

„Nein, Gospodin Thorne, das verstehe ich immer noch nicht.“

Verstand ich es denn selbst? Hatte Brightman Schastow das Geld geschickt, um alle Beteiligten von der richtigen Fährte abzubringen? Oder war er zu dem Schluß gekommen, daß Schastow der einzige Mensch war, der ein moralisches Anrecht auf das Geld hatte? Noch während ich darüber nachdachte, kam ich zu dem Schluß, daß die Antwort vermutlich viel einfacher war. „Er hat diese Tochter geliebt, Gospodin Schastow – Ihre Tochter. Er hatte das Gefühl, daß er Ihnen sehr viel schuldete, und er versuchte diese Schuld zu begleichen.“

Schastow griff nach Mays Bild und betrachtete es aufmerksam. „Was Sie da sagen, ist falsch, Gospodin Thorne. Ich schulde ihm mehr als er mir – und auch Ihnen schulde ich. Ich bin es, der Schulden zu begleichen hat.“ Er legte das Bild nieder. „Und jetzt werde ich sie begleichen. Ich habe den Brief, den Brightman mir geschickt hat. Er kam heute morgen an, und er kam, so wie Sie sagten, von der sowjetischen Botschaft in Paris.“

Verdutzt lehnte ich mich zurück; dann mußte ich lachen. „Sie verstehen sich darauf, Geheimnisse zu bewahren, Juri Fedorowitsch. Was stand in dem Brief?“

„Sehen Sie selbst.“ Er lehnte sich zur Seite, langte unter die Decken und holte einen gefütterten Umschlag hervor. Ich nahm ihn Schastow aus der Hand und untersuchte den Inhalt. Zwei Dinge befanden sich darin. Das erste war ein Brief auf sehr echt aussehendem Botschaftspapier. Er lautete: „Sie hätten Ihr Schreiben besser an das entsprechende Ministerium in Moskau oder direkt an die Regierung der Republik Frankreich richten sollen. Dennoch sind wir Ihrem Wunsch dieses eine Mal ausnahmsweise nachgekommen.“ Offensichtlich hatte sich dieser „Wunsch“ auf Informationen über den Obstgartenbau bezogen, denn der zweite Gegenstand in dem Umschlag war eine Veröffentlichung des französischen Landwirtschaftsministeriums über den Anbau von Apfelbäumen.

„War das alles?“

„Das war alles. Und ich hatte keine Ahnung, was ich damit anfangen sollte.“

Mir war klar, was Brightman gemacht hatte. Vorsichtig begann ich, den Briefumschlag mit meinem Taschenmesser aufzuschneiden, wobei ich nach allen Seiten Stoff- und Papierflocken verstreute. Aber es war nichts drin. Ich wandte mich dem Buch zu – und entdeckte den Schatz. In einer Vertiefung des Buchdeckels, die wieder sorgfältig mit Vorsatzpapier überklebt war, befand sich eine sorgfältig eingepaßte Plastikhülle. Sie enthielt: einen flachen Schlüssel, Brightmans Geburtsurkunde, seinen in Ontario ausgestellten Führerschein und eine an Brightman gerichtete Empfangsbestätigung einer Bank in Harrisburg.

Der alte Mann sah mich fragend an. „Haben Sie gefunden, was Sie erwarteten?"

Ich nickte zustimmend. „Diese Papiere geben einem das Recht, den Schlüssel zu verwenden – und es ist der Schlüssel zu einem großen Vermögen."

Ich reichte ihm die Papiere hinüber. Er kniff die Augen zusammen und betrachtete den Bankbeleg. „Harrisburg", las er laut, „das ist die Hauptstadt von Pennsylvania, oder? Waren Sie schon einmal dort?"

„Sehr oft. Mein Vater kam aus dieser Gegend, und wir haben jahrelang den Sommer dort verbracht."

Schastow beugte sich vor und reichte mir die Papiere. „Man hat diese Papiere also mir geschickt. Und nun bitte ich Sie, Gospodin Thorne, nehmen Sie sie als ein Geschenk von mir an."

„Ich sagte es Ihnen schon: Andere Leute haben danach gesucht. Auch wenn ich diese Papiere jetzt besitze – diese Leute werden denken, daß sie bei Ihnen sind. Wenn die herkommen, sind Sie in Gefahr."

„Ach was. Ich werde ihnen sagen, daß Sie den Umschlag haben. Ich werde ihnen sagen, daß ich ihn bekommen habe und daß ich ihn Ihnen gegeben habe oder daß ich Ihnen das Kuvert verkauft habe. Ich hatte keine Verwendung für dieses dumme Buch, Sie wollten mir Geld dafür geben, und ich habe es genommen."

Ich sah den Alten an; seine Gedanken wirkten logisch, und ich wollte hier rasch wieder raus, nicht nur, um Subotin auszuweichen, sondern auch, um wieder in Leningrad zu sein, bevor ich vermißt wurde.

Ich zuckte die Achseln. „Hören Sie, Juri Fedorowitsch. Was Sie sich da vorstellen, könnte funktionieren. Aber diese Männer werden sehr, sehr aufgebracht sein, wenn sie erfahren, daß ich ihnen zuvorgekommen bin. Darum könnten sie Ihnen etwas antun – auch wenn es sinnlos wäre."

„Nein. Das würde ihnen nur noch mehr Ungelegenheiten bereiten."

„Kann sein. Aber ich bin mir da nicht sicher. Ich habe eine andere Idee. Überlegen Sie doch mal. Ihre Tochter lebt also noch. Es geht ihr gut. Sie ist reich. Ich bin sicher, sie wäre froh, Sie zu sehen. Warum fahren Sie nicht zu ihr? Sagen Sie jetzt nichts – ich bin nicht verrückt. Ich weiß gewisse Dinge über diese Männer, die die Tschekisten ausgesprochen gerne wissen würden. Als Gegenleistung für das, was ich ihnen erzählen könnte, würde man Sie sicher ausreisen lassen."

Er nahm Mays Bild auf und betrachtete es kurz. Dann ließ er seine Blicke umherschweifen. Schließlich schüttelte Schastow lächelnd den Kopf. „Das glaube ich nicht", antwortete er. „Ich freue mich darüber" – er hob mir Mays Bild entgegen –, „aber würde sie mich wirklich sehen wollen?" Er verzog den Mund. „Wer kann das sagen? Und außerdem, Gospodin Thorne, dies hier ist mein Heim. Keine große Sache, mag Ihnen scheinen, aber ich glaube nicht, daß ich anderswo leben könnte. Mir geht es wie dem alten Mann in der Geschichte vom Wolf. Kennen Sie sie nicht? Da lebte also ein alter Mann mit seiner Frau, fünf Schafen, einem Füllen und einem Kalb. Eines Tages kam ein Wolf vorbei und sang ihnen ein Lied vor. Sogleich sagte die Frau: ‚Was für ein wunderschönes Lied! Gib ihm ein Schaf!' Der alte Mann gab ihm das Schaf, und der Wolf fraß es. Aber er kam bald zurück und sang ihnen wieder ein Lied vor. Und er sang und sang, bis er sie alle gefressen hatte: die Schafe, das Füllen, das Kalb und sogar die Frau. Nun war der alte Mann allein. Und der Wolf kam wieder. Da nahm der alte Mann einen Prügel und schlug ihn. Der Wolf lief davon und kam nie wieder und ließ den alten Mann mit seinem Schmerz allein ... Verstehen Sie, Gospodin Thorne? Dieses Land, Rußland – mag sein, daß es so böse ist wie der Wolf, aber es ist alles, was ich noch habe. Wenn ich es verlasse, was würde ich dann anfangen?" Wieder schüttelte er den Kopf. „Nein", sagte er. „Machen Sie sich keine Sorgen. Sagen Sie – haben Sie amerikanisches Geld bei sich?"

„Ja."

„Viel? Hundert Dollar?"

„Mehr."

„Das reicht. Geben Sie sie mir. Wenn diese Männer kommen, werde ich ihnen das Geld zeigen. Keine Angst – sie werden mir glauben. Und wissen Sie, was sie tun werden? Sie werden mir drohen – weil es nämlich verboten ist, ausländisches Geld zu besitzen. Dann brauche ich weiter nichts zu tun, als den Verängstigten zu spielen und ihnen alles zu gestehen. Sie sind mit einem Wagen gekommen?"

„Mit einem dunklen Schiguli."

„Gut. Und Sie sagen mir, Sie würden von hier ... wohin fahren?"

„Zurück nach Leningrad."

„Also, das werden sie glauben und mich in Frieden lassen."

Er war schlau; und wenn einer es schaffen konnte, dann er. „Na schön", sagte ich, „ich bin einverstanden."

„Sie müssen jetzt gehen", meinte er. „Wenn der Laden wieder aufmacht, sollten Sie aus dem Dorf verschwunden sein. Ich begleite Sie ein Stück." Worauf er zu meiner nicht geringen Überraschung anfing, sich aus dem Ohrensessel zu erheben; zwar nicht gerade flink, aber doch mit etwas mehr Beweglichkeit, als ich ihm zugetraut hätte. Er trug ein flanellenes Nachthemd, eine lange Unterhose und mehrere Paar Socken. Er verschwand durch eine hinter einem Vorhang verborgene Türöffnung und kehrte kurz darauf wieder zurück – warm in Pullover und Jacken gepackt. Wir traten ins Freie. Er nahm meinen Arm und führte mich zur Straße hinunter. Es war nun schon später Nachmittag. Der Himmel verdunkelte sich, und die grauen Schatten von Birken und Föhren breiteten sich über den Schnee. Ich mußte langsamer gehen, um mich seinem Schritt anzupassen, aber nach zehn Minuten erreichten wir die „erste Kanalstraße".

„Ich bin mir nun sicher, daß uns niemand beobachtet hat. Machen Sie sich keine Sorgen um mich", sagte der alte Mann.

Wir schüttelten uns die Hände. Und dann, seine Verlegenheit nur schlecht verbergend, griff er in die Tasche und holte ein kleines, schwarzes, mit Leder überzogenes Kästchen hervor. „Für meine Tochter. Es hat ihrer Mutter gehört. Es ist alles, was ich ihr geben kann ... Wenn Sie die Güte hätten ..."

„Selbstverständlich."

Es handelte sich bei dem Kästchen um eine kleine Reise-Ikone: Die Seiten und das Oberteil waren Klappen, die man zu einem kleinen Altar auseinanderfalten konnte. Es war im alten Rußland ein traditionelles Geschenk zum Namenstag eines Kindes. Wie allgemein üblich, war das Bild des oder der Heiligen in eine kleine Goldscheibe auf der oberen Klappe eingeprägt und diese wiederum auf ein Wappenbild aufgebracht. Die russischen Adligen verwendeten natürlich ihre eigenen Wappen, während sich das gemeine Volk, solcher Würde nicht teilhaftig, das Emblem der Nation, die kaiserlichen Adler der Romanows, lieh – und das hatte auch Juris Frau getan. Wunderschön emailliert, in Gold eingefaßt – ein wenig abgegriffen –, funkelten sie mich in all ihrer altertümlichen Pracht an.

„Es ist sehr schön", sagte ich. „Ich werde es May geben."

Schastow lächelte, und seine dunklen Augen, die unter einer mächtigen Wollmütze hervorlugten, leuchteten. „Sehr gut." Er winkte zum Abschied und drehte sich um. Ich setzte meinen Weg ins Dorf fort.

Es war jetzt dunkel und die Straße leer. Ich ging in den Spuren des Lasters, bog aber, als ich mich dem Dorf näherte, nach rechts ab und stapfte über ein steiniges Feld auf eine Gruppe von Bäumen zu. Ich wußte, daß ich hier sicherer war als auf der Straße. Zwanzig Minuten später war ich bei meinem Wagen. Ich sandte ein Stoßgebet zum Himmel und drehte den Schlüssel ..., aber die Batterie war kräftig, und der Motor sprang an, und ich wartete, bis er sich warmgelaufen hatte. Während ich Brightmans Schlüssel in der Hand hielt, ging es mir wieder durch den Kopf, daß jeder Aspekt dieses „Falls", den ich zu lösen schien, immer wieder zu neuen Geheimnissen führte.

Ich faltete die kleine Ikone auseinander, stellte sie auf das Armaturenbrett und ließ meine Finger über das Leder gleiten; es war weich wie Seide, und mir wurde klar, daß sich diese Ikone seit Generationen in der Familie von Schastows Frau befunden haben mußte. May war die letzte Nachkommin. Aber wer war sie? Und worin bestand die Verbindung zwischen ihrer wahren Identität und Brightmans Verschwinden? Schastow hatte mir den größten Teil ihrer Geschichte erzählt, aber in Wahrheit wußte ich nicht, was diese Geschichte bedeutete ...

Ich glaube, daß ein Teil dessen, was Brightman mir erzählte, der Wahrheit entsprach, hatte Grainger geschrieben ... *Ich zweifele nicht daran, daß er viele führende Kommunisten kannte. Ich vermute daher, daß Brightmans Adoptivtochter das Kind eines dieser Männer ist – eines Mannes, der befürchtete, in absehbarer Zeit Stalins Terror zum Opfer zu fallen ...* Aber weder Schastow noch seine Frau waren prominente Kommunisten gewesen. Und Berris Theorie war auch nicht viel überzeugender: *Machen Sie sich doch nichts vor. Dimitroff mag einmal ein Held gewesen sein, aber am Ende war er nicht anders als die anderen. Schon um 1940 waren seine Hände blutig. Wenn er den Kommunisten ein Baby entführt hat, dann nur, um sich selbst zu helfen, nicht dem Kind.* In bezug auf Dimitroff hatte er gewiß recht, aber wie hätte Juri Schastows Tochter jemanden retten können?

Das waren die Fragen, die mich beschäftigten, während ich mich auf die Rückfahrt nach Leningrad machte. Als ich im Hotel aufkreuzte, schien es niemandem aufzufallen, und es gab auch keinen Kommentar, als ich den Wagen zurückbrachte – mit den dazugehörigen Nummernschildern wieder an Ort und Stelle.

In dieser letzten Nacht lag ich erschöpft im Astoria und hätte weiß Gott was dafür gegeben, einmal in Powjenez anrufen zu können. War Subotin dagewesen? War der alte Mann bei guter Gesundheit? Ich nahm es an – was das Überleben betraf, hätte ich bedenkenlos auf ihn gesetzt –, aber sicher wußte ich es eben nicht. Und so drückte ich mir am nächsten Morgen selbst die Daumen, füllte alle Formulare aus und bestieg mein Flugzeug nach Paris. Erst als die Triebwerke uns emporhoben, fing ich an, mir Gedanken über mein Ziel zu machen – Harrisburg in Pennsylvania. Wieder einmal hatte Brightman mit der Schläue eines Fuchses gehandelt, und wieder einmal führte seine Spur zu mir selbst zurück, ohne daß ich ahnte, was das zu bedeuten hatte.

Zwölftes Kapitel

Wo ich meinen Blick auch hinwandte, als ich nach Harrisburg kam, hatte ich ein verwirrendes Déjà-vu-Erlebnis nach dem anderen: Jede Wegbiegung führte mich hier in meine Vergangenheit zurück.

Nach dem Flug von Paris zurück in die Staaten war ich immer noch müde; es war zehn Uhr vormittags, als ich mit einem Leihwagen in der Stadt eintraf.

Brightmans Schließfach enthielt hoffentlich die Antwort auf einige meiner Fragen, und deshalb wollte ich der erste sein, der den Inhalt zu Gesicht bekam – was natürlich bedeutete, daß ich mich einer arglistigen Täuschung schuldig machen mußte. Es würde gar nicht so einfach sein, mich als Brightman auszugeben.

Das Portal der Bank, die ich nun betrat, wurde von kannelierten griechischen Säulen gebildet, und im Innern kam man sich vor wie in einem pompösen viktorianischen Bahnhof. Meine routinemäßig vorgebrachte Bitte, Zugang zu Brightmans Schließfach zu erhalten, rief in rascher Folge Stirnrunzeln, Blicke, Tuscheln hervor, dann professionelle Besorgnis und schließlich reichliche Entschuldigungen – dargeboten von einem zuvorkommenden jungen Mann namens Corey.

„Tut mir leid, daß Sie warten mußten, Mr. Brightman, aber es scheint da eine Verwechslung gegeben zu haben. Nach unseren Unterlagen wurde dieses Schließfach nämlich gestern nachmittag gekündigt. Man hat alle darin verwahrten Gegenstände oder Papiere bei dieser Gelegenheit entnommen."

Im großen und ganzen nahm ich diese Mitteilung mit Gelassenheit auf. Kein Taumeln, kein Ohnmachtsanfall. Bloß die Art von ungläubigem Staunen, die sich doch wohl jeder erlauben darf, dem gerade mitgeteilt wird, daß sein Schließfach von jemand anderem geräumt wurde.

„Ich kenne Ihre Unterlagen nicht, Mr. Corey, aber den gestrigen Tag habe ich größtenteils in dreißigtausend Fuß Höhe über dem Atlantik verbracht. Mit Sicherheit war ich nicht in Harrisburg, und mit Sicherheit habe ich mein Schließfach nicht geräumt." Ich nahm den Schlüssel aus meiner Tasche und hielt ihn ihm unter die Nase. „Wenn ein Schließfach gekündigt wird, bekommen Sie dann nicht den Schlüssel zurück?"

Er machte ein unglückliches Gesicht. Meine eigenen Gefühle konnte ich nicht mit Sicherheit identifizieren, obwohl mein Zorn nur zum Teil gespielt war – ich hatte einen langen, langen Weg zurückgelegt, um diesen Punkt zu erreichen.

Nach einigem Hinundhergerede wurde eine jener schon älteren Bankangestellten geholt, die jedes kleine Mysterium ergründen. „Das war gestern nachmittag, Mr. Corey. Da erschien eine Dame, die Dokumente vorlegte, die ihr als Erbin ihres Vaters Zugang zum Schließfach gewährten. Sie kam in Begleitung ihres Anwalts."

„Können Sie sich an den Namen der Dame erinnern?"

„Wenn ich mich recht entsinne, war der Name der Dame ebenfalls Brightman."

Ich war sehr überzeugend, als ich nun erkennen ließ, daß es mir allmählich dämmerte. „Langsam ergibt das einen Sinn, Mr. Corey. Miß Brightman ist meine Schwester, und wir sind als Gesamterben beide gleichermaßen berechtigt. Ich nehme an, daß einige meiner Papiere unter die ihren geraten sind."

Bei Mr. Corey schienen sich Zweifel zu regen. Aber seine Hauptsorge galt der Bank, und so nützte er die Gelegenheit und fragte: „Ich darf also annehmen, daß kein Schaden angerichtet wurde?"

„Jawohl. Und vor allem keiner, für den die Bank verantwortlich wäre." Ich schob Brightmans Schlüssel über den Tresen, und bevor Corey noch etwas sagen konnte, streckte ich ihm meine Hand entgegen. Wir verabschiedeten uns, und einen Augenblick später stand ich auf der Straße.

Jetzt überlegte ich sehr intensiv und schnell. Hatte Brightman einen entsetzlichen Fehler gemacht und einen Hinweis auf das Schließfach in sein Testament eingefügt? Das erschien mir unwahrscheinlich. Aber wie sonst sollte May davon erfahren haben, wenn nicht durch das Testament?

Völlig verunsichert kehrte ich zu meinem Wagen zurück, und als ich ihn erreicht hatte, fing ich auch wieder an, mich zu ängstigen. Ich hatte Subotin in Rußland abgeschüttelt, aber es gab keinen Grund zu der Annahme, daß ich ihn für immer los war. Und hatte May überhaupt eine Ahnung von seiner Existenz und von der Gefahr, in der sie schwebte? Ich mußte sie finden. Ich überlegte: Sie war gestern hiergewesen; wenn sie mit dem Auto gekommen war, hatte sie die Stadt möglicherweise erst heute früh verlassen. Was ich jetzt brauchte, war ein Telefon. Ich ging die Market Street hinunter und betrat eine schmierige Kneipe namens „Olympia". Dort vertelefonierte ich einen Dollar und fünfundzwanzig Cent. May war weder im Sheraton noch im Marriott, noch im Holyday Inn, noch in einem der anderen großen Hotels abgestiegen; aber dann erinnerte ich mich daran, daß sie nie in großen Häusern wohnte. Motels, Pensionen, komische kleine Gasthöfe, die sonst niemand kannte – solche Etablissements mochte sie. Deshalb kehrte ich zu meinem Wagen zurück und fuhr zur Blackberry Street, wo sich das „Alva" befindet.

Es handelte sich um einen großen alten Kasten, der drei Stock hoch war und eine ganze Straßenecke einnahm. Im Erdgeschoß befand sich ein Restaurant. Als ich die Hotelhalle betrat, stürzte eine Flut von Erinnerungen auf mich ein, denn es hatte sich seit meiner Kindheit nur wenig verändert; die gleichen Nischen (aber keine Musikautomaten), dieselbe Fotografie eines Ochsen, den sie auf der Landwirtschaftsausstellung gekauft hatten.

Ich fragte nach May – und wie es aussah, hatte ich richtig getippt, mich aber in der Zeit verrechnet.

„Eine Dame mit langen Haaren, ein bißchen rötlich?"

„Das ist sie."

„Ich weiß, wen Sie meinen. Sie war ein paar Tage da. Sie ist heute vormittag abgereist, so gegen zehn. Sie fuhr einen von diesen alten Volkswagen, das Modell, das man jetzt nicht mehr so oft sieht."

Das war's also.

Um mich zu trösten, beschloß ich, etwas zu essen, und ging ins Restaurant hinüber. Da ich nun schon einmal in einem Lokal wie dem Alva war, bestellte ich mir Kaffee und die *Spécialité de la maison*, eine Erdnuß-Buttercremetorte. Ich sah mich um. In die Wände waren Nischen mit Sitzbänken eingelassen, sonst überall frei stehende Tische mit Stühlen. In der Mitte führte eine Treppe für Hotelgäste in den ersten Stock. Nach einer Weile kam meine Torte. Während ich aß, hörte ich einer hübschen chinesischen Kellnerin zu, die ein paar Tische weiter mit einem Gast flirtete. Ein Mann kam vom ersten Stock die Treppe herunter. Er nestelte am Reißverschluß seiner Windjacke und blieb plötzlich auf halbem Weg stehen, weil der Verschluß klemmte. Ich konnte ihn jetzt gut sehen. Es war Subotin. Klein, rote Haare, das harte, schmale Gesicht – er war es ohne Frage. Er durchquerte die Halle, stieß mit der Schulter die Vordertür des Restaurants auf und trat auf die Straße hinaus, während ich leicht zitternd die Gabel mit einem Stück Erdnuß-Buttercremetorte auf den Teller zurücklegte.

Geistesgegenwärtig sprang ich auf und stürzte hinaus.

Ich kam gerade noch rechtzeitig, um zu sehen, wie er die Straße überquerte und seine Schritte zu einem großen Parkhaus lenkte.

Ich riskierte es, meinen Wagen zu holen. Dann wartete ich mit angehaltenem Atem – die Parkgarage hätte ja eine zweite Ausfahrt haben können, von der ich nichts wußte. Doch nach ein paar Minuten kam Subotin heraus und steuerte seinen Chevrolet zum Susquehanna hinunter, dem Fluß, an dem Harrisburg liegt. Dort angelangt, steuerte er in Richtung Interstate-Autobahn 81. Ich hielt mich dicht hinter ihm und begann fieberhaft nachzudenken. Was machte Subotin hier? Wie war er ins Alva gekommen? Hatte er May gesucht? Hatte er sie verpaßt? Wußte er etwa bereits, daß sie jetzt die Goldzertifikate besaß?

Wir erreichten ein Autobahnkreuz, und ich mußte mich aufs Fahren konzentrieren. Der Beschilderung nach Marysville folgend, fuhr Subotin auf der Interstate 81 in südlicher Richtung – eine Straße, die ich so gut wie keine andere auf der Welt kenne, denn wenn man darauf bleibt, kommt man direkt nach Washington. Aber Subotin blieb nicht darauf. Hinter Marysville schwenkte er nach Norden ab – auf eine Straße, die ich womöglich noch besser kenne. Sie überquert den Blue-Mountains-Gebirgszug in die höheren, rauheren Tuscaroraberge. Hintereinander schlängelten wir uns über die friedlichen, schwärzlichbraunen Hänge. Bald ließen wir das Stadtgebiet hinter uns. Die Wälder wurden dichter. Nach einer Weile senkte sich die Straße in ein Tal hinab. Hier gab es Bauernhöfe; das von den Mähdreschern zu Haufen zusammengelegte Getreide markierte die Umrisse der einzelnen Felder, und rund um Straßenkreuzungen waren typisch amerikanische Dörfer mit ihren Kirchtürmen und Lattenzäunen angelegt, alles in leuchtendem Weiß. Ich kannte alle diese Orte; nacheinander fielen mir ihre Namen ein. Jedesmal, wenn ich den Blick hob, trat mir ein Stückchen vertraute Landschaft vor Augen: wie die von hohen Eichen dunkel überhangene Straße diese enge Kurve beschrieb; ein Tal, das sich öffnete und die braunen und goldenen Farbtöne zeigte, die ich immer mit der Zeit um Erntedank verbinde; der steile Felsabhang eines Berges. Ich brauchte keine Erinnerungen herbeizuzitieren, sie waren einfach da, und als wir die Tuscaroraberge erreichten, hörte ich meinen Vater, wie er mir erzählte, daß die Tuscarora-Irokesen zu den fortschrittlichsten Indianerstämmen gehörten.

Für kurze Zeit hatte ich das unheimliche Gefühl, Subotin wolle mich zur alten Jagdhütte meiner Eltern lotsen. Doch dann bog er auf eine Nebenstraße ab, die sich einen Berg hinaufwand und auf der anderen Seite in ein enges Tal hinabführte. Ich erinnerte mich, daß ein Bach dieses Tal durchfloß, und bald sah ich ihn durch die dunklen Bäume leuchten. Die vielen Kurven erlaubten es mir, Subotin auf den Fersen und gleichzeitig außer Sicht zu bleiben. Es hatte zu regnen aufgehört, aber der Wind blies noch kleine Schauer von den Bäumen.

Offensichtlich war er mit der Gegend nicht vertraut, denn er verlangsamte die Fahrt bei jedem Wegweiser. So ging das etwa zehn oder zwölf Kilometer. Schließlich schwenkte die Straße scharf nach rechts und überquerte den Bach. Ich ließ Subotin einen kleinen Vorsprung und folgte ihm dann wieder. Ich wußte, daß ich ihn jetzt, wo es nur noch wenige Abzweigungen gab, kaum verlieren konnte. Gerade als die Straße erneut anzusteigen begann, verlangsamte er und bog hundert Meter weiter in eine schmale Schotterstraße ein. Ich folgte ihm nicht, fuhr an der Abzweigung vorbei und hielt. Wahrscheinlich hatte er die falsche Abzweigung gewählt. Ich war fast sicher, daß dieser Weg eine Sackgasse war.

Regentropfen trommelten aus einer Eiche auf meinen Wagen herunter. Fünf Minuten vergingen. Er zeigte sich immer noch nicht. Ich wurde nervös und ließ den Motor wieder an. Doch wenn ich recht hatte, wenn es eine Sackgasse war, dann mußte Subotins Ziel irgendwo entlang dieser Nebenstraße liegen; das Auto würde mich nur verraten.

Ich drehte den Zündschlüssel wieder zurück. Das Abstellen des Motors ließ eine unnatürliche, beklemmende Stille entstehen, und während ich zur Abzweigung zurückging, fuhr mir der Schrei eines Eichelhähers durch alle Glieder. An der Einmündung der Schotterstraße zögerte ich. Aber es war immer noch nichts von Subotin zu sehen. Hundert Meter weit hatte ich ungehinderte Sicht. Langsam ging ich voran.

Der Wald schloß die Straße jetzt von beiden Seiten ein, und eine graue, dunstige Düsternis hing in der Luft. Alle paar Meter blieb ich stehen, um ja kein Geräusch zu überhören. Zehn Minuten vergingen; ich sah immer noch nichts von Subotin und begann mir vorzuwerfen, daß ich einen Bock geschossen hatte – er war inzwischen vielleicht schon über alle Berge. Aber mir blieb nichts anderes übrig, als weiterzugehen. Einen Augenblick später sah ich ein ungelenk mit der

Hand beschriftetes Schild SACKGASSE. Ich hatte also recht gehabt. Es machte mich nur noch vorsichtiger. Endlich konnte ich ein paar hundert Meter weiter Subotins Wagen sehen. Er stand rechts an der Straße, am Beginn eines schmalen Weges, der in den Wald hineinführte.

Ich verharrte reglos; der durch die Bäume halb verdeckte Wagen erschien mir wie ein sprungbereites Raubtier. Aber Subotin konnte mich nicht gesehen haben, sonst wäre ich wahrscheinlich schon tot. Vorsichtig ging ich auf den Wagen zu und warf durch die Fenster einen Blick ins Innere. Auf dem Rücksitz lag eine Gewehrtasche aus Segeltuch. Leer ...

Das gefiel mir ganz und gar nicht. Wo war er? Ich überlegte, aber es blieb mir nichts anderes übrig, als weiterzugehen. Also marschierte ich los. Ungefähr alle zwanzig Meter blieb ich stehen und lauschte; wenn ich auch nur den geringsten Warnlaut auffing, konnte ich mich ins dichte Unterholz werfen und fliehen. Aber ich hörte nichts.

Nach einer Weile sah ich, daß der Weg auf eine von Birken gesäumte Lichtung führte. Etwas schimmerte dort im Schatten. Ich kniete nieder. Unter den ausladenden Ästen der Fichten durchblikkend, erkannte ich die vordere Stoßstange und die halbe Kühlerhaube eines Kleinlasters. Hier irgendwo steckte Subotin und wartete. Mit einem Gewehr. Ich machte kehrt und eilte zurück. Erst nach einer Biegung, und als ich sicher war, daß man mich von der Lichtung aus nicht sehen konnte, blieb ich stehen, um zu überlegen. Nicht von der Hand zu weisen war natürlich die Möglichkeit, daß Subotin nur hergekommen war, um sich mit jemandem zu treffen, aber die wahrscheinlichere Erklärung erschien mir um vieles bedrohlicher: Er lag auf der Lauer. Er erwartete zweifellos, daß jemand auf die Lichtung kommen würde; sobald ich das tat, war ich ein toter Mann.

Nachdem ich noch weitere fünfzig Meter zurückgegangen war, fand ich eine Lücke zwischen den Bäumen. Von dort drang ich im rechten Winkel zum Weg in den Wald ein. Als ich dann meiner Schätzung nach zwei- oder dreihundert Meter durchs Unterholz gestapft war, wechselte ich die Richtung und hielt mich parallel zum Waldweg. Ich hatte vor, einen Bogen um die Lichtung zu machen und hinter ihr auf den Waldweg zurückzukehren. Als ich kurz stehenblieb, um zu Atem zu kommen, hörte ich das Rauschen eines Baches, und einige Augenblicke später erreichte ich dessen Uferböschung. Im Frühjahr, nach der Schneeschmelze, würde es ein tiefes, reißendes Gewässer sein, aber jetzt floß nur ein Rinnsal im Bachbett. Und genau dieser Umstand war es, den ich mir zunutze machte, denn das Bett war so gut wie ein Weg, und es verlief in der mir gelegenen Richtung. Ich schlitterte die Uferböschung hinunter. In etwa zwanzig Minuten brachte ich über einen Kilometer hinter mich, bis ich auf der Uferböschung über mir plötzlich einen Weg sah. Er näherte sich dem Bach, um sofort wieder seine Richtung zu wechseln, gleich den Armen des Buchstabens K. Der untere Arm, das stand für mich fest, würde zur Lichtung zurückführen, der obere tiefer in den Wald hinein, wahrscheinlich zu einer Jagdhütte.

Der Weg war nur schulterbreit, von Fichten und kleinen Eichen gesäumt. Während ich dahineilte, so schnell ich nur konnte, atmete ich die würzigen Düfte feuchter Blätter und faulenden Holzes ein, und Fichtenharz und Schweiß begannen auf meinem geröteten Gesicht zu brennen. Dann roch es nach Rauch, und einen Moment später kam die erwartete Hütte in Sicht. Im Farn kauernd, überblickte ich eine kleine, steinübersäte Lichtung. Die Hütte war sehr einfach gebaut, mit einem Ofenrohrschornstein versehen, die Außenwände mit Zedernholz verkleidet. Sie stand auf Betonpfosten und machte einen windschiefen, verwitterten Eindruck, war aber ohne Zweifel bewohnt. Aus dem Schornstein quoll eine heimelige Rauchfahne; neben der Tür war Brennholz aufgestapelt. Jetzt wurde mir klar, daß ich die Situation möglicherweise völlig falsch eingeschätzt hatte. Ich war von der Vermutung ausgegangen, daß Subotin auf der Lichtung haltgemacht hatte, wo der Kleinlaster stand; aber warum sollte er nicht den Weg weitergegangen und hierhergekommen sein? Vielleicht war er in dieser Hütte. Daß jemand drin war, daran bestand nicht der geringste Zweifel. An ihrem einzigen Fenster glitt gerade ein dunkler Schatten vorbei ... Und dann hielt ich den Atem an, denn die Tür öffnete sich.

Wen erwartete ich eigentlich? Wer sollte jetzt aus der Hütte kommen?

Er war ein großgewachsener, stämmiger Mann, seine mächtige Brust fiel zu einem gemäßigten Bauch ab. Sein Gesicht war breit und freundlich, und der Haaransatz ging bereits zurück ...

Ich erhob mich, betrat die Lichtung und ging auf den Mann zu.

„Wer sind Sie?“ fragte er.

„Mein Name ist Robert Thorne ..., Mr. Brightman.“

Ich war verblüfft, ich war platt ..., aber vielleicht hätte ich es wissen können. Ich schloß die Augen und sah May, wie sie da auf dem Hausboot in Frankreich stand. Wie wunderschön sie gewesen war! Und was sonst hätte sie so aufblühen lassen als das Wissen, daß ihr Vater noch lebte?

Doch wen immer ich in dieser Hütte vorzufinden erwartet hatte, es war nicht Harry Brightman gewesen. Über so lange Zeit das Objekt meiner Neugier, Gegenstand Tausender Spekulationen, bedeutete seine leibhaftige Existenz – sein Vorhandensein außerhalb meiner Gedankenwelt – fast einen Affront. Harry Brightman war am Leben. Wie konnte er es wagen?

Aber er lebte – ich hatte den Rotfuchs aufgestöbert.

Ich muß ihn wohl lange Zeit angestarrt haben, bevor ich es herausbrachte: „Ich bin mir noch nicht sicher, wie man mit Toten spricht."

„Vielleicht sollten Sie in eine Trompete stoßen, Mr. Thorne, wie beim Jüngsten Gericht." Brightman war zweifellos der stofflichste Geist, der mir je begegnet war. Seine Hände waren groß und kräftig. Die physische Kraft, die er ausstrahlte, ließ ihn halb so alt erscheinen, wie er war.

„Sie wissen auch, wer ich bin?" fragte ich.

„Ja. May hat mir erzählt, was für eine große Hilfe Sie ihr waren."

Ich konnte mir ein ironisches Lächeln nicht verkneifen. „Ja, sicher."

„Seien Sie bitte nicht böse, Mr. Thorne. Jedenfalls nicht auf May. Ich weiß, wie sehr es ihr gegen den Strich ging, Sie irrezuführen. Und Sie sollten wissen, daß, als sie Sie das erstemal anrief, alles, was sie Ihnen sagte, der Wahrheit entsprach. Sie wußte damals nicht, daß ich lebte. Erst später, nach der Sache in Detroit, sagte ich es ihr."

Er machte eine einladende Geste, und wir gingen in die Hütte hinein. Schweigend beobachtete ich, wie er einen kleinen schwarzen Stumpen aus der Brusttasche seines karierten Holzfällerhemdes zog. Jetzt, da ich wußte, daß er am Leben war, ergaben viele Dinge plötzlich einen Sinn. Was aber May betraf, war ich immer noch nicht sicher. Wieweit hatte sie mich manipuliert? Oder war auch sie von ihrem Vater düpiert worden? Während ich dies alles auf mich einwirken ließ, trat ich an das einzige Fenster der Hütte. Es war später Nachmittag, und es wurde von Minute zu Minute dunkler; falls Subotin in der Finsternis des Waldrandes lauerte, war er völlig unsichtbar. Ich wandte mich vom Fenster ab. Brightman zündete seinen Stumpen an; hinter dem schwarzen Rauchwölkchen, das er damit produzierte, beobachtete er mich unentwegt.

„Wo ist May jetzt?" fragte ich.

„In Toronto, nehme ich an."

„Ist sie auf dem Weg dorthin hier vorbeigekommen?"

„Ich habe sie seit Wochen nicht mehr gesehen, Mr. Thorne."

Eine Lüge – und sie tat seiner Würde Abbruch. Ich schüttelte den

Kopf. „Wir haben keine Zeit, Mr. Brightman. Es hat keinen Sinn, noch etwas verheimlichen zu wollen. Ich habe mit Grainger gesprochen. Ich weiß alles über Florence Raines. Und über Dimitroff. Ich war bei Berri, und er hat mir erzählt, was er wußte. Hamilton, Ihr Brief von der sowjetischen Botschaft, Juri Schastow ..., das weiß ich alles. Ich weiß, daß May gestern in Harrisburg war und was sie dort erledigt hat."

Brightman sah mich an, ohne mit der Wimper zu zucken. Eben hatte ich ihn wissen lassen, daß ich allen Geheimnissen seines Lebens auf die Spur gekommen war, aber er nickte nur leicht – eine Bestätigung, aber kaum das Eingeständnis einer Niederlage. Ich fügte hinzu: „Der Kleinlaster auf der Lichtung am Ende des Weges, das ist doch Ihrer, oder?"

„Ja, der Wagen gehört mir. Ich wollte ihn gerade holen. Aus dem Bach kann man kein Trinkwasser mehr entnehmen, darum fahre ich jeden zweiten Tag ins Dorf, um welches zu holen."

„Das würde ich Ihnen nicht empfehlen", gab ich zurück. „Da draußen wartet ein Mann auf Sie. Er heißt Subotin. Er ist Russe, hat ein Gewehr und die Absicht, Sie zu töten – wenn nicht Schlimmeres."

Die Wirkung, die ich mit diesen Worten erzielte, zeigte sich unverzüglich. Die Haut seines Schädels spannte sich; eine Sekunde lang sah man ihm sein wahres Alter deutlich an. Um Fassung ringend, zog er an seinem Stumpen.

„Wenn Sie angeblich so viel wissen, dann ist Ihnen wohl auch bekannt, wie wichtig das ist. Sagen Sie mir ..."

„Ich habe ihn im Alva gesehen, dem Hotel, wo May abgestiegen ist. Dann bin ich ihm hierher gefolgt. Er ist auf der Lichtung bei dem Laster. Ich habe einen Bogen um ihn gemacht, bin dann den Bach entlanggegangen, bis ich wieder auf dem Weg war." Ich fügte hinzu: „Ich nehme an, er ist May gefolgt, als sie hierherkam."

Er schüttelte den Kopf. „May war nie hier. Wir haben uns in Harrisburg getroffen."

„Dann muß er Ihnen gefolgt sein."

„Nein." Er ging zum Fenster und sah hinaus. „Vergessen Sie nicht, Mr. Thorne: Ich habe schon angefangen, meine Spuren zu verwischen, als Sie noch gar nicht auf der Welt waren. Niemand ist mir hierher gefolgt. Aber Sie sagten doch, Sie hätten Hamilton gefunden ..."

„Subotin hat Hamilton getötet, Mr. Brightman."

Er drehte sich zu mir um. „Vor vielen Jahren war Hamilton einmal hier. Es wäre möglich ..."

„Spielt das jetzt noch eine Rolle?"

„O ja. Er will nur das Geld – aber das hat May jetzt. Wenn er durch Hamilton von dieser Hütte erfahren hat und nicht von May, dann ist sie in Sicherheit. Das ist der Unterschied."

Unsere Blicke begegneten sich. Sofort änderte sich sein Gesichtsausdruck. Berechnung und Schläue fielen von ihm ab und wurden durch Verletzlichkeit ersetzt. Das war sein Herzensanliegen, alles andere war Verstellung. Rückschauend erschienen mir Mays anfängliche Befürchtungen um vieles vernünftiger; sie wußte, wie völlig ergeben er ihr war. Und weil ich nun ein Echo auf diese Gefühle zu verspüren meinte, konterte ich rasch: „Seien Sie da nicht so sicher."

Ich hatte recht; schon diese Spur von Zweifel, was ihre Sicherheit betraf, genügte, um neues Leben in seinen Augen aufflackern zu lassen.

„Ja", stimmte er mir zu, „bei Subotin kann man nie ganz sicher sein. Wissen Sie eigentlich, wen er vertritt, Mr. Thorne?"

„Leute vom sowjetischen Militär. Mit hochgestellten Freunden."

„Sie waren sehr gründlich mit Ihren Nachforschungen. Er war im GRU, dem militärischen Nachrichtendienst. Seine ‚Freunde' sind in der Marine."

„Und diese Leute wollen die Parole durchsetzen: Rußland für die Russen?"

„Sie wollen Macht, Mr. Thorne, für sich selbst und für ihr Land – und sie wissen, daß der Kommunismus ihnen dabei nur im Weg ist. Ihr Ziel ist eine leistungsfähige Wirtschaft, Treue zum Vaterland, vernünftige politische Strukturen – um über noch wirkungsvollere Raketen und noch mehr Unterseebote zu verfügen. Sie werden versuchen, diese Macht mit Hilfe des Militärs und der Geheimpolizei zu erringen – sie werden versuchen, Militär und Geheimpolizei zusammenzubringen. Haben sie das einmal geschafft, werden sie in Rußland aus einer kommunistischen Diktatur eine Militärdiktatur machen."

„Und diesen Prozeß wollen Sie aufhalten?"

„Nein, Mr. Thorne. Ich möchte nur in Frieden gelassen werden. Deshalb – weil ich verzweifelt war – habe ich den Schlüssel zurückgeschickt. Sollen sie doch sehen, wie sie damit fertig werden – mit ihren verdammten Problemen in ihrem verdammungswürdigen Land!"

Er log, oder er log zum Teil, denn er wußte ja nicht, daß ich wußte, wer Schastow wirklich war; er wußte nur, daß ich seinen Namen kannte. Aber ich wußte, was es war, dessen er sicher sein wollte: Das

Gold sollte nicht mehr der Köder sein, der alle anlockte – und May in tödliche Gefahr brachte.

Ich sagte: „Wie ich Subotin kenne, ist er nicht der Mann, der sich von Gefühlen dieser Art beeinflussen läßt. Er wird Sie töten, Mr. Brightman. Oder er wird Sie als Geisel nehmen, um an das Gold heranzukommen, das May jetzt in ihrem Besitz hat. Ich schlage deshalb vor, daß wir uns schnellstens aus dem Staub machen."

„Das ist eine ausgezeichnete Idee – für Sie. Aber nicht für mich. Selbst wenn ich ihm entwischte, es würde auf die Dauer nichts nützen. Jetzt, wo er weiß, daß ich lebe, würde er mich eben woanders aufspüren."

„Nicht, wenn wir die Polizei verständigen."

Er lächelte. „Das kann ich nicht riskieren. Sie vergessen: Ich bin tot. Begraben. Wenn ich wiederauftauche ..."

Dieses kleine Detail hatte ich übersehen. Als ich ihn ansah, lächelte er.

„Wessen Leiche war es? Ein Penner, ein Schnapsbruder ...?"

Brightman verzog ironisch das Gesicht. „Nein, Mr. Thorne, es war ein Freund – ein ‚Genosse', wenn Sie so wollen. Ich versuchte, durch ihn Kontakt mit unseren früheren Arbeitgebern aufzunehmen."

„Und was geschah?"

„Ich bin mir da nicht ganz sicher. Er hatte seine Verbindungen nicht ganz abreißen lassen oder zumindest nicht so vollständig wie ich – was ihn nützlich machte. Möglicherweise gab er meine Wünsche weiter und erhielt daraufhin gewisse Instruktionen. Es ist aber auch möglich, daß er aus eigenem Antrieb beschloß, mich umzubringen, weil er Angst hatte, ich könnte ihn enttarnen. Ich hatte ihm gedroht, das zu tun – das gebe ich zu. Wie auch immer, er versuchte mich zu töten ... Statt dessen tötete ich ihn ... Das schlimmste war die halbe Stunde danach, als ich mit der Leiche neben mir im Motelzimmer sitzen mußte. Da kam mir die Idee. Dieser Mann war kleiner als ich, hatte aber so ziemlich das richtige Alter. Es schien mir einen Versuch wert zu sein. Wenn ich damit Schiffbruch erlitt, konnte ich immer noch meine ursprüngliche Absicht in die Tat umsetzen und mir das Leben nehmen. Also zog ich ihm meine Kleider an, setzte ihn in meinen Wagen und schoß ihm ins Gesicht. Es funktionierte – funktionierte einfach zu gut, als daß ich es jetzt noch ungeschehen machen könnte." Er ging zum Kamin hinüber und warf seinen Stumpen in die rote Glut. Sich mir wieder zuwendend, fügte er hinzu: „Das entscheidende Faktum ist doch, daß ich tot bin und es auch bleiben werde. Das ist der Angelpunkt. Wenn ich tot bin, ist das für alle besser."

„Sehr interessant. Aber ein wenig theoretisch." Ich deutete mit dem Kopf auf das Fenster. „Wir haben ein praktisches Problem."

„Die Lösung unseres Problems besteht darin, daß ich hierbleibe. Subotin wird früher oder später ungeduldig werden und mich hier finden – und dann werde entweder ich ihn oder er wird mich töten. Von Ihnen erwarte ich nur eines, nämlich daß Sie sich in Sicherheit bringen. Weiß Gott, Sie haben genug getan. Aus Gründen, die Sie sich vielleicht denken können, und aus anderen, von denen Sie keine Ahnung haben, ist mir Ihre Sicherheit sehr wichtig. May und ich haben schon viel zuviel von Ihnen verlangt, und wenn ich eben sagte, daß mein ‚Tod' für alle Beteiligten das beste ist ..., nun, das betrifft auch Sie."

Sekundenlang stand diese Bemerkung im Raum. Und natürlich wußte ich es jetzt – ich konnte es mir nicht mehr verbergen, was ich schon die ganze Zeit gewußt hatte. Mein Vater hatte für Brightman spioniert. Mein Vater war der andere Mann im Außenministerium gewesen, dem sich zu erkennen zu geben Hamilton abgelehnt hatte. Hier war nun endlich das „Persönliche", auf das Travin angespielt hatte. Ich empfand es gar nicht als einen vernichtenden Schlag – ich hatte mich ja in den letzten Wochen selbst ganz allmählich an diese Erkenntnis herangeführt –, aber eine Sekunde lang schloß ich doch die Augen und krümmte mich vor Schmerz. Ich drehte den Kopf zur Seite und blickte noch einmal aus dem Fenster. Es regnete wieder. Die Tropfen prasselten auf das Dach – und auf Subotin, einen Berufskiller.

„Haben Sie eine Schußwaffe?" fragte ich.

„Ja. Ein paar alte Schrotflinten. Ein Jagdgewehr ist, glaube ich, auch da. Meine Chancen sind nicht sehr groß, aber ich habe eine. Wenn er einen Fehler macht ..."

„Erwarten Sie wirklich von mir, daß ich einfach weggehe und Sie hier allein lasse?"

„Selbstverständlich, warum auch nicht? Wenn Sie mir wirklich einen Gefallen tun wollen, dann retten Sie sich, und seien Sie meiner Tochter auch weiterhin ein Freund."

„Hören Sie mir nur einen Augenblick zu. Subotin weiß nicht, daß ich hier bin – und er weiß nicht, daß Sie wissen, daß er hier ist. Diesen Vorteil können wir uns zunutze machen. Auf dieser Lichtung hat er keine Deckung. Wenn ich am Bach entlang zurückgehe – wie ich gekommen bin – und Sie geradeaus den Weg hinuntergehen, können wir ihn in die Zange nehmen."

Er wollte protestieren, besann sich dann aber eines Besseren. Denn er wußte, daß es funktionieren könnte.

„Und wenn ich sage ‚in die Zange nehmen', dann meine ich, daß wir ihn lebend fassen, wenn möglich. Dann brauche ich nur noch ein paar Stunden am Telefon. Ich habe gewisse Kontakte – CIA-Kontakte. Ich kann Ihnen garantieren, daß die uns Subotin mit Handkuß abnehmen werden. Und Sie bräuchten sich niemals wieder Sorgen um ihn zu machen."

Brightman blies die Backen auf. „Wenn es nicht funktioniert, bin ich auch nicht schlechter dran, als ich es jetzt schon bin."

„Genau. Für mich gilt dasselbe."

Er durchquerte den Raum. In der Ecke zwischen Bett und Wand befand sich ein Schrank. Da drin waren die Gewehre und Patronen. Es würde jetzt sehr schnell dunkel; das war nicht gut. Subotin würde unruhig werden und nicht länger auf Brightmans Erscheinen warten wollen. Ich fragte mich, ob mein Plan nicht verrückt war, aber mir fiel nichts Besseres ein.

Brightman brachte mir das Gewehr. Ich öffnete es, lud beide Läufe und steckte dann noch zwei Patronen extra in meine Tasche. Dann warf ich einen Blick auf meine Uhr. „Es ist schon bald vier. Lassen Sie mir eine halbe Stunde Zeit, um meine Position zu erreichen, und warten Sie dann auf mein Signal. Ich werde *Stoi!* – Halt! rufen, wenn ich soweit bin. Dann warten Sie erst einmal, was passiert, bevor Sie sich zeigen."

Er nickte zustimmend. „Ist gut." Und dann streckte er die Hand aus. Ob er mir damit seine Verbundenheit bezeugen oder sich verabschieden wollte, kann ich nicht sagen.

Ich ging zur Tür und trat hinaus. Es war kalt. Alle Farbtöne eines Blutergusses schimmerten vom Himmel. Durch den Nieselregen waren die Umrisse der Bäume am Rand der kleinen Lichtung kaum mehr zu erkennen, und der Wald ringsum war zu einer einzigen graugrünen Masse verschwommen. Ich ließ das Gewehr in meine Armbeuge gleiten und wollte gerade losgehen. Da geschah es.

Dreimal ein harter Knall – ein Schauer von Holzspänen flog mir ins Haar.

Ich warf mich zu Boden und kroch unter die Hütte.

Es VERSCHLUG mir den Atem, als ich zu Boden krachte und mich unter die Hütte rollte. Ein Stein riß mein Knie auf. Aber ich empfand nichts – nicht einmal Entsetzen, ich rollte nur weiter, bis ich gegen einen der Pfosten knallte, auf denen die Hütte stand. An diesen Pfosten gedrückt, lag ich flach auf dem Bauch. Eine Handbreit über meinem Kopf ertastete ich die Bodenbretter der Hütte. Alles, was ich vor mir sehen konnte, war ein schmaler Lichtstreifen, wo der Unterbau zu Ende war. Dann ertönte wieder ein Schuß, und eine Kugel schmetterte durch die Hütte und erzeugte beim Abprall einen schrillen Ton.

Subotin rief etwas, aber ich konnte die Worte nicht verstehen. Es folgten zwei weitere Schüsse, einer unmittelbar nach dem anderen. Wie ein Wurm kroch ich ein Stück weiter. Ein Spinngewebe blieb auf meinem Mund kleben, ich mußte mir einen alten Eimer aus dem Weg schaffen, aber dann arbeitete ich mich energisch voran und rollte schließlich unter der Hütte hervor. Ich richtete mich auf und hörte in diesem Augenblick das Zischen einer Stimme. „Thorne? Sind Sie es?"

Ich wirbelte herum – von der Stimme war ich mehr überrascht als vorher von den Schüssen. Doch dann begriff ich, daß es Brightman auf der anderen Seite der Bretterwand war; hier gab es kein Fenster, aber er hatte die Lippen an eine Spalte gepreßt und flüsterte mir zu.

„Hören Sie! Er hält Sie für mich. Laufen Sie in den Wald hinein! Da ist ein Weg, der zum Bach hinunterführt – bleiben Sie im Bachbett! Schnell!"

Noch während ich mich bemühte, Gewalt über meine Zunge zu erlangen, hörte ich, wie Subotin auf der anderen Seite der Jagdhütte über die Lichtung stürmte. Von der Hinterwand der Hütte, wo ich stand, erstreckte sich die Lichtung noch etwa fünfzig Meter bis zum Waldrand. Ich hatte keine Zeit zum Nachdenken, sondern fing einfach an zu laufen, lief, den Kopf gesenkt und mit berstender Lunge, um mein Leben. Ich sprang über Steine, stolperte durch das Buschwerk, denn im ersterbenden Licht hatten die Dinge jeden Umriß verloren. Plötzlich streckten die dunklen Bäume ihre Äste nach mir aus und packten mich.

Erst jetzt wagte ich es, einen Blick hinter mich zu werfen – die Lichtung war leer. Sofort begann ich weiterzulaufen. Ich geriet auf einen Weg. Der Weg zum Bach. Wo der Pfad in das Bachbett einmündete, sprang ich die Böschung hinunter.

Nach Atem ringend, das Gesicht in das welke Gras auf der Oberkante der Böschung gepreßt, starrte ich in die dunklen Schattenkringel, die in den Wald zurückreichten. Aber es gab nichts zu sehen. Ich war in Sicherheit – für einen Augenblick. Aber wo war Subotin? Was war mit Brightman geschehen?

Er hält Sie für mich ... Laufen Sie ... Bleiben Sie im Bachbett ...

Brightman hatte wahrscheinlich recht: Subotin konnte überhaupt nicht ahnen, daß ich mich in der Hütte aufgehalten hatte. Subotin hielt mich für Brightman. Das war vermutlich der einzige Grund, daß ich noch lebte. Für einen, der Subotins Vergangenheit kannte, war es schwer zu glauben, daß er mich verfehlt hatte, als ich aus der Hütte kam; trotz des dämmrigen Lichts war es einfach zu leicht gewesen, mich zu treffen. Aber er wollte nicht treffen, wollte nur Angst einjagen: Denn sein Hauptinteresse galt dem Gold, und um daran zu kommen, brauchte er einen lebenden Brightman.

Aber wozu dann der Bach, wozu hierbleiben? Das Bachbett war dunkel wie ein Tunnel, ausgenommen das schwache Glitzern des Rinnsals, das sich dort dahinschlängelte. Doch die Dunkelheit gewährte nur geringen Schutz; wenn einer wußte, daß ich da war, wenn er mich beobachtete, dann konnte er mich von der Böschung aus kaum verfehlen.

Meine Gedanken vollführten die wildesten Sprünge, bis plötzlich ein Schuß krachte und im Dunkel ein gewaltiges Echo fand. Instinktiv preßte ich mich flach an die Böschung, aber noch während der Knall verklang, wurde mir klar, daß der Schuß keineswegs in der Nähe gefallen war. Als ich jetzt den Bach entlanglief, rannte ich der Gefahr entgegen, auf die Stelle zu, von wo der Schuß gekommen war. Vielleicht glaubte ich, keine andere Wahl zu haben – in dieser Richtung hatte ich wenigstens die Chance, die Straße und meinen Wagen zu erreichen, während ich sonst nur noch tiefer in den Wald hineingeraten wäre. Das dumpfe Krachen eines zweiten Schusses kam mir entgegen – es war der Knall einer Schrotflinte, nicht des Gewehrs, das Subotin bei sich hatte. Nicht nur, daß Brightman mir keine Falle stellte, er bemühte sich, Subotin von meiner Spur wegzulocken! Ich lief weiter. Bald hatte ich keine Ahnung mehr, wo ich mich befand. Dann verengte sich das Bachbett plötzlich und hatte, indem es das Wasser zusammenpreßte, eine Rinne geschaffen, die tief genug war, um mich auf die Böschung hinaufzutreiben. Gute zehn Minuten mußte ich mich durch dichtes Buschwerk kämpfen, doch dann verbreiterte sich der Bach wieder, es bildete sich das gleiche spärliche Rinnsal wie zuvor, und ich konnte wieder neben dem Bachbett hergehen. Fünf Minuten später blieb ich stehen, denn ich wußte, daß ich nahe der Stelle sein mußte, wo die Schüsse abgefeuert worden waren. Somit hatte ich, wenn es Brightmans Absicht gewesen war, mich in Sicherheit zu bringen, diese Absicht vereitelt. Aber wenn er das vorgehabt hatte, warum hatte er mir aufgetragen, im Bachbett zu bleiben? Vorsichtig ging ich weiter. Plötzlich hörte ich vor mir ein rutschendes, gleitendes, scharrendes Geräusch.

Ich blieb wie angewurzelt stehen.

Jemand war die Böschung heruntergerutscht. Ich hielt den Atem an; dann schlug ein Stein gegen einen anderen ...

„Brightman? Ich weiß, daß Sie da sind. Und Ihr alter Schießprügel erschreckt mich überhaupt nicht." Es war Subotin, der da sprach und die Verwechslung immer noch nicht bemerkt hatte. Ich sah mich vorsichtig um. Ich stand praktisch in der Mitte des Baches, der hier seine breiteste Stelle hatte. Weder das eine noch das andere Ufer konnte ich erreichen, bevor er ... „Versuchen Sie nicht, sich zu verstecken. Kommen Sie her. Ich tue Ihnen nichts, Brightman."

Immer noch Stille. Das Knirschen eines Schrittes. Dann der Strahl einer Taschenlampe.

Aber er hatte den Strahl noch nicht auf mich gerichtet, sondern tastete damit suchend die Oberkante der gegenüberliegenden Böschung ab. Schatten hüpften und tanzten, dann begann sich der Strahl zu senken; nasse Steine und Schlamm glänzten und glitzerten. Der Lichtbogen kam näher. Ich hob das Gewehr ...

Ein Schuß donnerte durch die Finsternis. Das Licht erlosch.

Aber ich hatte den Abzug noch nicht berührt gehabt. Der Schuß war von oben, vom anderen Ufer abgefeuert worden. Und dann schoß Subotin. Ein greller Lichtblitz. Aber er hatte sein Ziel verfehlt, denn der Feuerstoß landete in meiner Nähe und veranlaßte mich, schnellstens hinter einem kleinen Steinhaufen in Deckung zu gehen.

Weitere Schüsse pfiffen durch das Bachbett. Ich hörte, wie die Kugeln durch das Gebüsch fetzten und in die Böschung einschlugen... Aber alles auf der mir gegenüberliegenden Seite. Und jetzt begriff ich, was mit *Bleiben Sie im Bachbett!* gemeint war. Ein Gefühl überkam mich, wie ich es in meinem ganzen Leben noch nicht empfunden hatte: Ich mußte jetzt einen Menschen töten – mir blieb nichts anderes übrig. Brightman und ich, wir waren jetzt beide Füchse, und er trieb mir bedächtig und ohne Hast den Hund vor den Lauf. Was ich jetzt brauchte, war Deckung. Der Steinhaufen reichte nicht; wenn mein erster Schuß danebenging, war es um mich geschehen.

Immer das Rieseln des Baches im Ohr, hatte ich plötzlich die einfachste Lösung des Problems gefunden.

Mich duckend, lief ich leise durch das Bachbett zurück – während hinter mir noch zwei Schüsse krachten –, bis ich die Stelle erreichte, wo die Böschungen aneinanderrückten. Hier füllte nur Wasser allein das etwa sechzig Zentimeter tiefe Bett; der Bach floß schnell und sprudelnd über die Steine. Ganz leise trat ich ins Wasser.

Die erste Berührung war wie Eis. Beim zweiten Schritt umklammerte ein Stahlring meinen Knöchel. Ich glitt auf den schlüpfrigen Kieseln aus, aber ich ging weiter. In der Mitte, wo das Wasser mir bis über die Knie reichte, bildeten drei größere Felsblöcke einen Damm, sauber geschnitten wie die Lehnen eines Sessels. Ich watete ruhig darauf zu und setzte mich.

Die Kälte griff wie mit stählernen Fingern nach meiner Brust. Aber ich hatte, was ich wollte – Deckung. Selbst wenn Subotin mich erwartete, nie würde er hierher sehen. Ich schaufelte ein wenig Schlamm vom Boden auf und schwärzte mein Gesicht. Jetzt war ich nur ein weiterer Felsblock in der schwarzen Finsternis. Ich vermied jede Bewegung. Und dann glaubte ich ihn zu sehen, wie er sich geduckt heranschlich ... Ich wartete mit angehaltenem Atem. Sei wie das Wasser. Wie die Steine.

Plötzlich war Subotin so nahe, daß ich fast aufgesprungen wäre. Langsam richtete er sich auf. Er kam ans Wasser heran, trat auf eine Steinplatte. Vier Meter. Eine Bewegung. Nicht nachdenken. Tu's, tu's. Aufstehen, zielen und abdrücken.

Wußte Brightman, daß ich da war? Hatte er mich gesehen? Noch während sich mein Finger um den Abzug straffte, krachte hoch oben auf der Böschung ein Schuß. Brightman mußte wohl in die Luft geschossen haben, denn er kam Subotin nicht einmal in die Nähe, aber wenn es ein Versuch war, seinen Verfolger herauszulocken, er hätte es nicht geschickter anstellen können. Denn Subotin ließ seine Stablampe aufflammen. Ihr Strahl zeichnete eine leuchtende Spur durch die Finsternis, glitzerte auf dem Wasser, glitt funkelnd über die nassen Steine und verwandelte sein Gesicht in eine glatte, silberne Maske. Und das war der Moment, wo ich feuerte. Einmal. Dann noch einmal. Den Bruchteil einer Sekunde lang wurde ein Bild in meine Netzhaut eingebrannt: die Uferböschungen, der Mann, der, die Arme in die Luft werfend, zurücktaumelte, das hoch aufspritzende Wasser ... Zurück blieb nur ein verschwommenes rotes Zucken vor meinen Augen. Ich rappelte mich hoch, stolpernd und platschend, voll Entsetzen.

„Sind Sie das, Thorne? Ist alles in Ordnung mit Ihnen?"

„Ja ..., aber um Himmels willen, schießen Sie nicht."

Meine Stimme, diese gurgelnden Laute ..., sie mußten einem anderen gehören. Ich war wie gelähmt und halb erfroren und zitterte am ganzen Körper. Kleine Geröllawinen auslösend, kam Brightman die Böschung herunter. „Ich konnte nur hoffen, Sie würden verstehen, was ich meinte. Ich war sicher, daß er nicht wußte, daß wir zu zweit waren ..." Aber ich starrte auf das blutige Bündel im Wasser hinunter. Die Strömung wirbelte um den Toten herum, wallte um den Bogen seiner Schultern und ließ seine Hand auftauchen. Der

Schuß, dessen Echo jetzt in der Nacht verklungen war, konnte nur einen zweiten auslösen, und was ich vor mir sah, war nur eine Wirklichkeit gewordene Erinnerung.

Brightman mußte das begriffen haben, denn seine Worte waren ganz gewiß tröstlich gemeint, aber ihre Güte versetzte mir den einzigen Schlag, den ich nicht erwartet hatte.

„Ich tat damals, was ich konnte, Thorne. Wir haben alles versucht an jenem Nachmittag, Ihre Mutter und ich, aber was wir auch sagten, was wir auch taten, nichts konnte ihn ..."

Entsetzt starrte ich ihn an. „‚Wir' – was meinen Sie damit?"

„Was ich sage. Wir ...", entgeistert sah er mich an. „Mein Gott, ich dachte, Sie wissen es. Ihre Eltern waren doch beide dabei. Von Anfang an."

Über die nächste Stunde kann ich nur berichten, daß sie vorbeiging – so wie die Stunden auf dem Höhepunkt einer Krankheit. Ich war völlig erledigt, körperlich, geistig – wenn man bei mir überhaupt noch von Geist reden konnte. Zur Hälfte war ich schon tot – die andere Hälfte wollte sterben. In meinem ganzen Leben war mir noch nie so kalt gewesen.

Wir mußten uns beeilen. Zwar befanden wir uns zur Jagdzeit in Pennsylvania, aber möglicherweise hatte unsere abendliche Schießerei doch Aufmerksamkeit erregt. Eine Szene wiederholte sich, an der vor langer Zeit Brightman und meine Mutter beteiligt gewesen waren: ein gewaltsamer Tod, der zu einem Unfall umfunktioniert werden mußte ...

Ich durchsuchte Subotins Taschen nach Schlüsseln und Reservepatronen und vergewisserte mich, daß seine Brieftasche nichts enthielt, was ihn mit einem von uns in Verbindung gebracht hätte. Seine Waffe war ins Wasser gefallen, aber ich fand sie und warf statt dessen Brightmans Schrotflinte hinein. Darüber hinaus gab es für uns nicht mehr viel zu tun. Dies war eine einsame Gegend, und Subotin mochte den ganzen Winter hier liegen; im Frühjahr würde niemand mehr feststellen können, was geschehen war.

Wir kehrten zur Hütte zurück. Ich brauchte unbedingt trockene Kleider, und obwohl Brightman sicher war, daß ihn keiner in der Gegend kannte, mußten wir alles so herrichten, daß es aussah, als ob seit Wochen niemand mehr hiergewesen wäre. Er begann aufzuräumen, während ich in eine seiner Hosen schlüpfte und mich dicht ans Feuer hockte und dann Kaffee machte. Die brennende Süße wusch rasch den ekelhaften Geschmack weg, den ich im Mund hatte. Ich kam wieder zu mir; ich schwang mich über das Fieber empor; langsam bekamen die Dinge ihre Konturen zurück. Ich sah Brightman an. „Erzählen Sie mir, was Sie von meiner Mutter wissen."

Er zögerte. „Ich weiß nicht sehr viel."

„Schon möglich. Aber in bezug auf einige Dinge wissen Sie mehr als ich."

„Ich lernte sie erst 1942 kennen, Mr. Thorne, nachdem sie nach Amerika gekommen war. Soviel ich weiß, hatte sie an der Sorbonne studiert und war auf die übliche Weise mit dem Kommunismus in Kontakt gekommen. Das gehörte damals dazu, wenn man jung und idealistisch war."

„Aber bei ihr ging es weiter."

„Vielleicht. Vielleicht war es aber auch nur Zufall. Ich glaube, sie mischte sich unter die ausländischen Linken, die damals in Paris lebten. Es waren viele Amerikaner darunter. Dabei begegnete sie vermutlich auch Ihrem Vater."

„War sie damals schon angeworben?"

„Ja, ich glaube schon."

„So daß also ihre Heirat ..."

„Nein, nein, das dürfen Sie nicht denken. Sie wußte immer schon, daß er kein Kommunist war, kein richtiger, meine ich. ‚Aber ich liebe ihn trotzdem' hat sie einmal zu mir gesagt. Sie hatten unterschiedliche Beweggründe, aber beide standen zu dem, was sie taten." Er machte eine Pause, musterte mich, zündete sich einen seiner Stumpen an. „Ihr Vater war ein anständiger Mann, ein Diplomat, der wußte, was die Nazis verbrachen, und der sich über die mangelnde Reaktion seines Heimatlandes auf diese Untaten entsetzte. Er gestand mir einmal, daß die Jahre, in denen Amerika sich aus dem Krieg heraushielt, die schrecklichsten und schändlichsten seines Lebens gewesen waren."

Ich versuchte, ruhig zu bleiben. „Aber damals waren die Russen doch auch noch nicht im Krieg."

„Nein, aber er fand Entschuldigungen für sie. Sie unterzeichneten den Molotow-Ribbentrop-Pakt nur, um Zeit zu gewinnen, nicht weil sie ein Drittel von ganz Polen haben wollten. Das stimmt ja auch in gewisser Weise: Sie wollten beides haben – Zeit- und Territorialgewinn. Jedenfalls fing er damals an, für die Russen zu arbeiten. Erst nach dem Krieg wurde ich sein Führungsoffizier."

In eine Decke gehüllt, saß ich da. Jetzt warf ich sie ihm hin, und er verwendete sie, um einen Teil seiner Lebensmittel darin einzuwickeln.

„Und wie hat er sich nach dem Krieg verhalten?" fragte ich.

„Zunächst machte er weiter. Aber er wurde immer unruhiger. Er hatte die Russen unterstützt, weil ihm das der beste Weg zu sein schien, gegen die Deutschen zu arbeiten. Doch mit der Zeit fiel ihm das immer schwerer."

„Aber er hing an der Angel."

„Ja."

„An Ihrer?"

„Er hing am gleichen Haken wie ich, Mr. Thorne. Aber ich möchte annehmen, daß Ihre Mutter um vieles wichtiger war. Sie *glaubte*. Ich bereitete mich darauf vor, seine Zügel etwas lockerer zu lassen, und tat es dann auch – er fing an, seiner Laufbahn eine neue Richtung zu geben und sich damit den Zugang zu wichtigem Material zu verbauen. Aber Ihre Mutter hätte nie zugelassen, daß er völlig ausstieg."

„Aber er hat es doch getan. Mit seiner Flinte."

„Das war eine schreckliche Woche für ihn – es war die Woche des Aufstands in Ungarn 1956. Ihre Mutter bekam es mit der Angst zu tun und rief mich an – sie fürchtete, er würde sich selbst anzeigen. Ich geriet in Panik, zum Teil schon allein deshalb, weil ich genau dasselbe tun wollte. Ich setzte mich mit Hamilton in Verbindung und bat ihn, etwas zu unternehmen – sie waren ja beide im Außenministerium tätig –, aber er weigerte sich. Das machte mir noch mehr angst, denn ich wußte: Wenn Ihr Vater tatsächlich Selbstanzeige erstattete, war ich erledigt."

„Und was passierte dann?"

„Wir kamen hierher und redeten. Er war schrecklich durcheinander. Die Russen hatten ihre Panzer noch nicht losgeschickt, aber er wußte, daß sie es bald tun würden. Schließlich hatte er noch Zugang zu Geheimberichten des Außenministeriums, und die sagten die Niederwerfung des Aufstands voraus. Ich versuchte ihm einzureden, es sei doch noch nicht hundertprozentig sicher; ich wollte ihn beruhigen. Jedenfalls verlor er allen Mut, und Ihre Mutter benachrichtigte mich davon. Ein zweites Mal hierherzukommen erschien mir jedoch zu gefährlich, deshalb verabredeten wir ein Treffen im Wald. Ich erinnere mich noch, daß ich mich hinterher fragte, ob er das Gewehr nicht vielleicht mit der Absicht mitgenommen hatte, uns alle zu erschießen ... Er tötete sich, noch bevor ich da war. Ich erinnere mich auch, daß noch jemand da war ..."

„Ja. Das war ich."

„Es tut mir leid."

„Was geschah dann? Wie reagierte meine Mutter darauf?"

„Es ..., es stählte sie, könnte man sagen. Sie machte weiter. Sie lieferte mir Klatsch, kleine Informationen ... Sie taugten nicht viel, aber ihr gaben sie das Gefühl, eine wichtige Rolle zu spielen, und mir die Möglichkeit ..., ein Auge auf sie zu haben."

„Sie meinen, für den Fall, daß es ihr einmal in den Sinn gekommen wäre, Sie zu verraten?"

„Nein, da brauchte ich keine Angst zu haben. Ich fühlte mich verantwortlich – auch für Sie, wenn ich das sagen darf. Als ich einmal erfuhr, daß Sie zur selben Zeit in New York sein würden wie May, richtete ich es ein, daß Sie einander kennenlernten. Vielleicht ist das auch etwas, wofür ich mich entschuldigen sollte."

Hätte er sich für irgend etwas entschuldigen sollen? Ich war mir da nicht mehr so sicher. Doch was er mir dann sagte – auch wenn es als Entschuldigung gemeint war –, war hundertmal besser, denn es erklärte etwas. Und obwohl es mein Vater war, den zu beschreiben er sich bemühte, mit einer Art Anweisung, wie ich das, was mein Vater getan hatte, beurteilen sollte, gaben mir seine Worte letztlich ein klareres Bild von ihm, Brightman, selbst.

„Ich möchte nur", setzte er an, „daß Sie etwas über Ihren Vater wissen. Vor allem sollen Sie nicht glauben, daß Ihr Vater sehr viel anders war als der Mensch, an den Sie sich erinnern – überschätzen Sie die Bedeutung dieser Dinge nicht. Versuchen Sie nicht, ihn zu idealisieren. Selbst dem Verrat kann man das goldene Mäntelchen der Nostalgie umhängen. Ich höre es immer wieder. Die Leute haben unrecht getan – aber sie engagierten sich für etwas. Was sie taten, war falsch – aber mutig. Verstehen Sie? Philby, Blunt, Burgess, Maclean ..., man kann sie alle zu Helden machen. Tun Sie das nicht mit Ihrem Vater. Sie würden ihm einen schlechten Dienst erweisen. Manche Leute erwärmten sich für den Kommunismus, weil der Kapitalismus zusammenzubrechen schien; die Menschen hungerten, und die liberalen Demokratien zeigten in zunehmendem Maß faschistische Züge. Unter den damaligen Umständen war es sehr sinnvoll, Alternativen in Erwägung zu ziehen, und der Kommunismus war – zumindest auf den ersten Blick – keine schlechtere Alternative als die anderen. Aber wer genauer hinsah und die Wahrheit erkannte, wandte sich rasch wieder ab. Natürlich blieben viele auch dabei. Aber nach jeder Säuberung, jedem Mord, jedem Massaker schieden wieder ein paar von ihnen aus. Am Ende blieben nur die loyalen, sich aufopfernden Kommunisten, die immer noch so tun, als ob es den Gulag nur gab, weil Stalin verrückt war. Natürlich verurteile ich mich selbst. Ich war loyal und aufopfernd und habe mich der Barbarei mitschuldig gemacht ..., obwohl das im Grunde viel zu pathetisch ausgedrückt ist. Schließlich habe ich nicht einmal einer

Ideologie gedient, sondern einem zweitklassigen Land, das sich nicht einmal ohne fremde Hilfe ernähren kann. Und wenn mir dies jetzt, wo mein Leben dem Ende zugeht, bewußt geworden ist, so verdanke ich es einem reinen Zufall ... May, wie Sie ja wissen, war ein Zufall. Diese Chance, sie an meiner Seite zu haben, sie beschützen zu dürfen, ist der einzige Grund dafür, daß ich heute so vernünftig reden kann. Ihr Vater, Mr. Thorne, hat die Wahrheit vor vielen anderen erkannt. Und wo andere sich erpressen ließen – mit ihrer eigenen Schuld oder einfach auf Grund der Umstände –, weigerte er sich. Und den höchsten Preis für seine Fehler zahlte er selbst. Für mich war sein Tod nicht ganz umsonst, denn als ich ihn da im Wald liegen sah, begriff ich, wie ich noch nie begriffen hatte: Darauf läuft es also hinaus. Mehr bedeutet es nicht. Eine Leiche mehr ..."

Was konnte ich ihm entgegnen?

Nicht viel. Ich besaß weder die Erfahrung noch die Abgeklärtheit, die nötig gewesen wäre, um einen Kommentar abzugeben. Es blieb auch keine Zeit dazu. Die Hütte hatten wir, so gut es ging, aufgeräumt und Subotins Gewehr – natürlich zerlegt – in einer Tasche verstaut. Wir konnten nicht riskieren, daß die Polizei es fand. Mit Kartons und Taschen beladen, machten wir uns wankend auf den Weg. Letztes Problem: den Kleinlaster um Subotins abgestellten Wagen herumzumanövrieren. Letzte Einzelheiten: die Gewehrtasche auf dem Rücksitz verschwinden zu lassen und Subotins Schlüssel auf das Armaturenbrett zu legen. Dann fuhren wir mit abgeblendeten Scheinwerfern zu der Stelle, wo ich geparkt hatte. Niemand, da waren wir ganz sicher, hatte uns gesehen.

Ich stieg aus dem Kleinlaster. Jetzt fielen mir Fragen ein, auf die nur Brightman die Antwort wußte, aber es war viel zu spät. Einen Punkt wenigstens mußte ich noch klären. Gerade als er mir die Hand entgegenstreckte, fiel mir etwas ein. Ich bat ihn zu warten, ging zu meinem Wagen und holte die kleine Reise-Ikone, die Juri Schastow mir gegeben hatte.

„Das ist für May", sagte ich. „Von allen ihren Vätern, den wirklichen und den erfundenen."

Er nahm sie mir aus der Hand und öffnete sie. Und dann wurde sein Blick geradezu flehentlich. „Wissen Sie es?" fragte er. „Haben Sie es herausgefunden?"

„Was immer ich herausgefunden habe, Mr. Brightman, Sie wußten es bereits."

„Dann bitte ich Sie sehr herzlich – suchen Sie nicht weiter!"

Während ich im Geiste noch die Frage formulierte, mit der ich in

Erfahrung bringen wollte, was er damit meinte, wußte ich bereits, daß ich zu lange gewartet hatte. Er ließ meine Hand los und wendete den Kleinlaster im Rückwärtsgang. Zwei Scheinwerfer, die sich einen Hang hinaufbewegten wie ein Paar goldener Augen, so verschwand Harry Brightman aus meinem Leben.

Aber nicht ganz.

Dreizehntes Kapitel

Ein Jahr verging.

Ich hatte meine Arbeit, die segensreiche Notwendigkeit, mir meinen Lebensunterhalt zu verdienen, ja, sogar eine Herzensfreundin. Das Leben ging weiter. Was ich über meine Eltern erfahren hatte, veränderte vieles, aber die wichtigsten Dinge blieben unverändert.

Es war Frühling geworden, und ich hatte halbwegs wieder zu mir selbst gefunden, aber jetzt, da das Geheimnis um den Tod meines Vaters endlich gelüftet war, gingen mir auch all die anderen Rätsel wieder durch den Kopf. Würde man Subotins Leiche je finden? Wer war Travin? Und wie war es Grainger ergangen? Zwei mit aller Vorsicht geführte Telefongespräche mit Halifax beantworteten wenigstens diese Frage: Offenbar war dem alten Herrn nichts zugestoßen, er tat auch weiterhin seine Pflicht in der Klinik.

Nach und nach fand ich selbst einige Antworten, denn im großen und ganzen war mir jetzt doch ziemlich klar, was passiert war. Subotin – das war offenkundig – hatte Geld haben wollen, um die Aktivitäten seiner Gruppe zu finanzieren; durch seine Kontakte zum sowjetischen Nachrichtendienst hatte er von Brightman erfahren. Und Subotin hatte ihn verfolgt – dann aber, vermutete ich, seine Sache zu energisch betrieben. Soviel ich wußte, hatte Subotin May in Frieden gelassen, und sie wäre ja auch wirklich eine zu „naheliegende" Person gewesen, als daß Brightman das Gold an sie weitergegeben hätte. Was aber Subotin nicht gehindert haben konnte, sie zu bedrohen, um auf diese Weise Druck auf Brightman auszuüben; es war sogar die massivste Drohung, die er aussprechen konnte. Aber sie war zu massiv. Kaum war sie ausgesprochen, hatte Brightman das Weite gesucht und sich – Subotin gegenüber – totgestellt. Nur daß sein „Tod" Subotin in keiner Weise aufgehalten hatte; mit der KGB-Akte in der Hand war er praktisch von einem Kumpel Brightmans aus früheren Tagen zum nächsten gegangen: Grainger, Berri, Hamilton ..., bei irgend jemandem mußte Brightman das Gold gelassen haben. Das könnte Subotin auch veranlaßt haben, in mein Haus in Charlottesville und in das meiner Eltern in Georgetown einzubrechen. Sehr wahrscheinlich standen meine Eltern mit auf der Liste. Und später, nach meinem fehlgeschlagenen Kontakt mit Travin, war ich selbst potentiell gefährlich geworden.

Womit eine andere Frage wieder in mir aufstieg: Wer war Travin? Es war natürlich möglich, daß er vom KGB kam, aber je länger ich darüber nachdachte, desto mehr schien er mir ein Mann gewesen zu sein, der seine eigenen Ziele verfolgt hatte. Er hatte versucht, auf eigene Faust Kontakt mit mir aufzunehmen.

Ich begann, mir eine Theorie zurechtzulegen, die sich auf das gründete, was er am Telefon gesagt, und auf die Zeitungen, die ich auf der Müllhalde in Gorham gefunden hatte. Travin war ein Emigrant gewesen. Zehntausende von russischen Emigranten haben sich seit den frühen siebziger Jahren in den Vereinigten Staaten niedergelassen. In dieser Gemeinde besitzt der extreme russische Nationalismus, von dem Loginow beim Abendessen in Leningrad gesprochen hatte, Anhänger, und vielleicht hatten Subotin und seine Gruppe bei diesen Leuten Unterstützung und Unterschlupf gefunden. Travin mochte einer von ihnen gewesen und dann von Subotin abgefallen sein. Sein Versuch, Kontakt mit mir aufzunehmen, hatte sein Schicksal besiegelt. Aber er hatte auf jeden Fall zuviel gewußt. Er hatte von Dimitroff gewußt, irgendwie auch von meinem Vater, *etwas Persönliches, von dem besonders Sie nicht möchten, daß es allgemein bekannt wird*, und er hatte auch – zumindest teilweise – die Wahrheit über May geahnt: Warum sonst hätte er die vielen Aufnahmen von ihr gemacht?

Und da war es wieder, das eigentliche Geheimnis – May selbst. Wer war sie? Und warum hatte Brightman, wenn er sie schützen wollte, Subotin das Gold nicht einfach gegeben? Ich konnte mir eigentlich nur noch einen Grund dafür denken: Schließlich hatte das Gold Brightman nur abgesichert, um die Entdeckung eines weit wichtigeren Geheimnisses zu verhindern. Nach allem, was ich herausgefunden hatte, war ich wieder ganz am Anfang: Wer war May Brightman, und warum war sie so wichtig gewesen?

Über gemeinsame Freunde versuchte ich zu erfahren, wo sie lebte, aber niemand wußte es. Ein Brief an Cadogan – den Anwalt in Toronto – brachte nur zutage, daß auch er nichts wußte.

Ein oder zwei Dinge hielt ich für absolut sicher: Schastow war Mays leiblicher Vater, und die Mutter war eine Russin, die im Jahre 1940 versucht hatte, ihr Kind aus einer verzweifelten Situation zu retten, aber auch vor dem Blutbad, das sie voraussah. Sie mußte eine bemerkenswerte Frau gewesen sein. Wahrscheinlich haben damals viele Frauen den Wunsch gehabt, gleich ihr wenigstens ihre Kinder zu retten, aber nur wenige hätten es durchsetzen können. Sie mußte einen gewissen Einfluß, vielleicht sogar Macht besessen haben, die letztlich groß genug gewesen war, um Harry Brightman zu veranlassen, aus dem fernen Kanada in die Sowjetunion zu kommen. Was hatte ihn dazu gebracht, dieser Frau zu Willen zu sein?

Im September schickte mir eine Zeitschrift ein Buch, über das ich eine Kritik schreiben sollte. Es handelte sich um die Geschichte der stalinistischen Komintern mit viel Material über Dimitroff. Aber May war nicht Dimitroffs Kind, und warum sollte er sich um Juri Schastows Tochter gekümmert haben? Gerade im Jahre 1940 hatte er eine Menge anderer Dinge um die Ohren gehabt. Berri hatte wohl richtig gelegen mit seiner Vermutung: Wenn er das Kind gerettet hatte, so nur, weil es seine Rettung bedeutete ..., und das hieß, daß May ein wahres Wunderkind gewesen sein mußte.

Am Ende kam ich zu dem Schluß, daß Dimitroff auf irgendwelche Weise damit zu tun gehabt haben mußte. Im Jahr 1940 war Harry Brightman in Powjenez gewesen, im Jahr 1940 war er mit dem Kind in Halifax aufgekreuzt – das Zusammentreffen war einfach zu auffällig, um bedeutungslos zu sein. Und Brightman hätte kaum die Manipulation mit Florence Raines durchgezogen, wenn kein wichtiger Grund dazu vorhanden gewesen wäre. Diese ganze Geschichte mit Brightman und Sinowjews Mitarbeiterin Anna Kostina klang wahr – und hatte Cadogan nicht gleich am Anfang erwähnt, daß sich Brightman über eine Frau mit dem Vornamen Anna Sorgen gemacht hatte? Man konnte also sehr wohl die Frage stellen: Hat es eine Anna Kostina wirklich gegeben? Leonard Forbes, der Professor in Washington, hatte nie von ihr gehört, aber schließlich weiß auch er nicht alles. Ich begann nach ihr zu suchen – und stieß zu meiner Überraschung sehr schnell auf sie. „Kostina, A. P.“ ... Da war sie schon, im Namensregister eines der Standardgeschichtswerke über diese Zeit.

Wie ich von Grainger erfahren hatte, war sie eine Mitarbeiterin Sinowjews, des Ersten Kominternvorsitzenden, gewesen und im Verlauf der ersten Säuberungswelle zu einer Lagerstrafe verurteilt worden; was die Zeit nach 1935 betraf, so war nirgendwo mehr die Rede von ihr. Früher allerdings hatte sie mehrere heikle Missionen für Sinowjew durchgeführt, die interessanteste davon im Jahre 1917: Sie war es gewesen, die den Befehl erhielt – und weitergab –, den Zaren zu ermorden. Lenin und Sinowjew hatten sie mit strengen Anweisungen, wie mit der Zarenfamilie verfahren werden sollte, nach

Jekaterinenburg geschickt, wo die Romanows gefangengehalten wurden. Bei allem, was danach geschehen war, hatte sie ihre Hand im Spiel gehabt.

War es wirklich möglich, daß Juri Schastows Frau ein persönliches Anrecht auf das Wappen auf der kleinen Ikone besaß, die er mir gegeben hatte? War es auch nur im geringsten wahrscheinlich, daß Travin alle diese Aufnahmen von May gemacht hatte, um ihr Gesicht mit einem anderen zu vergleichen? Durfte man ein Überleben, ein Entkommen, ein Aufwallen von Mitleid in den Bereich des Möglichen rücken?

Wenn man das tat, konnte man mit an Sicherheit grenzender Wahrscheinlichkeit annehmen, daß einzig und allein Anna Kostina gewußt hatte, was geschehen war.

Wenn ein Mitglied der Familie das Massaker überlebt hatte, mußte es mit ihrem Wissen geschehen sein; und wenn ein Mitglied der Familie dann hatte fliehen können, mußte diese Regung des Mitleids aus ihrem Herzen gekommen sein. Von Angst erfüllt wegen ihres Versagens oder auch ihre damalige Schwäche bedauernd, hatte sie später das Schicksal ihrer ganz privaten Geisel vielleicht weiterverfolgt und noch später, als ihr ihr eigenes gnadenloses Schicksal offenbart wurde, vielleicht begriffen, über welche Waffe sie verfügte. Nur daß sie sie unmöglich gebrauchen konnte, solange sich das Kind, die Tochter der Tochter, noch in Rußland befand. Die Tochter der Tochter ... Aber wenn sie es jemandem anvertraut hätte und wenn es dieser Person gelungen wäre, das Kind außer Landes zu schaffen – Stalins Zugriff zu entziehen –, dann hätte sie einen Talisman besessen, eine Sicherheit von nahezu magischer Kraft.

Die Tochter der Tochter.

Rußland, wie Peter der Große einmal sagte, „ist das Land, wo Dinge geschehen, die nicht geschehen dürfen". Weiß Gott, damit hatte er recht gehabt. Während die Wochen vergingen und aus dem Spätsommer Herbst wurde, begann ich mich zu fragen, ob es sich hier nicht auch um etwas handelte, das geschehen war, obwohl es nicht hätte geschehen dürfen. Ich würde es nie erfahren.

Bis ich Ende Oktober das einzige Zeichen bekam, den einzigen Hinweis, den ich je erhalten würde: eine Nachricht von May.

Nur daß es kaum die Bezeichnung „Nachricht" verdiente.

Es war eine Fotografie – May, in die Sonne lächelnd –, auf deren Rückseite stand: „Alles Liebe von uns, M."

Das Kuvert, abgestempelt in Schiphol in Holland, dem großen Flughafen von Amsterdam, brachte mir nur zur Kenntnis, daß sie lebten und in irgendeinem Land dieser Welt ihren Wohnsitz hatten. Das Foto erinnerte mich an das Bild, das ich so oft vor meinem geistigen Auge gesehen hatte: *aufgenommen von May Brightman mit ihrer eigenen Kamera*, denn es zeugte von der schwerfälligen, amateurhaften Kunstfertigkeit einer Generation, die mit der Box aufgewachsen war: Harry Brightman hatte sich mit der Kamera so postiert, daß die Sonne über seine Schulter schien – sein Schatten füllte den Vordergrund aus –, während May in das grelle Licht blinzelte. Sie stand auf einem Pier. Große Jachten waren da festgemacht, in prächtiger Perspektive aufgereiht, und hinter ihnen glitzerte ein blaues Meer – es konnte Cannes, Rio, Palm Beach oder sonst ein Ort sein, wo sich die Reichen aufzuhalten pflegen. Sie war die Frau, die ich geliebt hatte. War sie glücklich? Wenn sie war, wer ich glaubte, daß sie war – wußte sie es? Es fiel schwer, ihren Gesichtsausdruck auf dem Foto zu deuten. Ihr Gesicht war völlig außer Fokus; scharf eingestellt war der Pier mit den Booten hinter ihr.

Darauf wurde ich erst aufmerksam, als ich das Bild ungefähr zum zehntenmal anstarrte. In scharfen Umrissen zu sehen war nicht May, sondern eine der Jachten, eine jener Dieseljachten aus den zwanziger Jahren, die nur aus glänzendem Firnis und leuchtenden Messingbeschlägen zu bestehen scheinen.

Eines Nachmittags nahm ich ein Vergrößerungsglas zur Hand und studierte das Schiff sorgfältig.

Enorm groß, prächtig, sehr altmodisch, mit den stolzen Linien einer Zeit, da die Reichen noch keine Angst davor hatten, reich auszusehen; das Deckhaus war hoch, das Teakholz liebevoll poliert, und der Name war aus Goldbuchstaben zusammengesetzt. Der ganze Stil erinnerte mich an Brightman und May – erinnerte mich an jene anachronistische Eigenart, die mir an ihr immer aufgefallen war. Vielleicht waren sie auf der Durchfahrt, gaben ihr Geld aus und genossen die Schönheiten der Landschaft. Aber, was immer man davon halten mag, der Name dieser Jacht sprang mich durch mein Vergrößerungsglas an – leuchtend wie Gold und klar wie das Leben selbst: ein Hinweis, eine Hoffnung, eine letzte Botschaft von Brightman. Ich kann nur sagen, was ich sah, erzählen, was ich weiß; und ich weiß, sie hieß *Anastasia*.

Foto: Richard Garner

Anthony Hyde

Bücher schreiben hat in Anthony Hydes Familie Tradition. Kein Wunder also, daß dem Autor mit seinem ersten Roman *Red Fox* gleich ein internationaler Bestseller gelungen ist. Sein Bruder Christopher und sein Vater werden ihm dafür tüchtig auf die Schulter geklopft haben – denn beide sind vom Fach; Christopher hat bereits eine Reihe von erfolgreichen Thrillern veröffentlicht, und der Vater der beiden ist ein bekannter Kinderbuchautor.

„Die Leute wollen immer wissen, ob unsere Eltern uns das Schreiben sozusagen beigebracht haben", erzählte uns Anthony Hyde. „Die Antwort darauf lautet: ja und nein. In vielerlei Hinsicht konnte man bei uns zu Hause gar nicht auf einen anderen Gedanken kommen, denn wo man hinschaute, war gerade jemand über eine Schreibmaschine gebeugt. Auf der anderen Seite wußte niemand besser als unser Vater, wieviel bei der Schriftstellerei von Glück und Zufall abhängt, wenn man daraus einen Beruf machen will, der eine ganze Familie ernährt. Also sorgte er dafür, daß wir auch einen ‚praktischen' Beruf erlernten. Ich, beispielsweise, ließ mich als Kraftfahrzeugmechaniker ausbilden. Obwohl ich mir dadurch zwar immer wieder etliche hundert Dollar für Autoreparaturen an meinem eigenen Wagen erspare, glaube ich doch, daß die Schreibmaschine für mich das geeignetere ‚Werkzeug' ist."

Hyde ist viel in der Welt herumgekommen und hat einige Zeit in England gelebt, aber er kehrt immer wieder gern in seine Heimatstadt Ottawa zurück, die kanadische Bundeshauptstadt, wo er 1946 geboren wurde. „Das ist eine wunderschöne und ausgesprochen ruhige Stadt. Da wird in aller Gemütlichkeit regiert. Jeder kennt jeden. Und auch Spione haben Familienprobleme. Können Sie sich das in Moskau vorstellen?" – „Nein, Mr. Hyde", sind wir versucht, spontan zu antworten. „Und apropos Familie, dürfen wir nach Ihrer eigenen fragen?" Anthony Hyde ist mit einer Kanadierin verheiratet, in deren Adern indianisches Blut fließt. Hyde macht sich einen Heidenspaß daraus, die verwirrenden Verwandtschaftsbeziehungen seiner Frau genealogisch zu erforschen – ein recht zeitaufwendiges Hobby.

Ein Junge namens Bracken

Eine Kurzfassung des Buches von
ELIZABETH WEBSTER
Ins Deutsche übertragen von Gisela Geisler
Illustrationen von Ted Lewin

Es dauerte nicht einmal einen Tag, und sie waren Freunde: Jake Farrant, der weitgereiste, weltgewandte Journalist, und der Zigeunerjunge Bracken, das liebenswerte Naturkind.

Niemand wundert sich über diese rasch geschlossene Freundschaft mehr als Jake. Hatte er nicht gerade erst alle Brücken hinter sich abgebrochen? Hatte ihn nicht die Nachricht von der lebensbedrohenden Krankheit, an der er litt, hierher in die Einsamkeit getrieben? In das abgeschiedene Tal in Gloucestershire, wo er lernen wollte, ganz allein mit seinem Schicksal fertig zu werden?

Nun stellt Jake verblüfft fest, wie sehr er sich der Schönheiten der Natur und der ungewöhnlichen Gesellschaft eines einfachen Zigeunerkindes zu erfreuen vermag. Denn auf seine behutsame und doch beharrliche Art versteht es Bracken, die Schatten des Todes zu vertreiben und Jakes Blick auf das Leben zu lenken, auf die Wunder der Natur, die es täglich neu zu entdecken gilt.

Kapitel 1

Das Blatt fiel tanzend zu Boden und blieb vor seinen Füßen liegen. Er bückte sich, hob es auf und hielt es zwischen Daumen und Zeigefinger. Auch ein Baum muß sterben, dachte er. Dann betrachtete er das Blatt. Es war jung und frisch und grün. Eine Windbö oder ein durch die Zweige huschender Vogel mochte es abgerissen haben. Aus dem frischen Grün des Blattes schloß er, daß Frühling war. Frühling und nicht Herbst.

Plötzlich wurde ihm bewußt, daß er die wechselnden Jahreszeiten längst nicht mehr richtig wahrnahm. Er war ja ständig unterwegs, hetzte, immer auf der Jagd nach den allerneuesten Nachrichten, von einem Brennpunkt des Weltgeschehens zum andern. Nach Hause kam er selten und auch dann nur für kurze Zeit, um sich in der Londoner Redaktion der Zeitung blicken zu lassen, für die er als Auslandskorrespondent arbeitete. War wirklich Frühling? In vielen Weltgegenden zeigten sich die Jahreszeiten ohnehin anders als daheim in England. Da regnete es manchmal im Sommer monatelang ohne Unterlaß, oder die Sonne brannte winters tagaus, tagein gnadenlos vom Himmel. Und schließlich konnte Jake die Gelegenheiten, bei denen er in seinem bisherigen Leben einfach stehengeblieben war und etwas scheinbar Nutzloses wie ein Blatt betrachtet hatte, an einer Hand abzählen.

Nach einer Weile ließ er das Blatt fallen und setzte seinen Weg fort. In der Fleet Street strebte er auf ein großes Zeitungsgebäude zu. „Morgen, George!" rief er dem Portier in der Eingangshalle zu, bevor er die Treppe zur Nachrichtenredaktion hocheilte.

Der Portier blickte von seinem Pult auf und lächelte. „Guten Morgen, Sir . . .; Morgen, Mr. Farrant!" Er mochte diesen Mann, fast jeder mochte ihn. Jake Farrant, der berühmte Journalist, der in die entlegensten Länder reiste, um Zeitungsleser und Fernsehzuschauer über das politische Geschehen zu unterrichten, versäumte nie, bei seiner Rückkehr in die Redaktion George Green, den Portier, namentlich zu begrüßen.

Jake blieb einen Augenblick in der geöffneten Tür stehen, ehe er die Nachrichtenredaktion betrat. Ein eigenartiges Gefühl beschlich ihn, als er den Blick über das lärmerfüllte Großraumbüro schweifen ließ.

Alles kam ihm ein bißchen unwirklich vor: Telefone klingelten, Fernschreiber tickten, die Journalisten saßen über ihre Manuskripte gebeugt. Keiner der Kollegen schien Jake bei seinem Eintreten richtig wahrzunehmen, alle waren viel zu sehr beschäftigt.

Jake zuckte nur die Achseln und schritt durch den riesigen Saal. Zielstrebig ging er auf das „Allerheiligste" zu, das Büro des Nachrichtenchefs. Schon von weitem hörte er, wie Bob Harris drinnen telefonierte; gerade überschüttete er ein bedauernswertes Opfer am anderen Ende der Leitung mit einem wütenden Wortschwall.

Jake zog die Augenbrauen hoch und blickte vielsagend auf die Tür zum Chefzimmer, die angelehnt war. „Unser Boß ist wohl sehr beschäftigt, wie?" sagte er zu dem Journalisten, der der Tür am nächsten saß und nun von seinem Manuskript aufblickte.

Bill Franklyn, der zu Jakes engsten Freunden gehörte, schnitt eine Grimasse. „Wann wäre er das nicht?" erwiderte er, aber als er Jakes angespannten Gesichtsausdruck bemerkte, fügte er rasch hinzu: „Für *dich* ist er natürlich trotzdem jederzeit zu sprechen. Oder kann ich etwas für dich tun?"

Jake schüttelte den Kopf. „Ich glaube nicht, Bill. Aber kommst du hinterher mit auf ein Glas Bier?"

„Was meinst du denn mit ‚hinterher'?" fragte Bill, aber Jake hatte schon das Chefzimmer betreten und die Tür hinter sich geschlossen.

„Guten Morgen, Jake", sagte Bob Harris. Seine Schimpfkanonade war zu Ende, und er hatte soeben erzürnt den Hörer aufgelegt. „Habe ich dich rufen lassen?"

„Nein, Bob, ich bin aus eigenem Entschluß hergekommen. Ich möchte kündigen."

„Kündigen?" wiederholte der Chefredakteur ungläubig. „Das kann nicht dein Ernst sein!"

„Es ist mein voller Ernst."

„Aber...", Bob Harris suchte nach Worten, „aber du bist unser erfahrenster Auslandskorrespondent, der beste, den wir je hatten! Worum geht es denn wirklich? Willst du mehr Geld?"

„Nein, Bob, nichts dergleichen." Jake bedachte Harris mit einem beinahe mitleidigen Blick. „Ich bin ..., ich habe einfach eine Atempause nötig."

„Für ein neues Buch?"

Jake zögerte mit der Antwort. „Vielleicht."

Harris musterte Jake aufmerksam. Da stimmte doch etwas nicht... Jakes Gesicht – war es nicht viel eingefallener als sonst? Und diese dunkelgrauen Augen, von denen Harris aus langer Erfahrung wußte, daß sie viel mehr sahen als die Augen des Durchschnittsmenschen? Zugegeben – Jake blickte ruhig und gelassen drein wie eh und je, aber irgendwie kamen Bob Harris Jakes Augen dunkler vor, auch ein wenig getrübt. Eines stand für den Chefredakteur fest: Jake wirkte verändert, beinahe zerbrechlich.

„Was ist los mit dir?" fragte er geradeheraus.

Jake brauchte Zeit für seine Antwort. „Ich will mich einfach eine Weile zurückziehen und nachdenken."

„Zurückziehen? Wohin denn?"

„Weiß ich nicht. Einfach raus aus allem. Ich brauche ein bißchen Zeit ..."

„Nimm Urlaub, so lange du es für nötig hältst", sagte Harris. „Aber von der Kündigung reden wir nicht mehr. Du beziehst weiterhin dein volles Gehalt, und bei Gelegenheit teilst du mir deine neuen Pläne mit."

Jake wirkte verlegen. „Vielleicht mache ich überhaupt keine Pläne."

„Unsinn!" widersprach Harris barsch. „Jeder Mensch macht Pläne. Aber lassen wir das. Wovon willst du überhaupt leben, wenn nicht von deinem Gehalt?"

„Von meinen Ersparnissen und einem Vorschuß auf mein nächstes Buch. Ich brauche nicht viel."

„Das erscheint mir alles ein wenig fadenscheinig", brummte der Chefredakteur.

Jake wandte sich zum Gehen. „Ich lasse von mir hören."

Harris hielt es nicht mehr auf seinem Stuhl. Er sprang auf, faßte Jake beim Arm und sagte: „Paß gut auf dich auf, ja?"

Als Jake gegangen war, setzte sich Harris an seinen Schreibtisch und starrte lange Zeit ins Leere, ehe er seine Arbeit wiederaufnahm.

Sobald Bill Franklyn draußen im Redaktionsbüro sah, wie Jake aus dem Zimmer des Chefredakteurs kam, erhob er sich und folgte seinem Freund ins Treppenhaus. Manny Feldman, ein Kollege, der ebenfalls zu Jakes Freunden zählte, schloß sich den beiden an, und gemeinsam gingen sie in das Lokal um die Ecke. Dort traf sich um die Mittagsstunde alles, was in Journalistenkreisen Rang und Namen hatte.

Jake wurde mit lautem Hallo begrüßt, als er sich einen Weg durch das Gedränge bahnte, das in dem Lokal herrschte.

„Im Hinterzimmer ist's ein bißchen ruhiger", sagte er zu seinen beiden Freunden. Dort setzten sie sich schließlich an einen Tisch, und Jake bestellte eine Runde Bier.

Bill streckte seine langen Beine unter dem Tischchen aus und meinte: „Was soll denn der Unsinn, Jake?"

„Welcher Unsinn?" Jake gab sich Mühe, seine Stimme möglichst beiläufig klingen zu lassen.

„Diese Geschichte mit deiner Kündigung", sagte Bill ohne Umschweife. „Wände haben bekanntlich Ohren . . ."

Einen Augenblick lang herrschte Schweigen am Tisch. Wie soll ich es nur meinen Freunden beibringen, daß ich bald sterben muß? dachte Jake. Die Nachricht wäre für sie ein Schock. Und wenn ich ihnen einfach erkläre, daß ich von nun an nicht mehr ihr guter alter Jake bin? Jake Farrant, der auch in brenzligen Situationen noch Rat weiß; der alte Fuchs, der den Redakteuren in der Heimat alle nötigen Informationen von den Krisenherden in aller Welt liefert; der allzeit verläßliche Kollege, dem jedermann vertrauen kann. Das alles trifft nicht mehr zu. Ich muß meine Arbeit einem anderen übergeben, einem jüngeren Kollegen, der das Leben noch vor sich hat. Aber ich bringe es nicht übers Herz, dachte er, diese Wahrheit auszusprechen. Damit würde ich meine Freunde in eine schreckliche Verlegenheit stürzen.

„Ich ziehe mich eine Weile zurück", bemerkte Jake schließlich.

„So? Wohin denn?" fragte Manny.

„Weiß ich noch nicht. In irgendeinen stillen Winkel." Plötzlich wurde Jake schwindlig, und er trank einen kräftigen Schluck aus dem Bierglas. „Ich muß mich erst nach etwas Passendem umsehen."

„Meine Schwester hat auf dem Land ein Häuschen, das sie nicht benutzt", sagte Bill gedehnt. „Wenn du willst, könntest du es mieten . . ."

„Wo denn?"

„Irgendwo in Gloucestershire, ganz abgelegen in den Cotswolds."

„Die herrlichen Hügel der Cotswolds . . .", murmelte Jake versonnen. „Und noch dazu ein englischer Frühling!"

„Jetzt wirst du lyrisch", stellte Manny fest. „Ich glaube, du brauchst ganz schnell einen Whisky!"

Jake lachte.

„Ich kann dir ja mal die Adresse geben", fuhr Bill unbeirrt fort. „Aber nur unter einer Bedingung: Du bleibst mit uns in Verbindung. Einverstanden?"

„O ja, natürlich", erwiderte Jake, „einverstanden."

Nachdem Jake den Whisky getrunken hatte, den ihm Manny spendierte, schrieb Bill ihm die Adresse des Häuschens auf. Schließlich verabschiedete er sich, und als er das Lokal verließ, schauten ihm seine Freunde voll Betroffenheit nach.

„Möchte wissen, was mit ihm los ist", meinte Manny, der ratlos wirkte.

„Keine Ahnung", antwortete Bill besorgt. „Aber er wird schon damit herausrücken, wenn er es für richtig hält."

Das Häuschen stand auf halber Höhe des Hanges und war von einem verwilderten Garten umgeben. Jenseits des verfallenen Mäuerchens, das ihn umschloß, fiel ein steiler, grasbewachsener Hang bis zur Talsohle ab. Ein Wasserlauf, der sich dort unten durch Riedgras und Blumenwiesen wand, weitete sich zu einem kleinen See, den hohes Schilf einrahmte. Die moorbraune Wasserfläche war so glatt, daß sich die winzigen Wellen, die die schwimmenden Bläßhühner erzeugten, deutlich abzeichneten. Auf den Hügeln ringsum wechselten sanft geschwungene Wiesenflächen mit Buchenwäldern ab. Es war sehr still hier und sehr schön.

Das kleine Haus war aus honigfarbenem Stein gebaut, und die untergehende Sonne spiegelte sich in seinen Fenstern. Jake stellte seine Reisetasche ab und seufzte erleichtert. Diese Ruhe! Dieser tiefe Friede! Wenn es ihm hier nicht gelänge, mit seinem Schicksal fertig zu werden – wo sonst auf der Welt?

Er hatte das Auto oben auf dem Feldweg stehengelassen und war zu Fuß den schmalen Pfad bis zum Gartentor hinuntergegangen. Selbst dieser kurze Weg hatte ihn schon angestrengt, und einen Augenblick lang schloß er die Augen in stummer Auflehnung. An diese Schwächeanfälle konnte er sich immer noch nicht gewöhnen! Bisher hatte sein Körper sämtliche Krisen ohne Schwierigkeiten überstanden. Und jetzt?

Rasch schlug er die Augen wieder auf und sah sich einem fröhlichen dunkelhäutigen Jungen gegenüber, der rittlings auf dem Gartentor saß, mit den Beinen schlenkerte und ihn anlächelte.

„Hallo", sagte der Junge. „Bleiben Sie lange hier?"

„Vielleicht", entgegnete Jake überrascht.

„Ich könnte Ihnen frische Milch besorgen", schlug der Junge vor, „und Eier."

Jake nickte. „Keine schlechte Idee."

„An Speck kann ich nicht so leicht herankommen; höchstens, wenn gerade einmal Schlachttag ist."

Jakes Magen machte sich bemerkbar. „Nein, danke! Keinen Speck!"

Der Junge rutschte vom Gartentor herunter und betrachtete den klaren Himmel, an dem gerade die Sonne unterging, mit sachkundigem Blick. „Wird schön morgen."

„Das freut mich", sagte Jake. Er griff nach seiner Tasche und stieß das Tor auf. Als er sich umdrehte, war der Junge verschwunden.

Das kleine Haus war sehr schlicht ausgestattet. Jake betrat das große Wohnzimmer mit seinen unverputzten Steinwänden, an das sich eine winzige Küche anschloß. Die Fenster waren zum Tal hin ausgerichtet und gestatteten einen großartigen Ausblick. Alle Möbel waren aus dunkler Eiche, und auf dem gebohnerten Holzfußboden lagen zwei Flickenteppiche. Im oberen Stockwerk befanden sich zwei kleine Schlafzimmer, und unter der Dachschräge am Ende der Treppe war ein Badezimmer eingebaut. Jake gefiel, was er sah, und er entschied sich für das vordere Schlafzimmer, das ebenfalls einen schönen Ausblick bot. Ein Bett, eine Kommode, ein Stuhl und ein weicher brauner Bettvorleger – das war die ganze Einrichtung.

Das Haus hatte zwar fließendes Wasser, doch keinen elektrischen Strom. In der Küche stand ein Gaskocher, und das Badewasser ließ sich offenbar mit Hilfe des Kaminfeuers im Wohnzimmer erhitzen. Und was mache ich im Sommer? fragte sich Jake. Da mußte vermutlich kalt gebadet werden. Auch egal. Vielleicht war er ja gar nicht mehr da, wenn es Sommer wurde.

Ein Klopfen an der Tür riß ihn aus seinen Gedanken. Jake öffnete. Vor der Tür stand der dunkelhäutige Junge. Er hatte eine Kanne Milch, einen Laib Bauernbrot und einen Korb Eier mitgebracht. „Mrs. Bayliss – das ist die Bäuerin vom nächsten Hof – schickt Ihnen das", meinte er. „Sie sagt, Sie könnten die Sachen am Wochenende bezahlen."

Jake nickte. „In Ordnung."

„Brennholz ist im Schuppen", fügte der Junge freundlich lächelnd hinzu. Im Licht der untergehenden Sonne leuchtete seine Haut golden. Sein Haar war kraus und braun, seine dunklen Augen waren goldgesprenkelt, und die Sommersprossen auf seiner Nase gaben ihm ein stets fröhliches Aussehen.

„Ich könnte Ihnen mal die Schwäne unten auf dem See zeigen", sagte der Junge, als er sich wieder zum Gehen wandte. „Morgen vielleicht?"

„Ja, gern", erwiderte Jake. Mein neues Leben hat wahrhaftig schon angefangen, dachte er, denn es gibt schon etwas, worauf ich mich freue. Er lächelte, während er die Haustür schloß.

Als Jake sehr früh am nächsten Morgen aufwachte, hörte er Vogelstimmen. Er hätte die Vögel beileibe nicht alle beim Namen nennen können, aber gurrte da nicht eine Ringeltaube? Dann vernahm er klare Pfeif- und Flötentöne: eine Amsel, das wußte er. Während er dem Vogelgezwitscher lauschte, prasselte plötzlich eine Handvoll Kieselsteinchen gegen die Fensterscheibe. Er stieg aus dem Bett, ignorierte dabei das Ziehen in den Gliedern und warf einen Blick in den Garten.

Unten stand der Junge, schaute zu ihm herauf und begrüßte ihn mit einem fröhlichen Lachen. „Kommen Sie herunter!“ rief er. „Jetzt ist die schönste Zeit des Tages.“

Jake kleidete sich an und trat hinaus in die Morgenkühle. Funkelnder Tau bedeckte jedes Blatt, jede Blüte.

„Das da oben auf dem Baum ist übrigens *meine* Amsel“, erklärte der Junge, während er auf die Spitze des Birnbaums zeigte, der sich neben dem Haus erhob. „Letztes Jahr habe ich sie gefunden, sie war aus dem Nest gefallen. Alle haben gesagt, ich soll ihr den Hals umdrehen. Aber ich habe sie durchgefüttert, zuerst mit Brot und Milch und später mit Hühnerfutter. Zum Schlafen hat sie immer auf meiner Schulter gesessen und den Kopf in meine Haare gesteckt.“

„In deine Haare?“

Der Junge fuhr sich mit der Hand durch das braune Kraushaar. „Na ja, sie hat wohl gedacht, ich wäre ihre Mutter oder so was. Eines Tages hat sie sich wie verrückt gegen das Gitter des Käfigs geworfen, in den ich sie gesetzt habe. Sie wollte weg. Da habe ich gewußt, daß es Zeit war, und ich habe sie freigelassen. Aber wenn ich mit einem Löffel gegen eine Tasse geklopft habe, ist sie zum Fressen immer zurückgekommen. Macht sie immer noch.“ Er betrachtete die weiße Blütenpracht des alten Birnbaums und pfiff. Der Vogel antwortete.

„Hören Sie? Die Amsel kennt mich noch. Ich habe sie den ganzen Winter über gefüttert, in dem Schuppen hinten im Garten. Letzten Januar hatten wir furchtbar viel Schnee. Das war schlimm für die Vögel, sie hatten nichts zu fressen. Ich habe ihnen jeden Tag was gebracht.“ Er zog ein Stück altbackenes Brot aus der Tasche, zerbrach es und warf die Krümel auf die Erde. „Ist übrigens ein Männchen. Aber jetzt hat es ein Weibchen und ein Nest mit fünf Eiern.“

Die Amsel im Birnbaum legte den Kopf schief, starrte mit ihren schwarzen Knopfaugen auf Jake und den Jungen herab und gab einen langgezogenen Triller zum besten. Dann kam sie heruntergeflogen und beäugte die Brotkrümel.

„Sehen Sie, die Amsel ist zahm“, sagte der Junge. „Guten Morgen, Gelbschnabel. Schönes Wetter heute, wie?“ Er machte vor Vergnügen einen Hüpfer, und dann marschierte er Seite an Seite mit Jake über die Wiese.

Ich glaube, ich bin verhext, dachte Jake. Ich kenne diesen Jungen gar nicht, weiß nicht mal, wie er heißt, und doch renne ich um fünf Uhr in der Frühe mit ihm in der Gegend herum. Und was noch verrückter ist: Es macht mir Spaß!

Sie liefen den Hang hinunter ins Tal. Der See lag wie tags zuvor sehr ruhig da; nicht die kleinste Welle kräuselte die Wasseroberfläche. Der Junge legte den Zeigefinger an die Lippen und gab Jake durch ein Handzeichen zu verstehen, daß er sich neben ihm flach auf den Boden legen solle.

„Passen Sie auf!" flüsterte der Junge. „Gleich kommen die Schwäne."

Jake schaute zu dem unordentlichen Haufen trockener Zweige hinüber, der in Ufernähe lag und den der Junge so gespannt beobachtete. Plötzlich geriet die kleine stille Welt des Sees in Aufruhr. Ein Schwarm Wildenten stieg aus dem Schilf auf, die Luft schien von ihren Flügelschlägen zu vibrieren.

„Hören Sie genau hin!" meinte der Junge. „Jetzt kommen sie!" Zuerst vernahm Jake ein schwaches Dröhnen im Wind, das immer stärker anschwoll und in einer Symphonie überwältigender Töne gipfelte. Jake blickte auf und sah vor dem hellen Morgenhimmel vier große Schwäne; sie hatten die schlanken Hälse weit vorgestreckt und überflogen den See in vollendeter Harmonie.

Jake und der Junge blieben wie gebannt im Gras liegen, bis die Schwäne außer Sicht waren und rund um den See wieder Stille einkehrte. Endlich rührte sich der Junge. „Die Sonne ist aufgegangen", sagte er und zeigte zum Horizont. „Gehen wir." Er half Jake beim Aufstehen, und zusammen kehrten sie zum Haus zurück.

„Kommst du noch zum Frühstück herein?" fragte Jake, als sie beim Gartentor anlangten.

Der Junge schüttelte den Kopf. Es sah fast so aus, als husche ein Ausdruck des Bedauerns über sein Gesicht. Aber dann lachte er fröhlich. „Heute nicht", erwiderte er. „Hab keine Zeit. Kann ich morgen kommen?"

Jake lächelte und nickte. Er überlegte, wie er sich für das wunderbare Schauspiel bedanken könnte, das er hatte miterleben dürfen. Doch ehe er die passenden Worte fand, war der Junge schon verschwunden.

Den ersten Tag verbrachte Jake damit, Vorräte zu beschaffen und sich mit seinem kleinen Reich vertraut zu machen. Durch das Buchenwäldchen hinter dem Haus ging er hinauf zu seinem Auto, und dann fuhr er zum Dorfladen. So, wie die Dinge lagen, stand ihm der Sinn wahrhaftig nicht nach einem Festmahl, aber er dachte auch an den Jungen, der ihn vielleicht öfter besuchen und auch einmal zum Essen bleiben würde.

Jake belud sein Auto, schenkte der Posthalterin, der auch das kleine Lebensmittelgeschäft gehörte, ein freundliches Lächeln und fuhr langsam auf dem schmalen, mit trockenem Laub vom Vorjahr bedeckten Sträßchen nach Hause.

Am Nachmittag ging er in aller Ruhe daran, seine Bücher auszupacken. Seine Schreibmaschine stellte er auf ein Tischchen am Wohnzimmerfenster. Auch ein Radio hatte er mitgebracht; um sechs Uhr schaltete er es ein, um die Nachrichten zu hören. Doch schon jetzt, nach so kurzer Zeit, kamen ihm all die weltbewegenden Ereignisse, die bisher sein Lebensinhalt gewesen waren, unendlich fern und unwichtig vor. Draußen vor seinem Häuschen schien ja die Abendsonne, und die Amsel sang im Birnbaum.

Er trat vor die Tür, um seinen verwilderten Garten in Augenschein zu nehmen. Es war Frühling. Also sollte er vielleicht den Versuch machen, den Boden vom Unkraut zu befreien und etwas anzupflanzen. Es juckte ihn in den Fingern, dieser grünen Wildnis zu Leibe zu rücken. Vermutlich erlebte er das Ergebnis seiner Mühen gar nicht mehr, und dennoch...

„Ich könnte mit der Sense das abgestorbene Gras mähen", sprach die Stimme des Jungen neben ihm. „Wir müßten ein Beet für Gemüse anlegen. Aber Blumen sind mir viel lieber." Er zupfte Jake am Ärmel. „Sehen Sie mal: Die Schneeglöckchen sind natürlich längst verblüht, aber dafür wachsen jetzt die Primeln, die Narzissen und Traubenhyazinthen."

Jake bückte sich, um die blaßgelben Sterne der Primelblüten zu betrachten. „So jung...", sagte er ohne nähere Erklärung.

Der Junge lachte. „Stimmt", meinte er. „Die sind wirklich jung. Sind gerade erst aus der Erde gekommen. Und was erwartet sie hier oben? Nichts Gutes. Die Menschen trampeln auf ihnen herum, und dann erst die Traktoren und all das versprühte Giftzeug. Aber hier im Garten passiert ihnen nichts."

Der Junge redete von den Blumen, als seien sie seine guten Freunde, dachte Jake; unschuldige Kreaturen, die nach einem Plätzchen suchen, an dem sie ruhig und sicher leben können. Im Geist sah er die langen Flüchtlingskolonnen, die sich nach einer militärischen Auseinandersetzung, deren Zeuge er vor kurzem geworden war, über die Landstraßen wälzten. Hier, in dieser friedlichen Landschaft, gab es also auch Geschöpfe, die eine Zuflucht suchten, und im Grunde tat er nichts anderes ...

„Den Tieren geht es noch schlechter", fuhr der Junge fort. „Die werden zu Tode gehetzt, die meisten jedenfalls." Seine Augen funkelten zornig. „Nehmen Sie mal die Dachse: In dieser Gegend gibt es kaum noch welche. Die sind alle vergast oder aus ihrem Bau gejagt worden ..."

„Es heißt, sie würden die Tuberkulose auf Rinder übertragen, nicht wahr?"

Der Junge schnaubte wütend. „Die armen Dachse waren lange vor den Rinderherden hier, und beweisen kann überhaupt niemand, daß sie an der Krankheit schuld sind."

Jake nickte verständnisvoll. „In dir haben sie ja immerhin einen guten Anwalt."

Der Junge stieß mit dem Fuß nach einem Stein. „Letztes Jahr hatte ich einen Fuchswelpen. Der lag zusammengerollt in einer Scheune, halb tot vor Kälte. Bestimmt hatte jemand seine Mutter erschossen. Ich habe ihn aufgezogen, bis er kräftig genug war, um allein durchzukommen. Wilde Tiere darf man nicht zu lange behalten; sie finden sich sonst in der Freiheit nicht mehr zurecht."

„Und was ist aus deinem Fuchs geworden?"

Der Junge zuckte die Achseln. „Ich habe ihn laufenlassen, vielleicht lebt er noch. Das heißt, wenn ihn die Jäger nicht erwischt haben oder ein Bauer. Einem Fuchs bleibt doch gar nichts anderes übrig, als ab und zu ein Huhn zu stehlen. Finden Sie das etwa schlimm? Für den ist alles, was er erwischen kann, Freiwild." Die Stimme des Jungen klang nicht sonderlich bekümmert. „So geht es nun mal zu in der Welt, damit muß man sich abfinden. Das Sterben gehört zum Leben", fügte er weise hinzu. „Als ich klein war, habe ich beim Gedanken an den Tod immer geheult. Aber jetzt nicht mehr."

Jake hatte den Jungen schon eine Weile verwundert angestarrt. Nun fragte er: „Hast du einen Namen?"

Der Junge mußte lachen. „Zwei oder drei", entgegnete er, „aber Sie könnten sie sowieso nicht aussprechen. Wir sind doch Landfahrer ..."

Landfahrer! Die längste Zeit meines Arbeitslebens bin ich auch so etwas Ähnliches wie ein Landfahrer gewesen, dachte Jake. „Ein Zigeuner also?" meinte er.

Der Junge zögerte. „Wir nennen uns Roma und stammen aus Ungarn oder aus Polen, das weiß ich von meinem Großvater."

„Wann seid ihr denn nach England gekommen?"

„Das muß schon lange her sein, denn mein Vater ist schon hier geboren. Im Winter, wenn die Hopfenernte vorbei ist, ziehen wir immer in den Süden."

„In den Süden? Zurück auf den Kontinent?"

Der Junge nickte. „Nach Spanien oder sogar nach Afrika. Irgendwohin, wo es warm ist. Im Frühling kommen wir dann hierher zurück. Wir reisen immer mit der Sonne – wie die *vadni ratsa,* die Wildgänse!"

„Aber letzten Winter seid ihr hiergeblieben, obwohl es soviel Schnee gab?"

„Ja." Der Junge seufzte. „Weil jemand aus unserer Sippe krank wurde, konnten wir nicht aufbrechen. Deshalb sind wir hiergeblieben. Es war furchtbar kalt." Er schauderte, denn er erinnerte sich an etwas, das noch schlimmer war als die Kälte. „Meine Großmutter ist gestorben, und wir mußten ihre *varda* verbrennen, ihren Reisewagen. Es war die letzte alte *varda* in unserer Familie, aber zum Reisen war sie schon zu wacklig und zu langsam. Mir war sie trotzdem lieber als die Autos, weil ich die Zugpferde mochte. Mein Vater hat noch ein paar *grais* – das sind unsere Pferde –, weil er sie auch so gern hat."

Einen Moment lang verdüsterten sich die braunen, goldgesprenkelten Augen des Jungen. Doch gleich darauf lachte er schon wieder. „Jetzt ist jedenfalls Frühling, und wir haben einen neuen Wohnwagen, und die Sonne scheint!"

„Stimmt", stellte Jake fest. Schließlich kam er auf die Frage nach dem Namen des Jungen zurück. „Aber irgendwie mußt du doch gerufen werden!" meinte er.

„Mal so, mal so. Manchmal heiße ich Kasimir oder auch Jerczy. In der letzten Schule, die ich besucht habe, wurde ich ‚Springer' getauft, weil ich so hoch springen kann." Er führte sogleich einen kleinen Luftsprung vor.

„Du gehst also auch zur Schule?" fragte Jake.

„Ab und zu. Wenn wir lange genug an einem Ort bleiben und einen Lagerplatz bekommen. Wenn nicht gerade Pferdemarkt ist, oder wenn es zufällig gerade regnet."

Jake mußte lachen, und die beiden tauschten Verschwörerblicke aus. Ich versuche ja auch gerade, allen Unannehmlichkeiten aus dem Weg zu gehen, dachte Jake. Aber die Vernunft sagte ihm, daß nun eine pädagogische Bemerkung über die Zukunft des Jungen angebracht wäre. „Du könntest in der Schule immerhin allerlei Nützliches lernen..."

Der Junge starrte in die Ferne. Plötzlich wurde er wieder ganz ernst. „Lesen und rechnen kann ich schon gut – jedenfalls viel besser als mein Vater. Aber hier draußen gibt es viel mehr zu lesen als in den Schulbüchern." Mit der Hand beschrieb er einen weiten Bogen vom Horizont bis zur Talsohle.

Da hat er recht, dachte Jake und beschloß, das Thema fallenzulassen. „Aber du hast mir immer noch nicht gesagt, wie ich dich nennen soll!"

„Unser Familienname ist Bracsas, das bedeutet Bratschenspieler. Und die Leute hier in der Gegend nennen mich ‚Bracken', besser können sie den Namen eben nicht aussprechen." Er grinste spitzbübisch.

Jake lachte auch. Dann probierte er den Namen aus: „Bracken . . .?"

„Richtig!" Vor Begeisterung vollführte der Junge eine kleine Pirouette auf den Zehenspitzen. Dann fiel sein Blick wieder auf den verwilderten Garten, der das Haus umgab. „Ich hole die alte Sense aus dem Schuppen", erklärte er. Mit einem kritischen Blick musterte er Jake und fügte hinzu: „Sie können ja das abgemähte Gras zusammenrechen, aber erst morgen. Für heute haben Sie schon genug gearbeitet."

Jake runzelte erstaunt die Stirn. „Wie bitte . . .?"

Der Junge lächelte nur und legte die Hand auf Jakes Arm. „Wenn man müde ist, muß man sich ausruhen", bestimmte er. „Ist doch klar." Und als er Jakes überraschten Gesichtsausdruck bemerkte, lächelte er noch unschuldsvoller und fügte rasch hinzu: „Es gibt doch noch so vieles, was ich Ihnen zeigen möchte."

Ehe Jake antworten konnte, war der Junge verschwunden. Gleich darauf kam er aus dem Schuppen mit einem gebrechlichen Holzstuhl und einer alten Sense zurück. Jake setzte sich am Rand der Wiese auf den Stuhl und sah zu, wie der Junge mit der Sense das abgestorbene Gras, aus dem ein süßlicher Geruch aufstieg, in breiten Schwaden niederlegte.

Als die Arbeit getan war, sagte der Junge: „Jetzt muß ich gehen. Morgen bringen wir die *grais* auf eine neue Weide. Aber übermorgen komme ich wieder . . ., wenn es recht ist."

„Bracken", sagte Jake, „ich danke dir für all das hier . . ." Er machte eine Handbewegung, die sowohl das gemähte Gras wie die besonnten Hügel und den See unten im Tal einschloß.

Brackens Lächeln wirkte eigentümlich erwachsen und zart zugleich. „Warum sollte man das Leben nicht schön finden, solange man noch kann?" meinte er und verschwand ohne ein weiteres Wort in der Abenddämmerung.

AM MORGEN des übernächsten Tages war Jake schon wach, ehe die Kieselsteine gegen sein Fenster prasselten. In der Nacht hatte ihn ein Schmerzanfall geweckt, und es hatte eine ganze Weile gedauert, bis er wieder abebbte. Er wußte, daß solche Anfälle in Zukunft immer häufiger und heftiger auftreten würden, aber er verdrängte diesen entsetzlichen Gedanken. Im Augenblick gab es wichtigere Dinge, die ihn beschäftigten, Dinge, die ihm auf eigentümliche Weise Trost spendeten.

Dazu gehörte unter anderem der Junge, der Bracken genannt wurde, seine ansteckende Lebensfreude, seine tiefe Liebe zur Natur und all die Entdeckungen und Einsichten, die er Jake so unaufdringlich vermittelte. *Das Sterben gehört zum Leben,* hörte Jake die ruhige Knabenstimme flüstern. Nichts konnte besser ausdrücken, daß auch er selbst Teil dieses Kreislaufs der Natur und sein Tod nichts Schreckliches, Endgültiges war, sondern ein natürlicher Vorgang. Ich glaube fast, jetzt habe ich keine Angst mehr davor, dachte er erstaunt. Wenn die Zeit gekommen ist, wird es geschehen, aber bis dahin will ich das Leben schön finden. Bracken hat vollkommen recht.

Jake begann, sich in Gedanken zunehmend mit dem Jungen zu beschäftigen. Wo wohnte er überhaupt? Hatte er nicht einen neuen Wohnwagen erwähnt? Also lebte er in einem Wohnwagen. Wie viele Leute wohl zu seiner Sippe gehörten? Und was mochten sie treiben? Auch Brackens Sprechweise, seine leichte, singende Stimme machten ihn neugierig. Der Junge sprach nicht den Dialekt der Leute von Gloucestershire, andererseits hörte sich seine Sprache auch nicht fremdländisch an. Aber das war nicht verwunderlich, schließlich lebte seine Familie schon seit Generationen in diesem Land. Ob in Brackens Familie wohl noch die Zigeunersprache gesprochen wurde, die heutzutage in Vergessenheit zu geraten drohte?

In diesem Augenblick flogen die Kieselsteine gegen das Fenster, und aus dem Garten drang Brackens Stimme an Jakes Ohr: „Kommen Sie herunter! Es wird schon hell! Ich habe eine Feldflasche Tee mitgebracht! Und das Wetter ist heute großartig!"

Jake fühlte sich nach der nächtlichen Schmerzattacke noch schwach, aber er zwang sich, aufzustehen und zum Fenster zu gehen.

Der Garten glitzerte vor Tau, und graue Nebelfetzen zogen über die Hänge und das Tal. Der Morgen war in der Tat großartig.

„Warte!" rief er dem Jungen zu. „Ich bin gleich unten!"

Als er vor das Haus trat, führte ihn Bracken zum Gartenmäuerchen, wo sie sich niedersetzten. „Probieren Sie mal", sagte der Junge, während er die Feldflasche aufschraubte.

„Was ist das?“

„Kräutertee. Wir trocknen die Blätter selber. Der Tee erfrischt herrlich ... wie die Morgenluft.“

Einträchtig saßen sie nebeneinander auf der Mauer, tranken Kräutertee und genossen den Tagesanbruch. Der Junge drängte nicht zur Eile; er wartete, bis der warme Tee seine Wirkung getan hatte und die erschreckende Blässe aus Jakes Gesicht gewichen war. Für ihn war dieser Fremde einer seiner kranken Schützlinge, die Pflege brauchten, bis sie wieder stark genug waren, um allein zurechtzukommen. Viele verletzte Geschöpfe, die Bracken mit sanfter Hand schon gerettet hatte, waren anfangs verwirrt und halb tot vor Angst gewesen. Dieser Mann hier hatte keine Angst mehr, auch schien er nicht verwirrt. Allerdings war die Art seiner Verletzung so schwer, daß Brackens Kraft wohl nicht ausreichte, um ihn zu heilen; das spürte der Junge.

Diesmal wanderten Jake und Bracken durch den Buchenwald, dessen junge Blätter sich gerade zu entfalten begannen. Noch herrschte Dämmerlicht zwischen den hohen, silbergrauen Buchenstämmen. Die Luft roch nach Moos und dem verrottenden Laub des letzten Jahres, und in den Bäumen sangen die Vögel.

Bracken und Jake verließen das Buchenwäldchen wieder und stiegen höher hinauf. Sie kletterten über abgestorbene, efeubewachsene Baumstümpfe und Sandböschungen und legten auf Brackens Geheiß immer wieder Pausen ein; der Junge wollte Jake Gelegenheit geben, Atem zu schöpfen. Er wies dann jedesmal auf etwas Interessantes hin, das sie unbedingt betrachten müßten. Jake durchschaute die kleine List, aber er war Bracken deshalb nicht böse.

„Gleich geschafft!“ rief der Junge endlich. „Pünktlich zum Sonnenaufgang!“

Jake blickte auf und sah, daß sie nur noch ein baumloser, grasbedeckter Abhang vom Gipfel des Hügels trennte. Ein rötlicher Hauch überzog schon den ganzen Himmel, und ein paar rosafarbene Wölkchen standen hoch über dem Horizont.

Bracken hatte es nun eilig. Er nahm Jake an der Hand und führte ihn zum Gipfel hinauf. Dort standen sie nebeneinander und ließen den Blick in die Runde schweifen. Ringsum erstreckten sich, wie Wellen auf dem Meer, die Cotswoldshügel, die zum Horizont hin immer blasser erschienen. Jake war zumute, als stehe er am Rande der Welt, über sich das gewölbte Himmelszelt und zu seinen Füßen, jenseits der sanft geschwungenen Hügel und nebelerfüllten Täler, der gesamte Erdball. Die ausgedehnten Buchenwälder gingen in der Ferne in offenes Weideland über, von dem sich die Schafe als weiße Tupfen abhoben. Im äußersten Westen blitzte der Fluß Severn auf, der wie ein silbriges, vielfach gewundenes Band dem Meer entgegenstrebte.

„Sehen Sie, dort drüben", flüsterte der Junge und zeigte auf einen hohen, ostwärts gelegenen Hügel. Soeben ging dort die Sonne auf, deren erste Strahlen die gerundete Hügelkuppe als scharf abgegrenzte, lichtsprühende Linie nachzeichnete. Im nächsten Augenblick war der Himmel über dem Berg in ein flammendes Rot getaucht, und der schmale, feurige Halbkreis wurde so gleißend, daß Jake sich die Hand über die Augen halten mußte.

Jake hatte auf seinen Reisen viele Sonnenaufgänge beobachtet, aber keiner kam diesem hier gleich.

Diese reine Luft, die stillen Täler, der weiße Nebel, der in Schwaden durch die Buchenwälder zog, das kräftige junge Grün des Grasbodens unter seinen Füßen, das Tirilieren der Lerchen, die sich in Spiralen in den Himmel schraubten, und vor allem dieses gleißende Flammenmeer, das sich über den klaren Morgenhimmel ergoß – so viel unberührte, reine Schönheit raubte ihm den Atem und betörte seine Sinne. Wie diesen kleinen Lerchen war ihm jetzt zumute, die sich mit kräftigem Flügelschlag immer höher in die Lüfte schwangen, nur konnte er leider nicht singen.

Bracken schien zu wissen, was in Jake vorging. Er ahnte, wie schwer es wäre, aus himmlischen Höhen wieder in die Niederungen hinabzusteigen, und deshalb hockte sich der Junge mit gekreuzten Beinen ins Gras und bedeutete Jake, sich neben ihn zu setzen. „Wir können zusehen, wie das Tal zum Leben erwacht", sagte er. „In der Sonne wird es schön warm werden."

Plötzlich fiel Jake etwas ein, und er fuhr mit der Hand in die Jackentasche. „Ich habe uns ein bißchen Brot und Käse mitgebracht und auch ein paar Äpfel." Er warf dem Jungen einen Blick zu. „Morgens habe ich nämlich immer Hunger."

„Genau wie ich", meinte Bracken, und dann saßen sie im Gras, kauten vergnügt ihr Brot und die Äpfel und schauten hinunter auf Täler und Hügel, während am Himmel die Sonne aufstieg.

Kapitel 2

In der Zeitungsredaktion in London stand Bill Franklyn von seinem Schreibtisch auf und ging in das Zimmer seines Chefs. „Mr. Harris", begann er, „Manny Feldman und ich machen uns Sorgen um Jake."

„Ich glaube nicht, daß wir in diesem Fall etwas ausrichten können", sagte Bob Harris. „Jake hat sich aufs Land zurückgezogen, um allein zu sein. Das müssen wir respektieren."

„Ja, aber ..., es könnte doch sein, daß er Hilfe braucht." Bill blickte seinen Chef besorgt an.

Harris nickte. „Gut möglich, aber wir können ihn nicht zwingen, unsere Hilfe anzunehmen."

Bill ließ nicht locker. „Kennen Sie den Namen seines Arztes?"

„Früher ging er immer zu Dr. Lawson in der Harley Street. Ich glaube, die beiden sind alte Freunde." Er schaute Bill nachdenklich an. „Halten Sie mich auf dem laufenden. Vielleicht können wir uns doch nützlich machen."

DR. ANDREW LAWSON war ein berühmter, vielbeschäftigter Spezialist, aber weil er Jake Farrant schon seit der Zeit kannte, als er noch ein junger Krankenhausarzt war, erklärte er sich bereit, Bill und Manny privat bei einem Drink zu sprechen.

„Ich will Sie aber gleich warnen", sagte er ernst und schaute sie über den Rand seines Sherryglases hinweg an. „Es ist mir nicht gestattet, Dritte über den Zustand eines Patienten zu informieren, so begründet deren Anteilnahme auch sein mag."

„Das wissen wir", meinte Manny. „Wir machen uns aber große Sorgen um Jake. Er ist ein hervorragender Journalist, und er liebt seinen Beruf. Und jetzt wirft er plötzlich alles hin, macht sich auf und davon und vergräbt sich irgendwo auf dem Lande."

„Wir möchten von Ihnen nur eines erfahren", fügte Bill hinzu und versuchte, die Wahrheit herauszubekommen, ohne die verbotene Frage zu stellen. „Wäre es möglich, daß Jake demnächst unsere Hilfe braucht?"

Der strenge Blick des Arztes wurde sanfter. „Ja, Sie haben leider recht."

„Und ..., und wird das bald der Fall sein?" stammelte Bill.

„Vermutlich im Laufe der nächsten drei Monate", erklärte Dr. Lawson. Seine Stimme klang plötzlich traurig. „Unser Freund Jake hat viel zu spät ärztlichen Rat eingeholt. Aber natürlich soll man die Hoffnung nie aufgeben."

Zwischen den drei Männern entstand ein kurzes, lastendes Schweigen.

Dann sagte Bill beklommen: „Nun ja, jetzt wissen wir wenigstens, woran wir sind."

„Und Sie werden absolutes Stillschweigen über das bewahren, was ich Ihnen anvertraut habe?"

„Selbstverständlich", erwiderte Manny, und Bill bekräftigte das Versprechen.

„Uns beschäftigt noch ein anderes Problem", begann Manny von neuem. „Wie können wir denn Jake dazu bewegen, unseren Beistand anzunehmen?"

„Jake ist ein sehr selbständiger Mensch mit einem gewissen Stolz", sagte Dr. Lawson. „Gewiß werden Sie ihn irgendwie dazu bringen, sich helfen zu lassen. Andererseits weiß ich aus der Erfahrung mit anderen Fällen dieser Art, daß die persönliche Unabhängigkeit und die Verteidigung der Intimsphäre manchmal das einzige sind, was einem Menschen in solcher Lage noch bleibt. Dem Patienten muß dann auch gestattet werden, diese letzte Würde zu wahren."

Manny stimmte dem Arzt bedrückt zu. „Aber vielleicht wäre er über ein wenig Hilfe doch froh, wenn sie ..., wenn sie von zwei alten Freunden kommt?"

„Schon möglich." Dr. Lawson nickte und fuhr in freundlichem Ton fort: „Versuchen können Sie es ja ..."

„Das werden wir ganz gewiß tun", sagte Bill.

Zwei Tage später fand sich Bracken wieder im Garten ein. Die Amsel sang im Birnbaum, und das Licht der Abendsonne verlieh den braunen Erdschollen, die Jake mit dem Spaten wendete, einen goldenen Schimmer. Inzwischen hatte er das gemähte Wintergras am unteren Ende des Gartens zu zwei großen Haufen zusammengeharkt.

„Ich habe ein paar Setzlinge mitgebracht", erklärte Bracken. Er griff in den Lederbeutel, den er immer am Gürtel trug. „Die hat mir ein Bauer geschenkt. Ich habe für ihn den ganzen Tag über Jungpflanzen gesetzt. Diese langen, dünnen hier sind Weißkohl und Kohlrabi. Die schlaffen hellgrünen sind Kopfsalat. Der ist im Nu erntereif, wenn Sie ihn jetzt pflanzen. Die Setzlinge mit den herzförmigen Blättern sind Stangenbohnen."

Er zeigte Jake, wie man die zarten Pflanzen in die frisch umgegrabene Erde setzt.

Eine Weile arbeitete er schweigend vor sich hin. Dann fragte er plötzlich: „Schlafen Sie nachts sehr viel?"

Jake schaute den Jungen verdutzt an. „Nicht sehr viel ..., nein, wahrhaftig nicht. Warum?"

„Vielleicht könnten wir nachts mal die Dachse beobachten?"

„Mit Vergnügen!" Jakes Antwort klang begeistert.

„Heute nacht natürlich nicht", sagte Bracken. „Sie haben ja den ganzen Tag gearbeitet." Über sein Gesicht huschte ein verschmitztes

Lächeln. „Morgen ist für Sie Ruhetag. Und am Abend ziehen wir dann los."

Es war töricht, aber Jake fühlte sich enttäuscht. Er hatte sich schon so sehr auf den nächsten Ausflug gefreut, daß er keinen Tag damit warten wollte. „Ja", antwortete er leise, „ist mir recht."

Inzwischen war es fast dunkel geworden, und zwischen den Ästen des Birnbaums sah Jake die ersten Sterne blinken. „Trinken wir noch zusammen eine Tasse Tee?" fragte er.

Bracken zögerte. „Kann ich dabei draußen bleiben?" fragte er. Er sagte nicht: Ich mag keine Häuser, in Häusern fühle ich mich eingesperrt. Aber Jake verstand ihn auch so.

Später, als der Tee fertig war, saßen beide auf der Türschwelle und schauten in die Nacht hinaus. Jake fiel plötzlich auf, daß er schon eine ganze Weile ein paar vertrocknete Wiesenkerbelblüten betrachtete. Seit er diesem Jungen begegnet war, sah er so viele Dinge mit ganz anderen Augen. Alles erschien ihm klarer und lebendiger als zuvor . . . und unglaublich schön. Es kam ihm so vor, als würde er sich mit dem unaufhaltsamen Abnehmen seiner Körperkräfte der Welt, die ihn umgab, immer deutlicher bewußt. So beschenkte ihn sogar noch seine Krankheit mit unerwarteten Gaben.

„Ich liebe die Nacht", sagte Bracken leise. „Vor dem dunklen Himmel sieht man die Dinge viel besser als am hellen Tag."

Stimmt, dachte Jake, während er zum nächtlichen Himmel aufblickte. Als er sich umwandte, um Bracken zuzulächeln, sah er nur noch die leere Teetasse, die auf der Schwelle stand. Der Junge war verschwunden.

MITTEN in der Nacht erwachte Jake von einem durchdringenden Schrei unter seinem Fenster. Einen Augenblick lang jagten sich in seinem Kopf Vorstellungen von Einbrechern und Mördern, doch dann erinnerte er sich gleich, daß er ja jetzt in der Einsamkeit auf dem Lande lebte und nicht mehr in London mit seinen dunklen Straßen und zwielichtigen Vierteln. Wieder kam der Schrei aus der Finsternis, schrill und wild. Es war ein Fuchs, und zwar eine Fähe. Gleich darauf antwortete ein Rüde mit dumpfem Bellen aus dem tiefergelegenen Wald. Jake hatte schon von dem schaurigen Geschrei der Füchsinnen gehört, es aber noch nie miterlebt.

Wieder schrie die Fähe, und Jake stand auf und trat ans Fenster, gerade noch rechtzeitig, um das schlanke Tier über die Gartenmauer huschen zu sehen. Wie ein fließender Schatten schnürte es draußen am Feldrain entlang.

Inzwischen wußte Jake aus Erfahrung, wie sich ein neuer Schmerzanfall ankündigte. Er schluckte rasch ein paar Tabletten und ging ins Wohnzimmer hinunter. In seiner Schreibmaschine steckte ein halbbeschriebener Bogen. Er beugte sich darüber, um den Text zu lesen, und auf einmal merkte er, wie wenig ihn dieser Bericht über irgendeinen weit entfernten Kriegsschauplatz berührte. Wozu schreibe ich nur dieses Zeug? dachte er. Das ist für mich jetzt alles so unwichtig. Und für die Leser? Interessiert sie überhaupt, was ich über kriegerische Ereignisse in fremden Kontinenten berichte?

Er spannte einen neuen Bogen ein und schrieb rasch und mit Nachdruck: „Gestern morgen habe ich den Sonnenaufgang beobachtet und heute nacht eine Füchsin schreien hören."

Ich werde ein Tagebuch führen, dachte er. Darin will ich die Erlebnisse festhalten, die ich jeden Tag mache. Jeder Tag, der mir noch bleibt, soll eine neue Entdeckungsreise sein. Noch einmal ließ er den Blick über den mondhellen Garten schweifen. Dann ging er wieder ins Bett und schlief sofort ein.

AM NÄCHSTEN Morgen fühlte sich Jake beim Aufstehen ungewöhnlich frisch. Ursprünglich hatte er Brackens Anweisung befolgen und sich bis zum Abend ausruhen wollen, aber wäre das nicht ein vergeudeter Tag? Also beschloß er, ins Dorf zu fahren. Er brauchte sowieso ein paar Dinge aus dem Kaufmannsladen, und er kam auch nicht mehr umhin, den ortsansässigen Arzt ausfindig zu machen. Bis jetzt hatte er in seiner selbstgewählten Einsamkeit einfach nur von einem Tag zum andern gelebt, doch was erwartete ihn in der Zukunft? Die stille Art, in der ihm der Junge Gesellschaft leistete, empfand er als Wohltat. Er konnte kaum noch verstehen, daß er sich in wilder Auflehnung gegen sein Schicksal und aus einem unüberwindlichen Schamgefühl heraus von all seinen Freunden zurückgezogen hatte, um in völliger Abgeschiedenheit zu leben. Wie ein verletztes Tier hatte er irgendwo ein Versteck gesucht, eine Zuflucht, inneren Frieden – und er war auf dem besten Wege, ihn hier zu finden.

Im Dorfladen, der zugleich Postamt war, schaltete und waltete Mary Willis, eine rundliche kleine Frau mit fröhlichem Gesicht, die so leichtfüßig und rasch wie ein Vogel hin und her trippelte.

„Oh, Sie sind Jake Farrant, nicht wahr?" Sie schenkte ihrem neuen Kunden ein strahlendes Lächeln. „Ich habe Sie schon so oft im Fernsehen gesehen. Sie wohnen in dem kleinen Haus von Mrs. Cook, stimmt's?"

„Stimmt", erwiderte Jake. „Bill Franklyn, Mrs. Cooks Bruder, ist einer meiner besten Freunde." Plötzlich befiel ihn eine schmerzliche Sehnsucht nach den harten, aber glanzvollen Tagen seines Berufslebens. Meine Arbeit fehlt mir, dachte er, und ebenso fehlt mir die Kameradschaft meiner Kollegen und Freunde.

„Ich habe gehört, Sie hätten sich mit Bracken, unserem kleinen Zigeuner, in der Gegend umgeschaut . . ."

Jake bejahte. „Den Jungen kennt hier wohl jedermann?"

Mary Willis lächelte noch fröhlicher als zuvor. „Und ob! Er verrichtet wahre Wunderdinge an Tieren, besonders wenn sie krank sind. Alle Leute im Dorf lassen von ihm ihre kleinen Haustiere behandeln. Vögel, die aus dem Nest gefallen sind, herrenlose Hunde, verletzte Wildtiere – um alles kümmert er sich."

Ja, dachte Jake, wie recht sie hat. „Und was sagt man über seine Sippe?"

„Oh, diese Leute sind schon in Ordnung . . ., eben auf ihre Art. Sie arbeiten auf den Bauernhöfen, sobald es Frühling ist. Im Hochsommer ziehen sie nach Herefordshire weiter zur Hopfenernte. Ich wüßte nicht, daß sie stehlen, und Brackens Vater versteht sich gut auf Pferde; der kuriert jede Krankheit. Es stimmt natürlich" – sie lehnte sich über den Ladentisch und senkte die Stimme –, „der eine oder andere hier kann Zigeuner nicht ausstehen und hetzt sogar die Hunde auf sie. Aber Brackens Leute haben noch niemandem etwas getan, und Ende August sind sie sowieso wieder fort."

Jake spürte einen Stich in der Herzgegend. Bracken wäre nicht mehr da, wenn der Sommer zu Ende ginge . . .

Doch Mary Willis schwatzte unbekümmert weiter. „Ich rede zuviel! Ich sollte lieber fragen, was ich für Sie tun kann, Mr. Farrant."

Er gab ihr seine Einkaufsliste und erkundigte sich nach der Adresse des Arztes.

„Dr. Martin wohnt im Nachbardorf, in Sheepwick. Sprechstunde ist jeden Tag, aber zweimal wöchentlich kommt er zu uns herüber – wegen der Leute, die nicht zu ihm gehen können." Sie musterte Jake. „Ihre Gesundheit ist ein bißchen angegriffen, nicht wahr?"

„Ja, ein bißchen", erwiderte Jake. Dann holte er tief Luft und fügte hinzu: „Mrs. Willis, ich wäre sehr froh, wenn nicht jedermann im Dorf erführe, wer ich bin. Ich habe mich hierher zurückgezogen, weil ich ein wenig Ruhe und Frieden brauche. Sie verstehen das sicher . . ."

„Selbstverständlich, Mr. Farrant. Bei uns wird Sie niemand stören." Sie machte eine Pause und fuhr dann fort: „Der Zigeunerjunge wird schon gut auf Sie aufpassen. Da bin ich ganz sicher."

Jake trat mit seinen Einkäufen vor den Laden und ließ den Blick über die kleinen steinernen Häuser schweifen, die die einzige Straße des Dorfes säumten.

Die Sonne schien, und in den Gärten wiegten sich die Osterglocken sanft im Frühlingswind. Friede, dachte Jake. Warum habe ich das Gefühl, meine Lebenskurve sei wieder im Ansteigen? Wie konnte mich diese Gegend hier nur so seltsam verzaubern?

„Ich dachte, heute sei Ihr Ruhetag?" Jake fuhr herum und blickte in Brackens lachendes Gesicht. Der Junge schwenkte einen kleinen Käfig aus Weidenruten in der Hand. Darin konnte Jake einen Vogel mit zerzaustem Gefieder erkennen, der ihn aus matten, traurigen Augen anstarrte.

„Was bringst du denn da?"

„Einen jungen Turmfalken, der eine Ladung Schrot abgekriegt hat. Aber ich glaube, daß ich ihn gesund machen kann." Bracken musterte den Vogel und runzelte ärgerlich die Stirn. „Diese Leute, die immer mit ihren Gewehren herumlaufen! Denen ist es völlig egal, worauf sie schießen!"

Nebeneinander gingen sie auf Jakes Auto zu. „Soll ich dich mitnehmen?" fragte Jake.

„Au fein!" rief Bracken und fügte nach kurzem Überlegen hinzu: „Vielleicht könnten Sie mir helfen, den Vogel zu versorgen."

„Vielleicht", antwortete Jake. „Du mußt es mir aber zeigen."

„Na klar", meinte Bracken, während er ins Auto kletterte.

Als sie an Jakes Haus angekommen waren, bat der Junge um eine Schüssel Wasser, einen Schwamm und ein Desinfektionsmittel. Sie setzten sich auf die Türschwelle und stellten den Käfig zwischen sich.

„Halten Sie den Falken gut fest", sagte Bracken, der den Vogel vorsichtig aus dem Käfig gehoben hatte. „So müssen Sie es machen: beide Flügel fest mit den Händen andrücken. Dann kann er nicht damit schlagen."

Jake umfaßte behutsam den Turmfalken und spürte seine Körperwärme. Er fühlte auch den wilden, unregelmäßigen Herzschlag des jungen Falken, der offenbar Angst hatte.

„Halt doch still!" befahl der Junge dem Vogel. „Ich werde dir auch bestimmt nicht weh tun."

Während Bracken mit leiser Stimme ununterbrochen beruhigend auf den Vogel einredete, begann er mit geschickten Fingern, die blutverklebten Federn und die kleinen Wunden zu reinigen, die von den winzigen Schrotkörnern herrührten.

Der Falke mit seinen dunklen, gelb umrandeten Augen blieb

während der ganzen Prozedur äußerst wachsam. Das Tier drehte fortwährend den Kopf hin und her, um besser sehen zu können, was der Junge mit ihm anstellte, doch es machte keinen Versuch, mit dem scharfen, gebogenen Schnabel nach seinen Händen zu hacken.

„Fertig", sagte Bracken nach einer Weile. „Jetzt bist du schön sauber. Aber was machen wir mit den Schrotkugeln?" Er griff in die Tasche und förderte eine lange dünne Sonde zutage, die einer Stricknadel ähnelte. „Hiermit wird es gehen ..., wenn überhaupt." Er setzte das Instrument an, arbeitete schnell und präzise und hatte auf einmal eine ganze Anzahl Schrotkörner in der Hand, die er neben sich auf die Türschwelle legte. Der Vogel rührte sich nicht, aber sein Herz pochte laut.

„Mehr kann ich für den armen Falken nicht tun", murmelte Bracken. „Wenn ich weitermache, bringe ich ihn noch um. Ich glaube, er ist noch nicht mal ein Jahr alt. Er hat gerade erst die weißen Spitzen an den schwarzen Schwanzfedern bekommen. Sehen Sie mal ..."

Der Junge ordnete sorgsam das zerzauste Gefieder, strich mit dem Zeigefinger über den rotbraunen Vogelrücken und kraulte den blaugrauen Kopf. „Wir können ihn jetzt wieder in den Käfig setzen", sagte er. „Später, wenn er sich beruhigt hat, wollen wir versuchen, ihn ein bißchen zu füttern."

Behutsam legte Bracken den erschöpften Vogel auf den Boden des Weidenkäfigs. „Ich möchte ihn heute gern bei Ihnen lassen", sagte er zu Jake. „Dann brauche ich ihn nicht mehr durch die Gegend zu tragen."

Jake protestierte. „Ich weiß doch gar nicht, wie ich mit ihm umgehen soll!"

„Sie brauchen überhaupt nichts zu tun", entgegnete der Junge. „Wir stellen den Käfig in den Schuppen. Dort ist es dunkel, und der Vogel wird schlafen. Wenn er die Nacht übersteht, wacht er am Morgen hungrig auf, und bis dahin bin ich auch wieder hier."

Sie trugen den Käfig in den Schuppen, stellten ihn auf eine Holzkiste und deckten ihn mit einem Stück alter Sackleinwand zu.

„Schlaf schön", sagte Bracken zu dem Falken. „Ich komme bald zurück und schaue nach dir."

ALS es abends dunkel wurde, ging Jake in den Schuppen, um nach dem Vogel zu sehen. Einen Augenblick lang setzte sein Herz aus, denn das Tier lag reglos auf dem Käfigboden. Ob es tot war? Er trat näher heran und erkannte, daß sich die gesprenkelte Brust des Falken immer noch hob und senkte. Plötzlich öffnete der Vogel die gelb umrandeten Augen und starrte ihn an.

„Du lebst also noch!" rief Jake. „Gratuliere!"

Der Vogel schien ihm zuzuhören, machte aber keine Anstalten aufzustehen, und so trat Jake wieder ins Freie. Er blickte zu dem Pfad hinauf, der aufs Haus zuführte, und sah eine kleine Gestalt, die sich näherte. Jake atmete auf: Bracken kam zurück!

„Ich habe ein bißchen Futter für den Falken mitgebracht", sagte der Junge, als er am Schuppen angekommen war. Er streckte Jake eine blutgetränkte Papiertüte entgegen, in der ein paar kleine Brocken rohes Fleisch steckten. Sie betraten den Schuppen und sahen, daß sich der Vogel inzwischen aufgerichtet hatte und kraftlos auf die Käfigstangen einhackte. Bracken schob ein paar Fleischbröckchen zu ihm hinein, doch der Falke schien sie nicht zu bemerken. Also nahm der Junge eines der Bröckchen zwischen Daumen und Zeigefinger und hielt es dem Tier vor den Schnabel. Tatsächlich öffnete der Falke den Schnabel, und der Junge stopfte ihm das Fleischstückchen in die Kehle. Auf diese Weise verfütterte er nun geduldig Bröckchen um Bröckchen, und der Falke schluckte das Futter mit offensichtlich zunehmendem Appetit.

„Genug jetzt", meinte Bracken schließlich. „Du platzt sonst noch! Nächstes Mal wirst du schon allein fressen können." Er wischte sich die Finger an seinem alten braunen Pullover ab, trat mit Jake vor den Schuppen und sah prüfend zum Himmel hinauf. „Der Mond kommt bald heraus", erklärte er. „Wir sollten also schon vorher auf der Waldlichtung sein und uns verstecken. Sonst verscheuchen wir noch die Dachse. Fertig?"

„Ja, fertig", antwortete Jake und folgte dem Jungen, der ihm mit sicherem, stetigem Schritt durch den ansteigenden Buchenwald voranging. Sie wechselten kein Wort, während sie zwischen den dunklen Bäumen hindurchwanderten. Von den tiefergelegenen Wiesen her hörte Jake das Geblök der Schafe, und in einer hohen Buche beendete eine Amsel gerade ihr Abendlied. Auch ein Kuckuck rief noch zwei-, dreimal auf dem Weg zu seinem Schlafplatz. Doch plötzlich schwiegen alle Tiere. Erst nach einer Weile nahm Jake wieder Geräusche wahr. Rings um sie her raschelte es geheimnisvoll, und es schien, als würden sie von einer großen Zahl unsichtbarer Geschöpfe begleitet.

Endlich erweiterte sich der Weg zu einer Art Lichtung, an deren Ende eine steile Felswand aufragte. Sie befanden sich in einem kleinen aufgegebenen Steinbruch, dessen sandiger, zerfurchter Boden von

den knorrigen Wurzeln abgestorbener Buchen durchzogen war. Überall entdeckte Jake Löcher und Haufen aufgewühlter Erde.

„Wir sind da", murmelte Bracken. „Hinter diesem Sandhügel befindet sich der Hauptbau. Er ist besetzt. Der Kot liegt da drüben ..., alles an einer Stelle. Die Dachse sind nämlich sehr saubere Tiere. Und sehen Sie die Grasknäuel und das andere Zeug dort? Das ist ihre alte Lagerstreu. Die haben sie rausgeworfen. Ich glaube, sie haben sich erst heute ein neues Lager gebaut. Das Gras vor den Eingängen sieht so zertreten aus."

Jake bestaunte die zahlreichen Löcher in der Sandböschung und überlegte, wieviel unterirdische Gänge wohl unter seinen Füßen verliefen.

„Wir müssen uns verstecken", flüsterte Bracken. „Dachse haben nämlich eine sehr gute Nase. Wenn sie uns wittern, kommen sie überhaupt nicht aus ihrem Bau."

Sie krochen in ein Erlengebüsch, machten es sich bequem und warteten.

Als erstes erschien ein Männchen. Es verbrachte eine ganze Weile damit, prüfend in alle Himmelsrichtungen zu schnüffeln. Dann setzte es sich und kratzte sich ausgiebig. Schließlich ließ es noch einmal schnüffelnd die Nase kreisen, befand, daß alles in Ordnung sei, und fing an, sich zu putzen. Dabei verfuhr es sehr sorgsam, obwohl der Pelz mit der hübschen schwarzweißen Zeichnung ohnehin schon wie geleckt aussah. Es dauerte nicht lange, bis auch das Weibchen erschien. Nun saßen sich beide Tiere, Schnauze an Schnauze, gegenüber und grunzten und quiekten in lebhafter Unterhaltung.

Währenddessen fiel auf die Felswände des Steinbruchs ein silbriger Schein: Am Himmel über der Hügelkuppe war der Mond aufgegangen. Bald wurde es auf der Waldlichtung so hell, daß die beiden Beobachter den Dachsbau ganz deutlich erkennen konnten. Die schwarzen Schatten der Erlen und das weiße Mondlicht bildeten auf dem Sandboden ein hübsches Streifenmuster, und schwarzweiß gestreift war auch das schimmernde Fell des Dachspaares, das sich immer noch unterhielt, sich zwischendurch kratzte oder den Boden aufwühlte. Schließlich trollte sich das Männchen und ließ das Weibchen allein zurück. Nun kamen die Kleinen aus dem Bau gepurzelt und begannen zu spielen, sich im Sand zu wälzen, sich zu jagen, gegeneinander zu kämpfen und zu kreischen. Plötzlich tauchten auch noch zwei größere Jungtiere auf und ließen sich in dieser betörenden, nach Sternhyazinthen duftenden Frühlingsnacht von der Ausgelassenheit der Kleinen anstecken.

Jake und Bracken schauten ihrem Treiben gebannt zu, bis ihre Glieder vom langen Stillsitzen ganz verkrampft waren. „Die Dachse verschwinden jetzt sowieso gleich, um auf die Jagd zu gehen", sagte Bracken. Er faßte Jake bei der Hand und half ihm auf. „Frieren Sie?"

Jake verneinte. „Mir ist nicht kalt. Der Anblick dieser Tiere hat mich ganz verzaubert."

Als sie am Häuschen angekommen waren, lief Bracken gleich zum Schuppen, um den verletzten Turmfalken zu holen. „Ich nehme ihn jetzt mit", erklärte er. „Der braucht viel Pflege. Es wäre unfair, Ihnen diese Arbeit zuzumuten. Aber ehe ich ihn freilasse, bringe ich ihn her, damit Sie ihn noch mal sehen können."

Jake nickte. Plötzlich merkte er, wie müde er war.

„Du mußt jetzt erst einmal ordentlich schlafen", sagte Bracken streng und schaute auf den Vogel im Weidenkäfig hinunter.

Jake schwieg. Er hatte die Augen geschlossen und mühte sich, des Schwindelgefühls Herr zu werden.

„. . . und vom Gesundwerden träumen", fügte die Knabenstimme leise hinzu.

Bill Franklyn hatte angestrengt nachgedacht und sich lange mit Manny beraten, ehe er sich zu einem Besuch bei seiner Schwester entschloß. Carol war Witwe und lebte mit den Zwillingen Matthew und Mark in einer schönen, sonnigen Wohnung im Londoner Stadtteil Kensington. Da es in Carols Haushalt ohnehin äußerst lebhaft zuging, freute sie sich stets über einen Besuch des Bruders. Heute hatten außerdem die Zwillinge Geburtstag, und bei Bills Eintreffen legte Carol gerade letzte Hand an die Glasur des Geburtstagskuchens.

„Hallo, Bill!" rief sie zur Begrüßung. „Setz dich, falls du ein freies Plätzchen finden kannst. Ich will mit dem Kuchen fertig sein, bevor die beiden heimkommen."

„Wo stecken sie denn?"

„Sie spielen heute nachmittag Squash und werden einen Riesenhunger mitbringen. Bleibst du zum Abendessen?"

„Vielleicht", erwiderte Bill gedehnt. „Hängt davon ab, was du zu bieten hast."

Seine Schwester lachte. Sie sah Bill ähnlich. Beide hatten klare dunkle Augen und braunes Haar, das bei Carol jedoch an den Schläfen von einer auffallenden silbergrauen Strähne durchzogen war. Und obwohl Carol häufig und gerne lachte, waren die Spuren, die die Sorgen der Vergangenheit in ihrem Gesicht hinterlassen hatten, unübersehbar.

Bill kannte diese Sorgen. „Geht's dir gut, Carol?" fragte er. „Wie kommst du mit den Jungen zurecht? Reicht das Geld?"

Sie blickte amüsiert drein. „Bruderherz, deine Besorgnis ist geradezu rührend! Ja, die Miete ist gezahlt, mein Gehalt reicht für das Nötigste, wir haben immer genug zu essen. Worüber sollte ich also klagen?"

„Und Ferien?"

Carols Lächeln verflog. „Nun ja, ich habe mir gedacht, ich fahre mit den Jungs nach Wales. Dort können sie täglich zum Ponyreiten gehen, das kostet nicht die Welt." Sie schaute Bill streng an. „Und wehe, du läßt dir wieder so eine Überraschung einfallen, indem du im voraus irgend etwas bezahlst!"

Nun war Bill derjenige, der lachte. „Du hast mir immer noch nicht gesagt, was es zum Abendessen gibt! Soll ich zum Chinesen um die Ecke laufen und ein Gericht zum Mitnehmen holen?"

„Nein ..., jedenfalls nicht gleich. Erst möchte ich wissen, was du auf dem Herzen hast."

Bill seufzte. „Vor dir habe ich selten etwas verheimlichen können, stimmt's? Na schön. Wenn du es unbedingt wissen willst: Es geht um Jake."

„Jake Farrant ..., der mein Häuschen gemietet hat?"

„Ja. Die Sache ist die: Jake ist krank, und ich möchte gerne wissen, wie es um ihn steht. Ich will aber nicht aufdringlich erscheinen und einen unnötigen Wirbel machen."

„Krank?" wiederholte Carol. „*Wie* krank denn?"

Bill schwieg einen Augenblick. Dann schüttelte er traurig den Kopf und fügte hinzu: „Ich glaube, es ist etwas ganz, ganz Ernstes."

„Verstehe." Carol schaute ihren Bruder voller Mitgefühl an und fragte schließlich: „Was kann ich dabei tun?"

„Du bist seine Vermieterin. Könntest du nicht einfach bei ihm vorbeifahren und nach ihm sehen?"

„Mein lieber Bill, das sind hundertfünfzig Kilometer! Da kann man nicht so ganz zufällig *vorbeifahren.*"

Bill ließ nicht locker. „Na, du könntest dort ja auch über Nacht bleiben."

„Über Nacht? Unter einem Dach mit deinem schwierigen Freund Jake Farrant, der sich aufs Land zurückgezogen hat, weil er keine Menschenseele sehen möchte? Ausgeschlossen!"

„Ich dachte, du wolltest mit den Jungs nach Wales fahren. Da könntest du doch auf dem Hinweg einen kleinen Abstecher in die Cotswolds machen. Dir fällt schon irgendein Vorwand ein, unter dem du bei Jake vorbeischauen und ihn einen Augenblick sprechen kannst. Ganz kurz nur ... Bitte, Carol!"

Carol seufzte. „Du weißt genau, daß ich dir noch nie eine Bitte abschlagen konnte. Also gut: Ich fahre hin."

Im nächsten Augenblick platzten die Zwillinge herein: Sie hatten die Squash-Schläger noch in der Hand und sprühten geradezu vor Energie.

„Hallo, Mami! Hallo, Onkel Bill!" schrien sie im Chor. „Ist irgendwas los?"

Beide hatten helleres Haar als ihre Mutter, aber die gleichen dunkelbraunen Augen. Doch ihre Kopfform und der sehr männliche, kühne Schnitt des Mundes waren das Vermächtnis ihres Vaters, der vor sechs Jahren ums Leben gekommen war, als er von einem Lastwagen überfahren wurde.

„Ob irgendwas los ist?" wiederholte Bill. „Ich dachte, ihr hättet heute Geburtstag ..., und deswegen bekommt einer von euch einen Fotoapparat und der andere ein Fernglas. Das müßt ihr untereinander ausfechten. Habt ihr Lust, nachher mit eurer Mutter und mir essen zu gehen?"

„Super!" riefen beide. „Können wir zum Chinesen gehen?"

So endete der Tag mit einer richtigen Geburtstagsfeier, und Bill vergaß für kurze Zeit sogar seine Sorgen um Jake.

Kapitel 3

AM MORGEN nach dem Ausflug zu den Dachsen blieb Jake lange im Bett. Er fühlte sich völlig erschöpft. So geht es nicht weiter, dachte er. Ich kann nicht mit dem Jungen herumziehen, bis ich vor seinen Augen zusammenbreche. Damit muß Schluß sein.

Es dauerte eine Weile, bis er sich sicher genug auf den Beinen fühlte, um die Treppe hinunterzusteigen und sich eine Tasse Tee zu bereiten. Wieder war das Wetter herrlich. Die Sonne stand schon ziemlich hoch am Himmel, und der Garten sah überaus einladend aus. Während der Nacht hatte sich der Apfelbaum beim Schuppen in eine Wolke rosafarbener Blüten verwandelt. Auch die Salatpflänzchen auf dem frisch hergerichteten Gemüsebeet wuchsen schon tüchtig. Jake trug seine Teetasse zur offenen Tür und setzte sich auf die Schwelle.

Ein Weilchen saß er einfach so im Sonnenschein, träumte vor sich hin und hoffte, daß seine Kräfte bald zurückkehrten. Dann beschloß er widerstrebend, den Weg zu seinem Auto hinaufzugehen und zum

Arzt ins Nachbardorf zu fahren. Doch als er den ersten Schritt gemacht hatte, kam ihm der Pfad beängstigend lang und steil vor.

Das schaffe ich nie! dachte er. Es ist viel zu weit! Dennoch begann er, langsam Fuß vor Fuß zu setzen. Aber plötzlich war es aus: Die Bäume, die Hecken, der steinige Pfad – alles um ihn herum schien sich zu drehen. Jake stürzte und schlug hart auf dem Boden auf.

Jim Merrett, der Postbote, kam auf seinem Fahrrad den Pfad herunter und sah Jake mitten auf dem Weg liegen. Er sprang ab und beugte sich über Jake. „Alles in Ordnung, Mr. Farrant?" fragte er aufgeregt. „Mr. Farrant? Hören Sie mich?"

Jake vernahm ganz schwach die fremde Stimme. „Mir geht es gleich wieder besser", murmelte er.

„Warten Sie", meinte der Briefträger, „ich helfe Ihnen auf. So . . ., ganz langsam . . ., wir schaffen es schon. Ihnen ist wohl schwindlig geworden?"

„Ein bißchen", erwiderte Jake mit schwacher Stimme. „Dieser verflixte Feldweg . . ., viel zu steil . . ."

„Alle Hänge hier sind zu steil; jedenfalls für mein Fahrrad. Soll ich Sie lieber zu Ihrem Haus zurückbringen?"

„Ja, bitte." Jake stand zwar wieder, doch das Schwindelgefühl hielt unvermindert an. „Geht schon besser", versicherte er.

„Na klar", sagte der Postbote. „Aber wenn Sie mich fragen, sind Sie noch zu wacklig auf den Beinen. Setzen Sie sich doch auf mein Fahrrad! Ich schiebe es und bringe Sie so nach Hause."

Das Fahrrad schwankte unter seiner Last gefährlich von einer Seite zur anderen, aber schließlich erreichten sie doch das Gartentor. Jake fiel beinahe vom Sattel, und Mr. Merrett mußte ihn stützen, während er ihn ins Haus brachte.

„Sie sollten sich lieber hinsetzen und ausruhen", sagte der Briefträger und ließ Jake behutsam auf den nächstbesten Stuhl gleiten. „Soll ich den Doktor holen?"

Jake schüttelte den Kopf. „Nein, danke. Es wird schon wieder gehen. Ich habe mich ein bißchen überanstrengt. Zu dumm von mir. Möchten Sie ein Bier trinken? In der Speisekammer steht eine Dose."

„Ein Bier? Jetzt?" fragte Mr. Merrett und lachte. „Nein, danke! Nicht, solange ich im Dienst bin. Da ginge ich ja in den vielen scharfen Kurven dauernd zu Boden. Aber das erinnert mich an etwas: Ich habe einen Brief für Sie. Da ist er schon."

Jake nahm den Brief in Empfang und musterte ihn neugierig. Nur Bill Franklyn kannte seine Adresse, aber dies hier war nicht Bills Handschrift.

„Ich muß weiter", meinte der Postbote. „Oder soll ich noch eine Weile bei Ihnen bleiben?"

„Nein, nein, keine Sorge!" entgegnete Jake. „Und vielen Dank! Sie haben mir sehr geholfen."

„Da fällt mir noch etwas ein", sagte Mr. Merrett, während er zur Haustür ging. „Das Auto dort oben auf der kleinen Zufahrtsstraße ist doch Ihr Wagen, nicht wahr?"

„Ja."

„Sie könnten ihn vielleicht hinter dem Bauernhof dort unten parken. Dann brauchen Sie nur über die Wiese zu gehen und sind schon in Ihrem Garten. Stan Bayliss hat bestimmt nichts dagegen."

„Ist das der Bauer, dem der Hof gehört?"

„Ja. Ich rede mit ihm, wenn es Ihnen recht ist. Ich muß sowieso jetzt Post hinbringen."

„Wenn Sie das für mich tun wollten . . . Es wäre sicher einfacher für mich."

Der Postbote blinzelte Jake zu. „Warum Kraft verschwenden, wenn es auch anders geht!" Er schloß die Haustür hinter sich, schwang sich auf sein Rad und fuhr davon.

Als Jim Merrett seine Runde beendet hatte und ins Dorf zurückkam, berichtete er Mary Willis haarklein, was passiert war, und beide waren sich einig, daß sie Dr. Martin benachrichtigen müßten.

NOCH am selben Abend klopfte es an Jakes Haustür, und eine fröhliche Stimme rief: „Darf ich eintreten?"

Dr. Martin war Ende Fünfzig. Seit beinahe dreißig Jahren war er als Landarzt tätig, und seine Patienten kamen aus einem weiten Umkreis. Er liebte die Cotswolds und die bedächtige, stille Art ihrer Bewohner. Der Arzt war ein geduldiger, gemütlicher Mann mit blauen Augen und einer warmen, festen Stimme, die Vertrauen einflößte.

„Ich bin Dr. Martin", begann er und streckte Jake die Hand hin. „Ich störe hoffentlich nicht? Jim Merrett, der Postbote, macht sich ein bißchen Sorgen um Ihr Wohlergehen."

Jake stand auf und schüttelte dem Arzt die Hand. „Sehr freundlich von Ihnen, so rasch vorbeizukommen." Er wies auf einen Stuhl. „Nehmen Sie doch Platz."

Dr. Martin setzte sich und musterte Jake eindringlich. Der Blick des Arztes verriet schon bald, daß er im Bilde war und Mitleid mit seinem neuen Patienten empfand.

„Herr Doktor", sprach Jake, „ich will Ihnen gleich sagen, daß ich weiß, woran ich bin. Mir ist nicht mehr zu helfen, damit habe ich mich inzwischen abgefunden. Aber seit ich hier auf dem Lande lebe, lerne ich immer besser, mein Schicksal anzunehmen."

Der Arzt nickte. „Ja, das lernt man hier."

„Als ich hier ankam, hatte ich beschlossen, mich von allem zurückzuziehen und den Dingen ihren Lauf zu lassen. Doch mittlerweile macht mir das Landleben so viel Freude, daß ich so lange wie möglich daran teilhaben möchte. Ich habe plötzlich begriffen, was für ein Glück es bedeutet, leben zu dürfen ... und obendrein in dieser herrlichen Umgebung. Meine Frage ist: Können Sie mir helfen, noch ein Weilchen durchzustehen?"

Dr. Martin dachte nach. „Sie sollten mich erst einmal über Ihre Krankheitssymptome aufklären", sagte er.

„Vor ein paar Monaten bin ich auf der Straße zusammengebrochen. Ich war gerade in London, und so ging ich zu meinem Hausarzt, der mir gleich ein paar Blutproben abnahm und einige Tests machen ließ. Er stellte Leukämie in fortgeschrittenem Stadium fest. Jetzt ist alles nur noch eine Frage der Zeit."

Dr. Martin nickte. „Oft Schmerzen?"

„Gelegentlich. Sie kommen überfallartig, aber dank der Medikamente halten sie sich in Grenzen. Was mich allerdings sehr niedergeschlagen stimmt, sind diese plötzlichen Schwächeanfälle. Ich möchte doch noch so viel unternehmen, so viel sehen. Gibt es denn nichts, was ich einnehmen könnte, wenn ich mich elend fühle?"

Dr. Martin seufzte. Nicht zum ersten Mal wünschte er, Wunder wirken zu können. „Nun ja ..., aber ehe ich irgend etwas vorschlage, möchte ich lieber erst Ihre Krankengeschichte lesen."

„Selbstverständlich." Jake stand auf und holte den Umschlag mit dem ärztlichen Attest, das ihm Dr. Lawson mitgegeben hatte. Dabei fiel ihm der Brief ein, den Jim Merrett gebracht hatte. Er war noch ungeöffnet. Tagsüber hatte Jake die Schwäche am Lesen gehindert, und später hatte er nicht mehr daran gedacht.

Während Dr. Martin das ausführliche Attest studierte, nutzte Jake die Gelegenheit, um den Brief zu lesen.

> Lieber Mr. Farrant,
> gestatten Sie mir, mich vorzustellen: Ich bin Bill Franklyns Schwester Carol – Ihre Vermieterin! Ich möchte Ihnen mitteilen, daß ich mit meinen Söhnen auf der Durchreise nach Wales für einen Tag Station in den Cotswolds machen werde. Ich hätte gern ein paar Sachen abgeholt, die in der Abstellkammer liegen, aber ich nehme selbstverständlich von diesem Vorhaben Abstand, wenn Sie sich dadurch belästigt fühlen. Sie brauchen nur eine entsprechende Nachricht für mich im „Bauerneck" zu

hinterlegen. Wir übernachten in diesem Gasthof vom 26. zum 27. April. Ich hoffe sehr, daß Ihnen mein Häuschen in den Cotswolds zusagt.

Mit freundlichem Gruß
Carol Cook

Jake blickte von Carols Brief auf und merkte, daß ihn der Arzt aufmerksam und teilnahmsvoll ansah.

„Sie haben wahrhaftig schon einiges über sich ergehen lassen", sagte Dr. Martin. „Heute nehme ich nur eine Blutprobe mit. Das Ergebnis sollen Sie so schnell wie möglich erfahren. Fürs erste verschreibe ich Ihnen Tabletten, die Jim Merrett vorbeibringen wird. Zum Schluß noch einige Ratschläge: Sie dürfen sich keinerlei Infektionen zuziehen, und Sie müssen sich vor Stürzen hüten. Ihre Blutgefäße sind zu empfindlich, Sie könnten leicht innere Blutungen erleiden. Begeben Sie sich nicht unnötig in Gefahr, und unternehmen Sie keine allzu weiten Spaziergänge." Er hielt inne, als er merkte, daß Jake protestieren wollte. „Ich begreife ja, daß Ihnen diese Vorsichtsmaßnahmen lästig sind", fuhr er fort, „aber auf diese Weise gewinnen Sie vielleicht ein bißchen Zeit. Ich wünschte, ich könnte Ihnen mehr versprechen. Doch wie die Dinge liegen, kann ich nur sagen: Machen Sie so oft wie möglich Ruhepausen, und genießen Sie die wenigen Stunden der Aktivität. Wenn es dann wirklich schlimm wird, helfen wir Ihnen. Das wissen Sie doch."

Jake nickte. „*Davor* habe ich keine Angst. Im Augenblick kämpfe ich nur darum, beweglich zu bleiben. Heute früh habe ich den Pfad betrachtet, der hinter dem Haus hinaufführt. Er kam mir ungeheuer steil vor, und ich dachte: Bis zum Auto hinauflaufen? Das schaffst du nicht! *Das schaffst du nicht!* Solch ein Gedanke war mir früher fremd, und er macht mir angst. Ich habe gar nicht gewußt, daß ich so ein Feigling bin."

„Sie sind kein Feigling", widersprach Dr. Martin. „Ich wünschte, ich könnte dem, was auf Sie zukommt, mit ebensoviel Tapferkeit und Gleichmut entgegensehen. Würden Sie bitte den Ärmel hochkrempeln?"

Jake kam der Aufforderung nach, und der Arzt nahm ihm Blut ab.

Als sich Dr. Martin verabschieden wollte, sagte Jake plötzlich: „Kennen Sie die Besitzerin dieses Hauses?"

„Carol Cook? Ja. Warum . . .?"

„Sie teilt mir in diesem Brief hier mit, daß sie herkommen will. Ich wüßte gern ein wenig, was für ein Mensch sie ist."

„Mrs. Cook ist eine sehr nette Frau und eine tapfere obendrein. Sie hat zwei Söhne, Zwillinge. Ihr Mann kam vor sechs, sieben Jahren bei einem Autounfall ums Leben. Carol Cook ist Lehrerin und zieht die beiden Jungen allein auf. Außerdem weiß ich von ihr, daß sie unsere Gegend hier ins Herz geschlossen hat..., wie ich übrigens auch. Ich glaube, sie würde Ihnen gefallen." Dr. Martin lächelte. „Ich lasse Sie umgehend wissen, was die Blutproben ergeben. Bis dahin gilt: Alles schön langsam angehen!"

„Vielen Dank, Herr Doktor", erwiderte Jake, „ich werde Ihren Rat beherzigen."

AM NACHMITTAG des folgenden Tages schlug das Wetter um. Graue Wolken trieben über den Himmel, der plötzlich seine Schleusen öffnete. Jake saß am Wohnzimmerfenster und beobachtete fasziniert, wie es draußen immer dunkler wurde und bald jedes Blatt, jeder Grashalm vor Nässe triefte.

So unvermittelt, wie der Regen begonnen hatte, hörte er gegen fünf Uhr wieder auf, und als die Sonne durch die Wolken brach, wölbte sich über dem gegenüberliegenden Hügel ein kräftig leuchtender Regenbogen.

Der Kuckuck rief unermüdlich im regennassen Wald, und bald stimmten auch die anderen Vögel des Waldes ihre Lieder an. Schließlich fiel noch die Amsel in den Chor ein, die im Wipfel des Birnbaums saß und ihre Zufriedenheit mit der reingewaschenen Welt kundtat.

Ich muß an die frische Luft gehen, dachte Jake. Alles sieht so grün und unberührt aus, und die Farben leuchten noch kräftiger als sonst. Er lief in den Garten und schaute zum Buchenwald hinüber, als er Jim Merrett über den unteren Feldweg auf sein Haus zukommen sah.

„Schönen guten Abend, Mr. Farrant. Dr. Martin läßt Ihnen das hier aus der Apotheke schicken. Ich habe auch schon mit Stan Bayliss vom Hof unten geredet. Er hat nichts dagegen, wenn Sie seine Zufahrt benutzen. Wenn Sie mir den Schlüssel geben und ihm Ihr Auto anvertrauen, fährt er es noch heute abend für Sie hinunter."

„Das freut mich wirklich", sagte Jake. „Ich hole gleich den Schlüssel." Als er zurückkam, hielt er auch noch einen Briefumschlag in der Hand. „Kommen Sie auf Ihrer Postrunde im ‚Bauerneck' vorbei?"

Jim lachte. „So gut wie jeden Tag! Und fast jeden Abend, wenn ich es möglich machen kann!"

„Könnten Sie diesen Brief dort für Mrs. Cook abgeben? Sie übernachtet am Wochenende in dem Gasthof."

„Wird gemacht, Mr. Farrant."

Am Abend beschloß Jake, noch ein bißchen spazierenzugehen und nachzuschauen, ob sein Auto schon unten beim Bauernhaus abgestellt war. Am Ende der Wiese unterhalb seines Hauses kletterte er über einen niedrigen Zaun und gelangte auf einen heckengesäumten Weg, der dem Pfad zu seinem Haus ähnelte, aber weniger steil und auch nicht so steinig war. Dann sah er auch schon sein Auto auf einem grasbewachsenen Fleck neben dem Weg stehen. Im Wagen lag ein Päckchen, und auf dem beigefügten Zettel stand: „Hoffentlich sind Sie mit dem Abstellplatz zufrieden. Das Auto stört uns dort nicht. Meine Frau hat ein bißchen selbstgemachten Käse für Sie eingepackt. S. Bayliss."

Jake war gerührt. Er hatte doch gar nichts getan, um soviel Freundlichkeit zu verdienen, aber diese schlichten, stillen Menschen hier im Tal schienen entschlossen zu sein, ihm auf jede erdenkliche Art zu helfen.

Plötzlich schämte er sich seines Stolzes. Warum versuche ich, mich meiner Umwelt zu entziehen? fragte er sich. Ich sollte lieber dankbar sein, und ich darf mich weder vor der Herzlichkeit dieser Leute fürchten noch vor ihrem Mitleid. Das war natürlich der tiefere Grund für seine Haltung: Er hatte Angst vor dem Mitleid der anderen! *Deswegen* ging er seinen Freunden aus dem Weg, *deswegen* war er hier in diese einsame Gegend geflüchtet. Doch inzwischen fühlte er sich gar nicht mehr so einsam – denn es gab ja Bracken.

Als Jake zum Haus zurückkehrte, sah er den Jungen, der im Garten mit Hammer und Nägeln einen Holzrahmen zusammenfügte. „Sie haben doch nichts dagegen?" fragte Bracken ein bißchen verlegen. „Ich baue hier einen großen Käfig für den Turmfalken. Er muß mit seinem verletzten Flügel noch tüchtig üben. Vorher kann ich ihn nicht freilassen; andere Tiere würden ihn gleich angreifen und töten."

Jake protestierte. „Warum denn hier?" fragte er. „Du kannst den Käfig doch auch in eurem Lager errichten."

„Wir haben viele Hunde", antwortete Bracken. „Vor ihrem Gebell fürchtet sich der Falke."

Der Vogel hockte in seinem Weidenkäfig und starrte Jake angriffslustig an. Ja, mein Freund, dachte Jake, du haßt die Gefangenschaft. Du bist ein stolzes Geschöpf, das die Unabhängigkeit liebt. Und deshalb ist dir zuwider, daß wir Menschen dir zu helfen versuchen. Ich weiß, wie dir zumute ist!

Der Falke zwinkerte mit seinen gelbgeränderten Augen und maß Jake erneut mit feindseligem Blick.

„Hat er schon einen Namen?" fragte Jake.

„Ja", sagte Bracken. „Er heißt Sturmwind, weil Falken so geschickte Flieger sind."

„Sturmwind?" Jake wandte sich wieder dem Vogel zu. „Ja, der Name paßt gut zu dir. Nimm's nicht so schwer, mein Freund! Armer Sturmwind! Du bist ziemlich unsanft auf die Erde zurückgeholt worden! Hab noch ein bißchen Geduld."

Bracken hatte eine große Rolle Maschendrahtgitter mitgebracht. Neben dem Apfelbaum hinter dem Schuppen hatte er außerdem bereits vier hohe Pfosten in den Boden gerammt, auf die er den fertiggebauten Rahmen legte. Mit Jakes Hilfe bespannte er nun das ganze Gestell mit dem Drahtgeflecht und achtete darauf, daß kein Schlupfloch offenblieb. An einer Seite fügte er eine Tür aus Holzleisten und Maschendraht ein, so daß man den Käfig betreten konnte. Den Standplatz hatte er so geschickt gewählt, daß ein verkrüppelter Ast des Apfelbaums ins Innere ragte. Außerdem hatte er für einen knorrigen alten Baumstumpf gesorgt, auf dem der Vogel hocken und seine Krallen schärfen konnte.

„Das ist ja eine richtige Voliere!" rief Jake erstaunt. „Hoffentlich gefällt sie ihm!"

„Bestimmt nicht", erwiderte Bracken. „Aber so ein Käfig ist besser als gar nichts. Wenigstens kann er darin ein wenig fliegen. Ehe ich ihn freilasse, muß er wieder so stark sein, daß er im Wind segeln und gegen den Sturm kämpfen kann."

Jake lächelte über Brackens poetische Ausdrucksweise. „Und wie lange dauert das noch? Was meinst du?"

„Weiß ich nicht. Vielleicht noch ein paar Wochen." Der Junge war immer noch sichtlich verlegen, weil er den Vogel einfach mitgebracht hatte. „Ich komme jeden Morgen und jeden Abend her und kümmere mich um Sturmwind. Sie brauchen ihn nur mittags zu versorgen. Futter lasse ich hier: rohes Fleisch oder ein, zwei Mäuse. Fell und Knochen braucht er nämlich zur Gewöllebildung, verstehen Sie? Machen Sie sich keine Sorgen: Ich bringe das Zeug mit."

„Das freut mich aber", erwiderte Jake. „Ich glaube nicht, daß ich ein guter Mäusefänger bin."

Bracken hob den Weidenkäfig vorsichtig vom Boden auf. „Möchten Sie Sturmwind gern selbst in den Flugkäfig lassen?" fragte er.

Jake begriff, daß ihm der Junge wiederum ein Geschenk machen wollte. Deshalb sagte er rasch: „Ja, aber ich weiß nicht, wie ich es anstellen soll."

„Gehen Sie einfach in den Maschendrahtkäfig hinein. Dort brauchen Sie den Weidenkäfig bloß auf den Boden zu stellen und die Tür aufzumachen. Sturmwind greift Sie nicht an. Er ist noch zu schwach und zu ängstlich."

Jake befolgte Brackens Anweisungen. Dann warteten beide gespannt, wie der Vogel reagieren würde. Anfangs blieb der Falke einfach in seinem kleinen Käfig sitzen und starrte auf die geöffnete Tür. Er wollte wohl noch nicht glauben, daß man ihm wenigstens teilweise Freiheit gewährte. Doch dann machte er einen ersten nervösen Hopser, wobei er seinen verletzten Flügel nachschleifte. Endlich glomm ein wenig Hoffnung in seinen Augen auf; noch ein Hüpfer, und er war draußen. Mißtrauisch äugte er bald hierhin, bald dorthin. Dann stürzte er sich, mehr hopsend als fliegend, auf den Baumstumpf, der in der Mitte der Voliere stand. Es sah mitleiderregend aus, wie er mit wildem Geflatter versuchte, sich auf den Baumstumpf zu schwingen, was ihm schließlich auch gelang. Dort blieb er aufrecht und äußerst wachsam sitzen und ließ den Blick über sein neues, größeres Reich schweifen. Plötzlich stieß er einen eigentümlichen Laut aus, ein schrilles *Kie!*, und flatterte auf den Ast zu, der in den Käfig hineinragte. Einen Augenblick lang hielt Jake den Atem an, denn er dachte, der Falke werde im Maschendraht landen und sich das Genick brechen, doch in taumelndem Flug erreichte der Vogel den Ast.

„Geschafft!" rief Bracken. „Versuch es gleich noch einmal! Dann wird dein Flügel bald wieder kräftig werden." Er betrat die Voliere und legte mit ruhiger Hand ein paar kleine Fleischbrocken auf den Baumstumpf. „So, da hast du dein Futter", sagte er und zog sich zurück. Die Tür sicherte er mit einem Stück Draht.

Sturmwind stieß wieder sein gellendes *Kie!* aus. Er segelte auf den Baumstumpf zurück und blieb darauf sitzen, die Flügel nach vorn gebreitet, als müsse er sein Futter schützen.

Bracken war zufrieden und schickte sich zum Heimgehen an. „Das reicht fürs erste", meinte er. Und an Jake gerichtet, fügte er hinzu: „Könnten Sie ihn morgen mittag auf dieselbe Weise füttern?"

„Nun, vielleicht schon . . ."

„Ich habe mir gedacht . . .", murmelte der Junge und wurde von neuem verlegen, „ich habe mir gedacht, Sie wären ganz froh über Sturmwinds Gesellschaft."

„Ja", antwortete Jake. „Es macht mir bestimmt Spaß zuzuschauen, wie er wieder gesund wird. Da fällt mir etwas ein. Mrs. Bayliss hat mir ein Stück Käse geschenkt. Den könnten wir aufessen und dazu eine Tasse Tee trinken."

Als er mit einer Kanne Tee, zwei Tassen, Brot und Käse vor das

Haus trat, sagte Bracken, den Blick auf den Vogel gerichtet: „Es ist schlimm, wenn ein Tier verletzt ist und ich nicht weiß, ob ich ihm helfen kann."

„Das kann ich mir gut vorstellen", erwiderte Jake und konzentrierte sich auf das Einschenken des Tees.

„Aber ein verletztes Tier sich selbst zu überlassen, bringe ich gar nicht übers Herz", schloß der Junge, und seine Stimme war so sanft wie der Frühlingsregen.

Beim Aufstehen am nächsten Morgen fühlte sich Jake recht wohl, und so ging er gleich hinaus in den Garten, um nach dem Vogel zu sehen. Es war noch sehr früh, doch Sturmwind saß schon hellwach und angriffslustig auf seinem Baumstumpf und bedachte die Welt draußen wie üblich mit wütenden Blicken.

„Ich weiß", sagte Jake laut, „du möchtest frei sein und davonfliegen. Das Warten ist schwer."

Der Falke drehte den Kopf nach ihm um, und Jake fuhr fort, begütigend auf das Tier einzureden. „Nimm's doch nicht so schwer. Eines Tages ist dein Flügel geheilt. Die Käfigtür wird offenstehen, und du wirst davonfliegen. Du wirst dich in die Lüfte aufschwingen, am Himmel kreisen, in die Tiefe hinabstoßen, mit dem Wind segeln ..." Er schaute träumerisch hinauf zum weiten Frühlingshimmel.

„Es gibt unendlich viele Arten, sich frei zu fühlen", vernahm er plötzlich Brackens Stimme dicht neben sich.

Jake wandte sich abrupt um und blickte den Jungen fragend an, doch der lächelte nur und fügte rasch hinzu: „Sehen Sie mal! Ich habe Sturmwinds Frühstück mitgebracht – ein bißchen Fleisch und eine Maus."

Gemeinsam schauten sie zu, wie der Falke zu seinem Futterplatz auf dem Baumstumpf flog, und beide waren der Meinung, der verletzte Flügel sei schon viel kräftiger, zumal die Federn im Morgenlicht glatter und glänzender aussahen als am Abend zuvor.

„Ich glaube, jetzt wird er wirklich gesund", sagte Bracken. „Kommen Sie! Wir wollen den Tagesanbruch beobachten."

Diesmal gingen sie nicht sehr weit. Bracken führte Jake nur auf einen nahen Hügel, und dort setzten sie sich in den Sonnenschein und genossen die Aussicht. Bracken wies auf einen Buchenschlag an der Flanke eines weiter entfernten Hügels. „Da drüben in dem alten Steinbruch brüten die Turmfalken", erklärte er. „Sturmwind wird wohl auch dorthin fliegen, wenn er älter ist und ein Weibchen hat."

„Hat die Gegend einen Namen?" fragte Jake.

„Ja. Der Buchenschlag da drüben heißt ‚Habichtswald'."

Jake kannte sich nun schon ein wenig in der Umgebung aus. „Das ist doch der Wald mit dem Dachsbau, habe ich recht?"

Bracken nickte. „Ja, dort waren wir neulich. Aber es gibt noch mehr Dachsbaue. Auf der anderen Seite des Habichtswalds kenne ich einen viel größeren." Er sah besorgt aus.

„Was bedrückt dich denn?" fragte Jake.

Der Junge starrte unverwandt auf den fernen Buchenwald und runzelte die Stirn. „Vor ein paar Tagen habe ich den Bauern auf dem Markt zugehört. Da drüben, jenseits dieses Hügels, steht eine große Milchviehherde, und der Besitzer kann die Dachse nicht leiden. Er behauptet, sie seien gefährlich für seine Kühe." Bracken legte eine Pause ein. „Früher haben wir mal für diesen Bauern gearbeitet", fuhr er fort. „Unser *hatchintan,* das ist unser Lager, hatten wir auf seinem Land aufgeschlagen. Aber er hat uns weggejagt."

„Warum denn?"

Der Junge zuckte die Achseln. „Er hat gemeint, er brauche die Fläche als Weide; dabei war alles bloß Brachland. Und er hat sie auch gar nicht benutzt, nachdem wir weg waren. Das weiß ich genau. Ich bin hingegangen, um nachzusehen. Ich glaube, der kann uns Roma einfach nicht leiden."

Jake schwieg. Er hatte längst begriffen, daß hier die uralte Fehde zwischen Seßhaften und Landfahrern ausgetragen wurde. Und diese Fehde nahm nie ein Ende.

„Du wolltest mir doch erzählen, was dir Kummer macht", sagte Jake schließlich.

„Ich glaube, die Dachse sind in Gefahr. Es wäre sinnlos, mit dem Bauern darüber zu reden. Er will ihnen an den Kragen gehen."

„Wie denn? Will er sie ausgraben?"

„Vielleicht. Oder er schickt die Hunde in den Bau. Oder er treibt die Dachse heraus und erschlägt sie oder erschießt sie. Warum läßt man die armen Tiere nie in Frieden?" Die Stimme des Jungen klang jetzt grimmig und empört. „Ich wünschte, ich könnte etwas dagegen tun!"

Er blieb noch eine Weile schweigend und grübelnd sitzen und starrte traurig in die Gegend. Doch plötzlich drehte er sich mit frischem Mut zu Jake um und rief: „Höchste Zeit, nach Hause zu gehen! Kommen Sie!"

Kurz vor dem Gartentor sagte der Junge: „Morgen ist in Stow Pferdemarkt. Da muß ich den ganzen Tag helfen. Aber heute abend komme ich noch mal und füttere Sturmwind. Können Sie ihn morgen allein versorgen? Übermorgen bin ich wieder da."

Jake nickte. Er freute sich, daß ihn Bracken mit der Pflege des Falken betraute.

„Was ich Sie noch fragen wollte", fuhr Bracken mit gespielter Beiläufigkeit fort, „können Sie eigentlich reiten?"

„Ja", erwiderte Jake. „Ich bin früher viel geritten."

„Auch ohne Sattel? Wir haben keine Sättel für unsere *grais*."

Jake lächelte. „Ich bin auch schon ohne Sattel geritten..., auf Pferden, Maultieren, Eseln, ein- oder zweimal sogar auf einem Kamel, aber das war scheußlich!"

Bracken grinste, doch gleich darauf wurde er wieder nachdenklich. „Mein Vater versteht sich sehr gut auf Pferde", murmelte er. „Er weiß sogar, was sie denken."

„Du weißt ja auch, was die Vögel denken."

Bracken schaute Jake ernst an. „Man weiß meistens, was die anderen denken, wenn man sich genug um sie kümmert", sagte er.

Jake schwieg. Es war fast beängstigend, wie oft seine eigenen Gedanken mit denen des Jungen übereinstimmten. „Ja", antwortete er endlich, „das weiß man meistens."

ALS Jake am nächsten Morgen vor die Tür trat, sah er, daß Bracken zwei Päckchen auf die Schwelle gelegt hatte. Auf einem beigefügten Zettel stand in klarer, sorgfältiger Handschrift: „Ich habe Sturmwind schon gefüttert und lasse noch Futter für zwei Mahlzeiten hier. Der Kuchen ist für Sie. Bin morgen wieder da. B."

Jake öffnete das erste Päckchen. Es enthielt rohes Fleisch und zwei Mäuse. In dem anderen lag ein Stück goldgelber Sesamkuchen. Er trug beides ins Haus und bewahrte Sturmwinds Futter in der Speisekammer auf. Um zwölf Uhr ging er hinaus in den Garten und betrat die Voliere; es war Zeit, den Falken zu füttern. Der Vogel beobachtete ihn vom Ast des Apfelbaums aus, den Kopf auf die Seite gelegt, so feindselig und unnahbar wie immer. Doch kaum hatte Jake den Maschendrahtkäfig wieder verlassen, stieß der Falke sein scharfes *Kie!* aus und steuerte mit einem schon gut ausbalancierten Segelflug seinen Futterplatz an.

„Das klappt ja schon prima!" lobte Jake. „Immer tüchtig weiterüben!"

Der Turmfalke umklammerte mit seinen Krallen den Fleischbrokken, wobei er Jake stets im Auge behielt. Endlich senkte er den Kopf und machte sich daran, das Fleisch mit seinem gefährlich scharfen Schnabel zu zerfetzen. Der Vogel schien auf bestem Wege, seine Kräfte wiederzuerlangen. Schon war der Ausdruck wilden, unbeugsamen Stolzes in ihn zurückgekehrt.

Ja, dachte Jake, dir wenigstens geht es von Tag zu Tag besser. Jetzt siehst du schon wie ein richtiger Kämpfer aus.

Er ging zum Haus zurück, denn er hatte das Gefühl, der Vogel wolle beim Fressen lieber unbeobachtet sein. Im Wohnzimmer ließ er sich in den braunen Sessel fallen und döste ein. Eigentlich hätte er seine Unterlagen in Ordnung bringen müssen, ehe es zu spät war . . ., doch er war viel zu müde. Diese Dinge mußten eben warten.

Ein Geräusch an der Tür weckte ihn. Er hatte Mühe, aufzustehen und sich zur Tür zu schleppen. Draußen stand eine Frau mit zwei vergnügt dreinschauenden Jungen. Benommen versuchte Jake, seine Gedanken zu ordnen. Richtig! Das mußte Carol Cook mit den Zwillingen sein! Er hatte einfach vergessen, daß Samstag war.

„Entschuldigen Sie", sagte er. „Ich fürchte, ich war eingeschlafen. Treten Sie doch ein!" Er ging durch das Wohnzimmer in die Küche, um den Wasserkessel aufzusetzen. „Was halten Sie von einer Tasse Tee? Ich glaube, ich könnte auch eine vertragen."

Carol hatte eine warme, herzliche Stimme. „Kommt Ihnen unser Besuch wirklich nicht ungelegen, Jake?" fragte sie, und entschuldigend fügte sie hinzu: „Seien Sie mir nicht böse, wenn ich Sie beim Vornamen nenne. ‚Mr. Farrant', das bringe ich nicht über die Lippen, nachdem mir Bill so viel von Ihnen erzählt hat."

Jake hantierte mit der Teekanne. „Natürlich ist mir Ihr Besuch willkommen", meinte er. „Außerdem wüßte ich auch gern, was Bill treibt."

Carol sah Jake mit prüfendem Blick an. Sie hatte den attraktiven, fast asketisch wirkenden Journalisten, der so oft im Fernsehen gesprochen hatte, sofort wiedererkannt. Ja, es war dasselbe Gesicht, nur spiegelte sich nun Trauer darin. Oder war es doch nicht Trauer? Nur eine gewisse Entrücktheit? Fast kam es Carol so vor, als sei Jake Farrant in Gedanken an einem weit entfernten Ort. Gleichzeitig hatte sie das Gefühl, ihn zu kennen – schon lange zu kennen, so daß dieses Zusammentreffen hier nur eine Wiederbegegnung war. Eine Wiederbegegnung? Unsinn! Sie hatte diesen Mann einfach schon unzählige Male auf dem Bildschirm gesehen und durch Bill so viel von ihm gehört.

Jake wiederum, der Carol verstohlen musterte, während er den Tee zubereitete, stellte sofort eine gewisse Ähnlichkeit mit Bill fest. Diese hochgewachsene, schlanke Frau war hübsch, und wenn sie lächelte, schienen ihre braunen Augen Fünkchen zu versprühen. Im Nu faßte er Zutrauen zu ihr.

Die Zwillinge hatten sich bisher schüchtern im Hintergrund

gehalten. Sie waren das Ebenbild ihrer Mutter, zwei freundliche Kinder mit dem gleichen braunen Haar, den gleichen braunen Augen, dem gleichen strahlenden Lächeln.

„Ich bin ein miserabler Gastgeber", sagte Jake zu den Jungen. „Wißt ihr was? Während der Tee zieht, könntet ihr mitkommen und mir zur Hand gehen, wenn ich den Turmfalken füttere."

„Den Turmfalken?" wiederholten die beiden wie aus einem Munde. Sie wandten sich an ihre Mutter und fragten artig: „Dürfen wir ...?"

„Natürlich", erwiderte sie lächelnd. „Wenn Jake es erlaubt ... Darf ich auch mitkommen?"

Zu viert gingen sie in den Garten zur Voliere des Falken. Jake bat Carol und die Kinder, in einiger Entfernung stehenzubleiben, damit sie den Vogel nicht verängstigten. Er öffnete die Käfigtür, trat ein und legte ein Fleischstück und eine von Brackens Mäusen auf den Baumstumpf. „Schau nicht so trübsinnig drein!" sagte er. „Dein Abendessen ist serviert! Wie wäre es, wenn du mal ein bißchen deine Flügel bewegst?"

Es schien, als hätte Sturmwind die Aufforderung verstanden. Er spreizte plötzlich die Flügel, stieß sein schrilles *Kie – kie – kie!* aus, flog eine Runde in seiner neuen Behausung und ließ sich endlich auf dem Futterplatz nieder.

„Sehr gut!" rief Jake. „Du machst Fortschritte."

Der Falke baute sich wie ein stocksteifer, grimmiger Wachtposten vor seinem Futter auf und starrte Jake wütend an.

„Ich gehe ja schon", meinte Jake. „Morgen ist Bracken wieder da. Mit dem kannst du sicher mehr anfangen." Er schlüpfte aus der Voliere und sicherte die Tür.

„Wer ist denn Bracken?" fragte einer der Jungen.

Jake brachte die Kinder und Carol zuerst zum Haus zurück und bewirtete sie mit Tee und Brackens Sesamkuchen, und dann begann er, von dem Zigeunerjungen zu erzählen. Die Zwillinge hörten ihm wie gebannt zu, und Carol fiel auf, wie verzaubert Jakes Stimme klang, als er von den kleinen Naturwundern erzählte, die ihm Bracken gezeigt hatte.

Plötzlich hatten die Jungen den Einfall, ins Tal hinunterzulaufen und sich den See anzuschauen. Als sie fort waren, sagte Jake zu Carol: „Nicht wahr, Ihnen hat es diese Gegend ähnlich angetan wie mir auch?"

„Ja. Als mein Mann noch lebte, waren wir oft hier im Haus. Aber seit er tot ist, habe ich mich nicht mehr überwinden können herzukommen. Die Jungen waren bei ihrem letzten Besuch hier erst sechs Jahre alt. Sie erinnern sich aber noch daran." Sie seufzte. „Es war natürlich falsch von mir ..."

„Falsch? Was denn?"

„Mich gewissen Dingen zu verschließen. Es führt zu nichts."

„Da dürften Sie recht haben", erwiderte Jake gedehnt.

„Ich glaube aber, daß ich jetzt darüber hinweg bin." Ihre Worte klangen ungezwungen, ganz natürlich, doch Jake begriff, daß Carol nicht nur sich selbst meinte. „Ich habe damals niemanden sehen wollen", fuhr sie fort, „und um nichts in der Welt hätte ich zugegeben, daß ich Hilfe brauchte."

Einen Augenblick lang herrschte Schweigen zwischen ihnen. Dann fragte Jake ohne Umschweife: „Was also hat Bill Ihnen aufgetragen?"

Carol sah ihm ohne eine Spur von Verlegenheit in die Augen. „Ich sollte einfach herausfinden, wie es Ihnen geht. Bill käme sicher gern selber her, aber wahrscheinlich glaubt er, daß Sie ihm aus dem Weg gehen würden."

Jake seufzte. „Für Ihre Ehrlichkeit bin ich Ihnen sehr dankbar."

„Vergessen Sie nicht, daß ich all das selbst durchgemacht habe", fuhr Carol fort. „Am meisten habe ich mich immer vor Mitleid gefürchtet, und dadurch habe ich alle meine Freunde vor den Kopf gestoßen."

Jake lächelte. „Sie sind eine gute Taktikerin! Meine Schutzwälle sind bereits untergraben!"

Sie lachten immer noch, als die Zwillinge schmutzig und zerzaust, aber mit gestilltem Tatendrang wieder auftauchten.

„Da unten am See ist es toll!" rief Matthew.

„Und es gibt eine Menge zu sehen", fügte Mark hinzu.

Carol drängte die Kinder zum Aufbruch, doch zugleich spürte sie, daß sie ihren Blick nur mit Mühe von Jakes Gesicht wenden konnte. „Sie haben so viel Geduld mit uns gehabt", erklärte sie, als sie sich schließlich verabschiedete. „Und was soll ich Bill ausrichten?"

„Sagen Sie ihm, daß ...", Jake zögerte, „daß ich sehr gut hier zurechtkomme und daß mein Leben erfüllter ist denn je zuvor. Mir liegt viel daran, daß er das erfährt."

Carol nickte. „Und außerdem ...?"

„Und außerdem können Sie ihm ausrichten, daß er ein ganz gerissener Bursche ist und daß mir sein Besuch sehr willkommen wäre."

Sie lächelte erleichtert. „Und wie steht es mit Manny?"

„Manny soll natürlich auch mitkommen."

Carol trat dicht an ihn heran und nahm ihn beim Arm. „Richtig,

Jake. Sie lernen sehr schnell. Ich habe damals länger dazu gebraucht."

Jake wandte sich den Jungen zu und sagte: „Ich hoffe, ihr kommt auf der Rückfahrt wieder hier vorbei."

Carol und die Jungen sahen ihn an. Dann machte sich Mark zum Sprecher für alle drei. „Im Ernst...?"

„Ja", antwortete Jake lächelnd, „im Ernst."

Kapitel 4

AM NÄCHSTEN Morgen ließ sich Bracken nicht blicken. Jake sagte sich zwar, der Junge sei nicht verpflichtet, regelmäßig bei ihm zu erscheinen, und doch war er über Gebühr enttäuscht.

Der Besuch von Carol und den Zwillingen am vergangenen Nachmittag hatte ihn sehr erschöpft. Kurze Zeit nachdem sie sich von ihm verabschiedet hatten, war er zu Bett gegangen und in einen unruhigen Schlaf gefallen. Außerdem hatte er einen beängstigenden Traum gehabt. Nach dem Aufwachen erinnerte er sich noch genau an die Einzelheiten: Über ihm bewegten sich dunkle Schatten wie die Schwingen eines Raubvogels, und er glitt immer wieder hilflos aus, während er versuchte, steile, geröllbedeckte Abhänge zu erklimmen. Mit einer Hand hatte er an einem schwachen Bäumchen Halt gesucht, das aus einer Felsspalte hervorwuchs. Ein Traum nur, sagte er sich, nichts Ernstzunehmendes also.

Er war immer noch sehr müde, bereitete sich aber den Morgentee und ging mit Futter für den Turmfalken zur Voliere hinaus. Der Vorrat reichte nur noch für diese eine Mahlzeit. Wenn Bracken nicht bald kam, mußte er also ins Dorf fahren und Nachschub besorgen.

Als Jake durch das tauglänzende Gras zu seinem Auto hinunterging, hörte er hoch über sich eine Lerche singen. Doch ihr Lied vermochte seine gedrückte Stimmung nicht zu heben. Der Traum beschäftigte ihn mehr, als ihm lieb war; er lastete auf ihm wie ein Schatten, der sich nicht vertreiben ließ.

Am Vormittag machte er Einkäufe. Zuerst ging er in den Dorfladen, dann zum Fleischer; er erzählte ihm von seinen Schwierigkeiten, einen verletzten Turmfalken satt zu bekommen.

Der Fleischer erwies sich als ähnlich hilfsbereit wie Mrs. Willis. Wie sich bald herausstellte, war er niemand anderes als ihr Bruder Tom. „Sie brauchen Fleischabfälle", meinte er. „Ich habe gestern ein paar Kaninchen ausgenommen. Sie können die Innereien und die Reste haben. Die werden dem Vogel schmecken."

Jake lenkte sein Auto in die Auffahrt zum Bauernhof, parkte es auf dem seitlichen Grasstreifen und schlenderte über die Wiese nach Hause. Auf halbem Weg überfiel ihn wieder ein Schwindelgefühl, und er mußte sich zum Ausruhen auf einen Feldstein setzen.

Von seinem Sitzplatz aus hörte er das fröhliche Lied der Amsel im Birnbaum, doch er selbst fühlte sich heute keineswegs unbeschwert. Irgend etwas stimmte nicht mit ihm.

Später gab er Sturmwind ein Stück Kaninchenfleisch. Dann zog er sich ins Haus zurück und sank erschöpft auf einen Stuhl.

Es wurde Abend, ohne daß Bracken aufgetaucht wäre. Jake rechnete nicht mehr mit dem Jungen und hatte es sich schon in seinem Sessel bequem gemacht, um zu lesen, als es an die Haustür klopfte. Er öffnete und sah sich einem stämmigen, dunkelhäutigen Mann gegenüber, der eine braune Cordhose, ein rotes Halstuch und eine Stoffmütze trug.

„Entschuldigen Sie die Störung, Sir", sagte der Mann mit warmer, singender Stimme. „Ich dachte nur ..., haben Sie vielleicht den Jungen gesehen?"

Jake war, als stocke ihm das Blut in den Adern. „Den Jungen? Sie meinen Bracken?"

Der dunkelhäutige Mann musterte Jake. Dann entspannten sich seine Gesichtszüge ein wenig, und über seine Lippen huschte ein Lächeln. „Ja ..., so nennen ihn jedenfalls die Leute hier."

Jake waren das kurze, unverbindliche Lächeln und auch die Zurückhaltung, die die Miene des Fremden verriet, keineswegs entgangen. „Ich habe den Jungen vorgestern das letzte Mal gesehen", erklärte er. „Aber gestern früh hat er noch ein Futterpäckchen für den Vogel vor meine Tür gelegt. Ist er nicht nach Hause gekommen?"

Der Mann schüttelte den Kopf. „Nein. Seit gestern abend nicht."

Jake war beunruhigt. „Ist er schon öfter über Nacht fortgeblieben?"

„Nein, noch nie die ganze Nacht. Das heißt, nie ohne uns vorher Bescheid zu sagen."

„Denken wir mal scharf nach", meinte Jake und versuchte, möglichst beherrscht zu klingen. „Er ist doch mit Ihnen auf dem Pferdemarkt in Stow gewesen?"

„Ja. Und von dort hat er für mich die *grais* nach Hause gebracht und neben unserm Wohnwagen angebunden. Danach ist er verschwunden. Ich dachte, er wäre zu Ihnen gelaufen, aber hier ist er wohl nicht."

Jake verneinte. Ihm wurde vor Besorgnis das Herz schwer. „Ist auf dem Pferdemarkt in Stow etwas vorgefallen, was den Jungen durcheinandergebracht haben könnte?" fragte er nach einer Weile.

„War von irgendwelchen bedrohten Tieren oder dergleichen die Rede?"

„Verstehe, was Sie meinen", antwortete der Fremde. „So etwas würde ihm tatsächlich nahegehen. Aber ich weiß nichts; hab nichts Besonderes gehört."

Jake seufzte. „Sie kennen sich in dieser Gegend besser aus als ich. Vielleicht hält er sich irgendwo in der Nähe auf. Ich begleite Sie gerne, wenn Sie sich auf die Suche nach ihm machen."

Der Zigeuner legte die Hand mit einer freundlich-abwehrenden Geste auf Jakes Arm. „Nicht nötig, Sir. Wir wissen, daß es Ihnen nicht besonders gutgeht. Der Junge hat es erzählt. Außerdem haben wir die *grais*. Mit denen kommen wir schneller vorwärts. Nein, nein, bleiben Sie nur hier. Vielleicht kommt er sowieso her, weil er den Vogel füttern muß."

„Das hoffe ich sehr", meinte Jake mit besorgter Miene.

„Dem Jungen passiert schon nichts, Sir", beruhigte ihn der Fremde. „Der ist vorsichtig genug. Alle Zigeuner sind vorsichtig. Er taucht bestimmt bald wieder auf."

Jake erkannte plötzlich in dem dunkelhäutigen, ebenmäßigen Gesicht des Mannes und in seinem singenden Tonfall eine Ähnlichkeit mit Bracken. „Sie sind sein Vater . . .?"

„Ja."

„Der Junge ist ein feiner Kerl", sagte Jake. „Sie sind gewiß stolz auf ihn."

Erneut entdeckte Jake den Anflug eines Lächelns auf den Lippen des Fremden. Im nächsten Augenblick war der Zigeuner schon im Schatten der Büsche verschwunden. Im Dämmerlicht erkannte Jake aber noch die Umrisse eines kleinen zottigen Pferdes, das am Gartentor angebunden war.

„Wir geben Ihnen Bescheid, wenn er wieder da ist!" rief der Vater des Jungen, als er sich auf den Rücken des Tieres schwang.

BRACKEN hatte, während er in Stow-on-the-Wold auf die Pferde seines Vaters aufpaßte, ein Gespräch der Bauern mit angehört.

„Ich schlag die Biester tot", hatte der eine Bauer gesagt. „Schließlich geht es um meine Kühe. Willst du auch was unternehmen?"

„Ja", hatte der andere geantwortet. „Ich habe schon ein paar Burschen zusammengetrommelt."

„Wann soll's losgehen?"

„Von mir aus heute nacht. Wir haben ja Vollmond."

„Ich bringe die Hunde und auch Gewehre mit. Kann ziemlich lange dauern. Die Viecher haben unheimlich viele Eingänge gebaut. Die müssen wir erst mal verstopfen."

Die Bauern gingen schwatzend weiter, und Bracken schaute ihnen schreckensbleich hinterher. Er wußte genau, daß sie es auf die Dachsbaue im Habichtswald abgesehen hatten. Der eine Bauer war der Besitzer der großen Viehherde, der Bracken und seine Leute von der Wiese verjagt hatte. Was soll ich bloß tun? dachte der Junge. Wie kann ich die Dachse warnen? Selbst wenn er sofort hinliefe, könnte er doch nicht sämtliche Tiere aus den weitverzweigten Gängen vertreiben, ehe die Bauern mit den Hunden kämen.

Es sei denn..., es sei denn, er räucherte sie aus! Er wußte, daß die Bauern manchmal qualmendes Stroh in die Eingänge stopften. Kamen die Dachse dann heraus, wurden sie von den Hunden totgebissen oder durch Spatenschläge auf den Kopf getötet. Wenn er sich also sehr beeilte, konnte er die Tiere vielleicht doch noch retten.

Es war schon spät, als er nach dem Pferdemarkt endlich im *hatchintan* ankam. Die Sippe saß noch beim Essen am Lagerfeuer, als er sich kurz darauf in der Dämmerung heimlich wieder davonschlich.

Noch ehe der Mond aufging, erreichte er die Dachskolonie. Nirgendwo entdeckte er einen Bauern, aber ihm war, als bellten in der Ferne mehr Hunde als gewöhnlich. In wilder Hast trug er trockene Blätter zu mehreren Haufen zusammen. Diese Laubhaufen bestückte er mit den ölgetränkten Lappen, die er aus dem Lager mitgebracht hatte, und dann schob er sie, einen nach dem andern, in alle Höhleneingänge, die er ausmachen konnte. Zum Schluß setzte er sie vorsichtig in Brand. Bald begann aus den Höhlen Rauch aufzusteigen, und der Junge hetzte von einem Eingang zum andern, um das qualmende Laub mit einem Haselstock noch ein wenig tiefer in den Dachsbau hineinzuschieben.

Zunächst geschah gar nichts. Dann erschienen, grunzend und einander schiebend, die ersten Tiere. Zuerst kamen nur die Männchen ins Freie. Sie schnüffelten, niesten und prusteten im Qualm, konnten sich aber nicht dazu entschließen, das Weite zu suchen. Schließlich tauchten auch die Weibchen mit den Jungen in den verqualmten Eingängen auf. Sie warteten, daß die Männchen das Signal zum gefahrlosen Abzug gäben.

Bracken war ratlos. Begann er jetzt zu schreien und mit den Armen zu fuchteln, zogen sich die Dachse vielleicht wieder in ihre Höhlen zurück. Verhielt er sich aber still, blieben sie bestenfalls noch ein Weilchen vor den Eingängen sitzen, bis der Rauch abgezogen war. Ihr Schicksal schien in jedem Fall besiegelt.

Er beschloß, sich in einem weiten Bogen um die hohe Sandböschung zu schleichen, in der die Dachsbaue lagen. Wenn er dann plötzlich über den Höhleneingängen erschien, erschraken die Tiere vielleicht und ergriffen doch noch die Flucht.

Er bewegte sich lautlos und, so lange es möglich war, gegen den Wind, immer in der Hoffnung, daß ihn die kurzsichtigen Dachse hinter den Qualmwolken nicht entdeckten. Tatsächlich gelang es ihm, auf Knien und Ellenbogen unbemerkt den offenen Platz vor ihren Höhleneingängen zu überqueren und über den mit Bucheckern und trockenem Laub bedeckten Sandboden bis zum Kamm der Böschung zu kriechen. Dann richtete er sich unvermittelt auf und begann zu schreien und wild mit den Armen zu fuchteln. Im selben Augenblick brach die Hölle los.

Aus einem seitlichen Hohlweg, der auf die Lichtung zuführte, erscholl wütendes Hundegebell, und dann schrien aufgeregte Männerstimmen durcheinander.

„Schnell doch!“ brüllten die einen. „Irgend jemand hat sie ausgeräuchert! Wo sind denn die Schützen?“

„Schickt die Hunde in den Bau!“ rief eine andere Stimme. „Los, Hektor! Dort hinein!“

„Ich habe einen Spaten!“ schrie eine dritte. „Schlagt ihnen eins über den Schädel!“

Die zu Tode erschrockenen Dachse spähten und schnüffelten erst in die eine, dann in die andere Richtung, und wie auf Verabredung stoben alle gleichzeitig davon, auf den Wald zu. Wieder schrie eine Männerstimme, ein Gewehrschuß krachte, und ein prächtiges Dachsweibchen brach zusammen. Alle anderen Tiere verschwanden im Schutz des Unterholzes.

Einen Augenblick lang standen Männer und Hunde ratlos auf der Lichtung. Dann nahm Boley, Mr. Deacons riesige Bulldogge, die Verfolgung auf.

„Ihr grabt die ganze Kolonie auf!“ befahl eine Stimme. „Dann können die Biester zusehen, wo sie bleiben. Ich folge dem Hund. Vielleicht komme ich noch mal zum Schuß.“

Aber Bracken war schneller. Er trieb die Dachse mit Geschrei vor sich her, stolperte über Baumwurzeln, jagte die Tiere, um die Hunde in die Irre zu führen, im Zickzackkurs über dunkle Waldpfade und versuchte verzweifelt, den Abstand zwischen sich und seinen Verfolgern zu vergrößern. Ein ausgewachsener Dachsrüde, das wußte er, konnte es mit jedem Hund aufnehmen, aber was geschah mit den Jungen?

„Lauft! Lauft doch!“ keuchte er. „Die Hunde dürfen euch nicht erwischen! Lauft!“

Er selbst rannte, bis ihn die Kräfte verließen, und die Dachse flüchteten vor ihm her immer tiefer in den rettenden Wald hinein. Tatsächlich wurden die menschlichen Stimmen und das Hundegebell hinter ihnen allmählich schwächer.

Ich glaube, wir haben es geschafft, dachte Bracken.

Im gleichen Augenblick stieß er mit dem Fuß gegen etwas Weiches. Er bückte sich und sah zwei aneinandergedrängte, keuchende Jungtiere, die den Anschluß verloren hatten. „Ihr könnt nicht hierbleiben“, sagte er. „Hier finden euch die Hunde.“ Er hob die beiden zappelnden Bündel auf, stopfte sie in den Ausschnitt seines Anoraks und rannte wieder los, doch Boley, der schnellste der Hunde, brach jetzt schon dicht hinter ihm durch das Unterholz.

In Todesangst um die jungen Dachse hetzte Bracken blindlings weiter, überquerte eine mondbeschienene Lichtung, übersah die Abbruchkante einer alten Schiefergrube und stürzte kopfüber in die Tiefe. Er überschlug sich mehrmals, prallte gegen Felsbrocken und Baumstümpfe, schlitterte mit rutschendem Schiefergeröll tiefer und tiefer, bis er auf einem Felsvorsprung liegenblieb. Bewußtlos lag er in dem alten Steinbruch, in den die Turmfalken zum Brüten kamen.

JAKE konnte nicht schlafen. Es war weit nach Mitternacht. Er sagte sich zwar immer wieder, daß die Männer aus Brackens Sippe durchaus imstande wären, den Jungen ohne fremde Hilfe zu finden, doch alles Argumentieren half nichts. Die düsteren Vorahnungen, die ihn schon seit dem Morgen geplagt hatten, ließen sich nun erst recht nicht mehr vertreiben. Plötzlich schien dieser unheilvolle Schatten einer Raubvogelschwinge über seinem Kopf aufzutauchen. Raubvogelschwinge? Auf einmal erinnerte er sich wieder aller Einzelheiten seines nächtlichen Traums: Er hatte versucht, einen Berg zu erklimmen, doch jedesmal, wenn er einen Schritt machen wollte, gab das Geröll unter seinen Füßen nach und setzte eine gewaltige Lawine aus Steinen und Sand in Bewegung, die sich wie eine Kaskade in die Tiefe ergoß. Dann versank er im lockeren Sand und steckte fest. Er versuchte verzweifelt, sich zu befreien, doch der gelbe Sand rieselte immer wieder nach, bis er ganz darin begraben war und nicht mehr atmen konnte.

Nun fiel ihm ein, was Bracken auf einem ihrer Ausflüge gesagt hatte: *Da drüben in dem alten Steinbruch brüten die Turmfalken*. Er erinnerte sich auch, wie bekümmert der Junge dreingeschaut hatte, als er gemeint hatte: *Ich glaube, die Dachse sind in Gefahr.* Und zu guter Letzt fiel Jake auch noch der Name des Waldes ein, in dem der Steinbruch lag. *Habichtswald* hatte ihn Bracken genannt. Habichtswald also, dachte er, nicht Raubvogelschwinge! Das wollte mir der Traum sagen!

Er zog hastig Anorak und Stiefel an, nahm die Taschenlampe und trat vor die Tür. Das unbestimmte Gefühl, dringend gebraucht zu werden, schien ihm Flügel zu verleihen, als er zu seinem Auto hinuntereilte. Er setzte sich ans Steuer und breitete auf dem Beifahrersitz eine Landkarte aus. Mit dem Lichtkegel der Taschenlampe folgte er dem Gewirr feiner Linien und Ortsbezeichnungen. Er entdeckte den See im Tal – Schilfsee hieß er –, und dort war auch der Buchenwald, der sich an den Hügeln entlangzog. Und richtig: Da lag der Steinbruch, etwa drei Kilometer von der Straße entfernt, mitten in einem Waldstück, das den Namen Habichtswald trug.

Jake legte die Karte auf den Beifahrersitz, knipste die Taschenlampe aus und fuhr, so schnell es ging, den Feldweg bergan. Seiner Schätzung nach war es jetzt zwei Uhr morgens.

Beeil dich! sagte ihm eine innere Stimme. Die Dachse sind in Gefahr . . ., nein, Bracken ist in Gefahr!

Er erreichte die Straße am oberen Rand des Waldes und folgte dem Auf und Ab der welligen Landschaft, bis er zum Kamm eines Hügels kam, der über dem Habichtswald lag. Den Wald mußte er zu Fuß durchqueren, um zu dem Steinbruch zu gelangen.

Er stellte das Auto am Straßenrand ab, nahm wieder die Taschenlampe zur Hand und machte sich auf den Weg durch den Buchenwald. Es war sehr still. Nur eine Eule ließ tiefer unten im Wald ihr klagendes *Hu-hu* hören.

Seit dem Aufbruch von zu Hause hatte Jake noch keinen Augenblick überlegt, was er überhaupt tat. Nun befielen ihn plötzlich Zweifel. Wieso war er so überzeugt, Bracken zu finden? Wie konnte er sich von einem Traum leiten lassen? Und doch spürte er, daß er richtig handelte. Bracken war in Not und wartete auf ihn irgendwo da unten im nachtdunklen Wald.

Der Lichtkegel der Taschenlampe wies Jake den Weg zwischen den Bäumen hindurch. Endlich, nach einem Marsch, der ihn sehr, sehr lang dünkte, traten die Bäume auseinander, und vor ihm lag eine mondbeschienene Lichtung. Am gegenüberliegenden Rand der Lichtung sah er einen hellen Sandstreifen, hinter dem ein Abgrund gähnte. Ich bin da! dachte er. Das ist der Steinbruch! Und Bracken ist auch hier, irgendwo . . . Ich weiß es!

Er trat auf den Sandstreifen und schaute in die Tiefe. Der Steinbruch war sehr dunkel, aber Jake konnte das aufgebrochene Schiefergestein und hier und da herausragende Baumstümpfe erkennen. Alles sah genauso aus wie in seinem Traum.

„Bracken!“ rief er. „Bist du da?“

Keine Antwort.

Halt! dachte er. In meinem Traum bin ich doch bergauf geklettert ... Ich muß einen Bogen um den Steinbruch schlagen und ihn von unten nach oben absuchen.

Im Licht der Taschenlampe fand er tatsächlich einen Pfad, der seitlich von der Steilwand in einer sanften Kurve abwärts führte.

Während des Abstiegs geriet er mit jedem Schritt in noch tiefere Finsternis.

Als der Pfad zu Ende war, merkte Jake, daß er genau wie in seinem Traum am Fuß des Steinbruchs stand und zu den geröllbedeckten Steilwänden mit ihren Sand- und Schieferschichten hinaufschaute. *Hier* war es; von *hier* muß ich den Aufstieg versuchen, dachte er.

Wieder rief er: „Bracken!“ Aber als Antwort hörte er nur das Echo seiner eigenen Stimme, das ihn zu verhöhnen schien.

Er begann mit dem Aufstieg. Der Boden gab unter seinen Füßen nach, seine Stiefel füllten sich mit grobem Sand, aber er wußte ganz genau, in welche Richtung er zu klettern hatte. Ein Stück weiter oben würde ein Bäumchen aus der Wand ragen, und wenn er es fassen und sich daran hochziehen könnte, wäre er am Ziel!

Ihm war schwindlig vor Erschöpfung, aber er biß die Zähne zusammen. Eine innere Stimme trieb ihn die Wand hinauf, ließ ihn, obwohl die Kletterpartie mit jedem Schritt noch qualvoller wurde, immer schneller emporsteigen. Mit dem zittrigen Strahl seiner Taschenlampe suchte er das Gestein ab, bis er sein Ziel endlich gefunden hatte: das Bäumchen, das aus einer Felsspalte ragte! Jake streckte die Hand danach aus, umklammerte das biegsame Stämmchen und zog sich noch ein Stück höher. Und da geschah es: Die Wurzeln des Bäumchens lösten sich aus der Felsspalte, Jake schlitterte auf einer Lawine von Schutt und Gesteinsbrocken abwärts und landete auf einem Gegenstand, der sich warm und weich anfühlte.

„Bracken?“ rief er. „Bist du es?“

Es gelang ihm, sich aufzusetzen, und im Licht der Taschenlampe sah er, daß der Junge mit angezogenen Armen und Beinen vor ihm lag. Seine Augen waren geschlossen. Auf seiner Stirn klaffte eine Wunde, und sein Anorak war über und über blutverschmiert. Einen schrecklichen Augenblick lang glaubte Jake, Bracken sei tot, aber dann erkannte er, daß der Junge ganz normal atmete und daß das Blut von einem toten Dachsjungen in seinen Armen herrührte.

Wieder rief er „Bracken!“ und schüttelte den Ohnmächtigen vorsichtig. „Wach auf! Hörst du mich? Ich muß dich nach Hause bringen!“

Der Junge seufzte, und Jake entwand ihm das tote Dachsjunge und legte es auf eine Felsplatte. Dann öffnete er Brackens Anorak und entdeckte ein zweites Dachsjunges, das offenbar unverletzt war und sich in Todesangst an den warmen Jungenkörper preßte.

„Wach auf!“ rief Jake noch lauter. Ihm fiel ein, daß Bracken in seinem Lederbeutel meist eine Feldflasche mit sich herumtrug. Der Beutel lag unter dem Rücken des Jungen, und die Flasche war mit Tee gefüllt, dem üblichen Kräutertee.

Jake schob den linken Arm unter Brackens Kopf und schüttete ihm einen kräftigen Spritzer Tee ins Gesicht. Der Junge stöhnte und versuchte, sich aufzurichten.

„Nicht so hastig“, mahnte Jake. „Du hast dir die Stirn aufgeschlagen. Bleib lieber noch eine Weile liegen.“

„Ich wußte ja, daß Sie kommen“, sagte Bracken. „Was ist mit den Jungen? Die anderen Dachse haben sich retten können. Nur ein Weibchen haben sie umgebracht.“

„Nimm's nicht so schwer“, meinte Jake. „Du bist in Sicherheit und einer der Kleinen auch.“

„Es war alles meine Schuld“, murmelte Bracken, und plötzlich begann er zu weinen.

Jake begriff, daß sich der Junge für alles, was da geschehen sein mochte, aus irgendeinem Grunde verantwortlich fühlte. „Denk nicht mehr darüber nach“, sagte er. „Trink lieber noch einen Schluck von deinem Zaubertee. Und dann müssen wir dich hier herausschaffen.“

Bracken preßte sein schmutziges, tränennasses Gesicht an Jakes Schulter und wiederholte immer wieder: „Ich bin zu spät gekommen, verstehen Sie? *Deshalb* habe ich schuld; ich bin zu spät dagewesen.“

„Das ist einfach nicht wahr“, widersprach Jake. „Du hast mir doch gerade erzählt, daß sich die Dachse in Sicherheit bringen konnten, und dieser kleine Bursche hier hat auch überlebt und braucht uns jetzt. Hör auf zu weinen, und sag mir lieber, wie wir von hier aus am schnellsten in den Wald zurückkommen. Ich kenne mich in dieser Gegend nicht aus.“

„Wir müssen erst hinunterklettern“, meinte Bracken. „Von hier aus aufzusteigen, das schaffen wir nie!“

Sie blieben aber vorerst sitzen, damit Bracken sich noch ein wenig erholen konnte. Jake selbst hätte nicht zu sagen gewußt, ob er sich stark genug für den Rückweg fühlte. Er hatte nur einen Gedanken: den Jungen so rasch wie möglich nach Hause zu bringen.

Tatsächlich gelang es ihm, Bracken ganz vorsichtig, Schritt für Schritt, an den Fuß der Steilwand zu manövrieren. Dann begannen sie den Aufstieg über den Pfad, der in einem Bogen um den Steinbruch herumführte. Bracken lehnte es ab, sich von seinem Retter tragen zu lassen, aber er ließ zu, daß Jake ihm das Dachsjunge abnahm und in seinen eigenen Anorak stopfte.

Sie mußten viele Atempausen einlegen, bis sie endlich die obere Steinbruchkante erreicht hatten. Erschöpft ließen sie sich ins Gras fallen. „Bis zu meinem Auto sind es ungefähr drei Kilometer", sagte Jake. „Traust du dir diesen weiten Weg zu?"

Bracken lächelte zum ersten Mal. „Wenn *Sie* sich diese Strecke zutrauen, schaffe ich sie auch."

Der Marsch durch den Wald war mühselig. Das Mondlicht verblaßte bereits, während der Himmel im Osten allmählich heller wurde.

„Ich bin müde", sagte Bracken plötzlich und sank zu Boden. Jake setzte sich neben ihn und dachte angestrengt nach, was zu tun sei. Sollte er den Jungen liegenlassen und Hilfe holen? Und wenn er Bracken bei seiner Rückkehr nicht wiederfände? Der Junge mußte zum Arzt, und zwar möglichst schnell. Nein, er hatte keine andere Wahl: Er mußte den Jungen nach Hause bringen.

Jake lud sich den halb Bewußtlosen auf die Arme und schleppte sich stolpernd weiter. Bracken kam ihm seltsam leicht vor, doch auf einmal spürte er einen heftigen, stechenden Schmerz in der Brust. Er glaubte längst nicht mehr daran, daß er je die Straße erreichen würde, aber den Versuch wollte er wenigstens machen. Die Bäume rechts und links des Weges verschwammen vor seinen Augen, und Jake taumelte weiter . . .

Plötzlich vernahm er Stimmen und Hufgeklapper. Eine Kette von Lichtern, die hin und her geschwenkt wurden, bewegte sich auf ihn zu. Das ist unsere Rettung, dachte Jake. In diesem Augenblick bekam er einen Schwächeanfall. „Vorsichtig . . .", hörte er sich noch mit klarer Stimme sagen, als die Retter ihm entgegentraten. „Er ist verletzt!" Dann schlug er der Länge nach hin.

Als Jake zu sich kam, lag er unter freiem Himmel auf einem Stapel weicher Decken neben dem Lagerfeuer. Vier moderne Wohnwagen standen im Kreis um die Feuerstelle, und ein paar Pferde grasten auf einer Wiese in der Nähe. Bracken lag dicht neben ihm auf einem zweiten Deckenstapel und schlief fest. Man hatte dem Jungen schon das Blut von der Stirn gewaschen und ihm einen Kopfverband angelegt.

„Es ist alles in Ordnung", hörte Jake eine wohltönende Stimme. „Er hat nur leichte Verletzungen; nichts, was ein guter Schlaf nicht heilen könnte. Sie haben uns den Jungen zurückgebracht, und dafür danken wir Ihnen. *Devlesa avilan!* Sie wurden uns von Gott geschickt!"

Jake wälzte sich auf die andere Seite und sah sich einer hübschen dunkelhaarigen Zigeunerin gegenüber, die neben seinem Lager auf der Erde saß und aus dünnen, biegsamen Weidenruten einen Korb flocht.

„Was ist aus dem Dachsjungen geworden?" fragte er.

„Dem Kleinen geht es gut. Wir haben es in eine Kiste gesetzt und ins Dunkle gestellt."

Jake nickte beruhigt. Doch plötzlich fiel ihm noch etwas Wichtiges ein. „Ich muß aber den Falken füttern", sagte er.

Die Frau lächelte. „Einer von unseren Leuten ist zum Haus hinaufgegangen und hat nachgesehen. Ein bißchen Futter lag noch im Käfig, und der Vogel ist wohlauf."

Jake seufzte. Also war alles in Ordnung. Wenn er sich nur nicht so furchtbar müde fühlen würde!

„Ich habe Tee für Sie gekocht", meinte die Frau. „Trinken Sie! Dann geht es Ihnen bald besser." Sie drückte ihm eine Tasse mit einem duftenden bernsteingelben Getränk in die Hand.

Jake sah der Zigeunerin in die Augen: Sie kamen ihm unendlich tiefer vor als gewöhnliche, und er wußte ohne jede Erklärung, daß ihm Brackens Mutter gegenübersaß. Dankbar leerte er die Tasse in kleinen Schlucken, und dann sagte er: „Ich wüßte gern, was passiert ist."

„Unsere Männer sind mit den *grais* losgeritten und haben das Auto oben am Waldrand entdeckt. Da haben sie gewußt, daß Sie irgendwo im Habichtswald waren. Und als sie Sie gefunden hatten, sind sie mit Ihnen und dem Jungen im Auto hierhergefahren." Sie zeigte auf ein Feldsteinmäuerchen am Ende der Wiese. „Da drüben ist Ihr Wagen geparkt."

„Danke", antwortete Jake. „Dann werde ich jetzt aufbrechen."

„Erst müssen Sie sich ausruhen", meinte die Frau mit leicht tadelndem Blick. „Unsere Leute sind schon zu Dr. Martin unterwegs."

„Ich brauche keinen ..."

Sie legte ihm die Hand auf den Arm. „Auch wir wollen nichts mit Ärzten zu tun haben. Wir verstehen selbst etwas von Heilkunst. Aber Dr. Martin ist ganz anders. Er ist ein Freund."

Die Zigeunerin schien nicht zu erwarten, daß Jake die Unterhaltung fortsetzte. Und so streckte er sich wieder aus und verfiel ins Träumen, während die Frau neben ihm an ihrem Korb weiterarbeitete.

Schließlich traf Dr. Martin ein. Er steuerte sogleich auf Jakes Lager zu. „Na ja", begann er, als er Jake den Puls fühlte. „Könnte schlimmer sein! Hatten wir nicht vereinbart, daß Sie die Dinge ruhig angehen wollten?"

Jake zeigte auf den schlafenden Bracken. „Der Junge dort ist Ihr Patient. Ich bin bloß durch den Wald gelaufen."

„Das ist ja gerade das Übel!" erwiderte Dr. Martin streng. „Sie sind mindestens fünf Kilometer zu Fuß gegangen oder womöglich noch gerannt! Ich muß darauf bestehen, daß Sie heute hierbleiben und sich gründlich ausruhen. Die Zigeuner werden sich um Sie kümmern. Sie wollen Ihnen ohnehin heute noch ihre Dankbarkeit erweisen. Daß Sie einen Zigeunerjungen gerettet haben, macht Sie in den Augen dieser Leute zu etwas Besonderem. Lassen Sie sich also verwöhnen, schaden wird es Ihnen keinesfalls. Übrigens ist Ihnen schon eine große Ehre zuteil geworden, wußten Sie das? Es geschieht nur selten, daß ein Nichtzigeuner ein *hatchintan* von innen zu sehen bekommt. Vermutlich veranstalten sie sogar heute abend, wenn die Männer von der Arbeit heimgekommen sind, ein *patshiv*."

„Ein was?"

„Ein *patshiv*, ein Fest für einen Ehrengast." Dr. Martin lachte. „Ich müßte Ihnen eigentlich Bettruhe in Ihrem Haus verordnen, aber ich verzichte darauf. Trotzdem möchte ich Sie warnen: Die übermäßige Bewegung und der Sturz im Steinbruch könnten eine innere Blutung ausgelöst haben. Sowie Sie zu frieren anfangen oder das Gefühl haben, ohnmächtig zu werden, lassen Sie mich sofort rufen. Einverstanden?"

Jake nickte.

„Aber jetzt ruhen Sie sich aus", fügte Dr. Martin hinzu, während er sich erhob. „Ruhen Sie sich aus ..., und genießen Sie diesen Tag. Auf Wiedersehen, Mr. Farrant!"

So blieb Jake den ganzen Tag im Zigeunerlager, wo er sich dank der Pflege der Frauen, die ihn mit Tee und Safrangebäck bewirteten, rasch erholte.

Am Nachmittag war auch Bracken wieder auf den Beinen. Der Junge nahm Jake mit zu den Pferden und stellte sie ihm der Reihe nach mit unverhohlenem Stolz vor. Der Gast mußte auch Brackens

Frettchen anschauen und das zahme Kaninchen mit dem verletzten Bein, das munter unter einem Wohnwagen herumhoppelte und Gras fraß. Schließlich besuchten sie noch Gambol und Stromer, die beiden Spürhunde, die am größten Wohnwagen angebunden waren und sich für jedes freundliche Wort und die Futterbrocken aus der Hosentasche des Jungen dankbar zeigten.

Das Dachsjunge schlief zusammengerollt und friedlich in seinem Pappkarton, der in einer dunklen Ecke unter einem der Wohnwagen stand. Während sie es betrachteten, fragte Jake den Jungen endlich nach den Ereignissen der vergangenen Nacht.

Bracken berichtete von der Unterhaltung der Bauern auf dem Pferdemarkt und fing sogleich wieder an, sich Vorwürfe zu machen. „Wäre ich bloß ein bißchen schneller gewesen, hätte ich alle Dachse retten können."

Jake schüttelte den Kopf. „Dich trifft wahrhaftig keine Schuld."

Bracken seufzte nur.

„Ob das Junge hier durchkommt?" fragte Jake.

Bracken zögerte mit der Antwort. „Vielleicht..., wenn es sich füttern läßt. Der Größe nach zu urteilen müßte es schon fast entwöhnt sein. In den ersten drei Monaten kommen die Kleinen überhaupt nicht aus dem Bau. Also ist es schon ein bißchen älter. Das Dumme dabei ist nur", meinte er und ließ den Blick nachdenklich über das Lager schweifen, „daß ich es nicht hierbehalten kann. Bei uns würden ihm die Hunde bald das Leben schwermachen. Es muß einen eigenen Bau bekommen, ein geschütztes Plätzchen, bis es allein draußen in der Freiheit leben kann."

„Und wenn wir ihm nun einen Bau in meinem Garten herrichteten?"

Bracken strahlte. „Wirklich? Aber dann müßten Sie das Junge auch füttern..., ich meine, manchmal wenigstens, genau wie Sturmwind."

„Warum nicht? Ich habe doch nichts Besseres zu tun."

Sie begannen sofort, Pläne für den Dachsbau zu machen, und als sie später wieder am Feuer saßen, redeten sie immer noch über Tunnel, alte Abflußrohre und unterirdische Schlafkessel.

Die Zigeunerinnen hatten entschieden, daß Jake und Bracken noch Zeit zum Erholen brauchten und daß das Fest erst am Abend beginnen sollte. Unterdessen beschäftigten sie sich eifrig mit dem Kochen und Backen an der offenen Feuerstelle.

Endlich ging die Sonne unter und zauberte ein herrliches Farbenspiel in den verschiedensten Rottönen an den Himmel. Die Männer kehrten ins Lager zurück, und die Frauen verschwanden in ihren

Wohnwagen, um die Arbeitskleider gegen ihre schönsten Festgewänder zu vertauschen. Bald leuchteten scharlachrote, blaue, grüne und sogar ein, zwei goldfarbene Kleider vor dem Feuer, während die Männer lebhaft gemusterte Hemden und Halstücher trugen. Unversehens stellte sich eine Atmosphäre von Festlichkeit und ungetrübter Heiterkeit ein.

Rauch und der Geruch von gebratenem Fleisch erfüllten die Luft, und Jake wußte bald nicht mehr zu sagen, von wie vielen Gerichten er gekostet hatte. Die Frauen brachten unermüdlich immer neue Proben ihrer Kochkunst an seinen Platz, und jede Speise schien noch delikater zu schmecken als die vorangegangene.

Die Männer hatten ein großes Bierfaß aufgestellt und füllten Jakes Krug stets von neuem, kaum daß er ihn ausgetrunken hatte. Morgen werde ich mich sterbenselend fühlen, dachte Jake, aber dieses Fest ist es bestimmt wert.

Bracken wich nicht von der Seite des Ehrengastes. Er sorgte dafür, daß Jake den besten Platz am Feuer hatte, und musterte ihn immer wieder verstohlen, um Anzeichen einer Ermüdung rechtzeitig zu erkennen.

Auf einmal saß Kasimir Bracsas, der Vater des Jungen, neben Jake.

„Ich möchte Sie etwas fragen“, begann Jake zögernd, nachdem er sich vergewissert hatte, daß Bracken außer Hörweite war. „Glauben Sie, daß es wegen der Sache mit den Dachsen Ärger geben wird?“

Kasimir Bracsas verneinte. „Der Junge sagt, die Bauern hätten ihn nicht erkannt. Ich bin heute drüben im Dorf gewesen, um Pferde zu beschlagen. Dabei habe ich mich ein bißchen umgehört. Es heißt zwar, Deacon – das ist der Bauer, der uns von seiner Wiese verjagt hat – spiele den wilden Mann, aber wo sollte er sich beschweren? Denn ihm gehört das Land gar nicht, auf dem die Dachskolonie liegt.“

„So?“ meinte Jake verwundert.

„Nein. Der Habichtswald gehört einem Bauern namens Thornton. Also kann sich Deacon kaum beschweren, wenn jemand die Dachse von dort vertrieben hat, oder? Außerdem sollte er sich davor hüten, damit anzugeben, daß seine Hunde den Jungen in den alten Steinbruch gejagt hätten.“ Kasimir Bracsas blickte besorgt drein. „Das hätte schlimm ausgehen können ... Der Junge hätte ja zu Tode stürzen können.“

Jake nickte zustimmend. „Jedenfalls sollten Sie es mich wissen lassen, wenn die Sache noch Folgen hat und der Junge Hilfe braucht.“

„Ganz bestimmt“, erwiderte der Zigeuner bewegt. „Aber jetzt fängt gleich die Musik zu spielen an. Trinken Sie aus!“

Bracken drückte Jake schon wieder einen gefüllten Teller in die Hand. „Kosten Sie mal! Das sind *bokoli,* so etwas wie Eierkuchen mit Fleischfüllung. Die schmecken Ihnen sicher."

„Das will ich glauben", sagte Jake.

Einer der Männer hatte inzwischen aus seinem Wohnwagen eine Gitarre geholt, ein zweiter eine Mundharmonika. Es wurden viele Lieder gesungen, manche traurig, manche feurig, Lieder aus fernen Ländern, und alle Frauen und Männer, die im Kreis um das Lagerfeuer saßen, klatschten und stampften dazu den Takt.

Plötzlich sprangen einige der jüngeren Männer auf und begannen zu tanzen. Die Musikanten spielten immer schneller, und die Umsitzenden klatschten mit wachsender Begeisterung, während die Tänzer vor den flackernden Flammen ihre Kunst zeigten. Sie drehten sich im Kreis, schnalzten mit den Fingern, machten hohe Sprünge und tippten sich dabei mit den Fingerspitzen an die Absätze. Sie wirbelten immer wilder über die Tanzfläche, bis sie nach einem rasenden Finale keuchend zusammensanken. Jetzt traten ein paar ältere Männer als Ablösung in den Kreis. Ihre Bewegungen waren langsamer, bedächtiger, und Jake fühlte sich an die Tänze erinnert, die er in den kleinen Tavernen der griechischen Inselwelt miterlebt hatte. Allerdings blieb die Musik nun maßvoll, verhalten, während die Männer mit ernster Miene Kreise beschrieben und die komplizierten Schritte ihres uralten Tanzes ausführten.

Dann schlug der Gitarrist wiederum ein schnelleres Tempo an: Die jungen Mädchen kamen an die Reihe. Jake war schon aufgefallen, daß Männer und Frauen immer getrennt tanzten.

Die leuchtendbunten Röcke bauschten sich, die Absätze klapperten, und die goldenen Münzhalsbänder blinkten, während sich die jungen Tänzerinnen im immer schneller werdenden Takt der Musik bewegten.

Nach dem Tanz wurde nochmals gesungen. Dann tauchte Brackens Vater plötzlich in der Tür seines Wohnwagens mit einer auf Hochglanz polierten alten Bratsche auf. Die Leute klatschten Beifall, Kasimir Bracsas schob sich das herrliche Instrument unters Kinn, hob den Bogen und begann zu spielen.

„Ich habe Ihnen ja erzählt, daß Bracsas Bratschenspieler bedeutet", sagte Bracken. „Die Bratsche da ist ein *sumadji*, ein altes Familienerbstück. Schon mein Urgroßvater hat sie besessen."

Die Männer und Frauen saßen wie verzaubert am Feuer, während Kasimir Bracsas seinem Instrument wunderschöne, melancholische Töne entlockte.

Als seine sehnsuchtsvolle Melodie zu Ende war, herrschte einen Augenblick Stille. Dann wurde wieder Beifall geklatscht und gelacht und geschwatzt.

Währenddessen spürte Jake, wie seine Kräfte allmählich schwanden. Die Prellungen, die er sich beim Sturz im Steinbruch zugezogen hatte, schmerzten, und ihn fröstelte – ein schlechtes Zeichen. Bald fühlte er sich sehr elend.

Das Lagerfeuer und die Menschen um ihn her nahm er auf einmal nur noch verschwommen wahr, und er schloß rasch die Augen, um gegen das Schwindelgefühl anzukämpfen. Nur nicht während dieses schönen Festes in Ohnmacht fallen! dachte er.

Dann war ihm, als flüstere ihm eine weit entfernte Stimme etwas zu. Er riß die Augen auf und sah, daß Brackens Mutter auf ihn einredete. „Dr. Martin wird gleich hiersein“, sagte sie. „Er sollte auch Gast bei unserem *patshiv* sein, aber er hatte Sonntagsdienst. Jetzt schaut er noch kurz bei uns vorbei, und danach bringt er Sie nach Hause.“

„Nicht nötig“, begann Jake. „Ich kann doch . . .“

Er hielt inne. Es wäre töricht gewesen, sich zu wehren. Schließlich

wußte er ja, daß er sich in diesem Zustand nicht ans Steuer setzen konnte. Noch immer sah er die Welt nur verschleiert, und diese stille Frau mit dem sanften Lächeln ließ sich gewiß nicht von ihm täuschen.

„Wie denken eigentlich die Zigeuner über den Tod?" fragte er unvermittelt.

Brackens Mutter wirkte nicht im geringsten überrascht. „Der Tod holt uns alle; das ist natürlich", entgegnete sie seelenruhig. „Wir Roma sterben unter freiem Himmel, und die Verehrung unserer Toten nehmen wir sehr ernst. Sie sind immer in unseren Gedanken. Wir sagen: *Te avel angla tute*. Das heißt: ‚Was wir jetzt tun, geschieht dir zu Ehren.' Und so sind sie immer unter uns. Jeder von uns wird eines Tages wissen, wie der Tod ist. Und deshalb denken wir nicht viel darüber nach, bis es soweit ist. Gott wird uns schützen."

So bekam Jake, was er erhofft hatte: eine schlichte und tröstliche Antwort auf seine Frage. Dann spürte er, wie sich eine Hand in seine schob, und er hörte Bracken leise sagen: „Unser Dachsjunges ist ein Weibchen. Ich finde, Zoe wäre ein schöner Name; mein Vater meint, es bedeutet *Leben*."

Kapitel 5

Dr. Martin fuhr Jake nicht nach Hause. Er brachte seinen Patienten unverzüglich ins Krankenhaus, wo er eine Bluttransfusion erhielt und einer ganzen Reihe von Untersuchungen unterzogen wurde. An der außergewöhnlichen Freundlichkeit, mit der man ihn behandelte, erkannte Jake, daß die Ergebnisse nicht gut aussahen. Er war weder sonderlich überrascht noch über Gebühr besorgt. Nur ein Gedanke beherrschte ihn: Er mußte sich so weit erholen, daß er wieder in sein Häuschen zurückkehren konnte. Das übrige sollte dann geschehen, wenn die Zeit dafür gekommen war.

Nach zehn Tagen entschied Dr. Martin, daß der Zustand des Patienten die Heimkehr erlaube. Jake ließ sich von einem Taxi zu seinem Häuschen bringen, und er war tief gerührt, bei der Ankunft eine Menge kleiner Geschenke auf der Türschwelle vorzufinden. Mary Willis hatte ihm eine Wildpastete gebacken und noch einen kleinen Karton mit Waren aus ihrem Laden danebengestellt. Er entdeckte ein Päckchen mit Käse von Mrs. Bayliss und, als Gaben aus dem *hatchintan,* ein duftendes Säckchen Kräutertee und eine Scheibe Sesamkuchen. Mrs. Willis' Bruder, der Fleischer, hatte Lammkoteletts „für den Vogel" beigesteuert, und vom Postboten Jim Merrett stammte ein Buch über Gloucestershire. Der Briefträger hatte außerdem einen Zettel hinterlassen, auf dem er sich erbot, für Jake Besorgungen zu machen. „Eine Nachricht auf der Türschwelle genügt", schrieb er.

Jake trug seine Geschenke ins Haus und bereitete sich einen Kräutertee aus dem Säckchen der Zigeuner. Nachdem er sich eine Weile ausgeruht hatte, ging er mit schleppendem Schritt den Gartenweg hinauf zu Sturmwinds Voliere. Bracken hatte sich in der Zwischenzeit allein um den Turmfalken gekümmert, und jetzt saß der Vogel auf dem Baumstumpf und glättete mit großer Ausdauer seine langen Schwungfedern.

Jake verstreute im hintersten Winkel des Käfigs ein paar Futterbrokken aus dem Paket des Schlachters. Sturmwind wandte den Kopf und flog dann schnurstracks in die Futterecke. Sein Flügel war sichtlich kräftiger geworden. „Du hast dich prächtig herausgemacht", bemerkte Jake zufrieden. „Nun dauert es nicht mehr lange . . ."

Am nächsten Morgen fand er vor der Tür ein Briefchen von Bracken. „Sturmwind geht es schon viel besser. Ihnen hoffentlich auch. Das Dachsjunge lebt noch und frißt gut. Die Schmetterlingspuppe ist für Sie. Ich glaube, es wird ein Schwärmer." Neben dem Zettel stand ein altes Marmeladenglas. Es war mit Blättern gefüllt, und darauf lag eine unscheinbare braune Schmetterlingspuppe. Jake trug das Gefäß ins Wohnzimmer und stellte es auf die Fensterbank. Bin gespannt, wann der Schmetterling ausschlüpfen wird, dachte er.

Am ersten Tag nach seiner Rückkehr fühlte er sich noch zu schwach, um sich über den Garten hinauszuwagen. Morgen kann ich bestimmt schon ein Stück spazierengehen, sagte er sich. Doch auch an diesem Tag – Jake erwartete Carol und die Zwillinge, die auf der Rückreise nach London bei ihm vorbeischauen wollten – fühlte er sich noch so geschwächt, daß er auf einen Spaziergang verzichtete. Als er am späten Nachmittag durch die geöffnete Haustür die Stimmen seiner Besucher hörte, die den Gartenweg entlangkamen, entschloß er sich schweren Herzens, im Sessel sitzen zu bleiben. Er wollte seinen Gästen den Anblick eines Kranken ersparen, der sich kaum auf den Beinen halten konnte.

Die Zwillinge zögerten mit dem Eintreten, als niemand an der Tür erschien. Von der Schwelle aus warfen sie einen ängstlichen Blick in das Wohnzimmer. Als sie Jake im Sessel erblickten, riefen sie wie aus einem Munde: „Wie geht es Ihnen, Mr. Farrant?" Und Matthew fügte hinzu: „Wir haben schon im Dorf gehört, wie Sie Bracken gerettet haben!"

„Was ist denn aus Sturmwind geworden?" fragte Mark. „Und haben Sie das Dachsjunge auch gerettet?"

„Langsam, Kinder", mahnte Carol, die jetzt hinter ihren beiden Jungen aufgetaucht war. „Laßt doch Jake erst einmal zu Wort kommen."

Sie schob sich an den Kindern vorbei und ging ins Wohnzimmer. Als sie Jake mit einem herzlichen Lächeln begrüßte, spürte sie augenblicklich, daß er sich über ihr Wiedersehen ebenso freute wie sie selbst. Dennoch machte sie sich Sorgen, denn Jake sah krank aus.

„Jake", begann sie, „hoffentlich ist unser Besuch Ihnen heute recht."

„Aber natürlich", antwortete Jake, und seine Augen leuchteten vor Freude. „Los, Jungs! Setzt den Wasserkessel auf, und stöbert ein bißchen in der Speisekammer. Da findet ihr feine Sachen."

Im Handumdrehen stand auf dem Wohnzimmertisch ein kleines Festmahl, und während sich die Jungen die Wildpastete von Mary Willis schmecken ließen, berichteten sie von ihren Erlebnissen beim Ponyreiten. Jake wiederum erzählte ausführlich von Bracken und den

Dachsen und dem *patshiv*. Als die Zwillinge ihren Vorrat an Neuigkeiten und, wie Carol fürchtete, auch die Geduld ihres Gastgebers erschöpft hatten, verschwanden sie in den Garten. Sie wollten Sturmwind besuchen.

Einen Augenblick lang herrschte Stille im Zimmer. Dann sagte Carol leise: „Und wie waren die letzten Wochen?"

Jake mißverstand die Frage absichtlich. „Aufregend", erwiderte er. „Seit der Rettung der Dachse ist die Freundlichkeit und Anteilnahme der Dorfbewohner geradezu überwältigend."

Carol schüttelte den Kopf und sagte in leicht vorwurfsvollem Ton: „Aber ich habe doch etwas ganz anderes gemeint."

„Ich weiß", entgegnete Jake hastig. „Mir geht es gut."

Carol hatte sich auf den Hocker neben seinem Sessel gesetzt, so daß sie die geöffnete Haustür und den Gartenweg im Auge behalten konnte.

„Jake", begann sie von neuem, „während die Jungen mit den Ponys unterwegs waren, habe ich immer morgens einen Spaziergang am Strand gemacht. Dabei mußte ich viel an Sie denken."

„Tatsächlich?" Er blickte ebenfalls in den Garten hinaus.

„Ach Jake, seit Bobs Tod habe ich mich in einer Art Tiefschlaf befunden. Erst seit kurzem lasse ich außer den Kindern auch andere Menschen wieder an mich herankommen."

Er schwieg.

„Ich weiß, daß Sie sich in diesem Haus wohl fühlen", fuhr sie fort. „Die Gegend hier bedeutet Ihnen inzwischen sehr viel. Aber menschliche Beziehungen sind auch wichtig, Jake. Wenn sie fehlen, ist das Leben so leer und arm. Ich habe lange Zeit wie in einem Eisblock gelebt, und darin war es schrecklich still und kalt und einsam. Aber jetzt ..." Sie sah ihm in die Augen. „Jetzt beginne ich aufzutauen. Seit ich Sie kenne, ist die Welt wieder voller Wärme und Farbe. Mir ist fast, als wäre ich wiedergeboren. Und dafür wollte ich Ihnen danken."

„*Mir* danken?" In Jakes Stimme schwangen Erstaunen und Betroffenheit mit.

„Ja! Ihnen! Ich weiß nicht, was Sie mit mir angestellt haben, aber ich bin seit unserer ersten Begegnung wieder ein lebendiger Mensch. Ich glaube, es hatte etwas zu tun mit ..."

„... mit der Freude am Hier und Heute", ergänzte Jake leise. „Bracken hat es mir beigebracht. Von den Zigeunern sagt man, sie lebten nur dem Augenblick, und das stimmt in gewisser Weise."

Carol nickte. „Wenn man Sie hier beobachtet, wie Sie sich an jeder Kleinigkeit freuen können ..."

„Der Turmfalke da draußen ist keine Kleinigkeit“, erwiderte Jake ohne nähere Erklärung.

„Sie haben recht“, meinte Carol. „Einer Kreatur das Leben und die Freiheit zu schenken ist keine Kleinigkeit.“

Jake lächelte. „Bracken ist ständig damit beschäftigt.“

„Aber Sie auch – jetzt zum Beispiel. Und ich bin Ihr erster Erfolg!“

Er starrte sie an. Das Lächeln war aus seinem Gesicht gewichen. „Carol...!“

„*Ich* bin jetzt Ihre Zigeunerin“, sagte sie und legte die Hand beschwichtigend auf seinen Arm. „Ich spreche von keiner Zukunft, nicht einmal von einer engeren Beziehung zwischen uns. Sie haben sich entschlossen, Ihren Weg auf Ihre Art zu gehen, und ich respektiere Ihren Willen. Aber ich habe eine Erfahrung gemacht, Jake: Als ich so allein am Strand spazierenging und an Sie dachte, wurde mir plötzlich warm ums Herz, und ich empfand eine ganz unerwartete Freude. Ich wünschte, Sie könnten etwas Ähnliches empfinden. Es wäre ein zusätzlicher Kraftquell für Sie.“

„Für mich?“ fragte er voller Erstaunen, und seine Augen leuchteten eigentümlich auf. „Jetzt, wo es viel zu spät ist? Wie könnte ich *jetzt* noch etwas empfinden?“

„Die Zeit spielt dabei doch überhaupt keine Rolle“, entgegnete Carol leise. „Ich rede viel dummes Zeug, ich weiß. Aber, Jake, lieber Jake, es gibt so viele Arten der Liebe...“

„Ja“, sagte er, „das ist wahr.“

„Und wir sollten sie annehmen.“

„Ja“, wiederholte er. Plötzlich waren all seine Zweifel verflogen. „Ja, wir sollten sie annehmen.“ Er beugte sich zu Carol hinüber und küßte sie sanft auf die Wange.

Danach schauten sie sich ungläubig, wie von einem Zauber gebannt, in die Augen, aber sie berührten sich nicht mehr. Statt dessen plauderten sie über dieses und jenes, bis die Zwillinge ins Haus zurückkamen.

Carol fiel auf, wie erschöpft Jake plötzlich wirkte. Außerdem war es bereits Abend geworden, und deshalb drängte sie zum Aufbruch. Nachdem sich die Jungen lärmend und fröhlich lachend verabschiedet hatten und bereits aus dem Haus gestürmt waren, erhob sich Jake mühsam aus dem Sessel und legte zögernd die Arme um Carols Schultern.

„Ich habe Ihnen hoffentlich keinen zusätzlichen Kummer bereitet?“ fragte sie ängstlich.

„Kummer? Ganz im Gegenteil...“

„Und jetzt geht es Ihnen besser?"

„Jetzt? Jetzt geht es mir wunderbar!"

Sie küßte ihn zärtlich. „‚Leben Sie wohl!' mag ich nicht sagen. Aber dürfen wir während der Sommerferien wieder vorbeikommen?"

Er zögerte mit der Antwort. „Carol, bis dahin könnte ich . . ."

„Bis dahin sagen Sie dieser herrlichen Landschaft hier jeden Tag, wie sehr ich sie liebe", fuhr sie mit fester Stimme fort. „Und ein bißchen von meiner Liebe dürfen Sie natürlich für sich selbst behalten."

Sie wandte sich um und lief eilig hinter den Jungen her. Jake hörte noch, wie sich ihre Stimmen in der Ferne verloren. Dann war es ganz still; nur der Ruf eines Käuzchens drang aus dem abendlichen Wald herüber. O Carol, dachte Jake. Da sehe ich den Tod Tag für Tag ein Stück näher rücken, und trotzdem wird mein Leben auf einmal reicher statt ärmer. Er schlug die Hände vors Gesicht und versuchte, Hoffnungen und Sehnsüchte, die er nicht haben durfte, aus seinen Gedanken zu verbannen. Ich muß mich auf mein gegenwärtiges Glück konzentrieren, sagte er sich.

Am Morgen lag wieder eine Mitteilung von Bracken auf der Türschwelle: „Im Garten steht ein Geschenk für Sie."

Schwankend vor Schwäche, aber voller Neugier, ging Jake den Gartenweg entlang. Auf dem kleinen Grasfleck unter dem hohen Birnbaum stand, mit Bedacht auf die schönste Aussicht gerichtet, ein brandneuer, aus Weidenruten geflochtener Liegesessel mit hoher Rückenlehne und Fußstütze. Das Flechtwerk sah noch ganz hell aus und duftete ein wenig wie frisch gemähtes Gras.

„Ein Prachtstück!" rief Jake, setzte sich gleich probeweise hinein und genoß die Aussicht.

Im selben Augenblick fing Sturmwind zu schreien an: *Kie – kie – kie! Kie – kie – kie!* Jake stand mit Mühe wieder auf und ging zur Voliere. Der Turmfalke führte sich ungebärdig auf, kreischte, flog ruhelos hin und her und warf sich bei jeder Wende am Ende des Käfigs gegen den Maschendraht.

Jake erschrak. „Laß das, Sturmwind!" mahnte er. „Du bringst dich noch um!" Doch der Vogel flog weiter auf und ab und kämpfte verbissen mit dem Drahtzaun.

Jake wurde traurig. Es ist soweit, dachte er, du kannst wieder fliegen. Deine Zeit hier ist um, und du weißt es.

„Ich habe Ihnen doch gesagt, daß er sich bemerkbar macht, wenn er gesund ist. Fein, daß Sie dabei sind, wenn ich ihn freilasse."

Jake suchte Bracken, dessen Stimme ganz aus der Nähe an sein Ohr drang. Der Junge hockte im Apfelbaum und löste die Schlingen, mit denen die Voliere im Geäst festgemacht war.

„Ich nehme jetzt die Abdeckung des Käfigs herunter", erklärte Bracken. „Es ist besser für Sturmwind, wenn er gleich nach oben wegfliegen kann."

Jake vergaß seine Schwäche. „Warte, ich helfe dir", sagte er und ging auf die andere Seite der Voliere. Als Bracken von seinem Hochsitz heruntergestiegen war, rollten sie gemeinsam das Maschendrahtdach zurück.

Bracken kletterte wieder auf den Baum. „Sturmwind", rief er, „du bist frei! Sieh doch: Über dir ist nichts als der Himmel!"

Ein paarmal flatterte der verzweifelte Vogel noch blindwütig gegen die Käfigwand, doch plötzlich hielt er inne und blickte empor, als hätte er gespürt, daß eine Veränderung eingetreten war. Der Ausdruck wilder Panik wich aus seinem Blick, als er über sich statt des gewohnten Gitters den grenzenlos weiten, freien Raum sah. Mit einem einzigen kraftvollen Flügelschlag schwang sich der Vogel auf, flog durch die Öffnung, strich über das Dach des Schuppens und stieg höher und höher, bis er nur noch als winziger Punkt am klaren Morgenhimmel erkennbar war.

„Leb wohl, Sturmwind", sagte Bracken. „Freu dich an deiner Freiheit, und gib gut auf dich acht!"

Jake standen Tränen in den Augen, und die Kehle war ihm zugeschnürt. Könnte ich nur eines Tages diese Welt verlassen wie Sturmwind, dachte er ..., ganz plötzlich und befreit von allen Fesseln!

ALS Jake am nächsten Morgen in den Garten trat, war Bracken schon eifrig dabei, eine Behausung für Zoe, das Dachsjunge, zu basteln. Den Flugkäfig des Turmfalken hatte er bereits zerlegt, und nun zerschnitt er die Maschendrahtwände, um damit einen niedrigeren, aber in der Grundfläche größeren Käfig zu bauen, der am hinteren Ende von der Gartenmauer begrenzt wurde.

„Zoe braucht keinen hohen Käfig", erklärte er, „sondern einen, aus dem sie auf gar keinen Fall entschlüpfen kann. Sie ist noch zu klein, um allein draußen in der Freiheit zu leben. Ich habe mir gedacht, hier unten wäre der beste Platz für ihren Bau."

Jake sah, daß Bracken schon ein rechteckiges Loch gegraben hatte, von dem zwei lange Gräben abzweigten, in die er offenbar ein paar alte Abflußrohre legen wollte. Da Jake sich an diesem Morgen wohler fühlte als am Tag zuvor, bestand er darauf, dem Jungen zu helfen, und so arbeiteten sie gut gelaunt und in die Probleme des Käfigbaus vertieft, während über ihnen die Morgensonne vom Himmel schien.

Die alten Rohre wurden so verlegt, daß sie von der viereckigen Bodenvertiefung aus aufwärts führten und an zwei Stellen im Gras endeten, die vom Maschendrahtkäfig abgedeckt waren.

„Und wie soll Zoes Schlafkessel aussehen?“ fragte Jake.

Bracken lief zum Schuppen und kam mit einem alten hölzernen Bierfaß wieder. „Das habe ich schon mitgebracht“, sagte er. „Wenn wir es umkippen und mit Gras auspolstern, wird es schön gemütlich.“ Dann griff er zur Säge. „Aber vorher zersäge ich das Faß noch der Länge nach. Dann können wir die obere Hälfte wie einen Deckel abheben und Zoe beobachten. Vielleicht braucht sie ja manchmal unsere Hilfe, zum Beispiel, wenn sie friert.“

Jake nickte. „Womit fütterst du sie denn?“

„Mit verdünnter Milch und Hühnerfutter. Sieht so aus, als ob ihr das schmeckt. Aber bald wird sie sich an Regenwürmer und Maden und solche Sachen gewöhnen müssen. Ich wollte heute abend welche herbringen. Darf ich . . .?“

„Natürlich“, erwiderte Jake. „Ich freue mich schon darauf, Zoe zu füttern.“

„Außerdem müssen wir täglich ihr Fell bürsten. Das macht normalerweise die Mutter. Ich glaube, Sie können es ruhig mal versuchen. Von mir läßt sie es sich ja auch gefallen. Aber wir dürfen sie nicht zu sehr an uns gewöhnen; sonst können wir sie nachher nicht mehr auswildern. Mit Sturmwind war das auch so. Ich habe mich absichtlich nicht zu sehr mit ihm angefreundet.“

Jake lächelte: Als ob Bracken imstande wäre, sich mit einem hilflosen Geschöpf *nicht* anzufreunden! „Jetzt trinken wir aber eine Tasse Tee“, sagte er. „Und ich werde dabei in meinem nagelneuen Korbsessel sitzen und die schöne Aussicht genießen.“

Sobald der Tee fertig war, nahm Jake in seinem Sessel Platz. Bracken hockte sich daneben auf das Mäuerchen, und gemeinsam schauten sie auf das besonnte Tal hinunter. „Nächste Woche können wir einen ganzen Tag lang zwei von den *grais* haben“, meinte der Junge beiläufig. „Mein Vater leiht sie uns . . ., wenn wir Lust haben.“

„Tatsächlich?“ Jake wußte, daß dieses Angebot eine große Auszeichnung bedeutete.

„Wir suchen uns die bravsten Tiere aus“, versicherte Bracken. Im nächsten Augenblick deutete er auf das Tal hinab, und er rief aufgeregt: „Ein Falke! Sehen Sie doch . . ., dort drüben! Ob es Sturmwind ist?“

„Glaubst du denn, daß er noch einmal zu uns zurückkommt?“

„Vielleicht. Der Garten hier ist doch für ihn eine Art Zuhause.“ Der Junge schaute wieder zu dem Falken hinüber, der im Rüttelflug in der Luft stehengeblieben war. „Es könnte natürlich auch ein anderer Turmfalke sein. Hier gibt es eine Menge. Jedenfalls bin ich sicher, daß sich Sturmwind in der Freiheit gut zurechtfindet. Er wird sich wohl bald ein Weibchen suchen, er ist alt genug dafür.“

Bracken glitt von der Mauer und musterte Jake. „Wollen Sie sich nicht lieber ein bißchen ausruhen? Ich komme heute abend wieder“, sagte er.

„Du hast recht“, entgegnete Jake. „Ich bleibe hier in meinem wunderschönen Sessel sitzen und träume eine Weile vor mich hin.“

„Wir haben alle an dem Sessel mitgearbeitet“, erklärte Bracken stolz. „Mein Vater hat die Ruten geschnitten, meine Mutter hat sie gebrüht und geschält, die Sonne hat sie getrocknet, ich habe den Rahmen gebaut, und alle anderen haben das Flechten besorgt.“ Er hielt inne und schaute Jake an. „Mein Vater sagt, früher hätten die Roma jedem Ding, das sie gemacht haben, einen Segenswunsch mitgegeben ..., sogar geflochtenen Stühlen! Ich hoffe, das wirkt auch jetzt noch.“

„Warum denn nicht?“ sagte Jake und lächelte.

JAKE mußte eingeschlummert sein, denn er hatte weder Stimmen gehört noch Schritte, die sich dem Haus näherten. Er schlug erst die Augen auf, als er spürte, daß ein Schatten auf ihn fiel. Bill Franklyn und Manny Feldman standen mit verlegener Miene vor ihm.

„Ich werde verrückt!“ rief er beim Anblick der alten Freunde, und vor Freude stieg ihm das Blut in die Wangen. „Kommt mit ins Haus! Das muß gefeiert werden!“

Jake hielt eine lebhafte Unterhaltung im Gang, während er Gläser holte, seinen ehemaligen Kollegen und sich Bier einschenkte und sie schließlich im Wohnzimmer Platz nahmen.

Bill schaute Jake ungläubig, beinahe ehrfürchtig an. Wie sehr sich der Freund verändert hatte! Er hatte furchtbar abgenommen, und seine Gesichtszüge waren noch hagerer geworden. Kein Zweifel, dies war das Gesicht eines todkranken Mannes, aber auch eines Menschen, der vollkommen gelassen, wahrscheinlich sogar glücklich war.

Jake mußte grinsen. „Na“, fragte er, „wie findet ihr mich denn?“

„Phantastisch!“ sagte Bill und prostete ihm zu.

„So fühle ich mich auch“, antwortete Jake. „Um mich braucht ihr euch keine Sorgen zu machen. Ich habe hier eine schöne, eine erstaunlich befriedigende Lebensform entdeckt..., ehrlich! Ich könnte gar nicht glücklicher sein. Also: Auf euer Wohl! Ich habe eine Menge zu erzählen, und von euch will ich natürlich auch den neuesten Klatsch aus der Redaktion hören."

Bill und Manny erlebten ein Wechselbad der Gefühle, denn bald empfanden sie Trauer, bald Erleichterung. Doch allmählich entspannten sie sich, und nun begann ein reger Gedankenaustausch, wie er zwischen alten Freunden üblich ist.

Jake berichtete von seinen Abenteuern mit Bracken und dem Turmfalken.

„Und dann gibt es auch noch Zoe", fügte er mit einem schalkhaften Blitzen in den Augen hinzu. „Wenn ihr lange genug hierbleibt, werdet ihr sie kennenlernen. Sie kommt heute abend."

„Wer ist denn Zoe?" fragte Manny voll ungläubiger Hoffnung.

Bill dagegen ließ sich nicht täuschen. „Noch so ein flügellahmer Vogel?" fragte er.

„Knapp daneben", entgegnete Jake. „Zoe ist ein junger Dachs." Und dann erzählte er den Freunden von den Ereignissen im Steinbruch.

Als sie schließlich alle Neuigkeiten ausführlich besprochen hatten, warf Bill seinem alten Freund einen herausfordernden Blick zu und meinte: „Mir ist zu Ohren gekommen, daß du dich mit Carol sehr gut verstanden hast, Jake. Stimmt das?"

Jake lächelte. „Ob wir uns gut verstanden haben? Deine Schwester hat mich im Sturm erobert, Bill! Sie hat mich richtiggehend umgekrempelt! Und ich habe die Zwillinge ins Herz geschlossen. Während der Sommerferien wollen mich alle drei besuchen..., wenn nichts dazwischenkommt."

Bill war überrascht und hoch erfreut zugleich. „Das hat sie mir überhaupt nicht erzählt!"

Während sie noch schwatzten, klopfte es an der Tür, und Brackens Stimme rief: „Ich habe Zoe hergebracht! Wenn Sie sie ansehen wollen, müssen Sie mal herauskommen!"

Der Junge war nicht sonderlich überrascht, als Jake in Begleitung von zwei fremden Männern an der Tür erschien. Er sagte nur sehr bestimmt: „Treten Sie leise auf! Die Kleine hat immer noch Angst vor lauten Geräuschen."

Sie folgten dem Jungen zum Gehege, und dort stand schon der Pappkarton mit Zoe im Gras. Das Tier hatte sich im Schlaf zusammengerollt und lag weich gebettet in einem Nest aus Heu und Stoffetzen. Die schwarzweiße Zeichnung auf dem kleinen Gesicht war makellos, doch das Rückenfell sah unordentlich und struppig aus.

Jake hätte am liebsten gleich eine Bürste geholt und das Fell schön gestriegelt.

„Wie alt ist sie denn?“ fragte Bill.

„Ungefähr drei Monate, glaube ich“, antwortete Bracken. Er war schon damit beschäftigt, das Futter zuzubereiten: eine Handvoll Hühnerfutter, das er mit Milch und Wasser anfeuchtete, einen Tropfen Lebertran und einen halben zerhackten Regenwurm.

Schließlich wandte sich der Junge an Jake: „Sehen Sie mir beim Füttern zu. Dann können Sie es selber machen, wenn ich mal keine Zeit habe.“

„Untersteh dich, mich mit dieser Verantwortung allein zu lassen!“ rief Jake lachend.

Bill und Manny lachten ebenfalls. Aber Bracken fuhr ungerührt fort: „Zoe muß sich sowieso an Sie gewöhnen. Probieren Sie mal, ob das Füttern klappt.“ Er drückte Jake einen kleinen Blechlöffel in die Hand. „Sie wird gleich aufwachen; es wird ja schon dunkel.“

Tatsächlich dauerte es nicht mehr lange, bis sich das Dachsweibchen rührte. Die Kleine streckte die Schnauze neugierig in die Luft und begann zu schnüffeln, während sie die Augen öffnete und argwöhnisch ihre Umgebung musterte.

„Keine Angst, Zoe“, sagte Bracken in beruhigendem Tonfall. „Wir haben dir ein neues Haus gebaut. Komm, schau dir's ruhig an. Und fressen mußt du jetzt auch.“

Er hob das kleine Bündel aus der Schachtel und setzte es auf den Boden. Zoe blieb, am ganzen Leibe zitternd, einen Augenblick sitzen. Dann fing sie an, sich vorsichtig umzuschauen und das Gras zu beschnüffeln. Sie rempelte die Futterschüssel an, hockte sich davor und beäugte den Inhalt.

„Jetzt!“ sagte Bracken zu Jake. „Füttern Sie sie mit dem Löffel!“

Jake gehorchte und hielt Zoe den gefüllten Löffel vor die sich kräuselnde Schnauze. Das Dachsjunge starrte Jake mißtrauisch an und stieß den Löffel plötzlich mit einer raschen Kopfbewegung beiseite.

„Sie müssen es noch mal versuchen“, meinte Bracken.

Geduldig wiederholte Jake den Versuch, und diesmal kam Zoe ganz langsam näher, schnüffelte einmal am Löffel und nahm das Futter an.

Über die Maßen erfreut, bot ihr Jake gleich noch einen Löffel voll an, und wieder hatte er Erfolg. Jake war völlig versunken in seine Aufgabe, während Bill und Manny ihn sprachlos beobachteten.

„So“, sagte Bracken. „Und jetzt halten Sie mal den Löffel ganz dicht neben die Schüssel.“

Im Nu hatte Zoe entdeckt, daß eine Schüssel viel mehr Futter als ein

Löffel enthielt, und nun fraß sie seelenruhig allein aus dem Gefäß. Kaum hatte sie die letzten Reste vertilgt, fing sie an, ihr neues Zuhause zu erforschen.

Bracken hatte Sturmwinds Baumstumpf zum Herumklettern im Gehege gelassen, und jetzt stattete er Zoes Spielplatz noch mit zwei dicken Ästen aus. Sie versuchte auch gleich, darüber hinwegzuklettern, fiel aber auf den Rücken und strampelte mit den Pfoten in der Luft. Sobald sie wieder Boden unter den Füßen hatte, begann sie, im Kreis herumzujagen, mit einem Blatt, einem Zweig, einem Kieselstein zu spielen, sich wie eine junge Katze darauf zu stürzen oder in gespieltem Schrecken davor die Flucht zu ergreifen – kurzum, sie tobte sich in der neugewonnenen Freiheit nach Herzenslust aus. Zum Schluß warf ihr Bracken einen kleinen Stoffball zu, ein Spielzeug, das sie restlos begeisterte. Sie rollte den Ball vor sich her, sprang darauf herum, schubste ihn fort und jagte ihm nach.

„Ich habe mir gedacht, daß sie den Ball mag", sagte Bracken. „Sie vermißt bestimmt ihre Geschwister, verstehen Sie? Und deshalb sollten wir ihr zum Schlafengehen den Ball mit in das Nest geben."

Wie gebannt beobachteten die Männer Zoes ausgelassenes Treiben. Doch allmählich zeigte sie Anzeichen von Müdigkeit, und Bracken legte sie zusammen mit dem Stoffball in die Pappschachtel zurück. Sie schien mit sich und der Welt zufrieden zu sein, rollte sich zusammen und schlief ein.

„Sie kommt aber heute abend noch mal heraus", flüsterte Bracken. „Gleich nach dem Dunkelwerden ist sie immer am muntersten. Jetzt können wir sie eine Weile allein lassen."

Die drei Männer und der Junge zogen sich auf Zehenspitzen zurück. Manny und Bill blieben auf dem Gartenweg stehen und schauten Jake verlegen an, keinem von beiden wollten passende Abschiedsworte einfallen. Aber Jake machte einen Schritt auf sie zu und nahm seine alten Freunde beim Arm. „Ich bin so froh, daß ihr hergekommen seid. Jetzt wißt ihr doch, daß es mir gutgeht."

Sein Gesichtsausdruck stimmte sie zuversichtlicher, aber Manny sagte: „Hoffentlich haben wir dich nicht überanstrengt."

„Keineswegs", versicherte Jake lächelnd. „Euer Besuch hat mir gutgetan."

Er hatte angenommen, Bracken sei unbemerkt heimgegangen, doch plötzlich war der Junge wieder da, schwenkte eine alte Laterne in der Hand und wandte sich an Bill und Manny. „Ziemlich dunkel heute", meinte er. „Soll ich Ihnen leuchten, wenn Sie zu Ihrem Wagen hinaufgehen?"

Die beiden Besucher nahmen das Angebot gern an. Am Gartentor drehten sie sich noch einmal nach Jake um und winkten. Dann folgten sie dem Jungen den steinigen Pfad hinauf zu ihrem Auto, das am Straßenrand geparkt war.

Dort verabschiedete sich Bracken von Jakes Freunden. „Ich kümmere mich um ihn“, versprach er. „Immer wenn ich Zeit habe.“ Und ehe die beiden Männer antworten konnten, war der Junge, die Laterne schwenkend, in der Dämmerung verschwunden.

AM NÄCHSTEN Morgen wachte Jake spät auf. Die Sonne stand bereits hoch am Himmel, versteckte sich aber zur Hälfte hinter den Wolken. Bracken arbeitete schon wieder an Zoes Gehege.

„Sie schläft ganz fest“, meinte der Junge, während er den Deckel der Pappschachtel abhob, damit Jake hineinschauen konnte. Das Dachsjunge lag zusammengerollt und an den Stoffball geschmiegt im Heu und nahm sich in seinem Nest sehr klein und verloren aus.

„Ihr Fell muß wirklich gebürstet werden“, bemerkte Jake. „Wann ist denn der günstigste Augenblick dafür?“

Bracken dachte nach. „Ich habe es mal versucht, als sie beim Fressen war. Ich glaube, es hat ihr nicht viel ausgemacht. Vielleicht gewöhnt sie sich daran und hat es sogar gern.“

Er legte den Deckel wieder auf die Schachtel und überließ Zoe ihrem ausgiebigen Tagesschlaf. Dann sagte er: „Ich habe heute Tee mitgebracht“, und führte Jake zu seinem neuen Ruhesessel.

Sie saßen entspannt nebeneinander und schauten ins Tal hinab. Jake fiel dabei auf, daß es doch noch nicht allzu spät am Vormittag sein konnte. Er hatte beim Aufwachen nicht daran gedacht, daß es schon Mitte Mai war und die Sonne bereits sehr früh aufging. Was könnte man jetzt nicht alles unternehmen ...

Bracken sah Jake von der Seite an und bemerkte den traurigen, sehnsüchtigen Ausdruck in seinem Blick. „Wir könnten doch einen ganz kurzen Spaziergang machen“, schlug er vor.

Jake setzte sich im Sessel auf und lachte. „Bin ich denn durchsichtig, daß du meine Gedanken lesen kannst?“

„Ja“, erwiderte der Junge und lachte auch. „Sie *sind* durchsichtig!“

So machten sie sich auf den Weg und wanderten in der kühlen Morgenluft langsam den Hang hinunter und auf den kleinen See zu, an dem die Schwäne zu Hause waren.

„Kann sein, daß wir heute gar nichts Besonderes zu sehen bekommen“, sagte Bracken und verfolgte mit den Augen einen Kuckuck, der über das Tal flog.

„Für mich ist hier alles etwas Besonderes", murmelte Jake, der den Vogel ebenfalls beobachtet hatte.

Nicht weit vom schilfgesäumten Seeufer setzten sie sich ins Gras und schauten dem Treiben in dieser kleinen, in sich geschlossenen Welt zu. Mauersegler schossen auf der Jagd nach Insekten dicht über der Wasseroberfläche hin und her, und die stille Morgenluft war erfüllt von ihren schrillen Schreien. Bläßhühner tuckerten wie Schiffchen im Binsendickicht umher, und die im Schilf versteckten Stockenten verrieten sich durch gedämpftes Geschnatter und plötzlich ausbrechendes lautstarkes Quaken.

„Da fliegt eine Libelle!" rief Bracken. „Die ist wohl gerade ausgeschlüpft."

Die schwirrenden, durchsichtigen Flügel des Insekts glitzerten in der Sonne, und sein langer, graziöser Leib sah mit seiner lebhaft braun-grün gemusterten Zeichnung wie gemalt aus. Plötzlich ließ sich die Libelle mit ausgebreiteten Flügeln auf einem Seerosenblatt nieder. Wie schön sie ist und wie zart, dachte Jake, und lebt nur so kurze Zeit!

„Ich glaube nicht, daß wir die Schwäne heute noch zu sehen bekommen", meinte Bracken. „Meist sind sie nur frühmorgens auf dem See."

Doch kaum hatte er den Satz beendet, kamen zwei der großen weißen Vögel mit mächtigem Flügelschlag angeflogen. Feiner Gischt stieg auf, als sie schlingernd auf dem See landeten. Dann glitten sie in majestätischer Ruhe über das Wasser, auf dem sich ihr schneeweißes, elegantes Gefieder spiegelte.

„Nur zwei?" sagte Bracken beunruhigt. „Wo bleiben die anderen?"

Jake zeigte auf eine Stelle im Schutz einiger Weiden, die am Ufer standen. Aus dem Schatten der Bäume tauchten die Gefährtinnen der beiden großen Schwäne auf. Stolz wie voll aufgetakelte Segelschiffe rauschten sie den Männchen entgegen, in ihrem Kielwasser sechs kleine graue Jungschwäne, die aus Leibeskräften mit den kurzen Beinen paddelten, um den Anschluß an die stattlichen Mütter nicht zu verlieren. Die vier Altvögel trafen sich in der Seemitte. Die Männchen begrüßten ihre Weibchen mit zeremonieller Geste, indem sie die Hälse bogen, den Kopf ins Wasser eintauchten und mit dem eigenen Schnabel den Schnabel der Partnerin berührten. Schließlich schwammen sie in würdevoller Ruhe neben ihren Weibchen her, und die perlgrauen flaumfedrigen Kleinen folgten den Elternpaaren.

Jake und Bracken faulenzten und träumten noch ein Weilchen am Seeufer. Hoch am Himmel stellte sich ein Turmfalke mit rüttelnden Schwingen gegen den Wind. „Das könnte Sturmwind sein", murmelte Bracken, der auf dem Rücken im Gras lag und in die Luft starrte.

Sturmwind . . . Ich glaube, er fehlt mir, dachte Jake. Ich vermisse seinen ungebändigten Blick, seinen stolzen, unbezähmbaren Freiheitsdrang. Aber ich bin auch froh, daß er wieder in Freiheit ist und ungehindert durch die Lüfte jagen kann.

Eine schwache Brise strich durch die Weiden und trieb die Haarkrone einer Distel vor sich her. Als das federleichte Wollbällchen an ihnen vorbeischwebte, streckte Bracken träge die Hand danach aus, fing es ein und reichte es Jake. „Die Blumen des nächsten Jahres", sagte er und lächelte dabei in seiner verhaltenen Art.

Jake betrachtete nachdenklich die vollendete Struktur des zarten Gebildes, die winzigen Samenkörner, die einen kleinen Heiligenschein aus feinen Härchen trugen und unendlich zerbrechlich aussahen, aber doch die Verheißung eines ganzen Sommers in sich bargen.

„Wenn ich mal sterbe", sagte Bracken plötzlich, und seine Stimme klang so leicht und sanft wie das Wollbällchen in Jakes Hand, „wenn ich mal sterbe, will ich als Pusteblume wieder auf die Welt kommen oder als Libellenflügel . . . oder als Regenwurm!" Ein eigentümliches Leuchten huschte über sein Gesicht, und er fügte rasch hinzu: „Aber am liebsten möchte ich ein Teil von Sturmwind sein."

Jake erwiderte nichts. Er verstand sehr gut, was Bracken ihm sagen wollte. Tränen stiegen ihm in die Augen, aber er wußte nicht, ob er aus Kummer weinte oder weil ihn Brackens Freude angesteckt hatte.

Er streckte den Arm aus und gab die Distelwolle frei. Einen Augenblick lang schwebte es im Sonnenlicht über seinem Kopf, ehe es von einem kaum spürbaren Lufthauch emporgetragen wurde und fortsegelte, weit über das Tal hinweg.

Kapitel 6

AM NACHMITTAG, als Jake allein im Haus war, stellte sich ein Besucher ein. Vor der Tür stand ein kräftiger, gutmütig aussehender Mann mit ruhigen blauen Augen und dem wettergegerbten Gesicht der Bauern dieser Gegend. Seine alte Cordhose hatte er in schwere Gummistiefel gestopft, und dazu trug er ein ausgebeultes Tweedjackett. Er lächelte freundlich. „Entschuldigen Sie die Störung, Mr. Farrant", begann er. „Mein Name ist Stan Bayliss, und mir gehört der Hof unterhalb Ihres Häuschens. Kann ich Sie einen Augenblick sprechen?"

„Selbstverständlich", erwiderte Jake. „Treten Sie ein."

Der Bauer folgte Jake ins Haus und setzte sich auf den Stuhl, den Jake ihm anbot.

„Ein Glas Bier?“ fragte Jake. „Oder lieber Tee?“

„Zu einer Tasse Tee würde ich nicht nein sagen“, entgegnete Bayliss. Jake ging in die Küche und machte Tee für seinen Besucher.

„Und jetzt erzählen Sie mal, was Sie auf dem Herzen haben“, sagte er, als er wieder das Wohnzimmer betrat.

Stan Bayliss trank einen kräftigen Schluck und kam gleich zur Sache. „Es geht um die Zigeuner, die auf meinem Grund ihr Lager aufgeschlagen haben“, erklärte der Bauer. „Ich habe mir gedacht, eine Warnung aus Ihrem Mund wäre vielleicht nützlicher, als wenn sie von mir käme.“

Jake gab es einen Stich. „Eine Warnung? Weshalb denn?“

Stan Bayliss rutschte auf seinem Stuhl hin und her. „Wegen ..., wegen ihrer Hunde. Also, wenn Sie mich fragen: Ich glaube überhaupt nicht, daß es die Hunde der Zigeuner sind, aber Ralph Deacon setzt mich in der Sache ein bißchen unter Druck und ...“

„Deacon? Ich weiß durch den Jungen, daß Mr. Deacon die Zigeuner von seiner Wiese vertrieben hat. Worüber beschwert er sich nun schon wieder?“

„Es ist wegen der Schafe“, meinte Bayliss. „Irgendein Raubtier hat ein paar von Deacons Schafen gerissen. Er sagt, ein Fuchs war es nicht, aber er hat ein Tier die Schafe jagen sehen. Er war bloß zu weit weg, um es genau zu erkennen.“

„Soso“, murmelte Jake.

„Verstehen Sie mich nicht falsch, Mr. Farrant! Ich bin ein friedliebender Mensch. Die Zigeuner haben mir nie etwas getan, und sie sind auch fleißige Landarbeiter. Leben und leben lassen, das ist meine Devise.“ Er hielt inne und blickte Jake in die Augen. „Wie gesagt, ich habe nichts gegen diese Leute, aber mit Deacon ist nicht zu spaßen. Wenn er auch nur im geringsten beweisen könnte, daß es die Hunde der Zigeuner sind, die seine Schafe töten, würde er sofort dafür sorgen, daß die ganze Sippe abzieht. Verstehen Sie, was ich meine?“

„Ja. Aber ich glaube, die Zigeuner lassen ihre Hunde nie frei laufen. Die Tiere sind im Lager angebunden.“

„Das glaube ich auch“, sagte Bayliss, „aber können diese Leute das auch beweisen? Im Dorf gibt man nicht viel auf das Wort eines Zigeuners.“

„Und was soll ich Ihrer Meinung nach unternehmen?“

„Eine Warnung wäre schon viel wert. Ich habe selber Schafe, und ich will auch keinen Ärger haben. Vielleicht wäre es möglich, die

Hunde ein, zwei Tage bei Ihnen hier unterzubringen ..., nur, bis der Räuber erlegt ist."

Jake nickte. „Ich schätze aufrichtige Männer wie Sie, Mr. Bayliss."

„Stan ..., nennen Sie mich einfach Stan. Alle nennen mich hier beim Vornamen."

„Einverstanden, Stan. Ich wünschte nur, noch mehr Leute dächten wie Sie."

Der Bauer stand auf, und Jake begleitete ihn zum Gartentor. „Ich will sehen, was ich in der Sache mit den Hunden ausrichten kann", sagte er beim Abschied.

„Hab mir gleich gedacht, daß auf Sie Verlaß ist", entgegnete Bayliss. „Wenn mir etwas Wichtiges zu Ohren kommt, gebe ich Ihnen Bescheid."

Es WAR noch lange nicht dunkel, als Zoe aus der Schlafkiste gekrochen kam. Jake war allein und schaute zu, wie sie in ihrem Gehege im Gras herumlief, dies und jenes beschnüffelte, im Laub wühlte und an den knorrigen Wurzeln des Apfelbaums kratzte. Er merkte auch, daß sie an den Rändern ihres kleinen Reiches Duftmarken setzte, als wollte sie ihre Besitzansprüche deutlich machen.

Jake bereitete ihr Futter, häufte ein wenig davon auf den Löffel und schüttete alles übrige in die Schüssel. Das Dachsjunge fraß zuerst, was auf dem Löffel war, und senkte dann gleich den hübschen kleinen Kopf in die Schüssel. „Gut gemacht", lobte Jake. „Du lernst schnell, wie?"

Zoes struppiges Fell störte ihn immer noch, und so holte er aus dem Haus eine alte Kleiderbürste und begann, ihr Rückenhaar zu striegeln. Im ersten Moment zuckte das Dachsweibchen zusammen, aber sie schien sich rasch an das Gefühl zu gewöhnen, und zu guter Letzt scheuerte sie sich sogar selber an den weichen Borsten, als sei ihr die Sache angenehm.

„Fein", bemerkte Jake. „Bald siehst du wie eine Schönheitskönigin aus."

Nach dem Bürsten zog er eine kleine Tüte aus der Tasche, die allerlei Leckerbissen für Zoe enthielt: eine Karotte, ein paar Rosinen und ein Apfelstückchen. Aber ein Stück Honigbrot schmeckte ihr offensichtlich am besten.

„Das reicht jetzt", sagte Jake streng. „Sonst wirst du noch so fett, daß du nicht mehr über die Äste in deinem Gehege klettern kannst. Los, beweg dich ein bißchen!"

Die Aufforderung war überflüssig. Zoe rannte schon wieder

hierhin und dorthin und untersuchte alle Winkel und Grasbüschel und zum Schluß sogar das Fundament der Gartenmauer.

Jake sah ihr dabei zu und beschloß, sie mit dem Höhlen- und Röhrensystem vertraut zu machen, das er mit Bracken angelegt hatte. Ob sie wohl allein den Weg aus der Röhre ins Gehege fand, wenn sie erst einmal drinsteckte?

Zoe war inzwischen damit beschäftigt, Steinchen zu sammeln und in ihre Schlafkiste zu schleppen. Jake wartete, bis sie wieder einmal mit ihrer Beute in der Kiste verschwunden war. Dann setzte er sie mitsamt ihrem Gehäuse so vor das gut ausgepolsterte Bierfaß, daß das Schlupfloch im Karton auf die Faßöffnung zeigte.

Das Gefühl, mit ihrer vertrauten Kiste hochgehoben zu werden, hatte Zoe einen Augenblick lang erstarren lassen. Dann siegte jedoch ihre Neugier, und sie krabbelte ohne Zögern in das Faß. Eine Weile rumorte sie drinnen herum, drehte sich immer wieder um die eigene Achse und zog und zupfte an der Graspolsterung, bis sie ihren Vorstellungen entsprach. Plötzlich bemerkte sie eine zweite dunkle Öffnung, die Stelle, an der das Abflußrohr ins Faß mündete. Sie beschnüffelte das Loch, begutachtete es kurz und war im nächsten Augenblick schon darin verschwunden.

Jake legte neben den entgegengesetzten Ausgang des Rohrs, der mitten im Gehege lag, ein Stück Honigbrot. Tatsächlich dauerte es nicht lange, bis die schwarzweiß gestreifte, schnüffelnde kleine Schnauze wieder zum Vorschein kam. Nachdem feststand, daß keine Gefahr im Verzug war, zwängte sich das geschmeidige kleine Tier durch die Rohröffnung ins Freie, und in Sekundenschnelle hatte es das Honigbrot verschlungen.

„Gut gemacht!“ rief Jake erneut. „Aber findest du auch zurück zu deinem Schlafplatz?“

Diesmal legte er ein Stückchen von Zoes Lieblingsfutter neben die Rohröffnung im Faß. Doch dieser Trick war überflüssig. Der kleine Dachs spielte noch ein bißchen draußen im Gras, wo er einen Schatz entdeckte – ein schimmerndes Baumrindenstück, das er prompt durch das Rohr zu seinem Schlafplatz schleppte.

Nun mußte nur noch der zweite Laufgang erkundet werden, der weiter unten im Gehege, dicht an der Gartenmauer, wieder zum Vorschein kam. Eines Tages, wenn Zoe für das Leben in der Freiheit kräftig genug wäre, wollten ihr Jake und Bracken den Weg über das Mäuerchen freigeben, damit sie in den Wald zurücklaufen konnte.

„Legen Sie mal das hier neben die Rohröffnung“, schlug Bracken vor, der unvermutet neben Jake aufgetaucht war. „Mal sehen, was sie mit einem Frosch anfängt." Er reichte Jake einen toten Laubfrosch, den Jake gehorsam neben der Rohröffnung an der Mauer im Gras plazierte.

Zoe fand ganz allein auch diesen Ausgang. Zunächst hockte sie sich nur vor den Frosch und starrte ihn an. Plötzlich stürzte sie sich auf die Beute, zerriß sie mit ihren Krallen und verschlang die breiige Masse mit wenigen Bissen.

„Brrr!" rief Jake, der sich ekelte. „Das ist nichts für mich, Zoe!"

Ihm wurde plötzlich schwindlig, so daß er sich am Apfelbaum festhalten mußte. Rasch fand er jedoch wieder das Gleichgewicht, und er fragte Bracken: „Können wir sie jetzt allein hierlassen?"

„O ja", entgegnete der Junge. „Ich glaube, sie kann sich gut selbst beschäftigen."

„Gehen wir zum Haus", meinte Jake. „Ich habe dir etwas zu sagen."

Bracken wartete wie üblich vor der Haustür, bis Jake den Tee bereitet hatte. Dann saßen sie mit den gefüllten Tassen auf der Schwelle und sahen zu, wie der Tag sank. „Stan Bayliss war heute hier", begann Jake unvermittelt.

Als er mit seinem Bericht fertig war, seufzte Bracken. „Es ist immer dasselbe", erklärte er. „Wir glauben, wir hätten einen schönen Lagerplatz gefunden, und schon geht der Ärger von vorn los."

„Der Ärger geht gar nicht von vorn los", erwiderte Jake. „Stan Bayliss wollte ja nur, daß ich euch warne. Willst du die Hunde nicht lieber eine Weile bei mir lassen? Wenn dann wieder etwas mit den Schafen passiert, kann ich beschwören, daß sie hier waren."

Bracken nickte. „Unsere Hunde würden niemals Schafe anfallen", versicherte er mit ernster Miene.

„Davon ist auch Stan Bayliss überzeugt", sagte Jake. „Aber irgendein Tier muß die Schafe gerissen haben, und Deacon behauptet, ein Fuchs sei es auf keinen Fall gewesen."

Bracken dachte nach. „Ich rede mit meinem Vater", meinte er schließlich. „Und morgen bringe ich die Hunde her."

„Nicht erst morgen!" rief Jake. „Jetzt gleich! Der Fuchs – oder was immer es ist – könnte die Schafe doch heute nacht schon wieder angreifen."

Bracken sah Jake verblüfft an. „Sie haben noch nie so streng mit mir geredet", sagte er. „In Ordnung. Ich hole die Hunde." Er legte die Hand auf Jakes Arm. „Vielen Dank auch", fügte er hinzu und war wie der Blitz verschwunden.

Jake ging noch einmal zum Gehege, um nachzuschauen, was Zoe treiben mochte, doch schon bald hörte er Bracken mit seinem Vater und den Hunden den Feldweg heraufkommen. Er ging ihnen bis zum Gartentor entgegen.

„Das ist sehr freundlich von Ihnen, Sir . . ., vielen Dank, Mr. Farrant", sprach Kasimir Bracsas.

„Nicht der Rede wert!" entgegnete Jake. „Die Idee stammt von Stan Bayliss. Sie haben in ihm einen vernünftigen, rechtlich denkenden Grundbesitzer."

Der Mann nickte. „Ja, mit Mr. Bayliss haben wir Glück gehabt. Von seiner Art gibt es nicht viele."

„Ich nehme an, daß Ihre Hunde nur kurze Zeit hierbleiben müssen", fuhr Jake fort. „Wir wollen hoffen, daß der wildernde Hund, oder was es sonst sein mag, bald eingefangen wird."

„Falls es dieses wildernde Tier überhaupt gibt . . .", murmelte der Zigeuner.

Jake blickte ihn scharf an. „Sie meinen, die ganze Geschichte ist eine Erfindung . . . aus reiner Bosheit?" fragte er.

„Schon möglich. Die Leute hier haben sich schon schlimmere Dinge ausgedacht, um uns Roma in Schwierigkeiten zu bringen."

„Dann müssen wir einfach den längeren Atem haben", antwortete Jake.

Kasimir Bracsas schien zufrieden. „Was ich Ihnen noch sagen wollte", fuhr er fort, „morgen können Sie zwei von unseren *grais* haben. Sheba und Ambler brauche ich gerade nicht. Bei einem Ausritt sehen Sie ein bißchen mehr von der Gegend, ohne sich dabei anstrengen zu müssen."

„Das ist sehr nett von Ihnen", erwiderte Jake lächelnd.

„Gern geschehen." Kasimir Bracsas wandte sich an seinen Sohn. „Suche morgen einen guten Weg für Mr. Farrant aus." Er hob die Hand zu einer freundlichen Abschiedsgeste und verschwand.

Bracken stand über die beiden Spürhunde gebeugt und hantierte mit den Ketten, die an den Halsbändern befestigt waren. „Ihr müßt hier ganz brav sein!" mahnte er. „Und daß ihr mir nicht bellt! Sonst bekommt Zoe Angst. Ich binde euch jetzt am Gartentor an."

Die Hunde zeigten sich gehorsam und zufrieden und legten sich draußen vor dem Tor auf den Weg.

„Pst!" rief Bracken plötzlich. „Das hört sich an wie . . ., ja, da ist es wieder! In dem Gebüsch dort drüben am Feldrain . . . Hören Sie es?"

Im nächsten Augenblick war das abendliche Tal erfüllt von lautem, wohltönendem Vogelgesang. Eine kunstvoll gesungene Melodie aus ineinander verschlungenen Trillern, Crescendos und Schmetterstrophen erklang, und Jake flüsterte ungläubig: „Eine Nachtigall . . .?"

„Ja. Noch nie habe ich eine Nachtigall so hoch oben am Hang gehört. Klingt schön, nicht wahr? Wie Töne aus Mondlicht."

Jake und der Junge lauschten wie verzaubert dem silberhellen Lied der Nachtigall, bis der unermüdliche Vogel von der anderen Seite des Hügels Antwort erhielt und davonflog.

Die beiden Zuhörer rührten sich so vorsichtig, als erwachten sie aus einem Traum. Dann sagte Bracken: „Ich komme morgen früh mit den *grais,* Ambler und Sheba. Hoffentlich geben die beiden Hunde heute nacht Ruhe." Schließlich fügte er, in die Ferne blickend, hinzu: „Sie singt immer noch irgendwo dort drüben. Wenn Sie die Ohren spitzen, können Sie sie noch hören." Lautlos verschwand er in der Dunkelheit.

An diesem Abend fand Jake keinen Schlaf. Die Schmerzen waren so schlimm wie nie zuvor, aber schlimmer noch waren die Ängste, an denen er zu ersticken meinte. So ging er noch einmal in den Garten hinaus und schaute nach Zoe. Sie saß in ihrem Gehege reglos mitten im Gras und hatte das hübsche schwarzweiße Köpfchen auf das Feld jenseits der Gartenmauer gerichtet, als lausche sie auf irgend etwas. So allein mitten in der dunklen Nacht sah sie besonders klein und verloren aus. Jake fragte sich, ob die Gerüche und Geräusche der Nacht sie mit der Sehnsucht nach Freiheit erfüllten. Die angespannte Haltung des Dachses erinnerte ihn an Sturmwind.

Jake wußte, daß es ihm nicht mehr gelingen würde einzuschlafen, und so holte er sich aus dem Haus seinen wärmsten Mantel, wickelte sich darin ein und setzte sich in seinen Korbstuhl.

Hier draußen fühlte er sich wohler. Er konnte besser durchatmen, und in der stillen, ihn sanft umhüllenden Nacht vergaß er seine bedrückenden Ängste. Endlich, als sich am östlichen Himmel die Morgendämmerung mit einem schwachen hellen Schein ankündigte, fielen ihm die Augen zu.

Jake erwachte und sah Bracken neben sich stehen. Am Gartentor grasten zwei Pferde, die jetzt den Kopf hoben und neugierig zu ihm herüberäugten.

„Muß verschlafen haben", sagte Jake verwirrt. Dann warf er einen Blick auf das Tal und fügte hinzu: „Ein herrlicher Morgen. Ich setze gleich das Teewasser auf." Er schleppte sich ins Haus, und während der Teekessel auf dem Herd summte, wusch und rasierte er sich.

Bracken verschaffte unterdessen draußen auf dem Feldweg den beiden Hunden Bewegung. Er jagte Gambol und Stromer viele Male den Hang hinauf und hinunter, band sie schließlich wieder am

Gartentor fest und machte einen Abstecher zu Zoes Gehege. Doch der kleine Dachs ließ sich nicht blicken; vermutlich schlief er in seinem Bierfaß.

„Es gibt Tee!“ rief Jake aus der geöffneten Haustür. „Und Rosinenbrötchen! Mary Willis hat mir ein paar heraufgeschickt.“

Bracken war ein wenig beunruhigt. „Sind Sie die ganze Nacht draußen gewesen?“ fragte er, als er sich neben Jakes Sessel auf der Gartenmauer niederließ.

„Genaugenommen nicht die ganze Nacht“, erklärte Jake. „Ich habe in meinem Zimmer zu schlafen versucht, aber das wollte nicht klappen. Dann habe ich mich in meinen wunderbaren Sessel gesetzt und bin tatsächlich eingedöst.“

Bracken lachte, aber er ließ sich nicht täuschen. Sein Freund sah an diesem Morgen erschreckend blaß aus. Es wäre wohl besser, nur einen kurzen Ausritt zu machen.

Jake hatte jedoch schmerzstillende Mittel genommen und war entschlossen, sich diesen Morgen nicht durch körperliche Schwäche verderben zu lassen. Ich darf nur nicht ohnmächtig werden, dachte er besorgt. Schließlich will ich dem Jungen keine Scherereien machen.

Bracken führte Jake gleich nach dem Frühstück zu den Pferden. „Nehmen Sie Ambler“, sagte er. „Der trägt meinen Vater wer weiß wie weit. Sheba ist auch in Ordnung, aber sie ist faul. Man muß ihr immer erst einen kleinen Rippenstoß geben.“

Jake saß auf und fühlte sich augenblicklich mit seinem Reittier vertraut. Bracken sprang auf Shebas Rücken, drückte ihr die Fersen in die Flanken, und dann ritten sie los, den steilen, sonnenbeschienenen Pfad hinauf zur Straße.

„Wohin soll es denn gehen?“ fragte Jake.

„Ich kenne einen Hügel, der Lagerberg heißt“, erwiderte Bracken und zeigte auf eine Kuppe vor ihnen. „Von dort oben kann man kilometerweit sehen. Man denkt, man schwebe hoch über der Erde... wie Sturmwind.“

Sie ließen sich Zeit. Die Pferde trabten hufeklappernd die Landstraße entlang und bogen rechter Hand in einen grasbewachsenen Weg ein, der zunächst dem Saum des Buchenwaldes folgte und später mitten in den Wald hineinführte. Vogelgezwitscher und das hübsche Spiel von goldenem Sonnenlicht und dunklen Schatten begleitete die Reiter auf dem sanft ansteigenden Pfad.

Endlich lag der Wald hinter ihnen, und sie ritten auf den Lagerberg zu, dessen Hänge unterhalb der schön gerundeten Kuppe aus mehreren übereinanderliegenden Ringwällen bestanden.

„Vor langer Zeit lagerten hier keltische Krieger“, erklärte Bracken. „Die mußten sich gegen die Römer verteidigen. Wenn der Feind kam, haben die Leute auf allen Berggipfeln Leuchtfeuer angezündet. Das waren ihre Warnsignale.“ Er zeigte auf die nächsthöhere, grasbewachsene Schanze. „Wenn sie den Feind nicht schlagen konnten, haben sie sich eine Stufe höher zurückgezogen . . ., immer weiter, bis auf den Gipfel. Dort wurden sie von den Römern umzingelt und schließlich getötet.“

„Woher hast du denn diese Weisheiten?“

Bracken grinste. „Als ich mal in die Schule gegangen bin, hat uns die Lehrerin ein bißchen darüber erzählt. Und nachher hat sie mir das Buch geschenkt. Da steht alles über den Lagerberg drin und auch, wo die Grabkammer war . . ., da drüben, unter dem Erdhügel.“

Inzwischen waren sie auf dem Gipfel des Berges angekommen. Sie stiegen ab und banden die Pferde an einem verkrüppelten Weißdorn fest, dem einzigen Baum, der weit und breit wuchs. Dann setzten sie sich ins Gras und genossen die Aussicht.

„Ich stelle mir oft vor, wie die Krieger hier oben gekämpft haben“, fuhr Bracken träumerisch fort. „Sie waren bestimmt sehr stolz auf ihr Land. Es gehörte ihnen, und sie wollten nicht, daß es ihnen andere Leute wegnehmen.“

Er hatte einen Stein aufgehoben und drehte ihn zwischen den Fingerspitzen. „Sehen Sie mal“, sagte er und hielt Jake die Versteinerung einer makellos geformten Muschel unter die Augen. „Lange vor der Zeit der keltischen Krieger war das ganze Land hier von Wasser bedeckt. Die Erde ist schon schrecklich alt.“

Jake nahm den Stein in die Hand und bewunderte das feine Rippenmuster der Muschel. Ja, schrecklich alt ist die Erde, wiederholte er in Gedanken, Millionen von Jahren alt, wie diese Muschel in meiner Hand. Und was tue ich? Ich kämpfe verzweifelt um ein paar kurze Wochen!

Er ließ den Blick über die weite Landschaft schweifen, die zu ihren Füßen lag. Im Westen breitete sich die weite, fruchtbare Ebene von Gloucester aus, durch die sich das silberne Band des Severn den Weg zum Meer bahnte. Jenseits der Ebene zeichneten sich die blauen Berge von Wales ab und zur Linken die auffällig geformte Kette der Malvernhügel.

„Da oben kreist ein Turmfalke“, murmelte Bracken. „Ich glaube, es ist Sturmwind, der auf uns aufpaßt.“

Jake lächelte. Wie gern gebe ich Bracken recht, dachte er. Es muß wunderbar sein, wenn dir der ganze Himmel allein gehört und du nach

Herzenslust durch die Lüfte schweifen kannst. Aber warte nur, Sturmwind, es dauert nicht mehr lange, und ich leiste dir in deinem luftigen Reich Gesellschaft.

Schon seit einiger Zeit plagte sich Jake mit der Frage, wie er Bracken seinen Zustand erklären könnte. Der Junge schien fest entschlossen zu sein, ihn nie über den nächsten Tag hinausdenken zu lassen. Wieviel wußte er also, oder was vermutete er wohl? Sollte man ihn überhaupt vorbereiten? Vielleicht handle ich unverantwortlich, dachte Jake. Wie kann ich mich auf diese herrlichen Ausflüge mit Bracken einlassen, wenn doch schon die dunklen Flügel des Todes wie gefährliche Raubvogelschwingen über meinem Kopf schweben!

Der Junge schien immer noch zu träumen. „Wenn ich einer von den keltischen Kriegern wäre“, sprach er, „und ich sähe die Feinde den Hügel heraufkommen . . .“

„Was würdest du dann wohl tun?“ fragte Jake.

Bracken blickte unverwandt zu dem in großer Höhe kreisenden Falken empor, dessen ausgebreitete Flügel als winzige Striche zu erkennen waren. „Ich würde mir sagen: Wenn ich sie schon nicht schlagen kann, will ich kämpfend sterben. Aber vorher wollte ich mir noch eine große Freude machen, zum Beispiel dem Feind den Rücken kehren und einfach die schöne Landschaft anschauen.“

Jakes Atem ging plötzlich sehr unregelmäßig, doch er zwang sich zur Ruhe. „Du stehst also da“, fuhr er fort, „und freust dich an der schönen Aussicht. Plötzlich trifft dich ein feindlicher Pfeil in den Rücken – dann müßten deine Kameraden doch aus der Deckung herauskommen, um dich zu holen, oder?“

Bracken sah Jake verständnislos an. „Na und? Wozu sind Kameraden denn da?“

NACH der Heimkehr band Bracken die *grais* wieder ans Gartentor, und Jake ging mit weichen Knien in die Küche, um ein paar Käsebrote und Tee zu machen. Er kam mit dem Tablett in den Garten und stellte es neben seinem Stuhl auf der Mauer ab. Dann richtete er sich auf, und sein Blick glitt über das Tal und die Hügel ringsum. Er stutzte: Am gegenüberliegenden Hang entstand eine ungewöhnliche, heftige Bewegung. Die Schafe, die nur als weiße Pünktchen zu erkennen waren, hatten sich für einen Augenblick zu einem Pulk zusammengerottet und stoben im nächsten Moment in wilder Flucht auseinander.

„Bracken!“ schrie Jake. „Schau mal, da drüben!“

Bracken erfaßte die Lage mit einem Blick. „Da ist jemand hinter den Schafen her“, meinte er aufgeregt. „Was sollen wir tun?“

„Wem gehört die Herde?"

„Mr. Bayliss. Das ist seine obere Weide."

„Lauf zu Stan Bayliss..., sofort! Ich bleibe bei den Hunden hier. Beeil dich, Junge!"

„Ich nehme Sheba", sagte Bracken. „Dann bin ich schneller."

Er schwang sich auf den Rücken des Pferdes und jagte über die Wiese zum Hof von Stan Bayliss hinunter.

Jake schaute wieder angestrengt zu der hochgelegenen Weide hinüber. Die Schafe rannten wie von Sinnen im Kreise herum, während etwas Dunkles hinter ihnen hersetzte. Und dann sah er auch schon zwei weiße Pünktchen, die im Gras lagen und sich nicht mehr vom Fleck rührten – ein böses Zeichen!

Jake dachte fieberhaft nach: Sollte er das Auto nehmen, um zu der Weide zu fahren? Nein. Auf den grasbewachsenen, unebenen Feldwegen wäre seine Fahrt bald zu Ende. Also schwang er sich wieder auf Amblers geduldigen Rücken und trabte den Feldweg hinauf, über den Hügel hinweg und auf die Weide zu, die er vom Garten aus beobachtet hatte.

Bracken war unterdessen mit so hohem Tempo in den Hof von Stan Bayliss geprescht, daß die Hühner erschrocken in alle Richtungen davonflatterten. Er sprang vom Pferd und rannte zur Hintertür des Wohnhauses. Stan Bayliss wollte sich gerade zum Mittagessen an den Küchentisch setzen.

„Schnell!" rief Bracken. „Die obere Weide! Ein Tier greift die Schafe an!"

Der Bauer holte sein Gewehr und stürzte hinaus zu seinem Landrover. „Binde das Pferd irgendwo an und steig ein!" rief er Bracken zu.

Mit aufheulendem Motor fuhren sie aus dem Hof. Als sie auf der Hügelkuppe oberhalb der Weide angekommen waren, ließ Stan Bayliss das Auto auf einem Grasstreifen stehen, kletterte über die Trockenmauer, die die Weide von der Straße trennte, und rannte bergab. Bracken blieb ihm dicht auf den Fersen. Und da sahen sie auch schon das Unheil: Drei Lämmer waren tot, der Räuber hatte ihnen die Kehle durchgebissen. Ein Schaf, das auf dem Rücken lag und die Beine hilflos in die Luft streckte, regte sich noch ein bißchen. Das fünfte Opfer hatte sich im Brombeergestrüpp verfangen, und alle übrigen Schafe rannten, kopflos vor Angst, hierhin und dorthin, während sie ein großer Hund mit dunkel geflecktem Fell umkreiste und immer enger zusammentrieb.

Mit einem Wutschrei raste Bracken an Stan Bayliss vorbei, um sich zwischen ein zu Tode erschrockenes Lamm und den wütend grollenden Hund zu werfen, der sich gerade mit gefletschten Zähnen auf das arme Tier stürzen wollte.

„Weg da, Junge!“ brüllte Stan Bayliss. „So kann ich nicht schießen . . . Paß auf! Der Hund fällt dich sonst auch noch an!“

Aber Bracken schien taub zu sein. Er rannte weiter und hob im Laufen zwei verstörte Lämmer auf. Der Hund schnappte wütend nach den Tieren und erwischte dabei Brackens Arm. Ein Schuß hallte und noch ein zweiter. Der große, schwere Hund, der Bracken gerade zu Boden reißen wollte, sackte tödlich getroffen zusammen.

Stan Bayliss kam angerannt. „Bist du lebensmüde?“ schrie er. „Ich hätte dich treffen können! Hat dich der Hund erwischt?“

„Nein“, erwiderte Bracken und sprach damit die Unwahrheit. „Aber Sie haben das Tier erschossen . . .!“

Der Bauer verneinte. „Die Schüsse kamen von dort drüben. Weißt du, wem der Hund gehört?“

Bracken musterte die tote Bulldogge. „Es ist Boley, Mr. Deacons Hund.“

Ein Mann kam mit einem Gewehr in der Hand über die Weide. Er blieb stehen, als er den Hund im Gras liegen sah.

„Nun, Deacon?“ brummte Stan Bayliss mit grimmiger Miene. „Den Hund erkennst du doch wohl?“

Deacon nickte. Er hatte Boley, seinen alten Jagdgefährten, sehr gern gehabt. Traurig kniete er neben dem toten Hund nieder und drehte ihn zu sich um. Dann erst fiel sein Blick auf die Lämmer, die Boley gerissen hatte. „Die Sache tut mir sehr leid . . .“, begann er stockend.

„Es sieht wirklich schlimm aus“, erwiderte Bayliss. „Drei oder vier Schafe sind tot.“

Bracken hatte unterdessen die geretteten Lämmer ins Gras gesetzt und preßte die Hand auf den Oberarm, in den ihn Boley gebissen hatte. „Sollten wir die toten Schafe nicht lieber gleich wegschaffen?“ fragte er.

Deacon warf dem Jungen einen zornigen Blick zu. „Hätte mir denken können, daß du hier auftauchst“, zischte er.

In diesem Augenblick gesellte sich Jake hinzu, der Deacon mit schneidender Stimme entgegenhielt: „Ohne den Jungen wäre der Schaden noch viel größer geworden, Mr. Deacon.“ Und an Bracken gewandt, fuhr er fort: „Wir sollten uns jetzt lieber um deinen Arm kümmern. So ein Hundebiß kann böse Folgen haben. Du hast Glück gehabt, daß dich nicht auch noch eine Kugel erwischt hat.“

„Nehmen Sie den Landrover, und fahren Sie den Jungen zu Dr.

Martin", meinte Stan Bayliss. „Ich bleibe hier und schaffe Ordnung. Deacon wird mir dabei helfen. Das Pferd bringe ich später zurück."

Jake nickte. „Einverstanden." Dann sagte er zu Bracken: „Komm schon. Du hast dein Bestes getan." Er hatte gesehen, daß der Junge mit Tränen in den Augen auf die verendeten Lämmer und Deacons toten Hund starrte.

Jake fuhr mit Bracken zu Dr. Martin, der die Wunde des Jungen reinigte und verband. Später suchten sie Brackens Vater, Stan Bayliss und Ralph Deacon auf, und Jake lud die drei Männer in sein Haus ein. Er fand, es sei höchste Zeit, die törichte Fehde aus der Welt zu schaffen, ehe noch mehr Unheil geschähe.

Als seine Gäste erschienen, bat er sie in den Garten und bewirtete sie mit Bier und belegten Broten. Jake wandte sich zuerst an Ralph Deacon. „Sie wissen vermutlich, daß ich hergekommen bin, weil ich Erholung brauche", begann er. „In den vergangenen Jahren bin ich allzuoft Zeuge von Kriegen und anderen gewalttätigen Auseinandersetzungen geworden, Mr. Deacon, aber ich meine, daß das Leben für solch sinnlose Unternehmungen zu kurz ist. Es gibt schon genug Leid in der Welt. Natürlich gehen mich Ihre Angelegenheiten hier nichts an, aber ich möchte an dieser Stelle betonen, daß Sie diesem jungen Mann hier eine Menge verdanken, denn er hat einen noch größeren Schaden verhindert. Wollen wir nicht einfach vergessen, was in der Vergangenheit passiert ist, und Frieden schließen?"

Jake wußte genau, daß seine Worte ziemlich pathetisch klangen, aber was er zu sagen hatte, war ihm doch sehr wichtig.

„Ich könnte Ihnen vielleicht einen neuen Hund besorgen", murmelte Brackens Vater. Es klang beiläufig, war aber ernst gemeint. „Wenn ich unterwegs bin, höre ich oft genug von Tieren, die einen neuen Herrn brauchen."

Einen Augenblick lang sah es so aus, als wollte Deacon das Angebot barsch ablehnen. Doch das Blitzen in Jakes Augen brachte ihn zur Vernunft. „Kein schlechter Vorschlag", knurrte er. „Ich wäre Ihnen dankbar für einen neuen Hund."

Bracken machte sich mit einem tiefen Seufzer der Erleichterung Luft, und Stan Bayliss blinzelte Jake zu.

„Dann wäre ja alles in Ordnung", schloß Jake und hob sein Glas. „Ich trinke auf dieses herrliche Fleckchen Erde und auf seine Bewohner, die mich so freundlich aufgenommen haben!"

Seine Gäste bedankten sich, indem sie ihm zuprosteten, und dann machten sie sich gemeinsam über die belegten Brote her, die noch übrig waren.

Kapitel 7

Während der nächsten Tage ging es Jake sehr schlecht. Natürlich hatte er sich wieder einmal viel zuviel zugemutet, und er war auch bereit, die Folgen seiner Unvernunft zu tragen, doch Schmerzen und Schwäche nahmen so überhand, daß er kaum noch wußte, was er tat. Er schämte sich seines Zustandes und gab sich große Mühe, ihn vor Bracken zu verbergen. Tagsüber, wenn er allein war, lag er fast nur noch in seinem Korbsessel.

Brackens Arm heilte gut. Wenn er abends Zoe besuchte, versicherte er jedesmal, daß er auch ohne Jakes Hilfe mit ihrer Pflege zurechtkäme, doch Jake hatte den kleinen Dachs bereits so sehr ins Herz geschlossen, daß er der Versuchung, den Jungen zum Gehege zu begleiten, nie widerstehen konnte. Allerdings wurde ihm der Weg dorthin immer anstrengender.

Doch eines Abends erklärte er sich für kräftig genug, Zoes Fütterung allein zu besorgen. Die ersten Sterne blinkten schon am rosa überhauchten Abendhimmel; die Umrisse der Bäume waren noch gut zu erkennen, und die weißen Margeriten draußen auf der Wiese sahen aus wie gleißende kleine Lämpchen.

Jake öffnete die Tür zum Gehege und schlüpfte in Zoes kleines Reich hinein. Sie wühlte in einer Ecke, kam aber sofort auf ihn zugehoppelt und begrüßte ihn mit freudigem Grunzen und Quieken.

„Ist ja gut", sagte Jake. „Ich weiß, es ist ein bißchen spät geworden, aber du bekommst gleich dein Abendessen."

Er setzte den Futternapf ins Gras, und Zoe machte sich sogleich über die Leckerbissen her, mit denen er gefüllt war. Sie fraß, ohne sich ablenken zu lassen, und begann erst wieder zu spielen, als sie den Napf geleert hatte.

Neben einem der Röhrenausgänge lag der Stoffball; Zoe hatte ihn wohl aus ihrem Schlafnest mitgebracht. Jake ließ ihn auf sie zurollen, und sie begann augenblicklich, über das Bällchen herzufallen und es hin und her zu stoßen.

Plötzlich langweilte sie das Spiel. Sie hockte sich vor die Gartenmauer, dort, wo die Zweige einer hohen Esche über die Mauerkrone ragten und ihr Geschichten vom großen Wald draußen, von geheimnisvollen Pfaden und versteckten herrlichen Sandböschungen zu erzählen schienen.

Zoe hielt ihr Köpfchen unverwandt dem Nachthimmel zugekehrt, und ihre kleine Nase zuckte und krauste sich, während sie die schweren frühsommerlichen Düfte einsog.

„Was hast du nur?“ fragte Jake leise. „Willst du uns jetzt schon verlassen? Dafür bist du noch ein bißchen zu jung. Du kannst noch nicht allein leben.“ Aber das Dachsjunge blieb auf seinem Posten und horchte und schnüffelte angespannt, und in seiner Haltung kam die Sehnsucht zum Ausdruck, dort draußen in der Freiheit herumstreifen zu dürfen.

Jake tröstete sie, wie er vor kurzem noch Sturmwind getröstet hatte. „Es dauert nicht mehr lange“, sprach er, „dann lassen wir dich laufen.“

Er schleppte sich zu seinem Sessel im unteren Teil des Gartens, aber kurz bevor er ihn erreichte, brach er ohnmächtig zusammen. Es dauerte eine Weile, bis er wieder zu sich kam, und auch dann war ihm noch sehr schwindlig. Doch er erkannte, daß er in seinen Sessel gebettet war und daß Bracken soeben auf ihn zukam und ihm eine Tasse Tee brachte.

„Entschuldige“, murmelte Jake. „Habe mich wieder mal überanstrengt.“ Dann fiel ihm plötzlich etwas auf. „Bracken“, sagte er verwundert, „du hast ja das Haus betreten!“

Bracken schaute verlegen drein. „Na ja, Sie mußten doch Ihren Tee bekommen.“

Er reichte Jake die Tasse und paßte gut auf, daß sich Jakes Finger fest darum geschlossen hatten, ehe er losließ. „Es ist ein schöner Abend“, bemerkte er, als er wie üblich auf der Mauer hockte. „Die Luft ist so mild, daß Sie ruhig hier draußen sitzen bleiben können; es schadet Ihnen bestimmt nicht.“

Jake schwieg und nippte an seinem Tee. Er wünschte, die Sterne am Himmel würden endlich aufhören, vor seinen Augen zu tanzen. Nach ein paar Minuten kamen sie zum Stillstand, und er fingerte in der Jackettasche nach seinen Tabletten.

„Solltest du nicht längst zu Hause sein?“ fragte er Bracken. „Es ist bereits sehr spät.“

„Macht nichts“, entgegnete der Junge. „Die wissen schon, wo ich bin.“ Dann wartete er geduldig, bis Jake endlich eingeschlafen war.

Beim Erwachen merkte Jake, daß ihn Bracken fürsorglich mit der wollenen Bettdecke zugedeckt und den Sessel ein wenig zur Seite gedreht hatte, damit er von der Morgensonne beschienen würde.

„Heute habe ich einen Schluck Tee von zu Hause mitgebracht“, sagte der Junge, der neben ihn getreten war. „Und außerdem habe ich mir etwas überlegt: Wir müssen Zoes Gehege so erweitern, daß es bis zur Hecke hinter der Gartenmauer reicht. Ehe wir sie freilassen, soll sie lernen, im Gebüsch selber nach Futter zu suchen. Sie wird schon ganz unruhig, ihre Zeit bei uns ist bald um."

Ja, ihre Zeit ist bald um, dachte Jake traurig. Er beschloß, in Zukunft sehr vorsichtig zu sein. Ein zweites Mal sollte es ihm nicht passieren, daß er in Brackens Gegenwart zusammenbrach. Ich muß eben mit meinen Kräften haushalten, sagte er sich. Es dauert sowieso nicht mehr lange, bis ich dem Jungen erklären muß, daß es keine Morgenausflüge mehr geben kann.

„Wenn wir sie freilassen, wird sie noch eine Weile zum Schlafen herkommen", fuhr Bracken fort. „Sie ist bestimmt froh, wenn wir sie auf dem Weg ein Stück weit begleiten. Dann findet sie leichter wieder zurück."

„Glaubst du das wirklich?"

„Hm..., na ja, der Wald draußen wird ihr furchtbar groß vorkommen und ihr angst machen. Dann müssen wir statt unserer Morgenspaziergänge eben Nachtwanderungen machen..., aber nur ganz kurze", fügte er rasch hinzu.

Jake sah den Jungen nachdenklich an. Bracken hatte ihm unterdessen eine Tasse Tee eingegossen und ein Stück Sesamkuchen gereicht, ein Geschenk seiner Mutter. Er deutete den traurigen Ausdruck in Jakes Augen richtig und fuhr deshalb fort: „Ein paar Tage können wir sie auf jeden Fall noch hierbehalten; wir machen einfach den Auslauf größer. Und morgen gehen wir mal mit ihr in den Wald. Da sehen wir schon, wohin sie zuerst laufen wird."

„Klingt sehr vernünftig", meinte Jake lächelnd.

Am nächsten Tag erforschten sie das Buchenwäldchen und suchten nach Sandhügeln und Höhlen unter alten Baumwurzeln, die Zoe vielleicht gefallen würden. Bracken sah sich auch nach Spuren anderer Dachse um und entdeckte am entgegengesetzten Waldsaum einen Bau, der offensichtlich bewohnt war.

„Hier findet sie wahrscheinlich Freunde", sagte der Junge zufrieden. „Wenigstens ist sie nicht so allein im Wald."

„Und wenn die anderen Dachse Zoe angreifen? Sie ist doch eine Fremde..."

„Dachse sind friedliche Tiere", antwortete Bracken. „Ich glaube, sie werden Zoe in ihrer Kolonie aufnehmen."

An diesem Abend machten sie Zoe mit ihrem erweiterten Reich vertraut, das nun auch noch ein verwildertes Heckenstück einschloß.

Sie begann auch sofort, unter den Büschen zu wühlen, und wirkte sehr geschäftig und zufrieden. Jake kam es so vor, als hätte sie schon nach kurzer Zeit eine Menge Würmer und Larven gefunden. Trotzdem bot er ihr das gewohnte Futter in der Schüssel an, und sie machte sich auch gleich gierig darüber her.

Danach tollte sie im Gras herum, kam aber immer wieder zu Jake zurückgelaufen, schnüffelte an seiner Hand oder zog und zerrte an seinen Stiefeln. Zwischendurch hockte sie sich vor die Mauer und starrte mit zurückgelegtem Kopf zum Wald hinüber. Es war deutlich: Sie wollte über die Mauer klettern und in die große weite Welt aufbrechen.

TAGS darauf brachte Bracken noch ein drittes Rohrstück mit und verlegte es so unter der Mauer, daß sich der Eingang in der Hecke im Gehege befand, der Ausgang aber draußen auf der Wiese unter einem Busch ins Freie mündete. Diese Öffnung verschloß er vorläufig mit einem Stück Maschendraht. „Das nehmen wir erst heute abend weg, wenn wir sie beobachten", erklärte er. „Wir müssen auch ein paar Leckerbissen bereithalten. Damit locken wir sie dann ins Gehege zurück."

Als Zoe an diesem Abend ihr Bierfaß verließ, fand sie neben dem neuen Loch an der Gartenmauer ein köstliches Stück Honigbrot. Sie schnupperte nur kurz daran und verschlang es auf der Stelle. Dann folgte sie dem verlockenden Duft, der vom anderen Ende des Rohres zu ihr hereindrang. Jake hielt den Atem an: Zoe machte die ersten Schritte in die Freiheit, wenn sie es auch noch nicht wußte!

Der gestreifte Kopf des Tierchens erschien am Ende des Tunnels auf der Wiese. Einen Augenblick lang verharrte Zoe reglos, schnüffelte, ob die Luft rein sei, und da keine Gefahr zu drohen schien, verließ sie die dunkle Röhre. Zunächst blieb das Dachsweibchen einfach sitzen; die Weite, die sie plötzlich umgab, verwirrte sie. Dann begann sie aber, unter dem Busch zu wühlen, ganz ruhig und zielstrebig, auf der Suche nach Futter. Sie wagte sich auch noch ein paar Schritte weiter, machte aber bald kehrt und verharrte am Rohrausgang.

„Legen Sie jetzt ein Stück Honigbrot ins Gehege", flüsterte Bracken. „Dann findet sie den Weg zurück."

Jake legte den Leckerbissen aus und wartete. Tatsächlich nahm der kleine Dachs mit schnüffelnder Nase die Witterung auf; Zoe verschwand in ihrem neuen Tunnel und kam auf der Gartenseite wieder heraus. Sofort machte sie sich gierig über das Honigbrot her, und dann kam sie zutraulich auf Jake zugelaufen.

Er seufzte erleichtert. Während des ganzen Versuchs hatte er schon gefürchtet, sie werde für immer draußen bleiben. Jetzt aber war ihm klar, daß sich die Loslösung nur langsam vollziehen würde. Zoe konnte gehen und kommen, wie es ihr gefiel, doch vorerst würde sie sich wohl noch häufig in der Nähe des Geheges aufhalten. Wie klug Bracken doch ist, dachte Jake. Er weiß genau, wie man Tiere schrittweise an das Leben in der Freiheit gewöhnt.

Mehrere Abende lang verfuhren sie auf die gleiche Weise. Jedesmal wagte sich Zoe ein wenig weiter auf die Wiese hinaus, aber sie kehrte immer wieder zurück.

Jake hielt auch noch das gewohnte Futter für sie bereit, doch Bracken meinte, er solle ihr immer weniger anbieten, damit sie lerne, selbst für sich zu sorgen.

Während der ersten Ausflüge in den Wald blieben Jake und Bracken dem kleinen Dachs auf der Spur – in gehörigem Abstand natürlich. Zoe hatte gegen ihre Begleiter nichts einzuwenden; im Gegenteil: Sie kam oft genug zu ihnen zurückgelaufen, als sei sie froh über ihre Gesellschaft.

„Bald wird sie uns ganz verlassen“, sagte Bracken eines Abends. „Sie hat schon begonnen, sich in einem verwaisten Dachsbau häuslich einzurichten.“

„Ach ja?“ antwortete Jake nur, und seine Stimme klang ein bißchen wehmütig. Die kleine Zoe würde ihm sehr fehlen – ähnlich, wie ihm Sturmwind fehlte.

Dann begannen die Sommerferien. Eines Abends in der ersten Ferienwoche kamen Carol und die Zwillinge wiederum zu Besuch. Die drei umarmten Jake sehr herzlich, und sie staunten, als sie den einst so verwilderten Garten sahen, den der Hausherr inzwischen mit Brackens Hilfe in ein buntes Blumenmeer verwandelt hatte. Es ist, als kämen sie heim, dachte Jake, als wären sie meine Familie – die Familie, die ich nie gehabt habe.

Als er merkte, daß Carol ihn prüfend anschaute, hakte er sich lächelnd bei ihr ein und sagte: „Beeilen wir uns! Wir wollen Zoe besuchen, ehe sie zu ihrem nächtlichen Streifzug aufbricht. Sie sind gerade noch rechtzeitig gekommen, denn Zoe wird bald für immer im Wald bleiben.“

Gemeinsam mit den Kindern gingen sie zum Gehege. Kurz vor Sonnenuntergang war der kleine Dachs erwacht, und jetzt wühlte er im Boden unter der Hecke herum. Als er Jake sah, kam er angehoppelt, um ihn zu begrüßen. Jake setzte sich auf Sturmwinds

Baumstumpf und redete mit Zoe. Der Dachs stellte sich auf die Hinterbeine, legte ihm die Vorderpfoten aufs Knie und begann dann, mit der kleinen Schnauze in seiner Hosentasche nach Leckerbissen zu suchen.

„Hör auf!" rief Jake. „Hör doch auf! Dein Abendessen steht da drüben! Du bist wohl heute besonders hungrig?"

Zoe grunzte. Sie hatte in Jakes Tasche eine Sammlung besonders guter Happen entdeckt: ein Stück Käse, eine Haselnuß, ein paar Krümel vom Sesamkuchen und ein Radieschen. All diese Herrlichkeiten waren im Nu vertilgt.

Bracken hatte inzwischen neben den Rohreingang an der Mauer eine Lockspeise gelegt, die für den kleinen Dachs noch viel interessanter als Jakes Tascheninhalt war. Sie bestand aus zwei Regenwürmern, einer Spitzmaus und einer großen schwarzen Nacktschnecke. Nachdem alles verspeist war, entschloß sich Zoe, noch eine Weile zu spielen, ehe sie zu ihrem nächtlichen Ausflug aufbrechen würde. Sie purzelte und rollte im Gras herum, warf sich auf den Rücken und streckte die Pfoten in die Luft.

„Ist das nicht lustig!" riefen die Zwillinge hingerissen. Carol ermahnte sie, leise zu sein, doch ihre Stimme klang genauso begeistert wie die Stimmen ihrer Kinder.

Endlich fühlte sich Zoe durch die Düfte der Sommernacht an den herrlichen Buchenwald jenseits der Gartenmauer erinnert. Sie schlüpfte geschmeidig in ihren Tunnel und kam draußen auf der Wiese wieder zum Vorschein.

„Sie will einen Spaziergang machen", meinte Mark. „Dürfen wir hinterherlaufen?"

Jake nickte. „Aber haltet Abstand. Sonst erschreckt ihr sie."

Die beiden Jungen kletterten wie der Blitz über die Mauer. Carol und Jake gingen Arm in Arm zum Ruhesessel unter dem alten Birnbaum. Dort blieben sie stehen und schauten ins Tal hinunter.

„Und wie ist es Ihnen ergangen?" fragte Carol endlich.

„Nicht schlecht", sagte Jake, „eigentlich sogar wunderbar."

„Nach meiner Abreise im April war ich sehr verunsichert."

„Weshalb?"

„Weil ich vielleicht zu viel gesagt hatte . . ."

„Aber nein, Carol!" Er wandte ihr lächelnd das Gesicht zu.

Carol seufzte, und da sie merkte, daß ihm das Stehen schwerfiel, schlug sie vor: „Warum setzen Sie sich nicht in den Sessel? Wenn ich demnächst wieder in London bin und in Arbeit zu versinken drohe, möchte ich mir gern vorstellen können, wie Sie hier gesessen haben."

Jake kam ihrer Bitte mit dankbarem Lächeln nach, und Carol ließ sich neben ihm auf der Gartenmauer nieder.

„Carol", begann er nach einer Weile mit unsicherer Stimme, „ich möchte Ihnen etwas erklären, ich weiß nur nicht, wie."

Sie sah ihn ernst und aufmerksam an. „Geben Sie Ihrem Herzen ruhig einen Stoß, Jake ..."

„Mir liegt viel daran, daß Sie verstehen, was mir hier auf dem Lande widerfahren ist; wie mir Bracken und sein einzigartiges Verständnis für die Natur geholfen haben, meinen Platz in dieser Welt klar zu erkennen. Von Anfang an, schon vor Ihrem ersten Besuch, gab es hier so vieles, das mir Freude machte – jeden Tag etwas Neues. Sie und Bill und Manny haben sich, glaube ich, unnötig Sorgen um mich gemacht. Damals bestand ebensowenig Grund dazu wie heute. Aber ich fürchte, jetzt phantasiere ich ein bißchen ... im direkten und im übertragenen Sinne."

Carol mühte sich vergebens, sein Lächeln zu erwidern.

„Ich will mich noch klarer ausdrücken", fuhr er fort. „Bracken hat mir eines Tages erzählt, daß er einmal ein Libellenflügel oder ein Regenwurm sein möchte – oder auch ein Teil von Sturmwind. Ich wünsche mir dasselbe. Was zählt, ist die Fortdauer, dieser phantastische, nie endende Kreislauf des Lebens auf unserer Erde. Können Sie mir folgen?"

„Ja, Jake."

„Und deshalb ist für mich jetzt alles wunderbar in Ordnung ..., ganz besonders aber in diesem Augenblick." Er streckte die Hand aus und ließ sie auf Carols Arm ruhen.

Carol nickte; sie kämpfte mit den Tränen. Als Jake merkte, daß sie weinte, strich er ihr sacht über die Wange.

„Nicht doch", sagte er, und in seiner Stimme schwang Mitleid. „Ich erzähle Ihnen doch nur diese Geschichten, weil ich möchte, daß Sie dasselbe empfinden können wie ich ..., daß Sie sich beschützt und reicher fühlen durch die Liebe."

Sie blickte zu Jake auf, und ihre Augen leuchteten. „Sich beschützt und reicher fühlen durch die Liebe", wiederholte sie. „Das klingt wundervoll, Jake!"

„Ich mache mir Sorgen um Sie", fuhr er fort. „Ich weiß, daß Sie den Tod Ihres Mannes immer noch nicht ganz verwunden haben, und ich möchte Ihnen sagen, daß auch Bob ein Teil von all diesem hier ist ..." Mit einer weit ausholenden Geste wies er über das Tal, das nun schon im Dunkeln lag. „Und mit mir wird es auch so sein. Außerdem haben Sie selbst gesagt, es gäbe so viele Arten der Liebe. Erinnern Sie sich?"

Wieder nickte Carol wortlos. Jake lächelte und murmelte: „Diesmal bin ich wohl derjenige, der zuviel redet.“

„Nein!“ antwortete sie heftig. „Das ist nicht wahr!“

„Und Sie werden bestimmt nicht traurig sein?“

Sie holte tief Atem und sagte entschlossen: „Nein . . ., ich verspreche es!“

„Ich würde mich freuen, wenn Sie später gelegentlich mit den Zwillingen herkämen . . . Sie sollten dieses Haus nicht länger meiden, Carol!“

„Ja, ich werde herkommen.“

Als Jake ihre ernste Miene sah, beschloß er, Carol ein wenig aufzuheitern. Und da ihm im Augenblick ohnehin der Schalk im Nacken saß, fuhr er fort: „Ich werde immer hier sein . . ., in jedem Blatt, jedem Grashalm! Also seien Sie auf der Hut!“

Jakes Vorhaben gelang; ein Lächeln huschte über Carols Lippen. Plötzlich beugte er sich zu ihr hinüber, nahm ihr Gesicht in beide Hände und sagte leise: „Ich fühle mich von Minute zu Minute lebendiger . . . und ganz besonders jetzt!“ Er küßte sie sanft, während über ihnen im Birnbaum die Nachtigall ihr sehnsuchtsvolles Lied anstimmte. Und am abendlichen Himmel trat golden der Mond zwischen den Wolken hervor.

So saßen Jake und Carol noch lange, hielten einander in wortlosem, tiefem Einverständnis bei der Hand und lauschten dem unermüdlichen Vogel in den Zweigen. Dann hörten sie die Zwillinge aus dem Wald zurückkommen.

Die Jungen plapperten aufgeregt von Zoe und ihren Tollheiten und von den unheimlichen Geräuschen im nächtlich dunklen Wald. Doch Jake und Carol antworteten einsilbig; sie wirkten noch nachdenklich, und es fiel ihnen schwer, sich aus dem Zauber des Nachtigallengesangs zu lösen.

Schließlich stand Carol auf. Diesmal fiel ihr der Abschied besonders schwer, denn in Jakes Gesicht las sie eine schreckliche Gewißheit. Aber sie bemühte sich, ihre Stimme fröhlich und normal klingen zu lassen, zumal die Zwillinge neben ihr standen und sich vor Aufregung über ihr nächtliches Abenteuer noch nicht beruhigen konnten.

„Gute Nacht, Jake . . ., lieber Jake“, murmelte sie. „Und hör nicht auf, jeden Tag etwas Wunderbares, Neues zu entdecken!“ Sie legte ihm die Arme um den Nacken und küßte ihn zum letzten Mal.

Einen Augenblick lang spürte sie, wie er sie fest an sich drückte, doch gleich darauf gab er sie wieder frei. Ich darf sie nicht festhalten, dachte er; ich muß sie gehen lassen. Dann fällt es mir leichter . . .

Auch die Zwillinge umarmten Jake zum Abschied. Dann gingen sie mit ihrer Mutter zum Gartentor und ließen ihn allein in seinem Sessel im mondbeschienenen Garten zurück.

Ich hasse Abschiede, dachte Jake. Aber immerhin bleiben schöne Erinnerungen zurück: wie die Jungen über die Gartenmauer kletterten und wie Carol dem Lied der Nachtigall im Birnbaum lauschte.

Da er ihnen nicht nachblickte, wußte er auch nicht, daß sie ihm zum Abschied zuwinkten. Schweigend lehnte er in seinem Sessel und schaute auf das dunkle Tal hinunter. Doch plötzlich, als Carol und die Kinder schon fort waren, drehte sich Jake um, hob die Hand zum Abschiedsgruß und rief in die Finsternis hinein: „Gute Nacht! Gott schütze euch!“

Kapitel 8

JAKE fühlte sich so erschöpft, daß er am nächsten Morgen erst sehr spät aufstand. Als er endlich vor das Haus trat, um nach dem Wetter zu sehen, erwartete ihn Bracken schon im Garten.

Die braunen Augen des Jungen leuchteten, als er Jake begrüßte. „Ich glaube, Zoe braucht uns abends nicht mehr, wenn sie in den Wald läuft“, verkündete er stolz, doch als er merkte, wie diese Mitteilung Jake schmerzte, fügte er rasch hinzu: „Nun können wir wenigstens wieder frühmorgens Ausflüge machen. Heute müssen Sie sich ausruhen, aber morgen fangen wir gleich damit an.“

Jake nickte und schaute verdrossen in den strahlenden Sommertag. „Morgen also“, murmelte er. Doch plötzlich schien ein dunkler Schatten über ihm zu schweben, und er fügte hinzu: „Nein, Bracken, nicht erst morgen. Laß uns gleich losgehen!“

Der Junge musterte Jake und erwiderte ganz ruhig: „In Ordnung. Gehen wir heute.“

Während Jake die Stiefel anzog, hörte er ein seltsam dumpfes Brummen und Schwirren, das von der Fensterbank herkam. Sein Blick fiel auf das Marmeladenglas mit der Schmetterlingspuppe, die ihm Bracken geschenkt hatte. Doch im Glas sah er keine Puppe mehr, sondern einen großen, herrlich gefärbten Falter, der verzweifelt versuchte, aus seinem gläsernen Gefängnis zu entkommen.

„Was für ein schöner Schmetterling!“ entfuhr es Jake, der das Glas zur Tür trug. „Bracken!“ rief er. „Sieh mal, was ich hier habe! Du mußt dabeisein, wenn ich ihn fliegen lasse.“

Sie bewunderten eine Weile die frischen, samtigen Farben des

Schmetterlings. Die Vorderflügel zeigten alle nur erdenklichen Schattierungen von einem bräunlichen Rosa bis hin zu einem gelblichen Braun, über dem ein zartes, dunkleres Wellenmuster lag. Die Hinterflügel begannen in Körpernähe mit einem noch leuchtenderen Rosa, das zu den Spitzen hin in ein blasses, feingestreiftes Gold überging. An den Unterkanten der Flügel saßen zwei makellos gezeichnete blaue Augen mit schwarzer Umrandung.

„Ein Abendpfauenauge", erklärte Bracken. „Ich habe mir gleich gedacht, es müßte so etwas sein. Ist es nicht hübsch?"

„Wie soll ich den Falter denn fliegen lassen?" fragte Jake.

„Machen Sie einfach den Deckel auf. Er wird schon die schöne Morgenluft riechen und losfliegen."

Jake hielt das geöffnete Glas in die Sonne. Der Schmetterling krabbelte langsam heraus und blieb einen Augenblick auf Jakes Finger sitzen. Dann spannte er die Flügel und schwirrte davon. Er flatterte noch ein wenig im Garten umher, ehe er über die Mauer verschwand.

„Fort ist er!" rief Jake. „Folgen wir ihm!"

An diesem Morgen machten sie nur einen kleinen Ausflug. Sie schlenderten einen Feldweg entlang und hatten bald eine grasbewachsene Hügelkuppe erreicht, die über dem See im Tal lag.

„Diese Stelle hier nenne ich meinen Horchposten", sagte Bracken lachend.

„Warum denn?"

„Sie werden es schon merken. Es hat etwas mit der Form des Tals zu tun, das von den umliegenden Hügeln so eingeschlossen wird, daß alle Geräusche von der Talsohle wie durch einen Trichter hierherauf dringen. Dadurch klingen sie verstärkt. Horchen Sie mal!"

Jake horchte. Tatsächlich waren das Geschnatter der Wildenten und die schrillen Stimmen der Bläßhühner unten auf dem See so klar und deutlich vernehmbar, als kämen sie aus unmittelbarer Nähe. Man hörte sogar den Flügelschlag der Wasservögel, das dumpfe Aufklatschen der Fische, die ins Wasser zurückfielen, wenn sie nach einem Insekt geschnappt hatten, und die hohen, dünnen Stimmen der Mauersegler, die auf der Jagd nach Mücken pfeilschnell über die Wasseroberfläche schossen.

Jakes Blick wanderte über den Buchenwald, der sich an der Flanke des benachbarten Hügels hinzog. Dort drüben lebten die Dachse; dort würde die kleine Zoe nach einem Gefährten Ausschau halten, mit dem sie in ihrem neuen Zuhause leben könnte.

„Sehen Sie doch!" rief Bracken und deutete auf den See hinab. „Die Schwäne sind immer noch da."

Vier stattliche weiße Vögel schwebten flügelschlagend über den See und landeten elegant auf der moorbraunen Wasseroberfläche. Die sechs Jungschwäne folgten sogleich, und Jake behielt sie im Auge, bis sie eifrig paddelnd im Schilf der Uferzone verschwunden waren.

Nun ließ Jake den Blick über das weite Land schweifen. Unten im Tal lag der See mit seiner eigenen kleinen Welt, dort drüben der Wald und die grasbedeckten Hügelkämme, dahinter immer neue Bergkuppen bis hin zum Horizont – Es ist, als läge vor mir eine ausgebreitete Landkarte, dachte er.

Schließlich zog Bracken die stets mit Tee gefüllte Feldflasche aus seinem Beutel, und Jake griff in seine Jackettaschen und brachte Äpfel und Käse zum Vorschein. Sie setzten sich in die Sonne, aßen und tranken und träumten vor sich hin.

„Bracken", murmelte Jake, den Blick auf den Himmel gerichtet, „bei meiner Ankunft hier warst du schon da und hast mich erwartet. Wie konntest du wissen, daß ich komme?"

„Manchmal", erwiderte Bracken, „manchmal können die Dinge sprechen. Sie sagen mir, wenn ich gebraucht werde. Warum das so ist, dürfen Sie mich aber nicht fragen."

Jake nickte. Bracken hatte wieder einmal recht. Nach dem Warum zu fragen war sinnlos. „Es sind die glücklichsten Frühlings- und Sommerwochen meines Lebens gewesen", erklärte er. „Hast du das gewußt?"

Bracken nahm sich Zeit für die Antwort. Er blickte zu den fernen grünen Hügeln am Horizont und sagte: „Jeder Tag kann uns glücklich machen – man muß es nur wollen."

Ja, dachte Jake, jeder Tag kann mich glücklich machen! Warum also Trübsal blasen?

„Irgendwo da oben ist Sturmwind", fuhr Bracken fort. „Der ist jetzt bestimmt auch glücklich."

Wenn ich mal sterbe, will ich als Pusteblume wieder auf die Welt kommen oder als Libellenflügel ..., aber am liebsten möchte ich ein Teil von Sturmwind sein. So erklang Brackens melodische Stimme in Jakes Erinnerung.

„Hast du dich eigentlich schon mal verlaufen?" fragte Jake plötzlich.

Bracken war verblüfft. „Meistens weiß ich, wo ich bin, und ..." Jakes Tonfall machte ihn stutzig. Er musterte den Mann an seiner Seite mit einem seltsamen Blick und fügte hinzu: „Ein-, zweimal bin ich aber nachts schon zu weit fortgegangen, und es war ein bißchen schwierig, nach Hause zu finden. Warum ...?"

Jake kramte in seiner Jackettasche und förderte einen kleinen Gegenstand zutage. „Mein alter Taschenkompaß", sagte er. „Ich besitze ihn schon viele Jahre. In meiner Reporterzeit hat er mich begleitet; ich habe manches Abenteuer mit ihm erlebt. Sieh mal: Die Anfangsbuchstaben meines Namens stehen darauf. Und komischerweise ist auf der Lederhülle ein Turmfalke abgebildet – oder auch ein Habicht –, bestimmt, weil Falken oder Habichte immer wissen, wo sie sind."

Bracken mußte lachen. Er beugte sich neugierig über den Kompaß.

„In der Dunkelheit leuchtet er", fuhr Jake fort. „Er hat mich immer sicher nach Hause geführt." Nun legte er das Instrument in Brackens Hand. „Siehst du die Lupe auf der Rückseite? Die kannst du herausklappen. Sie ist zum Kartenlesen gedacht, aber man kann damit natürlich auch sehr kleine, feine Dinge betrachten, zum Beispiel einen Schmetterlingsflügel oder eine Feder. Hinter der Lupe kommt sogar noch ein Barometer zum Vorschein. Aber das wirst du kaum brauchen. Du weißt ja ohnehin, wie das Wetter wird."

„Ich . . .?" fragte Bracken ungläubig.

„Ja, du . . .!" sagte Jake. „Ich möchte dir den Kompaß schenken."

Bracken brachte zuerst keinen Laut heraus. Dann sprach er mit einer Stimme, die so widersetzlich und fremd klang, daß Jake sie kaum erkannte. „Ich brauche nichts, das mich an Sie erinnert . . ., überhaupt nichts! Ich vergesse Sie sowieso niemals! Aber das hier, das will ich behalten, bis ich sterbe."

Er starrte Jake an, während er den Kompaß fest umklammert hielt. Nur langsam verschwand der grimmige Ausdruck aus seinem Blick und wich der gewohnten Heiterkeit, die Jake so an dem Jungen liebte. „Gehen wir lieber nach Hause", sagte Bracken, „sonst platze ich noch vor Freude." Und als er Jake aufhalf, fügte er hinzu: „Ich habe ja gesagt, jeder Tag kann uns glücklich machen; man muß es nur wollen." Er verstaute den alten Kompaß mit dem zerkratzten Lederetui in seinem Beutel und fügte hinzu: „Heute abend begleiten wir Zoe ein letztes Mal in den Wald, ja? Aber von morgen an lassen wir sie in Ruhe."

„Gut", antwortete Jake.

„Und vorher legen Sie sich hin . . ."

„Wird gemacht!" versprach Jake. Noch einmal ließ er den Blick schweifen: über den See, über die Buchenwälder, über die fernen Hügel. Dann folgte er Bracken nach Hause.

An diesem Abend war Zoe schon fort, als sie zum Gehege kamen. Sie suchten nach ihr in allen Winkeln, nahmen die obere Hälfte der Biertonne ab, um ins Nest schauen zu können, und sie riefen nach ihr, aber im Grunde wußten beide, daß der Dachs das Weite gesucht hatte.

In wortlosem Einverständnis kletterten sie über die Gartenmauer und liefen an der Hecke entlang über die Wiese in den Wald. Jake rief leise: „Zoe? Zoe, bist du da?“ Aber der kleine Dachs ließ sich nicht blicken.

„Versuchen Sie es noch mal“, riet Bracken. Wieder rief Jake – vergebens. Nach dem dritten Versuch trat er enttäuscht den Rückweg an. Der Wald kam ihm plötzlich sehr leer vor.

Bracken ging stumm neben ihm her, doch auf einmal sah er, daß sich ein schwarzsilberner Schatten aus der Dunkelheit löste. Es war ein Dachs, der ihnen zutraulich entgegengetrottet kam.

„Es ist wirklich Zoe“, flüsterte Jake. „Sie wollte uns wohl besuchen kommen!“

Der kleine Dachs trippelte schnurstracks auf Bracken und Jake zu und rieb den Kopf an ihren Beinen. Jake griff in seine Tasche, aber vorsichtshalber sah er Bracken erst fragend an. „Soll ich . . .?“

„Warum nicht“, sagte der Junge, in dessen Ohren Jakes Frage eher wie eine Bitte geklungen hatte. „Es schadet Zoe bestimmt nicht, wenn sie weiß, daß sie sich ab und zu bei uns ein paar Leckerbissen abholen kann.“

Jake zog ihre Lieblingsspeise aus einer mitgebrachten Tüte: ein klebriges Honigbrot und ein paar Nüsse. Zoe schnüffelte zuerst an seiner Hand und verspeiste dann schmatzend die guten Gaben.

Eine Weile hielt sie sich noch in Jakes und Brackens Nähe auf und tollte in ihrer verspielten Art im Gras herum. Doch auf einmal witterte sie etwas, denn sie setzte sich auf und richtete den Kopf nach Westen, dorthin, wo der Wald am dichtesten war. Schließlich zog sie noch einen Kreis um Jake und den Jungen und verschwand wieder im Gebüsch.

„Leb wohl, kleine Zoe!“ rief Jake. „Gott schütze dich!“

„Sie kommt schon allein zurecht“, versicherte Bracken. „Es war richtig, sie freizulassen. Jetzt ist sie da, wo sie hingehört.“

Sie kehrten zum Haus zurück, und während Jake den Teekessel aufsetzte, hockte sich Bracken schon auf die Mauer unter dem Birnbaum. Der Mond zeigte sich am Himmel; er war kreisrund und erschien besonders groß. Morgen schon würde er ein bißchen später aufgehen und abzunehmen beginnen. Vermutlich änderte sich dann auch das Wetter. Doch im Augenblick war der Himmel wolkenlos. Im Westen leuchtete er golden, während er im Zenit bereits in ein tiefes Dunkelblau überging. Eine herrliche Nacht zum Verweilen im Freien!

Während sie ihren Tee tranken, ließ sich auf einmal die Nachtigall im Birnbaum nieder und schmetterte ihr silberhelles Lied. Ein paar Stunden zuvor, am späten Nachmittag, hatte Jake gespürt, daß sich ein Wandel in ihm vollzog. Ihm war, als ginge etwas in die Brüche, als risse ein weiterer Strang des Seils, das ihn noch auf der Erde festhielt. Doch er wußte nicht genau zu sagen, was mit ihm geschah. Ihn hatte gefröstelt, und eine bleierne Müdigkeit hatte ihn niedergedrückt wie eine Zentnerlast. Aber hier draußen, in der Gesellschaft des Jungen, spürte er diese Last nicht mehr. Er fühlte sich wunderbar leicht und befreit von allen Beschwerden.

Nun brach das Nachtigallenlied ab, und Bracken sprang vom Mäuerchen. „Zeit für Sie, schlafen zu gehen", meinte er. Dann sah er Jake schüchtern an und fügte hinzu: „Ich habe gesagt, jeder Tag kann uns glücklich machen, aber so glücklich wie heute war ich noch nie!"

„Ja", erwiderte Jake, „da hast du recht."

Bracken blickte Jake in die Augen und fragte: „Warum haben Sie vorhin eigentlich ‚Gott schütze dich!' zu Zoe gesagt?"

Jake lächelte. „Ach, weißt du, Bracken, manchmal benutzen wir Redensarten, über deren Sinn wir noch nie richtig nachgedacht haben. Aber ich könnte mir vorstellen, daß ein freundlicher Gott auch die Tiere auf ihren Wegen beschützt."

„O ja!" antwortete Bracken im Tonfall tiefster Überzeugung. „Aber ..., sagen Sie diese Worte auch zu Menschen?"

Jake atmete tief. Dann entgegnete er: „Aber natürlich, Bracken. Wir sagen auch zu Menschen ‚Gott schütze dich'."

„Wir sagen: ‚*Te avel Devlesa,* geh mit Gott!'"

„Das ist fast noch schöner." Jake lächelte wieder. „Auf jeden Fall bedeuten beide Redensarten dasselbe."

„Dann ist es ja gut", schloß der Junge leise. „Dann kann ich auch zu Ihnen ‚Gott schütze Sie' sagen." Aus seinem Lächeln wurde ein Strahlen, und Jake senkte ein wenig verlegen den Blick.

Bracken war längst fort, doch Jake fand noch immer keine Ruhe. Der Vollmond stand hell am Himmel, und Jake konnte der Verlockung nicht widerstehen, in den Garten hinauszugehen. Seufzend griff er nach Jackett und Taschenlampe und trat wieder vors Haus.

Unwillkürlich lief er zum Drahtgehege hinter dem alten Schuppen hinüber. Es war leer – wie konnte es auch anders sein! Doch als er sich schon zum Gehen wandte, zuckte er plötzlich zusammen. Er meinte, etwas Ungewohntes gesehen zu haben, einen Schatten, eine Gestalt, die sich dunkel vom nächtlichen Garten abhob. Irgend etwas hockte reglos auf Sturmwinds altem Baumstumpf. War es ein Vogel? Etwa gar ein Turmfalke?

„Sturmwind? Bist du es wirklich?“ fragte Jake ungläubig.

Statt einer Antwort breitete der Falke die Flügel aus, schwang sich in die Luft und blieb rüttelnd über Jakes Kopf stehen. *Kie!* schrie der Vogel drängend, *kie!* Dann stieß er den schrillen Alarmruf der Turmfalken aus: *Kikiki! Kikiki!*

„Du bist es wahrhaftig!“ rief Jake. „Aber was hast du nur?“

Kie! schrie Sturmwind von neuem, und dann schoß er plötzlich herab, wobei seine langen Schwungfedern Jakes Kopf streiften.

„Was willst du nur von mir? Was soll ich für dich tun?“

Wieder stieß Sturmwind einen Schrei aus und fing an, in ständig weiter werdenden Kreisen von Jake fortzufliegen. Nach einer Weile kam er zurück und blieb erneut im Rüttelflug in der Luft stehen.

„Aha!“ sagte Jake endlich. Er glaubte, den Vogel jetzt richtig verstanden zu haben. „Schon gut, Sturmwind! Ich komme, und du zeigst mir den Weg!“

Den ganzen Tag lang hatte sich Jake sehr elend gefühlt, und dennoch folgte er nun dem Falken, ohne einen Augenblick zu zögern. Seine Müdigkeit und diese unheimliche Kälte in den Gliedern nahm er einfach nicht zur Kenntnis.

Mit ungeduldigem Flügelschlag flatterte der Falke vor ihm her. *Kie!* schrie er und dann wieder *kikiki!* So beeil dich doch! Beeil dich!

Jake verlor bald jedes Gefühl dafür, wie lange er schon unterwegs war. Er wußte nur, daß er dem Falken folgen mußte, der vor ihm herflog. Jake hetzte über Äcker und durch kleine Gehölze, lief am Rande von Buchenwäldern entlang, einen Hügel hinauf, auf der anderen Seite wieder hinunter. Wie in Hypnose eilte er bald über mondhelle Pfade, bald durch das Dunkel des Waldes. Endlich lag vor ihm eine steil abfallende Wiese. Noch einmal stieß Sturmwind sein durchdringendes *Kie!* aus, ehe er im Gras landete. Jake taumelte auf die Stelle zu und hörte im selben Augenblick schon das verzweifelte Flügelschlagen eines anderen Vogels. Auf dem Boden stand ein merkwürdig geformter Behälter, der im Mondlicht wie mattes Metall blinkte.

Jake trat heran und sah, was er schon befürchtet hatte: In den tödlichen Klammern einer Falle saß ein zweiter Turmfalke, ein Weibchen mit braunen Kopffedern. Der Vogel versuchte, sich durch wildes Flügelschlagen aus seinem Gefängnis zu befreien, wurde aber von den mörderischen Stahlzähnen der Fallenbügel festgehalten.

Von neuem begann Sturmwind *kie!* zu schreien. Er schwang sich in die Luft, stand flügelschlagend über der Falle, landete wieder im Gras und trippelte aufgeregt neben seiner gefangenen Gefährtin hin und her.

„Du hast es wahrhaftig geschafft, mich herzubringen", sagte Jake und richtete den Strahl der Taschenlampe auf den verletzten Vogel in der Falle. „Ich will mein Bestes tun, Sturmwind, aber ich weiß nicht, ob ich sie noch retten kann. Sie hat schon viel Blut verloren."

Er zerrte an den Stahlbügeln der Falle, hatte aber nicht genug Kraft, sie auseinanderzuziehen. Ich brauche einen starken Holzknüppel als Hebel, dachte er und sah sich suchend um. Tatsächlich entdeckte er am Ende der Wiese an einer Mauer aus Feldsteinen einen abgebrochenen Ast.

Sturmwind blieb geduldig neben seinem Weibchen stehen und schrie wieder *kie!*, als Jake mit dem Knüppel zurückkam, flog aber nicht weg. Das Weibchen versuchte noch einmal verzweifelt, sich gegen die Fallenbügel zu stemmen. Dann gab es auf; in seinen Augen stand Todesangst.

Der Anblick des leidenden Tiers beflügelte Jake. Er nahm den Kampf mit der Falle wieder auf, obwohl er spürte, daß er einer Ohnmacht nahe war. Mit allerletzter Kraft zwängte er den Knüppel Zentimeter um Zentimeter zwischen die Fallenbügel, bis der Ast tief genug saß, um als Hebel zu dienen. Dann lehnte er sich mit seinem ganzen Körpergewicht auf das herausragende Aststück, so daß sich die tödlichen Fangzähne der Falle voneinander lösten. Doch das Falkenweibchen war schon zu schwach, um herauszufliegen. Es schien nicht einmal mehr wahrzunehmen, daß sein Gefängnis offenstand.

Jake stöhnte vor Enttäuschung. Er klemmte sich das freie Astende unter den Arm und beugte sich so weit vor, daß er den Vogel bei den Füßen fassen und aus der Falle schleudern konnte. Im selben Augenblick zerbrach der Knüppel. Die Fallenbügel schlugen klirrend über Jakes Handgelenk zusammen, und das zurückschnellende Astende versetzte ihm einen furchtbaren Stoß gegen den Brustkorb. Blutend stürzte er vornüber ins Gras.

Wie eine gewaltige Woge flutete der Schmerz durch Jakes Körper, verebbte wieder und ließ den Halbbetäubten in einem seltsamen Schwebezustand zurück. Nun ist es also soweit, dachte er. Ich bin froh, daß ich allein bin; ich habe mir immer gewünscht, daß Bracken nicht dabei wäre. So, wie es jetzt geschieht, ist es gut.

Er meinte, Flügelschläge über seinem Kopf zu hören, das mächtige Rauschen eines gewaltigen Flügelpaars, das über ihm kreiste und sich höher und höher in den Himmel schwang. Ihm war auch, als höre er Sturmwinds schrillen Schrei, der vom Wind davongetragen und immer schwächer wurde.

Jake fühlte sich nun ganz leicht, und die Kälte war aus seinen Gliedern gewichen. Er lag im taufeuchten, mondbeschienenen Gras, und eine unendliche Ruhe und tiefer Frieden ergriffen von ihm Besitz. Er wehrte sich nicht mehr, sondern war bereit, sich heiter und gefaßt dieser großen Stille hinzugeben; ihm konnte nichts mehr geschehen.

Noch immer rauschten Flügelpaare rings um ihn her – Schwanenflügel, Falkenflügel, alle herrlich kraftvoll und frei und ungebunden. Und dieses Rauschen, diese wunderbare Musik schien in jede Faser seines Körpers zu dringen, ihn mitzureißen, hinauf in die unendlichen Himmelsräume.

Sturmwind? rief er, obwohl kein Laut mehr über seine Lippen kam. Sturmwind? Bist du in Sicherheit? Und kann auch dein Weibchen wieder fliegen?

Dann glaubte er, Carols Stimme zu hören, ihre warme, tröstliche Stimme, die seine eigenen Worte sprach: *beschützt und reicher durch die Liebe.*

Schließlich kam auch noch Bracken, strahlend vor Wiedersehensfreude, auf ihn zu, ergriff seine Hand und sagte: *Geh mit Gott!*

Lächelnd legte Jake seine Lebensbürde nieder und wurde eins mit den himmelwärts stürmenden Flügelpaaren.

Es WAR Bracken, der ihn am darauffolgenden Abend fand. Der Junge hatte Jakes Verschwinden schon am frühen Morgen bemerkt und den ganzen Tag über im Wald und auf den Wiesen nach ihm gesucht. Der Tote lag friedlich lächelnd im Gras. Die beiden Turmfalken waren fort, doch Bracken sah die im Gras verstreuten langen Falkenschwungfedern und das Blut auf dem Boden und in der Falle, die Jakes Handgelenk immer noch gefangenhielt.

Später konnte niemand verstehen, wie Jake diesen weiten Weg – fünfzehn Kilometer von seinem Haus, obendrein in so schwierigem Gelände – bewältigt hatte und weshalb er überhaupt mitten in der Nacht dorthin gelaufen war.

Nur Bracken begriff alles. Er hatte nur kurz auf die zerfetzten Federn und dann hinauf in den Sommerhimmel geschaut und gedacht: Natürlich ist er hergekommen, um einem Tier aus großer Not zu helfen. Das war das letzte, was er auf Erden tun konnte. Und dem Jungen, der da allein im zertretenen Gras neben dem Toten stand, erschien dies als das Natürlichste von der Welt.

Bill, Jakes bester Freund, kümmerte sich um die Abwicklung aller Formalitäten. Auf Jakes Schreibtisch entdeckte er ein Manuskript, das er in seine Obhut nahm; es trug die Aufschrift: MEINE AUFZEICHNUNGEN. – FÜR BILL UND CAROL.

Später besuchte Bill alle Leute im Tal, die sich um Jake gesorgt hatten, darunter auch Brackens Vater. Und zu guter Letzt bat er Bracken selbst zu sich. Sie setzten sich neben Jakes leeren Korbstuhl, und Bill versuchte, dem Jungen behutsam zu erklären, daß Jake ihm ein wenig Geld für die Pflege seiner Vögel und vierbeinigen Schützlinge vererbt hatte.

„Wenn du magst, kannst du das Geld sofort haben", meinte Bill. „Aber dein Vater meint auch, es wäre besser, wenn wir es für dich verwalten, bis du richtig damit umgehen kannst. Wie denkst du darüber?"

Bracken schüttelte heftig den Kopf. „Ich will das Geld nicht!"

„Heute noch nicht", sagte Bill geduldig. Er verstand Brackens Verhalten nur zu gut. „Aber eines Tages möchtest du vielleicht eine Pflegestation für verletzte Tiere einrichten, wie du es schon für Sturmwind und Zoe getan hast, nur eine viel größere. Ich weiß, daß dir Geld nichts bedeutet, Bracken. Ich weiß auch, daß es dir Jake nicht zurückbringen kann, aber er wollte doch, daß du es bekommst. Er hat gemeint, du hättest später dafür bestimmt die richtige Verwendung, und du wirst ihm doch diesen Wunsch erfüllen, nicht wahr?"

Bracken blickte zu Bill auf. Die goldgesprenkelten braunen Augen waren dunkel vor Kummer. „Meinetwegen", erwiderte er, „wenn er es so wollte ... Aber ich möchte lieber *ihn* wiederhaben ..., lieber als alles Geld dieser Welt!"

„Ich verstehe dich ja", sagte Bill traurig. „Ich verstehe dich. Es tut uns allen sehr weh."

Bracken warf einen Blick auf Jakes Sessel, der einsam im Gras stand. „Bloß gut, daß er kein Roma war. Wäre er einer gewesen, müßten wir den Stuhl verbrennen – wie alles, was ihm gehört hat." Er seufzte. „Ich habe noch nie verstanden, warum wir das tun. Solche Sachen muß man doch als Erinnerung behalten." Wieder schaute er zu Jakes Sessel hinüber. „Ob wir ihn hier im Garten stehenlassen dürfen? Dann kann ich mir vorstellen, daß er ihn gleich findet, wenn er ihn sucht."

Bill nickte, und Bracken fügte noch einen Satz hinzu, den Jakes Freund nicht deuten konnte: „Die Nachtigall braucht ja auch jemanden, für den sie singen kann."

Daraufhin verschwand der Junge, ohne sich noch einmal nach Bill und dem Häuschen umzuschauen.

Die Trauergemeinde in der kleinen Dorfkirche war erstaunlich groß. Bill und Manny kamen und Carol Cook mit den Zwillingen. Ferner war ein gewisser Bob Harris erschienen, von dem es hieß, er sei bei einer berühmten Zeitung verantwortlich für die Auslandsnachrichten, und ein Arzt aus der Harley Street in London, Dr. Andrew Lawson.

Darüber hinaus hatten sich fast alle Dorfbewohner in der Kirche eingefunden: Mary Willis und ihr Bruder Tom, Jim Merrett und, selbstverständlich, Doktor Martin und Stan Bayliss. Und in einer der hinteren Reihen hatte der dickschädlige Ralph Deacon Platz genommen. Brackens Vater saß allein auf der letzten Bank und drehte seine beste Mütze in den Händen.

Bracken betrat die Kirche nicht. Er saß draußen auf einem Grabstein und hörte den Liedern zu, die die Gemeinde drinnen sang. Starb bei den Zigeunern ein guter Freund, so wurde auch gesungen, aber alles war ein bißchen anders. Wäre Jake einer der Ihren gewesen, hätte sich Kasimir Bracsas um alles gekümmert. Man hätte Reden gehalten und alle möglichen berühmten Leute gepriesen, die ebenfalls verstorben waren, ganz besonders aber Jake. Danach hätten alle *Te avel angla tute* gesagt und gesungen und getrunken. Nur wäre Bracken ebensowenig mit dem Herzen dabeigewesen, wie wenn er jetzt mit den anderen dort in der Kirche säße.

Ohnehin war am nächsten Morgen hier alles vorbei. Brackens Vater meinte wohl, für den Jungen sei es am besten, wenn die Sippe gleich nach Herefordshire zur Hopfenernte weiterreiste, und nun war das ganze *hatchintan* schon mit dem Packen beschäftigt. Doch selbst die Aussicht auf das Weiterziehen konnte Bracken nicht trösten. Er hatte einen Freund verloren, der durch nichts und niemanden zu ersetzen war, und er mußte ganz allein mit einem Schmerz fertig werden, den er nicht verstand. Bracken wußte, daß er für Jake alles getan hatte, was in seinen Kräften stand: Er hatte ihm geholfen, wenn er schwach und müde war, und er hatte ihm all die wunderbaren Dinge gezeigt, die er kannte. Jake hatte es ja selbst gesagt: Dies seien die glücklichsten Frühlings- und Sommerwochen seines Lebens gewesen! Und nun? Es half nichts: Was geschehen war, hatte wohl geschehen müssen, und er, Bracken, sollte sich Mühe geben, nicht so schrecklich unter diesem Verlust zu leiden.

Doch er litt. Der strahlendhelle Tag schien ihm plötzlich düster, denn der Gefährte an seiner Seite fehlte. Nun gab es niemanden mehr, zu dem er einfach sagen konnte: „Sehen Sie mal: Da ist eine Libelle!" und der mit ihm diese kleine Entdeckung betrachtete und bewunderte.

Auf einmal fiel ihm das Gespräch über den Tod wieder ein. Er hatte seine Worte damals ganz bewußt gewählt, um Jake zu trösten. *Ich möchte als Pusteblume wieder auf die Welt kommen oder als Libellenflügel, aber am liebsten möchte ich ein Teil von Sturmwind sein.* Auf diese Weise hatte er Jake mitgeteilt, daß er um seinen Zustand wußte. Warum also ließ er jetzt zu, daß seine Trauer diesen strahlenden Tag überschattete? Jake war doch da, in jedem Blatt, in jeder Blüte, in jedem singenden Vogel – das hatte er selbst versprochen!

Die Trauergäste kamen nun aus der Kirche und gingen auf den Friedhof zu der frisch ausgehobenen Grube. Vier von Jakes Freunden, Doktor Martin, Bill, Manny und Carol, blieben einen Augenblick bei Bracken stehen. Bill Franklyn sprach für sie alle, als er dem Jungen die Hand gab, sie kräftig drückte und dabei kaum hörbar flüsterte: „Danke, Bracken!“

Als alle Trauergäste fort waren, ging der Junge zu dem neuen Grab und betrachtete die vielen Kränze und Blumen, mit denen es geschmückt war. Sie stammten aus den Blumenläden in der Stadt und waren gewiß sehr kostbar, doch kamen sie dem Jungen steif und künstlich vor. Schließlich bückte er sich und legte seine eigene Gabe auf das Grab: eine Handvoll Falkenfedern und eine versteinerte Muschel, Millionen Jahre alt.

Dann lief er rasch hinaus und erklomm den höchsten Hügel der Gegend. Vom Gipfel aus blickte er über die weiten Täler und die endlosen, sanft gewellten Hügelketten. Er schaute zum Himmel empor und meinte, in großer Höhe einen winzigen dunklen Punkt zu erkennen. Auf einmal trug ihm der Wind von dort oben einen Vogelschrei zu, den Schrei eines stolzen, wilden Turmfalken, der frei und ungebunden durch das grenzenlose Reich der Lüfte schweifte.

Elizabeth Webster

Inmitten der beschaulichen Hügellandschaft der Cotswolds, in einem Dorf namens Painswick, ist Elizabeth Webster zu Hause. Mit ihrem Mann Neil, ihrer Katze „Motley" und ihrem Setter „Cloud Shadow" lebt sie in einem kleinen, aus Sandstein gebauten Häuschen, das aus dem 16. Jahrhundert stammt und von einem riesigen, herrlichen Garten umgeben ist. Die Gartenarbeit zählt neben der Musik und dem Beobachten von Wildtieren zu den Hobbys der Autorin, die als Lehrerin, Musikkritikerin und Leiterin einer privaten Vorschule tätig war, ehe sie vor achtzehn Jahren das „Young Arts Centre of Cheltenham" ins Leben rief, eine kulturelle Institution, die längst zu einem Treffpunkt für künstlerisch begabte Jugendliche aus ganz Gloucestershire geworden ist.

Theaterstücke und Singspiele für Kinder standen am Anfang der literarischen Karriere der Schriftstellerin. 1983 veröffentlichte sie ihren ersten Roman, dem vier weitere folgten. „Im Sommer beginne ich mit meiner Arbeit oft schon um fünf Uhr morgens", erzählt die Autorin, die sich zum Schreiben gern in ihr Gartenhäuschen zurückzieht. „Vier Stunden später, wenn das übrige Haus erwacht, habe ich dann bereits den größten Teil meines schriftstellerischen Pensums erledigt."

Auf die Idee, ein Buch über einen Zigeunerjungen zu schreiben, kam Elizabeth Webster, als sie einige der Romafamilien kennenlernte, die während der Erntezeit durch Gloucestershire ziehen. Die Recherche gestaltete sich allerdings viel schwieriger, als die Autorin gedacht hatte, denn die Kultur der Roma beruht fast ausschließlich auf mündlicher Überlieferung. Dafür erhielt die Schriftstellerin wertvolle Informationen aus erster Hand: Über Tierheilkunde und die Aufzucht von Dachsjungen erfuhr sie von den Roma allerlei Wissenswertes. Und was beeindruckt Elizabeth Webster an den Roma am meisten? „Ihre Naturverbundenheit", sagt die Autorin, „und ihre Fähigkeit, ein einfaches Leben zu führen."

Die Uhr aus der Seife

Eine Kurzfassung des Buches
von MARKUS LÜKENS

Illustrationen von Ralf Krieger

Im nördlichsten Teil des Baltikums, nahe dem Finnischen Meerbusen, liegt das Kriegsgefangenenlager Rakvere, in dem 1946 deutsche Offiziere Zwangsarbeit leisten. Fluchtversuche scheinen aussichtslos. Aber selbst wenn man aus dem Lager herauskäme, wie sollte man die Strapazen der endlos weiten Strecke nach Deutschland durchstehen?

Markus, Rolf, Karl-Heinz und Erhard halten sich jedoch nicht lange mit Wenn und Aber auf; spätestens im Sommer wollen sie es versuchen. Bei allem Wagemut ahnen sie noch nicht einmal, daß sie auf ihrem gefährlichen Weg durch die sowjetisch besetzten baltischen Staaten Estland, Lettland und Litauen Verbündete in der einheimischen Bevölkerung finden werden, ohne deren Hilfe ein Überleben nicht möglich wäre.

Über den Zaun, in den Wald

Die Geschichte unserer Flucht begann an einem anrüchigen Ort. Die Latrine, die übliche Bretterbude, stand nur vier Schritt entfernt von dem mit Gras bewachsenen, am Holzzaun entlangführenden Beobachtungs- und Postengangstreifen. Die Werkstatt, in der Karl-Heinz arbeitete, hatte nach hinten zur Latrine hin eine Tür, die unverschlossen war. Karl-Heinz ging in die Werkstatt und schaltete die Drehbank ein. Der Motor surrte, und als ich drinnen den Span kreischen hörte, gab ich wie verabredet dem Posten ein Zeichen, daß ich austreten wollte. Der nickte. Der zweite Posten war nicht zu sehen.

Ich schlenderte um die Werkstatt, blickte zu dem einen Wachturm, sah dort niemanden, blickte nach links zum Turm an der anderen Ecke – auch dort war niemand zu sehen. Mit ein paar Schritten war ich an der Werkstattür und winkte Karl-Heinz. Gemeinsam huschten wir raus und hinter die Latrine. Wir eilten in geduckter Haltung links am Zaun entlang auf den linken Wachturm zu. Dort wollten wir die Leiter hochsteigen und auf der anderen Seite abspringen.

Karl-Heinz, vier bis fünf Schritte vorausrennend, stoppt plötzlich, duckt sich und kommt wild gestikulierend zurück. Wir machen kehrt und rennen zur Werkstatt zurück.

„Was ist los?"

„Der Posten liegt im Graben, er schläft."

Wenn wir jetzt aufgeben, dann gibt es keine Chance mehr. Wir müssen über den Zaun!

Karl-Heinz springt den Zaun an, aber er ist zu klein, um die hohe Bretterkante erreichen zu können. Ich lehne mich an die Bretterwand und mache mit verschränkten Händen für ihn die Räuberleiter. Karl-Heinz steigt auf und stemmt sich auf die Kante hoch.

Die Kante der Bretterwand ist für mich im Sprung gerade noch zu erreichen. Ich mache einen Klimmzug wie an der Eskaladierwand, schiebe einen Fuß hoch, über die Wand, drücke das Knie drüber und ziehe den Körper nach. Dicht über dem Bretterzaun ist Stacheldraht gespannt, in mehreren Lagen. Ich muß sehr flach liegen, um mit Kopf und Schultern unter dem Draht durchzukommen. Es klappt. Ich lasse mich hinuntergleiten. Es ist geschafft.

Schon im nächsten Augenblick sehe ich die Leute, die zu uns herüberglotzen. Ich begreife, ich bin auf dem Nachbargrundstück, das auch eingezäunt ist. Wo geht's hier raus?

Zwanzig Schritte hatten wir bis zu dem anderen Zaun. Wir waren schnell drüber. Stimmen riefen hinter uns her. Draußen stießen wir auf ein Bahngleis. Wir rannten am Gleis entlang in Richtung Chaussee, um den Wald zu erreichen.

Das Herz pochte wie wahnsinnig, die Lungen keuchten. Das waren wir nicht mehr gewohnt. Wir fielen auf offenem Feld in Schritt.

Rechts hinter uns, im Lager hinter dem Sägewerk, erhob sich Lärm. Wir hörten deutlich Kommandos, Pfiffe und Hundegebell. Wir rannten wieder los. Wenn wir es nur über die Chaussee schafften, hätten wir vielleicht Glück! Wir überquerten die Chaussee und rannten in den Wald. Stimmen und Hundegebell kamen näher. Und jetzt war auch Motorengeräusch zu hören.

Der Wald nimmt uns auf. Die Stimmen hinter uns und das Gebell entfernen sich. Anscheinend gehen unsere Verfolger den Weg in die andere Richtung.

Wir marschieren tiefer in den Wald, Richtung Südost, dorthin, wo der mit unseren Kameraden verabredete Treffpunkt liegen muß.

Doch wo ist unser Treffpunkt? Es wird düster. Wir sind zu schlapp, um noch lange zu marschieren. Wir halten Ausschau nach einem Versteck. Wir sind sicher, man wird eine große Razzia machen. Heute vielleicht nicht mehr. Nachts meiden die Russen den Wald, der estnischen Partisanen wegen. Aber morgen, ganz früh, bei Sonnenaufgang, werden sie bestimmt zu suchen anfangen.

Der Boden ist weich und naß, Nebelschwaden entwickeln sich. Wir sind in einem Torfstich, an einem Sumpf gelandet. Das wird eine ungemütliche Nacht. Aber wir sind frei! Hier wird uns keiner suchen.

EINER unserer ersten Pläne kurz vor Kriegsende war gewesen, uns aus Litauen, wo uns die sowjetische Armee in geschlossener Front massiert und tief gestaffelt gegenüberlag, zurückzuziehen und in jenes von Truppen nur schwach besetzte Gebiet hinter der Hauptkampflinie überzuwechseln, um dort in einem dichten Wald einen gutgetarnten Erdbunker anzulegen. Hier wollten wir uns für ein, zwei Monate einnisten, und dann, wenn es richtig Sommer sein würde, wollten wir uns nach Hause durchschlagen.

Es kam der 8. Mai 1945, der Tag der Kapitulation der deutschen Wehrmacht. Ein letzter Appell des Divisionskommandeurs an das Offizierskorps machte unsere Pläne zunichte. Wir, die Offiziere der

121. Division, wurden aufgerufen, in diesen schweren Stunden und Tagen der Kapitulation bei den Soldaten zu bleiben.

In zähen Übergabeverhandlungen mit den Sowjets konnte der Kommandeur erreichen, daß die ganze Division am 10. Mai mit allen Waffen, mit Munition, Fahrzeugen, Pferden und Gerät durch die Hauptkampflinie in die sowjetische Gefangenschaft marschieren sollte.

Wir fühlten uns in die Pflicht genommen und ließen unseren Fluchtplan fürs erste fallen. Aber den Gedanken daran gab ich nie auf.

Als die um viele Versprengte vergrößerte Division – zehntausend Mann sollen es gewesen sein – in einem dreitägigen Marsch nach Libau verlegt wurde, war die Bewachung der Marschkolonne so schwach, daß es ein leichtes gewesen wäre, sich abzusetzen. Doch nur einige wenige taten es, hier dicht vor der ostpreußischen Grenze. „Morgen geht es nach Hause!" hatten uns die Russen zugerufen.

Im Lager Libau war Flucht noch kein großes Thema. Vom Arbeitskommando im Hafen auszureißen, wo unsere Mannschaften Schiffe reinigen und Materialtransporte ausführen mußten und wir Offiziere sie zu beaufsichtigen hatten, kam mir nicht in den Sinn.

Als aber im August 1945 die Aussicht auf baldige Heimkehr immer geringer wurde und die russische Propaganda uns immer deutlicher zu verstehen gab, daß sie uns als Kriegsverbrecher einstufte, die nun durch Arbeitseinsatz wiedergutmachen müßten, was an Schaden angerichtet worden war, hielt ich systematisch Ausschau nach Fluchtwegen.

Es war Herbst geworden. Wir wurden verlegt, auseinandergerissen, mußten uns von vielen unserer vertrauten Kameraden und Freunde trennen. Wir Leutnante und Hauptleute kamen nach Walk, der Grenzstadt zwischen Estland und Lettland.

Ein riesiges Lager mit großen hölzernen Hallen – ein ehemaliges Lazarett für tuberkulöse Pferde, wie man sagte – nahm uns, zirka zehntausend Offiziere, auf. Wanzen, Läuse und Ratten freuten sich über unser Kommen. Akuter Wassermangel, grimmige Kälte und miserable Verpflegung zeichneten das Lager Walk aus.

Auch die Art der Behandlung war anders geworden. Hatten uns in Libau noch Männer einer sowjetischen Truppeneinheit bewacht, Offiziere und Soldaten, die uns im Kampf gegenübergestanden hatten, die aber den Feind achteten so wie wir auch, so waren wir nun Gefangene des NKWD, der Geheimpolizei, in deren Augen wir alle Verbrecher waren.

Eine günstige Gelegenheit zur Flucht bot sich in Walk nicht; auch nicht in Jöhvi, an der russisch-estnischen Grenze, dicht am Finnischen Meerbusen, wohin ich noch im Winter 1945/46 verlegt wurde. Aber glücklicherweise war dieser Aufenthalt nur von kurzer Dauer, denn Jöhvi hatte eine hohe Sterbequote, weil in dem Lager das Wasser verseucht war und viele wegen Mangels an Trinkwasser doch davon tranken.

Es folgte das Flugplatzlager Dorpat. In diesem schneereichen und harten Winter von früh bis spät in unzureichender Kleidung auf der freien Fläche des Flugfeldes Schnee zu schippen war eine zermürbende Sache. Die dünne Mittagsbrühe kam kalt bei unseren weit verteilten Arbeitsgruppen an. Der Wind – und es gibt auf einem Flugfeld wohl immer Wind – trieb die Kälte bis auf die Haut. Viele starben an Entkräftung, Hunger und Krankheiten. Abends schon schauten wir uns auf der langen Pritschenreihe um, wer wohl am nächsten Morgen nicht mehr aufstehen würde.

Das Lager war mörderisch, auch wegen der Überbelegung, die jedem Gefangenen nur achtunddreißig Zentimeter Breite auf der Pritsche zum Liegen ließ, zu wenig, um auf dem Rücken liegen zu können.

Vorsichtig den einen und anderen Kameraden im Gespräch abtastend, hatte ich Karl-Heinz kennengelernt, einen dreiundzwanzigjährigen, kleinen, schwarzhaarigen, stämmigen Burschen, und herausgehört, daß er das gleiche wollte wie ich. Er schien mir ein entschlußkräftiger Kerl zu sein, und ich hatte bald so viel Vertrauen zu ihm gewonnen, daß ich ihm meine Absicht verriet. Von Abstammung halb Norddeutscher, halb Österreicher, war er jung zur Segelfliegerei gekommen, hatte Flugzeugbau studiert, sich dann freiwillig zur Luftwaffe gemeldet und war Pilot und Leutnant bei einem Bombergeschwader gewesen.

Wir prüften die Verhältnisse und die Wege bei dem kurzen Lkw-Transport vom Lager zum Flugfeld und erforschten vom Rollfeld aus, so weit das Auge reichte, die Umgebung.

Aber ein kahler Flugplatz mit freiem Gelände drum herum bietet kein Versteck und keinen verdeckten Fluchtweg. Das Lager selbst war stark gesichert, ein Fluchtversuch durch die Zäune wäre Selbstmord gewesen.

Die Sonne stieg täglich höher, der Winter verzog sich, und mit den wärmenden Sonnenstrahlen und dem keimenden Grün überall kam auch wieder etwas mehr Hoffnung auf.

Dann wurden wir im Frühling des Jahres 1946 ins Sägewerkslager Rakvere verlegt.

Rakvere ist das frühere Wesenberg, hoch im Norden des Baltikums, nahe dem Finnischen Meerbusen.

Eine lebensbedrohende Erkrankung, Diphtherie, brachte mich ins Lagerlazarett. Ich lag dort in der Isolierabteilung mit zwölf Kameraden in einem Raum. Auf unseren Holzpritschen waren sogenannte Strohsäcke, deren Inhalt schon weitgehend zu Staub zerfallen war und kaum Polsterung und Kälteschutz bot. Die russischen Leinenbettdecken, mit Watte gefüllt, konnten ebenfalls kaum Körperwärme halten. Wir trugen nur Leinennachthemden; die eigenen Sachen waren weggeschlossen.

Neben mir lag Philipp, ein siebzehn Jahre alter Junge, der noch ganz zuletzt eingezogen worden war, Handschuhmacher aus Offenbach. Er war ein unbekümmertes Bürschlein, das immer wieder den Weg in die Freiheit suchte. Doch jetzt war er in schlechter Verfassung, und ich weiß nicht, ob er überlebt hat. Seine Nieren waren geschädigt durch Stockschläge, die man ihm verpaßt hatte, als man ihn wieder einmal eingefangen hatte nach einer Flucht.

„Es ist nicht gut, wenn du ganz allein auf der Flucht bist", sagte Philipp. „Vier Ohren hören mehr, und vier Augen sehen mehr als zwei. Zwei Gehirne denken mehr als eines. Und für manche Dinge sind die Kräfte von zwei Männern nötig. Oder wenn einer krank oder verletzt sein sollte."

Ich fragte Philipp, ob er mir hilfsbereite Einheimische in der Umgebung des Lagers nennen könne, und er gab mir eine Skizze für den Weg zu einem etwa fünfundzwanzig Kilometer entfernten Bauernhof, wo wir vielleicht Hilfe und Nahrung bekommen könnten.

Wir waren inzwischen vier: Karl-Heinz, Rolf, Erhard und ich. Rolf, ein Kamerad aus meiner ehemaligen Einheit, war eines Tages mit einem Transport Gefangener im Lager Rakvere aufgetaucht. Große Wiedersehensfreude. Rolf war ein großer schlanker Ostpreuße, dem sein blondes Haar, die blauen Augen und eine Adlernase ein unverkennbares Äußeres verliehen; zuletzt war er Leutnant einer Fernmeldekompanie unserer Divisionsnachrichtentruppe gewesen.

Auch er hatte bereits Fluchtpläne geschmiedet. Größte Vorsicht war bei diesem Thema geboten. Wer von uns zuerst seine Absicht zu erkennen gab, weiß ich nicht mehr; doch binnen weniger Tage wußten wir beide Bescheid und waren uns einig, es zusammen zu wagen.

Der vierte Mann, Erhard, hatte sich kurz vor dem Erscheinen von Rolf an mich herangepirscht. Er war wesentlich älter als wir drei,

Jahrgang 1912, mittelgroß und breitschultrig. Aus seinem ovalen Gesicht kamen unter hoher Stirn aufmerksam herumsuchende, etwas verstohlen wirkende Blicke.

Auffallend geradlinig steuerte Erhard das heiße Thema Flucht an, was mich mißtrauisch und besonders zurückhaltend machte. Denn jeder konnte ein Spitzel sein. Erhard war gleichzeitig mit uns in Dorpat gewesen und hatte dort eigene Fluchtpläne entwickelt, wie wir später erfuhren. Jetzt ging er direkt aufs Ziel los und schockierte mich mit der Bemerkung: „Ihr seid doch verabredet und wollt abhauen."

Aus meiner Reaktion merkte er wohl gleich, daß ich ihn für einen Spitzel hielt. Aber in wiederholten Gesprächen gelang es ihm, mein Mißtrauen zu zerstreuen. Karl-Heinz war einverstanden, nur bedurfte es längeren Zuredens, bis Rolf seine Zurückhaltung aufgab und ebenfalls einer Vierergruppe zustimmte.

Dadurch, daß Erhard und Rolf zu zwei verschiedenen Außenarbeitskommandos und Karl-Heinz und ich zum Innenarbeitskommando im Sägewerk gehörten, mußten wir einen Treffpunkt in einiger Entfernung vom Lager nach der Flucht vereinbaren.

Auch hier half Philipp, indem er uns auf einen weithin sichtbaren, Vermessungspunkt am Waldrand hinwies, ein hohes Holzgestell mit zwei sich kreuzenden Latten an der Spitze. Aber ein Aufenthalt dort wäre nicht empfehlenswert gewesen. Also mußten wir ein Versteck nicht allzuweit davon entfernt finden. Ein Versteck im Wald? Und das im Winter?

Philipp riet ab: „Wartet bis zum Sommer, wenn ihr im Freien übernachten und euch von Feldfrüchten ernähren könnt. Freilich sind dann die Nächte kurz zum Marschieren. Tagsüber dürft ihr euch nicht lange im Freien bewegen."

Verflucht, dieses Warten! Die Ungeduld.

Doch erst mußte ich wieder gesund und bei Kräften sein, was bei der schmalen Kost ein Problem war. Eines Tages war es dann soweit. Ich wurde gesund geschrieben und mußte wieder zur Arbeit ins Sägewerk.

Das Gefangenenlager war dem Sägewerk direkt angegliedert und hatte mit diesem einen gemeinsamen, stark gesicherten Zaun. Karl-Heinz war dem Entladetrupp zugeteilt und ich als Helfer an der Kreissäge in einen kellerartigen Raum des Gebäudes abkommandiert. Wir waren tagsüber und während der Pausen getrennt und konnten uns nicht verständigen. Die Aussichten, unter diesen Umständen gleichzeitig zu entkommen, waren denkbar schlecht. Dennoch blieb uns beiden nur der Weg, aus dem Sägewerk auszubrechen.

Erhard und Rolf hatten bessere Chancen. Sie wurden täglich zu Arbeitskommandos in die Stadt geführt, waren nur von wenigen Posten begleitet, nicht hinter Stacheldraht und hatten Kontakt mit Zivilisten, die uns oft wohlgesinnt waren.

Karl-Heinz hatte eine Idee: „Du meldest dich beim Kommandoführer und notfalls noch bei der Ärztin und sagst, daß du nachtblind bist und deswegen nicht an der schlecht beleuchteten Säge arbeiten kannst." Durch Vitaminmangel war Nachtblindheit keine Seltenheit.

Es klappte, und ich kam zum Entladekommando auf den Hof. Eigentlich war das verdächtig, denn keiner wollte zu diesem Arbeitstrupp ins Freie, wo bei Wind und Wetter, Hitze und Frost riesige Baumstämme von den Langholztransportern abgeladen und zu hohen Stapeln aufgehäuft werden mußten. Aber wir waren nun zusammen und konnten Pläne schmieden.

Tage und Wochen gingen dahin, es wurde Juni 1946. Die Sonne erreichte ihren Höchststand; es war deutlich wärmer. Überall trieb und grünte es. Wir waren uns einig: Am nächsten Tag, wenn irgend möglich, wollten wir es versuchen.

18. Juni. Morgens vor dem Ausrücken ein kurzer Händedruck, ein fester Blick und ein geflüstertes „Mach's gut!"

Wir wurden ins Sägewerk geführt und hatten ein verdammt flaues Gefühl im Magen. Die Pausen kamen, der Arbeitstag ging zu Ende, ohne daß wir eine Chance gehabt hätten. Enttäuscht, doch voller Spannung überlegten wir, was sich bei Erhard und Rolf wohl getan hatte.

Im Lager kam uns Rolf entgegen und flüsterte im Vorbeigehen: „Erhard ist schon weg."

Aufregung beim Wachpersonal und bei der russischen und der deutschen Lagerleitung. Es war das erste Mal, daß jemand aus diesem Lager geflohen war.

Der nächste Tag brachte uns höchste innere Anspannung, aber keine Fluchtmöglichkeit. Ob es Rolf wohl geschafft hat? Ob sie Erhard geschnappt haben?

Als wir ins Lager zurückkamen, sahen wir Rolf schon von fern. Ein Kopfschütteln sagte alles. Später kurzer Kontakt mit Rolf: „Morgen muß es bei mir klappen, egal, was passiert!"

Am nächsten Tag, dem 20. Juni, war Rolf weg. In drei Tagen war mein Geburtstag, der sechsundzwanzigste, spätestens dann wollte ich auch draußen sein.

Wir hatten eine Verabredung, auf die jeder vertraute. Mindestens vierzehn Tage sollte jeder in der Gegend versteckt warten und vorsichtig Erkundung treiben, um sich mit den anderen zu treffen.

Dann wollten wir nach Philipps Rat gemeinsam oder in zwei Zweiergruppen marschieren.

Rolf blieb verschwunden. Die Lagerleitung verbreitete die Parole, jeder Fluchtversuch sei zwecklos, alle würden wieder eingefangen oder müßten vor den Strapazen kapitulieren. Man handle sich nur unnötige Nachteile ein, weil wir ja doch bald in die Heimat entlassen würden. Wir glaubten den alten Lügen schon lange nicht mehr. Beim Lagerappell am Abend des 25. Juni fehlten auch Karl-Heinz und ich.

Die Uhr aus der Seife

Nur kurz war der Schlaf der Erschöpfung. Nässe von unten und Kühle von oben weckten uns noch vor Sonnenaufgang. Mit Bewegungen, Kniebeugen und Gliederreiben machten wir uns warm.

Ich befreite meine Armbanduhr aus einem Stück russischer Seife, ihrem Gefängnis seit eineinhalb Jahren. Bald nach der Gefangennahme 1945, als wir ein rohes Stück dunkelbrauner russischer Kernseife zugeteilt bekamen, hatte ich sie darin versteckt. Ich schnitt die Seife in zwei Hälften, höhlte sie passend aus, packte die Uhr ohne Armband hinein, drückte die Hälften wieder zusammen und verschnürte das Päckchen kreuzweise mit einer dünnen Schnur, die ich so fest anzog, daß sie sich tief in die Seife eindrückte. Feucht gemacht und gut überstrichen, war die Schnur nicht mehr zu sehen.

Seitdem trug ich die Seife, in ein großes, buntes Taschentuch eingewickelt, immer in meiner Hosentasche. Ich zog die Uhr auf, schüttelte sie und hielt sie ans Ohr. Da, sie tickte wieder. Und es kam mir vor, als sei mein Herzschlag, die Uhr meines Lebens, wieder in Gang gesetzt worden. Ich stellte sie auf eine Zeit, die ich nach dem Sonnenstand nur grob schätzen konnte.

Die Sonne half auch, die Himmelsrichtungen zu bestimmen. Wir nahmen an, daß wir nach Osten ausgebrochen und in dieser Richtung in den Wald gelaufen waren. So blieb uns nichts weiter übrig, als am hellichten Tag weiter nach Osten oder Südosten zu gehen, um irgendwo über einer Waldlichtung, einem Feld oder in einer Schneise unseren Treffpunkt zu sichten. Hatten wir diesen erst einmal entdeckt, so würden wir auch die ungefähre Richtung und Lage des Bauernhofes auf Philipps Skizze einordnen können.

Anders als am Vortag bewegten wir uns nun vorsichtig durch den Wald. Jeden Schatten, der sich bot, Büsche, Unterholz und dicke Baumstämme ausnutzend, tasteten wir uns voran.

Die Sonne rückte vor, wir aßen unser letztes Stück Brot und waren uns darüber klar, daß wir bald etwas Eßbares finden mußten. Feldfrüchte waren noch nicht reif; die Haselsträucher, von denen es stellenweise viele gab, trugen noch keine Nüsse; Waldbeeren machten nicht satt. Wir stellten uns darauf ein, Eier zu stehlen, Fische zu fangen, Niederwild mit Fallen zu jagen. Wir wollten es vermeiden, Zivilisten anzusprechen. Die Gefahr, gemeldet zu werden, schien uns zu groß.

Plötzlich standen wir an einem ziemlich breiten Fahrweg. Vorsichtig blickten wir uns um.

Der Treffpunkt! Vielleicht eineinhalb bis zwei Kilometer entfernt, auf einem Hügel stehend, sahen wir ein großes Vermessungsgestell. Dorthin mußten wir, um zu sehen, ob Erhard und Rolf eine Nachricht hinterlegt hatten.

Wir marschierten los und verharrten dann, unter einem Baum versteckt; wir beobachteten die Lichtung vor uns und warteten die Dämmerung ab. Jetzt erst machten wir uns daran, den Hügel zu umrunden, um sicherzugehen, daß wir von keiner Seite her überrascht würden. Als alles ruhig schien, stiegen wir die Grasböschung hinauf. Der Hügel war wipfelhoch. Oben warfen wir uns auf den Boden. Bot sich hier die Möglichkeit, unsere verschlüsselte Nachricht zu verstekken? Schon lange vorher im Lager hatte uns diese Frage beschäftigt. Wie würde es auf dem Boden des Treffpunkts aussehen? Wie könnte man dort, einigermaßen wind- und wetterfest, eine schriftliche Nachricht hinterlassen?

Ein Anschreiben einer Botschaft oder Einritzen einer Markierung an einem der Konstruktionsteile wäre in Frage gekommen, aber es hätte ganz unauffällig und trotzdem zu entziffern sein müssen. Und das bei Dunkelheit? Der Gebrauch von Streichholz und Kerze verbot sich von selbst. Man mußte die Botschaft mitnehmen können, um sie an einer geschützten Stelle entziffern zu können. Also kam nur ein Stück Papier, Pappe, Holz oder Blech in Frage.

Sorgfältig suchten wir die Stützen ab. Nichts! Irgend etwas mußte passiert sein, denn auf Rolf und Erhard konnten wir uns verlassen. Sollten sie den Bauernhof gefunden haben, was uns noch nicht gelungen war? Aber warum dann hier nicht die verabredete Nachricht?

Wir mußten handeln, Rätselraten konnten wir später. Schnell wurde die Richtung gepeilt, zwei Fuß abgemessen, und schon ging Karl-Heinz daran, das Loch für unseren eigenen vorbereiteten Zettel zu machen. Während ich die Richtungskerbe einritzte, stieß er sein

Messer in den Boden und hob eine quadratische Grassode ab, so daß er den eng zusammengerollten Zettel eine Handbreit tief in den Boden versenken konnte.

Wir machten uns davon, kurz bevor es dunkel wurde. In einem großen Kreis um den Treffpunkt gehend, hielten wir Ausschau nach dem bewußten Gehöft. Aber kein Hof, auf den wir stießen, paßte zu Philipps Lageskizze.

Allmählich knurrte der Magen. Es war schon wieder heller Tag, der 26. Juni. Wir trauten uns nicht an eine Behausung oder an Menschen, die wir gelegentlich sahen, heran. Erst in der nächsten Abenddämmerung faßten wir Mut und näherten uns einem einsam gelegenen Haus am Waldrand. Karl-Heinz klopfte an die Tür, derweil ich etwas zurückblieb. Es wurde geöffnet. Auf russisch bat Karl-Heinz um etwas Brot. Sehr freundlich war der Empfang nicht, eher ängstlich und abweisend. Karl-Heinz erhielt etwas Brot und ein wenig rohes Fleisch, nicht viel für zwei hungrige Mägen.

Der Morgen kam mit Sonne und Wärme. Entschlossen, bei Tageslicht einen erneuten Versuch zu machen, das skizzierte Gehöft zu finden, streiften wir durch den Wald, immer bemüht, den Treffpunkt nicht aus den Augen zu verlieren.

Nach Stunden erfolglosen Umherirrens machten wir Rast, entzündeten ein kleines Feuer und brieten das Fleisch vom Vorabend. Dann suchten wir weiter. Es wurde Mittagszeit. Außer Waldbeeren keine Nahrung. In guter Deckung versuchten wir zu schlafen. Ich schlief, doch Karl-Heinz hielt es nicht lange aus. „Mann, mich bringt der Hunger bald um."

Spannung kam auf zwischen uns beiden. Karl-Heinz wollte zum nächsten Haus. Ich versuchte, ihn mit Gewalt zu bremsen. Er meuterte.

Wir kamen an eine Waldwiese. Nach einer Seite war der Wald offen. Dort, etwas entfernt hinter einer leichten Anhöhe, lag ein Gehöft. Eine Kuh weidete vor uns. „Mensch, Markus! Die melken wir, die hat Milch." Die Kuh hob den Kopf und blickte uns freundlich an. Sie schien nichts dagegen zu haben.

Ich näherte mich der Kuh, streichelte sie, klopfte ihr den Hals. Wir verstanden uns auf den ersten Blick, die Kuh und ich. Nur Karl-Heinz, am anderen Ende, kam nicht zurecht. Er hatte das alte Kochgeschirr, unser lebenswichtiges Küchengerät zum Kochen, Essen, Wasserholen und Wäschewaschen, losgemacht, hielt es in der einen Hand und versuchte mit der anderen der Reihe nach die der Kuh angewachsenen Zapfventile zu betätigen. Ohne Erfolg.

Die Kuh wurde unruhig, drehte den Kopf aus meinen Händen und blickte sich mißbilligend nach dem ungeschickten Melker um.

„Das Luder zieht die Milch hoch! So ein Biest!" fluchte Karl-Heinz. Es war nichts zu machen. „Muuuh", tönte oder höhnte die Kuh hinter uns her, als wir uns in den Wald zurückzogen.

Kurz darauf sahen wir ein Schaf am Waldesrand grasen. Karl-Heinz zückte sein Messer und rannte darauf zu. Ich bin sicher, er hätte es abgestochen, hätte ich ihn nicht daran gehindert. Es kostete mich einige Mühe, ihn zu beruhigen.

Ein paarmal hatten wir an diesem Tage schon Häuser gesehen und vom Waldrand aus belauert, aber sie waren zu weit vom Wald entfernt, von Feldern und Wiesen umgeben. Ein Bachgrund leuchtete durch die Baumstämme. Kleine Wiesen beiderseits des Baches, auch schmale Felder davor. Durch die Bäume gedeckt, bewegten wir uns parallel zum Wasserlauf und stießen auf eine Häuserzeile. Fast am Ufer stehend, waren die Häuser nach der anderen Seite nur durch Gemüsegärtchen und einen schmalen Grasstreifen vom Wald abgesetzt.

Wir legten uns zu Boden und spähten zu der kleinen Siedlung hinüber. Nichts regte sich. Erst vor Einbruch der Dämmerung wollten wir rangehen, um etwaigen Verfolgern möglichst rasch in die Dunkelheit zu entkommen, falls wir Pech haben sollten.

Wie das Wild in der freien Natur lebten wir, bewegten uns wie Rehe, Hasen – ständig Deckung suchend, lauschend – und verständigten uns sogar wie sie. Zwei verschiedene Laute hatten wir ausprobiert und ausgemacht: Schnalzen mit der Zunge, ziemlich weit hörbar, wenn es still war, und ein leiseres, keckerndes Geräusch, wie es Eichhörnchen von sich geben.

Nachdem wir wohl mehr als zwei Stunden mit knurrendem Magen dort gelegen hatten, öffnete sich an der Giebelseite eines Hauses die Tür, und heraus trat, mit weißer Schürze und weißer Kopfhaube angetan, eine zierliche Frau. Nach einer Weile verschwand sie wieder im Haus. Wir rafften uns auf und gingen auf das Haus zu. RATAS stand auf einem Schildchen neben der Haustür. Durch das Küchenfenster war die Frau zu sehen. Sie bemerkte uns, erschrak. Ich trat an die Tür. Kaum hatte ich angeklopft, öffnete sich die Tür, die Frau stand vor mir und sprach mich in gutem Deutsch an: „Guten Tag. Kommen Sie herein. Was soll ich Ihnen geben?"

Ich fiel aus allen Wolken. Eine Falle?

„Kommen Sie nur herein! Sie brauchen keine Angst zu haben."

Die Frau, adrett und hübsch, strahlte so viel Freundlichkeit, Offenheit und Wärme aus, daß ich mir nichts Arges dahinter vorstellen konnte. Ich bedeutete Karl-Heinz, auch hereinzukommen. Sie forderte uns auf, in der Küche Platz zu nehmen.

„Was brauchen Sie? Mein Mann sagt immer: ,Wenn einmal Deutsche kommen, mußt du ihnen helfen.'"

„Wir bitten um etwas Essen, auch Brot für die nächsten Tage."

Sie füllte uns Teller mit Suppe – es war Mittagszeit – und gab uns ein großes Stück Brot und Speck dazu.

Ich bekam noch eine Jacke und eine Hose. Karl-Heinz wurde auch bedacht.

„Aber Sie müssen noch etwas anderes für den Kopf haben", sagte sie zu mir. Wir besaßen nur unser Soldatenkäppi, und ich hatte einen kahlgeschorenen Schädel darunter, die Einheitstracht fast jedes russischen Soldaten oder Kriegsgefangenen. Karl-Heinz dagegen war in den letzten Lagern immer wieder der Schere entgangen.

Ich bekam eine Schiebermütze. Wir guckten uns an und fanden uns schon ganz zivilisiert. Es drängte uns fort, der Boden wurde uns zu heiß. Doch die Frau wollte uns helfen.

„Bleiben Sie wenigstens noch eine Nacht in der Nähe! Verstecken Sie sich im Wald, wie es hier viele tun müssen."

Das hörte sich vertrauenerweckend an. Diese Frau stand sicherlich nicht auf der Seite der Russen. So verrieten wir ihr, daß wir die anderen beiden noch zu finden hofften. Doch unseren Treffpunkt und den Bauernhof auf der Skizze wagten wir nicht zu nennen.

„Ich werde mit meinem Mann und meiner Tochter sprechen. Die arbeiten in der Stadt bei Behörden und hören viel. Und morgen früh werde ich in den Wald gehen. Sie sollten dann nicht zu weit weg sein von dem Steg, der über den Bach und in den Wald führt. Ich werde ein Körbchen am Arm haben und ein Lied singen. Wenn Sie mich sehen, kommen Sie zu mir, aber nur, wenn ich singe! Ich bringe Ihnen dann etwas zu essen und werde Ihnen erzählen, was los ist."

Dankbar stimmten wir zu. Sie ging vor die Tür und um die Hausecke, kam zurück und sagte: „Es ist alles in Ordnung, Sie können gehen."

Da verabschiedeten wir uns und schlichen davon.

Am Treffpunkt

Wir zogen uns in den dichten Wald zurück und lagerten unter den wie eine Glocke den Boden bedeckenden Zweigen einer Fichte. Ein geräumiges Versteck, das wir noch oft benutzen sollten.

In die Wälder trauten sich die Russen nicht so ohne weiteres hinein. Nur in größeren Verbänden wagten sie es, Waldstücke und ganze Reviere zu durchkämmen, besonders in den frühen Morgenstunden gegen vier Uhr, wenn die *Metsavend,* die Waldmenschen, noch schliefen. Wegzulaufen hatte dann wenig Sinn, denn die Waldstücke wurden vorher umstellt. Wir mußten unter der Erde verschwinden, das war klar. So machten wir uns noch vor Einbruch der Dämmerung auf die Beine, um die nähere Umgebung kennenzulernen und eine Stelle zum Ausheben einer Erdhöhle ausfindig zu machen.

Am Rande einer kleinen Lichtung entdeckten wir eine längliche Mulde. Anscheinend hatte man dort früher mal Kies gegraben. Eine der Böschungen, nur zirka eineinhalb Meter hoch, schien für unser Vorhaben günstig zu sein. Ein Baum, der sich mit zwei mächtigen, freiliegenden Wurzeln breitbeinig abstützte, stand auf der Abbruchkante. Zwischen diesen Wurzeln gedachten wir, unseren Stollen in die Böschung hineinzutreiben. Morgen würden wir uns als Wühlmäuse betätigen.

Als es dunkel war, strebten wir zum zweitenmal dem Treffpunkt zu, um zu sehen, ob eine Botschaft von Rolf und Erhard eingetroffen war, und um die Nachricht zu hinterlassen, wo wir zu finden seien. Einen einfachen Schlüssel hatten wir vor unserem Lagerausbruch schnell vereinbart; Rolf und ich waren ja Nachrichtenleute.

Wir verschlüsselten, wo wir uns aufhielten.

Mitternacht war schon vorüber, als wir wieder auf den Fahrweg stießen, der auf den Treffpunkt zuführte. Diesmal trauten wir uns, in der Dunkelheit die Straße zu benutzen. Doch als wir das in den Mittsommernachtshimmel ragende hohe Gestell wahrnahmen, wichen wir vorsichtshalber wieder in den Wald aus.

Wieder lauerten wir vor dem Hügel am Waldrand lange Zeit und stiegen voller Hoffnungen hinauf. Auch diesmal fanden wir keine Markierung am Fuß des Gestells. Große Enttäuschung. Ich hob das Grasstück ab, darunter lag bloß unser eigener Zettel. Es schien nur eine Erklärung zu geben: Sie waren geschnappt worden.

Wir mußten wieder verschwinden. Schnell kritzelten wir das Datum und die verschlüsselte Botschaft auf unseren Zettel und legten ihn zurück. Dann trotteten wir zu unserem Versteck. Die nächsten Stunden blieben wir unter den Zweigen der Fichte verborgen. Mit Ungeduld erwarteten wir die Informationen über die Vorgänge in der Stadt.

Endlich, am späten Vormittag dieses sonnigen Tages, kam er angeschwebt, unser Engel. Er war zu gleicher Zeit zu hören und zu sehen. Ein Körbchen am Arm, hübsch gekleidet, kam die noch jugendlich wirkende Frau den Pfad vom Haus herunter, überquerte den Bach und ging, mit heller Stimme ein Liedchen singend, in den Wald. Sie bückte sich immer wieder, um etwas zu pflücken, ging da- und dorthin und warf dabei verstohlene Blicke ins Gehölz.

Wir ließen sie noch etwas tiefer in den Wald hineinkommen, bis wir mit der Zunge schnalzten. Dann hockten wir mit ihr unter der schützenden Fichte und lauschten auf das, was sie, leise sprechend, zu berichten wußte.

Es war nicht viel; sie wollte uns vor allem sagen, daß wir nach Einbruch der Dunkelheit ins Haus kommen sollten, wo auch ihr Mann und Tiina, ihr einziges Kind, anwesend sein würden. Einen Spaten und ein Beil würden wir dann auch erhalten, damit wir uns den Unterstand graben könnten.

Sie machte sich auf den Heimweg, vorsichtig nach allen Seiten blickend, ihr Körbchen am Arm. Wir aßen heißhungrig ihr schmackhaftes Speckbrot.

Bei Einbruch der Nacht schlichen wir an den Waldrand, schritten einzeln rasch über den Steg zum Haus und verschwanden darin. Freundliche Begrüßung durch Vater Ratas und Tochter Tiina.

Das war nun die zierliche, dunkelhaarige Tochter der hübschen Mutter, nicht minder gut geraten, einundzwanzig Jahre alt, wie wir hörten. Sie sprach gut Deutsch und war blitzgescheit.

Mutter Ratas brachte Abendessen für alle, und im Nu waren wir in angeregter, freundschaftlicher Unterhaltung. Wir erfuhren, daß es im Lager einige Aufregung gegeben habe, weil nach uns noch weitere Gefangene geflohen waren. Auch in der Stadt habe es sich herumgesprochen, daß mehrere Gefangene nacheinander geflüchtet seien. Eine akute Gefahr bestehe für uns aber nicht, und Tiina, die bei einer Behörde beschäftigt war, würde die Augen offenhalten, um uns notfalls zu warnen.

Vater Ratas wollte die Ohren spitzen, ob nicht etwas von den beiden anderen zu erfahren sei. Er kam im Dienst in der ganzen Gegend herum.

Wir fühlten uns bei diesen Menschen so wohl, daß wir sie ungern verließen. Vater Ratas gab uns Spaten und Beil mit, die Mutter versorgte uns mit Brot und Bratenfleisch. Wir erwähnten, daß wir eine größere Karte und einen Kompaß gebrauchen könnten. Tiina wollte sich darum kümmern.

„Morgen, irgendwann, komme ich über den Bach und werde Brot für Sie in einem der Sträucher, die nahe dem Waldrand stehen, verstecken. Ich lege ein Stück Papier in die Zweige dieses Strauches, als wenn es der Wind dahin geweht hätte“, sagte sie.

Bevor wir uns verdrückten, erschien noch Juta, Tiinas Freundin aus dem Nachbarhaus, in Begleitung ihrer Mutter. Juta, neunzehn Jahre jung, auch eine hübsche Estin – blond, ovales Gesicht mit kleinem, herzförmigem Mund –, gab uns neugierig blickend die Hand zum Gruß, ebenso ihre Mutter. Beide sprachen kaum ein Wort Deutsch, doch angeblich verstand Juta vieles. Jutas Mutter ging bald wieder, sie hingegen blieb noch.

Warum leugnen? Hier hatte sich in wenigen Stunden mehr als Sympathie entwickelt. Es war Zuneigung, besonders natürlich zu den beiden Mädchen.

Der nächste Tag, der 29. Juni, sah uns beim Höhlenbau. Einer schaufelte, während der andere Wache hielt. Der sandige Kies unter dem Baum, den wir für unser Versteck ausgewählt hatten, war leicht herauszuholen. Wir kamen anfangs gut voran und wurden durch Wurzeln, dank des Beils, nicht sehr aufgehalten. Trotzdem dauerte es einige Zeit, bis die Höhle groß genug für uns beide war.

Als dann der geflochtene Verschlußdeckel davorgesetzt und der Rand des Loches noch mit Moos der Umgebung angepaßt waren, verließen wir unsere Höhle noch einmal, um zum Waldrand am Bach zu gehen.

Es war schon düster, aber keine schwarze Nacht. Vorsichtig uns vorantastend, beobachteten wir den Bachgrund und die Häuserzeile.

Als alles ruhig und sicher schien, trat einer von uns aus dem Wald heraus und huschte zum nächsten Strauch. Weiter zum nächsten und so fort.

Es dauerte nicht lange, da blinkte uns ein weißes Blatt Papier entgegen. Das Futterpaket war tief im Strauch unter Zweigen und Laub versteckt. Ein Brot mit einem eingebackenen Stück Speck.

Vorsichtig kehrten wir zu der kleinen Waldlichtung zurück, wo unsere Höhle war, und verharrten noch eine Zeitlang in einigem Abstand davon, Speckbrot kauend, bis wir annehmen konnten, daß uns dort niemand auflauerte.

Die Füße voran, zwängten wir uns in das enge Loch, zogen die Flechtwerkmatte vor die Öffnung und versuchten zu schlafen.

In dieser ersten Nacht blieb es beim Versuch. Zu vieles bewegte uns. Und es war zu sandig und zu eng. Bei jeder Bewegung berührte man die Seitenwand und die Decke der Höhle, was einen Sand- und Kieselregen auslöste. Das große Taschentuch, auf den Kopf gelegt, sollte davor schützen, daß Ohren, Augen, Nase und Mund versandeten. In voller Schulterbreite nebeneinanderzuliegen war nicht möglich.

Für uns stand fest, daß wir in den nächsten Tagen wieder zum Vermessungsgestell gehen würden. Meistens lagen wir aus Gründen der Sicherheit bei geschlossener Luke in unserem Loch. Einmal hörten wir Axthiebe in der Nähe unseres Baues, und durch die Sehschlitze unseres Lukendeckels konnten wir zwanzig Meter von uns entfernt einen Mann sehen, der in der Mulde unserer Waldlichtung Feuerholz machte.

Mit Ungeduld erwarteten wir täglich, nicht nur wegen des Speckbrotes und neuester Nachrichten, unsere beiden Freundinnen. Sie kamen nur bei Eintritt der Dunkelheit. Karl-Heinz war sichtlich Tiina zugetan, und ich hielt mich an Juta im Einweggeflüster, denn laut durften wir nicht sprechen, und ich verstand kein Estnisch.

Die Tage vergingen, ohne daß sich etwas ereignete, außer daß wir mit Tiina und Juta im Wald oder auch einmal im Elternhaus zusammentrafen. Das Ziel, Kontakt mit unseren Kameraden zu bekommen, schien unerreichbar zu werden. Wir mußten damit rechnen, daß sie nicht mehr warten, sondern sich auf den Marsch begeben würden.

Fast jede Nacht peitschten Schüsse von fern durch die Stille, manchmal waren auch MP-Salven zu hören. Wehrte sich da jemand gegen Festnahme, hielt sich Verfolger vom Leib? Hier war der Krieg noch nicht zu Ende. Partisanenkämpfe erschütterten noch nach eineinhalb Jahren das Land.

Als wir in einer dieser Nächte unterwegs waren, wie üblich mit kurzem Abstand hintereinander, hörten wir plötzlich Zweige knakken. Regungslos blieben wir zwischen den Bäumen stehen. Da sahen wir schemenhaft eine Gestalt auf uns zustürmen und blitzschnell hinter einem Baum verschwinden.

Ich weiß nicht, woher ich die Geistesgegenwart nahm, als ich, ohne zu zögern, auf deutsch rief: „Haben Sie keine Angst, wir sind Deutsche!"

Ein großer Mann trat zögernd hinter dem Baum hervor.

Noch immer bewegten wir uns nicht und sprachen weiter ruhig auf ihn ein: „Wir haben keine Waffen, wir sind geflüchtete Kriegsgefangene. Können Sie uns verstehen?"

Er kam zögernd näher. Sein Gesicht und seine Kleidung waren nur undeutlich zu erkennen.

Nachdem ein paar Worte gesprochen, die Hände geschüttelt waren und er anscheinend Vertrauen zu uns gefaßt hatte, fragte er uns in verständlichem Deutsch, woher wir kämen, was wir vorhätten. Er selbst sei Este und müsse sich vor den Russen verstecken. Sie würden ihn einsperren, verurteilen und nach Sibirien deportieren, weil er während der deutschen Besatzungszeit in einem Ort dieser Gegend Bürgermeister gewesen sei. Er lebe schon seit dem Rückzug der deutschen Truppen, also seit fast zwei Jahren, wie viele andere hier im Wald. Er sei nun ein Metsavend, ein Waldmensch. Der Este berichtete, daß es viele Metsavendi gebe und gutorganisierte Gruppen, denen auch Deutsche angehörten. Er forderte uns auf, uns den Freiheitskämpfern anzuschließen.

Wir dankten und wollten lieber nach Hause.

Wieder verging ein Tag. Abends Rendezvous mit Juta und Tiina im Wald. Wenn sie mal nicht gekommen waren, fand sich ein nahrhaftes Päckchen in einem Gebüsch, gekennzeichnet durch das verheißungsvolle Blatt Papier.

Unser Vertrauen in die Familie Ratas war inzwischen so gewachsen, daß wir riskierten, den Ort und das Gehöft zu nennen, wo wir uns mit unseren Kameraden treffen wollten.

„Oh, Kalamees! Ich kenne die Tochter Dagmar. Das ist nicht weit von hier." Tiina wollte erst selbst vorfühlen, ob unsere Kameraden dort aufgetaucht wären. Sie brachte meistens einige Neuigkeiten mit, was sich in der Stadt und im Land rundum tat. Eines Tages präsentierte sie uns eine große, das ganze Baltikum, Ostpreußen und Ostpommern umfassende Karte.

Wir waren begeistert, denn nun konnten wir unseren Füßen genaue Richtung geben für den großen Marsch durch Estland, Lettland, Litauen, Ostpreußen, die ehemalige Provinz Posen und Ostpommern. Ziel Heimat.

Ja, Heimat – wo würden wir die finden? Da, wo sie gewesen war? Die von Rolf in Ostpreußen, die von Erhard in Schlesien oder am letzten Wohnsitz in Ostpreußen, die von Karl-Heinz in Berlin und die meine in der Oberlausitz? Oder würden wir irgendwo eine Ersatzheimat finden?

Sechshundert Kilometer bis Insterburg und von da fünfhundert Kilometer bis Küstrin an der Oder. Tausendeinhundert Kilometer Luftlinie! Wie viele Kilometer würden das wirklich sein, wenn man sie auf krummen Wegen, bei Nacht, durch Wälder, über sumpfige Wiesen und Felder, ohne Markierung, über Bäche und Ströme, hungrig, erschöpft und ständig in Gefahr, zu Fuß bewältigen will?

Tiina hatte sogar einen Kompaß beschafft. Und außerdem hatte ich eine Uhr und einige Rubel, die ich mir auf abenteuerliche Weise in einem Lager organisiert hatte.

Noch einmal nutzten wir den Schutz der Mittsommernachtsdämmerung, um zum Treffpunkt zu gehen. Es muß die Nacht vom dritten zum vierten Juli, der neunte Tag nach unserer Flucht, gewesen sein. Erhard hätte somit schon abmarschiert sein können. Rolfs Frist wäre an unserem zehnten Tag abgelaufen.

Wieder pirschten wir uns vorsichtig an das Gestell heran, suchten alles ab, fanden unseren Zettel, aber keine Veränderungen an diesem und an der Markierung.

Abermals enttäuscht, kehrten wir in unser Versteck zurück. Eigentlich war es nun ziemlich klar, daß wir nicht mehr mit ihnen rechnen konnten und allein marschieren mußten.

Das abendliche Treffen mit den beiden Mädchen brachte eine Neuigkeit. Tiina erzählte uns, daß ihr eine Freundin von zwei Männern berichtet habe, die in dem zehn Kilometer entfernten Nachbardorf aufgetaucht seien und dort arbeiteten. Die Männer seien Freunde, sprächen etwas Russisch und eine fremde Sprache. Russen seien sie bestimmt nicht. Dagmar, Tiinas Freundin, hatte den beiden Männern Andeutungen über uns gemacht.

Verdammt, das wollten wir doch nicht!

„Wie soll ich euch an andere heranbringen, die vielleicht das gleiche vorhaben wie ihr, wenn ich nichts von euch sagen darf? Sie wissen ja nicht, wer und wo ihr seid. Dagmar ist schon klug und vorsichtig genug. Sie wird bestimmt nicht zuviel gesagt haben. Wollt ihr euch nicht mal treffen?"

War das eine Falle? War Tiina oder ihre Freundin hier einem Trick aufgesessen?

Wir versuchten, Einzelheiten zu erfahren: Namen, Nationalität, Aussehen, was die Männer vorhatten. Doch Tiina wußte nur, daß der eine ziemlich groß sei und daß sie wollten, daß wir mal rüberkämen, um sie kennenzulernen.

Nach kurzem Überlegen schlugen wir vor, daß die Begegnung am nächsten Tag bei uns im Wald auf einem geraden, breiten Waldweg zu bestimmter Uhrzeit stattfinden sollte. Wir würden in Deckung warten, bis die Männer kämen, und uns erst zeigen, wenn es ungefährlich erschiene.

Der fünfte Juli kam. Mit Ungeduld warteten wir auf den Abend. Lange vor der verabredeten Zeit machten wir uns zum Waldweg auf. Wir hockten uns, getrennt voneinander, unter tiefhängende Fichtenzweige und beobachteten den Weg, auf dem sie kommen mußten. Hoffnung und Skepsis waren gleich stark.

Dann tauchten zwei Männer auf, ein größerer und ein kleinerer in

Zivilkleidung, Mützen auf dem Kopf. Noch waren ihre Gesichter nicht zu erkennen. Doch die Bewegungen ...

„Das ist Rolf!" – „Nein." – „Doch, er ist's!" – „Rolf! Mensch, Rolf, Erhard! Ihr seid's?"

„Menschenskinder! Markus, Karl-Heinz! Ist das die Möglichkeit!"

Wir umarmten uns, klopften uns auf Schultern und Rücken, umarmten und küßten Tiina und Juta, die mit Abstand schon nachgekommen waren, begrüßten Dagmar und fanden auch sie vertrauenerweckend und sympathisch.

Ich mahnte zur Stille und Eile. Wir tauchten, nur noch flüsternd, im Wald unter.

Soosava

Es gab eine Menge zu berichten. Über die Flucht von den Arbeitskommandos und aus dem Sägewerk und darüber, wie jeder die gemeinsamen Ziele, den Bauernhof und den Treffpunkt, gesucht hatte. Mit Dagmar, Tiina und Juta im Wald zusammensitzend, berichteten Erhard und Rolf uns über ihre Erlebnisse.

Erhard begann seinen Bericht: „Ihr wißt, wie ich euch am sechzehnten Juni verkündet habe: ‚Morgen haue ich ab!' Ich drängte mich also zu dem unbeliebten Kieskommando. Zwei Tage darauf fuhr unser kleines Häuflein von vier Mann, ein Lastwagen mit nur einem Mann Bewachung, an einem nebligen Tag gegen elf Uhr zur Kiesgrube außerhalb der Stadt. Dort angekommen, erkannte ich sofort, daß über die steilen, kiesigen Wände der Grube ein Entkommen nicht möglich sein würde. Deswegen sagte ich dem Posten, daß der Kies nicht gut sei zum Betonieren.

Ob ich etwas davon verstünde, fragte er zurück.

Ja, ich sei Maurer, antwortete ich.

Wo denn besserer Kies sei?

Vorn hätte ich besseren gesehen.

Er fiel auf den Trick herein und ließ uns an der Einfahrt zur Grube schaufeln. Es war unbrauchbarer Mahl- und Flugsand.

Doch kaum hatten wir angefangen, ging es darum, wer organisieren gehen sollte. Geld, Zigaretten, Wurst und Speck mußten an den Herrn Wachposten abgegeben werden. Uns durfte nur Brot bleiben.

Es war eine glückliche Fügung, daß die anderen drei Kameraden keine Lust verspürten, betteln zu gehen. Freiwillig erklärte ich mich dazu bereit.

So wurde ich vom Wachposten angewiesen, zu den drei nächstliegenden Gehöften zu gehen, die etwa vierhundert Meter entfernt lagen. Aber nur zu diesen, andernfalls würde er auf mich schießen.

Ich ging los und erhielt im ersten Gehöft ein ganzes Brot. Das konnte als Marschverpflegung für drei Tage reichen.

Als ich aus dem Gehöft herauskam, sah ich den Posten zu mir herüberschauen und ging in das zweite Gehöft daneben, wo ich mich aber nicht lange aufhielt. Dann steuerte ich das dritte Gehöft an.

Ich tat dann, was der Russe ausdrücklich verboten hatte, und ging schnurstracks die dreihundert Meter weiter zu einem der näher am Wald stehenden Häuser. – Ob er schießen würde? Auf diese Entfernung gleich zu treffen, hielt ich für wenig wahrscheinlich.

Der Posten schien unsicher zu sein.

Ich betrat das Haus und kam sofort darauf noch einmal heraus, um ihn durch mein Erscheinen noch in Sicherheit zu wiegen. Für ihn gut sichtbar, ging ich ins Nachbarhaus, verließ es aber gleich wieder durch den Hinterausgang und rannte in Deckung des Hauses eilends in ein Wäldchen Richtung Süden. Schnell hatte ich den Hain durchquert. Ich stoppte und warf mein schwarzes Käppi der Panzersoldaten weg. Dann drehte ich die Feldbluse um, so daß der bräunliche Futterstoff nach außen kam. Ich hoffte, nun nicht mehr wie ein deutscher Landser auszusehen, zumal ich schon echt russische, olivgrüne Wickelgamaschen trug. Nur der glatte Stalinkulturhaarschnitt konnte mich als entlaufenen deutschen Gefangenen oder auch als russischen Soldaten ausweisen.

Gebückt hastete ich durch mannshohe Getreidefelder, kroch über Wege, fand einen Steg, der mich über einen breiten Bach führte, und verschwand im Hochwald. In der Ferne sah ich immer noch den Posten stehen, der nach mir Ausschau hielt.

So schnell ich konnte, hastete ich durch den Wald. Mein Puls raste. Schleichend und kriechend schob ich mich an mein erstes Ziel heran, den Vermessungspunkt auf dem Hügel.

Wie vereinbart vergrub ich dort die Meldung, daß ich dagewesen war. Doch ich ahnte nicht, daß ich einen anderen Treffpunkt als den vereinbarten angelaufen hatte.

Als ich eine Waldwiese überquerte, stieg plötzlich aus dem Schornstein eines verlassenen, halbzerstörten Hauses dicker gelber Qualm auf, der mich veranlaßte, wieder im Wald zu verschwinden. Kurze Zeit darauf sah ich im Nebel sieben Gestalten. Ich ging in Deckung, als ich Russisch hörte. Weiter rennend, kam ich an eine große Wasserfläche, offenbar ein Überschwemmungsgebiet. Ich ließ mich ins Wasser fallen. Sie schossen auf mich. Ich tauchte unter und kam an anderer Stelle wieder hoch. Das Schießen hörte auf.

Durch flacheres Wasser, Hochwald und dann durch einen fünfzehn Meter breiten Kanal gelangte ich an eine von Militärfahrzeugen stark befahrene Chaussee. Ich hatte Hunger und wollte versuchen, in einem einzeln gelegenen Haus etwas zu essen zu holen. Doch ich schlief am Waldrand vor Erschöpfung ein. Ich erwachte wieder, als die Sonne schon hinter dem Wald verschwunden war.

Alles sah friedlich aus. Doch als ich mich dem Haus bis auf dreißig Meter genähert hatte, kam mir ein großer, grauhaariger Mann entgegen, von Kopf bis Fuß ein Herr, eine in dieser Umgebung auffallende Erscheinung. Ich sprach ihn an. Er ging in das Haus, bestellte für mich Essen und bezahlte. Dann schilderte er mir einen acht Kilometer langen Waldweg nach Soosava und fügte hinzu, ich könne dort im Bachgrund in einer Mühle, die seiner Schwester gehöre, Essen erbitten.

Ich tat wie geraten und erfuhr von seiner Schwester, daß soeben der Lagerkommandant von Rakvere bei ihr gewesen sei, um sie aufzufordern, sofort Meldung zu erstatten, wenn sie verdächtige Personen bemerke.

Gesättigt, aber nicht gerade beruhigt, machte ich mich weiter auf den Weg nach Soosava. Am Dorfeingang stieß ich auf einen Bauern. Angriff ist die beste Verteidigung, dachte ich und sprach ihn an. Ich solle mich bei ihm melden, habe mir der Begleitposten des Holzkommandos befohlen, damit ich hier wieder abgeholt werden könne. Er nahm mich ins Haus, gab mir auf meinen Wunsch Wasser und Brot und sogar etwas Fleisch von seinem Abendessen. Als einige Zeit verstrichen war, fragte ich ihn, ob er denn der Bauer Kalamees sei.

‚Nein', antwortete er, ‚die Kalamees wohnen einen halben Kilometer weiter.'

‚Ach, bei dem sollte ich mich aber melden!' rief ich, ‚dann muß ich mich beeilen!'

Zwei Stunden später schlief ich in der Scheune von Kalamees im Heu – zum ersten Mal wieder seit sechsunddreißig Stunden."

Soweit Erhards Bericht.

Rolf erzählte dann, wie es ihm gelungen war, von seinem zwölf Mann starken Arbeitskommando in einer demolierten Fabrik unweit des Lagers zu entweichen. Das Ende der Arbeitszeit stand kurz bevor. Er entfernte sich ein paar Schritte von seinen Arbeitskameraden, ging auf der Hauptstraße zurück in Richtung Lager und bog dann am

Stadtrand in einen Feldweg ein. Er hörte die Postenrufe: *„Stoi! Stoi!* – Halt! Halt!“ Es kostete Nerven, sich nicht mehr umzuschauen. Würde der Posten schießen? Es gelang Rolf, sich in einem ausgedehnten Buschgelände bis zum Einbruch der Nacht zu verstecken.

Als er in Richtung unseres verabredeten Ziels marschierte, stieß er auf ein großes russisches Biwak, dessen Umgehung ihn Stunden kostete und ihn nach Süden führte, in die falsche Richtung. Im Morgengrauen mußte er einem bewaffneten Posten an einem Waldrand ausweichen. Es gelang ihm, wieder den richtigen Kurs nach Osten zu finden, und auch er wunderte sich, genau wie Erhard, daß die Skizze, die er bei sich trug, nichts nützte.

Hunger und Erschöpfung machten sich bemerkbar, als er, mitunter fast ziellos, weiterstolperte über Wiesen und durch Felder. Irgendwo im Wald war er dann am Ende seiner Kräfte, ließ sich zu Boden fallen und schlief sofort ein. Frühmorgens marschierte er weiter, geriet am Waldrand auf ein großes Feld, das sich zu einem Bach hinunterneigte. Unten waren Gehöfte. Er entschloß sich, zu dem äußersten Gehöft zu gehen, um etwas zu essen zu erbitten. Dort stieß er zu seiner großen Überraschung auf Erhard, der gerade dabei war, ein Pferd anzuschirren.

Erhard, Rolf und Dagmar verabschiedeten sich, gingen zurück zu ihrem Bauernhof, und wir sprachen in Gesellschaft von Tiina und Juta noch lange darüber, wie es weitergehen solle.

Weitere zehn Tage in der Nähe der Mädchen, das gefiele uns schon. Aber noch zehn Tage in unserer Röhre, sozusagen mitten im Pulverfaß, in dieser unruhigen Gegend, das paßte uns gar nicht.

Von unserer, also Karl-Heinz' und meiner Seite, war eigentlich alles klar zum Start. Wir hätten am nächsten Tag abmarschieren können. Doch Erhard und Rolf wollten noch nicht.

„Wir können die Bäuerin und Dagmar nicht im Stich lassen. Sie haben so viel für uns getan, und wir haben ihnen versprochen, die Ernte einzubringen.“ In gut einer Woche, meinten sie, wäre es geschafft.

Widerwillig nur akzeptierten wir die Verzögerung und einigten uns darauf, daß wir in zehn Tagen, am 15. Juli, nach Soosava gehen wollten, um von dort aus gemeinsam abzumarschieren.

Der Tag des Abschieds von unseren estnischen Freunden kam. Wir bedankten uns für ihre Hilfe und ihren Mut, jeder wünschte jedem Glück und ein Wiedersehen in Freiheit. Eine letzte Umarmung mit den Mädchen, ein Sichlosreißen und ein Zurückwinken an der ersten Wegbiegung.

Der Weg nach Soosava war uns eingehend beschrieben worden. Nach gut eineinhalb Stunden erreichten wir den einige Kilometer entfernten Ort bei Einbruch der Dämmerung. Am Waldrand verharrten wir, schauten uns gründlich um und gingen, als alles ruhig zu sein schien, ohne Hast den Weg zwischen den Feldern hinunter zu dem Gehöft links von uns.

Dort hatte man uns schon erwartet. Erhard zeigte uns gleich die Scheune, in der unser Nachtquartier vorgesehen war. Rolf und Dagmar kamen dazu, und später ließ sich auch die Bäuerin sehen. Sie verstand ganz gut Deutsch. Von Herkunft Kosakin, war sie mit dem estnischen Bauern Kalamees verheiratet, der von den Sowjets nach Sibirien verschleppt worden war, weil er seinen Mund nicht halten konnte.

Es gab etwas zu essen und eine Menge zu erzählen. Aber Mißstimmung gab es auch, weil Erhard und Rolf mit der Feldarbeit noch nicht fertig waren.

Was tun? Abmarschieren? Wieder zurück in die sandige, kalte Waldhöhle? In der Nähe des Bauernhofes, oben im Wald ein Versteck suchen? Oder einfach im Heu der Scheune in guter Deckung bleiben?

Wir entschlossen uns zum letzteren; es war die einfachste und zugleich komfortabelste Lösung. Das große Wirtschaftsgebäude war von dem stattlichen Wohnhaus durch die Einfahrt getrennt, hatte drei Abteilungen hintereinander: die Wagen- und Geräteremise, den Stall mit Kühen, einem Pferd, Schweinen und Federvieh und schließlich die Scheune mit Heu- und Strohvorräten. Drei Meter mußten wir eine Leiter hochsteigen, um zu unserem weichen, warmen Schlafplatz im Heu zu kommen.

Erhard und Rolf waren anderntags frühzeitig auf den Beinen. Sie hatten Stalldienst, bekamen anschließend ein kräftiges Frühstück im Wohnhaus der Bäuerin und gingen dann zur Feldarbeit. Müde kamen sie abends zurück, wuschen sich, aßen wieder im Bauernhaus und brachten uns warmes Essen in die Scheune.

„Also hört mal“, sagte Erhard. „Die Bäuerin meint, ihr solltet mithelfen, die Ernte einzubringen. Ich glaube, das wäre nicht schlecht, denn dann sind wir schneller fertig und können früher abmarschieren.“

Ich bekam eine Gänsehaut. Hatten sie nicht gestern abend berichtet, daß sie auf dem Feld nicht nur mit Dagmar und der Bäuerin, sondern zeitweilig auch mit einer russischen Lehrerin und zwei Soldaten zusammen arbeiteten?

Aber schon mancher hat für das tägliche Brot gefährliche Arbeit in

Kauf genommen. So ließen wir uns am nächsten Morgen jeder einen Rechen in die Hand drücken und gingen durch den Bachgrund mit auf die große Wiese zum Heuwenden. Im Laufe des Vormittags erschien die Lehrerin, und später gesellten sich auch die beiden Soldaten zu uns, ein Hauptfeldwebel und ein Verpflegungsunteroffizier. Die Bäuerin und Dagmar zogen sich zur Arbeit in Stall und Küche zurück.

„Kein Wort Deutsch! Verplappert euch bloß nicht!" ermahnte uns Erhard. „Haltet euch immer etwas abseits, aber nicht zu weit, das könnte auffallen. Und tut ab und zu so, als wenn ihr miteinander ‚Botokudisch' sprecht. Das kennen die Russen schon, verstehen aber nichts. Wir auch nicht."

Unsere Kameraden hatten uns die Phantasiesprache in der Scheune schon vorgemacht: mit und ohne Pathos, schnell und langsam, flüssig und stockend, laut und leise, rufend und wie zu sich selbst – wie man so im Alltag spricht, nur eben Botokudisch oder was sie dafür ausgaben.

Wir konnten uns das Lachen nicht verkneifen. Aber hätten sich Erhard und Rolf dauernd angeschwiegen, wäre das aufgefallen.

Estnisch konnten sie nicht, Russisch nur das, was Landser so gelernt haben. Deutsch durften sie nicht sprechen, also mußte eine Phantasiesprache her. Wenn sie sich wirklich etwas zu sagen hatten, schoben sie ein paar englische Brocken in ihre Phantasiesprache ein. Sie gaben sich als Schweden aus, die zum Arbeiten in der Erntezeit herübergekommen seien, zum Geldverdienen und für Lebensmittel. Russen hatten dafür aus eigener Erfahrung Verständnis.

Wir versuchten uns also auch in Botokudisch. Nach zwei, drei Tagen waren wir fast genauso perfekt wie Rolf und Erhard.

„Die Soldaten sind harmlos. Aber vor der Lehrerin seht euch vor. Die wird euch Fragen stellen. Laßt euch auf nichts ein."

Es kam, wie Erhard es vorausgesagt hatte. Die Lehrerin konnte und wollte sich wohl auch nicht beherrschen. Freundlich *„Sdrastwuitje* – Guten Tag" grüßend, sprach sie uns auf russisch an. Wir grüßten wie sie zurück und machten mit dem Heuwenden weiter. Sie ließ nicht locker, stellte Fragen. Ich nickte nur dann und wann. Sie gab nicht auf, fragte weiter, jetzt in gut verständlichem Deutsch. Ich änderte nicht im geringsten mein Verhalten, zuckte mit den Schultern. Irgendein

plapperndes Gemurmel, was wie Schwedisch klingen sollte. Sie wandte sich schließlich resignierend ab.

Ich ging zu Rolf und sprach laut genug, so daß sie es hören konnte, auf botokudisch auf ihn ein. Gestikulierend redeten wir miteinander und begaben uns dann wieder an die Arbeit. Der Eindruck, den wir hinterließen, muß überzeugend gewesen sein. Sie ließ uns in Ruhe.

Mittagspause. Zurück zum Hof. Erhard und Rolf verschwanden wie immer mittags im Wohnhaus, Karl-Heinz und ich in der Scheune. Wir warteten, daß man uns wieder das Essen bringen würde.

Erhard kam mit leeren Händen. „Die Bäuerin will, daß ihr zum Essen mit ins Haus kommt."

„Keinesfalls! Wir sind doch nicht lebensmüde!"

„Macht kein Theater. Wir sind auch nicht lebensmüde. Außerdem seid ihr schon stadtbekannt. Was sollen die beiden Soldaten denken, wenn ihr jetzt in der Scheune verpflegt werdet? Wer simuliert, muß konsequent sein oder es bleibenlassen. Wenn ihr mit am Tisch sitzt, ist alles in Ordnung. Die Lehrerin ist ja nicht dabei, und zu unterhalten braucht ihr euch nur mit Rolf und mir . . . Botokudisch natürlich."

Ich kam aus dem Schrecken nicht heraus. Da setzen sich diese Kerle, frisch dem Gefangenenlager entsprungen, nur etliche Kilometer vom Lager entfernt, in einer Gegend, die ständig von russischen Truppen kontrolliert wird, in einem Gehöft unbekümmert mit russischen Soldaten zum Essen an einen Tisch, und das jeden Tag!

Dagmar kam hinzu und redete auch auf uns ein. Ihrem Charme konnten wir uns nicht entziehen, also gingen wir mit.

„Aber du, Markus, mußt die Mütze beim Essen aufbehalten, wie wir es auch tun, denn unsere Lagerköppe brauchen die nicht zu sehen."

Nur Karl-Heinz ging drinnen wie draußen ohne Kopfbedeckung. Als der Feldwebel sich wunderte, daß wir anderen auch am Mittagstisch den Kopf bedeckt hielten, tat die Bäuerin das kurz ab: „Das ist bei den Schweden so üblich." Dabei blieb es, keiner fragte mehr.

So saßen wir also täglich an dem großen, derben Holztisch in der bäuerlichen Stube neben der Küche, Bäuerin, Tochter Dagmar, zwei russische Soldaten und wir vier Entlaufenen, löffelten lässig unsere Suppe und simulierten kurze Gespräche oder Bemerkungen und radebrechten auch mal russisch, um uns mit der Bäuerin oder dem Feldwebel zu verständigen. Es passierte nichts.

Die nächsten Tage gingen vorüber mit Feldarbeit, die immer noch nicht beendet war. Und die Bauersleute hatten etwas anderes im Sinn, das es Erhard und Rolf besonders schmackhaft machte, noch zu bleiben, nämlich eine große „Schweinerei". Die beiden sprachen auf uns ein mit speckglänzenden Augen, fett-fleischigen Mienen, in schmalziger Sprache, um uns zu überreden dazubleiben, bis die Sau geschlachtet werde.

„Die Bäuerin gibt zum Dank für unsere große Hilfe beim Ernteeinbringen ein Schlachtfest mit Wellfleisch und selbstgebranntem Schnaps, wenn wir ihr morgen beim Schweineschlachten helfen. Und sie gibt uns fürs Schlachten große Beutel voll Braten mit! Wichtige Marschverpflegung!" Erhard und Rolf spielten alle Trümpfe aus: „Und Dagmar hat Tiina und Juta zum Schlachtfest eingeladen. Die könnt ihr doch nicht enttäuschen." Die Trümpfe stachen, wir blieben.

Ich hatte noch nie ein Schwein geschlachtet. Nun mußte ich mithelfen, das arme Tier festzuhalten, damit ihm Erhard mit dem Beil und Karl-Heinz mit dem langen Messer ein schnelles Ende bereiten konnten. Das Schwein aber riß sich aus unseren Händen los, raste durch den Stall und wäre ins Freie entwischt, wenn nicht Dagmar im letzten Moment noch die Stalltür zugedrückt hätte. Ich konnte dem armen Schwein seinen Freiheitsdrang nachfühlen. Aber es half ihm nichts und niemand. Nach wilder Jagd kreuz und quer durch den Stall wurde es wieder eingefangen, betäubt und abgestochen.

Während die Bäuerin und ihre Tochter noch bis in die Nacht mit dem Zerlegen vollauf beschäftigt waren, schufteten wir auf der Wiese, um vor unserem Marsch, der am übernächsten Tag beginnen sollte, das letzte Heu einzubringen. Wir schafften es nicht ganz; aber wir würden ja anderentags noch bis nachmittags Zeit haben, das Fest sollte erst am Abend steigen.

Es kam der Einundzwanzigste, ein Unglückstag. Wie jeden Tag gingen wir morgens zur Heuernte, waren gegen Mittag fertig, nahmen im Haus unser Mittagsmahl ein und zogen uns dann zum Ausruhen und Feinmachen für das Fest in die Scheune zurück. Da traf Karl-Heinz des Teufels tückischer Schlag, als er von dem etwa drei Meter hohen Heuberg in der Scheune hinuntersprang. Er landete auf einer vom Heu verdeckten Leiter und knickte zusammen.

Es war der linke Fuß. Erhard untersuchte ihn und konstatierte einen Bruch des Mittelfußknochens. Alles andere als Festtagsstimmung bemächtigte sich unser. Doch durften wir uns vor den russischen Soldaten nichts anmerken lassen. Dem Feldwebel blieb es dennoch nicht verborgen, daß sich Karl-Heinz verletzt hatte, als er ihn über den Hof humpeln sah. Kameradschaftlich interessierte er sich dafür und erbot sich, ihn zu seinem Truppenarzt im Ort mitzunehmen. Karl-Heinz hatte Mühe, sich dem zu entziehen.

Mit gemischten Gefühlen bangte ich der Zukunft entgegen und ließ mich dann doch durch den Gedanken an das festliche Wiedersehen dazu verleiten, die Sorgen für ein paar Stunden zu verdrängen. Ich ordnete meine „Ausgehkluft" und bereitete mich auf den geliebten Besuch vor.

Rechtzeitig zum Festessen kamen unsere Rehlein und beschleunigten in der herzlichen Begrüßung unseren Puls.

Und doch blieb unsere Freude durch das Malheur von Karl-Heinz gedämpft. Der Fuß hatte sich inzwischen so verschlimmert, daß wir die Hoffnung aufgeben mußten, Karl-Heinz könne schon bald mit uns marschieren. Einziger Ausweg schien, daß er sich so lange wie nötig auf dem Bauernhof oder in der Nähe im Wald aufhielt, bis er nachkommen konnte. Aber wie lange würde das dauern?

Der Lärm der Partisanenkämpfe war jetzt öfter zu hören, kam sogar näher. Gerüchte gingen um, daß die Rote Armee eine große Aktion in den Wäldern ostwärts von uns vorbereitete. Wir mußten weg.

Die Mädchen waren auf die Idee gekommen, daß wir die Eisenbahn, die nach Südwesten, Richtung Riga, das Land durchquerte, benutzen könnten, um schneller voranzukommen. Dazu müßten wir weg von den umkämpften Sumpfgebieten nach Tamsalu marschieren, um dort mit Hilfe wohlgesinnter Esten den Zug zu besteigen. Der Plan war verlockend, wenn auch mit einem großen Fragezeichen versehen.

Während wir noch in der Scheune beratschlagten, hatten die Bäuerin und ihre Tochter das Schlachtfest vorbereitet und luden nun zum Essen ein. Das gemeinsame Mahl – die Bauersleute und wir vier Entlaufenen – am großen Tisch wurde zum fröhlichen Fest. Als die Mägen zum Bersten gefüllt waren, griff Dagmar in die Tasten ihrer Harmonika und spielte zum Tanz auf.

Spät zogen wir uns in unser Quartier zurück. Drei hübsche junge Damen kamen uns über die Leiter nachgestiegen, damit es uns auf dem Heuhaufen nicht zu langweilig wurde. Neben uns drei Pärchen wachte Erhard, der Senior, allein mit seinen Gedanken beschäftigt.

Juta und ich starrten nach oben ins Dunkel, wo über dem Scheunendach der Himmel und seine Sterne sein mußten; wir schwiegen, denn mit Worten konnten wir uns nicht viel sagen. Doch als ich leise fragte: „Möchtest du gern mit mir kommen, Juta?", legte sie ihren Kopf auf meine Brust, und ich spürte ihre Tränen.

Juta mußte sich dann auf den Heimweg machen – zehn Kilometer.

Halb wach, halb noch im Traum, wurden wir am anderen Vormittag von der in die Scheune stürmenden Bäuerin mit dem Schreckensruf „Die Russen!“ aufgescheucht.

Runter vom Heuhaufen, rein in den Scheunenanbau. Ein kurzer Blick durch die Fensterchen auf die Dorfstraße jagte uns eine Gänsehaut über den Rücken: „Aus, jetzt haben sie uns erwischt!“

Die Straße war voll von Autos und Soldaten; rote Schulterstücke, also NKWD. In Scharen sprangen sie von den Lkws ab und standen oder liefen auf der Straße herum.

Wir rasten zurück auf den Heuhaufen, zogen Schuhe und Klamotten an, nahmen unseren prall mit Braten, Brot und anderen Lebensmitteln gefüllten Beutel in die Hand und flitzten über den Hof in den Bachgrund, nachdem uns ein kurzer Blick durch den Torspalt gezeigt hatte, daß sie noch nicht im Hof waren. Karl-Heinz humpelte mit schmerzverzerrtem Gesicht ohne Beutel hinterher. Hinter den Büschen und Bäumen des Bachufers nahmen wir Deckung und beratschlagten fieberhaft.

Flucht über die angrenzende große Wiese, die wir abgeerntet hatten, bis hinauf zum Waldrand? Unmöglich am hellichten Tag, man hätte uns wie Hasen abknallen können.

Dagmar erschien. Sie brachte die Nachricht, daß der Ort tatsächlich, wie auch andere Dörfer der Gegend, für eine größere Aktion gegen die Partisanen belegt werde. Doch noch war die Razzia nicht angelaufen. Die russische Führung hatte ausgerechnet unseren Hof als das stattlichste Quartier für den Kommandeur und seinen Stab ausgewählt.

Wir warteten in höchster Spannung. Die Offiziere und das Begleitpersonal entfernten sich nach kurzer Zeit wieder aus dem Bauernhof. Der Kommandeur, ein Major, mit einem Hauptmann, einem Feldwebel und einem Offiziersburschen würden frühestens in zwei Stunden zurückkommen, erklärte die Bäuerin, als wir Dagmar ins Haus gefolgt waren.

„Los, Jungs! Das Mittagessen ist fertig.“

Wir setzten uns an den großen Tisch im Wohnhaus und würgten etwas von dem schmackhaften Mahl hinunter. Tiina war auch inzwischen erschienen.

„Dagmar bringt euch mit Pferd und Wagen aus dem Ort und ein gutes Stück in Richtung Tamsalu“, sagte die Bäuerin. „Das ist jetzt die einzige Möglichkeit, hier überhaupt wegzukommen.“

Wir waren bedrückt, weil Karl-Heinz nicht mitgenommen werden konnte. Er wollte sich verstecken. Die Mädchen hatten vor, ihn, wenn möglich, zu einem estnischen Arzt zu bringen, sobald die Luft wieder rein war, und ihn dann mit dem Wagen nachzutransportieren, damit wir zusammenbleiben könnten.

Wir umarmten, herzlich dankend, Mutter Kalamees, drückten Karl-Heinz die Hand. Es war der 22. Juli 1946, Karl-Heinz' fünfundzwanzigster Geburtstag.

Dagmar ging, um Pferd und Wagen zu holen. Sie war gerade dabei, das Pferd vor den Wagen zu schirren, als um die zum Bach hin gerichtete Giebelseite des Hauses herum die Sowjets plötzlich auf uns zu kamen, voran der Major mit seinem Gefolge, sechs Mann insgesamt.

Gespielt gleichgültig ließen wir sie herankommen, grüßten freundlich Sdrastwuitje. Sie grüßten zurück mit der Hand an der Mütze und strebten der Haustür zu.

Dagmar war endlich fertig, führte mit Tiina das Pferd mit dem Wagen am Wohnhaus vorbei auf die Straße und hielt vor dem Scheunentor an, um uns auf den einfachen Bretterwagen aufsteigen zu lassen. Karl-Heinz blieb stehen und winkte.

Erhard nahm die Zügel auf, knallte mit der Peitsche, und ab ging die Fahrt mit den beiden Mädchen, zunächst im Schrittempo die Dorfstraße entlang, wo die Lastwagen der NKWD-Einheit standen.

Wir markierten Unterhaltung und waren doch gefaßt, jede Sekunde den Ruf „Stoi!" zu hören.

Der Ruf kam nicht. Niemand nahm Notiz von uns.

„Sie sind Deutsche?"

Die Dorfstraße war gesäumt von sowjetischen Lkws und Soldaten. Wir mußten daran vorbei, es gab keinen anderen Weg.

Um unsere Harmlosigkeit deutlich zu machen, hatten Erhard und ich uns auf den Bock gesetzt, Tiina in unserer Mitte, und wir unterhielten uns angeregt, freilich nicht auf deutsch. Rolf und Dagmar hatten hinter uns auf dem Wagenboden, nach rückwärts blickend, Platz genommen. Juta war nicht mehr dabei, da ihre Mutter sich mit Recht große Sorgen machte. Die Strafe für die Estinnen wäre mindestens Gefängnis, wenn nicht Verbannung in ein Straflager gewesen.

Wir vereinbarten, daß künftig bei allen Ortsdurchfahrten die Mädchen munter plaudernd auf uns einreden sollten. Jedesmal befiel uns von neuem die Spannung, wenn wir an dem Milizhaus eines Ortes vorbeikamen. Dagmar hatte ihre Ziehharmonika mitgenommen und begann zu spielen. Unbehelligt kamen wir voran, passierten Militärfahrzeuge und Pulks von Soldaten. Alles ging gut. Niemand kümmerte sich um uns.

Aber Karl-Heinz! Wir hatten ausgemacht, daß wir von Tamsalu aus mit Soosava telefonisch Verbindung aufnehmen würden, um zu erfahren, ob Karl-Heinz nachkommen könne und wie.

Für Tamsalu hatten wir noch eine zuverlässige Adresse mit auf den Weg bekommen: Lena, eine junge, deutschfreundliche Estin. Durch sie würden wir die Möglichkeit haben, Auskunft über Karl-Heinz einzuholen und wahrscheinlich mit Fahrkarten versorgt zu werden.

Wir näherten uns dem Ende unserer Fahrt. Rolf und Dagmar, die hinter uns saßen, waren still geworden. Es hieß Abschied nehmen. Wir hätten es Rolf nachgesehen, wenn er wieder kehrtgemacht hätte. Er wäre nicht der erste entlaufene Kriegsgefangene gewesen, der in einem dieser drei baltischen Staaten untertauchte. Ich glaube sogar, daß manche Ausreißer, die nicht wieder eingefangen wurden, so ihre Flucht beendeten.

Auf einem Waldweg hielten wir an, luden unsere schweren Beutel ab, ließen das Pferd weiden und setzten uns ein wenig abseits vom Straßenrand für einige Minuten nieder.

Mit herzhaften Küssen, die wir reihum austauschten, nahmen wir Abschied.

Es WAR der 23. Juli, als wir Tamsalu erreichten. Vor uns lag der Bahnübergang, unmittelbar rechts daneben war der Bahnhof. Nicht weit davon mußte Lena wohnen, deren Adresse wir bekommen hatten.

Der Ort war nicht groß. Der Wald am Ortsrand schien ein beliebtes Ziel für Kinder, Spaziergänger und Pärchen zu sein. Wir fanden aber eine Stelle, wo Büsche und Sträucher schön dicht standen und wir uns unter einem weit ausladenden Nadelbaum verbergen konnten.

Ich weiß nicht, wie spät es war, als wir den ersten Vorstoß zu dem Haus unternahmen. Wie verabredet, ging Erhard für den Fall einer unerwünschten Begegnung voraus; denn er sprach von uns am besten Russisch. Dann folgte ich auf kurze Distanz, Rolf blieb zunächst am Hofeingang stehen. An die Vordertür zu gehen wagten wir nicht, weil anscheinend mehrere Leute im Haus waren.

Hoffentlich treffen wir an der Tür gleich auf Lena! Anklopfen. Bei uns Herzklopfen.

Antwort von drinnen, die Tür wird geöffnet, aber es ist nicht Lena.

Wir mußten vorsichtig sein. Mit Deutsch durften wir nicht beginnen; aber Russisch hörte die Bevölkerung nicht gern. Ich drängte mich vor, denn es kam nur Estnisch in Frage. Davon hatte ich mir mit Tiinas Hilfe in den letzten Tagen die nötigsten Brocken angeeignet. Ich durfte aber nicht deutlich wissen lassen, wer uns geschickt hatte, und sollte daher nur den Spitznamen „Atti“ benutzen.

Die Frage der freundlich dreinschauenden Frau überraschte mich allerdings: „Sie sind Deutsche?“

Ich versuchte auf estnisch zu verneinen und fragte: „Warum?“

„Weil Sie so deutsch aussehen, auch Ihr Kamerad hat eine so deutsche Nase.“

Nun hatte es keinen Zweck mehr, sich zu verstellen. Wir rückten mit der Sprache heraus und erfuhren, daß wir Gelegenheit haben würden, Lena zu sprechen. Sie war nur im Augenblick nicht da.

Erhard übernahm es, später nochmals hinzugehen, um mit Lena die Einzelheiten der Fahrkartenbeschaffung zu besprechen und zu hören, ob von Soosava eine telefonische Nachricht gekommen sei. Als er zurückkam, hatte er die Hände voll guter Gaben: Brot, Speck und Eier. Wir schlangen das Essen geradezu hinunter. Aber niemand hatte telefoniert.

Ungeduldig lagerten wir unter dem Baum. Der Tag schien nicht enden zu wollen und auch nicht die kurze Mittsommernacht. Wir hatten uns noch tiefer in den Wald zurückgezogen und verbrachten dort auch den folgenden Tag.

Lena wußte ja, wo man uns ungefähr finden konnte, wenn Karl-Heinz eintreffen sollte. Doch nichts rührte sich. Die Zeiger meiner Uhr rückten vor. Flüsternd berieten wir, was zu tun sei. Unsere Hoffnungen, von Karl-Heinz etwas zu hören, sanken auf den Nullpunkt. Mit dem Abendzug wollten wir abfahren, so war es mit Lena verabredet. Wir vergruben alles, was von unserem Gepäck entbehrlich schien, um Platz für Nahrungsmittel zu schaffen, und wagten kurz vor halb sieben abends den Vorstoß zum Bahnhof.

Erhard war vorausgegangen, um von Lena die Fahrkarten zu empfangen. Gemächlich schlendernd näherten wir uns dem Bahnhof, als wir Erhard schon aufgeregt auf dem Bahnsteig stehen sahen. Der Zug mußte jeden Augenblick eintreffen. Als wir an ihm vorbeigingen, vernahmen wir seine durch die Zähne gezischten Worte: „Karl-Heinz kommt überhaupt nicht!“

Das war die Nachricht, die Lena doch noch telefonisch aus Soosava erhalten hatte.

FINNISCHER MEERBUSEN
OSTSEE
Rakvere
Reval
Soosava
Tamsalu
Türi
PEIPUSSEE
Dagö
Ösel
ESTLAND
Kilingi-Nömme
Kirbini
Walk
Mazsalace
Gauja
Matist
RIGAER MEERBUSEN
Ligatnes papirf.
Zaube
Ergli
Riga
U d S S R
LETTLAND
Lielvarde
Lielupe
Birzgale
Vecmuiza
Bauska
Düna
Libau
Musa
Dünaburg
Linkuva
Radyiliskis
LITAUEN
WEISSRUSSLAND
Erzvilkos
KURISCHES HAFF
Memel
Kallwehlen
Wilna
Tilsit
OSTPREUSSEN
Königsberg
Gumbinnen
Insterburg
Raudingen
Korschen
POLEN
RUSSISCHE SOWJETREPUBLIK

Nord-Süd-Express

Das Schmalspurzüglein rollte in die Station ein. Es wimmelte von Rotarmisten. Wir bestiegen den letzten Wagen zusammen mit einem Dutzend Soldaten und ein paar Zivilisten. Dann standen und saßen wir in der Nähe der Türluke dieses Güterwaggons und taten zeitweilig so, als ob wir schliefen. Doch wir waren jeden Augenblick bereit, bei Gefahr abzuspringen.

Unsere Fahrkarten galten bis Türi, das sechzig Kilometer entfernt war. Wir sprachen kaum ein Wort miteinander und hielten auch etwas Abstand für den Fall, daß einer von uns festgenommen würde. Die anderen beiden sollten dann nicht automatisch hineingezogen werden. Unser Zug ratterte und schlingerte auf einem ganz miserablen Gleis durch die abwechslungsreiche Landschaft.

Es war wohl der inzwischen hereingebrochenen Nacht zu verdanken, daß wir nicht kontrolliert wurden. Denn die Russen waren angewiesen, nach *wojennoplennije* – Kriegsgefangenen – Ausschau zu halten. Für achthundert Rubel pro Kopf lohnte sich das schon.

Um elf Uhr nachts lief der Zug in die Station des Städtchens Türi ein. Zunächst noch getrennt gehend, verließen wir den Bahnhof und marschierten schräg links in den Ort hinein. Die Rotarmisten hatten glücklicherweise eine andere Richtung eingeschlagen, so daß wir nun gemeinsam die Kontaktadresse suchen konnten, die uns Lena gegeben hatte. Wir beschlossen, ein Haus mit einer Mansarde, das eigentlich bis auf die rote Fahne gut in die Beschreibung paßte, genauer in Augenschein zu nehmen. Einer sollte hingehen, die Hausnummer feststellen und die Namensschilder an der Tür lesen.

Während Rolf und Erhard mich von der Seite des Hauses her, in der Deckung großer Fliederbüsche stehend, im Auge behielten, pirschte ich mich vorsichtig an. Schon beim Näherkommen las ich im Mittsommernachtlicht die 24 und sah ein großes, weißes Schild: Polizeiwache. Daher also die rote Fahne, wir hatten es befürchtet.

An der Giebelseite war aber noch eine Seitentür, die vermutlich nach oben führte. Mit zwei, drei Schritten war ich an der Haustür, las das Namensschild Vanavara und entdeckte eine Klingel.

Ich drückte auf den Knopf, nur ganz kurz. Gespannt hielt ich den Atem an. Das Fenster über mir öffnete sich, eine Frau schaute stumm herunter.

Langsam und betont deutlich flüsterte ich, was mir Tiina beigebracht hatte: *„Olete Teie proua Vanavara?"* Sie nickte und sagte „Moment", verschwand, huschte die Treppe herunter an die Tür und öffnete sie einen Spalt. „Kann ich Sie sprechen? Grüße von Lena", flüsterte ich.

„Pst! Miliz! Gehen Sie in den Garten. Ich komme nach." Sie verschwand.

Ich ging auf Zehenspitzen zur Straße und führte die Kameraden in den Garten hinter dem Haus. Schemenhaft standen da Obstbäume und große Büsche in mehreren Reihen. Dort verbargen wir uns.

Eine dunkle Gestalt huschte aus der Hintertür und kam in den Garten. Wir machten uns bemerkbar. Rasch erklärten wir Frau Vanavara, worum es ging. Wieder wurde uns die gleiche selbstverständliche Hilfsbereitschaft entgegengebracht, die wir nie ganz begreifen konnten. Sie ging noch, obwohl es schon so spät war, zum Bahnhof, um Fahrkarten für uns zu kaufen. Unser Geld nahm sie nicht an.

Während Frau Vanavara unterwegs war, ließen wir uns unter den Büschen nieder. Die Zweige hingen voll mit den schönsten Johannisbeeren. Mit beiden Händen machten wir uns darüber her.

Unsere Wohltäterin kam zurück. Alles war gutgegangen. Sie ermahnte uns, nicht in Türi, sondern von Kärevere abzufahren.

So marschierten wir zu diesem nächsten kleineren Ort. Der Zug kam in den frühen Morgenstunden. Flotten Schrittes gingen wir zur Bahnsteigsperre, als die meisten Fahrgäste schon durch waren. *„Näidake piletid! Tänan* – Zeigt die Fahrkarte! Danke."

Wir eilten zu den hinteren Waggons. Erhard riß eine Abteiltür auf und erschrak gewaltig beim Anblick ordensstrotzender Uniformen. Ein Arm wies auf ein Schild: NUR FÜR RUSSISCHE OFFIZIERE.

Zurück, Tür zu, in den nächsten Waggon, den letzten. Türen nur am vorderen und hinteren Ende. Wir stiegen an der hinteren Tür auf, zwängten uns in den kleinen Vorraum.

Der Zug fuhr ab. Wir öffneten die Tür zu dem großen Abteil, das den halben Waggon einnahm und gerammelt voll war. Nur Frauen und Kinder. Erhard und ich schoben uns mit unserer Beutellast im Mittelgang zwischen die Leute.

Alles blickte uns mit großen Augen und offenen Mäulern an. Wir paßten nicht hier hinein, das war uns sofort klar. Keifend ging eine Schaffnerin auf uns los.

„Ja nje ponimaju – Ich verstehe nicht", unsere einzige Antwort. Schulterzucken, freundliches Lächeln bei uns, stur und unschlüssig blieben wir im Gang stehen. Die Schaffnerin verschwand hinter der

Zwischentür und erschien wenige Augenblicke später mit einem Uniformierten. Man drängte uns in den Vorraum zurück.

Wir verstanden: geschlossene Gesellschaft, „Mutter und Kind" oder so was Ähnliches. – Klar, das wurde nichts. Wir mußten schnellstens weg! Doch der Zug machte volle Fahrt. Abspringen? Zu gefährlich bei dem Tempo. In dem kleinen Vorraum, der mit Gepäckstücken gerammelt voll war, flüsterten wir, eng zusammengepreßt, hastig. Aus war's mit der bequemen Bahnreise. Wir waren uns einig: Wenn der Zug langsam in die nächste Station einfährt, abspringen!

Der Lokführer nahm schließlich Dampf weg. Der Zug wurde langsamer. Wir stießen die Tür auf. Der Bahnhof links voraus in Sicht. Der Zug bremste. Die Lok erreichte den Bahnsteig. Jetzt! Absprung!

Vor den Augen der verdutzten Mitreisenden landeten wir stolpernd, uns fangend und wieder stürzend auf der steilen, nicht sehr hohen Böschung des Bahndammes. Durch den Zug gegen Sicht vom Bahnhof leidlich gedeckt, rannten wir in einen kleinen Wald neben dem Bahngelände.

Pech gehabt. Aber glücklicherweise hatten wir nur ein paar blaue Flecken; nichts war kaputt außer unserer Hoffnung vom schnellen und bequemen Weg nach Deutschland.

Durch Nächte und Nässe

Das Mißgeschick unserer Bahnfahrt hatte uns ernüchtert. Wahrscheinlich würde man jetzt gezielt nach uns suchen.

Am unverdächtigsten wäre es gewesen, Richtung Nord oder Ost zu fliehen; aber das wäre unserem Ziel entgegengesetzt gewesen. So beschlossen wir, immer auf den Wasserscheiden zu bleiben, um Flußübergänge zu vermeiden. Süd bis Südwest sollte unsere Marschrichtung sein.

Weiter durch den Wald und über kleinere Feld- und Wiesenlichtungen. Fahrstraßen mieden wir. Gehöfte und manchmal auch Ortschaften umgingen wir von nun an bei Tage immer, aber bei Nacht möglichst auch. Der Kompaß wurde uns zum unentbehrlichen Hilfsmittel.

Wir legten, durch Feldarbeit und gute Verpflegung gekräftigt, ein flottes Tempo vor. Es war hell, und die Tage waren noch immer lang.

Unser Weg, Richtung West bis Südwest, wand sich immer mehr nach rechts. Bald liefen wir durch unübersichtlichen Wald nach Nordwest, und noch immer zeigte sich keine Abzweigung nach links.

Neben dem Weg wurde der Boden feuchter, moosiger, morastig. Der Kompaß zeigte Nordwest bis Nord, genau in die verkehrte Richtung.

„Verdammt, es muß doch irgendwann mal eine Abzweigung oder ein Bogen nach links kommen!" fluchte Erhard.

Ja, müßte, kam aber nicht. Wir marschierten geradlinig in einen Sumpf. Der Boden unter unseren Füßen gab nach. Auch unser Selbstbewußtsein sank; es war der zweite Schock an diesem Tag. Es half nichts, wir mußten zurück.

Nach etlichen Kilometern durch begehbares Gebiet stießen wir plötzlich wieder auf die Nord-Süd-Bahnlinie. Aber wo befanden wir uns? Der Maßstab unserer Karte war zu groß, um das erkennen zu können.

Wir beschlossen gegen alle Vorsätze, doch ein Stück der Bahnstrecke zu folgen. Gefahrenpunkte wie Bahnhöfe, Ortschaften, Brücken würden wir rechtzeitig erkennen und umgehen können, herannahende Züge würden wir hören und sehen.

Beim ersten Gehöft wandten wir uns einem Feldweg zu, wenige Schritte dahinter stießen wir auf einen Brunnen. Philipp hatte mir erzählt, daß die estnischen Bauern ihre Milchkannen zum Kühlen in den Brunnen hängten. Er hatte recht, hier war sie.

Rolf hatte das große Kochgeschirr und machte es los. Ich nahm den Deckel von der Milchkanne, und siehe da – halb voll! Ich kippte die Kanne, während Rolf das Kochgeschirr darunterhielt. „Halt, halt!" Das war überreichlich. Schnell Gefäß und Kanne zu. Leise ließ ich die Kanne wieder ab. Wir eilten wie auf Katzenpfoten davon. Das Zweiliterkochgeschirr war randvoll. Die Kostprobe im nächsten Waldstück schmeckte wunderbar! Vollmilch erster Güte.

Es war spätnachmittags. Nachts sollten noch viele Kilometer geschafft werden. Tiefer drin schien uns der Wald dicht und sicher. Wir suchten einen geeigneten Baum, dessen Zweige ausladend und tief genug herabhingen, um darunter sicher rasten zu können. Reihum sollte einer immer wachen.

Als ich von Erhard geweckt wurde, meinte ich, gerade erst eingeschlafen zu sein. Erhard fiel todmüde um. Es herrschte Stille, und ich starrte in den dämmerigen Wald. Dann riskierte ich, ein Streichholz anzuzünden, und blickte auf die Uhr: Höchste Zeit aufzustehen, die halbe Nacht war vorbei. Ich weckte die anderen, mahnte zum Aufbruch.

Nach gründlichem Kartenstudium entschlossen wir uns zu einer Marschrichtung Südwest. Unsere Route führte östlich der Bahnlinie, Kilingi-Nömme war unser nächstes Ziel. Die Karte und der Kompaß,

Streichhölzer und die Uhr erwiesen sich in den nun folgenden wochenlangen Nachtmärschen als unentbehrliche Helfer.

Wir entwickelten uns zu einem eingespielten Team. Um im Gänsemarsch bei nächtlicher Stille möglichst geräuschlos zu laufen, gingen wir meistens am Wegesrand und bevorzugten weichen Untergrund: Gras und Waldboden. Einige Nächte kamen wir so ganz gut voran. Die Stadt Kilingi-Nömme, an einer Straßenkreuzung und der von Pernau nach Walk führenden Eisenbahnlinie gelegen, wollten wir vorsichtshalber nicht durchqueren. Aber die Umgehung kostete Kraft und Zeit. Wir mußten einsehen, daß wir die Absicht, größere Ortschaften immer zu umgehen, aufgeben oder auf Ausnahmen beschränken mußten.

Nun näherten wir uns der estnisch-lettischen Grenze. Die Landesgrenze fürchteten wir, denn wir rechneten damit, daß die Sowjets dort eine Auffanglinie von Postenstationen, Streifen und verstärkten Verkehrskontrollen aufgebaut haben könnten. Daher verließen wir Straßen und Wege und wählten den grünen Grenzübergang über Felder und Wiesen.

Bei einem unserer langen Märsche brauchte ich eine zusätzliche Pause, denn ich fühlte mich nicht wohl. Ein Strohhaufen, der auf einsamem Feld stand, bot sich an. Wir rasteten, aßen, ich schlief ein und die anderen beiden auch.

Als wir aufstanden, um weiterzumarschieren, standen wir direkt vor einem estnisch-lettischen Grenzstein. Wir hatten genau auf der Grenze gepennt!

Der anbrechende Morgen trieb uns zur Eile. Wir wollten weg von der Grenze und in ein gutes und warmes Versteck. Ich war krank, hatte Fieber, und meine Füße schmerzten. Zum Glück fanden wir bald eine Scheune mit Heu. Nasse Schuhe aus, trockenes Heu hinein zum Trocknen. Ich fiel in unruhigen Schlaf. Konnte es etwas Ernstes sein? Würde ich den anderen zur Last fallen? Mußte ich zurückbleiben? Die Erinnerung an Karl-Heinz war wieder da.

Der Weg nach Matist

Der Übergang über die grüne Grenze von Estland nach Lettland hatte uns etwas aus der angepeilten Richtung gebracht, und zwar nach Südosten. In der folgenden Nacht orientierten wir uns daher wieder nach Südwesten und steuerten die Stadt Mazsalace an. Als wir vor der Stadt auf die Chaussee stießen, konnten wir uns der Verlockung, auf dieser Straße geradeaus durch die Stadt zu marschieren, nicht entziehen.

Still, menschenleer lag die Stadt im schwachen Licht des Nachthimmels da, als wir auf leisen Sohlen durch die Straßen eilten, vorbei an der Polizeistation, wo eine Lampe den Eingang erhellte.

Eine Gabelung. In der Düsternis nicht genau auszumachen, zogen sich die Außenbezirke der Stadt immer weiter hin. Die Sträßchen und Gassen, die wir durchliefen, machten Krümmungen und verzweigten sich. „Stopp!" sagte einer von uns. „Habt ihr nicht auch den Eindruck, daß wir hier schon mal waren?" Wir schauten uns um. Klar, dort die Hausecke, das Geschäft. Wir waren im Kreis gelaufen. Wozu hatten wir einen Kompaß? Wir fluchten über unsere Dummheit.

Wieder passierten wir die Polizeiwache. Alles blieb ruhig. Weiter! Die Stadt war plötzlich doch zu Ende. Wir hatten die Chaussee nach Matist erreicht. Tempo! Weg von der Straße!

Ein Feldweg führte uns zu einer günstig gelegenen Scheune. Es war schon hell. Schnell ein Rundblick und hinein ins warme, pieksige Heuvergnügen. Schuhe aus zum Trocknen, Heu über das Gesicht und dick über den Körper, und „Bitte nicht schnarchen, Rolf!" Wir schalteten ab.

Um die Mittagszeit, wenn sich unsere Mägen zu melden pflegten, meldete sich ein Hund. Beim Herumstöbern hatte er unsere Witterung bekommen. Wer noch nicht wach war, wurde geweckt.

Der Schäfer, der sich mit seiner Herde auf der Wiese vor unserer Scheune im Laufe des Vormittags eingefunden hatte, wurde aufmerksam und schaute nach. Was tun? Der Hund hörte nicht auf zu bellen. Und nun fing auch noch der Schäfer an, mit seinem Stock in unserem Heuhaufen herumzustochern. Er schien allein zu sein. Also raus! Freundliches Gesicht gemacht und den Mann begrüßt. Der Ärmste wurde ganz blaß, als er noch einen und noch einen Banditen aus dem Heu krabbeln sah. Wohl um uns freundlich zu stimmen, bot er uns seine Kirschpfannkuchen an. Das konnten wir nicht ausschlagen. Er habe leider nicht mehr davon, wir sollten doch zu einem abseits gelegenen Bauernhof gehen, der Bauer sei zwar ein Pole, würde uns aber bestimmt zu essen geben.

Wir wußten, daß die Polen im allgemeinen keine Russenfreunde waren. Tatsächlich tischte der Bauer mächtig auf und war überaus freundlich. Aber dann bot er uns seine Scheune zum Schlafen an. Das war ungewöhnlich. Und als wir für das Essen dankten und aufbrechen wollten, fing er förmlich zu betteln an, wir möchten bleiben.

Das war nun doch zu auffällig, und der Verdacht, es könnte ihm um 2400 Rubel Kopfgeld für uns drei gehen, bestärkte uns in dem Entschluß, keine Minute länger zu bleiben.

Um nicht wieder in die falsche Richtung zu geraten, gingen wir erst zur Chaussee zurück, benutzten sie nur ein Stück und schlängelten uns dann auf schmalen Fußpfaden oder zwischen den Bäumen des Waldrandes entlang der Hauptstraße in Richtung Matist. Wir bogen nach rechts auf einen Feldweg ab, als die Chaussee über eine große Waldlichtung führte. Der Weg ging durch Felder zu einem roten Ziegelhaus, das in etwa dreihundert Meter Entfernung am Waldrand stand. Der Weg schien günstig zu sein, denn direkt hinter dem Haus konnten wir wieder im Wald verschwinden. Wir beeilten uns, an dem Haus vorbeizukommen. Aber gerade als wir in wenigen Metern Abstand an der Haustür vorübergingen, quoll ein Dutzend Kerle aus dem Haus.

Sdrastwuitje grüßend, gingen wir, ohne uns umzuschauen, weiter.

Gleich waren wir im Wald, da ertönte hinter uns ein unerbittliches „Stoi!"

Wir verhielten, blickten uns verstohlen an. „Hat keinen Zweck", flüsterte Erhard. „Ganz ruhig, Jungs!"

Wir drehten uns wie erstaunt um und blickten in Gewehrläufe und verwegene, erwartungsvoll gespannte Gesichter.

„Podjomtje! Nasad! – Kommt her! Zurück!"

Jetzt ist es aus, dachte jeder von uns. Hier gab es kein Ausbüxen mehr. Fünfzehn Gewehre und Maschinenpistolen. Wieder ins Lager und verschärfter Arrest war das mindeste, wahrscheinlich drohte Schlimmeres.

Sie kamen, umstellten uns, Gewehre auf uns gerichtet, in zwei Kreisen: sechs Mann in einem engeren und sechs Mann in einem weiteren Kreis.

Der Anführer in russischer Feldwebeluniform sprach uns an: *„Otkuda, kuda?* – Woher, wohin?", die Standardfragen.

„Nach Matist", antwortete Erhard auf russisch.

„Das ist nicht der Weg nach Matist. Dort ist die Chaussee! Warum sprichst du nicht Lettisch?"

Erhard: „Ich spreche Russisch."

„Du bist kein Russe. Kein Russe und kein Lette. Was seid ihr? Wo wollt ihr hin?"

„Wir kommen von Estland aus dem Ölschiefergebiet bei Kiviöli. Dort haben wir gearbeitet."

„Ihr sprecht Estnisch?" Er schaute sich nach einem seiner Männer um, der Estnisch konnte.

Verzweifelt suchte ich nach einem Rettungsseil. Ich sah eines und wußte im selben Augenblick, es würde doch nur ein Strohhalm sein. „Nein", mischte ich mich ein, „Estnisch verstehen wir nur wenig. Wir haben nur in Estland gearbeitet. Wir sind Litauer und gehen zu Fuß zurück nach Litauen. Eisenbahn und Auto sind teuer."

„Ihr seid also Litauer?" Er schaute sich um, blickte alle seine Männer an und fragte, ob einer Litauisch spräche. Keiner meldete sich. Ich dachte mir, da schütteln vielleicht auch welche den Kopf, die Litauisch verstehen und sprechen.

„*Propusk?* – Passierschein?"

Wir schüttelten die Köpfe.

„Passeport?" Er wollte unsere litauischen Personalausweise sehen.

Erhard erzählte eine Geschichte: Wir seien in einem Sägewerk in Estland beschäftigt gewesen. Stimmte sogar, was mich anbelangte. Das sei abgebrannt mit all unseren Sachen und unseren Pässen. Neue könnten wir erst in Litauen bekommen. Welches der richtige und kürzeste Weg nach Matist sei?

„Auf der Chaussee dort hinter euch!"

Der Kreis hatte sich durch hinzugekommene Frauen vergrößert. Scherze wurden gemacht. Heiterkeit kam auf, und die Stimmung übertrug sich auch auf die beiden Anführer. Ich sah, wie sich die Reihen unserer Bewacher lichteten. Erst wandte sich einer ab, dann noch einer. Wir waren uninteressant geworden. Bald standen nur noch der Russe, sein Adjutant und zwei andere Neugierige bei uns.

Erhard schien den Russen hinreichend überzeugt zu haben, daß wir keine Banditen seien. Der Adjutant redete seinem Anführer zu, der offenbar immer noch unschlüssig war, ob er uns verhaften sollte. Doch schließlich durften wir gehen, natürlich zurück zur Chaussee.

Wir nahmen unsere Beutel auf, schüttelten dem Russen und seinen Männern die Hände. Lässig, aber nicht gerade bummelnd, gingen wir, ohne uns umzuschauen, die dreihundert Meter zurück zur Chaussee. Die ersten hundert oder hundertfünfzig Meter sind die entscheidenden. Wir hatten sie endlich geschafft. „Wenn er jetzt ruft, hauen wir sofort nach links ab."

Ungeschoren erreichten wir die Chaussee, wandten uns nach rechts und mußten noch etwa dreihundert Meter weit die Luft anhalten, bis der Wald uns wieder verbarg.

Wir waren in Deckung. Doch wir zweifelten nicht daran, daß der Russe den Vorfall bei seiner vorgesetzten Dienststelle melden würde.

Oder waren die Behörden schon von dem polnischen Bauern alarmiert worden?

Weit vorangekommen waren wir in den letzten zwei Tagen nicht. Die ersten Eindrücke von Lettland waren schlecht. Matist umgingen wir in weitem Bogen. Die Abendstunden wurden zur Ruhe genutzt, denn der Nachtmarsch forderte frische Kräfte. Aber mehr noch als zuvor waren wir jetzt entschlossen, nicht mehr bei Tag zu marschieren.

Über die Gauja

Nächte im Wald sind schön, wenn es nicht regnet. Den Wecker, der uns fehlte, ersetzte oft die Kühle, die von oben her einfiel, oder aufkommender Wind oder Tau von Nebelschwaden, der sich als feuchtkalte Decke auf uns legte, oder die Bodennässe, die früher oder später die Kleidung durchdrang. Halbwach drehte man sich dann auf die Seite, lockerte die Kleidung, damit sich die Luft trennend zwischen Haut und feuchtes Hemd schob, und döste etwas weiter.

Wir hatten Glück, daß es Hochsommer war; doch auch im Sommer gibt es kalte, windige, feuchte und verregnete Tage. Sie sollten uns immer öfter zu schaffen machen und uns manchmal fast zur Verzweiflung treiben.

Nach einigen feuchtkalten Tagen hatten wir bald begriffen, daß eine halbe Stunde Arbeit an der Herstellung eines Nachtlagers sich bezahlt machte durch einen komfortableren Schlaf. Jeder richtete sich ein Reisig- oder Laubbett, wenn wir nichts Besseres, wie Heu oder Stroh, zur Hand hatten. Auf den Waldboden kamen, wo vorhanden, über trockenes Moos oder Heidekraut ein paar größere Nadelholzzweige, darauf eine dicke Lage kleinerer, gut benadelter Zweige. Aus einer großen Menge sehr kleiner, handtellergroßer Zweiglein wurde dann ein Drittel auf dem Bett ausgebreitet und zwei Drittel rechts und links daneben bereitgelegt. Nachdem man sich niedergelegt hatte, schaufelte man mit den Händen die Zweiglein auf den Körper. Kopf, Arme und Beine blieben draußen. So ein Bett hält erstaunlich warm. Das Schlafkunststück bestand nur darin, daß man möglichst ruhig liegenblieb, sonst war man bald wieder bloßgestrampelt. Ein großer Haufen Laub war noch besser. Spitzenklasse waren natürlich Heu- oder Strohhaufen oder Reuter, Gestelle, auf die das frisch gemähte Heu oder Getreide zum Trocknen aufgehäuft wird. Kamen wir gegen Ende der Nacht an einer gemähten Wiese vorbei, wo Heuhaufen aufgeschichtet waren, gab es fast kein Halten mehr, und wir stürmten mit einem begeisterten „Hinein!" drauflos.

Superspitzenklasse waren Feldscheunen, die in manchen Gegenden so zahlreich auf den Wiesen standen wie im Allgäu. Darin wurde das Heu für den Winter eingelagert, und wir fühlten uns in ihnen ziemlich sicher, weil sie in unserer Jahreszeit nur zur Einlagerung betreten wurden.

Weiter ging es, immer dem Kompaß nach, Richtung Südwest. Das Verhältnis Wegstrecke zu Luftlinie fiel sehr unterschiedlich aus. Wenn es glattging und wir gute, feste, nicht zu verwinkelte Wege fanden, konnten wir fünfundzwanzig Kilometer Luftlinie pro Tag schaffen, vielleicht sogar mehr; manchmal waren es aber auch nur fünf oder sechs.

Wir kamen nun in die belebtere Umgebung von Riga mit seinen Verkehrswegen, Straßen und Eisenbahnen und den Mündungsarmen einiger Flüsse, darunter auch größere wie die der Gauja und Düna. *Ligatnes papirf.*, also eine Papierfabrik an der Gauja, war unser nächstes Ziel. Dem gewundenen Flußlauf folgend, waren jenseits des Flusses Höhenlinien eingezeichnet, die zeigten, daß das Terrain nicht eben war.

Wir marschierten drauflos, verließen den Weg, der zwischen Feld und Wald direkt zum Fluß zu führen schien, und tasteten uns vorsichtig im Wald voran. Sollte an diesem Weg eine Brücke über den Fluß führen, mußten wir mit Posten rechnen.

Am Waldrand sahen wir vor uns eine sanft zum Fluß abfallende Böschung, auf der anderen Seite eine steile, wohl fünfundzwanzig Meter ansteigende Böschung. Der Fluß mochte in etlichen Windungen durch das Land ziehen und führte rasch fließendes Wasser.

Die Stelle schien günstig zum Übersetzen, denn wir befanden uns auf der Innenseite eines ziemlich engen Bogens, den man von rechts und links nur auf kurze Entfernung einsehen konnte. Große Baumstämme wurden von der Strömung mitgeführt, die in der Biegung heftig aufeinanderstießen, sich verkeilten und einzeln oder in Gruppen weitertrieben.

Sollten wir uns zwischen die schnell treibenden Baumstämme wagen? Aber eine Brücke gab es nicht; schwimmen mußten wir. Was durchnäßte Kleidung für den nächsten halben Tag, vielmehr die Nacht bedeutete, wußten wir aus Erfahrung. Also nackt schwimmen und die Klamotten auf ein kleines Floß packen, das wir zu dritt wohl durch die Strömung und die Baumstämme manövrieren könnten.

Wir gingen noch ein Stück am Ufer entlang, um zu sehen, was

hinter der nächsten Flußbiegung war. Dort entdeckten wir, daß sich die Baumstämme in großer Menge ansammelten. Die Papierfabrik.

Für unseren Tagschlaf stand, ein Stück des Weges zurück, schon eine kleine, einladende Feldscheune mit Heu bereit. Als der Tag sich dem Abend zuneigte, hütete eine junge Frau ihre Kuh auf der Wiese vor unserem Scheunenversteck. Wir mußten handeln und kletterten raus. Sie war nicht unfreundlich, als sie uns sah, und schien über unser plötzliches Erscheinen auch nicht sonderlich erstaunt zu sein.

Im Wald brachen wir vorsichtig Äste ab, um möglichst wenig Lärm zu machen, und trugen sie nahe an den Waldrand. Draht hatten wir auch gefunden.

Während Rolf und ich das Floß flochten und mit Draht sicherten, war Erhard schon dabei, die Umgebung und die treibenden Baumstämme zu studieren. Sie kamen in unregelmäßigen Abständen.

Es war soweit. Wir schleppten das Floß bis zu der Stelle, wo wir am Anfang der Biegung einsteigen wollten.

„Dort hinhocken und beobachten, bis die Baumstämme ausbleiben oder weniger dicht kommen!"

„Los, jetzt!"

Ein kurzer Rundblick und runter mit raschem Schritt an das Ufer. Floß absetzen, Klamotten runter, draufgepackt, Schuhe unter die Kleidungsstücke, fertig, Floß vorsichtig zu Wasser.

Mit kräftigen Schwimmbewegungen kamen wir bald über die Flußmitte. Da packte uns die Strömung, wir mußten dagegen ankämpfen. Und nun kamen auch wieder Baumstämme, trieben sehr dicht zum anderen Ufer, wo sie an einer felsigen Stelle hinter der Mitte der Biegung anschlugen und sich drehten. Wir bekamen zwei nebeneinander schwimmende Stämme zu fassen, drückten sie auseinander, schoben das Floß durch die Lücke, schlängelten uns hinterher, mußten noch einen Stamm abwehren und kamen gerade noch rechtzeitig vor der Anschlagstelle ans Ufer. Dort schoben wir das Floß auf festen Grund, stiegen schnell aus dem Wasser, ehe weitere Stämme kamen, trugen Floß und Klamotten in das dichte Buschwerk der steilen Böschung, streiften mit den Händen das Wasser vom Körper und schlüpften in die etwas naß gewordenen Kleidungsstücke.

Das dichte, mannshohe Buschwerk deckte uns gut. Weitermarschieren wollten wir eigentlich erst in der Abenddämmerung.

Rolf drängte. Wir sollten doch nicht so lange am Fluß verweilen. Wer weiß, ob man uns nicht gesehen hatte. Oben angekommen, stießen wir auf einen Weg, der ungefähr unserer Marschrichtung entsprach.

Mitte August ging es in Nachtmärschen südwestlich der Rigaer Bucht an Nitaure, Zaube und anderen am Weg liegenden Orten vorbei.

Schreckliche Erinnerungen kamen auf. In diesem Gebiet hatten wir im September 1944 in den Rückzugskämpfen schwere Wochen durchgemacht, als die sowjetische Armee in mehreren massierten Angriffen vergeblich versuchte, bis Riga durchzustoßen und die Heeresgruppe Nord abzuschneiden.

Nun bewegte uns die Frage, wie wir hier durchkommen würden. Nach den ersten Erlebnissen in Lettland wollten wir nicht auf die Gunst der Bevölkerung setzen. Aber unser Eindruck, von unglücklichen Einzelfällen geprägt, war falsch, wie sich jetzt zeigen sollte.

Je tiefer wir in das alte Kampfgebiet bei Ergli vorstießen, um so kärglicher und wüster wurde die Landschaft: Häuser, Bäume, ganze Wälder zerschossen; Brücken waren zerstört, nur teilweise durch primitive Stege und Furten ersetzt; Straßen zerfahren, Felder von Panzerspuren zerfurcht; verfallene Schützengräben und Bunker, Drahthindernisse, Trichterlandschaften, von Unkraut mannshoch überwuchert; Fahrzeug-, Geschütz- und Panzerwracks. Nichts Lebendes schien es hier zu geben.

Aber dann stießen wir mitten in dieser Wüstenei auf eine armselige Bauernkate. Wir klopften an.

Als der Bauer erfuhr, daß wir deutsche Kriegsgefangene auf der Flucht waren, zog er seiner Familie das aufgetischte Mittagessen – Kartoffeln und Quark – weg und gab nicht eher Ruhe, bis wir alles aufgegessen hatten. Dieser Bauer, dessen bescheidene Lebensgrundlage durch den Krieg verwüstet war und der unter ständiger Todesgefahr auf den verminten und mit Blindgängern übersäten Feldern und Wegen für sich und seine Familie eine neue Existenz mühsam wieder aufbaute, zeigte in rührender Weise, wie die lettische Bevölkerung über uns dachte. Als einzige Gegenleistung erbat er nur das eine: „Sagt den Engländern, Franzosen und Amerikanern, was hier los ist!"

Wie wir schon vermutet hatten, kamen wir nun durch ein Gebiet, in dem mit stärkerer sowjetischer Truppenbelegung zu rechnen war. Die Hafen- und Industriestadt Riga war kaum fünfzig Kilometer entfernt. Ein Sumpfwald kam uns gelegen. Hier fühlten wir uns sicherer.

Erhard war einsilbig geworden und schien beim Marschieren nicht mehr so kräftig auszuschreiten. Mit ihm stimmte etwas nicht. Aber wir spürten, daß er sich nichts anmerken lassen wollte.

Nur auf das Glück hoffen

Nun hatten wir etwa die Hälfte unserer gesamten Marschstrecke – Luftlinie gerechnet – hinter uns gebracht. Doch uns fehlte noch jede Vorstellung, wie unser Weg von Ostpreußen aus weitergehen würde, und wir waren darauf eingestellt, bis in die Ostzone oder bis nach Berlin marschieren zu müssen.

Mit Sorge studierten wir immer wieder unsere Karte, denn sie zeigte uns, daß wir ganz dicht an der Düna waren und damit vor einem riesigen Hindernis. Wir hatten keine Vorstellung, wo es möglich wäre überzusetzen.

Wir legten ein strammes Tempo vor. Als wir in der Morgendämmerung aus einem Waldstück herauskamen, sahen wir vor uns ein sich weit öffnendes Gelände, das sich als ein Kahlschlag entpuppte. Dann kam die Eisenbahnlinie der Hauptstrecke Riga–Dünaburg. Nun mußten bald auch die parallel zur Bahnlinie und zur Düna verlaufende Straße und der Ort Lielvarde auftauchen.

Nach einem kurzen Stück Weg stießen wir auf einen Bacheinschnitt, der zur Düna hinführte. Aber die Brücke über den Bach war zerstört. Als Behelf lag zum Übersetzen ein Prahm an unserem Ufer. Wir schlichen uns die Böschung hinunter und bemerkten linker Hand in einiger Entfernung im flackernden Schein einer Lampe einen frühen Angler am Bach. Er schien uns nicht zu sehen. Wir stiegen auf den Prahm und zogen uns an dem Seil, das in dem Fahrzeug lag und am jenseitigen Ufer befestigt war, hinüber.

Doch nach wenigen Schritten stießen wir am anderen Ufer auf einen Wachturm. An der Ecke eines hohen Stacheldrahtzaunes war er hinter einer Baumreihe zu erkennen; niedrige Gebäude waren als Schattenrisse gegen den Horizont sichtbar. Ein Munitionslager?

Vorsichtig pirschten wir uns näher heran. Immer noch hofften wir, hinter dem eingezäunten Gelände auf Wald zu stoßen. Nur wenige Meter war der Abstand zum Zaun, an dem wir nun auf der Straße entlangschlichen. Aber keine Spur von Bewachung. Rasch kamen wir an dem Einfahrtstor vorbei und gingen weiter, bis der Zaun an einem zweiten Wachturm nach rechts, in Richtung Düna, abbog.

Auf dem Gelände war spärliches Licht zu sehen, und gelegentlich meinten wir Stimmen zu hören. Eine niedrige Gebäudesilhouette tauchte dicht hinter dem Zaun auf, jetzt wurden die Stimmen deutlicher. Als wir etwa auf der Höhe des Gebäudes angekommen waren, konnten wir hören, wie sich vier Männer mit kurzen Bemerkungen unterhielten.

„Das ist Deutsch!" flüsterte Erhard.

Ich nickte zustimmend. Kein Zweifel, es waren deutsche Kriegsgefangene, die hier bei einem nächtlichen Latrinenbesuch ein paar Worte wechselten.

In südlicher Richtung weitergehend, entfernten wir uns von dem Gefangenenlager, ließen allmählich unsere Hoffnung, auf Wald oder Buschgelände zu stoßen, fahren und erschraken, als wir vor einer großen Wasserfläche standen, die kein Ende zu haben schien. Es mußte schon die Düna sein, deren anderes Ufer bei dem schwachen Dämmerungslicht nicht zu erkennen war.

Um einen Kahn zu finden, stapften wir durch das nasse Gras einige hundert Meter weit flußaufwärts, konnten aber in dem teilweise schilfigen Ufer bei der nur wenige Meter reichenden Sicht nichts finden.

Von dem schützenden Wald, aus dem wir gekommen waren, entfernten wir uns immer weiter, und die Gefahr, in diesem unbekannten und vielleicht völlig offenen Gelände von der Helligkeit überrascht zu werden, wuchs ständig. Also entschlossen wir uns, am Flußufer entlang zurückzugehen. Die Erwartung, auf einen Kahn zu stoßen, gaben wir auf und stellten uns darauf ein, wie an der Gauja ein Floß für unsere Sachen zu machen und rüberzuschwimmen.

Während wir nach Holz für das Floß suchten, sahen wir auf einem abgemähten Kornfeld locker verteilte Reuter stehen, die mit dem abgemähten Getreide bepackt waren. Und am Ende des Feldes, nur wenige Schritte vom Wasser entfernt, lagen Reuterstangen aufgestapelt für uns bereit.

Doch wir mußten einsehen, daß es an diesem Morgen nicht mehr möglich war, über den Fluß zu kommen. Also hin zu den Kornreutern. Unter unserer Getreidehaube war gerade genug Platz für uns drei. Wir mußten schlafen. Nach einer anstrengenden Nacht stand uns ein langer Tag in unserem freiwilligen Gefängnis und eine nicht minder anstrengende neue Nacht bevor. Erhard, von uns in die Mitte genommen, brauchte Ruhe und Wärme. Hoffentlich war es nichts Ernstes, was ihn plagte. Wir schliefen ein.

Am nächsten Morgen harrten wir der Dinge, die da kommen sollten. Und sie kamen im Laufe des Vormittags in Gestalt eines Bauern. Gemächlich schritt er im Sonnenlicht über sein Feld von Reuter zu Reuter. Er griff ins Getreide, nach oben und unten, um zu prüfen, ob es schon trocken war.

Gespannt verfolgten wir seinen Weg. Es wurde immer beängstigender, denn er ließ keinen Reuter aus, kam schließlich direkt auf uns zu und blieb an unserem Reuter stehen. Wir sahen seine Stiefel. Es raschelte. Er griff ins Stroh. Noch einmal. Dann ging er herum auf die andere Seite. Dasselbe. Er blieb stumm. Was tat er? Warum ging er nicht weiter? Hatte er etwas bemerkt?

Wir sahen ihn weggehen. Hatte er uns entdeckt? Würde er jetzt die Miliz benachrichtigen?

Es war erst Mittag, und wir mußten bis zum Abend warten, denn bei unseren Vorbereitungen zum Stapellauf wollten wir nicht überrascht werden.

Doch alles blieb friedlich. Der Tag neigte sich dem Abend zu. Jetzt würde der Bauer sein Getreide nicht mehr einfahren.

Wir verspürten Erleichterung. Kalt wurde es, als die Sonne sank. Nun durften wir uns in unserer Haube aufrichten, ein Loch in das Stroh machen und die Umgebung beäugen.

Da sahen wir ein großes Ruderboot mit nur einem Mann an Bord den Fluß überqueren.

Der Weg, den wir aus dem Wald gekommen waren, führte direkt zum Fluß. Dort war die Stelle, auf die der Ruderer zuhielt.

„Wenn das so ist, dann muß es auf der anderen Seite des Flusses auch eine Anlegestelle geben, in deren Nähe wir beim Hinüberschwimmen nicht landen sollten."

Nun konnten wir auch das andere Ufer sehen und die Breite des Flusses abschätzen. Achthundert oder gar tausend Meter würden es wohl sein.

Endlich war es Nacht. Wir krochen aus unserem Versteck, dehnten und streckten uns, nahmen unsere Bündel und gingen zum Ufer.

Erhard klagte, er fühle sich miserabel, habe Lungenstiche. Das fehlte gerade noch. Er biß die Zähne zusammen bei dem Gedanken, welche Strapaze ihm bevorstand.

Etwas flußabwärts am Ende des Feldes stießen wir auf das Material zum Bau des Floßes. Die Hölzer, mit denen die Bauern ihre Heureuter bauten, waren dünne Stämmchen mit Astgabeln dran. Die ließen sich gut ineinander verhaken, so daß das Floß einen gewissen Halt bekam.

Wir schichteten, im Wasser stehend, die Stämmchen kreuzweise und in mehreren Lagen übereinander, bis wir das Floß für so tragfähig hielten, daß unsere Klamotten durch ihre Last und beim Hin- und Herkippeln nicht gleich eintauchen würden. Wir zogen uns splitternackt aus, schnürten unsere Sachen zusammen und gingen bis zur Brust ins Wasser, fertig zur Flußüberquerung.

Erhard schüttelte den Kopf: „Ich kann nicht. Ich bin zu schwach, habe Fieber. Diese weite Strecke halte ich nicht durch."

Das war ein Schock. Was sollten wir tun?

Ich schlug vor, das Floß größer und höher zu machen; dann könnte Erhard sich drauflegen, und wir würden ihn rüberschieben.

Aber Erhard wehrte ab: „Ihr schwimmt ohne mich! Ich versuche nachzukommen. Will sehen, daß ich mit dem Ruderkahn, mit der Fähre, übersetzen kann. Vielleicht können wir vereinbaren, daß ihr drüben wenigstens einen Tag an irgendeiner Stelle wartet. Die können wir jetzt freilich nicht genau festlegen."

Rolf und ich gerieten fast in Panik. Sollten wir das Angebot annehmen, oder durften wir Erhard jetzt nicht im Stich lassen? Wie lange würde es dauern, bis er wieder fit wäre? Hier konnten wir nicht bleiben. Der Bauer würde anderntags das Getreide einbringen.

Wir hätten zurückmarschieren müssen, einen Kilometer oder mehr, bis wir im Wald ein gutes Versteck gefunden hätten, wo auch Erhard warm und trocken liegen konnte, um gepflegt zu werden. Aber das alles in der Nähe des Gefangenenlagers, wo es mit Sicherheit auch Kontrollen gab?

Erhard hatte sich angezogen, zitterte am ganzen Leibe vor Fieber. Auch wir zitterten, aber vor Kälte und Aufregung.

Rolf und ich kamen zu dem Schluß, Erhard nicht im Stich zu lassen. Wir wollten es wagen, mit ihm zusammen im Fährkahn überzusetzen. Aber das bedeutete Kontakt mit Menschen am hellichten Tag über eine weite Strecke. Wer würde mit uns im Boot sitzen? Wer war der Ruderer? Ein Lette, ein Russenfreund, ein Russe? Wir hatten gesehen, daß es ein großer, kräftiger, jüngerer Mann war.

Erhard wehrte sich erst noch gegen unsere Absicht mitzukommen; aber es war unsere Entscheidung. Er willigte schließlich ein.

Das Floß wurde wieder auseinandergenommen, das Holz zurückgeschafft. Nach Sonnenaufgang lungerten wir in der Nähe der Anlegestelle herum, jeder für sich, und warteten auf das Boot, das langsam vom anderen Ufer herüberkam.

Endlich legte es an, ein paar Zivilisten und ein russischer Offizier stiegen aus. Eine Frau, sie gehörte zu dem Boot, stellte sich ans Ufer, um zu kassieren.

Als drei Frauen, die sich inzwischen an der Anlegestelle eingefunden hatten, bei der Kassiererin bezahlten und das Boot bestiegen, wurde es auch für uns Zeit. Wir bezahlten zehn Rubel, die wir zum Glück noch hatten, bestiegen das Boot und nahmen an verschiedenen Stellen auf den breiten Sitzbrettern Platz.

Die Einheimischen schwatzten miteinander und mit dem Fährmann. Er sagte etwas zu Erhard, der ihm am nächsten saß, und entschuldigte sich für sein schlechtes Russisch, als er Erhards mürrische Antwort, die keine war, nicht verstand. Wir schauten wie gelangweilt auf das Wasser.

Es ging los. Die bangen Minuten des Wartens am Ufer und im Boot bis zur Abfahrt waren vorüber. Immer noch hatten wir befürchtet, daß ein Offizier oder ein Milizionär kommen würde, um mitzufahren.

Mit mächtigen Schlägen trieb der Fährmann sein Boot über das Wasser. Bald waren wir ein gutes Stück vom Ufer weg. Der Fluß schien endlos breit zu sein.

Wir blickten stumm vor uns hin. Nur nicht auffallen. Die Zeit schlich dahin. Endlich kam das andere Ufer in Sicht. Wir beobachteten es kritisch. Dort war es nicht ruhig geblieben. Inzwischen waren Leute, auch Soldaten, angekommen. Noch vom Boot aus studierten wir die Mienen, um zu erkennen, ob sich jemand für uns besonders interessierte. Aber das schien nicht der Fall zu sein. Wir waren erleichtert.

Das Boot lief auf, der Fährmann half jedem auszusteigen, wir grüßten und gingen wie die anderen weg, flotten Schrittes, aber ohne Hast.

Doch wir mußten noch die Erfahrung machen, daß man den Tag nicht vor dem Abend und auch nicht vor dem nächsten Tag loben soll.

Festgenommen

Wenn man die Landkarte Lettlands betrachtet, erkennt man, daß das Gebiet südlich von Riga bis fast nach Mittellitauen von einem dichten Geäder von Flüssen und Flüßchen durchzogen ist. Aus dem lettisch-litauischen Grenzgebiet zieht sich von Süd nach Nord eine ganze Reihe von Wasserläufen hin, die schließlich, zur Lielupe vereinigt, am südlichsten Punkt der Rigaer Bucht ins Meer tritt.

Wir zählten schon auf der Karte zwölf bis vierzehn Wasserläufe, die uns hinderlich werden konnten. Immer wieder studierten wir unsere ausgezeichnete, aber im Maßstab 1 : 2 000 000 doch zu kleine Karte, um den besten Weg zu finden.

Die Musa, einer der Nebenflüsse der Lielupe, fließt erst in west-östlicher Richtung quer durch unsere damalige Marschrichtung und schwenkt dann, noch auf litauischem Gebiet, nach Nordwesten ein in Richtung Lielupe und Rigaer Bucht. Sie wirkte auf uns wie ein

Sperriegel, den wir zweimal überwinden mußten. Von Breite, Tiefe und Strömung hatten wir keine Vorstellung.

Die ihr von Süden nach Norden zufließenden Gewässer zu umgehen hätte uns entweder zu einer Abweichung nach Südosten oder zu einem weit westlich ausholenden Umweg gezwungen.

Wir entschlossen uns schließlich dazu, westlich der Stadt Bauska in das Einzugsgebiet der Lielupe hineinzustoßen, dann in Südrichtung, parallel zu den Zuflüssen, dieses Gebiet zu durchlaufen und ebenso mit der Musa und ihren Nebenflüssen zu verfahren. Auf diese Weise würden wir unsere allgemeine Marschrichtung Süd-Südwest beibehalten und gleichzeitig den kürzesten Weg haben.

Wie üblich hatten wir uns tagsüber versteckt. Erhard brauchte dringend Schonung wegen seines Durchfalls und Fiebers. War es die Ruhr?

Diese täglichen Ruhe- und Wartezeiten, in denen man so schön bei Helligkeit und klaren Sichtverhältnissen hätte marschieren und schnell vorankommen können, waren keine echten Erholungspausen. So notwendig sie für die Wiedergewinnung der körperlichen Leistungsfähigkeit auch sein mochten, waren sie doch eigentlich zu lang. Fragen und Zweifel hielten uns in nervlicher Spannung über viele Tagesstunden. Wir hatten erst ungefähr die Hälfte der Entfernung bis zur russisch-polnischen Grenze in Ostpreußen geschafft.

Mit den Schuhen hatten wir alle Probleme; meine Schnürstiefel wurden von Tag zu Tag größer, uferten gleichsam aus, und die Sohlennägel suchten immer wieder das verhornte Fleisch meiner Fußsohlen und fanden erstaunlicherweise stets die Nervenspitzen. Mit der Beseitigung der störenden Nägel und dem Versuch, mit Nadel und Bindfaden den Schuhen einen ausreichenden Halt zu geben, konnte man sich stundenlang beschäftigen.

Manchmal riskierten wir es, ein kleines Feuer zu machen, wenn wir trockenes Holz hatten, das keinen verräterischen Rauch abgab. Dann kochten wir Wasser ab, das wir im Dunkeln irgendwo unterwegs an einem Bach geschöpft hatten und das ich in meiner weißen Glasflasche bei mir trug. Von welcher Qualität es war, stellten wir optisch erst bei Tageslicht fest; geschmacklich waren wir schon lange durch den oftmals fürchterlichen Lagerfraß einer feineren Eßkultur entwöhnt. Dort waren uns stinkende Brühen aus Fisch- und Fleischabfällen als Suppen angeboten worden.

Gelegentlich kochten wir auch Eßbares, das wir auf Feldern gefunden hatten: Kohl, Möhren, Pferdebohnen, Pilze und anderes. Das waren Leckerbissen für uns. Manchmal marschierte einer die halbe Nacht lang mit einem Kohlkopf, den wir unterwegs aufgelesen hatten, unter dem Arm.

Und die Ruhepausen wurden genutzt, um die Kleidung zu flicken, zu säubern, zu trocknen und auch mal zu waschen. Nadel und Faden hatten wir von unseren estnischen Freunden mitbekommen.

Für die Körperkultur hatten wir Seife und einen Rasierapparat. Da der Vorrat bescheiden war, vermittelten die Klingen bald das Gefühl, das ein Steinzeitmensch bei der Rasur mit einer Feuersteinklinge gehabt haben mag. Aber wir durften in der Öffentlichkeit nicht als bärtige Gesellen auffallen.

In der Umgebung unseres Versteckes war es ruhig geblieben. So setzten wir bei Anbrechen der Abenddämmerung unseren Marsch fort und erreichten bald den etwa zehn Kilometer von der Düna entfernt liegenden Ort Birzgale.

Warum wir durch den Ort marschierten und ihn nicht umgingen, weiß ich nicht. Jedenfalls war es ein Fehler.

Wir hatten den Ort schon fast ganz durchquert, da kam uns zwischen den letzten Häusern ein dickbäuchiger, angetrunkener Milizionär auf dem Fahrrad entgegen. Er hielt an. Unter seinem massigen Bauch baumelte die Pistole. Ehe er danach greifen konnte, waren wir schon dicht an ihn herangetreten, sozusagen auf Nahkampfentfernung. Recht ängstlich fragte er nach dem Woher und Wohin und radelte urplötzlich davon zu einem der nächsten Häuser. Wir konnten noch sehen, wie er hineinging, Licht anknipste und zum Telefon griff.

Raus aus dem Ort, größte Aufmerksamkeit, flottes Marschtempo! Gott sei Dank wurde es düster. Nur noch wenige Minuten konnte es dauern, dann hatte uns die Nacht verschluckt.

Die letzten Häuser lagen hinter uns. „Links von uns, der Friedhof: nächster Treffpunkt!“ Wir marschierten in gewohntem Gänsemarsch hintereinander, Erhard voraus. Links schloß sich ein Wald an den Friedhof an. Noch zweihundert Meter.

Zwei Menschen kamen uns entgegen, ein Pärchen, eng aneinandergedrückt; er hatte seinen Arm um ihre Hüfte geschlungen. Als wir auf gleicher Höhe waren, erkannten wir, daß der Mann ein russischer Offizier war. „Sdrastwuitje“ grüßten wir und eilten weiter, ohne uns umzuschauen.

„Stoi, stoi!“ Der scharfe Haltbefehl kam von hinten. Wir liefen weiter.

Wieder und schärfer: „Stoi, stoi!“

Einer blickte sich um, schaute in die gezückte Pistole und sagte halblaut zu uns anderen: „Hat keinen Zweck." Wir blieben zögernd stehen.

Der russische Offizier kam mit gezogener Pistole näher und stellte sich breitbeinig vor uns hin. Die Frau verdrückte sich in Richtung Häuser.

„Otkuda, kuda? – Passeport!"

Erhard erklärte etwas von Estland und Litauen, von Arbeit und nach Hause in seinem Landserrussisch.

„Kein Paß? Kein Russisch? – *Dawai!* – Los!" Seine Hand wies dahin, wo er herkam. „Marsch, zur Wache!"

Ich klopfte auf meinen Beutel, wo ich die Wasserflasche hatte, und bot ihm einen Wodka an.

„Wodka, njet. Dawai!"

Ich hatte nur beabsichtigt, die Flasche zu ziehen, um ihm damit die Pistole aus der Hand zu schlagen. Nichts zu machen, der Kerl paßte auf. Zwei Schritte hinter uns gehend, trieb er uns in Richtung Waldrand. Warum das?

Fünfzehn oder zwanzig Meter weiter war es klar, warum. Zwischen

den ersten Bäumen da vorn stand am rechten Straßenrand ein bewaffneter Posten vor einem Haus.

Unsere Gedanken jagten sich. Wortfetzen flogen zwischen uns hin und her. Rolf ging rechts neben mir, Erhard drei, vier Schritte voraus.

„Erhard, wir müssen hier weg!"

„Nein, nein! Kommt! Wie in Matist." – Er vertraute darauf, daß es noch einmal so glimpflich abginge.

Rolf und ich glaubten nicht daran. „Hier muß was geschehen", preßte ich halblaut heraus.

„Pokoi, pokoi! – Still, still!" fuhr der Russe dazwischen.

Noch ein paar Schritte.

Rolf schrie: „Los, Jungs, jetzt ran!" Er sprang den Russen an, um ihm die Pistole zu entreißen. Ich zog den gestreckten rechten Arm zu einem Schwinger hoch, verfehlte das Ziel und sprang zur Seite, um abzuhauen.

Der Russe brüllte wie ein Stier. Ein Schuß fiel. Der Posten, wohl hundertfünfzig Meter entfernt, hatte geschossen. Erhard rannte nach links weg.

Rolf schrie: „Feige Hunde!“ Ich blickte mich um und sah Rolf im wüsten Gerangel mit dem Russen. „Der hält mich fest!“

Als ich zurücksauste, sah ich, wie der Russe mit seiner Handlampe auf Rolfs Kopf einschlug. Mit ein paar Sätzen war ich hinter dem Russen, bekam die Pistole zu fassen und drehte sie ihm aus der Hand. Aber ich hütete mich zu schießen.

Immer noch wurde Rolf festgehalten und mit der Lampe bearbeitet. Der Russe ließ nicht locker, tapferer Bursche, rechnete wohl auf Hilfe aus dem Wachhaus, wo jetzt Männer heraussprangen und auf uns zuliefen. Es wurde brenzlig.

„Laß los, verdammter Kerl!“ schrie ich, packte den Russen an der linken Schulter, riß ihn mit einem gewaltigen Ruck aus der Verklammerung mit Rolf und stieß ihn weg. Er verlor den Halt, torkelte und stolperte, um Hilfe rufend, den Helfern entgegen.

Wir flitzten nach links in den Wald. Erhard war schon weg. Schüsse krachten hinter uns. Rufe, Geschrei; aber keine Hunde, registrierte ich noch.

Wir waren im Dunkel des Waldes links der Straße verschwunden, aber noch ganz dicht beim Wachlokal. Wir wollten tiefer in den Wald, man sah aber die Hand nicht vor den Augen.

Was war unser nächster Treffpunkt gewesen? Links der Straße der Friedhof. Verflixt nahe am Ort.

„Wo ist Erhard?“ Wir lauschten. Nur der Lärm von der Suchaktion war zu hören.

Links im Bogen zurück, höchstens bis zum Dorfanfang, nicht zu weit von der Straße weg, sonst würden wir den Friedhof verfehlen. Wir tasteten uns voran.

„Da, Gräber! Glück gehabt.“

Der Lärm kam nicht näher. Wir huschten durch die Gräberreihen, schnalzten mit der Zunge, lauschten. Keine Antwort von Erhard.

Wir hockten zwischen Gräbern. Ich hatte das Schießeisen, eine schwere Armeepistole. Vorsichtig hatte ich sie geprüft: scharfe Patrone im Lauf, aber der Schlagbolzen nicht gespannt. Sollte ich sie schußfertig machen? Nein! Wir wollten keine blutige Spur hinterlassen. Der Krieg war zu Ende.

Da! Schnalzen ganz in der Nähe. Erhard!

„Na, Gott sei Dank! Das Treffpunktsystem ist doch ’ne feine Sache! Schnell weg hier!“

Geduckt sprangen wir über den Weg, überquerten eine sumpfige Wiese, plumpsten in einen Wassergraben und verschwanden in hohem Nadelwald.

Wir machten eine kurze Verschnaufpause. Ein Glück, daß die Streichhölzer trocken geblieben waren. Unter einer Jacke studierten wir im flackernden Streichholzlicht die Karte. Kompaß raus! Am besten der Wasserscheide nach, Richtung Südsüdwest. Doch da könnte man uns am ehesten erwarten. Hofften wir nach dem Überqueren der Düna noch, daß man uns nicht registriert hatte, so gab es nach dem heutigen Abend keinen Zweifel mehr. Also entschieden wir uns für Westsüdwest, Richtung Vecmuiza.

Bald stießen wir auf einen Feldweg, der zwar nicht gerade unsere Wunschrichtung hatte, aber immerhin nach Süd oder Südost wies. Wir folgten ihm und wären gern bald nach Südwesten abgebogen, aber rechts und links des Weges waren enggespannte Stacheldrahtzäune gezogen, die den Weg kilometerweit säumten. Wir konnten uns keinen Vers darauf machen, trauten uns nicht, durch den rechten Zaun und querfeldein zu gehen, und waren auch den Marsch über sumpfige Wiesen leid.

Vorsichtig tasteten wir uns auf dem Weg weiter voran. Schließlich erkannten wir in der Finsternis ein Haus vor uns, verharrten, beobachteten, hörten und sahen nichts Bedenkliches und schlichen daran vorbei. Wir waren auf der Rückseite des Hauses, das am Waldrand stand. Hinter dem Haus lief eine Straße im rechten Winkel zu unserem Weg, also wie gewünscht Südwest. Und als wir an der Giebelseite des Hauses vorbeigingen, kam es uns bekannt vor: das Wachlokal.

An die zwei Stunden mochten seit dem Zusammenstoß vergangen sein; der Lärm der aufgescheuchten Miliz hatte sich gelegt. Wir kamen ungeschoren vorbei und versuchten, so schnell wie möglich, auf der verhängnisvollen Straße weitermarschierend, Abstand zu gewinnen. Klar, daß die ganze Gegend alarmiert und mit Wachposten gespickt sein würde.

Erhards Zustand hatte sich verschlechtert. Er war sehr schlapp, Pausen mußten häufig eingelegt werden. Es ging nur langsam voran. Wir quälten uns in dieser Nacht und am folgenden Tag durch unkultiviertes Sumpf- und Waldgebiet. Ein sicheres Versteck brauchten wir dringend, und warm mußte es sein für Erhard. Aber es kam uns nichts vor die Augen, was wir für sicher genug hielten. Die Nacht war so dunkel, daß man nur wenige Meter weit sehen konnte, und die Zeit der Dämmerung zu kurz, um viel auskundschaften zu können bei unserem langsamen Tempo. So waren wir in den Tag hineingeraten und durften nirgends verweilen. Erhard riß sich zusammen und schleppte sich weiter.

Ein Ort kam in Sicht. Vecmuiza, sagte uns ein Wegweiser. Wir umgingen die Gehöfte entlang der Waldränder; ein zeit- und kräfteraubendes Unternehmen.

Verpflegungsprobleme stellten sich ein. Ohne Kontakt mit der Zivilbevölkerung waren wir ausschließlich auf Feldfrüchte angewiesen, und das war keine reichhaltige Speisekarte: Kohl, Rüben, Möhren, Pferdebohnen, alles roh; als Dessert: Himbeeren, Walderdbeeren und Johannisbeeren, die allerdings in jeder Menge; als Getränk: Wasser mit oder ohne Einlage. Erhard mit seiner Ruhr fühlte sich nicht gerade gekräftigt durch diese Art von Rohkost. Wir waren in Sorge, daß auch uns beide die Ruhr packen könnte. Das wäre wohl das Ende unserer Reise gewesen.

Wir steckten in einer tiefen Krise. Die vielen Pannen ließen uns mehr und mehr zweifeln, ob es überhaupt zu schaffen sein würde. Hatte das Ganze noch einen Sinn? War es nicht richtiger aufzugeben? Sollten wir uns den Behörden stellen und um Gnade bitten?

Doch dieser Gedanke wurde sofort wieder verworfen. Gnade war nicht zu erwarten, kaum Gerechtigkeit, sondern Haß und harte Bestrafung: Prügel, vielleicht bis zum Siechtum; und gewiß Straflager tief in Rußland oder Sibirien auf lange Zeit.

Weiter schleppten wir uns auf den unbekannten, einsamen Wegen, immer Richtung Südwest, und begegneten einer älteren Frau. Wir sprachen sie an. Gesehen hatte sie uns nun mal und konnte uns ohnehin verraten. Doch sie öffnete ihren Korb, gab uns ein Stück in Papier eingewickeltes, gekochtes Fleisch. Wir bedankten uns und eilten davon.

Aber wenige Schritte weiter stieg uns schon ein strenger Geruch in die Nase. Es war Hammelfleisch, das ich gern aß, aber von einem so widerlichen Geruch, daß wir uns trotz des Hungers nicht überwinden konnten. In hohem Bogen ließ ich es in den Wald fliegen.

Wir kamen nun in das vielarmige Einzugsgebiet der Lielupe, wo allein auf unserer Karte elf Flüsse auf achtundzwanzig Kilometer Entfernung zu erkennen waren; nicht auf der Karte verzeichnet waren die zahllosen Bäche und Gräben.

Alle zwei bis drei Kilometer einen Fluß zu überwinden, ohne Brücken zu benutzen, wäre Erhards Ende gewesen. Wir mußten uns nach Süden wenden, um mit wenigen Überquerungen auszukommen.

Westlich wollten wir Bauska umgehen und uns dann genau nach Süden durch das Flußgebiet tasten. Wieder war eine Nacht angebrochen. Unser Weg führte uns zu einer breiten Furt. Drüben setzte sich der Weg fort und war befahren worden; also mußte die Furt begehbar sein. Ich zog mich aus, ließ meine Sachen zurück und watete hinein. Sah es zunächst ganz einfach aus, weil das Wasser nur bis zu den Oberschenkeln reichte, so wurde es von der Mitte an schwieriger. Bald reichte es bis zum Nabel, und die Strömung packte schon kräftig zu. Und als es zum Außenbogen hin immer noch tiefer und die Strömung stärker wurde, drohte ich mitgerissen zu werden. Die Füße fanden keinen festen Halt mehr, als das Wasser bis hoch an die Brust stand, der lose Grundsand nachgab und bei jedem Schritt weggeschwemmt wurde. Ich hätte schwimmen müssen. Wieder ein Floß bauen? Zeitverlust. Ich machte kehrt. Auf gut Glück suchten wir nach einem Fußgängersteg und fanden endlich auch einen.

Erhard verlor zusehends an Kräften. Die Zwangsruhepausen tagsüber in irgendeinem, oftmals feuchten Versteck brachten ihm keine sichtbare Erholung. Und der Karottensegen, der uns beschert wurde, als wir auf ein ganzes Feld stießen, füllte zwar unsere Mägen und Futterbeutel, hatte aber leider wohl keine Heilwirkung auf Erhards Verdauungstrakt.

Das Wildschwein

„Erhard, geht's wieder?"

„Weiß nicht. Ich versuch's."

Der Tag war um, wir mußten uns entscheiden. Erhard raffte sich auf, versuchte zu gehen, war noch so schlapp wie am Morgen.

In kurzen Abständen machten wir Pausen. Immer noch waren wir nicht wirklich um Bauska herumgekommen. Es wurde eine trostlose Nacht, wir marschierten durch Wiesen, Wälder und Felder.

Erhard war am Ende seiner Kräfte. Abwechselnd stützten wir ihn, aber selbst dann schaffte er es nicht mehr.

„Freunde, ich kann nicht mehr. Gönnt mir drei Tage Ruhe irgendwo. Vielleicht geht es dann wieder. Ich bin total fertig."

Da gab es nichts mehr zu überlegen, nur zu hoffen, daß wir ein trockenes, warmes Nest und Verpflegung finden und daß drei oder auch fünf oder zehn Tage genügen würden.

Mehr rastend als gehend, erwarteten wir die Morgendämmerung, um ein Versteck, am liebsten eine Feldscheune mit Heu am Waldrand, zu suchen. Schwache Aufhellung am nordöstlichen Horizont wurde sichtbar. Wir krochen wieder los. Nichts zeigte sich, was geeignet erschien. Es war wie verhext.

Drei Tage waren wir schon mit unserem kranken Kameraden auf dem Weg um Bauska herum. Dann eine Wiese, dreiseitig von Hochwald umstanden, und mitten darauf ein einzelner großer Strohhaufen, drei bis vier Meter hoch und an die dreieinhalb Meter im Durchmesser. „Wäre das was?"

„Mir ist alles recht. Nur Ruhe und Wärme", keuchte Erhard.

„Wir müssen es riskieren", sagte ich.

Wir überquerten die Wiese durch schnittreifes Gras. An dem Strohhaufen angekommen, schauten wir uns schnell noch einmal um. Nichts Auffälliges zu sehen. Herrlicher Sonnenschein – das gab Wärme. Aber unsere Spur in dem hohen mit Morgentau belegten Gras war weithin deutlich zu sehen.

Wie da hinein? Das Stroh war durch die Höhe der Säule und durch den Regen festgepreßt. Auf dem Bauch liegend, griffen wir in das Stroh hinein, rissen große Ballen heraus, wühlten uns tiefer und tiefer in das enge Loch, das gerade nur Schulterbreite hatte. Das Stroh war innen fester gepreßt als am Rand. Wir waren in Schweiß gebadet, die Finger wund, Hände und Arme zerkratzt, Nase, Augen, Ohren voll Staub und Häcksel. Überall, in Kragen, Ärmel, Rock und Hose schoben sich Strohhalme und Strohsplitter.

Dann versuchten wir es anders: Füße voraus, auf dem Bauch liegend, mit den Händen mich am Boden abstützend, schob ich mich hinein, drückte nach. Zu eng. Wieder raus, vorwärts reinkriechen und erweitern. Erneuter Versuch.

Erhards Röhre hatten wir gemeinsam fertiggemacht. Wir halfen ihm hineinzuschlüpfen. Dann krochen auch Rolf und ich in unsere Löcher, zogen mit der letzten Hand so viel Material vor das Schlupfloch, daß wir nicht mehr zu sehen waren und doch gerade durch die Ritzen nach draußen spähen konnten.

Es war feuchtwarm in unserem Versteck – hoffentlich das richtige für Erhard. Wird ihm guttun, wenn er richtig zum Schwitzen kommt, dachte ich und schlief ein.

Stunden vergingen, die Sonne hatte den Zenit überschritten. In meinen Dämmerschlaf drangen Geräusche. Zweige knackten, harte Schläge auf Holz ertönten.

Ich blickte vorsichtig durch das Stroh und direkt in zwei Gewehrmündungen, keine zwanzig Meter entfernt. Hinter einem Strauch hockten zwei Kerle und hielten ihre Gewehre im Anschlag auf uns.

Gab es noch einen Ausweg? Schießen? Nein. Kapitulieren? Oder raus, um den Strohhaufen herum und in Sichtdeckung in den Wald rennen? Das schien aussichtslos, denn wenn in meinem Blickfeld schon zwei Männer waren, war unser Versteck umstellt. Es schien das Ende aller Hoffnung. Immer schon hatte ich damit gerechnet, lange bevor wir unser Abenteuer wagten.

Ich mußte schnell handeln, ehe die Kerle es taten. Vielleicht konnte ich, nachdem sie mich schon entdeckt hatten, noch Rolf und Erhard retten, wenn ich mich stellte und sie unentdeckt blieben.

Ich riß die Pistole aus meiner Hose, entnahm das Magazin, drückte die Patronen in Hast heraus und zwängte alles tief in das Stroh. Vor mir stieß ich das Stroh weg, streckte Arm und Kopf heraus, rief den Milizionären zu: *„Njet streljatj, towarischtschi!* – Nicht schießen, Genossen!", winkte und setzte ein grinsendes Gesicht auf. Harmlos spielen. Vielleicht hatte ich noch einmal Glück mit diesem Trick.

Während ich schwer atmend aus meiner Schlupfröhre kroch, sah ich, wie Erhard neben mir schon aufgetaucht war und auf die beiden zuging. Die Gewehrmündungen senkten sich leicht, die Augen der Männer wurden weit.

Ich schaute mich nach rechts und links um, fragte mich, wo die anderen sein mochten, die uns umstellt hatten.

Hoffentlich schaltete Rolf richtig und blieb drin. Ich sprach laut zu den beiden im Busch, damit er hören sollte, daß ich schon am Feind war und er sich nicht gefordert fühlen mußte. Während ich meine Kleider abklopfte, mich dabei umschaute und ständig russische Brocken sprach, ging ich in kleinen Schritten auf den Strauch mit den abenteuerlich aussehenden Gestalten zu und erschrak, als ich bemerkte, daß auch Rolf aus dem Stroh herauskrabbelte. Mußte das sein?

Die Augen und jetzt auch die Mäuler der beiden im Busch wurden größer, aber die Gewehrläufe zeigten schon zu Boden. Also nicht Schreck, sondern Staunen. Die Kerle setzten ihre Gewehre ab, ihre Mienen erhellten sich, sie lachten schließlich laut los, während ich noch auf sie einredete. Sie klopften sich auf die Schenkel und die Schultern und redeten aufeinander in einer für mich unverständlichen Sprache ein.

Ich war bei ihnen, streckte die Hand hin und sagte: „Towarischtschi, habt ihr was zu essen? Ich habe Hunger." Freundliche Attacke war meine Taktik. „Tabak? Schnaps?"

Sie konnten sich immer noch nicht halten vor Lachen. Einer zog den Tabaksbeutel, gab Papier dazu. Ausgelassene Stimmung, Händeschütteln, Schulterklopfen.

Wir gaben uns zu erkennen: „Wir sind Deutsche auf dem Weg nach Hause."

Wir wurden bestaunt, bewundert, eingeladen, in ihr Haus zu kommen. Gern nahmen wir das an und gingen ruhigen Schrittes mit ihnen über die Wiese auf ein bescheidenes Häuschen zu, das an einem Waldweg stand.

Und nun in einem Kauderwelsch von Russisch und Deutsch erklärte sich auch, was das Wort *swinja* bedeutete, das ich in der ersten Aufregung immer von ihnen hörte: Sie hatten uns für Wildschweine gehalten!

In der Erwartung eines schmackhaften Bratens war der Kleinbauer zu seinem Freund, dem Waldwärter, geeilt, und mit einer Schrotflinte und einem alten Militärkarabiner wollte man die Swinjas zuerst ins Jenseits und dann in die Bratpfanne befördern.

Aber jetzt waren wir keine armen Schweine mehr; es ging uns gut. Und für Erhard sollte es die Rettung sein. In der armseligen Behausung der Leute bekamen wir reichliches, kräftiges, warmes Essen.

Aber wir konnten nicht im Haus bleiben. Abgesehen von der Enge war es auch die Angst, die die Leute – wir hatten gerade die lettische Grenze zu Litauen passiert – veranlaßte, uns zu bitten, anderswo unterzuschlüpfen.

Im Wald, ganz dicht bei der Wiese mit dem Strohhaufen, war ein Unterstand aus Kriegstagen, auf den sie uns hinwiesen. Mit reichlich trockenem Stroh machten wir Erhard und uns in dem finsteren und feucht-muffigen Erdbunker ein warmes und trockenes Bett, nahmen ihn zwischen uns, um ihn zu wärmen, und verweilten dort fast drei Tage und zwei Nächte. Ruhe, warmes Essen und viel heiße Milch mit Honig ließen Erhard wieder zu Kräften kommen und heilten seinen Verdauungstrakt.

Der Sohn der „Wildschweinjäger", einundzwanzig Jahre alt, war ein aufgeweckter Bursche, der auf deutscher Seite als Freiwilliger gekämpft hatte. Aus russischer Gefangenschaft bei Moskau, weit entfernt von der Heimat, war er geflohen und hatte sich bis nach Hause durchgeschlagen. „Drei Dinge braucht man, um zu fliehen: Geld, Glück und ein Mädchen", war seine Erfahrung. Wir konnten das bestätigen.

Unser Verhältnis zu ihm entwickelte sich so freundschaftlich, daß wir ihm schließlich die erbeutete Pistole zeigten, die ich wieder aus dem Stroh herausgepult hatte. Er kaufte sie uns ab. Dreihundert Rubel, vier Brote, zwei Pfund Butter und ein Beutel Tabak waren uns wichtiger als das Schießeisen.

Am dritten Tag hieß es, daß die Miliz der ganzen Umgebung

zusammengezogen werde, um entlaufene Kriegsgefangene aufzustöbern.

Damit waren wohl wir gemeint. Wir warteten nur noch bis zum Einbruch der Nacht, um uns, mit Marschverpflegung und Hinweisen für den Weg versorgt, auf die nächste Etappe zu begeben.

Freunde in Litauen

Litauen, das wir nun erreicht hatten, war nach Estland und Lettland das letzte der drei baltischen Länder, das wir kennenlernten, und inzwischen auch ein Teil der Sowjetunion.

Endlich waren wir aus dem flußreichen Gebiet von Bauska heraus, würden aber bald in das nicht minder wasserreiche Gebiet der Musa gelangen. Erhard hatte wieder an Kräften gewonnen, so daß wir ordentlich Kilometer machen konnten, wenn wir gute Wege hatten. Wir mußten auch an die vorrückende Jahreszeit – es war bald Ende August – denken und versuchen, das in letzter Zeit Versäumte nachzuholen.

So riskierten wir es doch, bei Nacht die Straße nach Linkuva zu benutzen, die uns trockenen Fußes durch das Musagebiet führen würde. Radyiliskis, etwa auf der Hälfte unseres Weges durch Litauen gelegen, war das nächste größere Ziel. Daß die Gegend nicht geheuer war, wurde uns in diesen Tagen gleich mehrfach deutlich gemacht.

Ein Mädchen in knallroter Bluse warnte uns vor der Miliz, die anscheinend in dem Gutshof, vor dem wir es antrafen, stationiert war. Die Orte waren in dieser Gegend ziemlich eng gebaut und damit noch gefährlicher für uns. Aber immer wieder erfuhren wir gerade dort, wo die sowjetische Kontrolle und damit die Gefahr besonders groß war, Rat und Hilfe von der Zivilbevölkerung.

In Staffeln kamen von Nordwesten tiefhängende Wolkenbänke aus der Rigaer Bucht und überschütteten uns in regelmäßigen Abständen stets aufs neue mit kaltem Regen. Bald hatten wir keinen trockenen Faden mehr am Leib, und auch die Streichhölzer waren durchnäßt. Scheunen fanden wir keine, und an die Häuser wagten wir uns nicht heran.

Rasteten wir, kühlten wir in den nassen Sachen in kurzer Zeit so aus, daß wir erneut um unsere und besonders um die gerade wiedergewonnene Gesundheit von Erhard bangen mußten. Beim Laufen entwickelte man wenigstens noch etwas Körperwärme. Also machten wir nur kurze Pausen, bis es nicht mehr ging.

Nicht weit von drei Gehöften wankten wir nach rechts ein Stück in den Wald hinein und ließen uns, ohne viel zu suchen, völlig erschöpft nieder. Nichts war da, was uns Trockenheit und Wärme geboten hätte; dazu von oben diese entnervenden kalten Regenschauer.

Als wir schließlich weitermarschierten, kamen wir an eine Kleinbahnstrecke, die uns verlockend erschien, weil sie in unserer Richtung verlief und uns, wenn möglich, trockenen Fußes durch das Musagebiet führen würde. Wir wagten es und kamen schnell ein gutes Stück voran. Dann verließen wir die Bahnstrecke, um nicht in die Nähe der größeren Stadt Siauliai (Schaulen) zu geraten, und liefen weiter nach Südwesten in Richtung Radyiliskis. Nun ging es wieder auf Wald- und Feldwegen durchs Land und manchmal auch querbeet.

Mit zitternden Händen gab uns eine alte Frau, die uns im Wald begegnete, alles, was sie an Eßbarem bei sich hatte, nämlich ihren Ziegenkäse. Vielleicht war es auch ein wenig die Angst vor uns, was sie dazu bewog. Wir beruhigten sie und bedankten uns sehr.

Stunden später versorgte uns ein Bauer mit vielen gekochten Eiern. Als dabei sein Sohn in russischer Uniform auftauchte – er hatte Urlaub –, meinte er, wir brauchten nicht in Sorge zu sein, denn sein Sohn stehe auf der anderen Seite.

Wir erreichten Radyiliskis. Die Umgehung war anstrengend und kostete Zeit. Nachdem wir diese Etappe hinter uns hatten, war es nicht mehr weit bis zur nächsten Bahnstrecke.

Wieder bekamen wir gut zu essen, als wir abends an einem Bauernhaus anklopften. Man war beim Seifekochen, ein Schneidermeister arbeitete dort, und ein russisches Mädchen war zugegen. Ob sie den Mund halten würde? Daß man uns für den Weitermarsch noch Speck gab, beruhigte uns einigermaßen.

An den Bahnstrecken entlangzumarschieren war eine Erholungspartie. Dabei hatten wir bemerkt, daß manchmal Bahnarbeiter mit einer handbetriebenen Draisine auf der Strecke fuhren. Als wir dann auf unserem Marsch bei einer kleinen, nicht besetzten Station so ein Ding umgestürzt neben dem Gleis liegen sahen, kam uns eine Idee.

Wir drehten den Apparat – eigentlich nur eine Plattform mit vier Rädern darunter – um, setzten ihn auf die Schienen, steckten die Stoßstangen auf die Kurbelbolzen und stiegen auf. Die Stoßstangen im Rhythmus runterstoßend und hochziehend, brachten wir das Gefährt in Bewegung, wurden schneller und erreichten eine beachtlich höhere Geschwindigkeit als zu Fuß. Mein Kindheitstraum, auch mal Draisine zu fahren, ging hier in Erfüllung.

Leider konnten wir das Vergnügen, das uns einige Kilometer flott vorangebracht hatte, nicht lange genießen. Vor uns sahen wir einen beleuchteten Bahnhof. Wir stoppten, kippten das Gefährt von den Schienen auf die Böschung und umgingen die Station.

Die Bahnlinie wollten wir noch nicht so schnell verlassen, doch besondere Wachsamkeit war geboten. Unsere Karte zeigte nämlich, daß etwa fünfzehn Kilometer weiter ein Flußübergang war. Und noch etwas war bei genauem Hinsehen zu erkennen: Höhenlinien, die darauf hindeuteten, daß der Fluß in einem Tal lag. Aus Sicherheitsgründen bot sich solch ein Punkt zur Bewachung ganz besonders an. So entschieden wir uns für einen Weitermarsch bei nachmittäglicher Helligkeit am Gleisstrang entlang.

Als wir in der Ferne ein Häuschen und Leute erkannten, verließen wir den Gleiskörper, gingen auf der daneben verlaufenden Straße weiter, bis wir auf der Höhe eines vereinzelt stehenden Hauses haltmachten. In dreihundert Meter Entfernung führte eine Eisenbahnbrücke über den Fluß.

Die Brücke war bewacht. Posten schlenderten an ihrem Wachhäuschen herum. Denen wollten wir nicht zu nahe kommen.

In dem Haus an der Straße konnte man Milch kaufen – eine gute Gelegenheit, unseren Vorrat zu ergänzen und von litauischen Zivilisten vielleicht etwas über die Situation am Flußübergang zu erfahren. Doch es kam anders, als erhofft.

Eine junge Frau tauchte auf, die, wie sich herausstellte, Russin war und bei der Kommandantur arbeitete. Sie hatte den richtigen Blick für Gestalten wie uns. „Ihr seid Deutsche", sagte sie uns auf den Kopf zu. Unser Leugnen überzeugte sie nicht. Ihr abruptes Weggehen war deutlich und veranlaßte uns, nach Bezahlung der Milch auch schnellstens zu verschwinden. Aber wohin?

Über die Eisenbahnbrücke zu gehen kam nicht in Frage; nach rechts oder links am Fluß entlang auch nicht, das wäre aufgefallen. Also blieb nur der Weg über die Straßenbrücke im Talgrund, die in einigem Abstand von der Eisenbahnbrücke, aber noch in deren Sichtbereich lag. Die Straße entfernte sich nach links von der Brücke und schlängelte sich den hohen Uferhang hinunter ins Tal.

In normalem Tempo marschierten wir abwärts, schauten uns aufmerksam um und behielten besonders die Brückenwache im Auge. Unten sahen wir die Straßenbrücke liegen, aber kein Posten war dort auszumachen.

Doch vor uns tauchte ein Haus auf, ungefähr siebzig Meter von der Straße entfernt. Wir erkannten, daß es eine Truppenunterkunft für einen ganzen Zug russischer Soldaten war, etwa dreißig Mann, die dort herumwimmelten. Ein Zurück gab es nicht mehr, also weiter. Gott steh uns bei!

Rolf und ich sollten etwas zurückbleiben, Erhard vorausgehen, damit wir weniger auffielen.

Von dem Wachpersonal an der Unterkunft nahm anscheinend keiner Notiz von uns. An der Straßenbrücke hatte sich auch noch kein Posten gezeigt. Unser Herzklopfen hielt noch eine Weile an, bis wir unbehelligt über die Brücke gekommen waren und die Straße auf der anderen Uferböschung beschritten.

Doch hinter uns kam jemand in raschem Schritt: ein junger Soldat, vermutlich aus der Truppenunterkunft. Wir gingen schneller.

Erhard hatte uns inzwischen herankommen lassen, so daß wir für alle Fälle, und sei es nur wegen der Abschreckung, zu dritt waren.

Der Soldat beschleunigte bergan das Tempo noch mehr als wir. Wir hätten rennen müssen, um ihn abzuschütteln. Als er uns eingeholt hatte und wir auf russisch gegrüßt hatten, erklärte er uns freundlich, daß er Litauer sei und uns als Deutsche sofort erkannt habe. Er gab uns anhand unserer Karte gute Ratschläge, klärte uns über die militärische Belegung der umliegenden Ortschaften auf und meinte, wir sollten jetzt nicht mehr über Brücken und auf Bahndämmen gehen, das sei zu gefährlich. Wohl nahmen wir seinen Rat ernst, konnten uns aber nicht dazu durchringen, die hochgeschätzte Bahnstrecke jetzt schon zu verlassen.

Nächtliche Fußmärsche am Gleis entlang brachten uns in die Nähe von Erzvilkas, einem Ort, der nur noch zwanzig Kilometer vom Memelland entfernt lag. Altes deutsches Land, Teil Ostpreußens, der 1924 an Litauen verlorenging, Rolfs Heimat schon fast in greifbarer Nähe. Verständlich, daß uns das Auftrieb gab.

Immer wieder trafen wir auf Menschen, die es ehrlich und gut mit uns meinten, so auch ein Student in einem Haus rechts der Bahnlinie. Er gab uns Käse und warnte uns vor den bewachten Brücken.

Eine Entscheidung, wie es weitergehen sollte, war fällig. Am Gleiskörper entlang würden wir nach etwa zwanzig Kilometern nach Tauroggen kommen und im weiteren Verlauf nach Süden und Südwesten auf die Städtegruppe Pogegen – Tilsit – Ragnit stoßen. Daran konnte uns nicht gelegen sein. Also bogen wir von der Bahnlinie nach Süden ab und visierten eine Linie an, die uns später in südwestlicher Richtung zwischen den beiden ostpreußischen Garnisonstädten Insterburg und Gumbinnen hindurchführen sollte.

In einer kleinen Siedlung wurden wir eines frühen Morgens von einer Frau angehalten und aufgefordert, in ihr Haus mitzukommen. Argwöhnisch folgten wir der Einladung. Drinnen begrüßte uns ihr Mann in fließendem Deutsch. Er war politisch erstaunlich gut informiert, besaß die *Prawda*, die *Times* und eine Partisanenzeitung. Ein gewichtiger Mann des Widerstandes? – Unter anderem berichtete er davon, daß Erzvilkos vor vier Wochen nachts von zwei- bis dreihundert Partisanen umzingelt worden sei und sämtliche Milizionäre, kommunistischen Funktionäre und NKWD-Leute, von denen in jedem Dorf mindestens eine Gruppe stationiert war, gefangen und aufgehängt worden seien. Drei Tage später hätten starke Verbände der Roten Armee die gesamte Umgebung erfolglos durchkämmt. Die neue Milizmannschaft sei dann in einem Stützpunkt zusammengezogen worden, der mit Stacheldraht gesichert worden sei. Der Stützpunkt läge unmittelbar an unserem Weg.

Eine besondere Art von Spannung bemächtigte sich unser, da wir nun immer dichter an die ostpreußische Grenze kamen. Bald würde sich die Frage stellen, wie über die Memel zu kommen sei. Inzwischen war es schon September geworden.

Das Memelland bei Schmalleningken, also alten deutschen Boden, zu betreten war ein besonderes Gefühl nach all den Strapazen.

Aber noch waren wir nicht in Sicherheit und noch lange nicht zu Hause. Immer noch waren wir Gejagte.

Scheibenschiessen

Durch einen Forst, der den östlichen Zipfel des Memellandes, das an dieser Stelle nur etwa neun Kilometer breit ist, weitgehend gedeckt, gelangten wir nach Kallwehlen. Nachdenklich standen wir an der Memel, Ostpreußens Grenzfluß.

Wir hatten Glück. Erich Nowaski, den wir vor Sonnenuntergang in Kallwehlen ansprachen, gab uns zu essen. Als geborener Memelländer sprach er fließend Deutsch. Nachts schlichen wir uns am Memelufer entlang, um ein Boot zu besorgen. Nach einiger Zeit stießen wir auf eine ganze Ansammlung von Kähnen. Aber es störte uns, daß davor am Ufer ein kleines Feuer flackerte und knisterte. Wir dachten, daß es von Fischern herrühre, die es beim Einbruch der Nacht nicht gründlich gelöscht hatten. Näher kommend entdeckten wir aber einen Mann am Lagerfeuer, der offenbar die Kähne bewachte.

Wir gingen etwas ratlos zu Nowaski zurück. Er riet uns, es am Tage zu versuchen, weil dann die Boote nicht bewacht seien. Übernachten durften wir bei ihm. Der nächste Morgen, an dem wir einen Vorstoß versuchten, war ein Sonntag, so daß wir hoffen durften, daß die Fischer etwas länger schliefen.

Es dauerte nicht lange, bis wir einen Kahn hatten, mit dem wir unbehelligt den Fluß überqueren konnten. Nun waren wir in Ostpreußen. Hier wurden wir sogleich mit den Veränderungen konfrontiert, die mit dem Zusammenbruch des Deutschen Reiches 1945 eingetreten waren. Die Gegend, in die wir bald kamen, war fast menschenleer. Die deutsche Bevölkerung, die bei Kriegsende nur aus Frauen, Kindern und Greisen bestand, hatte entweder gerade noch vor den heranrückenden russischen Truppen flüchten können oder war in den Kriegswirren durch Kampfeinwirkungen und Terrorakte ums Leben gekommen oder nach Rußland verschleppt worden. So konnten wir von nun an kaum mehr mit der Hilfe von Einheimischen rechnen.

Es wurde auch schwieriger, Verpflegung zu finden. Die Felder waren nicht bestellt und in den eineinhalb Jahren durch Disteln, Quecken, Klettenbüsche und anderes Unkraut verwildert. Wo Häuser, Scheunen und Stallungen den Krieg überstanden hatten, waren sie allesamt geplündert und meistens ihrer Fenster und Türen, der Dachziegel und oft auch der Dachsparren beraubt. Außer unreifen Tomaten fanden wir auf den Feldern nichts. Aber zum Glück war es ein besonders gutes Pilzjahr. Pilze waren tagelang unsere einzige Nahrung, meistens in rohem Zustand, manchmal auch gekocht.

Wir zielten in südlicher Richtung auf die Lücke zwischen Gumbinnen und Insterburg, denn beide großen Städte meinten wir meiden zu müssen. Auf unserem Weg dorthin lag ein großes Waldgebiet. Es schien uns sehr günstig, dort hineinzustoßen, um, durch den Wald geschützt, möglichst dicht an die Hauptstraße und Bahnlinie Gumbinnen–Insterburg heranzukommen.

Wir marschierten am Spätnachmittag los in der Annahme, daß die Gegend menschenleer sei, und kamen durch einen Ort, in dem uns auch wieder die Häuser und Höfe mit leeren Fensterhöhlen anstarrten und kahle Dachgebälke sich gen Himmel reckten. Da fiel mir plötzlich auf, daß am Straßenrand die Porzellanisolatoren abmontiert neben den Telefonmasten lagen. Ein Blick durch die Toreinfahrt eines Gutshofes löste Alarmstimmung aus, denn in dem Hof waren ein paar russische Soldaten mit Arbeiten beschäftigt, und vor uns an der Straße montierte einer an einem Mast.

Wir wagten nicht umzukehren, was vielleicht richtiger gewesen wäre. Die Straße verlief in einem leichten Bogen nach rechts und hatte damit schon das Ortsende erreicht. In der Ferne, vielleicht zweieinhalb

Kilometer entfernt, verschwand sie in einer Linkskurve im Wald. Dort würden wir außer Sicht und wieder einigermaßen sicher sein. Aber es kam anders.

Unsere Straße gabelte sich. Wir folgten dem Knick nach links in Richtung Wald und waren auch schon ein gutes Stück gegangen, als Rolf sagte: „Schaut mal vorsichtig nach rechts! Da ist was."

Wir sahen in fünfhundert Meter Entfernung an der anderen, am Ortsrand entlangführenden Straße einen haushohen, hölzernen Beobachtungsturm. Wir konnten fünf oder sechs Gestalten erkennen, die mit Ferngläsern in der Gegend herumschauten und mit ausgestreckten Armen auf irgend etwas, wahrscheinlich Telefonleitungen, hinwiesen. Vermutlich waren es Leute von dem Trupp, der die Isolatoren und Telefondrähte abmontierte.

Das konnte brenzlig werden, wenn sie sich durch unser Erscheinen von ihrer Aufgabe ablenken ließen. Ein kleiner Nebenverdienst durch drei Kopfprämien wäre ihnen gewiß nicht unangenehm.

Wir machten die Beine länger und behielten sie im Auge. Sie hätten uns den Weg abschneiden können. Ein Lastwagen stand am Fuße des Turmes.

„Neuer Treffpunkt am Waldrand rechts von der Straße!"

Die Kerle hatten uns offensichtlich erspäht; kein Wunder in der offenen, menschenleeren Landschaft. Wir hasteten im Gewaltschritt voran, und langsam wurde der Abstand zu ihrem Standort größer, aber zum Waldrand an der Straße war es noch weit...

Jetzt kletterten sie, sichtlich in Eile, die Leiter herunter und sprangen auf den Lastwagen. Der Motor wurde angelassen. Im Eilschritt hasteten wir am linken Straßenrand dahin. Erhard als letzter paßte auf. „Sie sind an der Gabelung, biegen ein. Los, weg!"

Wir stoben von der Straße und rannten wie aufgescheuchtes Wild durch unkrautüberwucherte Felder. Der Boden war hart, gut zum Laufen, aber auch zum Fahren geeignet.

Der Lastwagen raste heran. Wir hatten hundert, hundertfünfzig Meter geschafft, als der Lastwagen bremste, stand und das „Stoi!" herüberschallte.

Wir rannten um unser Leben mit einigen Metern Abstand voneinander auf gleicher Höhe. Der Wald war fünfzehnhundert Meter entfernt.

Es knallte.

Wie die Hasen schlugen wir Haken und paßten auf, daß wir nicht auseinanderkamen. Aus fünf oder sechs Rohren kamen die Geschosse rechts und links und über uns vorbeigezwitschert. Voller Angst erwartete ich das Geknatter einer Maschinenpistole.

Dreck spritzte vor mir auf. Mein Herz raste. Hohes, binsenartiges Gras hemmte jetzt unseren Lauf. Disteln und anderes Unkraut standen kniehoch im Wege. Doch schon hatten wir Raum gewonnen, an die vier-, fünfhundert Meter, die Schüsse wurden ungenauer.

Wir gingen schließlich Schritt, schwer atmend. Sie standen immer noch da, beobachteten uns mit Ferngläsern. Jederzeit konnten sie uns auf dem harten Boden mit ihrem Lkw verfolgen. Warum taten sie es nicht? Der Lkw wendete jetzt sogar, und sie fuhren zurück. Schweißgebadet starrten wir uns an. Es war gutgegangen.

Nachdenklich zeigte uns Erhard seinen Proviantbeutel. Er hatte einen Durchschuß bekommen. Das war knapp gewesen.

Insterburg

Der Wald und bald darauf auch die Nacht verschluckten uns. Wir fühlten uns einigermaßen sicher, denn das unabsehbar große und weitgehend trockene Waldgebiet ließ fast jede Fluchtrichtung zu.

Wir hätten Schlaf gebraucht. Aber diesen Wald glaubten wir unbedingt noch in der Nacht hinter uns bringen zu müssen und dazu ein gutes Stück offenen Acker- oder Weidelandes, das sich nach der Karte irgendwo dahinter zwischen Insterburg und Gumbinnen anschließen mußte. Denn am kommenden Morgen, wahrscheinlich schon vor Anbruch des Tages, würde man den südlichen Waldrand abriegeln und das freie Gelände überwachen.

Wenn irgend möglich, wollten wir die große Straße Gumbinnen–Insterburg noch in derselben Nacht überqueren, weil sie sich, ziemlich geradlinig, eben und durch freies Gelände verlaufend, wie Rolf wußte, zur Überwachung anzubieten schien. Bis dahin waren es fünfzehn bis zwanzig Kilometer Luftlinie. Ein Gewaltmarsch stand uns bevor. So stapften wir durch die Nacht, machten kaum Verschnaufpausen und aßen auch im Gehen.

In der Ferne hörten wir schräg links vor uns Kanonendonner. Kämpfe mit Partisanen? Aber doch nicht mit anhaltendem Geschützfeuer. Das konnten nur Truppenübungen sein.

Bei unserem letzten Flußübergang hatten wir Glück gehabt, weil wir einen Kahn gefunden hatten, mit dem wir trocken hinüberkamen. Jetzt standen uns schon wieder zwei Überquerungen bevor.

Rolf wußte als Einheimischer, wie sehr das südliche Ostpreußen, der Landesteil Masuren, über und über mit Seen bedeckt und von einem Netz kleinerer Flüsse und Bäche durchzogen ist. So entschieden wir uns, zwischen den Städten Gumbinnen und Insterburg durchzustoßen und die Masurische Seenplatte links liegenzulassen.

In dieser Nacht kamen wir nur langsam voran. Die Richtung so wählend, daß die Lichtblitze des Geschützfeuers hinter uns blieben, ging es weiter hinein in eine Landschaft, die trotz der Düsternis andersartig erschien als gewohnt. Die Felder trugen keine Früchte, waren nicht bestellt; Menschen schienen hier nicht mehr zu leben. Dafür stießen wir mehr und mehr auf Spuren von Militärfahrzeugen im Gelände und auf den sandigen Wegen.

Beim Morgengrauen wurde es höchste Zeit, in einem Unterschlupf zu verschwinden. – Dieses nervöse Jagen und Hetzen, um in der Dämmerung schnell noch voranzukommen und ein Versteck ausfindig zu machen, war nach anstrengendem Nachtmarsch immer eine Zerreißprobe für die Nerven.

Eine Baumreihe, quer zu unserer Marschrichtung, hob sich vom Horizont ab. Sie gehörte zu einer breiten Allee, die in Ostwestrichtung verlief. Hatten wir unser Marschziel, die Hauptstraße Gumbinnen–Insterburg, erreicht? Es gab keinen Zweifel: Kilometersteine, die wir im Streichholzschein studierten, bewiesen es.

Erleichterung, aber auch Besorgnis wegen des anbrechenden Tages und des notwendigen Versteckes. Wir eilten auf einem Feldweg weiter, weg von der Chaussee, nach Süden. Und wir hatten Glück. In der Morgendämmerung stießen wir auf eine große freistehende Feldscheune. Geräumig genug war sie für uns drei; aber war sie auch sicher? Fluchtmöglichkeiten gab es da bei Tage nicht.

Vorsichtig pirschten wir uns heran, fanden nichts Auffälliges. Ein großer Heuhaufen erwartete uns. Wir hatten wieder Hunger und nichts mehr zu essen. Wir mußten uns verproviantieren. Das würde nur in Insterburg oder Gumbinnen möglich sein. Aber zu dritt oder auch nur zu zweit in eine dieser Städte zu gehen schien uns ein zu hohes Risiko.

Es gab keine andere Wahl: Einer von uns mußte es wagen, nach Insterburg zu gehen, und zwar am hellichten Tag. Denn bei Nacht war die Gefahr, auf der Straße in eine Kontrolle zu geraten, noch größer. Wir einigten uns, daß das Los entscheiden sollte. Ich verlor. Wir hatten verabredet, daß die beiden anderen in ihrem Versteck bleiben sollten, längstens drei Tage. Für den Fall, daß sie sich dort nicht halten könnten, war verabredet, einen Treffpunkt anzulaufen und dort zu warten.

War es richtig, im Morgengrauen loszumarschieren, um möglichst früh nach Insterburg zu gelangen? Ich mußte zurück an die Chaussee, links ab und immer geradeaus nach Westen. Irgendwo würden auch mal Straßenschilder kommen, die mir die Entfernung sagten. Die Sonne ging hinter mir auf, es war ein schöner Herbstmorgen. Die Straße war gepflastert, wies viele kriegsbedingte Schäden auf und hatte rechts den sandigen, sogenannten Sommerweg für Pferdefuhrwerke. Auf der breiten Allee kam ich flott voran.

Wo sich einmal die Kornkammer Deutschlands befunden hatte, war jetzt wüstes Land, von Panzerspuren und Trümmern aus dem Krieg überzogen. Die Sonne stieg auf und wärmte mich. Der Hunger meldete sich; das machte mir Beine.

Ein Geräusch hinter mir. Ich blieb stehen, trat zwischen die Bäume, schaute zurück. Aus der Richtung, aus der ich kam, näherte sich ein Pferdegespann. Ein Bauer? Rechts und links war freies Feld. Unentdeckt konnte ich hier nicht weglaufen.

So siegte doch wieder die Frechheit. Ich setzte mich auf einen Kilometerstein, scheinbar ermüdet, und wollte das Gespann vorbeilassen. Zwei einfache Soldaten saßen auf dem Wagen, mit dem sie ein paar Baumstämme transportierten, die sie wohl zum Heizen ihrer Stuben aus dem Wald geholt hatten. Ich nickte ihnen zu. Sie grüßten zurück und kümmerten sich nicht weiter um mich.

Der Wagen fuhr jetzt Schritt. Ich stand auf, folgte ihm ein kurzes Stück, pfiff dann auf den Fingern. Sie drehten sich um, und ich winkte.

Das Gefährt hielt. Als ich sie eingeholt hatte, blickten mich die beiden fragend an. Ich sagte auf russisch: „Zur Stadt?" Hoffentlich fragen sie mich nicht aus! Russisch konnte ich doch nur die üblichen Landserbrocken und Flüche.

Die Soldaten nickten. Ich stieg auf und setzte mich hinten auf die Baumstämme, Rücken zu ihnen, Blick zurück. Um Baumstammlänge waren wir voneinander getrennt; bei dem Lärm, den der Wagen machte, konnte ich so von ihnen nicht ins Gespräch gezogen werden.

Nach langer Fahrt näherten wir uns Insterburg. Ich hoffte, daß in der Stadt nicht nur Frauen, sondern auch Männer in Zivil sein würden, denn sonst würde ich auffallen.

Es schien mir ratsam, nicht ganz bis zum Markt mitzufahren – wenn meine Kutsche überhaupt dorthin fuhr –, sondern ein Stück vorher abzusteigen. Dann könnte ich vielleicht Frauen, die mit Lebensmitteln vom Markt kamen, unauffälliger ansprechen.

Wir kamen an zwei Kasernen vorbei, eine rechts, eine links. Vor jedem Tor stand ein Posten. Sie schauten herüber. Ich ließ meine Beine baumeln.

Wieder eine Kaserne, wieder Posten. Dann kamen mehrstöckige Wohnhäuser, eine Kirche, typisch städtische Straßenzeilen; viele Gebäude lagen in Trümmern oder standen leer.

Die Zivilisten auf der Straße waren tatsächlich nur Frauen und ein paar Kinder. Ich dachte, es wäre an der Zeit abzusteigen. Ein paar Frauen trugen gefüllte Beutel in den Händen – Lebensmittel? Anscheinend kam ich zur rechten Zeit.

Ich sprang ab und winkte den Soldaten dankend zu; sie blickten sich um, winkten zurück und fuhren weiter.

Ich schaute in die Seitenstraßen hinein, die ich kreuzte, ob sich da eine Frau zeige, die ich ansprechen könne. Trümmer, zerschossene, ausgebrannte Häuser, öde Fensterhöhlen; manche Häuser waren ausgeplündert.

Nachdem ich bereits ein gutes Stück Wegs in der Stadt zurückgelegt hatte, kamen zwei Frauen mit vollen Taschen in jeder Hand auf mich zu. Sicher kamen sie vom Markt. Langsam ging ich ihnen entgegen. Sie unterbrachen ihr Gespräch, blickten mich an, verlangsamten auch ihre Schritte. Ich sagte halblaut: „Können Sie mir helfen? Ich brauche was zu essen."

Sie erschraken und sagten schnell: „Bleiben Sie nicht stehen! Gehen Sie weiter, und kehren Sie dann um, gehen Sie hinter uns her. Vierter Stock."

Ich tat wie angegeben, schlenderte zehn, fünfzehn Schritte weiter und blickte zurück, um sie zu beobachten. Dann folgte ich ihnen langsam.

Sie gingen ein Stück, bogen nach links ab und betraten einen Hauseingang, nicht ohne noch einmal einen kurzen Blick zu mir zurückgeworfen und mir fast unmerklich zugenickt zu haben.

Ich ging an dem Haus vorbei und warf einen flüchtigen Blick in den Hauseingang. Es war ein in allen vier Stockwerken noch leidlich gut erhaltenes Haus. Nach zehn, fünfzehn Metern blieb ich stehen und blickte über die Schulter zurück auf die Hausfront, wo die Frauen verschwunden waren. Alle Etagen schienen bewohnt zu sein, die Fenster hatten Scheiben oder Pappe.

Als ob ich mich entschlossen hätte, doch den anderen Weg in Richtung Zentrum zu wählen, ging ich zurück und verschwand schnell in dem Hauseingang, in den die Frauen hineingegangen waren.

Auf leisen Sohlen eilte ich die Stufen hinauf. Ganz oben links stand schon jemand und wartete auf mich an der Wohnungstür. Kein Wort wurde gewechselt. Still huschte ich hinein. Die Tür wurde geschlossen.

Viele Augenpaare starrten mich an: Frauen mittleren und hohen Alters, Kinder guckten mehr ängstlich als neugierig; kein Mann. Dreizehn Personen hausten hier in einer Dreizimmerwohnung. Leute vom Lande und auch aus Königsberg hatte man in Insterburg zusammengetrieben. Sie warteten auf eine Evakuierung nach Mitteldeutschland. Hier in Ostpreußen hatten sie kein Zuhause und keine Zukunft mehr.

„Ich brauche Lebensmittel. Wir sind auf der Flucht, mehrere Kameraden. Können Sie uns etwas geben oder besorgen? Ich habe Geld."

Zwei Frauen waren sofort bereit. Andere verdrückten sich in den Hintergrund.

„Was braucht ihr?"

„Brot und etwas Kräftiges, am besten Speck."

Ich gab den Frauen von den Rubeln, die wir noch hatten. Eine Frau ging zum Markt; ich solle warten.

Mich erfaßte Unruhe. Hatte man mich beobachtet, als ich das Haus betrat? Das konnte schlecht ausgehen, nicht nur für mich, auch für die Frauen. Hier gab es keine Fluchtmöglichkeit.

Wir unterhielten uns mit gedämpfter Stimme. Ich konnte und wollte ihnen von mir nicht viel erzählen, gab ihnen aber meine Heimatadresse und die von Erhard und Rolf. Vielleicht würde es unser letztes Lebenszeichen sein.

Geräusche im Treppenhaus. „Es kommt jemand", sagte die Frau, die als Lauscherin an der spaltbreit geöffneten Wohnungstür stand. „Sie ist es!"

Ich atmete auf. Schnell übergab sie mir, was sie erstanden hatte: Brot, Speck und Tabak. Was sollte ich mit Tabak? Ich war Nichtraucher, hielt Tabak nicht für lebenswichtig; aber Erhard schon. Die Sachen füllten reichlich meine beiden Proviantbeutel; ich mußte einen Teil noch in die Jackentaschen verstauen. Die Frau wollte abrechnen. Ich wehrte ab. Sollte sie doch die paar Rubel behalten, sie konnte sie nötig brauchen.

Wieder Geräusche im Treppenhaus. Drei Mann hatten den Hauseingang betreten, russische Stimmen, Soldaten. Sie fingen an, das ganze Haus von unten bis oben zu kontrollieren.

Die Frauen hatten mir schon berichtet, daß das öfter vorkam, immer zu anderen Zeiten. Manchmal nahmen ihnen die Russen etwas weg. Oder sie holten jemanden ab zur Vernehmung, der vielleicht nicht mehr wiederkam.

Ich wollte in ein Versteck, unter ein Bett oder in einen Schrank.

Die Frauen wehrten ab: „Das hat keinen Zweck. Die suchen unter allen Betten und in allen Schränken."

Eine sagte: „Bleib hier oben an der Treppe stehen, laß dich im Treppenhaus nicht sehen. Warte, bis ich dir ein Zeichen gebe; ich stelle mich ans Geländer und beobachte. Wenn sie im dritten Stock in die Wohnung gegangen sind, dann mußt du runter; das ist die einzige Chance. Du mußt hinter ihnen vorbei. Wenn das nicht gelingt, können wir dir auch nicht helfen."

Ich raffte meine Sachen zusammen, war sprungbereit. Die Frau stand am Geländer.

Die Russen kamen herauf, vom zweiten Stock in den dritten, pochten an die Tür. Sie öffnete sich. Barsche Worte: „Ausweis!"

Zwei Russen gingen hinein, der dritte blieb an der Tür. Wortwechsel drinnen. Der dritte Russe ging einen Schritt in die Wohnung mit der Maschinenpistole unter dem Arm. Er stand jetzt im Korridor mit dem Rücken zum Treppenhaus.

Jetzt los! Die Frau gab mir einen Schubs. Ich huschte so lautlos wie möglich den obersten Treppenabsatz hinunter, den zweiten, jetzt sah ich ihn stehen.

Wie eine Katze schlich ich mich um die Geländerwendung herum, hatte ihn fast greifbar nahe. Niemand sah mich. Ich huschte weiter die Treppe hinab, war am Ausgang, schaute nach rechts und links: kein Posten vor dem Haus. Ich betrat die Straße, kam mit den hastig übergeworfenen Beuteln nicht zurecht, mußte sie ordnen und meine Gedanken auch.

Rechts und links je einen Beutel tragend, ging ich nach links, die Straße zurück, die ich gekommen war, in flottem Schritt, aber nicht zu eilig.

Es war Nachmittag geworden. Die Straßen belebten sich. Soldaten kamen zurück, einzeln, in kleinen Trupps, und ganze Einheiten marschierten an mir vorbei in die Kasernen.

War es richtig, denselben Weg zurückzugehen, wieder vorbei an Kasernen und Wachposten? Die Straße, die ich vormittags mit Pferd und Wagen, später zu Fuß gekommen war, wurde mir entsetzlich lang.

Am Ende eines langen Marsches kam ich in der Nacht in die Nähe der Scheune, wo Rolf und Erhard warten sollten. Schon sah ich die Scheune als Silhouette groß und mächtig dastehen. Niederhocken, beobachten, lauschen.

Nichts rührte sich. Näher ran. Ich schnalzte mit der Zunge. Da kam die Antwort. Die Kameraden waren da. Wir fielen uns in die Arme.

Nach einer Pause machten wir uns sofort auf, um den Rest der

Nacht zu nutzen. In Richtung Südwest pirschten wir uns vor. Nach einigen Kilometern wurden auf unserem Kurs die Panzerspuren seltener. Ein Gutshof kam in Sicht. Wir mußten versuchen, dort ein Versteck zu finden. Einige Gebäude schienen noch intakt zu sein.

Durch den Eisernen Vorhang

Wir hatten die Landesgrenzen der baltischen Staaten überquert, hatten es bis Ostpreußen geschafft. Wir hatten Flüsse durchschwommen, Furten durchwatet und die Düna im Fährboot hinter uns gebracht. Auch die gefürchtete Memellinie, in welcher wir eine Auffanglinie für Flüchtlinge vermutet hatten, lag hinter uns. Wir waren manchen Fährnissen mit Glück entgangen und anderen mit List und Zähigkeit.

Nun stand uns der Übergang aus dem russisch besetzten Teil Ostpreußens in den polnisch besetzten bevor. Dies war wohl das Vorhaben, das den größten Mut, aber auch die größte Vorsicht erforderte.

Wir wußten nur, daß quer durch Ostpreußen die neue russisch-polnische Grenze verlief, und versuchten, uns auf unserer Karte die genaue Linie klarzumachen. Daß sie scharf bewacht und kontrolliert würde, konnten wir annehmen. Von der Art und Weise der Sicherungen hatten wir aber keine Vorstellungen.

Der Gutshof, den wir jetzt am Rande des Panzerübungsgeländes erreicht hatten und inspizierten, war nicht verlassen. Acht deutsche Frauen und einige Kinder lebten noch dort und verrichteten unter russischer Aufsicht schwere Arbeit. So hatten sie wenigstens zu essen und Unterkunft in einigen Räumen der Gesindehäuser.

Zu früher Morgenstunde waren sie schon auf, gingen an den Brunnen, um Wasser zu holen, und erschraken, als wir uns zeigten und sie ansprachen.

Wir wollten sie nicht in Gefahr bringen, sondern uns schnellstens in irgendeinem Gemäuer verstecken, aber auch hören, was sie über die Grenze wußten. Doch als sie von den grauenhaften Ereignissen der Besetzung Ostpreußens und besonders von der Gegend um Insterburg und von ihren eigenen Schicksalen berichteten, vergingen Stunden. Erschüttert hörten wir ihre Berichte. Natürlich wollten auch sie nach „Restdeutschland“, gaben uns Adressen von Verwandten und Freunden mit auf den Weg und hofften auf ein Wunder.

Versorgt mit geröstetem Brot und nach vielem Händedrücken verließen wir sie.

Von den Frauen hatten wir erfahren, daß die Grenze viel näher lag, als wir ahnten, und stark gesichert war. Es war noch heller Tag, als wir in einem Dorf zwölf Kilometer südlich von Insterburg ankamen. Zwei oder drei Tage hielten wir uns dort in einem abgelegenen, verlassenen Gutshof auf und waren nachts unterwegs, um die Gegend vor uns in Richtung zur Grenze hin zu erkunden.

Der Kleinbahnlinie nach Süden sollten wir folgen, hatten uns die Frauen geraten. Wir taten wie empfohlen, sahen, daß überall die Schienen und Schwellen herausgerissen waren, kamen an die demontierte Kleinbahnstation Storchfelde und erreichten den Bahnabzweig Warnheide, wo wir uns für die westliche Linie entschieden, um nicht in Richtung Masurische Seen abzudriften.

Irgendwo stießen wir unterwegs wieder auf deutsche Frauen in einem Gut. Mit seiner Mutter lebte da ein siebzehn Jahre alter Junge, der uns Angaben über den Grenzverlauf und die Sicherungen machte. Nach seinen Beschreibungen zeichneten wir eine Skizze, die, wie wir später feststellten, uns nie zum Ziel geführt hätte. Doch nannten die beiden uns jemand, der noch näher an der Grenze wohnte.

Mit großen Mengen getrockneter Brotstücke verließen wir die Leute und gingen nach Lieskendorf. Ebenfalls in einem Gutshof fanden wir einen alten Mann, einen Deutschen, der eifrig Sperlinge fing, um sie für eine noch schlechtere Zeit in Gläser einzumachen. Er führte uns auf den Heuboden eines großen Stallgebäudes und zeigte uns im Süden einen fernen Waldrand. „Dort müssen Sie durch den Wald; das ist schon die Grenze. Gehen Sie in der Dämmerung, nicht nachts und nicht tags! Wenn Sie aus dem Wald herauskommen, sehen Sie quer vor sich in einigen hundert Metern eine Straße. Wenn Sie diese überquert haben, sind Sie im Polnischen und in Sicherheit!"

Wir fragten noch nach weiteren Adressen von Deutschen.

Der alte Mann konnte uns einen Lehrerssohn nennen, der die Grenze gut kannte. Wir sollten ihn in Hochlindenberg bei Herrn Lutz suchen.

Wir fanden Herrn Lutz, und er bestellte uns zum Abend in das Dachstübchen eines leeren Hauses. Dort erwarteten wir Herbert Rabe. Er war neunzehn Jahre, zum Fallschirmjäger ausgebildet, auf dem Weg zur Front verwundet und nicht mehr zum Einsatz gekommen. Rabe hatte sich nach Ostpreußen durchgeschlagen, um seine Eltern zu suchen.

Die Begrüßung verlief herzlich, aber militärisch knapp. Bleistift und Papier; wenige Striche nur, noch weniger Worte zunächst. Dann wurde uns klar, daß wir in die Falle getappt wären, wenn wir Rabe nicht aufgesucht hätten. Was uns der alte Mann gesagt hatte, war nicht falsch, aber überholt. Inzwischen hatten die Russen dort den Eisernen Vorhang heruntergelassen.

Jetzt erfuhren wir am eigenen Leib, daß die Grenze nicht nur ein Strich auf einem Kartenblatt war mit Wachtürmen, Posten und Streifen, sondern daß da noch ein sieben Meter breites Stolperdrahthindernis zu überwinden war und daß ein acht Meter breiter gepflügter Ackerstreifen täglich kontrolliert und gehackt wurde, damit man jeden Grenzgang entdeckte.

Aber wir wußten auch, daß wir hinter dem Eisernen Vorhang in Sicherheit vor den Russen sein würden.

Am nächsten Abend marschierten wir auf der Landstraße, jeden Augenblick zum Sprung in den Graben und ins Gebüsch bereit, die von Rabe angegebene fünf Kilometer lange Strecke weiter. Wir erreichten die rechts der Straße liegenden Gebäude. Das mußte der bewußte Gutshof sein, bei dem wir in die Grenzzone abbiegen sollten. Am Ende des Gehöftes würde ein Birkenhain beginnen.

Die Nacht war leider klar. Mit drei Schritt Abstand schlichen wir zum Gutshof. Ich ging voran. Ehe ich auf den großen Hof trat, lauschte ich am Tor. Deutlich waren Geräusche zu hören, die mir nicht geheuer waren. Also ganz leise kehrt und zurück. Wir umgingen das Gehöft und stießen dahinter auf einen parkähnlichen, lichten Birkenhain mit etwas Gestrüpp am Grabenrand. Die Wiese, auf der wir uns bewegten, wurde immer sumpfiger. Wir schlichen wieder zurück und standen abermals auf der Straße, von der wir abgebogen waren. Aber jetzt mußten wir aus der Grenzzone verschwinden, denn am Horizont war schon wieder dieser blasse Strich zu sehen, der einen neuen Morgen ankündigte.

Abends rüsteten wir uns zu einem neuen Vorstoß. Aber der Himmel war wieder klar. Wir brauchten Wolken, Regen, Dunkelheit. So ging es drei Nächte hindurch.

Als unser Brotvorrat zu Ende war und wir es wagten, in der Dämmerung an einem noch bewohnten Haus anzuklopfen, trafen wir auf einen deutschen Zahlmeister, der ein kleines Arbeitskommando deutscher Kriegsgefangener führte. Auf seiner Generalstabskarte konnten wir unsere Marschroute und die genaue Lage des Grenzzaunes studieren. Und von ihm erfuhren wir auch, daß man inzwischen in unbestimmten Abständen vor dem Grenzzaun kniehoch feine Spanndrähte gezogen hatte, die bei unvorsichtiger Berührung Leuchtraketen auslösten.

Der nächste Abend brachte endlich Regen. Voller Ungeduld und

Bangigkeit warteten wir auf das Hereinbrechen der Dämmerung, ehe wir loszogen. Bald hatten wir die Chaussee wieder erreicht und marschierten auf dieser drei oder vier Kilometer weiter, bis wir an den Birkenhain kamen, der in die Grenzzone führte.

Wir mochten eine Stunde gegangen sein, als eine kurze Buschreihe auftauchte. Jetzt mußten gleich die Telefonstangen kommen, an denen wir nach rechts abbiegen sollten. Nun, zirka tausend Meter vor dem Grenzzaun, fingen wir an, nach den Alarmdrähten zu tasten. Es ging nur sehr langsam voran.

Nach wohl zwanzig Minuten erreichten wir den quer verlaufenden kleinen Graben, den uns Rabe beschrieben hatte, und trafen kurz vor diesem auf einen schräg von rechts kommenden, stark überwachsenen Weg. Wir hofften, auf diesem leichter durch die dichte Buschreihe, die sich an dem Graben entlangzog, und über den Graben hinwegzukommen.

Plötzlich stoppte Erhard, trat zurück und stieß gegen mich. Blitzschnell hockte ich nieder, ohne zu wissen, was los war. Er flüsterte: „Verflucht! Das hätte schiefgehen können! Hier ist der verdammte Draht! Ich hab ihn fast eingerissen." Es war tatsächlich der gefürchtete Alarmdraht. Wir betasteten ihn mit äußerster Behutsamkeit. Feiner Blumenbindedraht; nicht sehr straff, in Schienbeinhöhe und ganz raffiniert gerade am Rand des kleinen Grabens gespannt. Voller Respekt das gefährliche Ding zwischen den Fingerspitzen haltend, stiegen wir darüber weg.

Weiter zum Ackerstreifen, den wir rasch überquerten. Dahinter sollten wir rechts, am Waldrand entlang, versuchen, an den Zaun heranzukommen. Hinter dem Zaun sei dann sehr bald ein Graben, den man zwar nicht begehen, aber in dem man Deckung nehmen konnte.

Die Zeit verrann. Endlich, das Herz schlug uns bis zum Halse, sahen wir schemenhaft den Stacheldrahtzaun. Aber zuerst mußten wir durch den niedrigen, im Gras schlecht erkennbaren Stolperdraht hindurchsteigen. Wir taten es rasch, aber ohne Übereilung.

Das Weitere ging so glatt, wie wir es eigentlich nicht erwartet hatten. Am Zaun hockten wir kurz nieder, überzeugten uns, daß die Stacheldrähte nur zehn Zentimeter Abstand hatten und sehr straff gespannt waren. Wir warfen unsere Proviantbeutel ab. Rolf und ich deckten mit vorsorglich mitgenommenen Fahrradreifenstücken die gefährlichen Stacheln ab und zogen behutsam zwei der unteren Drähte auseinander.

Erhard kniete vor dem schmalen Spalt nieder, streckte Arme und Kopf voraus und schlüpfte hindurch. Es ging so leicht, daß wir an uns halten mußten vor Freude. Er war schon drüben, hinter dem gefürchteten Hindernis, und hielt jetzt die Drähte stramm auseinander, so daß auch Rolf durchschlüpfen konnte.

Dann reichte ich die Proviantbeutel durch und folgte als letzter. Ein tiefes Atemholen. Welch ein Gefühl!

Stumm drückten wir uns die Hände. Hatten wir es bis hierher geschafft, mußte die Flucht auch bis in die Heimat gelingen. Nur einer fehlte: Karl-Heinz.

Wir wußten, daß die Polen keine Sicherungsdrähte und Posten an der Grenze unterhielten, sondern nur eine sieben Kilometer tiefe Grenzsicherungszone hatten, in der Streifen wachten. Fast wären wir noch in eine solche Streife hineingelaufen und mußten uns fünfzig Meter neben der Straße in Klettengestrüpp verbergen, bis die bewaffneten drei Gestalten weitergegangen waren.

Am frühen Morgen fanden wir ein einsames Gehöft mit einem Heuboden, auf welchem ich eine derbe Bauernjacke entdeckte, die ich mir zu einem nützlichen Überrock herrichtete. Wir schliefen wie die Murmeltiere, unter Heu verborgen, und waren für Stunden die glücklichsten Menschen auf Gottes Erdboden.

Schlüsselwort Korschen

Unser nächstes Ziel war Korschen. Der Name verhieß schnelles Vorankommen, denn Korschen, ein kleiner Ort, ist mit seinem ausgedehnten Rangiergelände des Güterbahnhofs Knotenpunkt zweier wichtiger Eisenbahnlinien, in gewisser Weise das Zentrum Ostpreußens.

Korschen war die Station, in der die Demontagezüge, die mit Industriegütern, Hausrat, Möbeln und mit allem möglichen und unmöglichen anderen Beutegut aus Deutschland kamen, entladen wurden. Von hier aus fuhren die deutschen Güterzüge leer zurück.

Rabe hatte uns geraten, den Versuch zu machen, einen dieser Züge zu besteigen, um durch das polnisch besetzte Gebiet und die frühere Provinz Posen möglichst bis in die sowjetisch besetzte Zone „Restdeutschlands" zu fahren. Das Zugpersonal war deutsch.

„Wenn ihr das schafft, seid ihr in zwei bis drei Tagen in Berlin. Ihr braucht dann nicht mehr den langen, gefahrvollen Weg von ungefähr fünfhundert Kilometer Luftlinie bis zur deutsch-polnischen Grenze zu tippeln. Ihr müßtet nämlich dort die breite Oder schaffen, wahrscheinlich schwimmend und bei Nacht, und euch schließlich noch durch die Sowjetzone bis Berlin durchschlagen. Wenn ihr aber erst einmal in Berlin seid, wird es euch nicht schwerfallen, in den Westsektor zu kommen. Von da werdet ihr eine Möglichkeit finden, unbehelligt Westdeutschland zu erreichen."

So war Korschen für uns ein überaus verlockendes Ziel.

Wir marschierten vornehmlich weiterhin bei Nacht. Immer wieder wurde uns von deutschen Frauen Unterkunft angeboten, in Scheunen oder in den erbärmlich ausgestatteten ländlichen Behausungen. Sie halfen auch mit Essen und guten Ratschlägen. Ein paarmal konnten wir uns sogar mit warmem Wasser waschen. Welch ein Genuß!

Korschen rückte näher. Wir hatten erfahren, daß die Eisenbahner, wenn sie ihren Zug in Korschen abgestellt hatten, mitunter in die Kneipe im Ort gingen, so daß man sie dort mit etwas Glück antreffen konnte.

Wir hielten es für richtig, das Risiko einzugehen, bei Tag in den Ort hineinzumarschieren, um die örtlichen Verhältnisse zu beäugen und womöglich Deutsche anzusprechen. In Polen, hatte uns Herbert gesagt, ist die Gefahr bei weitem nicht so groß, aufgegriffen und ausgeliefert zu werden. Wir erreichten Korschen, erkannten, daß der ausgedehnte Rangierbahnhof mit vielen parallel verlaufenden Gleisen den Ort durchkreuzte, und marschierten nun zu dritt nebeneinander die Hauptstraße entlang.

Vor uns in einiger Entfernung bogen plötzlich zwei Frauen in unsere Straße ein. Sie schlugen unsere Marschrichtung ein und hatten es offenbar nicht eilig, so daß es uns möglich war, sie einzuholen. Als wir an ihnen vorbeigingen, hörten wir sie deutsch sprechen. Wir grüßten und fragten im Weitergehen, ob wir sie sprechen könnten. Sie grüßten zurück und waren einverstanden.

Ohne stehenzubleiben, erklärten wir: „Wir sind aus der Gefangenschaft geflohen. Könnt ihr uns helfen? Wo sind die Demontagezüge, und wo sind die Eisenbahner? Könnt ihr uns eine Verbindung herstellen? Wie ist es hier mit der Bewachung und der Ortsmiliz?"

Eva Nepken und Laura Waldburg, sehr ansehnliche Mädchen, waren gleich zur Hilfe bereit. Sie wiesen uns einen Weg zu einer Häuserreihe am Ortsrand und zu Leuten, die uns verstecken könnten. Die Mädchen würden mit uns Verbindung halten, um uns – wahrscheinlich am nächsten Tag – zu benachrichtigen, wenn es ihnen gelungen sein sollte, mit Eisenbahnern Kontakt aufzunehmen und eine Mitfahrmöglichkeit ausfindig zu machen.

Die uns genannten Frauen waren aber gar nicht begeistert, uns aufzunehmen, schon gar nicht in ihre Wohnung. Doch wir hatten dieses kleine Giebelhaus als Treffpunkt vereinbart und mußten uns dort aufhalten.

Widerwillig erlaubten uns die Frauen schließlich, daß wir auf dem primitiven Dachboden des kleinen Schuppens neben dem Haus, der auch als Hühnerstall diente, unterschlüpften. Als es dunkel geworden war, machten wir uns zum Bahngelände auf, das nicht zu übersehen war wegen der weithin leuchtenden Scheinwerfer, die den Rangierbahnhof von allen Seiten taghell anstrahlten. Je näher wir kamen, um so klarer wurde es uns, wie schwierig es werden würde, unbemerkt an eine der Lokomotiven heranzukommen, denn Polizeistreifen kontrollierten mit Hunden das Bahngelände. Wir hatten nun einen Eindruck von der Situation gewonnen und kehrten zurück. Irgendwann anderentags erschienen die Mädchen, pfiffen zu uns herauf und sagten uns mit verhaltener Stimme, daß es noch nicht geklappt habe. Sie würden es aber weiter versuchen. So vergingen zwei Tage, an denen wir ungeduldig und vergeblich auf eine gute Nachricht von den Mädchen warteten. Das zerrte an den Nerven. Hinzu kam, daß die Frauen, über deren Hühnerstall wir uns eingenistet hatten, uns los sein wollten. Die dritte Nacht kam – vom 30. September auf den 1. Oktober.

Wieder schlichen wir uns nach draußen, auf demselben Weg entlang der Südgrenze des Eisenbahngeländes. Schließlich, nach eineinhalb Kilometern, waren wir am Ende des Rangierbahnhofs angekommen und beschlossen, es mal auf der anderen Seite der Hauptstrecke zu versuchen. Doch als wir die Gleise der beiden Fernstrecken überquert und versucht hatten, uns von der Nordseite an die Züge heranzuarbeiten, gab es plötzlich Unruhe an der Bahnanlage. Stimmen, Rufe von hüben und drüben, Hundegebell, Taschenlampen und Handscheinwerfer stachen mit ihren Lichtdolchen in den dunklen Hintergrund auf unserer Seite. Flach liegend verharrten wir und beobachteten das nervöse Treiben der Posten. Wir zogen uns zurück. Es war nicht das erste Mal, daß wir in solchen Spannungsphasen gereizt waren und in Streit gerieten. Zwar hatten wir uns geschworen, schon lange bevor wir aus dem Lager ausbrachen, nie, auch nicht im heftigsten Streit, auseinanderzugehen, sondern durch dick und dünn zusammenzuhalten. Doch nun riß das Band.

Eigentlich war es eine Bagatelle und schien den Bruch überhaupt nicht wert zu sein. Mein Eigensinn war es sogar, der schicksalhaft für uns alle wurde.

Es ging um die Frage, ob wir auf der Nordseite des Bahngeländes zurück zum Versteck gehen und damit einen Weg nehmen sollten, den wir noch nicht erprobt hatten. Keiner konnte voraussagen, ob die Nord- oder die Südseite günstiger sein würde, an eine Lok heranzukommen oder deutschen Männern zu begegnen. Erhard und Rolf meinten, die Südseite würde jetzt schwächer bewacht und dadurch günstiger sein.

Ich war der Ansicht, daß die Posten sich bald wieder auf ihre Plätze begeben würden. Die Nordseite zu erkunden, und sei es nur für die nächsten Nächte, schien mir wichtiger zu sein. So stapfte ich allein los, nachdem ich angekündigt hatte, daß ich etwas später in unserem Versteck ankommen würde.

Natürlich wurmte es mich gewaltig, daß die anderen so dickköpfig waren. Aber ich hatte auch ein schlechtes Gewissen, als ich mir nun in westlicher Richtung entlang der Gleisanlagen wieder durch nasse Wiesen und Koppelzäune einen Pfad bahnte. Die Seite, auf der ich mich nun voranarbeitete, bot allerdings auch keine besseren Chancen als die Südseite.

Die Morgendämmerung trieb mich zur Eile an. Noch rechtzeitig vor Tagesanbruch kam ich zum Hühnerstall, erschöpft und mißgestimmt. Ich ließ das Schnalzsignal, unser Erkennungszeichen, ertönen, bekam aber keine Antwort. Rolf und Erhard waren nicht da.

Ich kletterte hinauf und grübelte. Was mochte passiert sein? Waren sie geschnappt worden?

Zu tun gab es zunächst nichts für mich. Die Helligkeit des Tages mußte ich vorübergehen lassen und mit Einbruch der Dunkelheit erneut einen Vorstoß zum Bahngelände wagen. Vielleicht hatte ich Glück und traf Rolf und Erhard.

Ich döste, schlief, grübelte, bekam auch etwas zu essen heraufgereicht, konnte aber weder Entspannung finden noch Kraft schöpfen. Schwankend zwischen Selbstvorwürfen und Wut auf die beiden anderen, wurde ich von Schuldgefühlen, Vorhaltungen und Rechtfertigungen hin- und hergerissen.

Die Stunden vergingen, bis plötzlich am frühen Nachmittag die Stimmen der Mädchen zu vernehmen waren: „Hallo, ihr da oben! Wir haben euch etwas zu sagen!" Da standen sie beide, unsere freundlichen Helferinnen, und machten große Augen, als ich ihnen sagte, ich sei allein.

Ich kletterte hinunter, wir versteckten uns im Hühnerstall, und die Mädchen berichteten, daß es ihnen gelungen sei, Eisenbahner im Ort zu sprechen. Diese seien bereit, uns trotz der damit für sie verbundenen Gefahren in ihrem Zug mitzunehmen. Um fünf Uhr nachmittags würden sie abfahren. Natürlich käme es nicht in Frage, daß wir auf dem Bahnhofsgelände aufstiegen. Wir sollten in etwa zwei Kilometer Entfernung an einer Behelfsbrücke den Zug erwarten. Dort konnte er nur im Schrittempo fahren.

Um von der Brückenwache nicht gesehen zu werden, sollten wir eine gute Zuglänge hinter der Brücke am Bahnkörper bereitstehen. Dem herankommenden Zug müßten wir mit einem brennenden Streichholz ein Zeichen geben. Sie würden dann kurz stoppen, um uns – sie gingen ja immer noch von drei Mann aus – aufzunehmen.

Ich bedankte mich herzlich bei den Mädchen, gab jeder einen Kuß und war wieder allein. Zurück im Obergeschoß meiner Hühnervilla, plagte mich erneut das schlechte Gewissen, daß ich Rolf und Erhard im Stich gelassen hatte. Daß die beiden vielleicht irgendwo im Schlamassel steckten, bedrückte mich; aber waren sie nicht selbst schuld daran? Denn sie waren es doch, die sich meinen Vernunftgründen verschlossen hatten.

Diese Überlegungen drehten sich in meinem Kopf und gaben mir doch auch die Rechtfertigung, allein mein Glück zu versuchen. Was blieb mir sonst übrig? Ich mußte sehen, daß ich weiterkam.

Nachmittags um drei machte ich mich auf den Marsch – wohl oder übel bei Tageslicht. Ich fand die Straße, die in größerem Abstand von der Bahnlinie verlief, sah von weitem die Brücke und entdeckte auch einen Feldweg, der von der Straße abzweigte und hinter der Brücke die Bahnlinie kreuzte. Das mußte die richtige Stelle sein, um den Zug zu erwarten. In dem Winkel zwischen Damm und Überweg war auf der rechten Seite ein kleines Gebüsch, das nur aus ein paar knorrigen Sträuchern bestand. Ich zwängte mich hinein und verbrachte dort hockend die nächsten Stunden.

So fahrplanmäßig, wie man es von unserer Eisenbahn gewohnt ist, kam der angekündigte Zug nicht. Meine Geduld wurde wieder auf eine Probe gestellt. Inzwischen hatte es zu nieseln angefangen.

Als die Zeiger meiner Uhr auf fünf vorrückten, hörte ich in Korschen einen Pfiff und das Stampfen einer Lokomotive, vernahm das Poltern, als der Zug über die Behelfsbrücke fuhr, das Tsch-tsch-tsch der Lok, wie sie ganz langsam den Zug über die Brücke zog, und konnte sie selbst auch bald in der Dämmerung erkennen.

Ich verließ mein Versteck, nahm die Streichhölzer, die mir die Mädchen gegeben hatten, wartete noch in Sichtdeckung der Sträucher, bis der Zug dicht heran war, und ging dann mit ein paar schnellen Schritten hinauf zum Gleis. Aber da beschleunigte der Zug, wurde schneller und schneller. Ich wußte nicht, was das bedeuten sollte, doch ich hob die Streichholzschachtel mit der linken Hand hoch vor mein Gesicht, riß mit der Rechten das Streichholz an, leuchtete mir ins Gesicht, tat es noch ein zweites Mal, als die Lok direkt an mir vorbeifuhr. Der Lokführer sah, wie ich ihm zuwinkte. Er nickte sogar. Aber der Zug fuhr vorbei und verschwand.

Ich war verzweifelt. Hatten die Eisenbahner es sich anders überlegt? Oder war es gar nicht der richtige Zug? Aber die Uhrzeit stimmte doch.

Ich versuchte, mich zu beruhigen und klar und logisch zu denken. Was konnte ich jetzt tun?

Um zum Rangiergelände zu gehen, war es noch zu hell. Also konnte ich auch an Ort und Stelle warten und hoffen, daß der richtige Zug noch käme. Ich verkroch mich wieder in mein Gestrüpp.

Es dauerte nicht lange, da ertönte tatsächlich in der Ferne wieder ein Pfiff; ich vernahm das Stampfen und Zischen des sich in Bewegung setzenden Zuges. Aus der Schwerfälligkeit der Dampfstöße glaubte ich zu erkennen, daß es ein Güterzug war.

Ich hatte mich nicht getäuscht. Raus aus dem Strauch, Streichhölzer in die Hand. Da es schon dunkel war, konnte ich mich sofort oben neben das Gleis stellen.

Der Zug erreichte die Brücke. Die Lichter der Lokomotive wurden sichtbar und bald auch ihre Umrisse.

Ich richtete mich auf, hatte die Zündholzschachtel in der linken Hand, rechts das Streichholz. Nach dem Anzünden sofort die Schachtel wegstecken, dachte ich; die Hände müssen frei sein, damit ich eine der Griffstangen der Lokomotive oder der Waggons zu fassen bekomme.

Jetzt das Streichholz anreißen! Die Lok wurde groß und mächtig, kam drohend auf mich zu. Deutlich bemerkte ich, wie der Lokführer Dampf wegnahm. Aha, das war der Zug! Der Lokführer schaute weit aus seiner Lok heraus zu mir herunter, drehte sich zurück, als er an mir vorbeifuhr. Aber statt das Tempo zu verringern, machte auch er wieder Dampf auf. Kräftig beschleunigte der Zug, wurde immer schneller. Das durfte nicht wahr sein!

Verwirrt schaute ich der Lok und den an mir vorüberrollenden Waggons nach. Dann gab ich mir einen Ruck, die Beine spurteten von selbst – die Gedanken waren nur noch beim Sprung und beim Griff –, ich sah aus dem linken Augenwinkel einen Waggon an mir vorbeigleiten.

Am Ende des Waggons ist die Griffstange und das Trittbrett, wo der Rangierer immer steht! Die mußt du zu fassen kriegen! Fünf, sechs Schritte, der Weg war zu Ende, Absprung, ich packte zu, fühlte Eisen in der linken Hand und sofort in der rechten, die Finger krampften sich um das kalte Metall. Nur nicht loslassen!

Mein Körper schlug hart mit der linken Seite gegen irgend etwas, ich spürte einen heftigen Ruck in meinen Schultern, als ob mir die Arme herausgerissen würden, aber ich ließ nicht los. Meine Beine baumelten unten noch haltsuchend herum. Ich machte einen Klimmzug, ruderte mit den Beinen in der Luft herum, fand das Trittbrett und stand.

Ich schob den rechten Arm durch die Griffstange, drückte mich hinter den Waggon, weg aus dem Fahrtwind, und atmete schwer durch, das Herz pochte bis zum Hals.

„Hundert Werst jede Nacht"

Ich befand mich etwa auf dem zwanzigsten Waggon hinter der Lokomotive. Da durfte ich nicht lange bleiben. Wir würden durch Ortschaften und Städte fahren, auf Bahnstationen halten, wo Bahnpersonal und wahrscheinlich auch Miliz war. Und ich hätte es in dieser Position auch nicht allzulange durchgehalten, wäre erstarrt oder vor Müdigkeit von meinem unsicheren Stand heruntergefallen. Der Zug machte jetzt ein flottes Tempo.

Ich erinnerte mich an die spannende Geschichte eines Rußlandflüchtlings, die ich mit siebzehn Jahren in unserer Görlitzer Tageszeitung gelesen hatte. Es war der Bericht eines Oberforstmeisters Knittel: „Hundert Werst jede Nacht". Im Ersten Weltkrieg hatte er die Flucht aus Sibirien gewagt. Ich sah es plastisch vor mir, wie Knittel hinter einem Waggon, auf dem Puffer sitzend, durch die Nächte Richtung Westen ratterte, hundert Werst – das sind etwas mehr als hundert Kilometer – jede Nacht zurücklegend.

Noch immer wußte ich nicht, ob ich auf dem richtigen Zug war; denn er hatte ja nicht wie verabredet gehalten.

Ich kletterte am Waggon hoch. Glücklicherweise regnete es nicht mehr. Eisen und Trittbretter waren trocken. Aber der Fahrtwind war sehr kalt.

Auf diesen ersten Waggon hinauf- und über ihn hinwegzukommen war kein Problem. Er hatte an den Stirnseiten treppenartige Podeste, die bis zum Dach hinaufführten. Auf dem Dach legte ich mich in Waggonmitte hin, kroch auf der gewölbten Fläche bis zur seitlichen Kante, um hinunter auf die Schiebetür sehen zu können. Natürlich war sie geschlossen. Ich versuchte, sie von oben her zu bewegen,

leider vergebens. Auch die vier vergitterten Fensterluken waren nicht geeignet für einen Einstieg.

Also weiter, auf der anderen Seite runter von dem Waggon und über die Puffer hinweg auf den nächsten. Der war offen, zum Übersteigen ganz gut geeignet, aber nicht zum längeren Verweilen. Alle Waggons waren leer, man hatte Demontagegüter transportiert, der Zug fuhr nun nach Deutschland zurück, wo er mit neuem Beutegut beladen würde.

Auch bei den folgenden Waggons kam ich zügig voran. Es waren offene und solche, die ich auf Trittstufen leicht übersteigen konnte. Doch nach acht oder zehn Waggons schien es aus mit der Kletterei zu sein. Denn beim nächsten bestand keine Möglichkeit, an der Stirnseite aufs Dach zu steigen. Nur glatte Flächen, und die Dachkanten nicht griffig genug. Also versuchte ich eine andere Möglichkeit: vom Puffer aus an der Waggonseite entlang nach vorn. Die Nacht war hell genug, um Einzelheiten erkennen zu können.

Und tatsächlich kam ich voran. Mit ausgestrecktem Arm schaffte ich es, die winzigen Griffe an der Fensterluke zu erreichen. Dicht an den Waggon gepreßt, hing ich im Fahrtwind schon an der Mitte des schüttelnden Waggons. Aber weiter ging es nicht mehr, weil Griffe fehlten. Mit äußerster Konzentration hangelte ich mich mit zunehmend schmerzenden Fingern an der rüttelnden Waggonwand zurück auf den Puffer. Auf ihn hockte ich mich jetzt im Windschatten des Waggons, klammerte mich fest und wartete. Wie spät mochte es sein? Eine Stunde lang oder mehr hatte ich mich über die Waggons gekämpft.

Vorbei an kaum beleuchteten Bahnhöfen eilte der Zug durch die Nacht, ohne anzuhalten, durch das fast menschenleere Ostpreußen. Ich fror.

Doch dann trat unerwartet etwas ein, worauf ich im stillen schon gehofft hatte: Der Zug bremste und hielt an.

Vorsichtig schaute ich um die Waggonecke am Zug entlang. Ein Haltesignal war nicht zu sehen. Ich wechselte hinüber zur linken Seite und sah, wie zwei Gestalten von der Lokomotive herabstiegen, eine Lampe in der Hand, sich zu den Rädern herunterbeugten und mit einem Hammer herumklopften.

Das war die Gelegenheit. Ich sprang ab und ging schnellen Schrittes nach vorn. Es mögen noch zehn, zwölf Waggons gewesen sein, dann hatte ich den Wohnwagen für das Personal, der hinter dem Tender der Lok hing, erreicht. Es war Licht darin.

Die Männer an der Lok bemerkten mich nicht. Ich hatte mir eine kesse Frage ausgedacht und rief sie an: „Hallo, bin ick hier richtich nach Berlin?“

Sie leuchteten mir mit der Lampe entgegen und sagten zu meiner Überraschung: „Na, da seid ihr ja! Wir dachten schon, ihr hättet es nicht geschafft. Wie seid ihr denn auf den Zug gekommen?“

Doch ehe ich viel antworten konnte, drängten sie mich zurück zu dem Wohnwagen, legten den Finger auf den Mund, damit ich schweigen sollte. Sie wiesen mich die paar Stufen hoch auf die Plattform des Waggons, einer ging mit mir hinein und übergab mich zwei seiner Kameraden.

„Wo sind die anderen beiden? Ihr seid doch drei!“ fragten sie. Ich erklärte ihnen, wie ich sie verloren hatte und daß ich hoffte, die Eisenbahner würden irgend etwas in Korschen erfahren haben. Doch sie wußten nichts von ihnen.

„Die Mädchen haben mir gesagt, ihr würdet halten. Warum habt ihr das nicht getan?“

„Wir konnten nicht, der polnische Lotse hat uns nicht gelassen. Als wir hinter der Brücke Dampf wegnahmen, fragte er, was los sei, und befahl uns, Dampf zu machen.“

„Bei uns im Wohnwagen bist du ziemlich sicher“, meinte einer der beiden, „aber der polnische Lotse auf der Lok darf dich nicht sehen!“

„Halten deine Kameraden hier dicht?“ fragte ich.

„Glaube ich schon. Aber es gibt überall falsche Hunde. Wo willst du eigentlich hin?“

„In meine Heimat, Schlesien, Görlitz.“

„Ja, da fährst du am besten mit bis Berlin. Dann mußt du sehen, wie du von dort weiterkommst. Hier hast du meine Eisenbahnermütze, ich brauche sie nicht unbedingt. Wenn dich einer was fragt: Du bist Eisenbahner und fährst als Ersatzmann mit, weil einer von uns krank geworden ist. Klar?“

„Klar!“

Reinhold, so hieß er, führte mich an meinen Schlafplatz, obere Etage links. „Zieh dich aus bis auf die Unterwäsche, Decken gibt's genug. In deinen Sachen zu schlafen, das könnte auffallen.“

Mir gefiel das nicht besonders; ich war lieber sprungbereit, aber ich tat wie befohlen.

Die Stunden vergingen schnell, wir fuhren in den Bahnhof der Stadt Thorn ein, hielten.

„Das wird hier länger dauern, wir haben einen Defekt. Entweder müssen wir eine neue Lok bekommen, oder es muß repariert werden“, sagte man mir.

Der Zug wurde auf ein Nebengleis gezogen. Dort standen wir, Stunde um Stunde, einen Tag und noch eine Nacht.

Hoffentlich nutzen hier die Polen nicht die Gelegenheit für eine Kontrolle, dachte ich, und auch den Eisenbahnern wurde es mulmig. Zum Glück geschah nichts.

Nun würde es nur noch ein Tag sein bis über die Oder oder gar nach Berlin. Wir fuhren weiter.

Ich wachte aus tiefem Schlaf auf, als der Zug schon in einem größeren Bahnhof stand. Es war Schneidemühl. Deutsche und polnische Stimmen wurden laut, anders als sonst, aufgeregter. Kommandoton. Militärstiefel polterten auf das Trittbrett des Wohnwagens und waren in dem Wohnraum nebenan zu hören. Die Stimmen sprachen auf polnisch und in schlechtem Deutsch auf die dort sitzenden Eisenbahner ein.

Sofort waren auch zwei Mann im Schlafabteil, leuchteten mit Taschenlampen in alle Betten, auf die Borde unter dem Dach rundum und unter die Betten.

Der Anführer des Trupps sah, daß ich über die Bettkante blinzelte. Es wäre bestimmt besser gewesen, ich hätte mich weggedreht und schlafend gestellt.

Er leuchtete mir ins Gesicht: „Warum du nicht schlafen?“

Ich antwortete: „Ich kann nicht.“ Ich hatte mir die Eisenbahnermütze locker auf den Kopf gelegt. Man sollte doch meine kurzen Haare nicht gleich sehen.

„Wer du?“ herrschte er mich an.

„Eisenbahner.“

„Wo deine Sachen?“

Ich zeigte nach links auf Klamotten, von denen ich glaubte, daß sie den Eisenbahnern gehörten.

„Das deine Sachen?“

„Ja.“

„Die andern nicht?“

„Nein.“

„Wer du?“ bohrte er nach.

„Eisenbahner.“ Ich bekam es mit der Angst zu tun.

Der Pole knipste aber seine starke Taschenlampe aus, drehte ab und ging zurück in das Wohnabteil.

Ich verschwand unter der Bettdecke. Herzklopfen bis zum Hals.

Es dauerte noch eine Weile, die mir endlos schien, bis der Zug wieder weiterfuhr. Die polnischen Kontrolleure waren zuvor ausgestiegen.

Der Tender

Als der Zug weiterrollte, kam einer von meinen neuen Freunden namens Erich über den Tender in den Wohnwagen geklettert.

„Also, hör zu, Markus! Wir haben uns beraten wegen der Grenzkontrollen an der Oder. Der Lokführer ist einverstanden mit dem, was ich dir jetzt vorschlage. Aber es ist verdammt riskant. Wir können allerdings jederzeit sagen, wir hätten nichts von einem blinden Passagier gewußt. Wir haben uns die Lok und den Tender ganz genau angesehen. Da gibt es eine Möglichkeit unter dem Tender. Der Kohlenbehälter mit dem Wassertank ist auf einem schweren, eisernen Rahmen aufgebaut. An der Unterseite des Rahmens sind an Federn die beiden Radachsen aufgehängt. Zu deren Verstrebung dienen U-Eisen. Das Problem ist nun, wie du dich festhalten kannst. Bei den Füßen geht das – die kannst du in ein U-Eisen schieben –, aber für den Oberkörper ist keine Auflage da. Es gibt nur eine einzige Möglichkeit, dich festzuhalten, das ist die Zugstange." Er nahm einen Bleistift und skizzierte mir das in groben Strichen.

Ich verstand, was er meinte. Diese Stange ging nach hinten durch die Rahmenkonstruktion hindurch und trug den Zughaken. Der ganze lange Zug mit seiner gewaltigen Last hing an diesem einen Haken und der Stange.

„Über diese Zugstange kannst du deine Arme schlingen."

„Könnte ich mich oben drauflegen, damit ich nicht dauernd hängen muß?"

„Nein, nein, dafür ist kein Platz. Es reicht gerade nur, daß du deine Arme drüberschieben kannst. Hast du alles verstanden?"

„Ja."

„Dann, in Gottes Namen, machen wir es so."

Als ich während eines kurzen Halts unter dem Tender verstaut war, hielt der Zug bald darauf erneut. Ich sah, daß neben den Gleisen Kiesflächen waren, offenbar der Platz, wo die Kontrollen durchgeführt wurden.

Hundegebell. Stimmen, polnische, russische, deutsche und die unserer Mannschaft. Stimmen auf der Lok, Geräusche auf dem Tender. Jemand war heruntergestiegen und entfernte sich, wahrscheinlich der polnische Lotse. Jetzt bestiegen sie den Wohnwagen. Stimmen, Palaver. Nun wurde alles gefilzt, sicherlich wurden auch die Ausweise kontrolliert. Quietschen der Scharniere, Klappern. Mir war klar, sie durchsuchten alles. Zuschlagen der Türen. Dann das Wegschaufeln von Kohlen. Sie durchsuchten den Kohlenvorrat.

Lok und Tender wurden verlassen, auch der Wohnwagen. Schritte, Stimmen und das Hundegebell entfernten sich nach hinten. In meiner Nähe wurde es ruhiger.

Ich hielt mich krampfhaft fest, wie der Eisenbahner es mir erklärt hatte: die Arme über die Stange hinweggeschoben, so daß die Hände die Schultern erfassen konnten und die Brust an der Zugstange anlag. Meine Arme drohten zu ermüden, und die verkrampfte Haltung war bald nicht mehr zu ertragen. Ich hätte gern Kopf und Oberkörper zurückfallen lassen und eine Weile an den Händen gebaumelt. Aber das durfte ich nicht.

Endlich ein letztes Palaver; Männer bestiegen die Lokomotive, andere den Wohnwagen. Ein Pfiff ertönte. Dampf zischte, der Zug setzte sich in Bewegung, langsam, viel zu langsam für mein Gefühl.

Dumpfes Poltern kündigte mir an, daß wir über die Oderbrücke fuhren. Ich sah nach unten durch die Brückenkonstruktion hindurch auf den Fluß und konnte es kaum erwarten, drüben zu sein.

Das andere Ufer war erreicht. Nun sollte ich noch eine kurze Weile Geduld haben, hatte man mir gesagt, dann kämen wir in den Wald, wo ich wieder umsteigen könne. Der Zug verlangsamte tatsächlich seine Fahrt und hielt an.

Ich wartete noch einen Moment, um sicher zu sein, daß es wirklich die Stelle war, wo ich absteigen sollte, und daß niemand sonst in der Nähe war. Da kam eine fast ängstlich klingende Stimme von oben: „Markus! Bist du noch da?“

Ich sagte: „Ich weiß nicht genau, aber ich glaub schon.“

Ganz sicher war ich mir nicht. War es Wirklichkeit, oder war es nur ein Traum? Ich war in Deutschland.

Reinhold und Erich erschienen, hockten neben den Puffern, als ich mich aus der Erstarrung löste, meine eiskalt gewordenen Füße auf den Boden stellte und mich nur mit Mühe kauernd unter dem Tender hervorbewegen konnte. Dann wurde ich wieder in ihren Wohnwagen einquartiert. Wir fuhren nach Berlin ...

Zerstörte Ortschaften. Und dann die Trümmer von Berlin. Nackte Fassaden, öde Fensterhöhlen gegen den Sternenhimmel. Langsam rollte der Zug über die Gleise, ratterte über viele Weichen verschiedener Bahnhöfe.

„Wir müssen uns jetzt verabschieden.“

Die Adressen von Reinhold und Erich hatte ich mir notiert, und ich gab ihnen auch die Anschrift meiner Angehörigen, nannte ihnen unseren Heimatort mit der Bitte, auf jeden Fall zu versuchen, sie zu benachrichtigen; denn noch wußte ich nicht, ob ich mein Ziel, das kleine Dorf in der Nähe von Görlitz, erreichen würde.

Ich kletterte hinunter von dem Waggon, überquerte die Gleise, bis ich die S-Bahn fand, die sie mir gewiesen hatten. Mit ein paar Mark, die mir Erich und Reinhold gegeben hatten, ging ich auf den Bahnsteig. Ich erblickte die Bahnhofsuhr. Liebevoll pulte ich da meine eigene Uhr aus der Hosentasche und sah, daß sie ein wenig nachging. Ich stellte sie richtig. Dann wartete ich, bis ein Zug kam. Es machte mir keine Schwierigkeiten, mich zu orientieren, denn ich hatte mit sechzehn Jahren ein halbes Jahr als Schüler in Berlin gelebt und kannte mich mit der S-Bahn aus.

Im Wedding stieg ich aus, fragte nach der Müllerstraße und fand dort das Haus der Eltern eines Kameraden aus der Gefangenschaft. Es war nicht zerstört.

Auf der Straße nannte mir jemand, den ich danach fragte, mich mitleidig von oben bis unten betrachtend, das Datum: 3. Oktober 1946. Ich kann dieses Datum nie vergessen.

Endstation

Zu später Stunde tastete ich mich durch den dunklen Hausflur, suchte im Streichholzlicht die Türschilder zu erkennen, tappte die Treppe hoch und fand im ersten Stock den gesuchten Namen: Siebert. Ich klingelte und war voller Spannung, ob ich jemand antreffen und ob mich die Adresse weiterbringen würde.

Wir hatten schon lange vor unserer Flucht unter den Kameraden nach einem gesucht, der in Berlin zu Hause war und wußte, daß seine heimatliche Wohnadresse noch bestand.

Die Tür wurde geöffnet, schwaches Licht fiel mir entgegen, ich grüßte, nannte meinen Namen und sagte: „Ich soll Ihnen aus russischer Gefangenschaft Grüße Ihres Sohnes Fritz überbringen."

Die Reaktion meines Gegenübers überraschte mich: „Kommen Sie herein! Wir haben schon mit Ihnen gerechnet. Ihre Kameraden sind bereits gestern in Berlin eingetroffen."

Mir fiel ein Stein vom Herzen. Also hatten sie in Korschen auch Glück gehabt und waren durchgekommen.

Als die Sieberts hörten, daß ich soeben erst in Berlin angekommen war und noch keine Unterkunft hatte, boten sie mir die Übernachtung an und legten mir nahe, erst mal in die Badewanne zu steigen und bis anderntags Wäsche und ein paar Sachen ihres Sohnes anzuziehen.

Ich genoß ausgiebig das Bad, die saubere Wäsche, dann das warme, wenn auch einfache Mahl, den Wein, den man mir kredenzte, und schließlich spät nach Mitternacht das weiche, warme Bett.

Am anderen Morgen, nach tiefem Schlaf und gutem Frühstück, machte ich mich auf den Weg. Erhard hatte eine Information hinterlassen: Ich sollte zum Magistrat der Stadt Berlin, Hauptamt für Sozialwesen, gehen, mich registrieren lassen und einen Ausweis erbitten; denn ohne ein derartiges Papier würde ich nicht weiterkommen. Herr Siebert erklärte mir, daß das Amt im provisorisch hergerichteten, geschichtsträchtigen Hotel Kaiserhof am Wilhelmplatz, gleich gegenüber den Trümmern der Reichskanzlei, also im sowjetisch besetzten Sektor Berlins, lag.

Ich sah am Wilhelmplatz schon von weitem, daß vor dem Kaiserhof keine Kontrollen vorgenommen wurden und viele Leute ein und aus gingen. Ich näherte mich dem Gebäude, las das Schild HAUPTAMT FÜR SOZIALWESEN – ABT. AUSGEWIESENE UND HEIMKEHRER, trat durch das Portal, sah in der Halle eine lange Doppelschlange von Männern stehen, vornehmlich jüngere, und stellte mich ans Ende einer der Schlangen. Ich fragte einen Nebenmann, was es hier gäbe; die typische Schlangenfrage.

„Einen vorläufigen Personalausweis, wenn man noch keinen hat. Hast du keinen?"

„Aha", erwiderte ich, „will mal sehen, wie lang die Schlange ist", und ging nach vorn. Der Mann wollte zuviel von mir wissen.

Und als ich langsam an den beiden Schlangen entlangging, strahlte mich plötzlich ein bekanntes Gesicht an: Erhard. Rolf war auch dabei. Wieder hatte das Schicksal die Weichen gestellt und uns an dieser kritischen Stelle zusammengeführt.

Ich erfuhr, wie die beiden es geschafft hatten, von Korschen nach Berlin zu kommen. Als ich wieder über dem Hühnerstall war, bekamen sie unvermutet eine Chance. Sie machten sich nur Vorwürfe, daß ich nicht dabei war. Aber für Rolf und Erhard war die Fahrt über die Oder, den neuen Grenzfluß zwischen Polen und der sowjetischen Besatzungszone Deutschlands, ebenso ungemütlich wie für mich. Im schmalen, engen Gerätefach eines Tenders nämlich lagen sie wie zwei Mehlsäcke äußerst unbequem aufeinander. Vor allem der unten Liegende bekam kaum noch Luft. Aber auch sie waren glücklich in Berlin angekommen.

Nach Stunden war ich fast am Kopf meiner Schlange, stand in der

Tür zu einem langen Raum und konnte sehen, was sich abspielte. Kritisch durchforschte ich den Raum und den Gang davor nach Aufsichtspersonal und Polizei. Nichts Auffälliges. An einem langen Tisch saßen nebeneinander eine Anzahl Männer jüngeren Alters und registrierten in langen Listen die Vorsprechenden, fragten dies und jenes, gaben Auskunft und Rat und ließen sie mit oder ohne ein Papier gehen.

Ich war dran und sagte: „Ich möchte einen Ausweis, um in meinen Heimatort zu fahren."

Warum ich keinen Ausweis hätte und ob ich Heimkehrer sei, wollte er wissen.

„Ich bin in Rakvere" – kaum anzunehmen, daß er wußte, wo das liegt – „aus der Gefangenschaft entlassen worden. Unterwegs wurde ich ausgeplündert. Gestern bin ich hier gelandet. Und nun will ich in meine Heimat nach Görlitz."

Er musterte mich mitleidig und füllte einen vorgedruckten Zettel aus. Ich las:

Magistrat der Stadt Berlin — Berlin W 8, 4. 10. 1946
Hauptamt für Sozialwesen
Abt. Ausgewiesene u. Heimkehrer

AUSWEIS

Inhaber dieses Ausweises, der aus dem Kriegsgefangenenlager in Frankfurt/Oder entlassene Soldat

MARKUS LÜKENS, geb. 23. 6. 20

befindet sich auf der Reise nach Görlitz.

Es wird gebeten, den Genannten in jeder Hinsicht, insbesondere mit Unterkunft, Verpflegung, Fahrgelegenheit zu unterstützen und ihn ungehindert passieren zu lassen.

Der Ausweis verliert seine Gültigkeit am Bestimmungsort. Jeder heimkehrende ehemalige Soldat hat sich sofort nach Eintreffen am Bestimmungsort beim Amtsarzt zwecks Untersuchung zu melden.

(Stempel, Unterschrift)

Vor Glück, einen Ausweis und damit eine wenn auch beschränkte Daseinsberechtigung zu haben, wuchs ich einige Zentimeter, drückte beide Daumen in Tusche und auf die Registrierliste, unterschrieb. Ich verabschiedete mich von Erhard und Rolf und ging zum Schlesischen Bahnhof.

Es war nicht schwierig, den richtigen Zug und einen geschlossenen, leeren Waggon zu finden; nur stand nicht dran, wann der Zug in

Richtung Heimat abfahren würde. Natürlich war ich ungeduldig, aber nach sieben Jahren Krieg und Gefangenschaft war ich das Warten gewohnt.

Stimmen, Schritte am Zug entlang, Pfiffe und ein Ruck kündigten an, daß es losging. Der Zug fuhr an. Bald ratterte er fleißig nach Süden. Wir erreichten Cottbus und hatten etwa die halbe Strecke geschafft. Auf einem Güterbahnhof standen wir neben anderen Güterzügen – ohne Lokomotive.

Da ertönte ein Pfiff, und auf dem Nebengleis setzte sich schwerfällig ein anderer Zug in Bewegung. Der fuhr in meine Richtung!

Also ruck, zuck Schiebetür auf, runter und rauf auf den nächsten Waggon, wo ein Bremserhäuschen oben dran war. Doch was war das? Der Zug fuhr nicht mehr so, wie ich wollte. Lauter unbekannte Orte tauchten an der Strecke auf. Er hatte sich nach Südwesten gedreht: falsche Richtung, falscher Zug! Wie konnte ich nur auf diesen Zug steigen, ohne nachzusehen, welche Richtung angeschrieben war. Mir war klar, daß ich nun nicht durch meinen Heimatort kommen, sondern mit einem Umweg bestenfalls am Knotenpunkt dahinter landen würde.

Hoyerswerda war erreicht, auch ein Kreuzungsbahnhof. Hier mußte ich meinen Zug verlassen, um auf die Querverbindung umzusteigen. In etwa einer Stunde würde wieder ein Zug fahren, sagte mir einer von den Leuten, die auch nach Görlitz wollten.

Ein Mann auf dem Bahnhof verwickelte mich in ein Gespräch. Es stellte sich heraus, daß er aus meinem Heimatkreis war. Ich fragte ihn vorsichtig aus, wie es mit der Landwirtschaft und mit den Industriebetrieben aussähe.

Er wußte Bescheid und gab Auskunft.

Die Frage nach dem elterlichen Betrieb brannte mir auf der Zunge. Dann war sie heraus. Ich hielt den Atem an.

„Ja, da wird gearbeitet. Das Werk wurde demontiert, aber sie bauen wieder auf."

Mein Herz schlug höher, und ich sagte: „Das ist schön."

„Ja", entgegnete er, „aber den Alten haben sie geschaßt."

„Geschaßt, den Inhaber, verhaftet?" fragte ich erregt. „Und warum?"

„Tja, warum? Sie wollten den Betrieb haben."

„Und die Familie?"

„Ist zurückgekommen. Warten noch auf einen Sohn, soll in Gefangenschaft sein. Einer ist gefallen. Kennen Sie die Familie?"

„Nur flüchtig."

Der Zug kam endlich. Dann sah ich Stunden später in der Nachmittagssonne vom Zug aus die Schornsteine des väterlichen Betriebes leuchten. Aussteigen konnte ich erst in Görlitz.

Der Autor und seine Schwester 1946

Die Mutter eines Schulfreundes, selbst noch auf Mann und Sohn aus russischer Gefangenschaft wartend, nahm mich auf. Sie benachrichtigte Onkel und Tante. Anderentags das Wiedersehen mit Mutter und Schwester, Onkel und Tante.

„Aber du kannst hier nicht bleiben, Junge. Geh nach dem Westen. Wir warten hier auf Vater, so lange wir können. Und hole uns nach, wenn es nicht mehr geht oder keinen Sinn mehr hat!"

Vater war trotz des Protestes seiner Arbeiter unter verlogenen Gründen verhaftet und verschleppt worden und seit Monaten vermißt. Seine Spur entdeckten wir erst nach Jahren durch Berichte überlebender Mithäftlinge.

Am zweiten Weihnachtsfeiertag blickte ich nachdenklich aus dem Fenster in die weiße Landschaft und dachte an die Tragödie von Vaters Gefangensetzung. Später, viel später erst erfuhr ich: Es war die letzte Stunde seines Lebens. Hatte ich es gefühlt?

Nach vier Tagen sah ich Berlin wieder, bekleidet mit meinem letzten, noch geretteten Anzug und in Vaters Mantel. Die Schwester hatte mich zu Fuß bis zum Vorortbahnhof von Görlitz begleitet und dort meine Fahrkarte gekauft. Mit meinem Ausweis hätte ich mich eigentlich in Görlitz melden müssen.

Es war Montag, der vierzehnte Oktober, als ich mich, frei von Läusen und ansteckenden Krankheiten, in dem britischen Lager Berlin-Staaken meldete. Fünf Wochen später brachte mich ein englischer Weiterleitungstransport nach Westdeutschland in die britische Besatzungszone, wo ich Freunde meiner Eltern ausfindig gemacht hatte. Als ich an der Zonengrenze bei Helmstedt zum letztenmal russische Soldaten sah, die uns aber nicht kontrollieren durften, schwand alle Furcht, und ich genoß das Gefühl des Freiseins.

Nach fast vierzig Jahren

Neben der Erinnerung an jene Zeit blieb mir als greifbarer Beweis, daß alles nicht ein Alptraum, sondern Wirklichkeit war, ein Foto, das auf der Rückseite die Worte trägt: „Vergiß mich nicht, Markus!" Nein, liebe Juta – das ist nicht dein richtiger Name, aber du wirst wissen, daß du gemeint bist –, ich habe dich nicht vergessen, wir vier haben euch alle nicht vergessen. Wir wünschen uns, euch wiederzusehen und euch danken zu können.

Karl-Heinz traf ich nach 38 Jahren in Berlin wieder. Er war sehr mitgenommen von dem, was er nach Soosava, wo wir getrennt wurden, durchgemacht hatte. Wie wir befürchtet hatten, war er von den Sowjets wieder geschnappt, grausam mißhandelt und auf einem erneuten Fluchtversuch angeschossen worden. Immer wieder suchte er ein Schlupfloch, um aus dem sowjetischen Käfig herauszukommen, erlitt und überlebte Straflager, auch das berüchtigte Workuta, und sah schließlich erst Jahre nach uns Deutschland wieder.

Markus Lükens

Zu Anfang war es wohl eine Art Beschäftigungstherapie, als Frau Lükens ihrem Mann den Vorschlag machte, die Erlebnisse von damals für die Kinder, für Verwandte und Bekannte aufzuschreiben. Markus Lükens war eben in den Ruhestand getreten, er hatte Zeit und schrieb nieder, was ihm einfiel. Das Interesse war geweckt, die „ersten Leser" wollten Genaueres erfahren. Da tauchten – nach fast vierzig Jahren – natürlich bald Gedächtnislücken auf, und Markus Lükens stellte den Kontakt zu den Kameraden wieder her, die er in den fünfziger Jahren aus den Augen verloren hatte. Schließlich entstand ein chronologisch geordneter Bericht, der durch die Vermittlung eines Bekannten in die Hände des Verlegers gelangte: Markus Lükens war zum Buchautor geworden.

Der 1920 geborene Autor stammt aus Mitteldeutschland; in der Nähe von Görlitz (heute: DDR) besaß der Vater eine Glasfabrik, in der der sechzehnjährige Markus seine erste kaufmännisch-technische Ausbildung erhielt; gleichzeitig besuchte er die Maschinenbauabendschule und bereitete sich bei Kriegsausbruch 1939 auf sein Abitur vor, das er 1940 ablegte; im Krieg wurde er an der Ostfront als Nachrichtenoffizier eingesetzt und geriet in russische Gefangenschaft. Nach dem Zusammenbruch des Dritten Reiches und seiner Flucht aus Rakvere – der elterliche Betrieb war enteignet, der Vater kam in der Ostzone in Lagerhaft um – faßte Markus Lükens in Westdeutschland Fuß, machte in seiner Branche, der glasproduzierenden Industrie, zielstrebig Karriere und leitete als Geschäftsführer erfolgreich mehrere Betriebe. Das Ehepaar Lükens hat zwei erwachsene Söhne.

Hinter der nüchternen Sprache dieses Fluchtberichts verbergen sich starke Gefühle, die den aufgeschlossenen, humorvollen älteren Herrn, als den man den Autor kennenlernt, heute noch bedrängen: Daß er sich nicht bedanken kann bei denen, die damals so selbstlos geholfen haben, ohne sie erneut in Gefahr zu bringen, das beschäftigt und bedrückt ihn am meisten. „Ich war kein Held, wollte auch gar keiner sein", erklärt er. „Helden waren die, die trotz der Gefahr uneigennützig geholfen haben."

TAXI
AU 4

Mrs. Pollifax und der Hongkong-Buddha

Eine Kurzfassung des Buches
von DOROTHY GILMAN

Ins Deutsche übertragen
von Hanna Lux

Illustrationen von Ray Yeldham

Etwas ist faul in Hongkong ..., und der CIA ist darüber so besorgt, daß er die sturmerprobte Mrs. Pollifax Hals über Kopf in ein fernöstliches Abenteuer entsendet. Also reist Mrs. Pollifax in bewährter Tarnung der Wirtschaftsmetropole Asiens entgegen, in deren Trubel und Geschäftigkeit düstere kriminelle Umtriebe gedeihen.

Kaum angekommen, stößt die rührige Agentin in einem harmlos erscheinenden Juwelierladen auf die Spur einer skrupellosen Verbrecherbande: international gesuchte Terroristen, die einen Anschlag ungeahnten Ausmaßes vorbereiten.

Doch eine Frau vom Schlage der Emily Pollifax ist nicht bereit, den Dingen ihren Lauf zu lassen. Schon bald hat sie eine höchst ungewöhnliche Streitmacht, darunter einen Fassadenkletterer und einen Hellseher, um sich gesammelt und macht sich auf, eine ganze Stadt vor dem Untergang zu retten.

Prolog

Ein heftiger Frühlingsguß peitschte gegen die Fensterscheiben, und Mrs. Pollifax hoffte, daß es nicht auch in der Wildnis von Vermont regnete. Cyrus wollte dort zehn Tage lang Vögel beobachten, was bedeutete, daß er Stunde um Stunde mit dem Feldstecher bewaffnet im Gebüsch oder auf einem Baum hocken würde. Sie selbst war daheim in New Jersey geblieben – ein weiser Entschluß, wie sie jetzt fand –, um die Handwerker zu beaufsichtigen, die scharenweise durch das alte Haus wimmelten, das Cyrus und sie gekauft hatten und an das nun ein Gewächshaus für ihre Geranien, ein Balkon als ornithologische Ausguckstation für Cyrus und ein Erkerfenster angebaut wurden – letzteres leicht versetzt, eine Anordnung, die Mr. Lupalak, den Baumeister, bis ins Mark traf, weil sie ihm in seiner Leidenschaft für Symmetrie schmerzlich gegen den Strich ging.

Während Mrs. Pollifax vor dem Fenster stand und auf die sehr grüne, sehr feuchte Mailandschaft hinausblickte, fragte sie sich zum ersten Mal, ob sie nach all den Jahren in städtischer Umgebung wirklich Gefallen am Landleben finden würde. Natürlich konnte sie den sich weithin dehnenden Rasen bewundern, den anmutigen Bogen der Straße und eine Kirchturmspitze, die hinter einem tropfnassen Weidenbaum hervorlugte. Aber ob diese Idylle später, wenn die Handwerker hier fertig waren, nicht doch ein ganz klein wenig einsam wirkte? Sie wußte, daß das Gelände da draußen mit dem vielen Gras und den unzähligen Mulden durchaus bevölkert war – es gab Mäuse und Kröten in Hülle und Fülle und angeblich sogar ein Baumstachelschwein. Aber was hier eindeutig fehlte, waren Menschen. Und Mrs. Pollifax hatte nun mal eine ausgeprägte Schwäche für diese interessanten Exemplare der Schöpfung mit all ihren Verschiedenheiten in Aussehen, Charakter und Temperament.

Urplötzlich regte sich etwas in der friedlichen Szenerie. Ein Wagen brauste auf der Straße vorüber, bremste ab, wendete, raste durch hoch aufspritzende Pfützen zurück und hielt vor ihrer Eingangstür.

„Na, wer kann denn ...“, murmelte Mrs. Pollifax.

Dem Auto entstieg ein junger Mann von angenehmem Äußeren, der einen Anzug in schreiendem Schottenkaro und eine Aktentasche trug, ein Mann, der ihr sehr vertraut und überaus lieb und wert war. Sein Anblick erinnerte sie nachdrücklich daran, daß sie in ihrer Vergangenheit nicht nur preisgekrönte Geranien gezüchtet, sondern auch ziemlich viel Dramatisches und Gefährliches erlebt hatte, eine Reihe von Abenteuern, die sich aus gewissen Aufträgen in Diensten des CIA ergeben hatten.

Sie öffnete dem Besucher die Tür, noch ehe er die Schwelle erreicht hatte. „Bishop!“ rief sie. „Ist das eine Überraschung! Wie in aller Welt –“

„War eine Heidenarbeit, Sie aufzustöbern“, sagte er und umarmte sie herzlich.

„Ein Anruf hätte genügt, um Ihnen diese Odyssee zu ersparen. Ich hätte Sie perfekt hergelotst.“ Sie lachte. „Ich stelle rasch Kaffeewasser auf, ja? Oh, tut das gut, Sie zu sehen! Kommen Sie rein, und inspizieren Sie unsere neue Bleibe.“

„Mit dem größten Vergnügen. Wo ist Cyrus?“

„In Vermont – seit drei Tagen.“

„Oh – ach!“ brachte Bishop sichtlich überrascht hervor.

Mrs. Pollifax streifte ihn mit einem prüfenden Blick. Kein reiner Höflichkeitsbesuch, dachte sie erfreut, während sie laut erklärte: „Eine merkwürdige Reaktion, finde ich.“

Er überging ihre Bemerkung. „Ein Kaffee täte mir wirklich gut, und eine kurze Hausbesichtigung würde mich auch interessieren. Ich habe nämlich nicht viel Zeit“, fügte er hinzu und ließ seine Aktentasche auf das geblümte Sofa fallen.

Mrs. Pollifax führte ihn zuerst zu den Schlafzimmern im Obergeschoß. Dann wanderten sie treppab durch die Küche ins Eßzimmer mit der gefliesten Terrasse davor, danach in das noch unverglaste Gewächshaus und zuletzt in den Keller, wo Mr. Lupalak werkelte, der Bishops Anzug mit an Ehrfurcht grenzendem Staunen betrachtete.

Nach beendetem Rundgang goß Mrs. Pollifax im Eßzimmer für sie beide Kaffee ein, zauberte einen Teller mit Makronen herbei und nahm ihrem Gast gegenüber am Tisch Platz. „Wie geht es Carstairs?“ erkundigte sie sich, an einer Makrone knabbernd.

„Prima“, diagnostizierte Bishop das Befinden seines Vorgesetzten, „wenn man seine sitzende Lebensweise und den Dauerstreß, unter dem er steht, in Betracht zieht. Ich halte ihn ja ohnehin für ein medizinisches Phänomen. Rührt sich so gut wie überhaupt nie vom Fleck, verstößt gegen sämtliche bekannte Regeln zur Erhaltung der Gesundheit und ist trotzdem frisch wie ein Fisch im Wasser. Und was treibt Cyrus?“

„Er beobachtet Vögel."

„Aha. Und Sie sind nach wie vor Mrs. Reed-Pollifax?"

„Ja, und es gibt ja auch gute Gründe dafür", antwortete sie. „Cyrus wollte unbedingt, daß ich meinen Namen behalte, und ich wollte unbedingt den seinen annehmen. Ein Bindestrich hat das Problem gelöst."

Bishop nippte angelegentlich an seinem Kaffee.

„Schön", unterbrach sie nach einer Weile das Schweigen. „Sie erwarten wohl kaum, daß ich glaube, Sie wären rein zufällig vorbeigekommen."

„Das allerdings nicht", bestätigte er munter. „Immerhin benötigte ich ein Flugzeug, ein Taxi und einen Mietwagen, um hier aufzukreuzen. Nur habe ich damit gerechnet, Cyrus anzutreffen."

„Wie Sie sehen, ist er aber nicht da."

„Leider, denn ich dachte, daß er diesmal sicher Lust hätte, Sie zu begleiten – wo Sie doch jetzt verheiratet sind. Aber was soll's." Er seufzte. „Die Sache ist die – wir brauchen Sie dringend und sofort."

„Wozu?" fragte sie. „Und was heißt ‚sofort'?"

Er stellte seine Tasse ab. „Wenn Sie uns helfen wollen", sagte er ungerührt, „bedeutet es ‚jetzt gleich'. Mit anderen Worten, es bleibt uns keine Zeit, Cyrus zu holen oder sonst irgendwie herumzutrödeln. Sie müßten noch in dieser Stunde abreisen – bis spätestens heute mittag um zwölf."

Mrs. Pollifax schaute auf die Uhr. Fünf Minuten nach elf. Ganz und gar unmöglich. Das Erkerfenster, Cyrus... „Warum ich? Und wohin?"

„Hongkong", sagte Bishop.

Hongkong. Dort schien die Sonne, fiel ihr ein. Strahlend.

„Erinnern Sie sich an Sheng Ti?" fragte Bishop.

Natürlich erinnerte sie sich an Sheng Ti. Vor ungefähr einem Jahr hatte sie ihn im Zuge eines Auftrags des CIA in einer chinesischen Stadt namens Turfan kennengelernt. Als sie erfuhr, daß er als Geächteter im kommunistischen China lebte und sich mehr schlecht als recht ohne Papiere und festen Wohnsitz durchschlug, weil er offiziell gar nicht existierte, hatte sie den Agenten, mit dem sie zusammenarbeitete, überredet, ihn außer Landes zu schmuggeln.

Sie nickte. „Selbstverständlich. Ein sehr intelligenter Junge. Ewig schade um seine Begabungen, die er als Ausgestoßener verschwendete."

„Sie wissen, daß er in Hongkong ist?"

„Das wurde mir mitgeteilt. Und es klang", fuhr sie streng fort, „als hättet ihr nicht gewußt, was ihr mit ihm anfangen sollt, und ihn einfach dort ausgesetzt.“

„Nicht ausgesetzt, wie Sie es zu nennen belieben“, berichtigte Bishop sie ungerührt, „sondern eingesetzt, und zwar gemeinsam mit einem unserer Agenten. Um es kurz zu machen, verehrte Mrs. Pollifax, dieser Agent bereitet uns allmählich großes Kopfzerbrechen, und Ihr Freund, Sheng Ti, wäre als einziger in der Lage, uns eventuelle Hinweise zu geben.“

„Wieso ausgerechnet er?“ fragte sie zweifelnd.

„Sheng Ti arbeitet für unseren Mann, einen Eurasier namens Detwiler. Seine Tarnung ist eine Firma – Feng Imports, ein kleiner Laden. Edelsteine und Kunstgegenstände. Der alte Feng führt das Geschäft, Detwiler kümmert sich um den Import, und Sheng Ti ist einer der zwei Angestellten.“

„Und Sie sind wegen Detwiler besorgt?“

„Ich kann Ihnen gar nicht sagen, wie sehr“, meinte Bishop. „Die Mitteilungen in seinem letzten Bericht an die Abteilung waren ein solch haarsträubender Unsinn, daß wir uns daraufhin seine früheren Berichte ansahen und entdeckten, daß er uns seit zirka zwei Monaten mit falschen Informationen gefüttert hat. Ergo ist da etwas faul. Wir haben den Verdacht, daß er versucht, uns irrezuführen. Auf jeden Fall ist er als Quelle wertlos geworden, aber wir wollen herausfinden, warum er uns hintergeht und was genau gespielt wird. Außerdem hat jemand Ihrem Sheng Ti gehörig das Gruseln gelehrt.“

Verblüfft fragte sie: „Wie haben Sie das erfahren?“

„Wir haben zwei Leute zu Feng Imports geschickt, um Sheng Ti ein bißchen auf den Zahn zu fühlen, aber ohne Erfolg. Ihr Urteil lautete einstimmig: Der Bursche hat Angst. Was ein weiteres Mal unseren Verdacht bestätigt, daß da drüben etwas zum Himmel stinkt.“

„Und Sie glauben, mit mir würde Sheng Ti reden?“

„Ja. Er kennt Sie. Er vertraut Ihnen. Sie sind der einzige Mensch, bei dem er vielleicht den Mund aufmacht.“

Sie überlegte kurz. „Richtig.“

Bishop schaute sie ernst an. „Es könnte natürlich wieder einmal gefährlich werden, falls Sie Sheng Ti nicht finden und bei Feng Imports herumschnüffeln müssen.“

Mrs. Pollifax dachte flüchtig über seine Warnung nach, erhob sich dann und trug die Kaffeekanne in die Küche. „Es ist fünf vor halb zwölf“, sagte sie. „Wenn Sie so nett wären und die Tassen ausspülen . . .“

„Sie fahren!“ rief Bishop entzückt.

„Ja, ich fahre“, lächelte sie. „Wollen Sie mich daher kurz entschuldigen ...“

Sie eilte nach oben, holte ihren Koffer aus dem Abstellraum, stopfte Hosen, Röcke, Blusen, Schuhe, Zahnbürste und Nachtzeug hinein, steckte ihren Paß in die Handtasche, schlüpfte in ein dunkelrotes Kostüm, wählte dazu eine rosa Bluse und stülpte sich einen Hut auf den Kopf, der einem üppigen Geburtstagsstrauß aus strahlend roten und rosa Rosen ähnelte. Dann setzte sie sich an den Schreibtisch und verfaßte hastig eine Nachricht an Cyrus.

„Kann Dich leider nicht erreichen“, kritzelte sie und wünschte, die entlegene Hütte, wo er hauste, hätte Telefon. „Kommt alles total unerwartet. Bishop ist da – er hoffte, Dich zu sehen. Reise in fünfzehn Minuten nach Hongkong, werde ...“

„Bishop!“ rief sie. „Wo werde ich absteigen, und wie lange werde ich voraussichtlich bleiben?“

„Schätzungsweise eine Woche!“ rief Bishop zurück. „Und wir haben für Sie ein Zimmer im Hilton gebucht.“

„... im Hilton wohnen, bin in einer Woche wieder da, vergiß nicht, wie sehr ich Dich liebe. Küßchen, Küßchen, Emily.“

Sie las die Zeilen durch und schrieb: „PS: Laß Mr. Lupalak das Erkerfenster ja nicht in die Mitte setzen!“ Dann stellte sie sich noch einen Moment lang Cyrus’ Reaktion vor, wenn er heimkam und statt ihrer diesen Zettel vorfand. Sie hatte versprochen, nie mehr ohne ihn für Carstairs zu arbeiten. Andererseits hatte Cyrus stets betont, sie solle seinetwegen keinen Auftrag ablehnen.

„Will dich nicht einsperren, Liebes“, hatte er gesagt. „Schließlich hab ich viel zu lange auf jemand gewartet, der so voller Überraschungen steckt wie du.“

Lieber, guter Cyrus, dachte sie. Was für ein Glück, daß sie ihm und seiner Tochter Lisa in Sambia über den Weg gelaufen war, wo sie damals einen Mörder verfolgte. Cyrus, der sich jetzt im Ruhestand befand, war damals noch Richter gewesen. Noch vor Ende ihrer Reise hatte er ihr das Leben gerettet und bald darauf sie ihm, was die Grundlage für eine herzliche Freundschaft schuf – wobei Cyrus allerdings von Anfang an kein Hehl daraus machte, viel mehr als bloß Freundschaft im Sinn zu haben.

Sie hörte auf zu träumen, als ihr Bishops Bemerkung einfiel: „Es könnte natürlich wieder einmal gefährlich werden.“ Das war ihr durchaus klar. Ein gewisses Risiko ließ sich nie ausschließen. Mit Sheng Ti zu sprechen schien eine relativ unbedeutende Aufgabe, aber das hatte sie vor ihrem Abstecher nach Rotchina vor einem Jahr auch geglaubt. Niemand hatte Mord einkalkuliert oder die stundenlangen Verhöre durch den chinesischen Sicherheitsdienst. Zwar war alles gutgegangen, doch durch jenes Abenteuer war sie zu der Erkenntnis gelangt, daß eine Zukunft ohne Cyrus Reed für sie nicht in Frage kam.

Nach Jahren des Witwendaseins war sie nun seit zehn Monaten seine Frau. Unwillkürlich lächelte sie, als sie sich in dem Raum umblickte, in dem sie seine Gegenwart fast greifbar spürte. Hoffentlich verstand er, daß sie gebraucht wurde.

„Ich werde gebraucht", sagte sie laut, faltete resolut den Brief zusammen und prüfte vor dem Spiegel, ob ihr Hut auch richtig saß. Das Gesicht, das unter dem verwegenen Blumenarrangement hervorlugte, leuchtete vor Unternehmungslust.

Zehn Minuten vor zwölf trug sie den Koffer nach unten. Bishop stieß bei ihrem Anblick einen anerkennenden Pfiff aus.

„Was für ein Hut! Gießen Sie diese Rosen jeden Abend?" sagte er bewundernd. „Die absolute Wucht!"

„Danke", erwiderte sie kokett und stieg in den Keller hinab, um dem sprachlosen Mr. Lupalak zu erklären, daß sie verreise und weder heute noch in den nächsten Tagen zurückkehren werde. Eine Nachricht für ihren Mann läge am gewohnten Platz, das dürfe er nicht vergessen auszurichten, und dann solle er *bitte* darauf achten, das Erkerfenster leicht seitlich versetzt anzubringen. Wieder bei Bishop angelangt, erklärte sie seufzend: „Er ist garantiert überzeugt, daß ich Cyrus verlasse. Aber es nimmt uns wahrscheinlich sowieso niemand in der Nachbarschaft ab, daß wir ein Ehepaar sind, weil wir nicht ständig zusammenhocken."

Bishop grinste. „Ich könnte ja beteuern, daß ich Brautjungfer war."

Mrs. Pollifax schenkte ihm ein verschmitztes Lächeln. „Nein. Jeder braucht ein kleines Geheimnis in seinem Leben, finden Sie nicht auch? Soll doch Mr. Lupalak glauben, was er will."

Damit legte sie die Nachricht an Cyrus in den Kühlschrank und ging mit Bishop zum Wagen hinaus.

Montag

Als sie in San Francisco durch den Flughafen ging, um den zweiten Abschnitt ihrer Reise anzutreten, war Mrs. Pollifax verwundert, mit welcher Zielstrebigkeit die Menschenmengen hier von einem Ort zum anderen eilten. Und später, während sie ihren Platz in der Maschine suchte, überlegte sie, ob es etwas Vergleichbares gab – noch eine solche geschäftige Welt für sich. Ein Krankenhaus vielleicht. Dort war auch alles zielstrebig und zweckvoll ...

„Oh, Verzeihung", sagte sie, als sie dem Mann, der vor ihr ging, auf die Ferse trat. Er drehte sich um und musterte sie mit einem eisigen Blick. Nicht bereit, sich einschüchtern zu lassen, hob sie die Schultern und meinte unschuldsvoll: „Sie sind so plötzlich stehengeblieben."

Der Blick des Mannes kam einer Morddrohung gleich. Groß und makellos gekleidet, mit hagerem Gesicht, pockennarbigen Wangen und kalten Augen, erschien er ihr alles andere als ein sympathischer Typ. Sie schritt durch den Mittelgang zu Platz 48 B und sah erleichtert, daß 48 A bereits von einem weit liebenswürdiger aussehenden Herrn besetzt war. Dieser machte sich höflich mit ihr bekannt. Er hieß Albert Hitchens, und bald nach dem Start waren sie in ein ausführliches Gespräch über übersinnliche Phänomene vertieft, denn Mr. Hitchens war, wie er ihr gestand, telepathisch veranlagt.

„Es ist mein Dharma", erklärte er schlicht.

Er war in keiner Weise spektakulär, eher unauffällig und kaum größer als sie mit ihren ein Meter fünfundsechzig. Eigentlich waren seine Züge nichtssagend, und für einen Mann um die Vierzig war er sehr salopp angezogen – verwaschene Jeans, Strickhemd und Turnschuhe. Bemerkenswert wirkten nur seine seltsam silbrigen, fast durchscheinenden Augen und sein intensiver, ein wenig starrer Blick.

Mrs. Pollifax, in Karate ebenso wie in Yoga bewandert, nickte bei dem Wort Dharma. „Mit dem Unterschied zwischen Karma und Dharma habe ich allerdings ein bißchen Schwierigkeiten", gab sie zu.

„Ah ja? Nun, Dharma ist die daseinsbedingende Kraft, die das Einzelwesen hervorbringt – man könnte sagen, seine Taten; und Karma ist unser durch früheres Handeln in vergangenen Leben bedingtes gegenwärtiges Schicksal."

Sein leicht dozierender Tonfall kam allem Anschein nach von den vielen Vorträgen, die er hielt. Er war professioneller Hellseher, hatte etliche Bücher zu dem Thema verfaßt und der Polizei beim Aufspüren vermißter Personen beachtliche Dienste geleistet. „Und das", erklärte er, nachdem sie sich drei Stunden in der Luft befanden, „ist auch der Grund, warum ich nach Hongkong fliege. Einer meiner früheren Studenten, ein reizender junger Mann chinesischer Abstammung, hat mich vor einigen Tagen aus Hongkong angerufen und gebeten, ihm zu helfen, seinen verschollenen Vater zu finden."

„Glauben Sie, daß Sie Erfolg haben werden?" fragte Mrs. Pollifax interessiert.

„Ja", sagte er fest. „Es wird einen Ansatzpunkt geben."

Mrs. Pollifax schaute in seine ungewöhnlichen Augen und kam zu dem Schluß, daß er recht haben mochte. „Aber wie machen Sie das?"

„Ich bin eine Art Antenne. Ich berühre einen Gegenstand aus dem Besitz der vermißten Person, und unter günstigen Umständen sagen mir die Schwingungen, ob der Betreffende tot ist oder nicht. Manchmal falle ich auch in Trance und empfange Eindrücke von dem Ort, wo sich der oder die Gesuchte befindet."

„Eindrücke", murmelte sie und bat, als ihr eine Bewegung am Ende des Mittelgangs auffiel: „Verraten Sie mir doch Ihren Eindruck von dem Mann, der eben die Herrentoilette verläßt." Es war der unangenehme Bursche mit den Pockennarben.

Mr. Hitchens folgte hilfsbereit ihrem Blick. Seine Augen verengten sich. „Nein, so eine schwarze Aura", sagte er voller Abscheu, „habe ich schon lange nicht mehr gesehen." Er schüttelte den Kopf. „Diesen Menschen umgibt unerhört viel Gewalt."

„Physische oder psychische Gewalt?" fragte Mrs. Pollifax neugierig.

„Wenn jemand Leben zerstört", antwortete Mr. Hitchens mit noch größerem Widerwillen, „spielt es dann eine Rolle, wie er das tut?"

Mrs. Pollifax überlegte. „Nein, wohl kaum."

Sie vertieften sich in eine angeregte Diskussion über übersinnliche Wahrnehmungen, Vorausahnungen und Vorherbestimmung, wobei Mrs. Pollifax schließlich auch erfuhr, daß Mr. Hitchens ebenfalls im Hilton absteigen würde.

„Vielleicht können wir gemeinsam frühstücken, sobald wir im Hotel sind", schlug er vor.

„Erwartet Sie denn nicht Ihr junger Freund?"

„Nein, und das ist mir lieber so. Ich möchte vorher Eindrücke sammeln –"

„Sie können es wohl nicht lassen", warf Mrs. Pollifax lächelnd ein.

„Ich will mich ausruhen, meditieren und einen klaren Kopf bekommen. Mein Freund und ich treffen uns erst zum Mittagessen und machen uns dann an die Arbeit. Im übrigen finde ich Ihre Schwingungen sogar äußerst ermunternd. Sie sind meiner Konzentration eher förderlich. Oder haben Sie schon etwas vor?"

Mrs. Pollifax versicherte ihm, daß sie sich freuen würde, mit ihm zu frühstücken.

Danach dösten beide ein wenig. Sie verschliefen eine anhaltende Morgendämmerung und verschiedene Zeitzonen, bis sie einige Stunden später am Kai-Tak-Flughafen die Maschine leicht benommen von der Zeitverschiebung verließen.

Bei der Paßkontrolle stand der Mann mit der schwarzen Aura vor Mrs. Pollifax und legte dem Beamten einen kanadischen Paß vor. Von der Gepäckausgabe holte er sich lediglich einen kleinen, teuren Schweinslederkoffer. Sie verlor das Interesse an ihm, und nach einer endlosen Warterei beim Zoll trat sie mit Mr. Hitchens in den klaren, frischen Morgen hinaus. „Sonne", seufzte Mrs. Pollifax glücklich. Noch nicht das gleißende Gold eines tropischen Mittags, aber ein schwaches, schimmerndes Silberlicht, das die Gebäude umfloß und Kristallgefunkel über den blauen Hafen streute.

„Und das dort ist Hongkong." Sie zeigte über einen breiten Wasserstreifen auf die Reihen schlanker Wolkenkratzer, die die steilen Hänge des Aussichtsberges Victoria Peak umringten.

„Sind wir denn nicht schon in Hongkong?" fragte er überrascht.

„Ja und nein", sagte sie. „Hongkong selbst ist eine Insel und so verbaut und hügelig, daß sich da nie ein Flughafen hineinpferchen ließe. Wir sind auf der anderen Seite der Bucht auf der Halbinsel Kaulun, die seit 1860 zu Hongkong gehört."

Mit diesen Worten führte sie Mr. Hitchens zu einem Taxi, das sie quer durch Kaulun zu einem Tunnel brachte. Als sie aus diesem wieder auftauchten, befanden sie sich bereits auf der Hongkong zugehörigen Seite des Hafens. „Mehr als das hier wird England nicht behalten", erinnerte Mrs. Pollifax ihren Begleiter, „wenn Rotchina 1997 Kaulun und die New Territories zurücknimmt."

„Zurücknimmt?" echote er.

„Das alles ist nur an Großbritannien verpachtet", erklärte sie. „Hongkong wurde 1842 britische Kronkolonie – es hatte etwas mit dem Opiumhandel zu tun –, und da es eine sehr kleine Insel ist, die nur neunundsechzig Quadratkilometer umfaßt, aber einen ungeheuren Aufschwung erlebte, breitete es sich nach Kaulun hinüber aus. Später kamen durch einen Pachtvertrag die New Territories auf dem chinesischen Festland hinzu. Angeblich fällt der Hongkong-Dollar jedesmal, wenn England und China über die Rückgabe verhandeln."

„Also ist das alles sehr vergänglich – ganz so wie das Leben selbst", meinte Mr. Hitchens versonnen.

Lächelnd dachte sie, wie angenehm ihr seine Gesellschaft war, weil er sie ein wenig darüber hinwegtröstete, daß ihr Cyrus so fehlte. Erst jetzt wurde ihr klar, wie sehr sie bereits an Cyrus' wohltuende Gegenwart gewöhnt war.

„Aber das könnte ja glatt Manhattan sein", protestierte Mr. Hitchens, als er die hoch aufragenden Bank- und Bürogebäude und die Hotelpaläste betrachtete. „Nur die Leute passen nicht dazu."

Sie nickte. „Ja, die sind anders. Achtundneunzig Prozent der Bevölkerung sind Chinesen, aber die Aktenkoffer sind überall die gleichen, nicht wahr?"

„Sie wissen aber wirklich gut Bescheid."

Mrs. Pollifax erwähnte nicht, daß Bishop sie auf der langen Fahrt zum Flughafen instruiert hatte. „Allerdings bin ich mit meiner Weisheit jetzt am Ende. Ich war voriges Jahr hier, aber nur auf einen Sprung."

„Und ich hatte die Vereinigten Staaten bisher noch nie verlassen."

Sein Geständnis rührte und überraschte sie. Ihre eigene erste Reise ins Ausland fiel ihr ein. Wie beschwingt und doch seltsam unsicher sie sich am Anfang gefühlt hatte! Plötzlich war sie sehr froh, daß sie mit ihm frühstücken würde.

Das Taxi hielt vor dem mit einem Baldachin überspannten Portal des Hilton, und sie betraten die riesige Halle, wo Mr. Hitchens beim Empfang den Schlüssel für Zimmer Nr. 601 und Mrs. Pollifax den für Nr. 614 überreicht bekam.

„Praktisch sind wir Nachbarn", meinte sie. „Treffen wir uns in einer halben Stunde? Ich glaube mich von meinem letzten Besuch her zu erinnern, daß es im ‚Golden Lotus Room' ein Buffet mit wundervollen Papayas und Melonen gibt."

„Ich kann es kaum erwarten", sagte er.

Zimmer Nr. 614 war enorm groß und lichtdurchflutet. Mrs. Pollifax spähte in den kleinen, mit Flaschen gutbestückten Kühlschrank, nahm den Hut ab und setzte sich aufs Bett, um den Stadtplan von Hongkong zu studieren, den Bishop ihr gegeben hatte. Feng Imports, hatte er gesagt, sei im Westviertel, dem alten Teil der Stadt, in der Dragon Alley Nr. 31. Die Stelle war mit einem Bleistiftkreis markiert. Mrs. Pollifax überlegte, wie sie vom Hotel aus hingelangen sollte. Am besten mit dem Taxi, dachte sie, als sie die Entfernung schätzte und dabei exotische Namen wie Jardine's Bazaar und Yee Wo Street las. Sie nahm sich vor, in der Dragon Alley zu sein, bevor das Geschäft öffnete, damit sie Sheng Ti abfangen konnte, ehe er mit der Arbeit begann.

Minuten später saß sie im Golden Lotus Room, trank Kaffee und wartete auf Mr. Hitchens. Als dieser sich endlich einfand, hatte er sich umgezogen und trug jetzt leichte Stoffhosen und ein Jackett. Sein sonst blasses Gesicht war vor Aufregung ganz rosig.

„Sie werden nicht glauben, wem ich gerade in der Halle begegnet bin", flüsterte er verschwörerisch, nachdem er Platz genommen hatte. „Dem drittreichsten Mann der Welt!"

„Nun sind Sie zur Abwechslung der Informiertere von uns beiden. Wer ist denn der drittreichste Mann der Welt?“

„Ein gewisser Lars Pettersen.“ Hitchens grinste. „Ich hab vorhin den Fernsehapparat in meinem Zimmer angestellt, und da brachte der lokale Sender ein Interview mit ihm.“

„Ich glaube, ich habe auch eine Flimmerkiste in meinem Zimmer, aber ich hab mich nicht weiter darum gekümmert.“

Er lachte. „Wissen Sie, ich bin ein Fernsehnarr und ganz besonders wild auf alte Filme.“ Richtig aufgekratzt fügte er hinzu: „Ich war dreimal verheiratet, und alle meine Frauen bildeten sich ein, mit einem Hellseher würden sie ein abenteuerliches Leben führen.“

„Mit alten Filmen haben die Damen wohl nicht gerechnet?“

„Nein. Oh, danke“, sagte er zu dem Kellner, der ihm Kaffee eingoß, und fuhr dann, indem er seinen Blick umherschweifen ließ, eifrig fort: „Da! Da ist er! Er kommt eben herein.“

„Wer?“

„Na, dieser Pettersen, von dem ich Ihnen erzählt habe.“

Sie wandte sich um. An der Tür stand ein sehr attraktiver junger Mann, blond und braun gebrannt, den nur seine leicht gekrümmte Nase daran hinderte, ein ausgesprochener Beau zu sein. Sein Anblick ließ Mrs. Pollifax für einen Moment nach Luft schnappen.

„Wer ist das, sagten Sie?“

„Lars Pettersen. Ein Däne, glaube ich, obwohl er mit englischem Akzent sprach.“ Sein Blick richtete sich wieder auf sie. „Stimmt etwas nicht?“

Mrs. Pollifax hatte den ersten Schreck verdaut und schmunzelte jetzt. „Nein, nein, alles in schönster Ordnung“, beruhigte sie ihn.

Doch das unverhoffte Auftauchen dieses „Lars Pettersen“ hatte sie schlagartig in die Vergangenheit zurückversetzt. Der „drittreichste Mann der Welt“ war ihr viel besser als Robin Burke-Jones bekannt. Sie war ihm in der Schweiz zum erstenmal begegnet, wo er sich als Fassadenkletterer betätigt hatte, der reiche Ölscheichs diskret um ihre Juwelen brachte. Vor Mrs. Pollifax' geistigem Auge spulte sich eine Reihe von Szenen ab: Robin, wie er, mit ihrer Schmuckschatulle ertappt, fragte: „Sie werden mich nicht anzeigen?“ Robin, wie er sie an einem Seil von einem Balkon herunterlotste, damit sie einem Mörder entkam, der in den Korridoren eines Sanatoriums nach ihr suchte. Robin, der nach einer gräßlichen Nacht, die sie mit einem kleinen Jungen im Schloß Chillon eingesperrt verbracht hatte, am Ende ihres Fluchtweges im Dunkeln wartete und leise sagte: „Hier drüben – in einem Ruderboot. Warum hat das bloß so lange gedauert?“

Das liebe Schlitzohr ... Sie freute sich maßlos, ihn wiederzusehen. Bei seiner Hochzeit war sie Ehrengast gewesen, und zu Weihnachten noch hatte sie einen Kartengruß von ihm und Court, seiner Frau, erhalten.

Unmittelbar nach dem Schritt vor den Traualtar hatte er – wie konnte sie das vergessen! – auf seine Karriere als Juwelendieb verzichtet, um ein rechtschaffener Bürger zu werden. Damals hatte er beschlossen, seine imponierenden Fähigkeiten künftig dafür einzusetzen, Verbrechen aufzuklären, statt diese zu verüben. Er arbeitete jetzt für Interpol.

Zwischen heftiger Neugier und milder Belustigung schwankend, fragte sich Mrs. Pollifax, was er hier in Hongkong wohl im Schilde führte.

„Ich bleibe noch ein Weilchen sitzen“, meinte sie eine halbe Stunde später zu ihrem Frühstücksgefährten, als dieser Anstalten machte aufzubrechen.

„Oh!“ sagte Mr. Hitchens. „Natürlich.“ Einen Moment schaute er ein bißchen belemmert drein. Dann lächelte er und streckte ihr die Hand hin. „Es war mir wirklich ein Vergnügen, Sie kennenzulernen. Vielleicht treffen wir uns wieder.“

„Ich würde es gern erfahren, wenn Sie Ihre Mission erfolgreich abgeschlossen haben“, sagte sie in herzlichem Ton. „Melden Sie sich doch, wenn Sie Zeit haben. Und Weidmannsheil!“

Sobald er gegangen war, nahm sie ihre Handtasche und strebte auf das Buffet zu, hinter dem Robin verschwunden war. Sie hatte einen Entschluß gefaßt. Höchstwahrscheinlich hatte er sie nicht bemerkt, und es war gewiß besser, sich ihm jetzt zu zeigen, als bei einer unpassenden Gelegenheit wie ein Springteufel vor ihm aufzutauchen, da der Himmel allein wußte, was für Pläne ihn hierherführten. Das Buffet umrundend, hielt sie nach ihm Ausschau. Er saß, ihr zugewandt, an einem Ecktisch und unterhielt sich lebhaft mit einem dicken Chinesen. Als sie an der kunstvoll arrangierten Ananaspyramide vorbeispazierte, schaute er in ihre Richtung.

Nur für den Bruchteil einer Sekunde verschlug es ihm die Sprache. Sie streifte ihn mit dem gleichgültigen Blick einer Fremden. Dann nahm er das Gespräch wieder auf. Aber er hatte sie gesehen. Gut, dachte sie. Zufrieden, daß sie ihn auf sich aufmerksam gemacht und ihm zu verstehen gegeben hatte, daß sie ihn nicht verraten würde, spazierte sie am Schinken und an den Warmhalteplatten mit Omeletts vorüber und rauschte hinaus.

Jetzt zu Sheng Ti, sagte sie sich und verließ das Hotel, um sich nach einem Taxi umzusehen.

Während sie durch die Straßen von Hongkong kutschiert wurde, dachte sie an ihre früheren Begegnungen mit dem jungen Mann zurück. Sie war bereit einzuräumen, daß China für seine Menschenmassen Wunder vollbracht hatte, doch Sheng Ti verkörperte für sie den Preis, den so mancher für diese Wunder bezahlen mußte. Wie viele Jugendliche war er im Rahmen der Umerziehungsprogramme aufs Land verschickt worden, um dort, ungeachtet seiner Intelligenz, ausschließlich harte körperliche Arbeit zu verrichten. Mit neunzehn war er dann prompt von seiner Produktionseinheit weggelaufen. Zur Strafe hatte man ihn tief ins Landesinnere zum Straßenbau geschickt, aber auch hier konnte er sich nicht anpassen. Schließlich gab es eine Akte über ihn, und mit sechsundzwanzig, als sie ihn kennenlernte, lebte er völlig ohne Hoffnung im Untergrund und schlug sich mehr oder weniger redlich durch.

Auf ihr Drängen hatte der CIA Sheng Ti aus China herausgeschmuggelt, aber wenn er in Hongkong nicht glücklich war, hatte sie ihm womöglich gar keinen Gefallen damit erwiesen . . .

Bald wurde sie am Anfang einer Straße abgesetzt, die für Autos zu schmal war, und erhielt vom Fahrer die Auskunft, sie brauche nur weiterzugehen, um auf halbem Weg auf die Dragon Alley zu stoßen. Ein wenig aufgeregt stieg Mrs. Pollifax aus dem Taxi und landete mitten im Gewimmel. Eine bunte Flut von Lärm und Farben stürmte auf sie ein. In diesem Winkel von Hongkong, fern von dem vornehmen Geschäftsbezirk, aus dem sie kam, fand sie sich unvermutet mitten in China wieder. So gefällt's mir schon viel besser, dachte sie vergnügt, blieb ganz still stehen und ließ die Gerüche und Geräusche auf sich einwirken. In dem schmalen Gäßchen mit den dichtgedrängten Häusern baumelten Reklameschilder aller Formen und Größen. SCHNEIDER! SCHUHE! SEIDE! An Bambusstangen auf Balkonen flatterten Wäschestücke, die meisten in dem schreienden Rot, das den Augen weh tat und in dem auch die unzähligen Fahnen und Laternen flammten. Menschen schoben sich wie eine träge Schlange dahin, und die Gehsteige waren vollgestopft mit Buden und Ständen, auf denen sich künstliche und echte Blumen, Sandalen, Kräuter, getrocknete Meerestiere und frische Früchte häuften. Es duftete nach Weihrauch, Ingwer und gebratenen Nudeln. Rufe, Schreie und das Plärren der Radios verbanden sich zu einem ohrenbetäubenden Spektakel.

„Herrlich", murmelte Mrs. Pollifax, schlenderte gemächlich durch die Menge und schaute sich Gläser mit eingelegten Schlangen,

Ginsengwurzeln und allerhand bunten Souvenirkram an. Endlich entdeckte sie die Dragon Alley – es war kaum mehr als eine breite Treppe, die zu einer anderen Gasse emporführte. Entschlossen begann sie hinaufzusteigen.

Nummer 31 lag zu ihrer Rechten, ein schäbiger kleiner Laden mit einem Schild, das in Chinesisch und Englisch die Existenz von Feng Imports verkündete. Die Tür war verschlossen. Mrs. Pollifax spazierte hinüber, schaute ganz beiläufig ins Schaufenster und hielt scheinbar unschlüssig inne, um die ausgestellten Elfenbein- und Jadegegenstände zu betrachten.

Sehr hübsch, entschied sie, und ganz sicher attraktiver als das Äußere des Geschäfts. Den Blick hebend, spähte sie ins Innere des Ladens und stellte fest, daß er leer war. Auf einem Schildchen an der Tür stand die Öffnungszeit: zehn Uhr vormittags. Jetzt war es neun Uhr vierzig.

Mrs. Pollifax ging weiter. Rechts sah sie weitere Geschäfte. Auf der gegenüberliegenden Seite standen, bis auf einen Nachtklub, engbrüstige Holzhäuser mit Balkonen und schmalen Toreingängen. Über einem hing ein Zettel mit der Aufschrift ZIMMER FREI. Dieses letztere Gebäude, Nr. 40, bot den Luxus einer Bank neben dem Tor, und Mrs. Pollifax setzte sich, um auf Sheng Ti zu warten.

Um neun Uhr fünfundvierzig trat ein Mann aus Feng Imports, was sie verblüffte, weil sie niemand hatte hineingehen sehen, und kam schnellen Schrittes auf sie zu. Er trug einen kleinen Schweinslederkoffer, war groß, hager und unverkennbar ein Europäer. Seine Wangen wiesen Pockennarben auf, und seine Augen – aber sie wußte, wie seine Augen aussahen ... Es war der Bursche mit der schwarzen Aura aus dem Flugzeug.

Ohne sie zu beachten, ging er vorbei und verschwand in der Gasse über der Dragon Alley. Mrs. Pollifax grübelte über den Zufall nach, daß auch er Feng Imports aufgesucht hatte, und noch dazu, ohne sich die Zeit zu nehmen, vorher irgendwo sein Gepäck abzugeben.

Fünf vor zehn kam ein Mädchen die Dragon Alley heraufgeeilt, sperrte den Laden auf und trat ein – eine hübsche Chinesin in einem Gewand aus blauem Leinen, mit pechschwarzem Haar und sehr blassem Teint. Angestellte Nummer eins, schloß Mrs. Pollifax.

Als bis Viertel nach zehn niemand sonst gekommen war, spazierte Mrs. Pollifax zurück, wobei sie darauf achtete, wie eine harmlose, bummelnde Touristin zu wirken. Wieder blieb sie vor dem Schaufenster stehen. Sie konnte nur das Mädchen erspähen, das mit einem Flederwisch vorsichtig die Figuren auf den Regalen abstaubte. Mrs.

Pollifax seufzte, weil sie fühlte, daß sie von einer lähmenden Müdigkeit befallen wurde. Sie beschloß, es zu Mittag noch einmal zu versuchen, nahm ein Taxi und fuhr ins Hotel, um auszupacken und sich ein kurzes Nickerchen zu gönnen.

Ihrem Vorsatz getreu, brach sie knapp zwei Stunden später – leicht ramponiert zwar und den Hut etwas schief auf dem Kopf – wieder auf. Es war ihr nicht gelungen, eine widerspenstig überhängende Rose zu bändigen. Das arme Ding ist eben auch mitgenommen von der Zeitverschiebung, dachte sie.

Als sie in der Dragon Alley ins Schaufenster guckte, entdeckte sie diesmal zwei Leute im Geschäft – einen älteren Chinesen, der hinter dem Ladentisch saß, und das Mädchen, das Figürchen auf einem Tablett neu arrangierte. Von Sheng Ti war nichts zu sehen.

In diesem Moment erkannte Mrs. Pollifax, daß ihr die Geduld einer echten Agentin fehlte. Von Natur aus sehr zupackend, fand sie den Gedanken, die ganze Woche mit schöner Regelmäßigkeit hier zu erscheinen, alles andere als begeisternd. Sinn und Zweck ihrer Anwesenheit war, mit Sheng Ti zu sprechen. Carstairs mochte nicht einverstanden sein, aber sie wollte die Sache vorantreiben. Also ging sie zur Ladentür und betrat in aller Ruhe Feng Imports.

Der Chinese hinter dem Ladentisch hatte das Antlitz eines alten Mandschu, mit einer Haut so runzlig wie Kreppapier und ein paar dünnen Bartfäden am Kinn. Aber in dem Blick, mit dem er die Rosen auf ihrem Hut und dann ihr Gesicht musterte, lag eine gehörige Portion Gerissenheit. Sie fand, daß er verdrossen aussah – wie ein Mensch, der viel vom Leben erwartet und sich noch nicht damit abgefunden hat, nur Brosamen aufzulesen.

„Guten Tag“, sagte sie munter.

„Guten Tag“, antwortete er mit einer Verneigung.

„Ich möchte gerne Sheng Ti sprechen“, erklärte sie unverblümt.

Das Mädchen blickte rasch auf und senkte sofort den Blick wieder. Der Chinese – Mr. Feng, vermutete sie – nahm eine kaum merkliche abweisende Haltung an.

„Ich verstehe nicht“, sagte er höflich. „Shangchi?“

„Sheng Ti“, wiederholte Mrs. Pollifax.

Ohne sie aus den Augen zu lassen, sagte der Ladeninhaber leise zu dem Mädchen: „Du kannst gehen, Lotos.“ Gehorsam verschwand es im rückwärtigen Teil des Raumes hinter einem Vorhang aus langen Glasperlenschnüren.

„Aber“, krächzte der Alte, „bei uns gibt es niemand, der diesen Namen trägt.“

Ach du meine Güte, dachte Mrs. Pollifax. Das wird offenbar nicht so einfach. „Unsinn", sagte sie freundlich. „Natürlich ist er hier. Ich weiß aus absolut zuverlässiger Quelle, daß er bei Ihnen arbeitet, und falls er nicht mehr da ist, können Sie mir vielleicht sagen, wo er sich aufhält. Mein Urlaub hier dauert nämlich nur eine Woche", fügte sie atemlos hinzu, „und ich muß ihm unbedingt vor meiner Abreise einen Gruß überbringen."

„Er soll hier arbeiten?" fragte der Alte blinzelnd.

Mrs. Pollifax brachte Bishops Zettel zum Vorschein und las mit lauter, klarer Stimme: „Sheng Ti, bei Feng Imports, Dragon Alley Nr. 31. Sie sind Mr. Feng?"

Er starrte auf das Blatt Papier. „Darf ich sehen –" Mit erstaunlicher Behendigkeit griff er zu und schnappte es ihr weg, ehe sie es in Sicherheit bringen konnte.

„Wer hat Ihnen das gegeben?" fragte er scharf.

„Ein Freund von Sheng Ti."

„Ein Freund?" Es klang frostig. „Woher kennen Sie Sheng Ti?"

Noch um einige Grade frostiger erwiderte sie: „Ich begreife zwar nicht, was Sie das angeht, aber da Sie Ihre Neugier offenbar nicht bezähmen können – ich lernte ihn in der Volksrepublik China kennen, in der Nähe von Turfan. Der junge Mann befand sich wirklich in einer schrecklichen Situation", sagte sie streng. „Für mich war es damals ein Schock, das können Sie mir glauben. Wir haben uns lange unterhalten, und –"

„Sie sprechen Chinesisch?" unterbrach er sie trocken.

Sie wischte den Einwand ungeduldig beiseite. „Ein Begleiter hat gedolmetscht. Und als ich erfuhr, daß sich für Sheng Ti eine Gelegenheit bot, China zu verlassen – aber auf illegale und sehr gefährliche Weise –" Sie legte ein dramatisches Tremolo in ihre Stimme. „Jedenfalls habe ich seither alles versucht, um herauszufinden, was aus ihm geworden ist." Bekümmert fügte sie hinzu: „Ich habe an hundert Türen geklopft und hundert Briefe geschrieben und kein Nein als Antwort akzeptiert. Und das werde ich auch jetzt nicht tun."

Er gab ihr den Zettel zurück. „Offenbar handelt es sich um ein Mißverständnis, Mrs. – äh –"

„Pollifax."

„Wir führen hier ein Importgeschäft, Mrs. Pollifax. Es gibt keinen Sheng Ti."

Sie schaute ihm streng in die Augen. „Warum haben Sie dann so viele Fragen gestellt? Ehrlich gestanden, Sir, ich glaube Ihnen nicht."

Hinter dem Vorhang ertönte eine amüsierte Stimme. „Bring die hartnäckige Dame herein, Feng."

Mr. Feng kniff die Lippen zusammen. „Ich denke nicht –"

„Bring sie herein." Die Stimme hatte einen scharfen Unterton, der dem Alten Beine machte. Er zuckte die Achseln und bedeutete Mrs. Pollifax, ihm voranzugehen.

Die bunten Glaskügelchen klimperten leise, als sie die Schnüre teilte und ein winziges Büro betrat, wo das Mädchen Perlen auffädelte, die durchaus echt schienen. Der Mann, der gelauscht hatte, schritt Mrs. Pollifax voraus, wobei er ihr den Rücken zukehrte. Er war groß und hinkte leicht.

Der Raum, in den sie nun gelangten, war nach dem düsteren Laden überraschend hell. Durch ein riesiges, hoch in die Nordwand eingelassenes Fenster fiel angenehmes Tageslicht.

Zwei Wände waren von Regalen mit erlesenen Kostbarkeiten aus Jade und Elfenbein gesäumt. Unter dem Fenster standen eine Bank und ein langer Tisch, auf dem ein kleiner Berg glitzernder Steine lag.

Im Moment interessierte sich Mrs. Pollifax jedoch vor allem für den Fremden, und sie wandte sich ihm rasch zu.

„Nehmen Sie doch Platz", lud er sie mit einer Verbeugung ein. „Danke, Feng, das genügt." Er ging zu einem Tisch von kleineren Ausmaßen und deutete auf einen Stuhl daneben.

Mrs. Pollifax vermutete, daß ihr Gegenüber Eurasier war und folglich Mr. Detwiler sein mußte. Sein Gesicht war breit, die Nase flach, der Mund mit den dünnen Lippen sehr groß und gondelförmig, was ihm ein buddhahaftes Lächeln verlieh. Sein Anzug bestand aus schwarzer, das Hemd aus schimmernd weißer Seide, und sie bemerkte, daß er goldene Manschettenknöpfe trug.

Energisch wiederholte sie ihr Anliegen: „Ich suche Sheng Ti –"

„Ja, das ist mir klar", sagte er, und sein Lächeln vertiefte sich ein wenig. „Und was wollen Sie von diesem Sheng Ti?"

„Mich davon überzeugen, daß er gesund und wohlauf ist", antwortete sie prompt. „Aber darf ich ehrlich sein?"

„Ich bitte darum", sagte er mit einem ermunternden Nicken.

Unverfroren tischte sie ihm ihren fettesten Brocken auf. „Wissen Sie, ich habe mir ziemlich viel Mühe gemacht, ihn zu finden, weil mir sein Schicksal wie ein Stein auf dem Herzen lag. Daheim in den Staaten, wo ich Vorsitzende unseres Gartenklubs bin, habe ich den Vereinsmitgliedern von ihm erzählt, und", schloß sie triumphierend, „die guten Leutchen haben sich bereit erklärt, ihm die Ausreise in die USA zu finanzieren!"

„Da sind Sie in der Tat sehr emsig gewesen", meinte er. „Darf ich den Zettel mit der Adresse sehen?"

„Selbstverständlich." Sie reichte ihm das Notizblatt. „Ist er hier?"

Er ignorierte ihre Frage und studierte das Papier eingehend. „Woher haben Sie das?"

Mrs. Pollifax holte tief Luft und legte los. „Da ich wußte, wie der Amerikaner hieß, mit dem Sheng Ti aus China flüchtete, forschte ich ihn aus, und er sagte mir, Sheng Ti sei in Hongkong, und gab mir eine Adresse – ausgerechnet in Washington! –, und schließlich, nach langem Hin und Her, bekam ich das da – und eine gesalzene Telefonrechnung dazu."

Noch immer starrte er den Zettel an. „Diese Information kann nur aus einer Quelle stammen. Niemand sonst kann von Sheng Tis Anwesenheit hier wissen."

„Dann ist er also da!"

„O ja", sagte er sanft und gab ihr das Blatt zurück. „Aber es ist für uns natürlich rätselhaft, wie Sie seinen Aufenthalt erfahren haben. Wie lange beabsichtigen Sie, in Hongkong zu bleiben?"

„Eine Woche. Wissen Sie, ich will mir die Blumen ansehen. Ich habe nämlich eine Menge Preise für meine Geranien gewonnen und –"

„Ja", sagte er und lehnte sich vor. „So sehr ich es auch bedaure, aber Sie müssen sich den Wunsch, Sheng Ti zu sehen, aus dem Kopf schlagen. Es geht ihm sehr gut – er arbeitet hart –, und ich kann nicht zulassen, daß er gestört wird."

„Ich darf ihn nicht sehen?" rief Mrs. Pollifax. Ihre Empörung war bühnenreif. „Dabei bin ich so weit gereist, und wir vom Gartenklub dachten –"

„Glauben Sie mir, er ist sehr glücklich", versicherte er ihr. „Vielleicht später, nächstes Jahr – aber verstehen Sie, er ist mir eine große Hilfe, und sobald er seine Englischkenntnisse erweitert hat, wird er für mich unentbehrlich sein."

Mrs. Pollifax sagte finster: „Er hoffte, eine Schule besuchen zu können. Bieten Sie ihm diese Möglichkeit? Und er wünschte sich eine solide Ausbildung –"

„Er erhält Englischunterricht", begütigte er sie, „und lernt auch etwas über Jade und Diamanten. Kommen Sie, schauen Sie sich das an", forderte er sie auf, erhob sich und zeigte auf die Werkbank. „Da liegen Diamanten im Wert von etwa hunderttausend Dollar."

Beruhigt, daß sie wenigstens die Höhle des Drachen betreten und den Oberdrachen kennengelernt hatte, ging Mrs. Pollifax auf das Ablenkungsmanöver ein. „Würden Sie mir Ihren Namen verraten?"

erkundigte sie sich honigsüß. „Ich glaube, meinen kennen Sie ja bereits."

Zerstreut antwortete er: „Detwiler. Sehen Sie diesen Stein hier? Fünf Karat – wunderschön geschliffen und poliert."

„Werden diese Steine in Ihrem Geschäft verkauft?"

„O nein. Die gehen in die ganze Welt. Diese Steine hier wurden in Antwerpen geschliffen und zum Polieren hierhergeschickt. Hongkong importiert Diamanten im Wert von vielen Millionen Dollar, um ihnen gewissermaßen den letzten Schliff zu verleihen." Er lächelte. „Gestatten Sie mir, Ihnen ein kleines Andenken an Ihren Besuch zu geben."

Er ging zu den Regalen und wählte sorgfältig ein Stück aus. „Elfenbein", sagte er leise. „Ist es nicht schön?"

„Ein Buddha!" hauchte sie. „Wie entzückend!" Die Figur war ungefähr dreißig Zentimeter hoch und ein Meisterstück feinster Schnitzkunst. Sie stellte den Buddha im traditionellen Lotossitz dar. Auf dem Haupt trug er einen spitz zulaufenden Kopfputz, während die Falten des Gewandes in schlichten Linien fielen. Das Antlitz verströmte eine unbeschreiblich heitere innere Ruhe.

„Bitte – er gehört Ihnen", sagte Detwiler. „Er ist so wertvoll wie Sheng Ti für mich. Als Dank für Ihre Sorge um ihn."

„Sie sind wirklich entwaffnend", stammelte Mrs. Pollifax, die sich freilich keineswegs entwaffnet fühlte und schon überlegte, was sie als nächstes unternehmen würde, um an Sheng Ti heranzukommen.

„Lotos!" rief Detwiler. „Komm, bring das zu Mr. Feng. Er soll es für die Dame einpacken."

Das Mädchen erschien sofort und trug den Buddha hinaus.

„Nun darf ich Sie aber nicht länger aufhalten", sagte Mrs. Pollifax. „Mein Verein wird allerdings untröstlich sein. Übrigens – hätten Sie etwas dagegen", ergänzte sie in dem Gefühl, daß ihre schauspielerische Leistung noch eines Glanzpunkts bedurfte, „wenn ein paar von uns aus den Vereinigten Staaten an Sheng Ti schreiben? Er könnte doch wenigstens ein" – sie schluckte ihr Mißfallen über den Ausdruck hinunter – „ein Brieffreund werden."

„Dagegen wäre nichts einzuwenden." Detwiler wirkte erleichtert. „Ein begrüßenswerter Einfall. Das kann seinen Bemühungen, Englisch zu lernen, nur zuträglich sein."

Mrs. Pollifax setzte eine zufriedene Miene auf, bedankte sich noch einmal und schritt durch den Perlenvorhang. Draußen im Laden wartete ein junger Chinese in einem seriösen dunklen Anzug von tadellosem Schnitt mit dem unvermeidlichen Aktenköfferchen in der

Hand. Bei Detwilers Anblick verbeugte er sich strahlend und eilte an Mrs. Pollifax vorbei in das Privatgemach.

Mr. Feng überreichte ihr ein weißes Päckchen. „Ihr Geschenk“, sagte er ausdruckslos.

„Besten Dank“, erwiderte sie und ging hinaus. Sie war froh, jetzt die Maske fallen lassen zu können, die ihren Groll und ihre Enttäuschung verbarg. Doch obwohl sie Feng Imports unverrichteter Dinge verließ, gab sich Mrs. Pollifax noch lange nicht geschlagen. Die Tatsache, daß sie keine Ahnung hatte, wie sie mit Sheng Ti Kontakt aufnehmen sollte, bewies nur, daß eine kurze Phase der Entspannung vonnöten war. Sie wollte das Problem für den Augenblick zurückstellen und sich ein wenig in der Stadt umsehen.

Aber sie konnte weder Mr. Feng noch Mr. Detwiler vergessen. Während sie dahinschlenderte, kam ihr Detwilers Einmischung, nachdem Feng glattweg abgestritten hatte, Sheng Ti zu kennen, äußerst merkwürdig vor. Was konnte er gewinnen, wenn er Feng zum Lügner stempelte, zumal er sich im übrigen an die Linie des Alten gehalten hatte, eine Begegnung mit Sheng Ti zu verhindern? Ganz offenbar gab es bei Feng Imports interessante Widersprüche, doch da diese Konflikte im Moment nicht durchschaubar waren, beschloß Mrs. Pollifax, sich vorerst nicht weiter damit zu befassen.

Daran hielt sie sich auch, bis sie merkte, daß sie verfolgt wurde...

Zuerst waren die Straßen zu überfüllt gewesen, um Verdacht zu schöpfen, aber als sich das Gedränge allmählich lichtete, wurde ihr immer stärker bewußt, daß jemand in gleichmäßigem Abstand hinter ihr herging. Als sie zum vierten Mal stehenblieb, warf sie einen verstohlenen Blick zurück. Verblüfft erkannte sie in ihrem Aufpasser den jungen Mann mit dem Aktenköfferchen, der vorhin auf Detwiler gewartet hatte. Daß Detwiler ihr einen Beschatter an die Fersen heftete, gefiel ihr. Es bedeutete, daß es ihr gelungen war, Unruhe zu stiften. Bravo, Emily, dachte sie. Du hast sie aufgescheucht. Die Kerle möchten sich vergewissern, ob du tatsächlich nur eine brave amerikanische Touristin bist, die sich mit dem Versprechen, daß Sheng Ti Brieffreunde haben darf, abspeisen läßt. Ihre Lippen kräuselten sich. Als ob sie ihm das erlauben würden! Und dann wurde ihr noch etwas klar: Sheng Ti wurde bei Feng Imports genauso unter Verschluß gehalten, als hätte man ihn ins Gefängnis gesteckt.

Mrs. Pollifax schwor sich insgeheim, zurückzukehren und den verflixten Laden genauer unter die Lupe zu nehmen. Fürs erste aber mußte sie die unschuldige Touristin mimen, bis ihr Verfolger vor Müdigkeit schlappmachen würde.

Stunden später hatte sie es lediglich geschafft, sich selbst an den Rand der Erschöpfung zu treiben. Sie war ziemlich weit zu Fuß gegangen, noch dazu mit knurrendem Magen. Zunächst hatte sie eine Seidenkrawatte für Cyrus gekauft, die sie jederzeit daheim hätte erstehen können, dann die berühmten Botanischen Gärten besucht und sich über die rund dreihundert Vogelarten, die es dort gab, Notizen gemacht. Schließlich hatte sie zu der Drahtseilbahn auf den Victoria Peak gefunden, sich glücklich hineingesetzt und beobachtet, wie die Stadt langsam unter ihr verschwand, während sie zum Gipfel des Berges emporglitt.

Jetzt, fast sechs Uhr abends, saß sie auf einer Bank etwa fünfhundertfünfzig Meter hoch über Hongkong und ruhte sich aus. Hinter ihr erhob sich der Aussichtsturm Victoria Peak Tower wie ein schwebendes, futuristisches Raumschiff.

Sobald sie sich erholt hatte, wollte sie die Straße, die zum Turm führte, hinaufmarschieren und mit dem Aufzug ins Restaurant fahren, um dort oben bei phantastischer Aussicht zu essen.

Doch jetzt genoß sie es, auf die Stadt hinunterzuschauen, wo sich die Gebäude auf einem unglaublich schmal anmutenden Streifen Land zwischen dem Berg und der Bucht zusammendrängten. Sie bewunderte den weiten, leuchtendblauen Hafen, in dem die Fähren umherflitzten wie eine Horde flinker Wasserwanzen. Entspannt beugte sie sich vor, zog die Schuhe aus und wackelte selig mit den Zehen. Einen Blick nach rechts werfend, entdeckte sie den Mann mit dem Köfferchen, der sich ebenfalls auf einer Bank niedergelassen hatte. Sie wollte ihm schon den Sieg zuerkennen, als sie sah, wie auch er seinen strapazierten Gehwerkzeugen Frischluft verschaffte. Direkt menschlich, dachte sie, und sofort schienen ihr der Hunger und die brennenden Füße weit weniger belastend als zuvor. Behaglich lehnte sie sich zurück und träumte von einem langen, heißen Bad. Sie blickte müßig auf die Päckchen, die sie durch Hongkong geschleppt hatte: Cyrus' Krawatte und den Elfenbeinbuddha. Einem Impuls gehorchend, wickelte sie die Figur aus, um die prachtvolle Schnitzerei in Ruhe zu bewundern. Kaum hatte sie den Buddha von seinen Hüllen befreit, als sie einen kleinen Streifen Reispapier an seiner rechten Hand bemerkte. Stirnrunzelnd machte sie ihn los und wollte ihn schon davonflattern lassen, da fiel ihr eine Mitteilung in winzigen Buchstaben auf: *Wenn Sie Sheng Ti sehen wollen, er schläft nach zehn Uhr abends hinten im Schuppen in der Dragon Alley 40.*

Konsterniert schlüpfte Mrs. Pollifax in ihre Schuhe und bestieg die nächste Bahn hinab zur Stadt. Während der Fahrt versuchte sie, sich an die Szene im Laden zu erinnern. Detwiler hatte ihr den Buddha abgenommen und das Mädchen gerufen. Nach seiner Weigerung, Sheng Ti herauszurücken, war nicht anzunehmen, daß die Nachricht von ihm stammte. „Bring das zu Mr. Feng", hatte er Lotos befohlen, aber Mrs. Pollifax konnte sich auch nicht vorstellen, daß der Alte ihr eine geheime Information zuspielen wollte, da er ja behauptet hatte, Sheng Ti gar nicht zu kennen.

Die Bahn hielt, und Mrs. Pollifax humpelte ermattet in Richtung Hotel. Ihrer Meinung nach kam nur das Mädchen in Frage. Lotos mußte das Gespräch im Hinterzimmer belauscht haben.

Als sie das Hotel erreichte, stellte sie fest, daß der Mann mit dem Köfferchen noch immer unverdrossen hinter ihr hertrabte. Ob er auch noch warten würde, wenn sie sich um zehn Uhr davonstahl? Sie schlüpfte durch einen Seiteneingang und kam in ein Tiefgeschoß des Hilton mit einer Geschäftspassage. In einer der Auslagen entdeckte sie im Vorüberhasten – denn sie sehnte sich nach ihrem Zimmer – einen Buddha, der dem ihren sehr ähnlich schien, und blieb stehen, um ihn sich genauer anzusehen und das Preisschildchen zu lesen. Er war bei weitem nicht so schön wie jener aus Fengs Laden, kostete aber trotzdem – rasch rechnete sie im Kopf um – fast siebenhundert amerikanische Dollar.

Jetzt hatte sie das heiße Bad als Trostpflaster noch dringender nötig. Es war zum Aus-der-Haut-Fahren! Detwiler, den Carstairs verdächtigte, ein Verräter zu sein, machte ihr ein Geschenk, das eine Menge Geld wert war. Keiner bei Feng Imports wollte ihr etwas über Sheng Ti sagen, und dann fand sie seine Adresse wie den Orakelspruch in einem Glücksplätzchen. Sie wurde beschattet und wußte nicht, warum . . .

Mit ihrem sichtlich strapazierten Anhängsel im Schlepptau, fuhr Mrs. Pollifax mit der Rolltreppe in die Halle hinauf und bestieg dort den Lift. Durch die sich schließende Tür sah sie eben noch, wie der Mann mit dem Köfferchen dankbar in einen Sessel sank.

UM NEUN Uhr war Mrs. Pollifax wieder bei Kräften und nach einem ausgezeichneten Abendessen, das sie sich in ihrem Zimmer zu Gemüte geführt hatte, bestens gerüstet für ihr nächtliches Abenteuer. Sie verzichtete auf den Rosenhut und schlang sich statt dessen ein dunkles Tuch ums Haupt, so daß die turbanartige Dekoration zu ihrer langen Hose und der Bluse paßte. Dann steckte sie Stadtplan und Taschenlampe ein und machte sich daran, auf verschlungenen Pfaden das Hotel zu verlassen. Sie benützte den Lift, die normale Treppe und die Rolltreppe, um wieder zu der Einkaufspassage im Tiefgeschoß zu gelangen. Dort klapperte sie die noch offenen Geschäfte ab, beobachtete zwei kichernde junge Frauen, die sich von einem eigens dafür in der Passage aufgestellten Apparat den Blutdruck messen ließen, und staunte über eine derartige Erfindung. Als sie endlich sicher war, daß ihr niemand folgte, trat sie auf die Straße hinaus, winkte einem Taxi und ließ sich durch die von grellroten, goldenen und blendendweißen Neonlichtern beschienenen Straßen fahren.

In der Dragon Alley herrschte pechschwarzes Dunkel. Alle Fensterläden waren geschlossen und verriegelt. Mrs. Pollifax richtete vorsichtig den Strahl ihrer Taschenlampe auf das Tor von Nummer 40 und öffnete es dann. Ein schmaler Weg führte in einen Hinterhof. Hier war es etwas heller als auf der Straße, weil aus einem Nachtklub im Nebenhaus Licht fiel. Gedämpfte Musik wehte herüber. Mrs. Pollifax nahm eine schlanke Gestalt wahr, die auf einer Bank vor einem niedrigen Schuppen saß, und schritt auf sie zu.

Mit einem leisen, erschrockenen Ausruf sprang Lotos auf. Ihre blasse Haut schimmerte in dem trüben Licht wie Porzellan.

„Also warst du es“, flüsterte Mrs. Pollifax.

„Kommen Sie“, hauchte Lotos. „Hier sind wir nicht sicher.“

Mrs. Pollifax folgte ihr zur Rückseite des an den Hof grenzenden Nachtklubs. Durch eine kleine Tür wurde sie in einen dunklen, muffigen Flur und dann in einen Raum geführt, den eine einzige Öllampe spärlich erhellte. Neben dem Tisch mit der Lampe saß, nervös und sichtlich auf dem Sprung, Sheng Ti.

„Meine Freundin!“ rief er hochschnellend. „Ich es nicht glauben konnte!“

Lachend ergriff Mrs. Pollifax seine ausgestreckten Hände. „Ja, ich bin's, mein Junge. Freust du dich auch so?“ Insgeheim war sie erschüttert über sein Aussehen. Sein hübsches rundes Gesicht, dem ursprünglich etwas Fröhliches anhaftete, war abgezehrt und sein Blick gehetzt vor Angst. „Sheng Ti“, sagte sie, „man wollte mich nicht zu dir lassen. Warum?“

Er sprudelte einen Wortschwall auf chinesisch hervor, bis Lotos ihm beruhigend die Hand auf den Arm legte. „Bitte – setzen wir uns“, sagte sie, indem sie auf drei Hocker deutete, die um den Tisch standen.

Mrs. Pollifax kam sich vor wie in einer Höhle. Eine Decke hing vor dem einzigen Fenster. Die Ölfunzel warf flackernde Schatten und verwandelte ihre Gesichter in gespenstische mattgoldene Masken. „Warum wollte man mich nicht zu dir lassen?“ wiederholte sie.

Sheng Ti zog den Atem ein. „Nicht dürfen wissen, ich Sie jetzt sehen, sonst töten.“

Bestürzt wandte sich Mrs. Pollifax an Lotos. „Glaubst du das?"

„O ja", sagte das Mädchen überzeugt. „Etwas stimmt nicht in Mr. Fengs Geschäft. Zuerst hatte ich nur so einen vagen Verdacht, bis ich anfing, mit Sheng Ti zu sprechen, und wir Freunde wurden –"

„Wir uns lieben", warf er ein.

Lotos errötete. „Ja, wir lieben uns, und das ist sehr schön, aber wir müssen uns heimlich treffen. Und als ich erfuhr, was sie von ihm verlangen ..." Sie schaute Mrs. Pollifax offen an. „Das ist nicht in Ordnung."

„Was verlangen sie denn von ihm?"

Sheng Ti begann stockend: „Ich kam her vor Mitte-Herbst-Fest –"

„Ende September", warf Lotos ein.

„Ja. Und arbeite in Laden, sehr okay. Aber bald vor Neujahr" – er runzelte die Stirn –, „alles wird anders. Mr. Feng und Mr. Detwiler haben viel Streit. Ich sie hören hinter Tür. Dann sie geben mir neuen Job." Hilfesuchend, weil er sich nicht ausdrücken konnte, wandte er sich Lotos zu und redete auf chinesisch auf sie ein.

„Er sagt", übersetzte sie, „daß er in China gestohlen hat, um am Leben zu bleiben. Aber er hat gehofft, er könnte hier eine Schule besuchen, um zu lernen."

„Ich weiß", meinte Mrs. Pollifax. „Was ist nun sein neuer Job?"

„Er muß wieder stehlen. Sie haben ihm Tricks beigebracht, damit er als Taschendieb für sie arbeitet."

„Was?" Mrs. Pollifax war fassungslos.

Sheng Ti nickte. „Alles jetzt schrecklich, furchtbar schrecklich. Mr. Detwiler mich schlagen. Ganze Zeit sehr böse. Mr. Feng viel zu tun, auch böse. Mr. Detwiler nehmen jetzt Heroin. Ich einmal sehen – weißes Pulver und lange Nadel. Er mich wieder schlagen, wenn ich sehen."

„Ach du lieber Gott!" murmelte Mrs. Pollifax voller Mitgefühl. „Und was mußt du stehlen?"

„Pässe", sagte er.

Das verblüffte sie. „Pässe? Kein Geld?"

Stumm verneinte er. Da seine Erklärung für sie keinen Sinn ergab, fragte sie weiter: „Was für Pässe? Und von wem?"

Lotos antwortete: „Sie schicken ihn zur Gouverneursresidenz oder zum Flughafen. Zwei von den Pässen, die er gestohlen hat, hab ich gesehen – einen bulgarischen und einen kanadischen." Sheng Ti sprach wieder, und sie übersetzte: „Er sagt, er hat Mr. Detwiler im ganzen elf gebracht."

„Elf", murmelte Mrs. Pollifax nachdenklich.

„Sheng Ti würde gern fortlaufen, aber sie haben ihm alle seine Papiere weggenommen."

Mrs. Pollifax war sehr ernst. „Sag ihm doch, er soll bitte bleiben. Die Leute, die ihn zu Feng Imports geschickt haben, wissen, daß etwas nicht stimmt – deshalb bin ich hier. Und sie werden dir helfen", fügte sie, an Sheng Ti gewandt, hinzu, „wenn du ihnen hilfst." Sie erinnerte sich an Bishops Worte auf dem Weg zum Flughafen: „Wir sind durchaus gewillt, ihm die Einwanderung in die Vereinigten Staaten anzubieten, aber das muß verdient werden."

„Könntest du mehr über Mr. Detwiler erfahren?" fragte sie Sheng Ti. „Ich verspreche dir, du wirst deine Papiere, einen neuen Job und auch eine Ausbildung bekommen. Zuerst aber müssen wir uns Klarheit darüber verschaffen, was hier vor sich geht."

Sheng Ti schaute Lotos fragend an und lachte dann bitter. „Warum ich überlegen? Ich alles tun, damit ich fort kann. Und Sie geben mir Hoffnung."

„Er wird sich bemühen", versprach Lotos. „Und ich werde auch helfen, wenn ich kann."

„Gut", erklärte Mrs. Pollifax. „Ich glaube nicht, daß sie mich konkret in Verdacht haben, aber sie sind mißtrauisch. Heute vormittag, als ich den Laden verließ, ist mir jemand gefolgt."

Wie von der Tarantel gestochen, sprang Sheng Ti auf. „Gefolgt? Hierher?" stieß er hervor.

„Nein, nein, nur heute vormittag. Heute abend bestimmt nicht", versicherte sie ihm.

„Aber vielleicht sie doch kommen – ich muß gehen!" rief er verzweifelt.

„Beruhige dich und nimm wieder Platz", bat sie.

„Nein – lassen Sie ihn", meinte Lotos. „Geh zurück zu Nummer vierzig, Sheng, und schlaf ein bißchen. Ich erzähl dir später alles."

Er brachte ein schwaches Lächeln zustande, warf Mrs. Pollifax einen flehenden Blick zu und huschte hinaus.

„Und du hast keine Angst?" fragte sie Lotos.

„Nur um Sheng Ti. Er fürchtet sich davor, nach China zurückgeschickt zu werden, wo er sicher in ein Arbeitslager müßte. Es ist sehr schlimm, keine Papiere zu haben."

Ein Klopfen ließ sie beide zusammenzucken. Lotos ging zur Tür, öffnete sie einen Spaltbreit und sprach auf chinesisch zu jemand im Flur. Dann erklärte sie: „Ich schlafe hier mit zwei anderen Mädchen. Ich hab sie bezahlt, damit sie wegbleiben, aber jetzt wollen sie zu Bett. Wir müssen gehen", drängte sie. „Was soll ich Sheng Ti sagen?"

Mrs. Pollifax schrieb etwas auf ihren Notizblock, riß das Blatt ab und gab es ihr. „Das ist mein Name und die Adresse, unter der ich zu erreichen bin. Lernt es aber lieber auswendig, und verbrennt den Zettel. Wir müssen auf jeden Fall eine andere Möglichkeit finden, uns zu treffen. Kann einer von euch mich morgen abend um zehn im Hotel anrufen?"

Lotos nickte und sagte scheu: „Ich bin froh, daß Sie hier sind. Es war so einsam. Sheng Ti wird Sie nicht enttäuschen – Sie werden sehen." Vorsichtig lugte sie in den Flur und flüsterte: „Kommen Sie."

Kaum stand Mrs. Pollifax wieder auf der Straße, seufzte sie vor Erleichterung, dem beklemmend engen, dunklen und mit fast greifbarer Angst erfüllten Raum entronnen zu sein. Mein „Gartenklub" sollte Sheng Ti und Lotos tatsächlich finanziell unter die Arme greifen, dachte sie grimmig – dafür würde sie schon Dampf machen. In der Zwischenzeit mußte sie dafür sorgen, daß den beiden nichts zustieß. Möglicherweise war das Heroin eine Erklärung für Detwilers kuriose Berichte, die Carstairs so bedenklich stimmten. Was sie allerdings noch viel bedenklicher fand, war die Sache mit den elf gestohlenen Pässen. Nein, das gefiel ihr ganz und gar nicht.

Mit einem Taxi fuhr sie zurück zum Hotel und betrat es kühn durch den Haupteingang. In ihrem Zimmer gab sie telefonisch ein Telegramm an Carstairs auf: FREUNDSCHAFT AUFGEFRISCHT STOP WETTER BEWÖLKT STOP EMILY POLLIFAX.

Ihr Reisewecker zeigte inzwischen eine halbe Stunde vor Mitternacht, und in Anbetracht des langen, anstrengenden Tages nahm sie ihren Pyjama aus dem Koffer. Plötzlich hörte sie einen lauten, dumpfen Aufprall vor ihrer Tür. Sie ließ den Pyjama fallen, schlich hin und lauschte. „Wer ist da?" fragte sie nach einer Weile. Alles blieb still.

Behutsam drehte sie den Türknauf. Die Tür flog auf, und sie verlor fast das Gleichgewicht, als ihr ein Mann mit blutüberströmtem Gesicht in die Arme fiel. Instinktiv fuhr sie zurück. Der Mann glitt zu Boden und blieb wie eine schlaffe Puppe liegen.

Entsetzt starrte sie auf ihn hinunter. Es war Mr. Hitchens.

IHRE erste Reaktion war Verblüffung. Man unterhielt sich während eines Fluges mit anderen Passagieren, es konnte sich sogar ergeben, daß man mit ihnen frühstückte, aber man rechnete doch nicht damit, daß sie einem spätnachts verletzt vor die Füße fielen. Da sich Mr. Hitchens jedoch eindeutig diese Eskapade leistete, schob sie die Tür zu und kniete neben ihm nieder, wobei sie vorsichtig sein blutverkrustetes Haar betastete.

Erschrocken eilte sie ins Badezimmer, um ein Handtuch zu holen, das sie auf die Rißwunde in seiner Kopfhaut preßte.

Seine Lider waren geschlossen, aber er begann die Lippen zu bewegen. „Stimmt... was... nicht", stammelte er. „Wo... wo..."

„Nicht sprechen", sagte sie. „Ich rufe einen Arzt."

„Nein", stöhnte er und öffnete seine merkwürdig silbrigen Augen. „Nicht sicher. Hinter mir her. Wo... muß finden... wo..."

Die Lider klappten zu, und er verlor das Bewußtsein. Mrs. Pollifax starrte ihn an und überlegte, was er gemeint haben mochte. An der Wunde würde er nicht sterben, wahrscheinlich aber an der Infektion, wenn er unversorgt blieb. Er war unverkennbar in Panik gewesen, sonst wäre er im vornehmen Hilton, das jede nur erdenkliche Dienstleistung bot, in seiner Not nicht zu ihr gekommen.

Es mußte in seinem Zimmer geschehen sein. „Nicht sicher", hatte er gesagt. Hieß das, daß er verfolgt wurde? Sie hatte die Tür geschlossen, aber nicht versperrt. Rasch sprang sie auf, um das nachzuholen. Als das Schloß einschnappte, hörte sie ein Geräusch draußen auf dem Korridor. Ihr Blick fiel auf den Türknauf. Wie gelähmt sah sie, daß er sich langsam zuerst nach links und dann nach rechts drehte. Dazu vernahm sie das leise, scharfe Kratzen von Metall auf Metall. Mrs. Pollifax unterdrückte einen Schrei.

Die Tür ging auf, und herein glitt Robin Burke-Jones, der ehemalige Einbrecherkönig, der nun die Rolle des drittreichsten Mannes der Welt spielte. „Hoffentlich störe ich nicht", sagte er munter. „Ich sah Sie vor ein paar Minuten durch die Halle gehen und –" Er bemerkte den reglosen Körper auf dem Boden. „Mein Gott", rief er, „haben Sie schon wieder Karate geübt? Wen haben Sie denn da aufs Kreuz gelegt?"

Noch ziemlich geschockt, stotterte sie: „Nicht ich. Da-das ist Mr. Hi-hitchens. Er ist irgendwie in mein Zimmer gefallen, weil er glaubte, er würde verfolgt, und dann sind Sie –"

Robin pfiff durch die Zähne. „Und Sie dachten – ehrlich, tut mir furchtbar leid. Zu meiner Entschuldigung – ich werde auch verfolgt und konnte es mir nicht leisten, brav zu klopfen und zu warten, bis Sie mir aufmachen." Mr. Hitchens genauer betrachtend, sagte er: „Der Bursche braucht einen Arzt, was?"

„Er hat mich gebeten, keinen zu holen."

„Sie kennen ihn natürlich."

„So gut nun auch wieder nicht. Wir sind in derselben Maschine geflogen. Er ist Hellseher und will hier eine vermißte Person finden – und wir haben heute morgen gemeinsam gefrühstückt."

Robin beugte sich über Hitchens und untersuchte ihn. „Ganz schönes Loch. Wie hat er denn sein – äh – überstürztes Erscheinen erklärt?"

Mrs. Pollifax kniff die Augen zusammen und dachte nach. „Zuerst hat er geflüstert: ‚Stimmt was nicht. Wo . . . wo . . .', und dann, als ich sagte, ich würde einen Arzt rufen: ‚Nicht sicher. Hinter mir her. Wo . . . muß finden . . . wo'."

Robin starrte sie alarmiert an. „Hätten Sie die Güte, das Wort für Wort zu wiederholen?"

Artig kam sie seiner Bitte nach.

Robin wirkte sehr konzentriert. „Und Sie sagen, er ist hier, um eine vermißte Person zu finden?"

„Ja. Was ist los?"

Ohne darauf einzugehen, meinte er bedächtig: „Ich kann einen Arzt besorgen, der keine Fragen stellen wird. Falls Sie einverstanden sind, würde ich gern bleiben und hören, was Ihr Freund zu berichten hat, wenn er aufwacht." Er ging zum Telefon und wählte eine Nummer. „Dabei wollte ich Ihnen nur kurz hallo sagen. – Chiang?" rief er in den Hörer. „Drei null eins hier. Bin im Hilton. Können Sie auf Nr. 614 kommen? Ein Mann – wahrscheinlich Gehirnerschütterung. Und bringen Sie Ihr Nähzeug mit. Gut." Er hängte ein. „Es dauert nur ein paar Minuten. Hat Carstairs Sie wieder eingespannt?"

Sie lächelte. „Nicht der Rede wert. Nur ein bißchen das Gelände erkunden. Was hat Sie denn so stutzig gemacht, als ich Mr. Hitchens' Worte zitierte?"

Robin setzte sich auf die Armlehne eines Sessels. „Mich beunruhigt, meine liebe Mrs. P., daß ich seit zwei Tagen nach einem Vermißten suche, einem Vermißten namens Hao."

Nun war sie überrascht. „Sie meinen, ‚muß finden . . . wo' könnte ‚muß finden . . . Hao' geheißen haben?"

„In Hongkong, ja", grinste er. „Haos gibt's hier wie Sand am Meer. Kann natürlich auch bloß Zufall sein."

„Daß Sie zur Zeit Lars Pettersen sind, ist wohl keiner?"

„Oh, das wissen Sie?"

„Der arme Mr. Hitchens hat es mir beim Frühstück gesagt. Er hatte Sie gerade im Fernsehen bewundert." Sie schaute ihn belustigt an. „Der drittreichste Mann der Welt, hm?"

„Tja . . ." Er hob mit Unschuldsmiene die Hände. „Es sollte das richtige Maß an Aufmerksamkeit auf mich lenken, wenn ich mit Pauken und Trompeten und einem Haufen Geld zum Investieren hier anrücke."

„Und jetzt werden Sie beschattet?"

„Erst als ich nach dem verschollenen Mr. Hao zu suchen begann. Und das ist doch sehr interessant, nicht?"

Ehe sie antworten konnte, klopfte es dreimal kurz. „Das wird Chiang sein", sagte Robin. „Lassen Sie mich aufmachen."

Ein kleiner Mann in einem Anzug wie vom Trödler wieselte herein. Er streifte Mrs. Pollifax mit einem flinken, neugierigen Blick, bevor er seine Arzttasche öffnete und neben Mr. Hitchens niederkniete, der sich mit einem Stöhnen regte.

Nachdem sie den Verletzten aufs Sofa gebettet hatten, reinigte der Arzt die Wunde, machte eine Lokalanästhesie und nähte den Riß mit acht Stichen. „Er wird's überstehen", erklärte er schließlich. „Keine Gehirnerschütterung. Aber ordentliches Schädelbrummen wird er haben. Ich gebe ihm noch ein Antibiotikum und ein Beruhigungsmittel. Wenn er in einer Stunde noch immer unruhig ist, flößen Sie ihm einen Schluck Brandy ein, aber sonst nichts bis zum Morgen."

„Danke, Chiang", sagte Robin.

Der Arzt gönnte Mrs. Pollifax einen zweiten Blick. „Ihr Gatte?"

Sie schüttelte den Kopf. „O nein."

Dr. Chiang wirkte belustigt. „Verstehe. Rufen Sie mich, wenn Sie mich brauchen."

„Ein netter Mensch", sagte Mrs. Pollifax, als er gegangen war. „Nur sieht er eigentlich gar nicht wie ein Mediziner aus."

Robin lachte. „Bei all der Arbeit, die er sich auflädt, nimmt er sich nie die Zeit, einen neuen Anzug zu kaufen. Ein wirklich guter Mann – betreut aufopfernd die Tankas, die auf Booten lebenden Fischer drüben in Aberdeen. Apropos Brandy – ich könnte eine Stärkung brauchen."

Mrs. Pollifax brachte ihm eine Flasche des Gewünschten aus dem Kühlschrank und reichte ihm ein Glas. Dann beobachteten beide gespannt Mr. Hitchens, der eben zu sich kam und sie verständnislos anstarrte.

„Ich bin Mrs. Pollifax", half sie ihm. Sie sprach betont laut und deutlich. „Wir sind mit der gleichen Maschine nach Hongkong geflogen und haben anschließend im Hotel zusammen gefrühstückt, erinnern Sie sich? Und das ist – äh – Mr. Pettersen, der, wie es der Zufall so will, einen Herrn namens Hao sucht."

Mr. Hitchens richtete seinen gläsernen Blick auf Robin. Nichts deutete darauf hin, daß er ihn als den betuchten Prominenten erkannte. „Damien Hao?" fragte er.

Mrs. Pollifax hörte, wie Robin scharf die Luft einsog, doch seine

Stimme klang gelassen, als er antwortete. „Damien Hao, ja. Sie suchen ihn auch?"

Mr. Hitchens beging den Fehler zu nicken und faßte sich im nächsten Moment stöhnend an den Kopf. „Bin niedergeschlagen worden – in meinem Zimmer", erklärte er und fügte aufgeregt hinzu: „Alec, wo ist Alec?"

„Inspektor Haos Sohn?"

„Ja! Er war heute nachmittag bei mir."

Mrs. Pollifax wandte sich an Robin. „Mr. Hitchens hat mir erzählt, daß einer seiner ehemaligen Studenten ihn gebeten hat, herzukommen und seinen vermißten Vater zu finden. Aber wer ist Damien Hao, Robin?"

„Er war der Chef einer Spezialtruppe des Hongkonger Drogendezernats, die besonders der Korruption den Kampf angesagt hat, bis er sich vor drei Wochen plötzlich vom Dienst suspendieren ließ. Es kursierten Gerüchte, man habe ihn in einer kompromittierenden Situation erwischt. Er selbst gab als Begründung für seinen Rücktritt an, er wolle seinen Namen reinwaschen und private Nachforschungen anstellen. Die Nachricht schlug ein wie eine Bombe, weil Damien Hao als geradliniger und aufrechter Mann bekannt ist. Der Gouverneur meinte mir gegenüber in einem Gespräch unter vier Augen, er habe den Eindruck, Hao sei das Opfer einer Intrige. Und dann ist Hao vor zehn Tagen spurlos verschwunden."

Mrs. Pollifax wandte sich an Mr. Hitchens. „Haben Sie schon einen Anhaltspunkt?"

Die silbernen Augen schlossen sich. „Nein . . ., nahm Landkarte . . ., hatte eine Vision . . . Ort, wo er war." Hitchens seufzte. „Hütte oder Scheune, grüne Felder, Schöpfrad in der Ferne. Alec und ich fuhren . . . in die New Territories."

„Weiter", drängte Robin.

„Wurde dunkel . . ., sah es . . ."

„Die Hütte und das Schöpfrad?" bohrte Mrs. Pollifax nach.

Hitchens schaute sie an. „Ja. Und wir gingen . . . hin. Sehr klein, Lehmboden, und dann kam . . . ein Mann – ein Bauer, dachten wir, und . . . als ich aufwachte, war Alec fort." Er stieß einen schluchzenden Laut aus. „Ich ging zu Fuß . . ., zu schwach für Alecs Wagen . . ., ein Taxi . . ., dann Hotelzimmer. Jemand da. Rums."

Irritiert sagte Mrs. Pollifax: „Dieser Bauer – Sie sind eingeschlafen?"

„Chloroform, glaub ich. Alec haben sie mitgenommen. Wollten mich später holen. Ein Alptraum", schloß er kläglich.

„Noch eine Frage“, sagte sie fest. „Als Sie die Karte verwandten, hatten Sie da das Gefühl, daß Inspektor Hao noch lebt?“

„Ja“, murmelte er und dann: „Schrecklich, ein einziger Alptraum.“

„Nur ruhig, alter Junge“, meinte Robin. „Wir werden die beiden finden.“

Hitchens blinzelte. „Wir?“

Robin nickte. „Gleich als erstes morgen, wenn Sie stark genug sind.“

„Muß jetzt schlafen“, sagte Hitchens und senkte wieder die Lider.

„Sieht mir ganz nach einer Einquartierung aus“, meinte Robin. „Werden Sie damit klarkommen, Mrs. P.?“

„Nur keine Bange. Aber mir wäre wohler, wenn ich wüßte, warum Sie hier sind.“

Robin musterte den reglosen Mr. Hitchens. „Verziehen wir uns lieber ins Bad. Wer weiß, ob er wirklich schläft.“ Vor ihr eintretend, sagte er galant: „Darf ich Ihnen den Wannenrand anbieten?“

„Zu freundlich“, antwortete sie lachend. „Alsdann, schießen Sie los.“

„In Kurzfassung?“ Er schaute auf seine Armbanduhr. „Ja, zwangsläufig. Es ist schon nach Mitternacht. Also – stellen Sie sich eine Karte vor, auf der Pfeile aus verschiedenen Richtungen – aus Europa, dem Mittleren Osten und den Vereinigten Staaten – auf einen Punkt zeigen: Hongkong.“

„Und die Pfeile bedeuten?“ fragte sie knapp.

„Rätselhafte Gerüchte und Hinweise, Diebstähle, möglicherweise Schmuggel.“

„Und Hongkong soll der Mittelpunkt von alldem sein?“ fragte sie ungläubig.

„Ich weiß“, sagte er achselzuckend. „Eine vollgestopfte kleine britische Kolonie, das Handelszentrum Asiens. Und doch gibt es hier höchst aktive kriminelle Elemente, die Drogenhandel im großen Stil betreiben, und in letzter Zeit wurde von bestochenen Polizeibeamten gemunkelt. Hohe Tiere allesamt. Inspektor Hao mag mehr erfahren haben, als gesund für ihn war. Wir wissen nur eines mit Sicherheit: In Hongkong laufen die Fäden für etliche Verbrechen zusammen, die nur bei genauerem Hinsehen etwas miteinander zu tun haben. Interpol schließt daraus, daß hier ein großes Ding geplant wird.“

„Kein sehr überzeugendes Beweismaterial.“

„Verehrte Mrs. P.“, sagte Robin mit einem kurzen Lachen, „wenn wir etwas Hieb- und Stichfestes aufweisen könnten, hätte Interpol eine Armee hergeschickt und nicht nur Marko und mich.“

„Marko?"

Er grinste. „Soll ein Geldprotz wie ich ohne Privatsekretär reisen? Marko Constantine ist einer von Interpols besten Leuten. Im Moment macht er für mich Telefondienst."

„Also tastet ihr euch auch erst allmählich an den Feind heran", sagte sie zerstreut. „Aber diese Hinweise und Gerüchte, Robin. Ich meine, was –"

„Diamanten."

„Diamanten?"

„Interpols vorrangige Aufgabe ist zwar die Bekämpfung des Rauschgifthandels, aber die Drogensyndikate verwenden oft Diamanten als Zahlungsmittel, deshalb haben wir auch darauf ein Auge. Diamanten sind leicht zu schmuggeln und den einschlägigen Kreisen lieber als jede Währung. Vor drei Monaten hat es eine Reihe von Diebstählen gegeben, bei denen Diamanten entwendet wurden – zwei Raubüberfälle in New York, drei in Antwerpen und vier in London. Ziemlich ungewöhnlich."

„Warum?"

„Weil bisher praktisch nie ein solches zeitliches Zusammentreffen vorkam. Innerhalb von sechs Wochen wurden acht Kuriere ermordet und Steine im Wert von fast acht Millionen Dollar geraubt."

„Ach du meine Güte", meinte Mrs. Pollifax. „Das ist allerdings ein hübsches Sümmchen steuerfreier Moneten! Und Sie glauben, da besteht eine Verbindung?"

Robin nickte. „Es gab Ähnlichkeiten zwischen den Überfällen in New York und zudem auch einen direkten Hinweis auf Hongkong. Im März wurden drei Päckchen der gestohlenen Diamanten in einer Sendung Rauschgift gefunden, die per Schiff nach Hongkong geschmuggelt werden sollte."

„Wieviel waren sie wert?"

„Fast zwei Millionen Dollar. Ein Päckchen stammte von einem Überfall in Antwerpen und zwei aus New York."

Mrs. Pollifax lächelte schwach. „Ihr Beweismaterial nimmt allmählich Gestalt an."

„Ja, und es hat unser Augenmerk auf Südostasien gelenkt, wo wir das alarmierende Gerücht hörten, daß einige sehr bemerkenswerte Waffen in Makao erwartet werden, das ja nur sechzig Kilometer von Hongkong entfernt liegt."

„Waffen?" wiederholte Mrs. Pollifax bestürzt. „Das verändert das Bild beträchtlich!"

„Besonders nachdem auch noch ein Raketenwerfer dabeisein soll", sagte Robin grimmig. „Ein handliches Ding, auf dem Dach eines Kleinbusses zu transportieren und auch von dort aus abzufeuern."

Mrs. Pollifax war sichtlich betroffen. „Und den genauen Bestimmungsort haben Sie nicht erfahren?"

„Leider nein. Das Schweigen diesbezüglich ist erstaunlich. Es gibt fast keine undichten Stellen, und das ist höchst eigenartig. Unsere Informanten sind verschlossen wie die Austern."

„Sie meinen, es ist die Art Schweigen, die man nur mit Diamanten im Wert von acht Millionen Dollar kaufen kann?"

Er schenkte ihr einen anerkennenden Blick. „Kompliment, Sie schalten schnell. Ja, so könnte man eine solche Verschwiegenheit erreichen. Ein bißchen Bestechung und ein paar handfeste Drohungen. Aber was mich schlaflose Nächte kostet, ist die dumpfe Ahnung, daß die ganze Affäre schon viel weiter fortgeschritten ist, als meine Vorgesetzten glauben. Daher will ich auch unbedingt Inspektor Hao finden. Vielleicht ist er über ein aufschlußreiches Steinchen der Lawine gestolpert, die da im Rollen ist." Wieder schaute er auf die Uhr. „Beinah eins. Vertagen wir die Sitzung. Hoffentlich steht Ihr Mr. Hitchens einen Ausflug in die New Territories durch. Ich möchte Alec Haos Fährte auf keinen Fall kalt werden lassen." Er legte eine kleine Pause ein und grinste. „Was haben Sie für morgen vor?"

„Ich fürchtete schon, Sie würden mich das nie fragen", strahlte sie.

„Aber Verehrteste! Sie haben einen gewissen Elan an sich, der mir unvergeßlich ist. Als wir beide uns in der Schweiz verbündeten, kam durch Sie doch alles erst richtig in Schwung. Interpol ist manchmal ein todlangweiliger Verein."

Als sie das Badezimmer verließen, fügte er hinzu: „Bedaure, daß ich Mr. Hitchens nicht fortschaffen kann, aber wenn man mich dabei erwischen würde, wäre das schwerer zu erklären als der Umstand, daß er heute nacht Ihre Gastfreundschaft in Anspruch nimmt."

„Gnade ihm Gott, wenn er schnarcht."

Feixend ging Robin zur Tür und spähte auf den Gang hinaus. „Die Luft ist rein", flüsterte er und verschwand auf leisen Sohlen.

Dienstag

FALLS Mr. Hitchens schnarchte, mußte Mrs. Pollifax jedenfalls nicht darunter leiden. Sie war zu beschäftigt mit Schlafen, um irgend etwas wahrzunehmen. Als sie um acht Uhr erwachte, starrte ihr Gast sie vom Sofa aus an.

„Wie Sie ja wissen", sagte er mit Würde, „bin ich nicht ans Reisen gewöhnt und schon gar nicht daran, eins über den Schädel gezogen zu kriegen oder chloroformiert zu werden."

„Natürlich nicht", meinte sie beschwichtigend.

„Ich hab noch nie in meinem Leben solche Kopfschmerzen gehabt", fuhr er mit schwacher Stimme fort, „und mich beschleicht das beschämende Gefühl, daß ich gleich weinen muß."

Sie nickte mitleidig. „Ich möchte Ihnen einen Vorschlag machen, mein Lieber. Sie sollten jetzt ganz vorsichtig probieren aufzustehen und eine heiße Dusche nehmen. Mittlerweile ziehe ich mich an und bestelle beim Zimmerservice einen starken Kaffee für Sie."

„Danke", antwortete er matt und ließ sich von ihr auf die Beine helfen und ins Bad führen.

Als Robin sich auf ebenso katzengleich leisen Sohlen zu ihnen gesellte wie in der vergangenen Nacht, saßen die beiden in holder Eintracht beim Frühstück vor dem Fenster. Mr. Hitchens verspeiste gerade ein weiches Ei.

„Es geht ihm schon viel besser", sagte Mrs. Pollifax. „Er hat mir erzählt, daß es ihm persönlich überhaupt nichts nützt, Hellseher zu sein. Seine eigene Zukunft kann er nicht vorhersagen, sonst wäre er natürlich nie nach Hongkong gekommen."

„Aber wir sind froh, Sie hier zu haben", begrüßte Robin ihn herzlich. „Sind Sie in der Verfassung, uns dieses Schöpfrad und die Hütte zu zeigen, wo Sie Alec verloren haben?"

Mr. Hitchens hatte sich zweifellos erholt, denn er erwiderte trocken: „Ich will nicht fragen, wie Sie in dieses Zimmer gelangt sind oder welches Interesse ein Lars Pettersen daran haben sollte –"

Robin unterbrach ihn. „In Wirklichkeit bin ich Fassadenkletterer im Ruhestand und arbeite jetzt für Interpol. Ich bin gar nicht Lars Pettersen."

Mr. Hitchens nahm das gleichmütig zur Kenntnis. „Ich sehe schon, diese Reise soll mich an Erfahrungen reicher machen. Bisher ergibt nichts einen Sinn, und ich rechne auch mit keiner Erleuchtung. Aber ich bin durchaus in der Lage, Sie zu der Hütte zu führen."

„Na wunderbar", lobte Robin. „Dann brechen wir am besten gleich auf, ja? Ich habe Marko mit einem Mietwagen vor dem Haupteingang postiert. Wir werden uns jedoch im Lastenaufzug nach unten bewegen und dann in dem unauffälligen Renault verduften. Danach müssen Sie uns die Richtung angeben, Mr. Hitchens."

Hitchens zeigte auf sein Jackett und erhob sich so langsam, als fürchte er, in seine Bestandteile zu zerfallen. „In der Innentasche steckt eine Karte – dieselbe, die ich für Alec verwendet habe, um seinen Vater zu finden. Das Gebiet ist mit Bleistift gekennzeichnet."

„Sie meinen, Sie haben einfach auf die Karte geschaut und mit dem Finger ins Schwarze getroffen?"

Hitchens lächelte milde. „Meine Tätigkeit läßt sich entfernt mit der eines Wünschelrutengängers vergleichen, falls Ihnen das ein Begriff ist."

„O ja. Unser Nachbar in Frankreich ließ einmal einen Mann kommen, der unterirdische Wasseradern aufspüren konnte. Er machte mit Hilfe dieser Technik einen verborgenen Brunnen auf dem Grundstück ausfindig."

„Na, sehen Sie", sagte Mr. Hitchens. „Übrigens scheint mir, ich bin jetzt wieder ganz auf der Höhe. Gehen wir?"

Mrs. Pollifax stellte belustigt fest, daß der gute Mr. Hitchens Seiten hatte, die ihn offenbar selbst überraschten. Jedenfalls war der Albert Hitchens, der gleich darauf mit vor Begeisterung glänzenden Augen mit ihnen den Gang entlang und auf Umwegen zum Auto schlich, ein ganz anderer als jener zögerliche Tourist, den sie vom Herflug kannte. „Was für ein denkwürdiges Erlebnis", stieß er hervor, als sie an dem Renault anlangten. „Ich komme mir vor wie James Bond."

Robin setzte Schirmmütze und Sonnenbrille auf und klemmte sich hinters Steuer. „Rutschen Sie vom Rücksitz runter, und gehen Sie in Deckung", wies er Mr. Hitchens an. „Mrs. Pollifax muß als einzige keine Verfolger abschütteln, deshalb kann sie auch so wunderschöne rote Rosen auf dem Hut tragen."

„Im Gegenteil!" Hastig langte sie nach ihrer Kopfbedeckung und legte sie sich auf den Schoß. „Ich wurde gestern nach einem Besuch in einem komischen Laden namens Feng Imports den ganzen Nachmittag beschattet."

„Himmel, Sie auch?" schnaufte Mr. Hitchens, der zusammengerollt im Fond lag. „Meine drei Ehefrauen – wenn die das wüßten!"

„Drei?" fragte Robin.

„Sie haben alle geglaubt, ein Hellseher müßte ein aufregendes Leben führen, und wurden tief enttäuscht", erklärte Mrs. Pollifax.

„Bis auf Ruthie!" rief Hitchens erstickt. „Ihr hat es nichts ausgemacht, daß ich ein fader Kerl bin."

„Über Ruthie müssen wir unbedingt mehr erfahren", sagte Robin über die Schulter zurück, „aber der Verkehr in Hongkong ist teuflisch, also heben wir's uns für später auf."

Mrs. Pollifax tüftelte auf Mr. Hitchens' Karte die Route aus, während Robin sich mit dem Renault geschickt durch das Gewühl schlängelte. „Wartet Ihr Freund Marko eigentlich noch immer vor dem Hauptportal?" fragte sie ihn.

Robin lächelte. „Nein. Inzwischen wird er telefonisch in unserer Suite nachgefragt und danach den Wagen unter lautstarken Verwünschungen in die Garage zurückgebracht haben. Sein Repertoire an Schimpfwörtern ist beachtlich, und wenn er sich über launenhafte reiche Nichtstuer auslassen muß, läuft er bestimmt zu Höchstform auf."

„Der Ärmste", murmelte sie.

„Bilden Sie sich nur das nicht ein", sagte Robin und brauste in den Tunnel, der nach Kaulun führte. „Vor nicht allzulanger Zeit hab ich mir auf einem Fischerboot in der Adria die Pfoten wund geschrubbt, während der liebe Marko wie ein Pascha an Deck thronte und sich darauf beschränkte, mit dem Feldstecher ein paar Drogenschmuggler auf der Pirsch vor der Küste zu beäugen. Diesmal ist er an der Reihe."

Sobald sie den Tunnel hinter sich hatten, wandte Robin sich an Hitchens: „Sie können wieder hochkommen, Mr. Hitchens, und Hongkongs neueste Attraktion in Augenschein nehmen: Tsim Sha Tsui, die Super-Touristenfalle, zum Großteil auf Land gebaut, das man dem Meer abgerungen hat."

Hitchens tauchte auf, und Mrs. Pollifax und er starrten auf den enormen Komplex von modernen Hotels, Kaufhäusern, Restaurants und Stripteasebars, bevor sie in die Chong Wan Road einbogen.

„So, nun sind Sie besser ansprechbar", sagte Robin. „Was genau hat Ihnen Alec über seinen Vater erzählt? Ich wollte mich mit ihm in Verbindung setzen, aber er war nie zu Hause."

„Wahrscheinlich hat er seinen Vater gesucht. Ich weiß lediglich, daß Inspektor Hao von einem Tag auf den anderen zurückgetreten ist, um etwas Wichtiges zu recherchieren. Er hat Alec nicht anvertraut, worum es ging. Dann war eines Morgens sein Bett unberührt und er selbst wie vom Erdboden verschluckt. Drei Tage später rief Alec mich an."

„Halten Sie Ausschau nach der Boundary Street", bat Robin Mrs. Pollifax. „Und weiß die Polizei, daß Sie hier sind?" fragte er Hitchens.

„Keine Ahnung. Alec hat es nicht erwähnt. Wir waren nur ganz kurz beisammen."

„Da ist die Boundary Street!" rief Mrs. Pollifax. „Verlassen wir jetzt Kaulun?"

Robin nickte. „Mit Volldampf voraus in die New Territories. Alles klar mit der Karte?"

„Ja, ich hab's."

Ihr Weg führte über eine Küstenstraße, die sich an mit Inseln durchsetzten Buchten zu ihrer Linken und steilen Bergen zu ihrer Rechten entlangwand, bis sie endlich nach Norden abbogen, wo Hongkongs Hinterland begann. Bezaubernd, dachte Mrs. Pollifax und genoß den Anblick üppiger grüner Felder, die sich in sauber angelegten Rechtecken erstreckten, so weit das Auge reichte. Ihr größtes Entzücken aber galt den Ententeichen. Die Enten schimmerten so strahlend weiß im Sonnenschein, als wären sie noch blankpoliert worden, ehe man sie auf das leuchtendblaue Wasser setzte. Man konnte sich nur schwer vorstellen, daß in einer so friedlichen, idyllischen Gegend ein Unrecht geschehen war.

„Da ist es!" rief Mr. Hitchens. „Dort drüben – das Schöpfrad!"

„Maßarbeit", sagte Robin und hielt den Wagen an.

Ihr Ziel befand sich etwa vierhundert Meter von der Straße entfernt – ein anmutiges Schaufelrad, das sich am Ufer eines Baches inmitten von Feldern drehte. Eine dichte Baumgruppe begrenzte die Felder hinter dem Schöpfrad. „Die Hütte steht hinter den Bäumen", erklärte Mr. Hitchens. „Es gibt keine Straße dorthin. Wir müssen zu Fuß gehen."

„Wenn's denn sein muß", sagte Robin und stellte den Motor ab.

Als sie ausstiegen, warf Mrs. Pollifax Mr. Hitchens einen forschenden Blick zu. „Tut der Kopf noch arg weh?" fragte sie, denn der wackere Hitchens kam ihr auffallend blaß vor.

„Nein", antwortete er. „Ich fühle mich nur – äh – unbehaglich, das ist alles."

Auf einem schmalen Pfad am Rand der Felder gingen sie im Gänsemarsch bis zu der Bewässerungsanlage. Eine grobgezimmerte Brücke überquerte den Bach. Mrs. Pollifax übernahm die Führung und strebte auf die Bäume zu, durch deren Laub man schon undeutlich die Umrisse der Hütte sehen konnte.

„Hier war es", sagte Hitchens und schaute noch unglücklicher drein.

Die Hütte war klein, knapp fünf Meter lang und vier Meter breit. Mrs. Pollifax stieß die knarrende Tür auf und spähte angestrengt ins Dunkel. Der Raum war leer. Zumindest glaubte sie das, bis sie ein Bündel auf dem Boden wahrnahm.

„Großer Gott", hauchte sie und preßte die Hand vor den Mund.

Robin stand dicht hinter ihr. „Nicht hingucken!" befahl er, knipste eine Taschenlampe an und kniete sich neben den verkrümmten Körper.

Natürlich schaute Mrs. Pollifax trotzdem hin. Wie seltsam der Tod doch ist, dachte sie. Man sollte Achtung vor ihm empfinden und sich nicht voller Entsetzen abwenden, nur weil er ewig ein Geheimnis bleibt, ein Rätsel, das menschliche Wesen, die stets danach trachten, alles Unbekannte zu begreifen, nie lösen werden.

Der Lichtstrahl fiel auf das Gesicht eines Chinesen in mittlerem Alter. Seine offenen Augen hatten einen erstaunten Ausdruck und starrten blicklos ins Leere. Der graue Seidenanzug und das weiße Hemd waren dreckverschmiert. Über der linken Augenbraue des Toten klaffte ein sauberes Einschußloch, umrandet von schwarzen Pulverspuren. Seine rechte Hand hielt eine Pistole umklammert.

„Inspektor Hao", sagte Robin grimmig. „Tot."

„Seit wann?" fragte Mr. Hitchens leise.

Robin berührte das Gesicht. „Noch nicht lange. Gestern hat er noch gelebt. In diesem Punkt hatten Sie recht."

Plötzlich sagte Mrs. Pollifax: „Lassen Sie die Lampe an, Robin. Da ist etwas, ein Stück Papier..." Sie beugte sich vor, zog einen weißen Papierfetzen aus Haos linker Hand und las laut: „Ich bin verzweifelt. Daß man mich für schuldig hält –" Sie betrachtete ihren Fund gedankenvoll. „Ein Abschiedsbrief – also Selbstmord?" meinte sie skeptisch. „Nachdem er zehn Tage vermißt wurde?"

Robin studierte die Zeilen. „Ich glaub das nicht", sagte er schließlich. „Ein Fetzen Papier, an niemanden adressiert, ohne Unterschrift. Dazu die Pistole in seiner Hand. Das soll nach Selbstmord aussehen."

„Aber wenn das seine Handschrift ist –", warf Hitchens ein.

„Das Stück hier könnte von einem Brief abgerissen worden sein."

Mrs. Pollifax sah sich forschend um. „Ich frage mich, ob das überhaupt der Tatort ist, Robin. Wenn er heute morgen in einem so engen Raum erschossen wurde, müßte es dann nicht noch nach Pulverdampf riechen? Und schauen Sie sich den Boden an."

Robin stieß einen Pfiff aus. „Die einzigen Fußspuren sind unsere. Sie haben recht."

Im Licht der Taschenlampe untersuchten die drei den Lehmboden.

„Diese winzigen Striche im Staub stammen von einem Besen", sagte Robin. „Er ist woanders umgebracht und dann hierhergeschafft worden."

Mr. Hitchens überlief ein Schauder. „Wie grauenhaft!"

„Die Polizei kann ja wohl nicht übersehen, daß es keine Fußspuren gibt, oder?" fragte Mrs. Pollifax sarkastisch. „Ich meine, Inspektor Hao ist ja nicht einfach durchs Dach gefallen. Wie soll da jemand den angeblichen Selbstmord schlucken?"

Robin zuckte die Schultern. „Hängt davon ab, wem Damien Hao im Kollegenkreis nicht traute – und wer von diesen Leuten will, daß es Selbstmord ist."

Sie nickte. „Dann bin ich dran, Robin, da Sie Interpol vertreten." Neben der Leiche kauernd, löste sie die Waffe aus Haos Fingern. „Eine 9-mm-Beretta", verkündete sie und ließ die Pistole in ihrer Tasche verschwinden. Blitzschnell nahm sie Robin den „Abschiedsbrief" weg und steckte ihn ebenfalls ein. „In dieser Situation halte ich es für besser", erklärte sie bestimmt, „alle Zweifel darüber zu beseitigen, daß es sich um etwas anderes als um Mord handeln könnte."

„Cleveres Mädchen", lobte Robin sie.

Mr. Hitchens war starr vor Bewunderung. „Daß Sie das wagen – einfach so! Aber es ist richtig. Ich fühle es."

„Ich fühle auch was", sagte Robin nüchtern, „und es gefällt mir gar nicht. Jemand ist uns weit voraus und hat damit gerechnet, daß Sie heute vormittag zurückkommen würden. Inspektor Haos Leiche wird Ihnen quasi auf dem silbernen Tablett serviert. Sie sollen sie entdecken und die Sache melden."

„Was schlagen Sie vor?" fragte Hitchens wachsam.

„Daß Sie die in Sie gesetzten Erwartungen erfüllen. Ja, ich glaube, das gibt eine Schlagzeile: ‚Amerikanischer Hellseher in Hongkong findet vermißten Polizeiinspektor' – so in der Art. Lassen Sie Mrs. Pollifax und mich aus dem Spiel. Sie sind heute morgen in Ihrem Hotelzimmer aufgewacht – nachdem Sie gestern einen Hieb auf den Kopf bekamen – und zu der Hütte zurückgekehrt, um nach Alec zu suchen."

Hitchens nickte. „Einverstanden."

Mrs. Pollifax, die Robin beobachtete, fragte: „Ich glaube, Sie wissen auch schon, wie sich die Sache hier arrangieren läßt, stimmt's?"

Er grinste. „Erraten! Ich werde jetzt als erstes unsere Spuren verwischen. Wenn ich meine Jacke über den Boden ziehe, sollte das genügen. Nachdem Mr. Hitchens seine Fußabdrücke hinterlassen hat, gehen wir alle zum Wagen und bringen ihn zu einem Telefon. Von da an operiert er allein."

„Wie ist er hergekommen?" warf Mrs. Pollifax rasch ein.

„Mit dem Taxi", sagte Robin, führte sie vor die Tür und zog die Jacke aus. Dann verschwand er in der Hütte. „Jetzt sind Sie dran", sagte er gleich darauf zu Mr. Hitchens. „Gehen Sie rein, entdecken Sie die Leiche, trampeln Sie ein bißchen rum, und kommen Sie dann wieder raus."

Sobald Hitchens seinen kleinen Auftrag erledigt hatte, rüsteten sie sich zum Aufbruch. Mrs. Pollifax blieb einen Moment auf der Schwelle stehen und warf einen letzten Blick auf den Leichnam. „Gott sei seiner Seele gnädig", flüsterte sie eventuellen Geistern zu, die noch hier verweilen mochten, und schwor sich im stillen, nicht zu ruhen, ehe der Mörder gefunden war.

Bei der Trennung von Mr. Hitchens in dem ersten kleinen Dorf, in das sie kamen, lieferte dieser eine Kostprobe seines schauspielerischen Talents, indem er ihnen weithin vernehmlich dafür dankte, ihn mitgenommen zu haben. „Sie suchen doch jetzt nach Alec?" fügte er mit gedämpfter Stimme besorgt hinzu.

„Ja", versprach ihm Robin. „Aber Sie wissen besser nichts Genaues darüber, dann können Sie es auch nicht unabsichtlich ausplaudern."

Als Robin den Motor aufheulen ließ und sie sich in Richtung Hongkong in Bewegung setzten, entschlüpfte es Mrs. Pollifax: „Lieber Himmel, sieht er verlassen aus!" Der gute Mr. Hitchens stand, in eine Staubwolke gehüllt, neben einem Verkaufsstand mit aufgetürmtem Gemüse und schaute ihnen traurig nach.

„Bald wird's ihm nicht mehr an Gesellschaft fehlen", meinte Robin. „Was glauben Sie, was für einen Rummel die Nachricht vom Tod des Inspektors auslöst!"

„Und was wird aus uns?"

„Wir beide statten Haos Haus einen inoffiziellen Besuch ab. Wichtig ist, daß wir vor der Polizei da sind."

Sie lachte. „Wie reibungslos alles funktioniert, wenn man einen Spezialisten für Türschlösser dabei hat! Wird das Haus nicht bewohnt sein?"

„Hao und Alec haben allein gelebt", erklärte er. „Die Villa liegt an der Lion Rock Road in Kaulun. Ich war einmal dort – als niemand daheim war. Es gibt dort verschwenderisch viel Grünzeug als ideales Versteck für einen Schurken wie mich."

Als sie sich ihrem Ziel näherten, sah Mrs. Pollifax, daß Haos Haus von einer zwei Meter hohen Mauer umschlossen war. Sie konnten nur den First eines hinter Baumkronen verborgenen Ziegeldachs sehen. Robin parkte den Wagen auf der gegenüberliegenden Straßenseite, und sie schritten rasch zu einem in die Mauer eingelassenen Tor. Wenige Minuten später befanden sie sich dank Robins fachmännischem Geschick im Umgang mit Dietrichen im Innern des Hauses.

Es war dämmrig. Durch die Ritzen der Jalousien fiel die Sonne und zeichnete ein feines Muster auf den Fliesenboden. Für Mrs. Pollifax sah alles aus wie in einer beliebigen amerikanischen Vorstadtvilla, bis auf eine Nische im Wohnzimmer, in der ein großer vergoldeter Buddha prangte, der heiter auf ihre armseligen weltlichen Schwierigkeiten herablächelte.

Gleich darauf betraten sie Inspektor Haos Arbeitszimmer und blieben wie angewurzelt stehen. Der Raum wirkte, als wäre ein Taifun über ihn hinweggefegt. Ein stählerner Aktenschrank war aufgebrochen, die Schreibtischschubladen standen offen, und der Inhalt lag über den Boden verstreut.

„Das hab ich befürchtet", knurrte Robin.

„Eines steht fest", sagte Mrs. Pollifax, „wer das auch getan haben mag, hatte es sehr eilig. Von hier muß auch das Stück Papier stammen, das als Abschiedsbrief verwendet wurde. Was suchen wir eigentlich?"

„Etwas Geschriebenes. Sie nehmen sich den Schreibtisch vor, ich den Aktenschrank."

„Schatzsuche", murmelte sie und begann, die fast leeren Schubladen zu durchstöbern: ein Tintenfaß, ein Fotoalbum mit Schnappschüssen und ein Stoß weißes Briefpapier.

„Nichts", brummte Robin ärgerlich und knallte die letzte Schublade des Aktenschranks zu. „Sie haben alles, was nur irgendwie von Belang sein könnte, mitgenommen."

Mrs. Pollifax hatte sorgfältig den Stoß Papier aus dem Schubfach gehoben. Nun ergriff sie den Packen fest an einer Ecke und schüttelte ihn. Ein Zeitungsausschnitt flatterte auf den Teppich. Sie bückte sich und hob ihn auf.

„Sieh mal an!" sagte sie verblüfft.

Robin war wie der Blitz neben ihr. „Was ist das?"

Es war die Fotografie eines Mannes, offenbar vor langer Zeit aus einer Zeitung gerissen, denn das Papier war vergilbt. Auf den oberen Rand hatte jemand – wahrscheinlich Damien Hao – ein einziges Wort gekritzelt: „Wann?" Der Mann auf dem Bild schaute direkt in die Kamera, wie bei Aufnahmen für die Fahndungskartei üblich. Auf seiner Brust stand eine Erkennungsnummer, aber kein Name. Mrs. Pollifax wußte sofort, wen sie vor sich hatte. „Robin", sagte sie, „den kenne ich. Er läuft mir dauernd über den Weg."

„Sie kennen ihn?" Er packte sie am Arm. Seine Stimme klang ungläubig. „Wo sind Sie ihm begegnet?"

Sie schaute ihn erstaunt an. „Er war in der Maschine, mit der ich von San Francisco nach Hongkong geflogen bin, und gestern vormittag sah ich ihn aus Feng Imports kommen, als ich auf den jungen Chinesen wartete, mit dem ich Kontakt aufnehmen sollte."

„Maschine . . . Feng Imports", würgte Robin hervor. „Mrs. P., Sie sollten mir endlich erklären, was genau Ihre Aufgabe in Hongkong ist. Der Kerl auf dem Foto – das ist der Rote Eric."

Mrs. Pollifax lief es vor Schreck kalt über den Rücken. „Der Terrorist? Der Kopf der Befreiungsgruppe achtzig?" Ihr Schreck steigerte sich zu Entsetzen, als sie an die Brutalität dachte, mit der diese Männer vorgingen. Sie erinnerte sich lebhaft an den letzten Anschlag, die französische Geiselaffäre: endlose, quälende Tage und ein mißlungener Befreiungsversuch, der darin gipfelte, daß die Mitglieder der berüchtigten Bande entkamen und ein Blutbad hinterließen.

„Wir müssen raus hier und uns gründlich unterhalten", sagte Robin heftig. „Wenn der Rote Eric in Hongkong ist –"

Er brauchte den Satz nicht zu Ende zu sprechen. Sie griff bereits nach ihrer Handtasche. Gerade rechtzeitig stiegen sie ins Auto, denn als sie losfuhren, bog ein Polizeiwagen in die Straße ein. Zurückblikkend sah Mrs. Pollifax ihn vor Damien Haos Haus halten. Der Tod des Inspektors war jetzt aktenkundig.

ROBIN fuhr schnell auf Hongkong zu. Seine Miene war verbissen, sein Gehirn arbeitete auf Hochtouren. Mrs. Pollifax war dankbar für das Schweigen. Während Robin sich bemühte, ein System in die verworrenen Ereignisse zu bringen, und nach einer Erklärung für die Anwesenheit des Roten Eric in Hongkong suchte, überlegte sie ihrerseits, warum ein gefährlicher Terrorist unmittelbar nach seiner Ankunft zu Feng Imports ging. War es möglich, daß ihr Auftrag und der Robins sich überschnitten, daß hinter den Kulissen dieser Firma viel mehr vorging, als sie sich träumen ließen?

In die Stille hinein sagte Robin: „Wir gehen in meine Suite. Es ist Zeit, daß Sie Marko kennenlernen." Er schaltete das Autoradio ein. Die Stimme eines Nachrichtensprechers meldete den Tod Inspektor Haos: „Die Leiche wurde von Albert Hitchens entdeckt, einem amerikanischen Hellseher, der auf die Bitte von Inspektor Haos Sohn, Alec, nach Hongkong kam, um ihm bei der Suche nach seinem vermißten Vater zu helfen. Mr. Hitchens hatte gestern nachmittag mit Alec Hao die Hütte aufgesucht, wo er, wie er der Polizei mitteilte, überfallen und Alec Hao gekidnappt wurde. Hitchens war danach gezwungen, sich allein zu seinem Hotel durchzuschlagen."

„Eine ganz neue praktische Erfahrung für ihn", meinte Mrs. Pollifax.

„Heute vormittag", fuhr die Stimme fort, „nahm Hitchens ein Taxi und begab sich zu der Hütte, um Alec Hao zu suchen. Dort fand er die Leiche des vermißten Inspektors. Die Polizei vermutet, daß der Tod zwischen fünf und sieben Uhr heute morgen eingetreten ist. Hao wurde aus kurzer Entfernung mit einer 9-mm-Pistole erschossen. Die Polizei schließt Selbstmord aus."

„Bestens. Das wird die Mörder nervös machen", sagte Robin und machte das Radio aus. „Aber Alec ist noch immer verschwunden! Falls er von der Gruppe achtzig geschnappt wurde –"

„Im allgemeinen", unterbrach ihn Mrs. Pollifax freundlich, „halte ich es für klüger, in solchen Momenten der Phantasie nicht die Zügel schießen zu lassen. Verwenden wir unsere Energie lieber auf die Suche nach ihm."

„Gut gebrüllt, Löwe." Robin manövrierte den Wagen in eine Parklücke an der Rückseite des Hotels.

Zehn Minuten später wurde Mrs. Pollifax in der luxuriösen Suite, in der „Lars Pettersen" residierte, mit Marko Constantine bekannt gemacht.

„Sie sind also die vielgerühmte Emily Pollifax", sagte Robins Assistent und betrachtete sie feierlich. „Mit dem harmlosesten Aussehen der Welt, ein Muster an Naivität und Mütterlichkeit... Und dahinter verbirgt sich ein Kobold, der an Seilen entlanghangelt und kräftig mit der Handkante zuschlägt. *Salut!*" Er küßte ihr die Hand.

Sie lachte hellauf. „So viel Charme bin ich nicht gewachsen, zumal ich nicht einmal vorgewarnt wurde! Ich freue mich, Sie kennenzulernen, Marko."

„Der Charme ist unvermeidlich, weil ich halb Franzose und halb Grieche bin", antwortete Robins Assistent ohne falsche Bescheidenheit. „Aber wenden wir uns jetzt ernsthaften Angelegenheiten zu. Ich hab die Nachrichten gehört, Robin. Ihr habt die Leiche gefunden?"

„Ja, und noch etliches mehr."

Mrs. Pollifax setzte sich. Die von Marko zur Schau getragene Nonchalance konnte sie nicht täuschen. Hinter ihr verbarg sich die Härte von Stahl. Äußerlich war er ein drahtiger kleiner Mann in den Dreißigern mit blendendweißen Zähnen und einer Narbe auf der linken Wange. Seine Haut war dunkel, sein Haar schwarz, und auf dem Grund seiner tiefbraunen Augen schlummerte die Weisheit einer alten Seele. Während sie ihn musterte, machte Marko es sich auf einer Sessellehne bequem. Robin wählte die Couch und sagte: „Zuerst erzählen wir, was wir in Damien Haos Haus fanden, und dann berichtet uns Mrs. Pollifax über Feng Imports."

„Feng was?"

Robin zeigte auf seine Freundin. „Ihre Kontaktadresse, Marko.

Zwischen ihrem und unserem Auftrag scheint es gewisse Querverbindungen zu geben, weil der Rote Eric –"

„Der Rote Eric? *Mon Dieu!*"

„Genau", nickte Robin, nahm den Zeitungsausschnitt aus seiner Brieftasche, reichte ihn Marko und erklärte, wie er in seinen Besitz gelangt war. „Und dann schockte mich Mrs. Pollifax mit der beiläufigen Bemerkung, daß der Bursche auf dem Foto mit der gleichen Maschine wie sie nach Hongkong geflogen ist und sie ihn gestern vormittag aus Feng Imports kommen sah."

„Und Sie verwechseln ihn bestimmt nicht?" fragte Marko.

„Nein", beteuerte sie. „Ich hatte das Pech, ihm im Flugzeug in die Hacken zu treten, und später hat Mr. Hitchens ihn sich genau angeschaut – Sie können ihm das Foto ja zeigen. Übrigens reiste der Mann mit einem kanadischen Paß."

„Das wissen Sie auch?"

Sie lächelte flüchtig. „Wenn er höflich gewesen wäre – aber er machte den Fehler, auffallend grob zu sein. Unverzeihlich für jemand, der inkognito bleiben will."

„Keiner kann aus seiner Haut", murmelte Marko. „Es hieß, er sei in Deutschland untergetaucht, aber neuesten Gerüchten zufolge soll er sich nach Italien abgesetzt haben. Vor zehn Jahren ist er aus dem Knast ausgebrochen, und danach –" Er zuckte die Achseln. „Den Rest kennen Sie. Seine Blutspur zieht sich durch viele Länder. Aber bitte, erzählen Sie uns von Feng Imports und warum Sie dorthin gegangen sind."

Mrs. Pollifax holte tief Luft. „Das ist eine lange Geschichte." Sie beschrieb, wie Carstairs Verdacht gegen Detwiler geschöpft hatte, wie sie zufällig Sheng Ti kennengelernt hatte und warum der junge Chinese eine wichtige Rolle spielte. Dann schilderte sie ihre Begegnung mit Detwiler und wie er sie anschließend beschatten ließ, und schloß ihre Ausführungen, indem sie das Gespräch vom vergangenen Abend mit Lotos und dem total verängstigten Sheng Ti wiedergab.

„Elf Pässe – einer davon kanadisch", meinte Robin. „Sheng Ti sagte doch, daß es elf waren?"

„Ja."

„Und er oder Lotos werden sich heute noch bei Ihnen melden?"

„Das hoffe ich. Sofern es ihnen gelingt."

Robin und Marko tauschten einen Blick. „Ich glaube", sagte Marko, „wir müssen uns den Laden einmal anschauen, meinst du nicht? Und noch ein paar Leute zum Observieren anfordern, für den Fall, daß der Rote Eric noch einmal auftaucht. Bis wir Unterstützung kriegen, wirst du wohl auf deinen Privatsekretär verzichten müssen." Er zwinkerte Robin zu. „Wer von uns beiden ruft Paris an?"

„Ich mach das schon." Robin stand auf, ging ins Nebenzimmer und schloß die Tür.

Marko und Mrs. Pollifax unterhielten sich, bis Robin wieder erschien.

„Um neun Uhr heute abend trifft Verstärkung ein. Zwei Männer – Krug und Upshot", sagte er. „Und ein dritter – Witkowski – kommt noch im Lauf der Nacht. Mehr können sie nicht entbehren, aber wenigstens begreifen sie, daß sich hier was tut."

„Gut", nickte Marko. „Dann schnüre ich jetzt mein Bündel und halte bis neun die Stellung."

„Wir ziehen Interpol hinzu, aber nach wie vor nicht die örtliche Polizei?" bemerkte Mrs. Pollifax, während sie ihren Hut aufsetzte und mit einer Nadel festspießte.

„Darf ich Sie daran erinnern, daß auch Damien Hao die Polizei nicht einschalten wollte?" antwortete Robin trocken. „Und vergessen Sie nicht die gestohlenen Diamanten, mit denen man – falls sie zur Bestechung verwendet wurden – eine Menge Leute gekauft hat. Wenn Hao sterben mußte, weil er etwas erfuhr, wie sollen wir bei der Polizei die Spreu vom Weizen trennen? Nein, das ist mir zu riskant. Meine Vorgesetzten schicken Leute aus Bangkok und Tokio."

„Was meint Marko mit ‚sein Bündel schnüren'?" fragte Mrs. Pollifax.

„Er nimmt Verpflegung, Funkgerät, Kamera und wahrscheinlich eine Pistole mit. Wir hoffen, daß wir in der Dragon Alley ein Versteck für ihn finden können."

Mrs. Pollifax überlief ein angenehmes Gruseln. Ein Blick auf die Uhr zeigte ihr, daß es schon fast zwei Stunden nach Mittag war. Wie gestern würde sie wieder das Mittagessen versäumen, doch es war ein kleines Opfer im Vergleich zu dem Vergnügen, zwei Profis am Werk zu sehen. „Ich bin soweit", sagte sie, als Marko mit einem Seesack aus dem angrenzenden Raum trat.

Die Lektion Nummer eins, die Mrs. Pollifax wenig später in der Kunst des Observierens lernte, war, das eigentliche Zielgebiet, nämlich die Dragon Alley, zu meiden. Als erstes erkundeten sie die Straße hinter Feng Imports und stiegen über Abfallhaufen, bis Mrs. Pollifax das große Fenster in Mr. Detwilers Arbeitszimmer entdeckte, worauf Robin rasch eine Skizze machte und das oberste Stockwerk eines leeren, in der Nähe befindlichen Lagerhauses musterte.

Als nächstes erforschten sie die Gasse über der Dragon Alley und stellten fest, daß ein vor Baufälligkeit vornübergeneigtes Logierhaus an der Ecke eine gute Aussicht auf Feng Imports bot. Der Besitzer glänzte durch Abwesenheit, und Mrs. Pollifax war entzückt, wie prompt Marko und Robin das Problem lösten. Sie betraten den alten Kasten einfach durch den Hintereingang und klopften an sämtliche Türen, bis sie jemand antrafen.

Der Mann hieß Pi und erklärte, er habe geschlafen, weil er seit einer Woche arbeitslos sei. Was sie von ihm wollten? Über seine Schulter spähte Mrs. Pollifax in die Kammer und sah, daß sie ein Fenster hatte, aus dem die Eingangstür von Feng Imports gut zu sehen war.

Zwanzig Minuten später hatte Pi seine Habseligkeiten zusammengerafft und ihnen seine Behausung für eine Woche untervermietet. Für Robin und Marko war es das ideale Versteck. Sobald Pi gegangen war, beschrieb Mrs. Pollifax Marko die Personen, die zu Feng Imports gehörten. Dann half sie ihm gemeinsam mit Robin, das Funkgerät aufzustellen.

„Was nun?" fragte sie, nachdem sie ihn allein gelassen hatten.

„Ich setze Sie vor Ihrem Hotel ab", antwortete Robin zu ihrer Enttäuschung. „Ich muß zurück und sehen, ob ich das oberste Stockwerk dieses Lagerhauses mieten kann, von dem aus sich die Rückseite von Feng Imports überwachen läßt. Anschließend installiere ich ein Funkgerät in meiner Suite und stelle die Verbindung mit Marko her. Könnten Sie für mich eine Zusammenkunft mit Mr. Hitchens arrangieren? Ich möchte, daß er sich zur Sicherheit das Foto des Roten Eric ansieht und mir Ihre Angaben bestätigt, und außerdem –" Er schielte sie verlegen an. „Außerdem . . ."

„Möchten Sie sich seiner übersinnlichen Fähigkeiten bedienen", ergänzte sie lächelnd.

Robin hielt vor dem Hintereingang des Hilton. „Es deutet leider vieles darauf hin, daß eine Gruppe von Terroristen einen Anschlag in diesem Gebiet plant. Ich hoffe inständig, daß Hitchens eine Antwort auf Inspektor Haos ‚Wann?' parat hat. Wir brauchen dringend einen zeitlichen Anhaltspunkt . . ., eine Woche, einen Monat, einen Tag."

„Das ist aber fast zuviel verlangt", wies ihn Mrs. Pollifax zurecht.

„In unserem Beruf wird immer zuviel verlangt", sagte er. „Vielleicht sollten wir den guten Hitchens für morgen früh um acht in meine Suite zum Frühstück einladen. Immerhin ist ihm sein Brötchengeber momentan abhanden gekommen, und er fragt sich unter Umständen, ob er jetzt von der Hand in den Mund leben muß."

„Ich wünschte, ich hätte daran gedacht", sagte sie herzlich.

Er grinste. „Wenn es irgendwelche Probleme gibt – ich halte die

Funkstation besetzt, bis es Zeit ist, meine Leute vom Flughafen abzuholen. Bis dann!" Er salutierte und fuhr davon. Mrs. Pollifax begab sich ins Hilton, um Mr. Hitchens aufzutreiben.

Während sie durch die Einkaufspassage schritt, fiel ihr ein, daß sie Hitchens noch immer mit keiner Neuigkeit über Alec dienen konnte, und danach würde er sie garantiert sofort fragen. Schließlich war er ebenso Alecs wegen nach Hongkong gekommen wie sie wegen Detwiler. Sie blieb stehen und ließ den Blick über die Illustrierten in einer Auslage wandern. Plötzlich kam ihr ein Gedanke: Wenn es eine Verbindung zwischen Detwiler und dem Roten Eric gab und Alec auf rätselhafte Weise verschwunden blieb – war es da nicht möglich, daß Detwiler ihn in seinem Haus, wo immer das auch sein mochte, gefangenhielt? Sie überlegte, wo sie rasch ein Telefonbuch hernehmen könnte, um nachzusehen, ob er eingetragen war. Ohne die Zeitschriften weiter zu beachten, eilte sie zur Rolltreppe und fuhr in die Halle hinauf.

Sie hatte gerade Detwilers Adresse gefunden und schrieb sie in ihr Notizbuch, als ihr jemand auf die Schulter klopfte. Mrs. Pollifax drehte sich um. Vor ihr stand Mr. Hitchens. Sein Gesicht verschwand fast unter einer ausladenden Kopfbedeckung, die nur mit einigem Wohlwollen als Hut bezeichnet werden konnte. Ihre Heiterkeit bezähmend, fragte sie: „Wollen Sie auf einen Maskenball, mein Lieber?"

„Nein", sagte er tadelnd. „Ich hab einen Eisbeutel auf dem Kopf, und es schien mir nicht ganz passend, hier damit herumzuspazieren. Der Empfangschef hat mir freundlicherweise seinen Hut geborgt. Übrigens habe ich Sie schon gesucht. Wollen wir uns setzen?"

„Aber gern." Sie folgte ihm durch die Halle zu einer Sitzecke.

„Die Direktion hat sich überhaupt als äußerst kulant erwiesen", gestand er. „Anscheinend hab ich gestern nacht diesem Schurken einen ganz schönen Kampf geliefert. Mein Zimmer sah jedenfalls aus wie ein Schlachtfeld. Ich bin in 302 umgezogen und –" Er hielt inne, um Atem zu holen, und strahlte. „Und ich werd heute abend in den Fernsehnachrichten kommen. Das Interview ist schon aufgenommen, und schauen Sie nur –" Er hielt ihr die Zeitung hin.

Mrs. Pollifax faltete sie auseinander. Auf der Titelseite prangten ein Foto von ihm und darüber die Schlagzeile: BERÜHMTER AMERIKANISCHER HELLSEHER IN HONGKONG.

„Ich bin berühmt", sagte er glücklich.

„Herzlichen Glückwunsch", meinte sie lächelnd. „Und wie fühlen Sie sich?"

Er betastete seinen Schädel. „Das Eis scheint geschmolzen zu sein, und das widerliche Hämmern hat wieder angefangen." Als er den Hut abnahm, plumpste ihm der Eisbeutel in den Schoß. Ihn mit spitzen Fingern aufhebend, fragte er: „Sie könnten das wohl nicht in Ihrer Handtasche unterbringen?"

„Nein", antwortete sie ruhig. „Da sind bereits eine Beretta und der Abschiedsbrief eines Selbstmörders drin. Einen Eisbeutel bringe ich nicht mehr unter."

Mit einem verständnisvollen Nicken stopfte er das kühlende Utensil in seine Jackentasche. „Sie haben Alec nicht gefunden?"

„Leider nein. Aber es gibt neue Entwicklungen, und Robin möchte, daß wir beide morgen um acht mit ihm frühstücken und die Lage besprechen. In seiner Suite."

Hitchens schaute erfreut drein.

„Er hätte auch gern, daß Sie sich ein Foto ansehen und –" Sie hielt inne, denn Hitchens starrte mit vorquellenden Augen eine Gruppe Amerikaner an, die in die Halle getreten waren.

„Ich glaube, ich träume", sagte er. Langsam breitete sich ein Lächeln über sein Gesicht. „Das ist Ruthie." Er sprang auf und rief ihren Namen.

Eine Frau wandte sich um. Sie wirkte bei seinem Anblick genauso fassungslos. Zögernd löste sie sich von den andern, machte ein paar Schritte auf ihn zu, dann blieb sie unschlüssig stehen. Schließlich eilte sie weiter und wurde inmitten der Halle mit einer schüchternen Umarmung von Mr. Hitchens empfangen. Das unsichere Verhalten der beiden ließ auf eine schwierige Trennung vor langer Zeit schließen.

Mrs. Pollifax schmunzelte, während sie still beobachtete. Wie sie sich erinnerte, war Ruthie diejenige, die kein aufregendes Leben an Mr. Hitchens' Seite erwartet hatte. Was hatte er erzählt? Seine erste Frau war Kindergärtnerin gewesen, die zweite angehende Schauspielerin und die dritte ein Revuesternchen. Ruthie mußte Ehegespons Nummer eins sein. Keine Frau mit Ambitionen im Showbusineß hätte sich nur mit Charakter geschmückt. Ruthie aber war klein und auf den ersten Blick unscheinbar, doch wer einen zweiten riskierte, konnte nicht umhin, ihre Schlichtheit faszinierend zu finden. Sie hatte eine Stupsnase, ein eigensinniges Kinn, große braune Augen und trug ein praktisches Kostüm und bequeme Schuhe. Wie ein kleiner brauner Spatz sieht sie aus, dachte Mrs. Pollifax.

„Ich begreife das nicht", hörte sie den Gegenstand ihres Interesses sagen. „Was tust du ausgerechnet in Hongkong?"

Mr. Hitchens wandte sich zu Mrs. Pollifax um. „Sie macht eine Rundreise!" rief er. „Es ist wirklich Ruthie!"

Ruthie folgte hastig seinem Blick, und Mrs. Pollifax erkannte die jähe Angst, mit der sie die von ihm angesprochene Person suchte. Sie liebt ihn noch immer, dachte sie. Fürchtet sie die nächste junge Zuckerpuppe?

Als sie Mrs. Pollifax sah, wirkte Ruthie beruhigt. „Oh!" brachte sie nur heraus. „Oh!"

Mrs. Pollifax lächelte sie an. „Die Gründe für Mr. Hitchens' Anwesenheit hier", sagte sie und erhob sich, um sich zu ihnen zu gesellen, „sind sehr kompliziert. Übrigens, ich bin Emily Pollifax. Warum zeigen Sie ihr nicht einfach die Zeitung, Mr. Hitchens?"

Ruthie errötete, als sie die Titelseite las.

„Polizeiarbeit", erklärte er pompös. „Ruthie, du siehst einfach bezaubernd aus!"

„Was mich betrifft", sagte Mrs. Pollifax mit Nachdruck, „ich habe noch Besorgungen zu machen, deshalb müssen Sie mich jetzt bitte entschuldigen. Einen vergnügten Nachmittag noch!"

„O nein – das heißt, Sie dürfen nicht glauben –", protestierte Ruthie atemlos. „Ich bin auf einer Rundreise, wissen Sie, und wir werden ziemlich auf Trab gehalten. Heute abend besuchen wir zum Beispiel die Nachtklubs von Hongkong und –"

Mr. Hitchens betrachtete sie wie ein verliebter Kater. „Willst du dich nicht mit mir in Hongkongs Nachtleben stürzen?" flötete er.

Taktvoll zog sich Mrs. Pollifax zurück und überließ die beiden den Wonnen und Fallstricken der Versöhnung, während sie sich auf eigene Faust auf Erkundung begab.

In den Einkaufsarkaden erstand sie Schreibzeug und einen Schnellhefter. Dann verließ sie das Hotel durch den Haupteingang, winkte einem Taxi und gab dem Fahrer die Straße an, in der Detwiler wohnte, nannte aber nicht die genaue Hausnummer.

Das Wohngebiet war eine Überraschung. Detwilers Domizil lag am Fuß des Victoria Peak in einer eindeutig vornehmen Gegend. Mrs. Pollifax zahlte, stieg aus und schaute sich um. Unbekümmert schlenderte sie die Straße entlang und vorbei an Hausnummer 3216 mit dem diskreten Schild zwischen den Büschen: 3216 – DETWILER – VILLA JASMIN.

„Klein, aber fein", murmelte sie. Verglichen mit dem bescheidenen Laden in dem obskuren Gäßchen, war das hier ein Palast. Aber schließlich handelte Detwiler mit Diamanten. Seufzend dachte sie: Wer A sagt, muß auch B sagen, Emily. Also los! Sie ging ein paar Schritte weiter und blieb vor Nummer 3218 stehen. FINCH-BERTRAM las sie auf dem Türschild.

Ein chinesisches Hausmädchen öffnete auf ihr Läuten. „Guten Tag“, grüßte Mrs. Pollifax liebenswürdig. „Ich mache eine statistische Erhebung über Fernsehgewohnheiten. Es geht darum, wie viele Stunden Sie täglich fernsehen.“

Das Mädchen sah sie verwirrt an. Aus dem Hintergrund ertönte eine typisch englische Stimme: „Wer ist denn da, Ming?“ Eine schicke junge Frau erschien und musterte Mrs. Pollifax. Dann bat sie sie gelangweilt herein. „Warum nicht?“ sagte sie. „Mein Mann kommt noch ewig nicht heim. So vergeht wenigstens die Zeit schneller.“

Ungefähr eine halbe Stunde später riß sich Mrs. Pollifax los, nachdem sie nahezu alles über Mrs. Finch-Bertram, ihre Bridge-Partien und ihre Einkäufe wußte. Die Dame interessierte sich anscheinend nicht für ihren Nachbarn in 3216, aber sie schaute sich die Fortsetzungsserien im Fernsehen an, „um zu sehen, was man heutzutage trägt“. Das Lästige daran, eine gute Zuhörerin zu sein, dachte Mrs. Pollifax, besteht darin, daß man als Mülltonne für wertlose Informationen benützt wird.

Bei den Wongs gegenüber hatte sie mehr Glück. Die Tür wurde von einer zierlichen Chinesin in Blue jeans aufgemacht, der drei Kinder während des ganzen Interviews kichernd an den Hosenbeinen hingen.

„Das Fernsehen? Oh, das ist mein Babysitter“, sagte Mrs. Wong lachend. „Das wird bei uns gar nie ausgeschaltet.“

Mrs. Pollifax kritzelte die Antworten auf ihre erdichtete Umfrage nieder und erkundigte sich unverfroren: „Gibt es in Nummer 3216 auch Kinder?“

„Nein. Da wohnt Tom Detwiler, ein Junggeselle. Hab ihn seit Ewigkeiten nicht mehr gesehen, aber seine Haushälterin ist ganz versessen aufs Fernsehen, da bin ich sicher.“

Junggeselle ... Haushälterin. Mrs. Pollifax dankte Mrs. Wong überschwenglich und strebte beflügelten Schrittes auf Detwilers Villa zu. Während sie die Straße überquerte, musterte sie das Haus im Hinblick darauf, wo man den Sohn eines ermordeten Polizeiinspektors am besten verstecken könnte. Dann läutete sie und hoffte, Detwiler möge nicht ausgerechnet jetzt von einem heftigen Verlangen ergriffen werden, sein trautes Heim aufzusuchen. Vielleicht, so spekulierte sie erwartungsvoll, war er ein Ekel und gab seinem dienstbaren Geist reichlich Anlaß zu Kümmernissen, so daß die geknechtete Kreatur bereitwillig ihr Herz ausschütten würde.

Wie es sich herausstellte, hatte die Haushälterin jedoch nur ein Leid zu klagen, und zwar ein gänzlich unerwartetes. Aber sie war trost- und aussprachebedürftig. Kaum hatte Mrs. Pollifax verkündet, daß sie wegen einer Meinungsumfrage komme, wurde sie schon auf ein Täßchen Tee eingeladen.

„Ich fühle mich einsam", gestand die Haushälterin betrübt. „Ich heiße übrigens O'Malley, Jane O'Malley. Wenn's meine Flimmerkiste nicht gäbe, würde ich glatt kündigen, und wenn Mr. Detwiler mir noch soviel bezahlt."

Sie führte Mrs. Pollifax in die Küche, schenkte Tee ein und setzte sich zu ihr an den Tisch. „Mr. Detwiler war nämlich schon seit zwei Monaten nicht mehr hier."

„Seit zwei –" Mrs. Pollifax verschluckte sich und nahm einen neuen Anlauf. „Na, dann versteh ich, daß Sie sich einsam fühlen." War das Jane O'Malleys Ernst? Sie wunderte sich. Zwei ganze Monate?

„Ja", seufzte Jane O'Malley, „und ich muß dauernd hier sein. Manche würden vielleicht sagen: ‚Die hat's gut', aber glauben Sie, es macht Spaß zu kochen, wenn keiner da ist, für den sich's rentiert? Mr. Detwiler ist immer so zufrieden mit mir, wenn er Gäste empfängt."

„Er ist wohl auf Geschäftsreise?"

Ein ratloser Ausdruck trat auf Mrs. O'Malleys ehrliches Gesicht. „Irgendwie hat's mit seinen Geschäften zu tun", sagte sie. „Obwohl einmal die Woche ein Botenjunge die Schmutzwäsche bringt. Kommentarlos. Und ich schick die sauberen Hemden zurück. Es ist richtig deprimierend. Bis vor zwei Monaten war bei uns immer etwas los. Jetzt kommt nur noch der Junge, und ich hab bloß die Mattscheibe zur Unterhaltung."

Zwei Monate, dachte Mrs. Pollifax. Sehr merkwürdig. Hatte Bishop ihr nicht gesagt, daß Detwiler seit genau diesem Zeitraum fragwürdige Berichte an die Abteilung sandte? Laut sagte sie in teilnahmsvollem Ton: „Wie bei Mrs. Wong drüben. Die hat mir auch erzählt, daß ihr Apparat den ganzen Tag läuft."

Mrs. O'Malleys Miene verklärte sich. „So 'n liebes, kleines Ding. Ein Segen für sie, daß ihr Schwiegervater endlich tot ist. Immer hat sie sich das Gequassel von dem Alten anhören müssen – nichts als politisches Zeug, weil er so ein überzeugter Nationalist war."

„Ein Nationalist?"

„Sie wissen schon – die nationalchinesische Partei, bevor die Roten an die Macht kamen. Und ihr Führer, dieser General Chiang Kaishek, der seine Regierung auf Taiwan verlegt und immer davon geträumt hat, aufs Festland zurückzukehren." Als sie Mrs. Pollifax' Überraschung bemerkte, meinte sie: „Für Sie ist das wohl ein alter Hut, aber in Hongkong nicht, meine Liebe. Die meisten Menschen, die vor dem kommunistischen Regime davonliefen, sind hierher geflüchtet, deshalb ist das Thema bei uns noch immer aktuell. Aber was wollten Sie mich nun eigentlich fragen?"

Mrs. Pollifax begann mit dem Interview, und Mrs. O'Malley lieferte ausführliche Kommentare zu ihren bevorzugten Sendungen. Gewissenhaft nahm Mrs. Pollifax den Konsum des nahezu gesamten Programms zu Protokoll.

„Sind Sie auch verwitwet?" fragte Mrs. O'Malley, als Mrs. Pollifax Schnellhefter und Füllhalter weglegte.

Mrs. Pollifax strich Cyrus vorübergehend aus ihren Gedanken und bejahte die Frage.

„Ein schweres Los, nicht wahr? Und dazu die schreckliche Inflation – was bleibt einem da von der Pension noch übrig? Haben Sie wenigstens eine anständige Unterkunft? Wo leben Sie denn?"

„In der Nähe der Lion Rock Road", antwortete Mrs. Pollifax und quartierte sich im Geist in Inspektor Haos Haus ein. Dann warf sie einen Blick auf ihre Uhr und stand auf. „Jetzt darf ich aber wirklich nicht länger bleiben. Ich muß nämlich noch eine ganze Menge Adressen abklappern."

„Kommen Sie doch morgen vorbei, wenn Sie in der Nachbarschaft zu tun haben", sagte Mrs. O'Malley und brachte sie zur Tür. „Wie war Ihr werter Name doch gleich?"

Die Frage traf Mrs. Pollifax gänzlich unvorbereitet. Für einen Moment spürte sie blankes Entsetzen in sich aufsteigen. „Blank – Irma Blank", stieß sie hervor und entfloh.

Auf dem Rückweg zum Hotel wurde ihr klar, daß ihr der Besuch in Detwilers Haus neue Rätsel aufgegeben hatte. Verbissen versuchte sie, sich einen Reim darauf zu machen, daß Detwiler angeblich auf Geschäftsreise war, obwohl sie ihn doch erst gestern bei Feng Imports gesehen hatte. Trotz seiner Anwesenheit in Hongkong war er zwei Monate lang nicht mehr daheim gewesen. Warum?

Es geht über meinen Horizont, dachte sie. Vielleicht habe ich zu fest damit gerechnet, im Hause Detwiler auf ein Verbrechen zu stoßen. Also Schluß mit den Hirngespinsten, Emily! Am besten, du läßt die Dinge unvoreingenommen an dich herankommen.

NOCH am gleichen Abend fuhr Mrs. Pollifax wieder durch Hongkongs Straßen, um sich ein zweites Mal heimlich mit Sheng Ti zu treffen, diesmal jedoch in Begleitung von Robin.

„Waren Sie am Flughafen?" hatte sie gefragt, als er sie abholen kam. Er hatte sie zu seinem Renault gelotst und ihr die Wagentür aufgehalten. „Ja. Die zwei Knaben von Interpol sind schon bei Marko.

Krug löst ihn im Logierhaus ab, und dann bringt Marko den guten Upshot zum Lagerhaus hinter Feng Imports, bevor er sich im Hotel ausruht. Laut Marko war nichts los, außer daß ein Bursche, den er nach Ihrer Beschreibung für Sheng Ti hielt, den Laden gegen halb sechs mit zwei Päckchen verließ und um sieben mit leeren Händen zurückkam. Ich wüßte liebend gern, was er da zugestellt hat."

„Und ich", erklärte sie, „habe die Absicht, Sheng Ti zu fragen, wo Detwiler eigentlich wohnt." Sie schilderte ihm ihre nachmittäglichen Aktivitäten.

„Alle Achtung! Fleißig wie eine Ameise", lobte er.

Sie lächelte. „Ich hab auch unseren Mr. Hitchens in den Fernsehnachrichten bewundert. Eine tadellose Leistung. Nicht die kleinste Andeutung, daß er außer Alec Hao jemand in Hongkong kennt."

„Gut für ihn. Und für uns eine Sorge weniger."

„Übrigens, die Spätausgaben der Zeitungen bringen Fotos von Alec mit der Bitte an die Bevölkerung, bei der Suche mitzuhelfen. Ich habe ein Exemplar bei mir, um Lotos und Sheng Ti das Bild zu zeigen."

„Respekt", sagte er grinsend. „Sie haben ein seltenes Talent zu eiserner Beharrlichkeit."

„Ich will nur nicht, daß Sie Alec vergessen. Natürlich spukt Ihnen in erster Linie der Rote Eric im Kopf herum, aber Mr. Hitchens ist sehr besorgt um den Jungen. Übrigens kommt unser hellsichtiger Freund mit Freuden morgen zum Frühstück. Daran wird wohl auch die Tatsache nichts ändern, daß er heute nachmittag noch ein Abenteuer hatte." Sie erzählte ihm von Ruthie.

„O wundersame Wege des Schicksals!" rief Robin. „Und diese Ruthie läßt sich auf so einer Rundreise von Sehenswürdigkeit zu Sehenswürdigkeit hetzen? Die Dame muß ich kennenlernen."

„Ich glaube, sie würde Ihnen gefallen. So schön wie Ihre Court ist sie natürlich nicht –"

„Keine ist wie meine", sagte Robin im Brustton der Überzeugung.

Amüsiert beteuerte Mrs. Pollifax: „Da will ich Ihnen nicht widersprechen. Dort vorne ist ein Parkplatz", fügte sie rasch hinzu.

Robin steuerte den Renault geschickt in die Lücke, und sie gingen zwei Blocks weit zur Dragon Alley. In dem winzigen Hinterhof von Nummer 40 wartete Lotos bereits im Dunkel. Als sich ihr gleich zwei Personen näherten, erschrak sie und wollte davonhuschen.

„Keine Angst, das ist ein Freund", flüsterte Mrs. Pollifax.

Lotos musterte Robin mißtrauisch, führte sie beide aber in den düsteren Raum, den Mrs. Pollifax schon kannte.

„Wie eine Opiumhöhle", brummelte Robin vor sich hin.

Zu Mrs. Pollifax' Überraschung akzeptierte Sheng Ti sofort, daß sie einen Fremden mitbrachte, was sie rührend fand, bis sie begriff, welch ein Übermaß an Vertrauen darin zum Ausdruck kam. „Freund", sagte Sheng Ti und schüttelte Robin strahlend die Hand. „Neuer Freund. Bitte – da Platz."

Sie setzten sich um die qualmende Lampe, die ihre Gesichter wieder in ein geisterhaftes orangefarbenes Licht tauchte, und Mrs. Pollifax eröffnete die Konferenz, indem sie eine Serviette voll Gebäck und zwanzig Hongkong-Dollar auf den Tisch legte. „Das ist die Miete, weil wir den Raum eine halbe Stunde benützen", erklärte sie Lotos. „Und jetzt zur Sache. Hast du heute einen Botengang für Mr. Detwiler gemacht, Sheng Ti?"

„Ja. Zwei Päckchen Diamanten: eines für Donald Chang, Nga Tsin Wai Road, Nähe Flughafen Kaulun, und eines zur Post, eingeschrieben, für Gem Mart, Bombay in Indien."

„Mich interessiert vor allem dieser Donald Chang", sagte Robin. „Kannst du mir aufschreiben, wo er wohnt?"

Sheng Ti nickte und kramte einen Zettel hervor, von dem er die genaue Adresse ablas. „Ich arbeiten gut?" fragte er Mrs. Pollifax eifrig.

„Sehr gut", bestätigte sie und zeigte ihm dann das Zeitungsfoto von Alec Hao. „Hast du diesen Mann bei Feng Imports gesehen?"

„Nein, nie."

„Und den?" Sie hielt ihm das vergilbte Konterfei des Roten Eric hin. „Erkennst du ihn? Oder du, Lotos?"

„Nein", sagte Lotos, und Mrs. Pollifax erinnerte sich, daß der Rote Eric den Laden verlassen hatte, ehe das Mädchen gekommen war.

Sheng Ti betrachtete das Bild. Er nickte. „Ja, ich ihn gesehen. Er kommen sehr früh gestern, und ich müssen schnell kaufen gehen *quishui*."

„Getränke", übersetzte Lotos.

Sheng Ti zappelte ungeduldig. „Aber ich ihn sehen, wenn ich gehen."

Robin beugte sich vor. „Du hast ihn noch einmal gesehen?"

Sheng Ti schüttelte traurig den Kopf.

„Eine andere Frage", sagte Mrs. Pollifax. „Und nimm doch von dem Gebäck."

„Ge-back?"

„Ja. Wo schläft Mr. Detwiler? Bleibt er im Laden? Wohnt er jetzt dort?"

Sheng Ti schaute sie verwirrt an. „Ich gehen acht, neun, zehn Uhr, er noch da."

„Weißt du etwas darüber, Lotos?“

Das Mädchen überlegte. „Mir ist es bisher nicht aufgefallen, aber Mr. Detwiler ist jetzt seit Wochen immer noch im Geschäft, wenn ich um sechs mit der Arbeit aufhöre. Das ist schon etwas merkwürdig. Früher pflegte er um fünf zu gehen, denn er hat ein Haus –“

„Ich weiß“, sagte Mrs. Pollifax. „Und wo wohnt Mr. Feng?“

„Oh!“ Ihre Miene erhellte sich. „Er hat eine Wohnung über dem Laden.“

Mrs. Pollifax warf Robin einen triumphierenden Blick zu. Detwiler konnte sich bei Feng eingenistet haben, um am Ball zu bleiben. Mrs. O'Malley würde ihn daher erst wieder verhätscheln dürfen, wenn er das, was er plante, zu Ende gebracht hatte.

„Etwas nicht gut?“ fragte Sheng Ti ängstlich.

Mrs. Pollifax warf Robin einen Blick zu, und dieser antwortete mit einem leichten Kopfschütteln. „Es ist besser für euch, so wenig wie möglich zu wissen“, sagte sie daraufhin zu den beiden. „Aber dieser Mann“ – sie zeigte auf das Bild des Roten Eric – „ist sehr gefährlich. Falls er noch einmal zu Feng Imports kommt, gebt uns sofort Bescheid.“

„Solltet ihr Mrs. Pollifax nicht erreichen, hinterlaßt eine Nachricht unter dieser Nummer.“ Robin schrieb schnell ein paar Ziffern auf ein Blatt Papier.

„Oder kommt ins Hilton“, fügte Mrs. Pollifax hinzu und entnahm ihrem Portemonnaie weitere zwanzig Dollar. „Fürs Taxi.“

„So viel Geld“, staunte Sheng Ti ehrfürchtig.

Robin stand auf. Mrs. Pollifax erhob sich ebenfalls und verabschiedete sich herzlich von dem jungen Paar. „Vielen Dank euch beiden“, sagte sie.

„Ihr kleiner Chinese gefällt mir“, meinte Robin auf dem Heimweg. „Allerdings hat er die Hosen gestrichen voll.“

„Ja“, bestätigte sie und ergänzte dann: „Ich übrigens auch. Sie etwa nicht?“

Im Hotel ging Robin direkt auf sein Zimmer. Mrs. Pollifax, die mit einer Nachricht von Carstairs rechnete, fragte beim Empfang nach. Tatsächlich war ein Telegramm für sie eingetroffen. Sie nahm es mit auf ihr Zimmer und dachte dabei, was für ein anstrengender Tag es doch gewesen war. Kein Wunder, daß sie sich hundemüde fühlte.

Von der Buddhafigur auf der Kommode ging eine so gelassene, stille Heiterkeit aus, daß sie den dickbäuchigen Elfenbeinmann von ganzem Herzen beneidete. Seufzend schlitzte sie das Kuvert auf. Das

Telegramm war nicht von Carstairs, sondern von Cyrus. Sie las: WEGEN REGEN FRÜH ZURÜCK STOP NEHME ERSTES FLUGZEUG STOP ANKOMME DONNERSTAG ABEND STOP VERMISSE DICH FREUE MICH LIEBE DICH CYRUS. Sie las es ein zweites Mal, und die Müdigkeit fiel von ihr ab wie ein schwerer Mantel. Cyrus kam! Cyrus!

Beglückt schaute sie den Buddha an und hatte plötzlich das Gefühl, daß er ihr Lächeln erwiderte.

Mrs. Pollifax schlief unruhig. Immer wieder geriet sie in den Sog eines beklemmenden Traumes und wunderte sich an der Grenze zum Wachsein, was ihr ein so bedrückendes Unbehagen bereitete. Mit geschlossenen Augen fuhr sie ihre innere Antenne aus. Was stimmte nicht? Daß Cyrus sich auf dem Weg nach Hongkong befand, machte sie gewiß nicht nervös, und keinesfalls lag es – Ein eisiger Schreck durchzuckte sie, als sie ein leises Geräusch vernahm. Die Ursache war etwas Greifbares, etwas in ihrem Zimmer.

Sie war nicht allein! Mrs. Pollifax öffnete die Augen einen winzigen Spalt und drehte vorsichtig den Kopf. Es war noch Nacht. Durch die leicht geöffneten Vorhänge fiel der blasse Schein der Straßenbeleuchtung. Mitten im Raum stand ein Mann – reglos. Seine Silhouette hob sich deutlich gegen das hellere Rechteck des Fensters ab.

Der Eindringling bewegte sich und wandte Mrs. Pollifax dabei den Rücken zu. Behutsam schob sie ein Bein über die Bettkante, bis ihr Fuß den Boden berührte. Dann glitt sie langsam unter der Decke hervor und stand auf.

Ihr ungebetener Gast war mittlerweile an der Gepäckablage neben dem Schrank angelangt und richtete den bleistiftdünnen Lichtstrahl einer Taschenlampe auf ihren offenen Koffer. Als er sich vornüberbeugte, schlich Mrs. Pollifax an ihn heran. Dem Burschen würde sie eine Lektion erteilen. Sie hatte ihn gerade erreicht, als er erstarrte – aber zu spät. Sie war schon in Angriffsstellung gegangen. Blitzartig schoß ihr Arm vor, und ihre Handkante sauste auf sein Genick nieder. Aufstöhnend zuckte er zu ihr herum, handelte sich damit aber nur einen weiteren Karateschlag ein, der ihn seitlich an den Hals traf. Der erste Hieb hatte ihn halb betäubt, der zweite schickte ihn zu Boden.

Mrs. Pollifax knipste das Licht an und stellte erstaunt fest, daß sie ihren Beschatter zur Strecke gebracht hatte, jenen Chinesen mit dem Köfferchen, der ihr von Feng Imports gefolgt war. Sie fühlte ihm den Puls, dann ging sie zum Telefon und wählte Robins Nummer.

„Robin, in meinem Zimmer ist ein Mann.“

„Schon wieder?“

„Ja, und momentan ist er bewußtlos. Es ist der Knabe, der mich am Montagnachmittag beschattet hat."

„Bin schon unterwegs!"

Sie wartete an der Tür, und als er erschien, dachte sie, daß er sogar um ein Uhr nachts in Bluejeans unverschämt gut und gepflegt aussah.

„Wo – ah!" sagte er eintretend beim Anblick der Gestalt, die ausgestreckt auf dem Teppich lag. „Diesmal war's aber eindeutig Karate!"

Sie nickte. „Ich bin aufgewacht und sah ihn mitten im Zimmer stehen. Er darf auf keinen Fall hier drin wieder zu Bewußtsein kommen, Robin."

„Selbstverständlich nicht", pflichtete er ihr bei.

„Das Dumme daran ist", fuhr sie fort, „daß er sich, egal was wir mit ihm machen, daran erinnern wird, daß ich ihn niedergeschlagen habe, und wenn Detwiler das erfährt, hält er mich nicht mehr für eine harmlose Schrebergärtnerin auf Weltreise."

„Auch darin muß ich Ihnen leider recht geben", bestätigte er.

„Außer", meinte sie, „wir können seine Glaubwürdigkeit untergraben. Schließlich hat er mich ja nicht richtig gesehen."

Robins Augen leuchteten auf. „Das", sagte er, sichtlich aufblühend, „eröffnet ungeahnte Möglichkeiten. Er ist in einen dunklen Raum eingedrungen –"

„Den falschen", unterbrach sie ihn begeistert.

„Genau! Wenn er an einem entsprechenden Ort zu sich kommt, kann man ihm in die Schuhe schieben, sich das alles nur eingebildet zu haben. Wer würde Ihnen schon zutrauen, daß Sie einen Einbrecher mit einem Karatehieb außer Gefecht setzen können?"

Mrs. Pollifax fand es herzerfrischend, mit jemandem zu arbeiten, der auf der gleichen Wellenlänge dachte. „Nur eins – wir haben noch nicht überlegt, warum Detwiler ihn geschickt hat, oder was –"

„Später", sagte er. „Zuerst bringen wir ihn weg. Wenn wir ihn aufrichten und mit vereinten Kräften zum Lastenaufzug schleifen, wird man annehmen, er hätte einen über den Durst getrunken. Aber wo deponieren wir ihn?"

„Irgendwo im Hotel", sagte Mrs. Pollifax. „Nein, warten Sie. Man kann doch noch in die Einkaufspassage?"

„Die Geschäfte sind sicher schon geschlossen, aber der Hintereingang dürfte noch offen sein. Wahrscheinlich dreht ein Nachtwächter seine Runden."

„Ausgezeichnet! Dann ziehe ich mich nur schnell an. Ich hab eine Idee!"

Als sie vollständig angekleidet aus dem Badezimmer trat, steckte Robin gerade die Brieftasche des Einbrechers in dessen Jackett zurück. „Der Junge hat einen Namen. Er heißt Allan Chen."

„Ich hatte mich schon so daran gewöhnt, ihn den Mann mit dem Köfferchen zu nennen", gestand sie. „Kann's losgehen?"

Sie nahmen Mr. Chen in die Mitte und schwankten mit ihm durch den Gang. Zum Glück begegnete ihnen niemand. Der Lift schnurrte abwärts, und als das Gitter aufglitt, spähte Mrs. Pollifax hinaus.

„Ich schau nach, ob die Luft rein ist", sagte sie und verschwand um eine Ecke. Dann winkte sie Robin. „Nach rechts! Beeilung!"

„Nichts lieber als das. Der Bursche wird allmählich schwer." Robin ließ Mr. Chen von der Wand kippen, gegen die er ihn gelehnt hatte. „Wohin mit ihm?"

„Zu einem Apparat – dort drüben."

Er riß verdutzt die Augen auf. „Was zum Teufel ist das?"

„Kennen Sie das nicht? Eine geniale Erfindung zum Blutdruckmessen. Man setzt sich auf das Bänkchen, legt diese Manschette an und wirft Geld in den Schlitz. Dann erscheint der Blutdruck in Leuchtziffern auf dem Bildschirm, wie bei einem Flipperautomaten."

„Nicht zu fassen." Sanft ließ Robin den Chinesen auf das Bänkchen rutschen, und Mrs. Pollifax schlang ihm die Manschette um den Oberarm. Robin überflog die Bedienungsanleitung und steckte vier Münzen in den Schlitz.

„Robin!" protestierte sie.

„Der Blutdruck ist ein bißchen hoch", murmelte er zurücktretend, um die Leuchtziffern zu lesen.

„Ich bezweifle, ob meiner in diesem Moment normal ist", sagte sie unwirsch. „Ich höre nämlich Schritte – schnell!"

„Werfen Sie doch noch einen letzten Blick auf unser Werk", bat er auf dem Rückzug.

Mrs. Pollifax drehte sich um. Der unglückselige Mr. Chen hockte vornübergesackt auf der Konsole, als wäre er kurzsichtig und studiere die Gebrauchsanweisung, während auf dem Bildschirm über ihm in flimmerndem Rot die Ziffern 170/90 . . . 170/90 . . . 170/90 blinkten.

„Das war ein sehr lehrreiches Intermezzo", meinte Robin, indem er sie zum Lift geleitete. „Und in aller Bescheidenheit glaube ich, daß wir uns jetzt einen Drink verdient haben."

Sie fuhren in den sechsten Stock hinauf. In Mrs. Pollifax' Zimmer schenkte Robin für sie beide einen Brandy ein. „Also schön", sagte er. „Bringen wir unsere kleinen grauen Zellen auf Trab. Welchem Umstand haben Sie Detwilers Aufmerksamkeit zu verdanken?"

Sie zog die Schultern hoch. „Das könnte ich eher beantworten, wenn ich wüßte, wonach dieser Chen gesucht hat. Ich bin sicher, daß ich heute nicht beschattet wurde, und ich könnte schwören, Detwiler hält mich für harmlos."

„Was wollte Chen dann aus dem Koffer nehmen? Geld zum Beispiel, oder –"

Er hielt inne. Gleichzeitig kam ihnen die Erleuchtung. „Die Beretta, die ich dem armen Inspektor Hao abgenommen habe", sagte Mrs. Pollifax. „Die hatte ich ja ganz vergessen. Ob er hinter der Waffe her war?"

Robin krauste die Stirn. „Wenn Detwiler die Pistole wollte, muß er in den Mord an Hao verwickelt sein."

„Aber wie sollte er auf den Gedanken kommen, ich könnte sie haben? Der Verdacht müßte doch viel eher auf Mr. Hitchens fallen. Und wenn schon ich, was finge er jetzt damit an? Jetzt sind doch nur noch meine Fingerabdrücke darauf. Das alles will mir nicht so recht einleuchten."

„Mir auch nicht. Aber Sie sollten das verdammte Ding auf jeden Fall loswerden." Er seufzte. „Ein bißchen Schlaf würde mir guttun. Wie steht's mit Ihnen? Werden Sie schlafen können?"

Sie unterdrückte ein Gähnen und lächelte. „Aber ja – nachdem ich die Tür mit einem Stuhl und dem Nachttischchen verbarrikadiert habe."

Er küßte sie auf den Scheitel. „Dann also bis acht!" Damit zog er sich zurück und überließ Mrs. Pollifax dem Möbelschieben sowie der bohrenden Frage, was um alles in der Welt Detwilers Verdacht auf sie gelenkt haben könnte.

Mittwoch

Als Mrs. Pollifax am nächsten Morgen in Robins Suite erschien, war Mr. Hitchens bereits zugegen. „Pst!" bedeutete ihr Robin, als er die Tür öffnete, und wies auf seinen Besucher, der mit geschlossenen Augen aufrecht auf dem Sofa saß.

Mrs. Pollifax schlich auf Zehenspitzen herein und setzte sich.

Hitchens hielt den Zeitungsausschnitt mit dem Foto des Roten Eric in der Hand. Unverändert reglos sagte er: „Sie haben mir dieses Stück Papier gegeben, ohne es mir vorher zu zeigen. Ich empfange den überaus starken Eindruck, daß es das Bild eines Mannes ist, und – das ist wirklich merkwürdig – ich fühle, daß ich ihn schon einmal gesehen habe. Jemand hat ein Wort auf das Papier geschrieben – in einer kaum leserlichen Handschrift, von der sich Zorn und Ratlosigkeit auf mich übertragen.“ Er öffnete die Augen und erblickte Mrs. Pollifax. „Oh, guten Morgen!“

„Guten Morgen“, antwortete sie gut gelaunt.

„Sie können es jetzt anschauen“, forderte Robin ihn auf. „Wie Sie sehen, steht hier die Frage: ‚Wann?‘. Sie wissen absolut keine Antwort darauf?“

„Nein, denn wer es auch geschrieben hat, wußte selbst keine, und ich kann nur nachempfinden, was die Person damals empfand.“ Das Bild näher betrachtend, fuhr er fort: „Aber das ist ja der Mann aus dem Flugzeug!“ Er blickte Mrs. Pollifax an. „Sie haben mich doch auf ihn aufmerksam gemacht!“

„Also erkennen auch Sie ihn wieder“, sagte sie erfreut. „Wir haben das Bild gestern in Inspektor Haos Haus gefunden – in das wir uns Zutritt verschafften, nachdem wir uns von Ihnen getrennt hatten. Dieses ‚Wann?‘ stammt von Inspektor Hao.“

„Du liebe Güte!“

„Mir fällt ein Stein vom Herzen“, erklärte Robin. „Ich habe nämlich im Vertrauen darauf, daß Mrs. Pollifax sich nicht irrt, meinen Job riskiert, indem ich darauf bestand, daß gestern nacht noch drei Männer zu unserer Unterstützung eingeflogen wurden.“

„Drei?“ fragte Mrs. Pollifax. „Ihr dritter Mann ist auch schon da?“

Robin grinste zufrieden. „Ja. Witkowski fuhr vom Flughafen hierher, während ich selig schlief. Er wird Marko und Krug im Logierhaus ablösen. Upshot liegt immer noch im Lagerhaus auf der Lauer. Keine Maus kann durch die Dragon Alley schlüpfen, ohne daß wir es erfahren.“

„Auf der Lauer? Nach wem denn?“ fragte Mr. Hitchens verwirrt. „Aber Alec haben Sie noch nicht? Was soll das alles?“

Robin bat Mrs. Pollifax: „Wollen Sie es ihm erklären?“

„Gern. Es handelt sich jetzt nicht mehr um einen Vermißten und einen Mord, Mr. Hitchens. Leider kommt noch etwas dazu. Wir glauben zu wissen, was Alecs Vater entdeckte und was sein Todesurteil war. Die französische Geiselaffäre im vergangenen Jahr ist Ihnen sicher ein Begriff. Der Mann, den wir im Flugzeug sahen, ist der Chef der Terrororganisation, die diesen Anschlag verübt hat.“

Mr. Hitchens war entsetzt. „Der, nach dem überall vergeblich gefahndet wird? Der – Moment mal – der Rote Eric! Der Kopf der Befreiungsgruppe achtzig!“

„Sehr richtig“, nahm Robin den Faden auf. „Am Montag morgen

sah Mrs. Pollifax ihn aus einem obskuren kleinen Laden namens Feng Imports kommen. Inzwischen überwachen wir diesen Laden, weil wir hoffen, daß er wieder dort auftaucht. Aber ob er das tut oder nicht – er ist in Hongkong, und es hat ganz den Anschein, als würde hier demnächst ein Anschlag erfolgen –"

Ein Klopfen unterbrach ihn. „Das wird unser Frühstück sein", sagte er. „Während der Kellner serviert, könnten wir den Fernsehapparat einschalten und schauen, ob es Neuigkeiten über den Mord an Hao gibt – aber stellen Sie den Ton leise. Marko schläft noch nebenan."

In den Nachrichten hieß es, die Polizei suche nach wie vor Alec Hao. Sie lasse Flugblätter mit seinem Konterfei verteilen – das Foto wurde eingeblendet –, daneben konzentriere sich die Suche auf die Waffe, mit der Inspektor Hao ermordet worden war. Automatisch hefteten Robin und Hitchens den Blick auf die Handtasche, die neben Mrs. Pollifax auf dem Sofa lag. Mrs. Pollifax schnitt eine Grimasse und nickte. Sonst gab es nichts Neues, und so behalf sich der Sender mit einer Wiederholung von Mr. Hitchens' Interview.

„Gut gemacht!" sagte Robin, als es beendet war, und schaltete den Apparat aus. „So, und jetzt Schluß mit der Fachsimpelei, sonst schmeckt mir mein Frühstück nicht mehr. Meinetwegen unterhalten wir uns über den Kaiser von China, nur nicht über unsere Arbeit."

Mrs. Pollifax lächelte. „In Ordnung." Sie legte eine gewichtige Pause ein und verkündete dann: „Cyrus kommt! Er will morgen abend hiersein."

„Na wunderbar!" rief Robin. „Endlich lerne ich ihn kennen. Und wie war Ihr Streifzug durchs Nachtleben, Mr. Hitchens?"

„Gigantisch", antwortete dieser verlegen. „Ruthie und ich haben ein bißchen getanzt, aber die meiste Zeit haben wir nur geredet und geredet. Ihre Reisegesellschaft bleibt bis Samstag." Er wandte sich an Mrs. Pollifax. „Wir treffen uns später zu einer Hafenrundfahrt. Hätten Sie nicht Lust, sich uns anzuschließen?"

Mrs. Pollifax riß kurz ihr Augenmerk von den Köstlichkeiten des Frühstücks los – es gab Schinken mit Ei, Papayas, Melonenstücke, Orangensaft, Toast und Kaffee – und erklärte, sie werde liebend gerne mitkommen. „Erzählen Sie uns mehr von Ruthie", bat sie. „Von der Frau, der es nichts ausmachte, daß Sie ein fader Kerl sind, wie Sie es nannten."

Mit einem schüchternen Räuspern begann Hitchens zu erzählen. Sie seien schon im Gymnasium ineinander verliebt gewesen und hätten jung geheiratet. Zehn Jahre lang habe er kein anderes weibliches Wesen angeschaut.

„Aber dann", sagte er und zog die Augenbrauen zusammen, „kam mein erstes Buch über übersinnliche Phänomene heraus. Ich wurde in einer Talk-Show interviewt und lernte Sophie Simms kennen."

„Sophie war Schauspielerin?" hakte Mrs. Pollifax nach.

Hitchens nickte und schaute so elend drein, als hätte er einen Magenkrampf. „Sie wollte eine sein, ja – und sie hatte die längsten Wimpern, die man sich vorstellen kann, länger als die der Garbo. Damals trat sie in einem kleinen Nachtklub auf. Sie machte so eine Art Conférence. Ich glaube, ich habe schon erwähnt, daß es mir selbst nicht hilft, hellsichtig zu sein."

Robin fragte behutsam: „Wie lang hat es gedauert?"

„Für Ruthie war es schrecklich." Hitchens starrte blicklos auf seinen Teller. „Ich war wie hypnotisiert, wirklich. Sophie war so – so – na ja, es hatte eben alles einen gewissen Glanz... Um Ihre Frage zu beantworten" – er bedachte Robin mit einem Dackelblick –, „wir hatten ein gutes Jahr, aber nur, weil ich so verblendet war, und dann noch zwei weniger gute, bis sie mit einem drittklassigen Produzenten auf und davon ging, von dem sie hoffte, er würde ihrer Karriere nützlicher sein, als ich es war." Gedämpft fügte er hinzu: „Aber ihr Traum hat sich nicht erfüllt."

„So ist es immer", sagte Robin. „Aber erwähnten Sie nicht eine dritte – äh –"

„Verirrung?" Hitchens lachte bitter. „O ja. Sophie hatte eine Freundin, Rosalie, ebenfalls im Showbusineß. Für eine ihrer Revuenummern, einen verblüffenden Zaubertrick, nahm sie meine Dienste als Hellseher in Anspruch – unentgeltlich natürlich. Sie war sehr teilnahmsvoll, als Sophie mich sitzenließ. Nur erkannte sie nicht, daß die Bindung an einen Hellseher auch ihrer Karriere nicht sehr viel nützen würde. Ich bin – das brauche ich wohl nicht zu betonen – sehr naiv gewesen."

„Ich hatte ja keine Ahnung, welche Klippen das Privatleben eines professionellen Hellsehers in sich birgt", sagte Robin leichthin. „Das Verlangen nach einem ‚gewissen Glanz' kann ich Ihnen durchaus nachfühlen. Man kommt sehr schwer davon los. Ich habe auch lange Zeit ziemlich krumme Dinger gedreht, um in der Welt von Schönheit und Reichtum mitmischen zu können."

Mr. Hitchens schüttelte den Kopf. „Vielen Dank für Ihr Verständnis, aber seit meiner dritten Scheidung vor einem Jahr bin ich so – beschämt. Ich wollte immer ein vom Geist bestimmtes Leben führen – das klingt hoffentlich nicht zu anmaßend – und mußte doch nur erkennen, wie oberflächlich ich bin."

„Unsinn", sagte Mrs. Pollifax energisch. „Wir alle betrügen uns ab und zu mal selbst. Einzig die Gegenwart zählt."

„Wie meinen Sie das?" fragte er.

„Nun, Sie wären heute morgen nicht als freier Mann in Hongkong, um einen Mord aufzuklären und sich in Kürze mit Ruthie zu treffen, wenn zwei Frauen Sie nicht aus der gewohnten Bahn geworfen hätten. Sie haben rotiert wie ein Kreisel und alles verschwommen gesehen. Um so klarer wird Ihr Blick jetzt sein. Wenn Leben Lernen bedeutet, gelangt man wohl nur auf dornenreichen Wegen ans Ziel."

„Sie haben auch diese Erfahrung gemacht?"

„Natürlich!" lachte sie. „So lang ist es noch gar nicht her, daß ich mein Dasein für völlig sinnlos hielt. Ein Arzt hielt meine Depressionen für so bedenklich, daß er mir dringend riet, eine Beschäftigung zu suchen, etwas, das mich schon immer reizte. So kam's, daß ich Agentin wurde. Und ich muß schon sagen, das hat mich gründlich umgekrempelt!"

„Bewundernswert!" sagte Mr. Hitchens und starrte sie an.

„Und wie!" pflichtete Robin mit einem warmen Lächeln bei.

Mr. Hitchens griff nach einem Stück Melone. „Gestern nacht fühlte ich ganz stark, daß Alec noch lebt", erklärte er ruhig.

„Könnten Sie vielleicht auch fühlen, *wo* der Rote Eric sein Drama inszenieren will?" erkundigte sich Robin.

„Drama?" echote Hitchens.

„Im Grunde genommen ist Terrorismus nichts anderes", meinte Robin gleichmütig. „Reines Theater. Was wird denn schon dadurch erreicht? Doch nur, daß sich die allgemeine Aufmerksamkeit auf eine kleine Gruppe von Leuten konzentriert, die Macht ausübt, indem sie alles bedroht, was die Zivilisation zusammenhält."

„Wie gräßliche, verzogene Kinder", meinte Mrs. Pollifax nachdenklich, „die den Erwachsenen, die sich an Recht und Ordnung halten, eine lange Nase drehen."

Robins Stimme klang hart: „Terroristen sind die Parasiten des Jahrhunderts. Paßt ihnen was nicht, schmeißen sie Bomben oder halten unschuldige Menschen als Geiseln fest. Brauchen sie Geld, rauben sie eine Bank aus. Ihre einzige Leidenschaft ist Zerstörung."

Plötzlich sagte Mr. Hitchens: „Geben Sie mir eine Karte – nein, so viele Karten wie möglich."

Robin brachte ihm Straßenkarten von Hongkong, Kaulun, den New Territories und Makao. Hitchens breitete sie nebeneinander auf dem Tisch aus und bat um Ruhe.

„Er hat's", flüsterte Robin.

Hitchens schloß die Augen und saß lange Zeit reglos und stumm, bis das Ticken einer Wanduhr den ganzen Raum zu füllen schien. Endlich hob er eine Hand und begann langsam über die Karten hinzustreichen, ohne sie zu berühren. Seine Bewegungen waren mal kreis-, mal wellenförmig, und manchmal verweilte er kurz über einer Stelle. Fünf Minuten vergingen, dann ließ Hitchens die Hand plötzlich auf eine der Karten fallen und öffnete die Augen. „Hier", sagte er, zog einen Füller aus der Tasche und kreiste das Gebiet ein. „Von hier geht etwas sehr Unangenehmes aus, etwas Bedrohliches. Ich empfange sehr beunruhigende Eindrücke."

„Das Zentrum von Hongkong", murmelte Mrs. Pollifax.

„Ihr Kreis umfaßt ein großes Areal", meinte Robin skeptisch, „und schließt nicht einmal Feng Imports ein."

Mr. Hitchens zuckte die Achseln. „Irgendwo innerhalb dieses Kreises befinden sich Waffen, und eine davon sieht folgendermaßen aus. Hat jemand eine Unterlage?"

Mrs. Pollifax gab ihm eine Papierserviette und beobachtete, wie er flink Linie um Linie hinwarf. „Fertig."

Entsetzt sagte Robin: „Aber das ist ja ein Raketenwerfer!"

„Tatsächlich?" fragte Hitchens ungerührt. „Ich weiß nicht, was das ist. Ich habe nur skizziert, was ich sah."

Sprachlos lehnte Robin sich zurück. Sogar der Mund stand ihm vor Schreck offen. Mrs. Pollifax fragte sich, ob er Mr. Hitchens' Sehergabe bis zu diesem Moment nicht insgeheim bezweifelt hatte.

„Dann haben sie Funk", meinte Robin plötzlich und klappte den Mund zu. „Feng Imports liegt außerhalb des Kreises. Falls der aber stimmt und falls sich elf Mitglieder der Terrorgruppe, für die die Pässe gestohlen wurden, innerhalb des von Ihnen umgrenzten Gebietes verborgen halten und Detwiler das Projekt leitet, müssen sie sich jederzeit miteinander in Verbindung setzen können. Ich tippe auf einen Sender mit großer Reichweite." Er überlegte kurz. „Ich glaube, es ist Zeit für einen Besuch beim Gouverneur. Wir müssen auch riskieren, die Polizei einzuschalten. Was wir brauchen, ist ein Peilwagen." Mit einem schiefen Grinsen griff er nach der Serviette. „Darf ich das als Beweisstück mitnehmen?"

„Bedienen Sie sich", sagte Mr. Hitchens lächelnd.

Robin hatte die Serviette gerade eingesteckt, als das Telefon läutete. Er griff unverzüglich nach dem Hörer. „Ja?"

Er lauschte, notierte etwas auf dem Block, der vor ihm lag, und sagte knapp: „Danke." Dann hängte er ein und wandte sich an Mrs. Pollifax. „Dieser Donald Chang, dem Sheng Ti ein Päckchen

Diamanten gebracht hat ... Ich habe gestern abend Interpol in Paris angerufen und gebeten, ihn zu überprüfen. Soeben wurde mir mitgeteilt, daß Donald Chang im Gepäckraum am Kai-Tak-Flughafen arbeitet."

„Sieh an", sagte sie.

Robin nickte. „Genau. Gibt es etwas Besseres für jemand, der zu einem Schmuggelring gehört? Bezahlung in Diamanten – ein weiterer Leckerbissen für den Gouverneur." Entschlossen strebte er der Tür zu. „Bin schon unterwegs. Wünsche eine angenehme Rundfahrt – bis bald!"

Hafen und Himmel präsentierten sich in einem trüben Grau, und die Berge waren nebelverhangen. Ein böiger Wind fegte über die Bucht und ließ Mrs. Pollifax frösteln, sowie sie an Bord der Barkasse ging. Sie hatte sich Mr. Hitchens und seiner Ruthie nicht allein deshalb angeschlossen, um in den Genuß einer Besichtigungsfahrt zu kommen, sondern auch aus einem ganz praktischen Grund. Schließlich befand sie sich noch immer im Besitz einer Mordwaffe, und der Hafen schien ihr bestens dafür geeignet, das mißliebige Schießeisen loszuwerden. Des weiteren war sie auch neugierig auf das alte „junge Paar". Der ungewöhnliche Zufall, der zwei Menschen Tausende Kilometer fern ihrer Heimat zusammenführte, faszinierte sie.

Ganz offensichtlich war auch Ruthie dieser Faszination erlegen, denn sie wirkte verändert wie die meisten Frauen, wenn sie umworben werden, und nannte ihren Verflossenen „Hitch", was Mrs. Pollifax amüsierte, weil sie sich nicht vorstellen konnte, bei ihm etwas anderes als eine korrekte Anrede zu gebrauchen. Im Geist entwarf sie ein Bild von ihm, wie er damals auf dem Gymnasium gewesen sein mochte, und mußte schmunzeln, als sie ihn in Gedanken jünger und um fünf Kilo schlanker machte und dazu noch seine leicht angegrauten Schläfen wegretuschierte.

„Warum lächeln Sie?" schrie Ruthie, um den pfeifenden Wind und den Motorenlärm zu übertönen. Sie saßen auf Achterdeck, wohin sie sich nach dem Ablegen vor den aufspritzenden Bugwellen geflüchtet hatten.

Bevor Mrs. Pollifax antworten konnte, brüllte Mr. Hitchens: „Kaffee? Der Ausschank hat gerade aufgemacht."

„O ja", bat Mrs. Pollifax. Als er davonstelzte, sagte sie zu Ruthie: „Ich hab mir gerade vorzustellen versucht, wie er auf dem Gymnasium war."

Ruthie lachte. „Sehr ernsthaft und davon überzeugt, daß ein

Stammplatz in der Fußballmannschaft weit erstrebenswerter sei als seine Gabe zum Hellsehen."

„Und Sie haben ihn geliebt?"

Ruthie streifte sie mit einem scheuen Blick. „Ja." Sie zögerte verlegen und fragte dann betont forsch: „Glauben Sie, daß – nun ja –, daß man eine alte Liebe wieder aufwärmen kann?"

Mrs. Pollifax lächelte. „Wozu sollte das gut sein? Ich finde es viel interessanter – und auch wesentlich reizvoller –, einfach von vorne anzufangen."

Ruthie sah sie verblüfft an. „Sie meinen – ich soll es nicht wieder mit Hitch versuchen, sondern mich nach jemand Neuem umsehen?"

Mrs. Pollifax tätschelte ihr die Hand. „Aber nein, meine Liebe. Ich will damit nur sagen, was Sie und Mr. Hitchens einmal zusammengebracht hat, kann Sie beide gewiß wieder zusammenbringen, doch ich halte es für einen großen Fehler, es als Fortsetzung zu betrachten. Schließlich sind Sie jetzt zwei völlig andere Menschen."

„Ach so." Ruthie schien erleichtert. „Das gibt mir Auftrieb. Sie haben mich von meinen Zweifeln fast befreit."

Mrs. Pollifax musterte sie verschmitzt. „Von Zweifeln oder Ängsten? Wissen Sie, ich glaube, er sieht Sie jetzt wirklich mit neuen Augen, deshalb liegt es nur an Ihnen. Wie ist es Ihnen nach der Trennung denn ergangen? Sind Sie gut zurechtgekommen? Oh, danke schön", sagte sie zu Mr. Hitchens, der den Kaffee brachte.

„Ja, ich denke schon", antwortete Ruthie stolz. „Ich bin in eine sehr hübsche Wohnung in Boston gezogen und arbeite nicht mehr als Kindergärtnerin, sondern als Lehrerin. Und ich habe begonnen, mir die Welt anzuschauen."

„Und wo sie überall hinfährt!" rief Mr. Hitchens. „Samstag schwirrt sie nach Bangkok ab, stellen Sie sich das vor!"

Mrs. Pollifax trank ihren Kaffee und hörte zu, wie sie sich über Reisen und danach über Boston unterhielten. Sie kam zu dem Schluß, daß zwischen den beiden alles in bester Ordnung war. Zufrieden trat sie an die Reling, öffnete ihre Handtasche und ließ die Waffe, mit der Inspektor Hao erschossen worden war, unauffällig ins Wasser fallen. Dann machte sie es sich wieder bequem, um den Anblick des weißen Badestrands in der Repulse Bay und der „schwimmenden Städte" vor Aberdeen zu genießen, aber ihre Gedanken kamen von Mr. Detwiler nicht los.

Warum bloß war er seit zwei Monaten nicht mehr zu Hause gewesen?

„NEIN, so was, Irma Blank!“ rief Mrs. O’Malley und strahlte über das ganze Gesicht. „Sie kommen mich besuchen! Das ist aber nett.“

„Hallo“, sagte Mrs. Pollifax. „Ich hatte in der Nähe zu tun und dachte, ich schaue auf einen Sprung vorbei.“

„Gerade rechtzeitig für ein Täßchen Tee!“ Mrs. O’Malley ging ihr in die Küche voran, und als sie sich setzten, legte Mrs. Pollifax die Zeitung auf den Tisch und drehte sie scheinbar zufällig so, daß Alec Haos Foto nicht zu übersehen war.

„Ach, der liebe Junge“, sagte Mrs. O’Malley dann auch prompt, während sie den Tee einschenkte. „Und der einzige Sohn!“

„Oh?“ Mrs. Pollifax heuchelte Erstaunen. „Sie kennen ihn?“

„Nicht persönlich, meine Liebe, weil er ja in den Vereinigten Staaten auf dem College war. Aber seinen Vater kannte ich – möge der Ärmste in Frieden ruhen.“

„Seinen Vater?“ Mrs. Pollifax war platt. „Sie haben seinen Vater gekannt? Den Mann, der gestern tot aufgefunden wurde?“

„Klar. Er ist oft abends zum Essen hier gewesen, weil Mr. Detwiler und er doch befreundet waren. So ’n netter Mensch, der Inspektor! Und wie er mein Huhn nach Bettlerart geliebt hat! Es wird acht Stunden in einem Tontopf geschmort, wissen Sie.“

Mrs. Pollifax war wie betäubt. Detwiler und Inspektor Hao Freunde? Die beiden Männer waren nicht nur miteinander bekannt, sondern sogar befreundet gewesen? Der Kopf schwirrte ihr, während Mrs. O’Malley mit ihrem Geplapper fortfuhr.

„Das Huhn wird mit Kastanien, Kräutern und geschnittenem Kohl gefüllt und dann mit Lotosblättern umwickelt ...“

Der Kreis wird enger, dachte sie. Zwei Männer in diesem seltsamen Wirrwarr von Anhaltspunkten hatten Kontakt gehabt – freundschaftlichen Kontakt. Hatte der Inspektor Detwiler von seinem Verdacht hinsichtlich der Bestechungen und der Paßdiebstähle erzählt, ohne zu ahnen, daß dieser in beiden Affären eine bedeutende Rolle spielte und daß er sich durch seine Vertrauensseligkeit in Lebensgefahr begab? Oder hatte Detwiler den Inspektor versehentlich auf eine Spur geführt, die dieser dann verfolgte, bis er zuviel wußte und beseitigt werden mußte? Mrs. Pollifax wandte ihre Aufmerksamkeit wieder Detwilers Haushälterin zu, und sie schwatzten noch ein halbes Stündchen miteinander. Als Mrs. Pollifax sich schließlich verabschiedete, war sie erschöpft. „Es war mir ehrlich ein Vergnügen, Mrs. O’Malley“, sagte sie. „Vom Herrn des Hauses haben Sie inzwischen wohl noch immer nichts gehört?“

Mrs. O’Malleys Augen glänzten. „Würden Sie’s für möglich

halten? Heut morgen hat er mich benachrichtigt – er hofft, Ende nächster Woche heimzukommen."

„Ende nächster Woche", wiederholte Mrs. Pollifax in dem Versuch, ihr Erschrecken zu verbergen. Wieder gefaßt, dankte sie der Haushälterin noch einmal und trat dann den Rückweg zum Hotel an. Sie fühlte sich wie jemand, der nur so zum Spaß in einem Goldfischteich angelt und dabei auf wundersame Weise zwei dicke Karpfen an Land zieht.

Im Hilton fand sie Marko allein in Robins Suite und erzählte ihm brühwarm von ihrem Jagdglück. „Demnach kann Ende nächster Woche schon alles gelaufen sein", meinte er nachdenklich. „Mit anderen Worten, wir haben das Pferd zwar am Schwanz erwischt, aber es galoppiert uns davon."

„Wo ist Robin?" fragte sie.

„Er war am Vormittag beim Gouverneur und trifft sich jetzt mit Duncan, dem Chef einer Sonderabteilung von Hongkongs Polizei, zu einer Besprechung über den Einsatz von Peilwagen."

„Erzählen Sie mir, wie so was funktioniert."

Marko hockte sich auf die Sofakante. „Gern, aber ich muß mich kurz fassen, weil ich bald los muß, um nach dem Roten Eric Ausschau zu halten. Ich habe die Schicht von halb fünf bis Mitternacht in der Dragon Alley. Was nun den Peilwagen betrifft, das ist ein Kleinbus, meist mit zwei Mann Besatzung, und strotzt nur so von drehbaren Antennen. Sobald sich etwas rührt, können von einer Empfangsanlage die Frequenz des Funksignals und die Richtung, aus der es kommt, abgelesen werden. Eine Peilung ergibt eine Standlinie, und der Schnittpunkt der Standlinien den Standort des Schwarzsenders."

„Aha. Und dann hat man das Versteck und kann das Nest ausheben."

„Nur wenn man schnell ist, weil sich jeder, der nicht erwischt werden will, immer nur auf eine ganz kurze Sendezeit beschränkt und mit Sicherheit auch öfter den Standort wechselt. Zweieinhalb Minuten sind zum Aufspüren notwendig, dann hat man eine echte Chance."

„Eine fiese Taktik von denen", sagte sie entrüstet.

Marko lachte und kniff sie zart in die Wange. „In diesem Gewerbe ist es das Übliche, und ein einziger Fehler –" Er strich sich unmißverständlich mit einem Finger quer über die Kehle. *„Finis."*

„Ja", sagte sie und beobachtete, wie er seine Pistole in den Halfter gleiten ließ. „Gibt es was Neues bei Feng Imports?"

„Nein. Meiner Ansicht nach läßt sich der Rote Eric dort nicht mehr blicken." Er griff nach seinem Seesack. „So, fertig. Und Sie – sind Sie nicht schon ein bißchen aufgeregt, weil Ihr Cyrus bald kommt?"

Sie nickte.

„Viel Spaß!" Er warf ihr eine Kußhand zu und verschwand. Mrs. Pollifax genoß es, den Abend für sich zu haben. Sie freute sich auf ein gemütliches Abendessen und die Gelegenheit, endlich einmal früh zu Bett zu gehen.

Aber der Tag war, als sie sich in ihrem Zimmer eingenistet hatte, für sie noch nicht zu Ende. Nun konnte sie in Ruhe die Ereignisse der letzten drei Tage überdenken und versuchen, die Teile des Puzzles aneinanderzufügen. Vergeblich plagte sie sich, die vielen Widersprüche auf einen gemeinsamen Nenner zu bringen. Nichts wollte zusammenpassen.

So geht das nicht, entschied sie energisch. Ich muß alles aus meinem Gedächtnis streichen und völlig unvoreingenommen von vorne anfangen. Systematisch ließ sie die Bilder Revue passieren. Ihren Besuch bei Feng Imports, Detwiler und sein Geschenk, den Buddha ... Feng, der selber wie eine Elfenbeinfigur aussah ... Sheng Ti und Lotos und den spurlos verschwundenen Alec Hao ... Mrs. O'Malley. Dann löschte sie die Eindrücke aus und wartete.

Als sie etwas später die Augen öffnete, flüsterte sie: „Aber natürlich! Wie konnte ich nur so blind sein!" Jetzt verstand sie, warum Detwiler zwei Monate lang nicht daheim gewesen war und ihr den Buddha gegeben hatte. Sie hob den Telefonhörer ab und diktierte ein Telegramm an Carstairs. Dann knipste sie das Licht aus und sank alsbald friedlich in Morpheus' Arme.

Donnerstag

Ein schrilles Klingeln weckte sie. Mühsam öffnete sie ein Auge, angelte nach dem Hörer und brummte schlaftrunken: „Hallo."

„Mrs. Pollifax?" fragte eine kultivierte Männerstimme. Mit einem Schlag putzmunter, setzte sie sich auf.

„Ja."

„Hier spricht Detwiler von Feng Imports. Vielleicht erinnern Sie sich an unsere Begegnung vor einigen Tagen."

Ohne zu erwähnen, daß sie seine Stimme sofort erkannt hatte, sagte sie liebenswürdig: „Selbstverständlich. Wie könnte ich Sie vergessen, nachdem Sie die Güte hatten, mir ein so großzügiges Geschenk zu machen. Der Buddha bereitet mir große Freude."

Sekundenlanges Schweigen folgte. „Das ist für mich doppelt unangenehm", sagte Detwiler dann, „denn eben wegen des Buddhas rufe ich an."

Mrs. Pollifax erwiderte lediglich: „Oh?", während ihr Blick zu der Elfenbeinfigur auf der anderen Seite des Raumes schweifte.

„Anscheinend habe ich Mr. Feng in große Verlegenheit gebracht, als ich ausgerechnet dieses Stück für Sie auswählte", fuhr Detwiler fort. „Es wurde speziell für ein Kloster in Japan angefertigt. So peinlich es mir auch ist, ich muß Sie leider bitten, es freundlicherweise zurückzugeben. Natürlich werde ich mir erlauben, Ihnen den Verlust zu ersetzen, und bitte zugleich vielmals um Entschuldigung."

„Das ist aber wirklich ein Pech", murmelte sie und fühlte sich ganz zufrieden dabei, weil sie sogleich begriffen hatte, was in Wirklichkeit hinter Detwilers Ersuchen steckte.

„In der Tat. Ich bedaure meine Nachlässigkeit zutiefst. Zu allem Überfluß muß ich Sie mit einer weiteren Unannehmlichkeit belästigen. Könnten Sie mir den Buddha noch heute vormittag bringen?"

Mrs. Pollifax hatte bereits einen Entschluß gefaßt: „Ja, das läßt sich machen", sagte sie herzlich. „Aber da ich gerade erst aufgewacht bin, geht es leider nicht vor elf."

„Ich habe Sie geweckt? Das ist unverzeihlich. Darf ich trotzdem auf Vergebung hoffen und Sie um elf erwarten?"

„Gut, ich werde pünktlich sein", versprach sie und legte auf. Ein paar Minuten blieb sie reglos sitzen, rief sich seine Worte ins Gedächtnis zurück und nickte. Die Puzzleteilchen ergaben plötzlich ein Bild. Sie verschwendete keinen Gedanken an die Frage, warum Detwiler nicht angeboten hatte, den Buddha persönlich abzuholen. Einen solchen Vorschlag hatte sie gar nicht erwartet.

Sie wählte die Nummer von Robins Suite und war erleichtert, als er sich sofort meldete. „Detwiler hat mich soeben angerufen. Können Sie mit Marko in mein Zimmer kommen?"

„Wir fliegen!" rief er. Und kaum hatte sie beim Zimmerservice Frühstück mit zwei zusätzlichen Portionen Kaffee bestellt und sich rasch angekleidet, waren die beiden auch schon zur Stelle.

„Guten Morgen", sagte sie fröhlich. „Bitte nehmt Platz, denn ich muß euch ziemlich viel mitteilen. Ich brauche euch als Helfer und als Zeugen für etwas, das ich tun muß, bevor ich heute vormittag Feng Imports einen Besuch abstatte – auf Mr. Detwilers Einladung."

„Was?" donnerte Robin. „Sind Sie nicht bei Trost?"

„Offenbar ist mit dem Buddha ein kleiner Irrtum passiert", erklärte sie unbeeindruckt. „Detwiler möchte ihn zurückhaben. Die Figur wurde eigens für ein Kloster in Japan geschnitzt."

„Und das glauben Sie ihm?" fragte Robin.

Ein Klopfen enthob sie einer Antwort. Der Kellner rollte den Servierwagen herein und zog sich mit einer Verbeugung zurück. Sie schenkte Kaffee ein, reichte den beiden Männern die Tassen und kostete ihr Frühstücksei. „Bei meinen nun folgenden Ausführungen muß ich ins Detail gehen", verkündete sie. „Die Einzelheiten sind wichtig für das, was ich letzte Nacht begriffen habe."

„Wir spitzen die Ohren", sagte Marko.

„Punkt eins", fing sie an und hob einen Finger. „Bei meinem Besuch bei Feng Imports am Montag wunderte ich mich, warum Detwiler mich in sein Arbeitszimmer bat, nachdem Feng bereits erklärt hatte, nie von Sheng Ti gehört zu haben. Detwiler bestand darauf, daß ich ihm in sein Allerheiligstes folgte, und es kam deshalb zu einem kurzen, scharfen Wortwechsel mit dem alten Chinesen. Punkt zwei", fuhr sie fort und streckte einen zweiten Finger hoch. „Detwiler bestand außerdem darauf, mir einen sehr wertvollen Buddha zu schenken."

Alle drei betrachteten die Figur auf der Kommode. „Ein besonders schönes Stück", meinte Marko.

„Punkt drei", sagte sie. „Er wollte den Zettel sehen, auf den Bishop die Adresse von Feng Imports geschrieben hat. Als er ihn las, sagte er: ‚Diese Information kann nur aus einer Quelle stammen. Niemand sonst kann von Sheng Tis Anwesenheit hier wissen.'"

„Na und?" fragte Robin. „Er hat jahrelang für Carstairs gearbeitet. Durchaus möglich, daß er Bishops Handschrift erkannt hat."

„Er hat sie erkannt – und mir dann den Buddha gegeben. Ich bin zu dem Schluß gekommen, daß Detwiler Carstairs und die Abteilung *nicht* betrügt."

„Was?"

„Ja. Ich glaube, er hat in den letzten zwei Monaten absichtlich so hirnverbrannte Berichte geschickt, um auf sich aufmerksam zu machen, und verzweifelt gehofft, damit eine Untersuchung an Ort und Stelle auszulösen."

„Sie wollen uns verkohlen", sagte Robin.

„Bestimmt nicht. Als ich kam, wußte er – weil ich nach Sheng Ti fragte und er Bishops Schrift auf dem Zettel erkannte –, daß Carstairs mich schickte."

Stirnrunzelnd sagte Robin: „Warum hat er dann –"

„Ich bin überzeugt, er befindet sich in ernsten Schwierigkeiten", unterbrach sie ihn. „Ich fragte mich, warum ich nur einen Nachmittag von dem Mann mit dem Köfferchen beschattet wurde. Ich glaube jetzt, Detwiler wollte bloß herauskriegen, in welchem Hotel ich wohne, weil er aus Angst, belauscht zu werden, nicht wagte, mich offen danach zu fragen. Mein Beschatter gehörte zu seinen Leuten, und ihn schickte Detwiler auch, um bei mir einzubrechen."

„Aber warum?"

„Wegen des Buddhas. Er mußte ihn zurückbekommen, und als es mit dem Einbruch nicht klappte, blieb ihm nichts anderes übrig, als mich heute morgen anzurufen. Nichts ergab einen Sinn, bis ich alle Fakten von einer völlig anderen Warte aus betrachtete: der Umstand, daß Detwiler zwei Monate nicht mehr zu Hause gewesen war, die merkwürdige Stimmung bei meinem Besuch im Laden, der lächerliche Einbruchversuch, die Tatsache, daß Detwiler und Inspektor Hao befreundet waren. Kaum sah ich in Detwiler nicht mehr von vornherein den Verräter, begriff ich, daß er ganz schön in den Nesseln sitzt. Im Grunde genommen ist er bei Feng Imports ein Gefangener."

Marko starrte sie an. „Heißt das –"

Sie nickte. „Wer sonst als Feng? Ein bißchen Erpressung wegen Detwilers Spionagetätigkeit, dann Drogen, um seinen Willen zu schwächen und ihn unter Kontrolle zu bringen. Ihn zu ermorden, konnte er sich noch nicht leisten. Damit hätte er sich eine Blöße gegeben. Für Detwiler war es nötig, mir den Buddha offiziell zu schenken, um den Anschein zu erwecken, als wolle er mich mit einer großzügigen Geste abwimmeln. Unter Zwang hat er Feng mittlerweile sicher gestanden, was er wirklich getan hat, und daraufhin erhielt er den Befehl, seinen Fehler schleunigst wieder auszumerzen."

„Den Befehl von Feng?" sagte Robin erstaunt.

„Ja. Was wissen wir denn schon über ihn? Er hält sich diskret im Hintergrund. Ein Mann, dessen Laden eine bequeme Tarnung für Detwilers Geheimdienstaktivitäten war. Ein Mann, der auf den ersten Blick einen resignierten, gebrochenen Eindruck macht, doch als ich damals fortging, kam er mir kalt und berechnend vor – und feindselig."

„Aber daß er sich mit Terroristen einläßt?"

„Wer weiß?" meinte sie. „Noch ist er für uns ein unbeschriebenes Blatt."

Robin pfiff leise durch die Zähne. „Dann ist es angebracht, schnellstens Erkundigungen über ihn einzuziehen. Und wie paßt der Buddha dazu?"

„Prima“, sagte Mrs. Pollifax und brachte ihm die Figur. „Irgendwas daran muß für Detwiler sehr bedeutungsvoll sein, sonst hätte er sich nicht derart bemüht, die Figur in meine Hände gelangen zu lassen. Hoffentlich muß man sie nicht zerbrechen, sie ist so wunderschön ...“

Marko beugte sich vor. „Wenn sie ein Geheimnis birgt –“ Er setzte sich zu Robin aufs Sofa und tastete den Buddha behutsam ab. „Ich tippe auf den Kopf. Sieht zwar so aus, als wäre alles aus einem Stück geschnitzt, aber –“ Er nahm sein Taschenmesser und klappte es auf. „Gestatten Sie?“

Mrs. Pollifax zuckte zusammen, als Marko die Messerspitze unter dem zarten, lächelnden Haupt ansetzte. Ein leichter Druck, erst links, dann rechts, und plötzlich löste sich der Kopf und fiel zu Boden. Robin hob ihn auf.

„Na bitte“, sagte Mrs. Pollifax stolz und zeigte auf den kleinen Hohlraum. „Da haben wir Detwilers Geheimfach. Er ist tatsächlich auf unserer Seite.“

„Scheint ganz so.“ Robin zog zwei winzige Papierröllchen heraus. „Die Götter sind uns wohlgesinnt“, sagte er, als er das erste glattstrich. „Marko – hör dir das an! Eric Johansen – das ist der Rote Eric. Xian Pi – der ist neu. Charles Szabo – oh, den kennen wir! Jan van Damm. John Yonomoto. Hoban Holloway – ein Killer. Miguel Valentos, John D'Eon, Carl Eberhardt, Henri Duval und Angelo Gregorio.“

„Elf“, verkündete Mrs. Pollifax befriedigt. „Und elf gestohlene Pässe.“

„Das Namensverzeichnis der Gruppe achtzig!“ rief Marko.

„Aber das ist noch nicht alles – unglaublich!“ Robin rollte den zweiten Papierstreifen auf. Die beiden anderen schauten ihm über die Schulter und lasen mit. Es war eine kurze, aber aufschlußreiche Liste.

1. *Peak Tower: Kommandozentrale*
2. *Gouverneursresidenz*
3. *Rundfunkstation*
4. *Elektrizitätswerk*

„Das muß sich auf ihren Angriffsplan beziehen“, sagte Marko leise. „Jetzt wissen wir's. Was für ein Fund, Mrs. P.!“

„Leider ohne Zeitangabe“, meinte sie. „Wir nehmen zwar an, daß die Terroristen einen Anschlag gegen Ende nächster Woche planen, aber nur, weil Detwilers Haushälterin ihren Brötchengeber bis dahin zurückerwartet. Unsere Mutmaßung steht also auf recht wackligen Beinen.“

„Trotzdem wollen wir kein Risiko eingehen“, sagte Robin. „Ich werde den Gouverneur unverzüglich über unsere neuesten Erkenntnisse informieren." Er ging zum Telefon und begann zu wählen.

Marko lächelte Mrs. Pollifax an und meinte: „Wir haben einen arbeitsreichen Tag vor uns... Unter anderem müssen wir Material über diesen Feng beschaffen. Wie ist das nun mit Ihrem Entschluß, sich in die Höhle des Löwen zu wagen? Sie wissen, wie gefährlich das sein kann."

Den Hörer in der Hand, sagte Robin: „Gefährlich? Es ist glatter Selbstmord! Glauben Sie im Ernst, Sie können einen leeren Buddha bei Feng Imports abliefern und dabei ungeschoren bleiben?"

„Ich denke ja gar nicht daran, Detwilers Buddha zu nehmen. In einer Geschenkboutique in der Passage gibt es einen ganz ähnlichen. Er ist zwar nicht so kunstvoll gearbeitet, aber genau gleich groß. Detwiler wird sofort sehen, daß es nicht sein Buddha ist, aber ob Feng das merkt, bezweifle ich."

„Unsinn", knurrte Robin. Sein Gespräch wurde durchgestellt, und er wandte sich ab und erzählte ruhig, was er soeben erfahren hatte.

„Feng wird den Schwindel bemerken, sowie er versucht, den Buddha zu öffnen", hielt Marko ihr sanft entgegen.

„Für diesen Fall lasse ich mir schon was einfallen", versicherte sie.

Robin legte auf und kam wieder zu ihnen. „Sie müssen sich diese Wahnsinnsidee aus dem Kopf schlagen", sagte er erbost. „Wenn Feng der Drahtzieher ist, wird er auf Sie warten!"

„Natürlich", erwiderte Mrs. Pollifax und fragte sich, warum er so schwer von Begriff war. „Aber wenn ich nicht gehe, ist es durchaus möglich, daß Detwiler umgebracht wird, weil er mir den Buddha gegeben hat. Detwiler ist meine Angelegenheit. Sein Anruf war eine Bitte um Hilfe. Und vielleicht erfahre ich von ihm, wann die Terroristen losschlagen wollen."

Robin war fassungslos. „Und Sie erwarten, daß Feng Sie laufenläßt?"

„Sie haben Ihre Leute in der Nähe postiert. Notfalls können Krug und Upshot mir zu Hilfe kommen, und Sheng Ti und Lotos sind immerhin auch noch da."

„Ihr Wort in Gottes Ohr", sagte er düster.

Mrs. Pollifax stand auf. „Robin, Sie benehmen sich wie eine alte Gluckhenne. Wir wissen doch beide, daß es in diesem Geschäft keine Garantien gibt." Sie schaute auf die Uhr. „Ich fahre jetzt ins Untergeschoß und kaufe den Ersatzbuddha. Es ist schon Viertel nach zehn, und ich hab versprochen, um elf dort zu sein." Lächelnd winkte sie ihnen zu und marschierte hinaus.

Als sie zwanzig Minuten später zurückkam, war nur noch Marko in ihrem Zimmer und trank eine Tasse Kaffee. Er nahm ihr den Buddha aus der Hand, hielt ihn neben das Original und nickte. „Nicht schlecht!“

„Wo ist Robin?“

„Er spricht über Funk mit unseren Leuten in der Dragon Alley. Bisher hat heute morgen niemand Feng Imports verlassen. Robin gibt Weisung, beim geringsten verdächtigen Zeichen nach Ihrer Ankunft sofort einzugreifen. Ist Ihnen klar, wie sehr er Sie ins Herz geschlossen hat?“

Mrs. Pollifax nickte stumm.

„Eigentlich ließ er sich nur deswegen überreden, Ihnen diese Aktion zu erlauben.“ Marko zog einen scheibenförmigen Gegenstand aus der Tasche, etwa von der Größe eines Kragenknopfes. „Sie werden das da in Ihren Rocksaum einnähen. Es ist ein Gerät, das uns anzeigt, wo Sie sich befinden. Ein Minisender.“

„Gut, einverstanden.“ Mrs. Pollifax holte Nadel, Faden und Schere aus ihrem Koffer. Als sie fertig war, wickelte sie den Ersatzbuddha sorgfältig in die Verpackung des Originals, warf einen Blick auf die Uhr und spitzte die Lippen. „Puh! Wenn ich mich spute, schaff ich's gerade noch.“

Marko drückte ihr herzlich die Hand. „Sollte ich je in der Patsche sitzen wie Detwiler, werde ich inständig hoffen, daß ein rettender Engel in Ihrer Gestalt erscheint. Viel Glück, Mrs. P.!“

„Danke“, sagte sie, nahm den Buddha und eilte hinaus.

Als sie unter dem Baldachin des Haupteingangs hervortrat, schirmte sie, von der Sonne geblendet, mit einer Hand die Augen ab und winkte einem Taxi. Ein Wagen scherte aus der Reihe der wartenden Fahrzeuge aus und blieb vor ihr stehen. Die Tür wurde von innen geöffnet, und sie stieg ein. Erst jetzt sah sie, daß bereits jemand im Fond saß. „O Verzeihung“, murmelte sie und wollte sich wieder von ihrem Sitz erheben, als sie plötzlich den anderen Fahrgast erkannte und begriff, daß sie direkt in eine Falle gelaufen war.

„Sie sind überaus pünktlich“, sagte Feng mit einem schwachen, trockenen Lächeln. „Fahr los, Carl – schnell, bevor wir Aufsehen erregen.“

ROBIN saß in seiner Suite am Funkgerät, als Marko sich zu ihm gesellte. „Ist sie schon weg?“ fragte Robin.

„Ja, soeben“, bestätigte Marko und fügte dann besänftigend hinzu: „Ihr Auftrag bezieht sich auf Detwiler. Sie muß das tun.“

Robin schüttelte den Kopf. „Trotzdem bin ich nicht damit einverstanden“, meinte er und drückte die Sprechtaste. „Rabe hier, hört ihr mich?“

Krugs sonore Stimme antwortete: „Laut und deutlich, alter Junge.“

„Unsere Freundin hat gerade das Hotel verlassen. Geben Sie Alarmbereitschaft, und melden Sie sofort, wenn sie ankommt.“

„Verstanden, Rabe. Ende.“

Nachdem er noch mit Upshot im Lagerhaus gesprochen hatte, warf Robin einen Blick auf Marko und dann auf seine Uhr. „Fünfzehn Minuten vor elf. Trägt sie den Minisender?“

Marko nickte, brachte eine etwas größere Scheibe als die, die er Mrs. Pollifax gegeben hatte, zum Vorschein und befestigte diesen Miniaturdetektor mit einer Saugvorrichtung an der Wand. Ein gleichmäßiges Summen ertönte. „Das wär's“, sagte er. „Klappt es mit Duncan von der Sonderabteilung und dem Peilwagen?“

„Ja. Sie sind seit sechs Uhr morgens unterwegs. Der Gouverneur behauptet, Duncan sei ein As auf dem Gebiet. Wenn wir einem von der Hongkonger Polizei trauen könnten, dann ihm.“

„Ausgezeichnet. Wer von uns kümmert sich um das Material über Feng?“

Robin lächelte flüchtig. „Schon erledigt. Duncan hat versprochen, bis heute nachmittag einen Bericht zu liefern. Aber sobald Mrs. Pollifax zurück ist, kann uns nichts daran hindern, selber ein bißchen nachzugraben.“

„Sie müßte in, na, sagen wir, höchstens zwanzig Minuten bei Feng Imports sein.“

Robin griff nach einer Karte und studierte die Route. „Jetzt ist es gleich elf. Schließen wir eine kurze Wartezeit auf ein Taxi und starken Verkehr mit ein. Länger als bis elf Uhr zwanzig darf sie nicht brauchen.“ Er suchte in seinem Notizbuch eine Nummer und rief den Peilwagen, der durch die Straßen fuhr. „Station eins, blauer Drache“, sagte er, das Kodewort verwendend. „Wir haben jemand von uns mit einem Minisender losgeschickt – Ziel nähere Umgebung der Lower Lascar Row. Wenn Sie das Signal zufällig empfangen, ignorieren Sie es. Wir kümmern uns selbst darum.“

Eine erleichterte Stimme antwortete: „Danke. Natürlich empfangen wir es. Hat uns ziemlich irritiert.“

„Hiermit geklärt. Ende.“ Robin wechselte auf Krugs Kanal. „Rabe hier. Ich bleibe auf Empfang und halte die Leitung für Sie offen.“

„Verstanden. Noch nichts, alles ruhig.“

Marko schob einen Stuhl ans Funkgerät und setzte sich, um entspannt zu warten. Robin beneidete ihn um seine Gelassenheit. Er konnte unmöglich ruhig bleiben, dazu ging ihm die Sache viel zu sehr unter die Haut. Seine heißgeliebte Mrs. Pollifax war ganz allein in dem Dschungel da draußen . . . Wie sollte er sich da nicht aufregen?

Der Detektor summte eintönig. Robins Nervosität erfüllte das Zimmer mit knisternder Spannung. Um Viertel nach elf schaltete er wieder auf Senden und schnauzte: „Tut sich was?"

„Nichts", antwortete Krug.

„Ich steige jetzt aus, komme aber gleich wieder." Robin rief schnell den Peilwagen. „Der Minisender", sagte er. „Ich möchte, daß Sie ihn sofort orten. Vielleicht ist was schiefgegangen." Gereizt fragte er Marko: „Was meinst du – Verkehrsstau, Unfall, Plattfuß oder Schwierigkeiten?"

Ohne zu antworten, beugte sich Marko zum Funkgerät und rief Krug. „Lassen Sie das Ziel nicht aus den Augen, aber geben Sie uns durch, wer den Laden verlassen hat. Lesen Sie wortwörtlich vor."

„Moment", antwortete Krug. „Als ich um sieben Posten bezog, ging der alte Chinese, dieser Feng, in den Laden. Um acht kam der junge Mann, Sheng Ti, und vierzig Minuten später das Mädchen – Lotos, nicht wahr? Und dann –"

„Stopp – das Ganze noch einmal", sagte Marko. „Feng wohnt über dem Laden. Wenn er heute morgen hineingegangen ist, muß er davor irgendwann rausgegangen sein. Wann war das?"

Nach einem kurzen Schweigen sagte Krug: „Ich weiß nicht! Ich habe hier Witkowskis Liste von gestern nacht. Er machte heut früh um halb sieben Schluß, aber da steht nichts, daß der Kerl raus–"

Wütend und bestürzt unterbrach ihn Robin: „Hat Witkowski geschlafen? Wenn Feng zurückgekehrt ist, muß er das Haus auch verlassen haben."

Krug sagte bestimmt: „Ich habe mit Witkowski schon gearbeitet. Der schläft nicht im Dienst."

Robin schnaubte. „O nein! Glauben Sie, es gibt noch einen Ausgang, ein Schlupfloch, das wir übersehen haben?"

„Ruhig, ruhig", warnte Marko und rief den Peilwagen. „Hier Station eins, blauer Drache. Was Neues in bezug auf den Minisender?"

„Zur Zeit im Gebiet des Man-Mo-Tempels. Ohne Bewegung. In zehn Minuten müßten wir den genauen Standort haben."

„Danke", sagte Marko. Und zu Robin: „Das ist beruhigend. Sie ist noch im Westviertel."

„Ich gehe", erklärte Robin und griff nach seinem Jackett. „Ich kann genauso schnell dort sein wie der Peilwagen, vielleicht sogar schneller."

„Nimm deine Pistole mit", sagte Marko, beherrscht wie immer, als er ihm den Miniaturdetektor gab. „Ich bleibe am Funkgerät und überprüfe mit Upshots Hilfe den Hinterausgang von Feng Imports."

Robin schluckte krampfhaft. „Detwiler und Feng sollten eigentlich beide in dem verfluchten Laden sein und auf Mrs. Pollifax warten. Wenn sich einer der beiden unbemerkt davongemacht hat..." Er drehte sich um, lief hinaus und knallte die Tür hinter sich zu.

Sekunden später brauste er mit dem Renault los, fluchte über jede Verkehrsampel, die auf Rot sprang, und deckte jeden langsam dahinzockelnden Wagen mit einem wüsten Hupkonzert ein. Bald kam er in eines der ältesten und überfülltesten Viertel Hongkongs, wo die engen Straßen ihn fast zur Verzweiflung trieben. Er erspähte eine Parklücke, zwängte den Renault hinein, katapultierte sich förmlich aus dem Wagen und begann zu rennen. Der Detektor summte zuversichtlich in seiner Hand. Der eingebaute Entfernungsmesser klickte gleichmäßig und zeigte den Abstand zwischen dem Empfänger und dem Sender in Mrs. Pollifax' Rocksaum an. Als Robin um eine Ecke bog und die Fassade des Man-Mo-Tempels vor sich sah, verstärkte sich das Summen zu einem fast schon hysterischen Pfeifton. Verwirrt blieb Robin stehen. Er entdeckte nirgends eine Spur von Mrs. Pollifax. In diesem Augenblick hielt ein unauffälliger grauer Kleinbus vor der Treppenflucht des Tempels, und als ein Mann im Overall ausstieg, ging Robin zu ihm hinüber und fragte leise: „Sonderabteilung?"

Der Mann betrachtete ihn mit einem scharfen Blick. „Kodewort?"

„Station eins, blauer Drache."

„Danke." Merklich beruhigt meldete der Beamte: „Wir haben den Standort des Senders – entweder im oder hinter dem Tempel. Ich bin Harold Lei, und das ist Jim Bai. Er übernimmt die Rückseite."

Im Innern des Tempels fühlte Robin sich jäh in eine fremdartige, bezaubernd schöne Welt versetzt – schimmerndes Messing, das sich gegen scharlachrote Teppiche abhob, Weihrauchstäbe, bizarre Gefäße, prächtige Baldachine... Das alles hätte zum Verweilen eingeladen, wäre er nicht so fieberhaft auf der Suche nach Mrs. Pollifax. Und sie war nicht da.

„Verdammt!" fluchte er laut, was ihm einen erschrockenen Blick des Tempelwächters eintrug, der in einer Ecke Zeitung las.

Draußen traf er wieder auf seine beiden Kollegen.

„Fehlanzeige", sagte auch Jim Bai. „He, was ist mit Ihrem Detektor los?"

Robin schaute auf die Entfernungsskala. „Das Ding steht auf Null!“ rief er.

„Dann muß der Sender hier sein“, sagte Harold Lei.

„Ich verstehe nicht –“, begann Robin, aber der Rest blieb ihm in der Kehle stecken, als sich Harold Lei bückte und etwas aufhob, das wie ein Steinchen ausgesehen hatte.

„Ist er das?“

Als die winzige Scheibe auf seine Handfläche fiel, packte Robin hilfloser Zorn. „Sie haben sie geschnappt“, sagte er bitter. „So eine elende Schweinerei, das als Köder für uns auszulegen! Außer –“ Aber er dachte den Gedanken nicht zu Ende. Er wollte sich nicht daran erinnern, daß der Minisender in Mrs. Pollifax' Rocksaum eingenäht gewesen war, was bedeutete, daß man ihr gedroht, wenn nicht Gewalt angewendet hatte, um ihr das Gerät abzunehmen. „Ich brauche ein Telefon“, sagte er.

„Im Wagen ist eins“, bedeutete ihm Lei.

Robin meldete dem Chef der Sonderabteilung Mrs. Pollifax' Entführung.

„Höchst unerfreulich“, sagte Duncan. „Wenn sie unter Druck alles verrät, was wir wissen, können wir einpacken. Wo sind Sie jetzt?“

„Beim Man-Mo-Tempel. Ich werde jetzt zum Hotel zurückfahren.“

„Gut. Sagen Sie meinen Leuten, sie sollen wieder an die Arbeit gehen. Wir beide reden später. Und halten Sie die Ohren steif.“

„Ja.“ Mehr brachte Robin nicht heraus. Er war halb tot vor Angst um Mrs. Pollifax und wütend auf sich selbst, weil er ihr dieses idiotische Unternehmen nicht strikt verboten hatte – obwohl das bei ihrem Dickschädel ohnehin nichts geholfen hätte, wie er sich unglücklich eingestehen mußte.

Er wechselte ein paar Worte mit der Besatzung des Peilwagens und fuhr dann trübsinnig zum Hilton. Es war kaum zu glauben. Man hatte sie ausgetrickst und Mrs. Pollifax gefangen!

In der Halle traten ihm aus dem Lift Mr. Hitchens und Ruthie entgegen. „Robin!“ rief Hitchens selig. „Endlich kann ich Sie mit Ruthie bekannt machen. Das heißt . . ., stimmt etwas nicht?“

Robin nickte. „Sie haben Mrs. P.“

„O nein!“

„Aber ich hab sie doch erst vor ungefähr einer Stunde gesehen“, meinte Ruthie.

„Wo?“ fragte Robin überrascht.

„Sie ist vor dem Haupteingang in ein Taxi gestiegen.“

Robin legte ihr die Hand auf die Schulter. „Setzen wir uns dort drüben hin", sagte er grimmig. „Das müssen Sie mir ganz genau erzählen."

„Ich kam gerade von einem Spaziergang zurück", berichtete Ruthie, „als ich Mrs. Pollifax ins Freie treten sah. Die Sonne muß sie geblendet haben, weil sie die Hand über die Augen hielt. Dann winkte sie den wartenden Taxis, und als eines vorfuhr, stieg sie ein."

„Schön. Und jetzt sagen Sie mir bitte – war mit dem Taxi alles in Ordnung?"

Ruthie griff sich an die Stirn. „Ach du meine Güte – lassen Sie mich nachdenken. Oh, das ist komisch. An der Einfahrt standen drei Wagen, aber von denen hat sich keiner vom Fleck gerührt. Ich weiß nicht, woher der kam, der plötzlich vor Mrs. Pollifax hielt."

„War außer dem Fahrer noch jemand drin?"

Ruthie konzentrierte sich. „Ja ... Ja, ich konnte verschwommen die Silhouette eines Kopfes im Fond sehen. Und dann sah ich, wie Mrs. Pollifax' Kopf zurückzuckte, als habe sie den Fahrgast erkannt und wolle sofort wieder aussteigen. Aber da fuhren sie schon los. Es wird ihr doch nichts passieren?" fragte sie ängstlich.

„Das", sagte Robin, „steht in den Sternen."

UM VIER Uhr nachmittags kam Krug vom Dienst und fiel todmüde in ein Bett in Robins Suite, um ein paar Stunden zu schlafen. Witkowski hatte ihn abgelöst und sollte bis Mitternacht bleiben.

Um drei Uhr hatte man ein in der Hennessy Road abgestelltes Taxi gefunden. Es war um zehn Uhr vormittags im Gebiet der Causeway Bay gestohlen worden.

Am wichtigsten aber waren die Meldungen über Charles Yuan Feng, Eigentümer von Feng Imports, die allmählich eintrudelten – alle äußerst interessant. Laut seiner Polizeiakte war er in Begleitung seines Bruders, Weng Feng, aus Shanghai nach Hongkong gekommen, nachdem er unter Chiang Kai-shek in der nationalchinesischen Armee gedient hatte. Damals, in den fünfziger Jahren, wurden beide Brüder verdächtigt, in Verbindung zu der berüchtigten „14-K-Triade" zu stehen, einer von den Nationalchinesen nach Hongkong gebrachten Bande, die Maos Sturz bewirken und damit der Nationalregierung die Heimkehr nach China ermöglichen sollte.

1967 war der Bruder, Weng Feng, in Hongkong als Spion und Saboteur der Nationalisten verhaftet worden, nachdem die Polizei in seiner Wohnung ein Waffenlager gefunden hatte. Er wurde in aller Stille nach Taiwan abgeschoben, wo er sich noch immer aufhielt. Man nahm an, er sei das schwarze Schaf der Familie gewesen. Danach hatte das Interesse an Mr. Charles Yuan Feng beträchtlich nachgelassen.

Robin brütete mit finsterer Miene über dem Bericht. „Hat das etwas zu bedeuten oder nicht? Ich meine, Hongkong ist voller Flüchtlinge aus Rotchina, und gelegentlich werden immer noch Verschwörungen aufgedeckt, die von Amateuren inszeniert wurden."

„Das hier ist keine Amateurverschwörung", sagte Marko eindringlich. „Nicht, wenn die Befreiungsgruppe achtzig damit zu tun hat."

„Auch wieder wahr ... Es scheint unbegreiflich, und doch verhandeln London und Peking gerade jetzt wieder – es steht in der heutigen Zeitung – über die Bedingungen, unter denen Hongkong 1997 den Chinesen zurückgegeben werden soll." Er runzelte die Stirn. „Und zwar an die Rot- und nicht an die Nationalchinesen, wie einst vorgesehen." Die Furchen auf seiner Stirn wurden noch tiefer. „Das könnte allerdings die Gemüter erhitzen, wenn Hongkong, das kapitalistische Zentrum Asiens, an die Kommunisten fällt."

In dem Dossier gab es eine Fußnote, die sich unter Umständen als Hinweis auf einen Zusammenhang mit den Nationalchinesen erweisen konnte. Fengs Bruder, der nun auf Taiwan ansässige Spion, war mit einer Frau namens Xian Su-Tsung verheiratet gewesen, und auf der in dem Buddha versteckten Namensliste stand ein Xian Pi.

Ob dieser Xian Pi ein Neffe von Feng ist? fragte sich Robin, als er zu einem frühen Abendessen nach unten ging und Marko das Funkgerät überließ. Es schien eine Ewigkeit her, seit Chiang Kai-shek mit der Nationalregierung vom chinesischen Festland nach Taiwan hatte flüchten müssen. Der General war schon lange tot. Auch Mao gab es inzwischen nicht mehr, doch Robin wußte, wie alte Konflikte weiterschwelen konnten. Und sicherlich beharrte Taiwan Jahrzehnte später noch darauf, die einzige rechtmäßige Regierung Chinas zu sein.

Robin fühlte sich ausgelaugt. Er konnte sich nicht einmal erinnern, wann er zuletzt etwas gegessen hatte. Wie eine Marionette steuerte er auf einen Ecktisch zu. Drei Tische weiter winkte ihm jemand. Ruthie und Mr. Hitchens wollten, daß er ihnen Beachtung schenkte.

Ruthie beugte sich vor und rief: „Haben Sie Mrs. Pollifax schon gefunden?"

Zum Glück waren um diese Zeit nur wenige Gäste Zeugen ihrer Indiskretion. Robin rang sich ein höfliches Lächeln ab und verneinte stumm.

Am Nebentisch an der Wand blickte ein Mann von Robin zu Ruthie und erhob sich – ein hochgewachsener Mann in einem leicht zerknitterten Anzug, mit einem intelligenten Gesicht, schweren

Lidern und einer dichten weißen Haarmähne. Zu Robins Erstaunen nahm er unaufgefordert bei ihm Platz.

„Da hab ich doch eben den Namen meiner Frau gehört", sagte er und musterte Robin prüfend. „Ich bin vor zwei Stunden hier gelandet, und keiner weiß, wo Emily Pollifax ist."

„Himmel!" rief Robin, aus seiner Lethargie erwachend. „Sie sind Cyrus Reed, und es ist Donnerstag!"

„Beides richtig. Vermutlich ist Emily verschwunden und steckt wieder mal im dicksten Schlamassel. Ist bei ihr nichts Neues. Ich weiß zwar nicht, wer Sie sind, aber es sieht so aus, als wäre ich genau rechtzeitig gekommen. Was tun Sie, um meine Frau aufzutreiben?"

KAUM saß Mrs. Pollifax neben Feng im Wagen, als sie entschied, daß Vorsicht der bessere Teil der Tapferkeit sei. Sie verbarg ihre Bestürzung und lächelte huldvoll, als hätte Detwiler ihr zuvorkommenderweise ein Taxi geschickt und den alten Feng als persönliches Empfangskomitee für sie abgeordnet. In Wirklichkeit fiel ihr nichts ein, was sie hätte sagen können, ohne sich zu belasten. Nur zu gern hätte sie ihn gefragt, wie es ihm gelungen war, seinen von allen Seiten belauerten Laden zu verlassen. „Ich bemühe mich immer, pünktlich zu sein", erklärte sie und zwang sich zur Beherrschung. „Schließlich ist dies doch ein Gebot der Höflichkeit gegenüber unseren Mitmenschen, meinen Sie nicht auch?"

Diese Eröffnung der Konversation wurde wie erwartet ignoriert. Der Fahrer, den Feng mit Carl angesprochen hatte, bog in eine schmale Straße ein, und als der Wagen sein Tempo verlangsamte, wies Feng auf ein Haus. Gleich darauf hielten sie vor einem Geschäft. Das Schild darüber trug die Aufschrift: SCHNEIDEREI.

Jetzt erst bequemte sich Feng, eine kleine Pistole aus dem Ärmel zu ziehen, was ihm einen strafenden Blick von Mrs. Pollifax eintrug. Ihr wäre es viel lieber gewesen, die Konfrontation mit der Realität noch ein wenig aufzuschieben.

„Raus – schnell!" befahl er mit ruhiger Stimme. „Lassen Sie den Buddha da. Wir haben fünf Minuten – nicht mehr."

Fünf Minuten wofür? überlegte sie, deponierte das Päckchen auf dem Sitz und trat in den kleinen Laden. Ein Mann hantierte mit einem Dampfbügeleisen, vier Frauen saßen an Nähmaschinen. Im Hintergrund gab es zwei durch Vorhänge abgeteilte Kabinen. Wortlos stand eine der Frauen auf und stellte sich neben eine der Umkleidekojen. Sie hatte ein hartes, mürrisches Gesicht. „Ausziehen!" befahl sie.

„Was soll ich?" fragte Mrs. Pollifax ungläubig.

„Ausziehen! Rasch! Alles!"

Offensichtlich war Feng geneigt, dieser Forderung mit der Pistole Nachdruck zu verleihen, falls sie sich weigerte. Stumm ging Mrs. Pollifax in die Kabine und reichte ihre Kleidungsstücke einzeln hinaus.

In ein paar Minuten war alles vorbei. Sie bekam ihre Kleidung zurück und stellte keineswegs überrascht fest, daß der kleine Sender in ihrem Rocksaum fehlte. Deshalb also der kurze Aufenthalt. Während sie wieder in den Wagen dirigiert wurde, dachte sie an Robin und Marko, die ahnungslos dem Summton des Minisenders lauschten, der seine Signale nun von einer Schneiderei aussandte.

Daß sie in diesem Punkt irrte, merkte sie, als das Taxi vor dem Man-Mo-Tempel hielt und Feng den Sender an Carl weitergab, der ihn am Tempeleingang niederlegte.

Nun endlich gestand sich Mrs. Pollifax ein, in welch gräßlicher Situation sie sich befand. Sie war den Terroristen in die Hände gefallen und hatte nicht die geringste Aussicht, daß ihr edle Ritter wie Robin und Marko, unterstützt von polizeilichen Heerscharen, zu Hilfe eilen würden. Ab sofort war sie ganz auf sich allein gestellt.

Sie waren durch enge, überfüllte Straßen gezuckelt. Fußgängermassen, fliegende Händler und fahrbare Buden hatten sie immer wieder zum Stehenbleiben gezwungen. Einmal glaubte sie, ganz in der Nähe der Dragon Alley zu sein. Sicher waren sie in einem sehr alten Stadtteil von Hongkong, wo nur Chinesen lebten. Plötzlich lenkte Carl den Wagen in eine winzige Gasse, und Feng zwang sie mit vorgehaltener Pistole auszusteigen. Sie schaute in sein runzliges Pergamentgesicht mit den ausdruckslosen Schlitzaugen und fragte sich, welche Leidenschaft sich hinter dieser unergründlichen Maske verbergen mochte.

Vor sich sah sie eine Holztür, von der die blaßblaue Farbe abblätterte. Das Taxi fuhr rückwärts aus der Gasse hinaus. Feng hatte sich neben der Holztür postiert und hielt sie auf. Während Mrs. Pollifax auf ihn zuging, schätzte sie die Möglichkeit ab, ihn niederzuschlagen. Aber der Alte war schlau und entzog sich geschickt ihrer Reichweite, als sie an ihm vorbeischritt. Mit der Pistole im Rücken begann sie, eine dunkle, schmale Treppe zu erklimmen. Im obersten Stock wurde wieder eine Tür geöffnet. Licht ergoß sich in den düsteren Flur und blendete sie.

„Da habt ihr sie", sagte Feng und stieß sie auf einen wartenden Mann zu. Dann machte er kehrt und schlurfte die Stufen hinunter.

Zwinkernd starrte Mrs. Pollifax ihren neuen Bewacher an. Sie fand ihn unsympathisch. Ein blonder Kraftprotz, der mit seinen Jeans und

Sandalen wie der typische Tourist aussah, bis auf die Tatsache, daß er eine Waffe auf sie richtete und sie grob in einen mit Menschen und Gegenständen vollgestopften Raum zog. Die Fenster waren mit Zeitungspapier verklebt, und im Licht von Neonröhren sah Mrs. Pollifax überall Schlafsäcke herumliegen sowie eine Unmenge von Kabeln, die ihr wie zusammengeringelte Schlangen erschienen. An einer Wand standen reihenweise Flaschen, Kanister und übereinandergestapelte Holzkisten. Weiter hinten im Raum arbeiteten zwei Männer mit Schweißbrennern. Mit ihren Schutzbrillen wirkten sie wie Marsmenschen. Ein Funkenregen sprühte bis zur Decke. Drei andere mischten etwas in einem zylindrischen Metallbehälter, zwei beugten sich über ein Funkgerät. Die Hitze war unerträglich. Mrs. Pollifax rümpfte unwillkürlich die Nase. Es stank penetrant nach Schmieröl, Schweiß und, wie sie glaubte, Benzin.

Der Blonde drückte ihr die Pistole ins Kreuz und trieb sie an der linken Wand des Raumes entlang. Trotzdem blieb sie abrupt stehen. Hinter einer Kiste hockten noch zwei Gefangene auf dem Boden, die Hände brutal vor der Brust zusammengeschnürt. Es waren Detwiler und ein junger Mann, den sie sofort von den Zeitungsfotos her erkannte: Alec Hao.

Detwiler hob den Kopf und schenkte ihr ein mattes, klägliches Lächeln.

„Guten Tag – oder vielmehr guten Abend", sagte sie höflich. Sie wurde nun ebenfalls mit Stricken gefesselt – so fest, daß es ihr die Tränen in die Augen trieb. Dann warf der Blonde sie wie einen Sack zwischen Alec und Detwiler, kehrte sich verächtlich ab und begab sich in einen anderen Teil des Raumes, wo sie seinen Kopf noch über die Kisten ragen sah.

Detwiler schaute sie an, doch sie schwieg. In ihren Händen pochte das aufgestaute Blut. Erst als sie seine Tränen bemerkte, sagte sie sanft: „Es tut mir leid."

„Ich kann mir nicht denken, wieso", antwortete er schwach und rang um Fassung. „Schließlich bin ich derjenige, der Sie angerufen hat. Sie haben den Buddha gebracht? Feng hat ihn jetzt?"

„Einen Buddha, ja", erwiderte sie ausweichend.

Er stöhnte. „Dann werden sie mich töten. Woher sollten Sie wissen, daß er ein Geheimfach hat, mit Plänen und Unterlagen und – und –"

„Warum haben Sie ihn mir gegeben?"

Er schüttelte den Kopf. „Ich dachte wirklich, daß ich – im richtigen Moment – im Hotel anrufen und ... Ihnen sagen könnte, was in der Figur versteckt ist. Ich dachte –" Wieder rannen ihm die Tränen über die Wangen. Kraftlos versuchte er die gefesselten Hände zu heben, um sie wegzuwischen.

Neben ihr sagte Alec Hao mit müder Stimme: „Jetzt kommen allmählich die Entzugserscheinungen. Gestern abend haben sie ihn unter Drogen gesetzt, damit er sich ruhig verhält – davor hat er ein Höllenspektakel veranstaltet, aber das ist jetzt schon lange her."

Also hatten sie ihn wirklich süchtig gemacht. Plötzlich kam ihr die Erkenntnis, wie dumm es gewesen war, die Papiere aus dem Buddha zu nehmen, denn sobald entdeckt wurde, daß der von ihr mitgebrachte nichts enthielt, würde sie unter Beschuß geraten. Der Gedanke, von den Terroristen verhört zu werden, war alles andere als erfreulich . . .

„Wissen Sie, warum man mich hergeschickt hat?" fragte sie.

Detwiler nickte unglücklich.

„Weiß das auch Feng?"

„Wahrscheinlich", stöhnte er. „Ich hab keine Ahnung, was ich ihm gesagt habe. Ich glaube, er fing damit an, mir kleine Dosen Rauschgift ins Essen zu mischen – im Laden, beim Mittagessen –, vor Monaten. Und dann, nach einer Weile, sagte er mir – sagte er mir –" Er schlug die gebundenen Hände vors Gesicht und weinte. „Er sagte, ich sei Teil seines Planes, und dann hat er mir die Spritzen gezeigt und erklärt, ich könne nicht heimgehen." Er zog die Beine an und ließ den Kopf auf die Knie sinken. Sein Körper zitterte vor unterdrücktem Schluchzen.

Mrs. Pollifax versuchte, sich den gepflegten, liebenswürdigen Mann in Erinnerung zu rufen, den sie erst vor drei Tagen, am Montag, getroffen hatte und der Feng gegenüber so respektgebietend aufgetreten war. Wochenlang mußte er das zermürbende Wechselspiel zwischen seiner wahren Persönlichkeit und dem hilflosen Wrack, das er nun war, durchgemacht haben. Heute trug er keine goldenen Manschettenknöpfe, keinen schwarzen Seidenanzug. Seine Sandalen waren zerrissen, das einfache Leinenhemd und die Hose schmuddelig und zerdrückt. Sie dachte an sein elegantes Haus und die von Mrs. O'Malley beschriebenen Abendempfänge und spürte tiefes Mitleid mit diesem menschlichen Wrack.

Sie wurde von Alec Hao aus ihren Gedanken gerissen. „Wer sind Sie denn überhaupt?" wollte der junge Mann wissen.

Erleichtert wandte sie sich von Detwiler ab. „Ich bin Emily Pollifax. Und Sie sind Alec Hao, nicht wahr?"

„Woher –", setzte er verblüfft an.

„Ihr Bild war in sämtlichen Zeitungen. Mr. Hitchens macht sich große Sorgen um Sie."

„Hitchens? Sie kennen ihn? Hat er meinen Vater schon gefunden?" Er musterte sie mit aufkeimender Hoffnung, blieb aber dennoch argwöhnisch.

Auf seinem linken Backenknochen schimmerte das feuerrote Mal eines Faustschlags, seine Lippen waren geschwollen und rissig, doch er war jung und widerstandsfähig. Außerdem besaß er noch jenen ungebrochenen Mut, den Detwiler verloren hatte, einen Lebenswillen, der ihn davor bewahrte aufzugeben. Ja, er konnte die Wahrheit ertragen. „Ihr Vater ist tot, Alec", sagte sie leise.

Er stieß einen tiefen Seufzer aus und nickte. „Das überrascht mich nicht einmal. Jetzt nicht mehr. Ich hab die Hoffnung vor drei Tagen begraben. Haben sie – ist es schnell gegangen?"

„Schnell und unerwartet, glaube ich. Eine Kugel in die Stirn. Als Selbstmord getarnt. Jedenfalls hatten sie es so inszeniert, daß er mit einem Abschiedsbrief und der Pistole in der Hand gefunden werden sollte, aber ich habe ihnen einen Strich durch die Rechnung gemacht und beides verschwinden lassen."

„Sie haben ihn gesehen?"

„Ja. Mr. Hitchens und ich fanden ihn in der Hütte, wo Sie gekidnappt wurden. Ich habe Mr. Hitchens auf dem Flug von San Francisco nach Hongkong kennengelernt", erklärte sie. „Er hat mich um Hilfe gebeten."

„Dann stehen Sie auf unserer Seite?"

„Ja."

„So wie er früher", sagte Alec bitter und wies mit einer Kopfbewegung auf Detwiler. „Er war mit meinem Vater befreundet, bis ihn diese Bestien in die Krallen kriegten. Auf ihn dürfen Sie nicht zählen."

„In der Verfassung, in der er jetzt ist, würde das niemand", sagte sie. „Sind Sie sehr schlecht behandelt worden?"

„Ziemlich. Das Gesindel will ganz Hongkong in die Hand bekommen, wußten Sie das? Zuerst fand ich es lächerlich, aber mittlerweile nicht mehr. Was glauben Sie, was die da drüben zusammenrühren?"

„Was?"

„Pottasche und Dieselöl. Für Bomben. Gestern abend sind sie fort und haben ein paar in der Stadt versteckt. Soviel ich mitbekam, lassen sie sie zu verschiedenen Zeiten in den nächsten zwei oder drei Tagen hochgehen. Von den beiden Fenstern aus beladen sie heimlich einen Lieferwagen unten auf der Straße. Die Fenster sind so gebaut, daß man sie leicht herausnehmen kann. Wer sind diese Leute überhaupt?"

„Die Befreiungsgruppe achtzig."

„Die Terroristen?" Er wurde totenblaß. „Sie meinen, ihnen ist mein Vater zufällig auf die Spur gekommen? Großer Gott, kein Wunder –" Ihn schauderte.

„Dieser Feng ist wohl ihr Anführer, oder?"

Alec sah sie überrascht an. „Der alte Chinese, der hier ein und aus geht? Ich hab ein paarmal gesehen, wie er Geld verteilt hat, aber was soll die Befreiungsgruppe achtzig mit einem wie ihm?"

Das war auch Mrs. Pollifax noch unklar. Sie beugte sich, so weit sie konnte, auf die andere Seite. „Mr. Detwiler?" flüsterte sie dicht an seinem Ohr.

Der Eurasier blickte auf. Seine Augen waren glasig, seine Lippen zitterten.

„Was hat Feng vor?" fragte sie.

Mit Anstrengung bekam er sich unter Kontrolle. Dann antwortete er stoßweise: „Hat – jahrelang – wie ein Sklave geschuftet, sagt er. Ein verdammter F-f-fanatiker, und ich hab's nie bemerkt. Will den großen Knall. Weil die Regierung – in Peking – nicht legal ist. Nur Taiwan."

Sie schaute ihn verwundert an und sagte zu Alec: „Haben Sie eine Ahnung, wann der Angriff stattfinden soll?"

„Ja – morgen früh. Gegen sieben."

„Morgen?" Sie rang nach Luft. Das war ein schwerer Schlag. „Morgen früh . . ., aber dann bleibt uns ja keine Zeit mehr!"

„Wofür?" fragte er überrascht.

„Um sie aufzuhalten . . ., hier herauszukommen."

Er starrte sie ungläubig an. „Sind Sie verrückt? Wir können gar nichts tun. Wir drei gegen die alle? Schauen Sie sich die doch an!"

Genau das tat sie, und sie lauschte auch. Aus dem Funkgerät der Terroristen, das etwa vier Meter entfernt auf einer Kistenreihe stand, drang atmosphärisches Geknatter. Einer der Schweißer schlenderte soeben hin, und als er die Schutzbrille abnahm, erkannte sie den Roten Eric. Sie beobachtete, wie er einen Knopf drückte und Kopfhörer aufsetzte. Dann drehte er sich um und richtete den Blick seiner kalten Augen auf sie. Daß er sie aufs Korn nahm, ließ sie nichts Gutes ahnen. Sie konnte sich ausrechnen, was es bedeutete, und spürte, wie sie ein Frösteln überlief.

Abrupt nahm er die Kopfhörer ab und kam durch den Gang zwischen den aufgestapelten Kisten auf sie zu. Er blieb vor ihr stehen, starrte auf sie hinunter und schlug sie dann hart auf die rechte Wange. „Du hast den falschen Buddha gebracht", zischte er wütend.

Detwiler erwachte aus seiner Stumpfheit. In seinem Gesicht

spiegelte sich die Hoffnung, daß für ihn vielleicht doch noch nicht alles verloren sei.

Der Rote Eric packte Mrs. Pollifax vorn am Kragen. „Wir werden schon aus dir herausquetschen, wieviel du weißt und was du mit den Papieren gemacht hast, die in der Figur waren."

Sie betete um Kraft, als er sie fortschleppte.

Um halb acht waren Robin und Marko damit fertig, Cyrus alles zu schildern, was zur momentanen Lage geführt hatte. Trübsinnig hockten die drei um das Funkgerät in Robins Suite. Robin war nicht entgangen, daß Cyrus während ihres Berichts einmal blaß geworden war, aber Mrs. Pollifax' Ehemann hatte dennoch die Ruhe bewahrt, die ihm dargebotenen Fakten abgewogen und ihnen weiterhin so gezielte, logische Fragen gestellt, als säße er noch am Richtertisch. Cyrus wird wie ein Fels sein, dachte Robin nüchtern, ein gewaltiger Fels sogar, denn sein geübtes Auge hatte gleich registriert, daß der über ein Meter neunzig große Mann kein Gramm Fett am Körper hatte und daß sich hinter seiner scheinbaren Trägheit und seiner sparsamen Ausdrucksweise ein scharfer Verstand verbarg.

„Hongkong im Handstreich zu erobern muß lange im voraus sorgfältig geplant worden sein", schloß Robin. „Mrs. Pollifax verschwand heute vormittag um elf, und wir vermuten, daß Feng in dem Taxi saß, in das sie einstieg, weil er um zwölf Uhr fünfzehn in seinen Laden zurückkehrte."

Cyrus nickte. „Und Sie wissen nicht, wie er unbeobachtet herauskam?"

Robin zögerte. „Wir glauben, daß er vielleicht Zutritt zu den angrenzenden Gebäuden und somit einen geheimen Fluchtweg hat. Im Moment sind wir dabei, die Besitzer der Häuser neben dem Laden auszuforschen, und stehen in Kontakt mit einer handverlesenen Gruppe von Leuten der Hongkonger Polizei, aber –"

„Wie viele?" unterbrach ihn Cyrus.

„Sieben", antwortete Marko. „Plus Duncan, dem Chef."

„Aber in Hongkong einen Grundeigentümer ausfindig zu machen ist sehr kompliziert", fuhr Robin fort, „und wir wollen nicht, daß die ganze Sache publik wird, weil wir befürchten, die Befreiungsgruppe achtzig würde dann untertauchen und woanders zuschlagen." Er hielt kurz inne. „Wir wollen ja nicht nur Mrs. Pollifax wohlbehalten wiedersehen, sondern der Bande auch die Tour vermasseln und sie ein für allemal hinter Gitter bringen."

„Ist denen bekannt, daß Interpol im Spiel ist?" bohrte Cyrus.

Marko sagte leise: „Wenn Mrs. Pollifax recht hatte, fühlten sie sich sicher, bis Detwiler dem alten Feng die Wahrheit über den Buddha gestand. Das muß sie auf die Idee gebracht haben, daß Mrs. Pollifax – äh – kein solches Unschuldslamm ist, wie sie vorgab, und mit Detwilers Geheimdiensttätigkeit in Beziehung steht."

„Und nun?" Cyrus' Stimme klang gelassen.

„Wir wissen nicht weiter", sagte Marko deprimiert.

„Sie meinen, Emily muß allein sehen, wie sie ihre Haut rettet?"

Robin hatte plötzlich das Bedürfnis, seinem Blick auszuweichen.

„Sie verstehen – es ist meine Frau, die sie geschnappt haben", betonte Cyrus nach wie vor ohne ein Anzeichen von Erregung. „Meiner Meinung nach unternehmt ihr nicht genug. Es ist mir alles zu zimperlich, zu umständlich. Ihr braucht mehr Leute."

„Zugegeben", sagte Robin.

„Wenn ihr der Polizei nicht traut, wendet euch an die Armee. Die Engländer haben Truppen hier stationiert. Nicht anzunehmen, daß die auch bestochen sind."

Robin fuhr hoch. „Wenn sich das machen ließe!" sagte er sehnsüchtig. „Obwohl es Mrs. Pollifax kaum helfen kann."

Cyrus schaute ihn fest an. „Keiner weiß, was Emily helfen kann. Bestenfalls sparen die Terroristen sie sich als Geisel auf."

Robin fand es reichlich entmutigend, sich an diese Aussicht zu klammern. Er mochte gar nicht daran denken, was in der Zwischenzeit womöglich mit Mrs. Pollifax geschah.

Da meldete sich Marko zu Wort. „Ich glaube, Sie haben uns gezeigt, wo's langgeht. Robin, du mußt Seine Exzellenz auf der Stelle um den Einsatz von Militär bitten."

„Worauf du dich verlassen kannst", sagte dieser und lief ins Nebenzimmer, um den Gouverneur anzurufen.

Als er nach einer halben Stunde wieder erschien, machte Marko gerade Cyrus mit Mr. Hitchens und Ruthie bekannt. „Wir waren außerstande, uns zu amüsieren", erklärte Hitchens ernst. „Nicht, solange Ihre Frau vermißt wird."

„Hast du den Gouverneur erreicht?" fragte Marko.

Robin schnitt eine Grimasse. „Ja, aber es hat endlos gedauert. Er ist auf einer Cocktailparty, und die Verbindung war miserabel, aber ich schätze, er hat kapiert. Er ruft später zurück. Scheint gar nicht so einfach, uns eine Handvoll Soldaten zur Verfügung zu stellen. Muß erst fein säuberlich genehmigt werden. Der Amtsschimmel wiehert mal wieder!"

„Und das heißt?" erkundigte sich Cyrus gereizt.

„Da gibt's einen Exekutivausschuß", sagte Marko. „Und natürlich ist das jetzt ein ungünstiger Zeitpunkt, jemand zu erreichen." Mit einem leicht gequälten Lächeln meinte er: „Warum setzen wir uns nicht alle? Wir machen ja nichts besser, wenn wir wie die Ölgötzen herumstehen." Er nahm Mr. Hitchens beiseite und fragte leise: „Könnten Sie Ihre Fähigkeiten benützen? Das würde Cyrus beruhigen."

„O nein!" wehrte Hitchens heftig ab. „Ich hab's versucht – ich hab's wirklich versucht. Sie ist in einem kleinen dunklen Raum, zusammen mit einem Mann –" Seine Stimme bebte. „Ich mußte aufhören, auch wenn das noch so unprofessionell ist. Schließlich kenne ich sie, und das ist eben der große Unterschied. Es geht ihr gar nicht gut."

„Verstehe", sagte Marko.

Um zehn Uhr rief Sheng Ti an, weil er Mrs. Pollifax nicht hatte erreichen können. „Hast du noch das Geld fürs Taxi?" fragte Robin. „Komm zum Hotelportal. Ich warte auf dich."

Sobald Sheng Ti in der Suite anlangte, wurde er von Robin über Mrs. Pollifax' Entführung unterrichtet. Der junge Chinese war sichtlich schockiert. Als er hörte, daß Cyrus Mrs. Pollifax' Ehemann war, ging er sofort zu ihm, schüttelte ihm die Hand und setzte sich neben ihn auf die Couch, als wäre Cyrus eine Art heißer Draht zu seiner verehrten Freundin.

Leider konnte Sheng Ti lediglich berichten, daß Detwiler ganz entgegen seiner sonstigen Gewohnheit den ganzen Tag nicht im Laden gewesen und Feng auf geheimnisvolle Weise aus dem Haus verschwunden sei. Er und Lotos hatten so intensiv Bestellungen aufgearbeitet, daß Lotos früh zu Bett gegangen war.

„Ich bleiben", erklärte er. „Bitte, Sie finden Mrs. Poll'fax! Ich sie sehr mögen seit Turfan – in China."

Cyrus klopfte ihm freundlich auf die Schulter. „Bleib nur", sagte er.

Um elf rief Duncan von der Sonderabteilung an. Donald Chang, dem Sheng Ti die Diamanten gebracht hatte, war am Flughafen verhaftet worden. Chang wußte anscheinend nichts von einem geplanten Terroranschlag. Man hatte ihn bestochen, gewisse Päckchen, die per Luftpost ankamen, verschwinden zu lassen, damit, wie er glaubte, Feng keinen Zoll zu bezahlen brauchte.

Kurz nach Mitternacht berichtete Krug, daß bei Feng Imports alles ruhig sei. Und um Viertel nach zwölf meldete der Peilwagen, im Funkverkehr rege sich nichts. Eine Stunde später wirkte die Suite wie ein Obdachlosenasyl. Cyrus war von der Couch aufgestanden und wanderte rastlos umher, woraufhin Sheng Ti sich ausstreckte und einschlummerte. Ruthie döste auf ihrem Stuhl. Mr. Hitchens blätterte geistesabwesend in Illustrierten.

Trotzdem dachte keiner daran zu gehen. Jetzt in die Abgeschiedenheit des eigenen Zimmers zu flüchten wäre einem Verrat gleichgekommen. Hier war der Ort, an dem die Fäden zusammenliefen.

Als um halb zwei das Telefon klingelte, griff Robin hastig zum Hörer. „Oh – Eure Exzellenz." Cyrus hielt mitten im Schritt inne, Marko, der vor dem Funkgerät saß, fuhr herum, und Mr. Hitchens ließ die Illustrierte fallen.

„Nein, noch nichts von unserer vermißten Agentin", sagte Robin. „Wie sieht es mit militärischer Unterstützung aus, Sir?" Er lauschte. „Das sind wirklich gute Nachrichten, Sir, aber wann –" Er verstummte. „So spät erst? Ja, aber – unsere einzige Information ist, daß die Sache noch in dieser Woche steigen soll . . . Gut, Sir. Sehr gut, Sir. Vielen Dank."

Er legte auf und verkündete sachlich: „Ab morgen nachmittag um drei werden Sonderkommandos der Armee in Zivil den Victoria Peak und den Tower, das Elektrizitätswerk, die Rundfunkstation und die Gouverneursresidenz rund um die Uhr bewachen."

„Und warum nicht früher?" fragte Cyrus.

„Er wies mich darauf hin, daß Terroristen ihre Angriffe zeitlich fast immer auf die ersten Abendnachrichten abstimmen, um voll in die Berichterstattung zu kommen", erklärte Robin grimmig. „Deshalb sollten wir nicht allzu ungeduldig werden, wenn er sich an die Vorschriften hält."

„Das reicht nicht", sagte Cyrus ungerührt.

„Ja, da haben Sie recht", pflichtete Marko ihm bei. „Aber es ist immerhin etwas. Bitte setzen Sie sich – Sie werden sonst noch umfallen vor Müdigkeit."

Um halb drei rief Duncan wieder an und gab einen Bericht über die Hausbesitzer in der Dragon Alley durch. Marko machte sich hastig Notizen. „Hört mal. Unter dem Namen *Crystal Enterprises* gehört Feng die Hälfte der ganzen Dragon Alley – die Häuser Nummer 31 a, 30 und 28 –, und da habt ihr auch gleich die Erklärung dafür, wie er ungesehen kommen und gehen konnte. Ferner ist unter dem Namen *Green Jade Associates* eine Schneiderei in seinem Besitz. Das ist noch nicht alles, wie ich glaube." Dann sagte er zu Duncan: „Nehmen Sie sich die Schneiderei vor."

In der nächsten Stunde schwiegen sowohl Funkgerät als auch Telefon. Alle schlugen mehr oder minder angespannt die Zeit tot und warteten.

Kurz nach drei Uhr morgens sagte Cyrus plötzlich: „So, mir reicht's jetzt. Marko, ziehen Sie Ihre Leute aus der Dragon Alley ab. Robin, Sie wecken den dritten Interpolmann, der im Schlafzimmer liegt – Witkowski. Möglich, daß Sie Ihren Job aufs Spiel setzen, aber für mich geht's um das Leben meiner Frau. Mein Vorschlag lautet folgendermaßen –" Er schüttelte den Kopf. „Nein, kein Vorschlag. Genau so werden wir vorgehen."

Ruhig, aber entschlossen, erklärte er ihnen, was geschehen mußte, während sich das Räderwerk der Bürokratie langsam in Bewegung setzte.

ZUERST war ringsum Dunkelheit gewesen und dann ein schwaches kleines Licht. Mit ihren gebundenen Händen hatte sie an einem Haken an der Decke gehangen, während der Pockennarbige Fragen stellte, eine Unmenge Fragen. Danach hatte der Alptraum begonnen.

Was war Wirklichkeit und was nicht? Stöhnend regte sie sich und öffnete die Augen. Etwas war verändert. Der dunkle Raum umgab sie nicht mehr. Sie lag auf dem Boden eines hell erleuchteten Zimmers. Das grelle Licht tat weh. Als sie die Lider schloß, drangen die sengenden Flammen, die ihr über den Rücken liefen, in ihr Bewußtsein. Was machte sie hier? Wo war sie? Zuviel Unbegreifliches stürmte auf sie ein. Sie sank zurück ins Vergessen.

Als sie die Augen wieder aufschlug, begriff sie mit einemmal, wo sie war und warum. Sie war in Hongkong, und sie war verhört worden und dann gefoltert, damit sie dem Roten Eric verriet, was sie wußte. Warum er sie nicht getötet hatte, verstand sie nicht, doch er würde es wohl bald nachholen. Vor Schwäche begann sie zu weinen. Ihr fiel ein, daß Cyrus auf dem Weg zu ihr war. Ihn nie wiederzusehen, nie wieder einen Morgen zu erleben, den nächsten Frühling . . .

Plötzlich ärgerte sie sich über ihr Selbstmitleid und dachte wütend: Ich hab ja kein Honiglecken erwartet, aber daß ich in einer dreckigen Dachkammer in Hongkong sterben soll, paßt mir gar nicht.

Das war besser. Wut war immer besser.

Sie hob den Kopf, achtete nicht auf das Dröhnen in ihren Ohren und erkannte den Raum, in den sie ursprünglich gebracht worden war. Dann sah sie Detwiler, der sie traurig beobachtete. Sie begann, hin und her eilende Schritte zu hören und – was war das für ein vertrautes und doch fremdes Geräusch, das sie an das Knarren einer Wäscheleine erinnerte? Ah ja, ein Flaschenzug . . . Die Fenster – jetzt wußte sie es wieder . . . Alec Hao hatte gesagt, die Fenster könnten ausgehängt werden, um einen Lieferwagen unten auf der Straße zu beladen. Die

Terroristen holten also zum entscheidenden Schlag aus, und das hieß, daß es Zeit für sie war, ebenfalls etwas zu unternehmen. Wenn du weiter untätig herumliegst, Emily, werden sie dich umbringen. Sie lassen dich bestimmt nicht lebendig zurück.

Der Gedanke spornte sie an. Sie mußte sich aufsetzen. Vielleicht konnte sie auch aufstehen und sogar gehen. Hustend holte sie ein paarmal tief Luft, zog sich mit äußerster Anstrengung in eine sitzende Stellung hoch und unterdrückte einen Schmerzensschrei, als ihr wunder Rücken die Wand berührte. Sie hob ihre gefesselten Hände, um auf die Uhr zu schauen, da packte sie eine Welle der Übelkeit.

Vorsichtig öffnete sie nach einer Weile die Augen. Ihre Lage schien nicht sehr aussichtsreich, doch nun entsann sie sich dessen, was sie bei ihrem Karatetraining daheim immer „Auftanken" nannte – das Mobilisieren ihrer gesamten Energie, um diese nach Belieben in jeden Teil ihres Körpers zu lenken. Verbissen wandte sie dieses Rezept an, aktivierte ihre letzten Kraftreserven und zwang sie, in ihre Gliedmaßen zu fließen. Und gleichgültig, ob Einbildung oder nicht, es zeigte Wirkung.

Neben ihr sagte Detwiler matt: „Es ist hoffnungslos. Um sieben werden sie den Peak erobert haben." Sein Gesicht war verfallen und grau. „Haben die Sie zum Reden gebracht?"

Sie dachte zurück an die Hölle, durch die sie gegangen war. „Nein", sagte sie. „Ich hab behauptet, der Buddha, den Sie mir gaben, hätte mir so gut gefallen, daß ich beschloß, ihn zu behalten, und als ich in einer Geschenkboutique im Hotel einen ganz ähnlichen entdeckte, hätte ich gedacht, Sie würden den Unterschied nicht merken."

Er war starr vor Erstaunen. „Das haben Sie getan? Wir konnten Sie schreien hören. Es war ... furchtbar." Ein hemmungsloses Schluchzen schüttelte ihn.

Damit half er ihr nicht. Auch mit Alec war nichts anzufangen. Er schlief. Ihr Blick glitt hinüber zum Fenster. Männer standen davor, schauten hinunter auf die Straße und riefen Befehle. Dann bemerkte sie das Funkgerät, nur ein paar Meter entfernt auf einer Kiste ...

Nachdenklich blieb ihr Blick daran hängen. Ein Funkgerät ... Was hatte Marko gesagt? Der Peilwagen strotze nur so von Antennen. Sobald der Sender zweieinhalb Minuten in Betrieb sei, ließe er sich aufspüren ...

Wenn ich hinkriechen könnte, dachte sie. Ich müßte mich hinter die Kisten ducken. Der einzige riskante Augenblick wäre, wenn ich aufstehen muß, um das Ding auf Senden zu stellen. Sie schaute auf ihre Uhr. Viertel nach sechs. Hatte sie die nötige Kraft?

Zweieinhalb Minuten sind eine lange Zeit, stellte sie fest, während sie beobachtete, wie der Sekundenzeiger langsam das Zifferblatt umrundete.

„Was ist?“ fragte Detwiler, der sie die Stirn runzeln sah.

„Das Funkgerät“, flüsterte sie. „Wenn ich hinkriechen und es zweieinhalb Minuten auf Senden schalten könnte ...“

„Wozu? Wer würde es schon hören?“

„Man würde es hören“, sagte sie überzeugt. „Es gibt Leute, die hoffen, ein Signal zu empfangen.“

Seine Augen weiteten sich. „Sie meinen – andere? Andere wissen von alldem hier?“

„Ja, aber sie wissen nicht, wann es ernst wird“, erklärte sie ihm. „Die Papiere, die Sie in dem Buddha versteckt haben, sind in guten Händen. Ich muß Sie um etwas bitten – falls die Männer vom Fenster wegtreten, können Sie sie dann ablenken? Das Gerät muß unbedingt zweieinhalb Minuten senden.“

Er schwieg nachdenklich. „Nein“, antwortete er schließlich.

Ihre Bestürzung darüber, daß er sie im Stich ließ, war wie ein Messer, das Wunden wieder aufriß. „Sie wollen mir nicht helfen?“

„Ich werde zu dem Funkgerät gehen, nicht Sie.“ Ein seltsames Lächeln spielte um seine Lippen. „Bisher war ich kaum von Nutzen, und das Heroin – ich bin rettungslos süchtig, wissen Sie? Erlauben Sie mir, mich wieder wie – ein Mensch zu fühlen.“

„Aber –“

Er berührte ihre Hände mit den seinen. „Schon gut, wirklich. Ist es der Knopf auf der linken Seite?“

„Ich glaube, ja. Drehen Sie ihn, und kommen Sie zurück.“ Irgend etwas an ihm beunruhigte sie. „Ich werde Ihnen ein Zeichen geben.“

Er lächelte schwach und begann zwischen den Kistenreihen hindurchzukriechen. Die Männer drüben waren noch am Fenster beschäftigt. Einer wandte sich um, um noch eine Kiste zu holen, ging zum Glück aber hinüber zur anderen Seite. Detwiler blieb unbemerkt.

Als er unter der Kiste mit dem Funkgerät kauerte, krampfte sich Mrs. Pollifax' Magen zusammen. Das war der entscheidende Moment. Jetzt mußte er aufstehen und sich vorbeugen, um den Schalter zu erreichen. Sie hielt den Atem an. Detwiler erhob sich langsam auf die Knie und schaute zu ihr herüber. Er wartete auf ein Zeichen. Noch immer kehrten ihm die Männer den Rücken zu. Sie nickte heftig, beobachtete, wie er sein Gewicht auf ein Bein verlagerte, sich hochstemmte, vornüberbeugte und nach dem Schalter griff.

„Wunderbar, ganz wunderbar“, flüsterte sie und seufzte vor

Erleichterung. Als er sich wieder auf den Boden sinken ließ und aus ihrem Blickfeld verschwand, schaute sie auf die Uhr. Sechs Uhr neunundzwanzig. Lieber Gott, dachte sie, wird das lange dauern! Vier Sekunden, zählte sie. Fünf... Detwiler kam nicht zurück. Jetzt sah sie ihn. Er duckte sich hinter der Kiste mit dem Funkgerät, aber sie konnte nicht mehr auf ihn achten. Ihr Blick hing wie gebannt an dem Zifferblatt. Fünfzig Sekunden... *eine Minute!*

Eine Minute und drei Sekunden. Eine Minute und fünf Sekunden... acht, neun. Merkwürdig, wie gewichtig eine einzige Sekunde war. Wußten die Menschen das?

Zwei Minuten... Nun wagte sie sich auszumalen, wie die beiden Männer im Peilwagen angestrengt die Antennen drehten, den Schnittpunkt der Linien berechneten...

Zwei Minuten und zwanzig Sekunden. „Bitte“, flüsterte sie. Zwei Minuten und fünfundzwanzig Sekunden... *zweieinhalb Minuten!*

Sie hätte jubeln können und Detwiler am liebsten zugeschrien, daß er es geschafft hatte, daß das Gerät schon zweieinhalb Minuten auf Senden gestellt war..., fast schon drei.

Ein jäher Ausruf ließ sie zusammenzucken. „O nein!“ stöhnte sie. Vor Detwiler stand einer der Männer. Sie sah, wie der Terrorist begriff, wie er das Gerät wütend abdrehte und wie andere herbeiliefen. Und dann wurde eine Pistole gezogen.

Mit fest geschlossenen Augen wartete sie auf den Knall. Als sie sie wieder öffnete, war Detwiler tot, sein leerer Blick auf sie gerichtet.

Sie starrte auf den leblos hingestreckten Körper und dachte benommen: Er hat gewußt, daß es so kommen wird. Das hat er mir sagen wollen – daß er nicht mehr an eine Zukunft für sich glaubt, daß es kein Zurück für ihn gibt.

Er hatte übermenschliche Tapferkeit bewiesen.

Alec Hao war aus dem Schlaf aufgeschreckt. „Was ist los?“ fragte er.

Sie deutete mit dem Kinn auf Detwiler. „Sie haben ihn erschossen.“

„Ich dachte, sie hätten Sie – Ich hab nicht erwartet –“

„Ich weiß.“

Alec zitterte. „Sind wir als nächste dran? Hört das denn nie auf?“

Sie nahm ihre Kraftreserven zusammen, als der Rote Eric auf sie zukam. „Auf!“ befahl er schroff. „Wir gehen.“

Also, Emily, sagte sie sich, jetzt wirst du herausfinden, ob all die Vitaminpillen, die du jahrelang geschluckt hast, etwas getaugt haben. Du magst dich zwar nach einem weichen Bett und einer ordentlichen Mahlzeit sehnen, aber du wirst dich bequemen müssen, dich hochzurappeln und die Treppe hinunterzusteigen.

Ein wenig taumelnd, merkte sie, daß sie sich nur auf Detwilers letzte heldenhafte Tat zu konzentrieren brauchte, um den Schmerz in ihrem Rücken zu vergessen. Schritt für Schritt folgte sie dem Roten Eric die Stufen hinunter, und wenn sie schwankte, wurde sie von dem hinter ihr gehenden Alec gestützt.

Vor der offenen Tür stand der Wagen der Terroristen – ein überraschend harmlos wirkender, alter Campingbus. Auf dem Dach befand sich ein großer Gegenstand, mit einer Plane zugedeckt und festgezurrt, so daß er wie Reisegepäck wirkte, und hinten waren – was für ein raffinierter Einfall, dachte sie erbittert – zwei Fahrräder befestigt. Das Rückfenster und die beiden hinteren Seitenfenster wiesen Vorhänge auf. Als sie einstieg, sah sie, was die Vorhänge vor neugierigen Blicken schützen sollten – einen Berg Maschinengewehre und Kisten mit der Aufschrift MUNITION.

Wo blieb der Peilwagen?

Sei dankbar, daß du noch am Leben bist, dachte sie und setzte sich kerzengerade auf den Platz neben dem unverhängten Vorderfenster, weil sie vermeiden wollte, daß ihr wunder Rücken die Lehne berührte.

Neben ihr sagte Alec leise: „Sonnenschein! Ich hätte nicht geglaubt, daß ich die Sonne je wiedersehen würde."

„Nein?" meinte sie und wurde sich dann bewußt, daß für ihn die Qual ja vier Tage gedauert hatte. Jetzt war es fünf vor sieben, etwa dreiundzwanzig Minuten seit dem Abstellen des Signals. Das war doch sicher Zeit genug gewesen? Von Panik erfaßt, überlegte sie, ob die Besatzung des Peilwagens aufgegeben hatte – oder hatte sie selbst die Sekunden nicht richtig gezählt? Detwiler hatte sein Leben für diese zweieinhalb Minuten geopfert.

Nun stiegen auch die anderen ein, insgesamt sechs Männer, einschließlich Carl, dem Fahrer. Es sollten doch elf sein, dachte Mrs. Pollifax und fragte sich, wo sich die übrigen befanden. Der Wagen fuhr im Rückwärtsgang aus der Gasse hinaus. Auf den Straßen herrschte geschäftiges Treiben. Menschen eilten zur Arbeit, drängten sich auf den Gehsteigen und schoben Karren am Rand der Autoschlange entlang. Weit und breit kein Fahrzeug, das einem Peilwagen ähnelte. Da war etwas schiefgegangen.

Im rückwärtigen Teil des Campingbusses quäkte das Funkgerät. Mrs. Pollifax hörte die gedämpfte Stimme des Roten Eric und schnappte ein paar Wortfetzen auf – „Café im Tower, dritter Stock, bring sie ganz hinauf" und „in ungefähr acht Minuten". Jetzt begriff sie. Ein Stoßtrupp der Terroristen mußte den Tower bereits gestürmt und Geiseln genommen haben. Alle Hoffnung dahin! Zu spät ..., zu

spät ... Sie schloß die Augen, um der grausamen Welt zu entfliehen, und träumte von zu Hause.

Als sie wieder wagte, ihre Umgebung wahrzunehmen, fuhr der Wagen gemächlich die steile Straße zum Victoria Peak hinauf – ein unansehnlicher Campingbus mit einer Frau an einem Fenster, an der Heckklappe aufgehängten Fahrrädern und Gepäck auf dem Dach. Das „Gepäck" war wohl der Raketenwerfer, den Mr. Hitchens gezeichnet hatte. Was Robin und Marko jetzt machten? Natürlich schliefen sie noch, knapp vor sieben Uhr morgens. Bei diesem Gedanken fühlte sie sich besonders verlassen und hilflos.

Nun konnte man schon die Spitze des Towers mit dem runden Restaurant, das aussah wie eine Raumkapsel, über die Bäume ragen sehen. Dann wurde die Vegetation zu beiden Seiten der Straße lichter und gab den Blick auf den ganzen Tower, den Parkplatz und die leuchtendbunten Gartenanlagen frei, um die sich die Straße in einem Bogen wand. Im Wagen stieg spürbar die Spannung.

„Ich halte das nicht durch", sagte Alec entnervt. „Diese endlose Ungewißheit ist nicht auszuhalten."

Mit ihren gefesselten Händen berührte sie leicht seinen Arm. „Ich glaube, daß man durchhalten *muß*", flüsterte sie.

Doch tief in ihrem Innern gab auch sie sich geschlagen. Die Mißhandlungen, die sie erlitten hatte, und Detwilers Tod verstärkten die Bitternis ihrer Niederlage, aber am meisten schmerzte sie, daß Detwilers Opfer umsonst gewesen und das Funksignal nicht gehört worden war. Aus und verloren! sagte sie sich und stellte mit Erschrecken fest, wie ihre Gedanken ziellos kreisten und mehr und mehr an Klarheit verloren.

Der Wagen bog auf den Parkplatz ein. Ein paar Autos waren hier abgestellt, aber keine Menschenseele zu sehen, bis auf einen Gärtner in der Ferne, einen jungen Chinesen, der in aller Gemütsruhe Rosensträucher schnitt. Sie hörte das Gemurmel der Terroristen, als sie die Waffen ausluden. Dann befahl Carl: „Raus!" Er hatte ein Maschinengewehr über die Schulter gehängt und hielt eine Pistole in der Hand. Von seinem Gürtel baumelten Handgranaten.

Matt und bedrückt erhob sich Mrs. Pollifax und taumelte ins Freie. Zusammen mit Alec ging sie auf den Tower zu, hinter sich die Terroristen, die sich unverfänglich unterhielten. Eine Bewegung zu ihrer Linken erschreckte sie, aber es war nur der Gärtner. Sie wollte ihm zuschreien: Siehst du die Gewehre nicht? Begreifst du nicht, daß ganz Hongkong von diesen Verbrechern erpreßt werden soll? Dann erinnerte sie sich, daß die Welt sich nach ihren eigenen Gesetzen drehte und daß es immer Gärtner geben würde, die Büsche stutzten.

Nur... eines war seltsam! Die unglaubliche Ähnlichkeit dieses Chinesen mit Sheng Ti...

Ich habe Halluzinationen, dachte sie. Sheng Ti ist unten in der Stadt, und Gärtner ist er auch nicht. Entsetzt darüber, welche Streiche ihr zunehmend umnebelter Verstand ihr spielte, wandte sie den Blick ab.

Sie betraten den Tower. Rechts von ihnen befand sich eine Reihe von Aufzügen. Stoisch trottete sie hinter dem Anführer her. Vor einem der Fahrstühle stand wartend ein Mann. Es überraschte sie nicht, daß er genau wie Cyrus aussah. So war es also, wenn man verrückt wurde. Man bevölkerte alles mit vertrauten Gesichtern.

Der Mann, der Cyrus aufs Haar glich, betrachtete sie alle interessiert. Zum Schluß ruhte sein Blick auf Mrs. Pollifax. „Guten Morgen", sagte er freundlich. „Heute geht das hier ziemlich langsam."

„Aha", erwiderte der Rote Eric kurz angebunden.

Diese gütigen Augen – genau wie die von Cyrus. Und auch die Stimme... Ihr kamen die Tränen. Aber Cyrus war ja weit, weit weg. Er war noch nicht einmal in Hongkong, oder? Sie starrte ihn mißtrauisch an.

„Ah – jetzt kommt einer runter", sagte der Mann, der so geschickt ihren Cyrus spielte. „Wohl im Manöver?" fragte er verständnisvoll und wies mit einem Nicken auf ihre Waffen.

„Ja, ja", brummte Carl.

Alle achteten nur auf den herabsurrenden Aufzug, doch Mrs. Pollifax warf verstohlen einen zweiten Blick auf den Fremden. Er hatte sich näher an sie herangeschoben und stand nun dicht neben ihr. Verwundert sah sie zu ihm auf und wandte sich erst ab, als der Aufzug hielt.

Sie hatte angenommen, er würde leer sein.

Die Türen glitten zurück, und sie schrie, denn der Fahrstuhl war voller bewaffneter Männer, die Maschinenpistolen im Anschlag hielten. Die Befreiungsgruppe achtzig – also kam es doch noch zu einem Massaker. Das war das Ende... Dann, urplötzlich, erkannte sie mit berauschender Klarheit Marko und Robin mit ihren Leuten und begriff. Das waren nicht die Terroristen, und sie hatte keine Halluzinationen gehabt! Sie hatte wirklich Sheng Ti da draußen gesehen, und es war wirklich Cyrus, der neben ihr stand.

„Runter, Emily!" brüllte er, warf sich auf sie und Alec und riß sie beide zu Boden. Im gleichen Moment spien die Maschinenpistolen Feuer.

„Überlistet von einer Meute von Amateuren“, bemerkte Marko grinsend. „Interpol ist fassungslos, und der Gouverneur verdaut noch den Schock.“

„Es war Cyrus – ganz allein Cyrus“, sagte Robin zu Mrs. Pollifax. „Wenn er nicht gewesen wäre ...“

Sie waren um einen Tisch im Golden Lotus Room versammelt, wo alles angefangen hatte. Die zur Feier des Tages mit Champagner gefüllten Gläser standen noch unberührt vor ihnen. Mrs. Pollifax dachte an das Frühstück mit Mr. Hitchens am Montag morgen. Jetzt war es Freitag abend, und sie konnte kaum glauben, was sie in fünf Tagen erlebt und vor allem überlebt hatte.

Sie saß zwar hier, doch es kam ihr vor wie ein Traum. Noch hielt eine andere, dunkle, bedrohliche Welt sie umfangen. Diese hier schien ihr irgendwie fremd, als gehörte sie nicht richtig dazu. Trotzdem hatte sie darauf bestanden zu kommen, weil Robin und Marko um Mitternacht nach Rom fliegen wollten.

„Soviel wir erfahren haben“, sagte Marko mit gewohnter Gelassenheit, „wäre es ein furchtbares Blutbad geworden. Die Stellung dort oben über der Stadt ist nahezu uneinnehmbar. Die Regierung hätte mit Hubschraubern, Polizei, Armee und Flotte anrücken können –“ Er schüttelte den Kopf. „Beim geringsten Anzeichen von Gefahr hätten die Terroristen ihre Raketen abgeschossen und unzählige unschuldige Menschen in der Stadt unten getötet. Sie hätten ihre Stellung tagelang behaupten und halb Hongkong in Schutt und Asche legen können.“

Ein Inferno, dachte sie. Sie zweifelte nicht daran, daß es dazu gekommen wäre, weil sie das Denken und Handeln der Terrorbande hautnah kennengelernt hatte.

Im Krankenhaus war sie geröntgt worden, hatte sich aber geweigert zu bleiben, weil sie bei Cyrus sein wollte. Deshalb hatte sie sich den fähigen Händen von Dr. Chiang anvertraut, der ihren Rücken behutsam mit Kräutersalben einrieb und ihr ein Beruhigungsmittel gab. Der zunächst unerträglich brennende Schmerz schwelte nur noch, und sechs Stunden Schlaf hatten sie so weit erfrischt, daß sie sagen konnte: „Erzählen Sie mir mehr, Robin. Ich möchte alles wissen.“

Er lächelte sie an. „Gut, aber zuerst müssen Sie sich ausmalen, wie wir hilflos herumsaßen und auf eine Neuigkeit über Sie und auf Unterstützung durch die Armee warteten. Dann erklärte Cyrus gegen vier Uhr früh plötzlich, daß wir uns wie verdammte Narren benähmen und daß wir immerhin sechs gesunde Leute in diesem

Raum wären, plus Witkowski im Schlafzimmer, Krug und Upshot in der Dragon Alley sowie sieben Mann von Duncans Sonderabteilung – falls Duncan bereit wäre, mit einer Handvoll einsatzfreudiger Freiwilliger zusammenzuarbeiten.“

„Mit dem Wort ‚Freiwillige‘ war er nicht einverstanden“, warf Hitchens ein.

„Also gut, Amateure“, berichtigte Robin mit einem flüchtigen Grinsen. „Amateure wie Cyrus und Mr. Hitchens und Sheng Ti und Ruthie, die in die Bresche springen sollten, solange die Soldaten noch nicht zur Verfügung standen.“

Ruthie sagte fröhlich: „Cyrus hat ausdrücklich betont, so hätten wir wenigstens das Gefühl, etwas zu unternehmen, und es bestand ja immer die Möglichkeit, daß die Terroristen früher zuschlagen würden als erwartet.“

„Was sie dann ja auch taten“, bemerkte Hitchens. „Wenn ich daran denke, was geschehen wäre, wenn wir uns nicht aufgerafft hätten . . .“

„Zum Glück hat sich Duncan für die Idee erwärmt“, fuhr Marko fort, „und so beschlossen wir, uns aufgrund der Liste in dem Buddha – Sie wissen ja, ‚Peak Tower gleich Kommandozentrale‘ – auf den Turm zu konzentrieren.“

„Wir postierten Duncans sieben Mann voll bewaffnet oben in dem Restaurant.“

„Das Restaurant öffnet erst zu Mittag“, warf Ruthie ein. „Nur das Café im dritten Stock hatte schon auf.“

„Ja“, sagte Marko, „und Ruthie und Mr. Hitchens bekamen Walkie-talkies und versteckten sich hinter den Büschen am Straßenrand mit dem Auftrag, jedes vorbeikommende Fahrzeug zu melden. Sheng Ti übernahm, ausgerüstet mit einer Pistole, die Rolle des Gärtners.“

„Mit Walkie-talkie auch!“ rief Sheng Ti. „Nicht schlecht!“

Robin lächelte. „Ich muß zugeben, wir waren platt, als es uns dämmerte, daß die Terroristen tatsächlich kamen und daß das die Stunde X war.“

„Ich als erster sehen“, sagte Sheng Ti stolzgeschwellt.

Ruthie nickte. „Hitch und ich meldeten, daß ein Wagen zum Gipfel hinauffuhr, aber Sheng Ti hat beobachtet, wie fünf Männer mit Gewehren ausstiegen und offensichtlich ins Café wollten.“

Die Vorhut, dachte Mrs. Pollifax.

„Im Café waren acht Gäste, dazu Krug und Upshot“, erklärte Mr. Hitchens. „Alle zehn wurden von der Bande zusammengetrieben und hinauf in den Tower gebracht.“

„Wo wir schon auf sie warteten", ergänzte Cyrus. „Ich selber, Robin, Marko, Witkowski und Duncans sieben Mann."

„Und dann", erzählte Marko weiter, „kam die wunderbare Nachricht von Ruthie und Mr. Hitchens, ein Campingbus sei auf dem Weg zum Tower. Es konnte sich nur um den Haupttrupp der Terroristen handeln – besonders, weil Sie, Mrs. Pollifax, an einem der Fenster gesehen worden waren."

Verblüfft erinnerte sich Mrs. Pollifax an die scheinbar so unbeobachtete Fahrt. Während sie ihr Schicksal besiegelt glaubte, lief ein glorreiches Unternehmen zu ihrer Rettung ... Noch immer fühlte sie sich wie durch eine Glaswand von der Gegenwart getrennt, stand sie unter dem Eindruck jener Zerreißprobe, deren dunkler Bann sie gefangenhielt. Und da passierte zweierlei: Über den Tisch hinweg fing sie Alec Haos Blick auf, sah dasselbe Leid in seinen Augen und war ihm in stummer Freundschaft verbunden. Im gleichen Moment, als sie ihm ermutigend zulächelte, griff Cyrus, der spürte, wie fern sie ihnen allen innerlich war, nach ihrer Hand und drückte sie.

Plötzlich ließ das Dunkel sie los, und sie gehörte wieder zu diesem Kreis wunderbarer Menschen. Es war, als stiege sie aus einem Grab ans Sonnenlicht – mitten hinein in eine Flut von Zärtlichkeit.

„Deshalb fuhr Cyrus nach unten, um Sie zu empfangen", erklärte Robin. „Er hoffte, Sie würden merken, daß etwas in der Luft liegt, wenn er sich so unschuldig vor den Aufzügen aufbaute."

Mrs. Pollifax schnitt eine klägliche Grimasse. „Ich hab mir eingebildet zu phantasieren. Daß es tatsächlich Sheng Ti und Cyrus waren, hielt ich für unmöglich."

„Sie standen doch unter Schock", sagte Ruthie sanft. „Vergessen Sie nicht, Sie wurden gefoltert, und Sie mußten mit ansehen, wie Mr. Detwiler getötet wurde."

Die Folter und der Mord an Detwiler. Irgendwann einmal, vielleicht an einem Sommertag in ihrem blühenden Garten, würde sie versuchen, eine Welt zu verstehen, die Mondlandungen wahr machte und Computerchips produzierte und doch nicht verhindern konnte, daß manche Menschen tief genug sanken, um gnadenlos zu quälen und Leben zu zerstören. Inzwischen würde sie an Detwiler denken, der so grausam verführt und betrogen worden war und zwischen Stärke und Schwäche geschwankt hatte, bis er sich am Ende entschloß, lieber zu sterben, als die Demütigung länger zu ertragen.

Mit einemmal wurde ihr bewußt, daß alle sie besorgt anstarrten, und sie fragte: „Als Detwiler sich geopfert hat, um das Funkgerät auf Senden zu stellen, war das doch nicht ganz umsonst, oder?"

„Nein, meine liebe Mrs. P.“, antwortete Marko. „Das Signal wurde aufgeschnappt und das Gebäude geortet. Die Männer im Peilwagen mußten Verstärkung anfordern, und Duncan instruierte sie, Ihnen in angemessenem Abstand zum Peak zu folgen. Nein, Detwiler hat sich nicht umsonst geopfert.“

Ihr Blick wanderte zu Alec Hao. „Können Sie ihm jetzt vielleicht vergeben?“

„Vergeben, aber nicht vergessen“, sagte Alec. „Wenigstens hat er meinen Vater nicht eigenhändig umgebracht. Aber dieser Feng hat –“ Seine Stimme versagte.

„Feng ist tot“, berichtete Marko knapp. „Nach dem Verhör hat er einem Beamten die Pistole entrissen und sich erschossen.“

„Zum Teufel, dann erklären Sie mir doch, was der verdammte Kerl mit dem ganzen Theater eigentlich wollte?“ rief Alec.

Marko seufzte. „Sobald die Terroristen Hongkong in der Hand gehabt hätten, sollten sie – laut Feng – fordern, daß alle Verhandlungen zwischen Peking und Großbritannien eingestellt würden, bis die Ansprüche der Nationalchinesen bei der für 1997 vorgesehenen Rückgabe von Hongkong an China berücksichtigt wären.“

„War er denn verrückt?“ brauste Alec auf.

„Alle Fanatiker sind dies mehr oder weniger“, meinte Marko nüchtern. „Feng hat sich jahrelang bemüht, die kommunistische Regierung auf dem Festland zu unterminieren, und als das nicht gelang, nahm er sich vor zu verhindern, daß Rotchina Hongkong bekommt. Er sprach vom Aufbau einer Untergrundorganisation und von der Beschaffung von Schlupfwinkeln, in denen heimlich Waffen gelagert werden konnten. Dann kam es zum ersten Kontakt mit der Befreiungsgruppe achtzig durch seinen Neffen, Xian Pi, und danach zu den Raubüberfällen, um die Operation zu finanzieren. Außerdem wurden mit den Diamanten methodisch Waffen und Schweigen erkauft. Letzten Endes aber“, schloß Marko bedrückt, „wollte Feng Hongkong wohl zerstören und der Welt damit seine unbeschreibliche Wut demonstrieren. Er hat sicher gewußt, daß sein Traum von einer Wiedereinsetzung der Nationalregierung in China keinerlei Aussichten auf Erfolg hatte.“

„Feng war wie besessen“, fügte Robin hinzu. „Die Befreiungsgruppe achtzig dagegen hatte andere Ziele. Sie hätte zehn Millionen in Gold und freien Abzug aus Hongkong gefordert.“

„Und der Rote Eric?“ fragte Mrs. Pollifax.

„Tot“, sagte Robin kühl. „Ihn und zwei andere hat es bei der Schießerei vor dem Aufzug erwischt. Die übrigen Terroristen zeigten der Polizei, wo sie ihre selbstgebastelten Bomben versteckt hatten, und hoffen auf mildernde Umstände, was ihnen aber wenig nützen wird."

„Der stärkste Beweggrund dieser reizenden Organisation war natürlich die Gier nach Macht", meinte Marko ruhig. „Sie hätten sich mit ihren Waffen und Geiseln im Tower verschanzt und dem Rest der Welt auf der Nase rumgetanzt."

Schweigen breitete sich aus, dann sagte Cyrus: „Aber es ist ihnen nicht gelungen."

„Nein, für diesmal konnten wir es verhindern", sagte Marko.

Jeder hing still seinen Gedanken nach, bis Mr. Hitchens sein Champagnerglas hob. „Ich schlage vor, wir bringen einen Toast auf das aus, was nicht stattgefunden hat, und vielleicht möchte Mrs. Pollifax dem etwas hinzufügen."

Sie lächelte ihn an. „Ja – ja, ich glaube, das möchte ich gern", antwortete sie und betrachtete nacheinander alle in der Runde. Marko mit seinem weisen, abgeklärten Blick, Robin, mit dem sie wieder gemeinsam ein Abenteuer erlebt hatte, Sheng Ti, der bald mit Lotos in die Vereinigten Staaten reisen würde – Carstairs hatte es ihr erst vor einer Stunde versprochen –, und Alec Hao, der seinen Vater verloren, aber eine Zukunft wiedergewonnen hatte.

Ihr Blick wanderte zu Mr. Hitchens, dem fleißigen Sammler praktischer Erfahrungen, und zu Ruthie, die ihn ihrerseits wieder eingesammelt hatte. Sie dachte auch an das Telegramm von Bishop:

TUN SIE UNS DAS NIE MEHR AN STOP CARSTAIRS TRÄGT EISBEUTEL UND SCHLUCKT BERUHIGUNGSPILLEN STOP KABELN SIE ANKUNFTSZEIT IN NEW YORK UND BEREITEN SIE CYRUS AUF HEFTIGE OVATIONEN VOR STOP ALLES LIEBE BISHOP

Zuletzt schaute sie Cyrus in die Augen – Cyrus, mit dem sie weiterleben und all die kleinen, kostbaren Freuden der Gemeinsamkeit genießen durfte.

Sie hob ihr Glas, lächelte ihn strahlend an und sagte merklich bewegt: „Auf die Amateure! Und darauf, was ohne sie in Hongkong geschehen wäre und was uns allen zum Glück erspart geblieben ist!"

Foto: Pierre Ferron

Dorothy Gilman

Rund zwanzig Jahre ist es her, daß Dorothy Gilman auf die Idee kam, die Geschichte einer älteren Dame zu schreiben, die aus den gewohnten Bahnen ausbricht und sich fern von daheim in turbulente Abenteuer stürzt. Und mit der überaus populär gewordenen Mrs. Pollifax kehrte auch im Leben von Dorothy Gilman, deren beide Söhne eben das Elternhaus Richtung College verlassen hatten, jener Schwung und Elan ein, der bis heute nicht nachgelassen hat. Im Zeichen dieses Unternehmungsgeistes kann selbst die Nachricht kaum noch verblüffen, daß die Schöpferin von Mrs. Pollifax wieder einmal umgezogen ist: vom Küstenstaat Maine an der kanadischen Grenze ins über dreitausend Kilometer entfernte New Mexico mit seinen Wüsten, Schluchten und Hochebenen.

Somit dient jetzt ein kleines Städtchen in der Nähe des Rio Grande als neuer Ausgangspunkt für die Erkundungsfahrten der Autorin in aller Herren Länder. „Ich brauchte mal wieder ein Abenteuer", erklärte Dorothy Gilman schmunzelnd auf die Frage nach den Gründen für ihren Umzug und fügt hinzu, daß sie insbesondere von der gewaltigen Landschaft New Mexicos und der lockeren Lebensart seiner Bewohner fasziniert sei.

Überdies hat die Autorin in ihrer neuen Heimat neben der Arbeit an Büchern eine weitere reizvolle Beschäftigung gefunden: An einer benachbarten indianischen Schule gibt sie Kurse in der Technik des Schreibens und Erzählens, die ihr und ihren Schülern großen Spaß bereiten. So hat Dorothy Gilman, der die Auswahlbücher nunmehr sechs spannende und amüsante Romane verdanken, allen Grund, zufrieden zu sein. Und sobald sie wieder einmal Lust auf ein Abenteuer verspürt, trägt ein Düsenflugzeug sie in ein fernes Land, dessen schönste und geheimnisvollste Orte der Leser alsbald auf den Spuren einer quicklebendigen Dame namens Emily Pollifax kennenlernen wird.

Die ungekürzten Ausgaben von „Red Fox“ und
„Die Uhr aus der Seife“ sind im Buchhandel erhältlich.
Die ungekurzte Ausgabe von
„Mrs. Pollifax und der Hongkong-Buddha“
wird in Kürze im Buchhandel erhältlich sein.